迦陵著作集

杜甫秋兴八首集说

[加拿大] 葉嘉瑩 著

北京大学出版社
PEKING UNIVERSITY PRESS

图书在版编目（CIP）数据

杜甫秋兴八首集说/（加）葉嘉瑩著. — 2 版. —北京：北京大学出版社，2014.10

（迦陵著作集）

ISBN 978 - 7 - 301 - 24333 - 6

Ⅰ.①词… Ⅱ.①葉… Ⅲ.①杜诗–诗歌研究 Ⅳ.①I207.22

中国版本图书馆 CIP 数据核字（2014）第 118436 号

书　　　名	杜甫秋兴八首集说（第二版）
	DUFU QIUXING BASHOU JISHUO（DI ER-BAN）
著作责任者	［加拿大］葉嘉瑩　著
责 任 编 辑	徐丹丽
标 准 书 号	ISBN 978 - 7 - 301 - 24333 - 6
出 版 发 行	北京大学出版社
地　　　址	北京市海淀区成府路 205 号　100871
网　　　址	http://www.pup.cn　新浪微博：@北京大学出版社
电 子 信 箱	pkuwsz@126.com
电　　　话	邮购部 010 - 62752015　发行部 010 - 62750672
	编辑部 010 - 62752022
印 刷 者	北京中科印刷有限公司
经 销 者	新华书店
	965 毫米 ×1300 毫米　16 开本　30.25 印张　379 千字
	2008 年 4 月第 1 版
	2014 年 10 月第 2 版　2021 年 1 月第 4 次印刷
定　　　价	88.00 元（精装）

《迦陵著作集》总序

    北大出版社最近将出版一系列我多年来所写的论说诗词的文稿，而题名为《迦陵著作集》。前两种是我的两册专著，第一册是《杜甫秋兴八首集说》，此书原为20世纪60年代中期我在台湾各大学讲授"杜甫诗"专书课程时所撰写。当时为了说明杜甫诗歌之集大成的成就，曾利用了整整一个暑假的时间走访了台湾各大图书馆，共辑录得自宋迄清的杜诗注本三十五家，不同之版本四十九种。因那时各图书馆尚无复印扫描等设备，而且我所搜辑的又都是被列为珍藏之善本，不许外借，因此所有资料都由我个人亲笔之所抄录。此书卷首曾列有引用书目，对当时所曾引用之四十九种杜诗分别作了版本的说明，又对此《秋兴》八诗作了"编年""解题""章法及大旨"的各种说明。至于所谓集说，则是将此八诗各分别为四联，以每一联为单位，按各种不同版本详加征引后做了详尽的按语，又在全书之开端写了一篇题为《论杜甫七律之演进及其承先启后之成就》的长文，对中国古典诗歌中七律一体之形成与演进及杜甫之七律一体在其生活各阶段中之不同的成就，都作了详尽的论述。此书于1966年由台湾中华丛书编审委员会出版。其后我于1981年4月应邀赴四川成都参加在草堂举行的杜甫学会首次年会，与会友人听说我曾写有此书，遂劝我将大陆所流传的历代杜诗注本一并收入。于是我就又在大陆搜集了当日台湾所未见的注本十八种，增入前书重加改写。计共收有不同之注本五十三家，不同之版本七

1

十种,于 1988 年由上海古籍出版社出版,计时与台湾之首次出版此书盖已有整整二十年之久。如今北大出版社又将重印此书,则距离上海古籍出版社之出版又有二十年以上之久了。这一册书对一般读者而言,或许未必对之有详细阅读之兴趣,但事实上则在这些看似繁杂琐细的校辑整理而加以判断总结的按语中,却实在更显示了我平素学诗的一些基本的修养与用功之所在。因而此书首次出版后,遂立即引起了一些学者的注意。即如当年在美国威斯康辛大学任教的周策纵教授,就曾写有长文与我讨论,此文曾于 1975 年发表于台湾出版之《大陆杂志》第五十卷第六期。又有在美国圣地亚哥加州大学任教的郑树森教授在其《结构主义与中国文学研究》一文中也曾提及此书,以为其有合于西方结构主义重视文类研究之意(郑文见台湾东大图书公司 1983 年所刊印之《比较文学丛书》中郑著之《结构主义与中国文学》)。更有哈佛大学之高友工与梅祖麟二位教授,则因阅读了我这一册《集说》,而引生出他们二位所合作的一篇大著《分析杜甫的〈秋兴〉——试从语言结构入手做文学批评》,此文曾分作三篇发表于《哈佛大学亚洲研究学报》。直到去年我在台湾一次友人的聚会中还曾听到一位朋友告诉我说,在台湾所出版的我的诸种著作中,这是他读得最为详细认真的一册书。如今北大出版社又将重印此书,我也希望能得到国内友人的反响和指正。

第二册是《王国维及其文学批评》。此书也是一册旧著,完稿于 20 世纪 70 年代初期。原来分为上下两编,上编为"王国维的生平",此一编又分为两章,第一章为"从性格与时代论王国维治学途径之转变",第二章为"一个新旧文化激变中的悲剧人物",这两章曾先后在《香港中文大学学报》发表;下编为"王国维的文学批评",此一编分为三章,第一章为"序论",第二章为"静安先生早期的杂文",第三章为"《人间词话》中批评之理论与实践",这些文稿曾先后在台湾的《文学批评》及香港的《抖擞》等刊物上发表,但因手边没有相关资料,所以不能详记。此书于1980年首由香港中华书局出版,继之又于1982年由广东人民出版社再版,并曾被当日台湾的一些不法出版商所盗版。这册书在最初于香港出版时,我曾写有很长的一篇《后叙》,并加有一个副标题——"略谈写作此书之动机、经过及作者思想之转变",文中略叙了我婚前婚后的一些经历,其中曾涉及在台湾的白色恐怖中我家受难的情况。台湾的"明伦"与"源流"两家出版社盗版,一家虽保留了此一篇《后叙》,但将其中涉及台湾的地方都删节为大片的空白,并在空白处用潦草的笔迹写有"此处不妥,故而删去"等字样;另一家则是将此一篇《后叙》完全删除(据台湾友人相告,他们曾将删去的《后叙》另印为一本小册子,供读者另行购买)。直到2000年台湾的桂冠图书公司出版我的《叶嘉莹著作集》一系列著作时收入此书,才又将此篇《后叙》补入书中,同时并增入了一篇《补跋》。那是因为1984年北京中华书局出版了《王国维全集·书信》一书,其中收入了不少我过去所未见的资料;且因为我自1979年回国讲学,得以晤见了几位王国维先生的及门弟子,他们为我提供了不少相关的资料;更因为《王国维全集·书信》一书出版后,曾相继有罗继祖先生及杨君实先生在国内之《读书》《史学集刊》与香港之《抖擞》及台湾之"《中国时报》"诸刊物中发表过一些论及王国维之死因及王国维与罗振玉之交谊的文字。凡此种种,其所见当然各有不同,所以我就又写了一篇《补跋》,对我多年前所出版的《王国维及其文学批评》一书又作了一些补正和说明。这些资料,如今都已收入在北大出版社即将出版的这一册书中了。至于原来被河北教育出版社与台湾桂冠图书公司曾收入在他们所出版的《王国维及其文学批评》一书中有关王氏《人间词话》及《人间词》的一些单篇文稿,则此次结集时删去,而另收入其他文集中。因特在此作一简单之说明。

第三册是《迦陵论诗丛稿》。此书共收入了我的论诗文稿十五篇,书前有缪钺先生所写的一篇《题记》。这是我平生所出版的著作中唯一有人写了序言的一册书。那是因为当中华书局于1982年要为我出版这一册书时，我正在成都的四川大学与缪先生合撰《灵谿词说》。我与缪先生相遇于1981年4月在草堂所举行的杜甫研究学会之首次年会中。本来我早在20世纪的40年代就读过先生所著的《诗词散论》，对先生久怀钦慕，恰好先生在1980年也读了上海古籍出版社出版的我的《迦陵论词丛稿》，蒙先生谬赏，许我为知音，并邀我共同合撰《灵谿词说》。因此当中华书局将要为我出版《迦陵论诗丛稿》一书时，先生遂主动提出了愿为我撰写一篇《题记》作为序言。在此一篇《题记》中，先生曾谓我之论陶渊明诗一文可以摆脱纷纭之众说而独探精微，论杜甫《秋兴八首》一文可以尚论古人而着眼于现代；又谓我之《说杜甫〈赠李白〉诗一首》一文寄托了自己尚友千古之远慕遐思，《从李义山〈嫦娥〉诗谈起》一文探寻诗人灵台之深蕴而创为新解。凡此诸说固多为溢美之辞，实在都使我深感惭愧。至于先生谓我之诸文"皆有可以互相参证之处"，"足以自成体系"，则私意以为，"自成体系"我虽不敢有此自许，但我之论诗确实皆出于我一己之感受和理解，主真，主诚，自有一贯之特色。则先生所言固是对我有所深知之语。另外尤其要感谢先生的，则是先生特别指出了此书中所收录的《简谈中国诗体之演进》与《谈〈古诗十九首〉之时代问题》两篇文稿都是我"多年前讲课时之教材，并非专力之作"，则先生所言极是。这两篇写得都极为简略，我原来曾想将之删除，但先生以为此二文一则"融繁入简"，一则"考证详明"，颇"便于教学参考"，且可以借之"见作者之学识功力"。因先生之谬赏，遂将之保留在此一集中，直至今日。这也是我要在此特加说明的。另外先生又曾于《题记》中评介了我的一些诗词之作，我对此也极感惭愧。但先生之意主要盖在提出"真知"之要"出于实践"，这自然也是先生一份奖勉后学之意，所以我乃不惮烦琐，在此一一述及，以表示我对先生的感激和怀念。本书最后还附有我的一篇《后叙——谈多年来评说古典诗歌之体验》，此文主要是叙写我个人研读态度之转变与写作此类文字时所结合的三种不同的方式。凡此种种读者自可在阅读中获知，我在此就不一一缕述了。

第四册是《迦陵论词丛稿》。此书共收论文八篇，第一篇标题为《古典诗歌兴发感动之作用（代序）》，原是 1980 年上海古籍出版社为我出版此同一标题的一册书时所写的一篇《后序》。当时因中国开放未久，而我在海外所选说的一些词人则原是在国内颇受争议的作者。所以就写了此一篇《后序》，特别提出了对于作品之衡量应当以感发之生命在本质方面的价值为主，而不应只着眼于其外表所叙写的情事。这在词的讨论中较之在诗的讨论中尤为重要。因为诗中所叙写的往往还是作者显意识中的情志，而词体在最初即不以言志为主，所以词中所表现的往往乃正是作者于无心中的心灵本质的流露。这种看法，直到今日我也未曾改变，所以我就仍取用了这一篇《后序》，作为北大出版社所出版的我的这一册同名之著作的前言。至于此书中所收录的《温庭筠词概说》《从〈人间词话〉看温韦冯李四家词的风格——兼论晚唐五代时期词在意境方面的拓展》《大晏词的欣赏》《拆碎七宝楼台——谈梦窗词之现代观》与《碧山词析论——对一位南宋古典词人的再评价》及《王沂孙其人及其词》诸篇，则与我在《唐宋词名家论稿》一书中所收录的一些分别论说各家词的文稿，虽在外表篇目上看来似颇有重复之处，但两者之间其实有相当大的不同。此一书中所收录的大多以论说作品为主，所以对各篇词作都有较详的论说和赏析。而《唐宋词名家论稿》则主要以论说每一位作者之整体风格为主。而且凡是在此一册书中所论述过的作者和作品，在另一册书中都因为避免重复而作了相当的删节。所以有些读者曾以为我在《唐宋词名家论稿》一书中对于温、韦、冯、李四家词的论述颇为简略，与论说其他名家词之详尽者不同,那就正因此四家词既已在此书中作了详细论述,因之在另一册书中就不免简化了的缘故。至于此一册书中所收录的《王沂孙其人及其词》,则是写于《唐宋词名家论稿》以后的作品,所以在论述方面也作了避免重复的删节。因此读者要想知道我对名家词之全部论见,实在应该将这两册书合看,才会得到更为全面的理解。至于这一册书所收的最后一篇《论陈子龙词——从一个新的理论角度谈令词之潜能与陈子龙词之成就》一文,则是在这一册书中写作时间最晚的一篇作品。当时我的研究重点已经从唐宋词转移到了清词,只不过因为陈子龙是一位抗清殉明的烈士,一般为了表示对陈氏之尊重,多不愿将之收入清代的词人之中。这正是当年龙沐勋先生以清词为主的选本只因为收入了陈子龙词而竟把书名改为《近三百年名家词选》的缘故。而我现在遂把《论陈子龙词》一文收入了不标时代的这一册《迦陵论词丛稿》之中了。不过读者透过这一篇文稿的论说已可见到,此文已是透过论陈子龙词对前代唐宋之词所作的一个总结,而且已谈到了陈词与清词复兴之关系,可以说正是以后论清词的一个开始了。

第五册《唐宋词名家论稿》,这一册书可以说是在我所出版过的各种论词之作中论说最具系统、探讨也最为深入的一本书。那是因为这册书的原始,是来自缪钺先生与我合撰的《灵谿词说》。关于缪先生与我合作的缘起及《灵谿词说》一书编撰之体例,我在该书中原写有一篇前言,标题为《谈撰写此书的动机、体例以及论词绝句、词话、词论诸体之得失》。《灵谿词说》一书于 1987 年由上海古籍出版社出版,十年以后当河北教育出版社要为我出版《迦陵著作集》的系列书稿时,曾征询得上海古籍出版社之同意,把《灵谿词说》一书中我所撰写的一部分收入此一系列著作中,而改题为《唐宋词名家论稿》。此书共收入我所撰写的论文十七篇,除了第一篇《论词的起源》以外,以下依时代先后,我分别论述了温庭筠、韦庄、冯延巳、李璟、李煜、晏殊、欧阳修、柳永、晏几道、苏轼、秦观、周邦彦、陆游、辛弃疾、吴文英及王沂孙共十六位名家的词作。我在当时所写的那一篇前言中，原曾提出过说："如果我们能将分别之个点，按其发展之方向加以有次序之排列，则其结果就也可以形成一种线的概念。"又说："如果我们能对每一点的个体的趋向，都以说明文字加以提示，则我们最后之所见，便可以除了线的概念以外，更见到此线之所以形成的整个详细之过程，及每一个体的精微之品质。"又说："如此则读者之所得便将不仅是空泛的'史'的概念而已，而将是对鲜活的'史'的生命之成长过程的具体的认识，且能在'史'的知识的满足中，也体会到诗的欣赏的喜悦。"如今我所选说的这十六位词人虽不能代表唐宋词之整体的发展，但也具体而微地展示了词之发展的过程。这与我在前言中所写的理念自然尚有一段距离，然而，虽不能至心向往之，读者或者也可以从这一册书中窥见我最初的一点"庶几使人有既能见木，也能见林"的、既能"体会到诗的欣赏的喜悦"、也能得到"史的知识的满足"的一种卑微的愿望。所遗憾者，这册书既是我个人的著作，遂未能将当日缪先生所撰写的二十二篇论文一并收入。不过，缪先生已出版了专集，读者自可参看。而我在本书之后则也仍附录了缪先生所撰写的二十二篇的篇目，用以纪念当初缪先生与我合作的一段情谊和因缘。

第六册《清词丛论》，此一册书共收论文十一篇。第一篇《从云间派词风之转变谈清词的中兴》，此文原是一篇讲演稿，本不应收入著作集中，而竟然收入了进来，其间盖有一段因缘。原来早在1993年4月，台湾"中研院"文哲所曾举办了一次国际词学会议，会议中文哲所的林玫仪教授曾邀我为文哲所即将出版的一系列论词丛书撰写一册论清词之专著。当时我因为早在1970年代和1980年代中便已写有几篇论清词的文稿，所以毫不犹豫地就答应了林教授的要求。岂知会议之后我竟接连不断地接受了赴各地讲学和开会的邀请，自计无法按时完成任务,于是乃商得林教授的同意,邀请了上海古籍出版社的陈邦炎先生与我共同合作,订出了我们各写四篇文稿以集成一书的约定。及至1996年截稿时间已至,陈先生所担任的四篇文稿已全部写作完成,而我却仍欠一篇未能完卷。因此林教授遂临时决定邀我再至文哲所作一次讲演,而将此次讲演整理成一篇文稿收入其中。那就是本书所收的第一篇文稿《从云间派词风之转变谈清词的中兴》。所以此文原系讲稿,这是我不得不在此作出说明的。至于本书所收录者,则除去前所叙及的讲稿外,尚有自《清词名家论集》中收入的三篇文稿,计为:

1.《从艳词发展之历史看朱彝尊爱情词之美学特质》;

2.《谈浙西词派创始人朱彝尊之词与词论及其影响》;

3.《说张惠言〈水调歌头〉五首——兼谈传统士人之文化修养与词之美感特质》。

此外本书还增入了自他处所收入的七篇文稿,计为:

1.《论纳兰性德词》(此文原发表于台湾的《中外文学》,因手边无此刊物,对发表之年月及期数未能详记,下篇亦同);

2.《常州词派比兴寄托之说的新检讨》(此文原发表于台湾的《中外文学》,其后曾收入1980年上海古籍出版社出版之《迦陵论词丛稿》);

3.《清代词史观念的形成与晚清的史词》(本文也是由讲稿整理而成的,原来是因为2000年夏天台湾"中研院"曾举行过一次"谈文学与世变之关系"的会议,在此会议前后我曾做过几次相关的讲演,本文就是这些讲演的录音整理稿);

4.《由〈人间词话〉谈到诗歌的欣赏》;

5.《谈诗歌的欣赏与〈人间词话〉的三种境界》;

6.《论王国维词:从我对王氏境界说的一点新理解谈王词之

评赏》(以上三篇自河北教育出版社出版之《王国维及其文学批评》一书之《附录》中选录增入);

7.《记南开大学图书馆所藏手抄稿本〈迦陵词〉》(本文原是为南开大学图书馆成立80年所写的一篇文稿,其后被台湾桂冠图书公司出版的《叶嘉莹作品集》收入其系列论丛的《清词散论》一书中,现在是据此书增入)。

从以上所写的对本书内容之说明来看,则此书所收录的各文稿其时间与地域的跨度之大,已可概见一斑。因特作此说明,供读者之参考。

第七册《词学新诠》,此书共收论文六篇。但第一篇题名为《迦陵随笔》之文稿,其所收之随笔实共有十五则之多,这一系列的随笔,是我于1986至1988两年间,应《光明日报》"文学遗产"专栏几位编辑朋友之邀约而写作的。当时正值"文革"后国家对外开放未久,一般青年多向往于对西方新学的探寻,所以就有朋友劝我尝试用西方新说来谈一谈古代的词论。因而这十五则随笔所谈的虽然主要仍是传统的词学,但先后引用了不少如诠释学、符号学、语言学、现象学和接受美学等多种西方的文论。其后又因每则随笔的篇幅过于短小,遂又有友人劝我应写为专文来对这些问题详细加以讨论,因此我遂又于1988年写了一篇题为《对传统词学与王国维词论在西方理论之观照中的反思》的长文(曾刊于1989年第2期之《中华文史论丛》)。而适值此时又有其他一些刊物向我索稿,我遂又先后撰写了《对常州词派张惠言与周济二家词学的现代反思》及《对传统词学中之困惑的理论反思》两篇文稿(前者曾于1997年发表于香港中文大学《中文学刊》第一期;后者曾于1998年发表于《燕京学报》第四期)。而在此之前,我实在还曾引用西方女性主义文论写过一篇题为《论词学中之困惑与〈花间〉词之女性叙写及其影响》的长文,曾于1992年分上下两期发表于台湾出版的《中外文学》第20卷之第8期与第9期。最后还有一篇题为《论词之美感特质之形成及反思与世变之关系》的文稿,此文本是为 2000 年在台湾"中研院"召开的"文学与世变之关系"的国际会议而写作的,其后曾发表于《天津大学学报》2003 年之第 2 期与第 3 期。以上六篇文稿都曾引用了不少新的西方文论,因此遂一同编为一集,统名之为《词学新诠》(台湾的桂冠图书公司也曾出版过与此同名的一册书,收入在他们 2000 年所出版的《叶嘉莹作品集》中,但北大此书之所收入者则实在较台湾同名的一册书增加了更多的内容。因此遂在此结尾处略加说明)。

第八册是《迦陵杂文集》。此书收集我多年来所写的杂文七十篇,另附有口述杂文成册,其实我这些"杂文"与一般人所说的杂文在性质上实在颇有不同。一般所说的杂文,大都是作者们随个人一时之见闻感兴而写的随笔之类的文字,而我则因为工作忙碌,平时实在从来不写这种杂文。我的这些所谓的"杂文",实在都是应亲友之嘱而写的一些文字。其间有一大部分是"序言",另有一些则是悼念的文字。至于附录的一些所谓"口述杂文"则大多是访谈的记录,或应友人之请而由我讲述再由学生们记录的文字。这一册杂文集自然卑之无甚高论,但亦可因此而略见我生活与交游之一斑。因作此简短的说明。

目　录

论杜甫七律之演进及其承先启后之成就(代序)

一 集大成之时代与集大成之诗人

谈到我国旧诗演进发展的历史,无疑唐代是一个足可称为集大成的时代,只根据《全唐诗》一书来统计,所收的作者,就有二千二百余人之众,而所收的作品,则更有四万八千九百余首之多。在如此众多的作家与作品中,其名家之辈出、风格之多彩,自属一种时势所趋的必然之现象。面对如此缤纷绚烂的集大成之唐代诗苑,如果站在主观的观点来欣赏,则摩诘之高妙,太白之俊逸,昌黎之奇崛,义山之窈眇,固然各有其足以令人倾倒赏爱之处,即使降而求之,如郊之寒,如岛之瘦,如卢仝之怪诞,如李贺之诡奇,也都无害其为点缀于大成之诗苑中的一些奇花异草。然而如果站在客观的观点来评量,想要从这种种缤纷与歧异的风格中,推选出一位足以称为集大成的代表作者,则除杜甫而外,实无足以当之者。杜甫是这一座大成之诗苑中,根深干伟、枝叶纷披、耸拔荫蔽的一株大树,其所垂挂的繁花硕果,足可供人无穷之玩赏,无尽之采撷。

关于杜甫的集大成之成就,早自元微之的杜甫墓志铭、宋祁的《新唐书·杜甫传赞》,以及秦淮海的《韩愈论》,便都已对之备致推崇。此外就杜甫之一体、一格、一章、一句而加以赞美评论的诗话,历代的种种记述,更是多到笔不胜书,至于加在杜甫身上的头衔,则早已有了"诗圣"与"诗史"的尊称,而近代的一些人,更为他加上了"社会派"与"写实主义"的种种名号。当然,每一种批评或称述,都可能有其可资采择

1

的一得之见，只是，如果征引起来，一则陈陈相因，过于无味；再则繁而不备，反而徒乱人意。我现在只想简单分析一下杜甫之所以能有如此集大成之成就的主要因素。我以为其主要因素，实可简单归纳为以下两点：其一，是因为他之生于可以集大成之足以有为的时代；其二，是因为他之禀有可以集大成之足以有为的容量。

先从集大成的时代来说，一个诗人与其所生之时代，其关系之密切，正如同植物之与季节与土壤，譬如二月早放之夭桃，十月晚开之残菊，纵然也可以勉强开出几朵小花，而其瘦弱与零丁可想；又如种桑江边，艺橘淮北，纵使是相同的品种根株，却往往只落得摧折浮海、枳实成空的下场，明白了这个关系，我们就更会深切地感到，以杜甫之天才，而生于足可以集大成的唐代，这是何等值得欣幸的一件事了。自纵的历史性的演进来看，唐代上承魏晋南北朝之后，那正是我国文学史上一段萌发着反省与自觉的重要时期。在这一段时期中，纯文学之批评既已逐渐兴起，而对我国文字之特色的认识与技巧的运用，也已逐渐觉醒。上自魏文帝之《典论·论文》、陆机之《文赋》，降而至于钟嵘之《诗品》、刘勰之《文心雕龙》，加之以周颙、沈约诸人对四声之讲求研析，这一连串的演进与觉醒，都预示着我国的诗歌正在步向一个更完美更成熟的新时代。而另一方面，自横的地理性的综合来看，唐代又正是一个糅合南北汉胡各民族之精神与风格而汇为一炉的大时代，南朝的藻丽柔靡、北朝的激昂伉爽，二者的相摩荡，使唐代的诗歌，不仅是平顺地继承了传统而已，而且更融入了一股足以为开创与改革之动力的新鲜的生命。这种糅合与激荡，也预示着我国的诗歌将要步入一个更活泼更开阔的新境界。就在这纵横两方面的继承与影响下，唐代遂成为我国诗史上的一个集大成的时代。在体式上，它一方面继承了汉魏以来的古诗乐府，使之更得到扩展而有以革新；而另一方面，它又完成了南北朝以来一些新兴的体式，使之益臻于精美而得以确立。在风格上，则更融合了刚柔清浊的南北汉胡诸民族的多方面的长处与特色，而呈现了一片多彩多姿的新气象。于是乎，王、孟之五言，高、岑之七古，太白之乐府，龙标之绝句，遂尔纷呈竞美，盛极一时了。然而可惜的是，这些位作者，亦如孟子之论夷、齐、伊尹与柳下惠，虽然都能各得圣之一体，却不免各有所偏，而缺乏兼容并包的一份集大成的容量。他们只是合起来可以表现一个集大成之时代，却不能单独地以个人而集一个时代之大成，以王、孟之高雅而短于七言，以高、岑之健爽而不擅近体，龙标虽长于七绝，而他体则未能称是，即是号称诗仙的大诗人李太白，其歌行长篇虽有"想落天外，局自变生"之妙，却因为心中先存有一份"自从建安来，绮丽不足珍"的成见，贵古贱今，对于"铺陈终始，排比声韵"的作品，便尔非其所长了，所以虽然有着超尘绝世的仙才，然而终未能够成为一位集大成的圣者。看到这些人的互有短长，于是我们就越发感到杜甫兼长并美之集大成的容量之难能可贵了。

　　说到杜甫集大成的容量，其形式与内容之多方面的成就，固早已为众所周知，而其所以能有如此集大成之容量的因素，我以为最重要的，乃在于他生而禀有着一种极为难得的健全的才性——那就是他的博大、均衡与正常。杜甫是一位感性与知性兼长并美的诗人，他一方面具有极大且极强的感性，可以深入于他所接触到的任何事物之中，而把握住他所欲攫取的事物之精华；而另一方面，他又有着极清明周至的理性，足以脱出于一切事物的蒙蔽与局限之外，做到博观兼采而无所偏失。这种优越的禀赋，表现于他的诗中，第一点最可注意的成就，便是其汲取之博与途径之正。就诗歌之体式风格方面而言，无论古今长短各种诗歌的体式风格，他都能深入撷取尽得其长，而且不为一体所限，更能融会运用，开创变化，千汇万状，而无所不工。我们看他《戏为六绝句》之论诗，以及与当时诸大诗人如李白、高适、岑参、王维、孟浩然等酬赠怀念的诗篇中的论诗的话，都可看到杜甫采择与欣赏的方面之

3

广；而自其《饮中八仙歌》《醉时歌》《曲江三章》《同谷七歌》《桃竹杖引》等作中，则可见到他对各种诗体运用变化之神奇工妙；又如自其《自京赴奉先县咏怀五百字》《北征》及"三吏""三别"等五古之作中，则可看到杜甫自汉魏五言古诗变化而出的一种新面貌。而自诗歌之内容方面而言，则杜甫更是无论妍媸巨细，悲欢忧喜，宇宙的一切人情物态，他都能随物赋形，淋漓尽致地收罗笔下而无所不包。如其写青莲居士之"飘然思不群"，写郑虔博士之"樗散鬓成丝"，写空谷佳人之"日暮倚修竹"；写李邓公骢马之"顾影骄嘶"，写东郊瘦马之"骨骼碏兀"；写丑拙则"袖露两肘"，写工丽则"燕子风斜"；写玉华宫之荒寂，则以上声马韵予人以一片沉悲哀响；写洗兵马之欢忻，则以沉雄之气运骈偶之句，写出一片欣奋祝愿之情：其含蕴之博与变化之多，都足以为其禀赋之博大均衡与正常的证明。其次一点值得我们注意的，则是杜甫严肃中之幽默与担荷中之欣赏。我尝以为每一位诗人，对于其所面临的悲哀与艰苦，都各有其不同之反应态度，如渊明之任化，太白之腾越，摩诘之禅解，子厚之抑敛，东坡之旷观，六一之遣玩，都各因其才气性情而有所不同，然大别之，不过为对悲苦之消融与逃避。其不然者，则如灵均之怀沙自沉，乃完全为悲苦所击败而毁命丧生。然而杜甫却独能以其健全之才性，表现为面对悲苦的正视与担荷。所以天宝的乱离，在当时一般诗人中，惟杜甫反映者为独多，这正因杜甫独具一份担荷的力量，所以才能使大时代的血泪，都成为他天才培育的浇灌，而使其有如此强大的担荷之力量的，则端赖他所有的一份幽默与欣赏的余裕。他一方面有极主观的深入的感情，一方面又有极客观的从容的观赏，如其最著名的《北征》一诗，于饱写沿途之人烟萧瑟、所遇被伤、呻吟流血之余，却忽然笔锋一转，竟而写起青云之高兴、幽事之可悦，山果之红如丹砂、黑如点漆，而于归家后，又复于囊空无帛、饥寒凛冽之中，大写其幼女晓妆之一片娇痴之态。又如其《空囊》一诗，于"不爨井晨冻，无衣床夜

4

寒"的艰苦中,竟然还能保有其"囊空恐羞涩,留得一钱看"的诙谐幽默。此外杜甫虽终生过着艰苦的生活,而其诗题中,则往往可见有"戏为""戏赠""戏简""戏作"等字样,凡此种种都说明了杜甫的才性之健全,所以才能有严肃中之幽默与担荷中之欣赏,相反而相成的两方面的表现。这种复杂的综合,正足以为其禀赋之博大均衡与正常的又一证明。

此种优越之禀赋,不仅使杜甫在诗歌的体式、内容与风格方面达到了集大成之多方面的融贯汇合之境界,另外在他的修养与人格方面,也凝成了一种集大成之境界,那就是诗人之感情与世人之道德的合一。在我国传统之文学批评中,往往将文艺之价值依附于道德价值之上,而纯诗人的境界反而往往为人所轻视鄙薄。即以唐代之诗人论,如李贺之锐感,而被人目为鬼才,以义山之深情,而被人指为艳体,以为这种作品"无一言经国,无纤意奖善"(李涪《释怪》)。而另外一方面,那些以"经国""奖善"相标榜的作品,则又往往虚浮空泛,只流为口头之说教,而却缺乏一份诗人的锐感深情。即以唐代最著名的两位作者韩昌黎与白乐天而言,昌黎载道之文与乐天讽谕之诗,他们的作品中所有的道德,也往往仅只是出于一种理性的是非善恶之辨而已。而杜甫诗中所流露的道德感则不然,那不是出于理性的是非善恶之辨,而是出于感情的自然深厚之情。是非善恶之辨乃由于向外之寻求,故其所得者浅;深厚自然之情则由于天性之含蕴,故其所有者深。所以昌黎载道之文与乐天讽谕之诗,在千载而下之今日读之,于时移世变之余,就不免会使人感到其中有一些极浅薄无谓的话,而杜甫诗中所表现的忠爱仁厚之情,则仍然是满纸血泪、千古常新,其震撼人心的力量,并未因时间相去之久远而稍为减退,那就因为杜甫诗中所表现的忠爱仁厚之情,自读者看来,固然有合于世人之道德,而在作者杜甫而言,则并非如韩、白之为道德而道德,而是出于诗人之感情的自然之流露。只是杜甫的一份诗人之情,并不像其他一些诗人的狭隘与病态,乃是极为均衡正常,极为深厚博大的一种人性之至情。这种诗人之感情与世人之道德相合一的境界,在诗人中最为难得,而杜甫此种感情上的健全醇厚之集大成的表现,与他在诗歌上的博采开新的集大成的成就,以及他的严肃与幽默的两方面的相反相成的担荷力量,正同出于一个因素,那就是他所禀赋的一种博大均衡而正常健全的才性。

以杜甫之集大成的天才之禀赋,而又生于可以集大成的唐朝的时代,这种不世的际遇,造成了杜甫多方面的伟大的成就。而其中最值得注意的,则该是他的继承传统而又能突破传统的一种正常与博大的创造精神,以及由此种精神所形成的承先启后继往开来的表现。

二　杜甫与杜甫以前之七言律诗

杜甫的继承传统与突破传统的精神,以及其深厚博大的蕴涵,表现于古近各体,都有其特殊独到的成就,而其中尤其值得注意的,我以为该是他在七言律诗一方面的成就。因为,其他各种体式,到杜甫的时候,可以说大致都早已臻于成熟之境地,而唯有七言律诗,则仍在尝试之阶段。对于其他各种体式,杜甫虽然亦能有所扩展与革新,然而毕竟前人之作已多,有着足够的可资观摩取法的材料,而唯独对于七言律诗一体,则杜甫之成就,乃全出于一己之开拓与建立。如果我们把各体诗歌的成就,比作庭园的建造,则其他各体,譬如早经建筑得规模具备、完整精美的庭园。杜甫于进入园中周游遍览之余,一方面既能尽得前人已有之胜,一方面更能以其过人之才性,见前人之所未见,于是乎据山植树,导水为池,更加以一番拓展与改建,这种拓展与改建,当然也弥足珍视,然而毕竟可资为凭借者多,拓建较易,而意义与价值亦较小。至于七律一体,则在杜甫以前之作者,只不过为这座庭园才开出一条入门的小径,标了一面"七律"的指路牌,而园门以内则可以说仍是旷而不整，一片荒芜，从辟地开径，到建为花木扶疏、亭台错落的一座庭园，乃全出于杜甫一人之心力。如果说在中国诗史上，曾经有一位诗人，以独力开辟出一种诗体的意境，则首当推杜甫所完成之七言律诗了。

谈到杜甫七律一体的演进与成就，我们就不得不对杜甫以前的七言诗之产生与七言律诗之形成，先有一个概略的认识。七言之句，虽然早在古歌谣与"三百篇"中就已经出现了，然而真正完整的七言诗，则兴起颇晚，而且一直不甚发达。我总以为中国五言诗之兴起，是时势所趋，颇为大众化的一件事，而七言诗之兴起，则似乎与一些天才诗人的创造与尝试，有着较密切的关系。观乎七言之体式，当是骚体之简练凝缩与五言诗之扩展引申所合成的一种中间产物。而在今日所见到的可信的作品中，第一个作这种结合尝试而得到成功的作者，首当推东汉时候写《四愁诗》的一位伟大的天才张衡（柏梁联句之不可信，自顾炎武《日知录》以来，辨者已多，兹不具论）。现在我们就把他的《四愁诗》录在下面。

> 我所思兮在太山，欲往从之梁父艰。侧身东望涕沾翰。美人赠我金错刀，何以报之英琼瑶。路远莫致倚逍遥，何为怀忧心烦劳。

> 我所思兮在桂林，欲往从之湘水深。侧身南望涕沾襟。美人赠我金琅玕，何以报之双玉盘。路远莫致倚惆怅，何为怀忧心烦伤。

> 我所思兮在汉阳，欲往从之陇阪长。侧身西望涕沾裳。美人赠我貂襜褕，何以报之明月珠。路远莫致倚踟蹰，何为怀忧心烦纡。

> 我所思兮在雁门，欲往从之雪纷纷。侧身北望涕沾巾。美人赠我锦绣段，何以报之青玉案。路远莫致倚增叹，何为怀忧心烦惋。

我们从这四首诗中，可以清楚地看到骚体影响所遗留的痕迹，然而每句皆为七字，已较骚体为整齐，而"兮"字语词之运用亦已逐渐减少，这种尝试的成功，为七言诗之体式，植下了一粒极有生机与希望的种子。

尔后，一直到了另一位天才魏文帝的出现，才对七言之诗体作了更进一步的创造与尝试。现在我们把魏文帝的两首《燕歌行》也录在后面：

> 秋风萧瑟天气凉，草木摇落露为霜，群燕辞归雁南翔。念君客游思断肠，慊慊思归恋故乡，何为淹留寄他方？贱妾茕茕守空房，忧来思君不敢忘，不觉泪下沾衣裳。援琴鸣弦发清商，短歌微吟不能长。明月皎皎照我床，星汉西流夜未央。牵牛织女遥相望，尔独何辜限河梁。

> 别日何易会日难，山川遥远路漫漫，郁陶思君未敢言。寄声浮云往不还，涕零雨面毁容颜，谁能怀忧独不叹？展诗清歌聊自宽，乐往哀来摧肺肝，耿耿伏枕不能眠。披衣出户步东西，仰看星月观云间。飞鸟晨鸣声可怜，留连顾怀不能存。

我们看这两首诗，较之前所举张衡之《四愁诗》，已经有了更进一步的演进，"兮"字与"之"字等骚体常用之语词，既已经全部被弃去，而且在句法的组织与音节的顿挫上，其二、二、三之顿挫，亦与五言诗二、三之顿挫，已有着更为接近的倾向。虽然每句都押韵的格式，仍有颇近于骚体短歌之处，然而大体说来，魏文帝之作，较之张平子之作，已经更明显地可以看出其去骚日远、去诗日近的趋势了。

我以为张平子与魏文帝，在中国诗史上，都是颇可注意的天才，而其天才又正与杜甫有着某一点相似之处，那就是感性与知性的均衡与正常。张衡的多方面的成就，尤其足以为其天才的均衡与博大的说明。他一方面在科学上，有着浑天、地动等仪器的伟大精密的制作与发明，而另一方面，在文学上，他也有着极可重视的创作的成就。在辞赋方面,他的《思玄》《两京》《归田》诸赋,既能兼得楚骚汉赋之长,而且更开了魏晋抒情短赋的先声。在五言诗方面,他的《同声歌》,是东汉可信的五言之作中,仅后于班固《咏史》诗的最古老的作品,而其情意之婉转深密,则较之班固的"质木无文"的《咏史》诗,在诗的意境上,已有着极显明的进步。另外在七言诗方面,他的《四愁诗》的成就,则更为值得注意,其"水深""雪纷"之托兴,字法句式之复沓,既兼有楚骚与国风之美,而形式上又全不承袭风骚,而成为七言诗的滥觞。我们从张平子的文学的创作与科学的发明之并长兼擅,以及他的成就的方面之广大方向之正确来看,都足以证明张平子是一位感性与知性兼美的天才。而最早的七言诗的雏形之作,就出于张平子之手,这实在不是一件偶然的事。至于魏文帝,则同样也是一位感性与知性兼美的诗人。他既有创作的才情,又有理性的思辨,所以,《文心雕龙》说"子桓虑详而力缓","虑详""力缓",就正是他有反省的思致的表现,所以他能有《典论·论文》之作,成为我国文学批评中最早的一篇专著。而他的《燕歌行》二首,就正代表了七言诗演进的另一阶段,这也不是一件偶然的事。因为,在文学的创作中,一般寻常的作者,都只是追随风气,在风气所趋的情势下,群行并效,即使偶然有几个才情出众的人,也偶然可以写出几篇感人出众的作品,然而若想尝试一种新体式的制作,开出一种诗歌的新意境,则不是仅靠着一点过人的才情就能做到的,而一定要是感性与知性兼长并美的人,然后才能知所取舍剪裁,知所安排运用,知所毁建废兴,我以为这是在讨论整个文学史的演进与个人创作的成就时,两方面都值得注意的事。

所惜者是张平子与魏文帝两位作者,都只是由其一己天才之所至,自然而然在作品中出现了由其感性与知性所凝聚成之一种新体式,而却并未曾对之作有心有力之提倡,所以自张平子、魏文帝二位天才之后,七言诗一体,乃一直消沉了许久,都没有更进一步的演进,直等到南北朝的时候，五言之变既穷，一般作者才于穷极思变之际，而开始对七言诗作有限度的尝试。其中给唐代影响最多的一位作者是鲍照，他的乐府体的《拟行路难》十八首，曾给予唐代的李白、高适诸人的歌行以不少影响。不过鲍照的《拟行路难》，也仍是古乐府杂言之变，虽然七言之句较多，然而却并非完整之七言诗。到了齐梁以后，七言的作品，才由于时势之所趋而日渐增多。如梁武帝的《河中之水歌》，虽然在音节韵律上仍有乐府歌行之遗迹，然而已是完整之七言诗。又如梁简文帝之《夜望单飞雁》、梁元帝之《送西归内人》等诗，则由于南北朝五言小诗引申之七言化，成为唐代七绝的先声。而其中尤其可注意的，则是受齐梁声律对偶之风的影响所形成的一种近于律诗的体式，现在举几首作为例证：

蝶黄花紫燕相追，杨低柳合露尘飞。已见垂钩挂绿树，诚知淇水沾罗衣。两童夹车问不已，五马城南犹未归。莺啼春欲驶，无为空掩扉。（梁简文帝《春情》）

文窗玳瑁影婵娟，香帷翡翠出神仙。促柱点唇莺欲语，调弦系爪雁相连。秦声本自杨家解，吴歈那知谢傅怜。只愁芳夜促，兰膏无那煎。（陈后主《听筝》）

促柱繁弦非子夜，歌声舞态异前溪。御史府中何处宿，洛阳城头那得栖。弹琴蜀郡卓家女，织锦秦川窦氏妻。讵不自惊长泪落，到头啼乌恒夜啼。（庾信《乌夜啼》）

扬州旧处可淹留，台榭高明复好游。风亭芳树迎早夏，长皋麦陇送余秋。渌潭桂楫浮青雀，果下金鞍跃紫骝。绿觞素蚁流霞饮，长袖清歌乐戏州。（隋炀帝《江都宫乐歌》）

从这四首诗来看，前面两首，中间四句已经是颇为工整的对句，只是末两句则仍然都是五言句,这正是五言之转为七言,古体之转为律体的阶段中过渡时期的作品。至于后二首,则在字数、句数、对偶各方面,都已经完全合于七言律诗之体式,只是平仄尚未完全和谐,而七言律诗之形成,已有着指日可期的必然之势。所以到了唐初的时代,经过上官仪"当对律"之倡立,与沈佺期、宋之问诸人"回忌声病,约句准篇"之讲求,五言律诗之体式,既更臻于精美而完全确立,七言律诗之体式遂亦随五言律诗之后而相继成立。惟是五言律诗之体,因为自六朝以来,已早有律化之酝酿与准备,故其所表现之意境与表现之技巧,乃极易达到扩展与成熟之境界。而七律一体,则虽然因受五律之影响而得以成立,然而其所成立者,实在仅是一个徒具平仄对偶之形式,这也就是我所说的仅是一条门径与指路牌,而其园门以内,则仍是空乏贫弱,一片荒芜。这一方面自然是因为七言之体式,自魏晋以来,原来就不发达,作品之可资观摩取法者既少,作者对七字为句的句法之组织运用亦未臻熟练,而况在平仄对偶之格律的限制下,七字之句自然较五字之句所受的束缚拘牵为更多,所以,初唐诗人的作品中,虽然也偶然可以发现有几首七言律诗,然而可资称述者则极少。我们现在就以沈、宋二家为例,看一看他们的七律之作。

沈佺期的作品,据《全唐诗》所收共一百五十七首,其中七言律诗计有十六首,这在初唐诗人的七律之作品中,可以说是所占的比例极大的了。我们现在先把沈氏这十六首七律的诗题录出来看一看:

①《奉和立春游苑迎春》②《人日重宴大明宫赐彩缕人胜应制》③《奉和春初幸太平公主南庄应制》④《奉和春日幸望春宫应制》⑤《侍宴安乐公主新宅应制》⑥《龙池篇》⑦《兴庆池侍宴应制》⑧《从幸香山寺应制》⑨《红楼院应制》⑩《再入道场纪事应制》⑪《嵩山石淙侍宴应制》⑫《古意呈补阙乔知之》(此诗《乐府》入《杂曲》,题《独不见》,又或但题《古意》)⑬《遥同杜员外审

11

言过岭》⑭《和上巳连寒食有怀京洛》⑮《陪幸太平公主南庄诗》⑯《守岁应制》

宋之问的作品,据《全唐诗》所收共一百九十三首,而其中七律之体,则仅有四首而已,现在我们也把宋之问这四首七律的诗题录出来看一看:

①《饯中书侍郎来济》②《奉和春初幸太平公主南庄应制》③《三阳宫侍宴应制得幽字》④《和赵员外桂阳桥遇佳人》

我们看沈佺期的十六首七律中,有十二首都是奉和陪幸应制一类的作品,至于宋之问的四首中,亦有两首题中便已标明是颂圣之作,这一类应制颂圣之作,即使其称颂之技巧有高下工拙之异,而其内容之为歌颂无聊,则一望可知。现在把这些作品暂时搁置不谈,我们且将沈、宋二家颂圣以外的作品各录两首来看一看:

卢家少妇郁金堂,海燕双栖玳瑁梁。九月寒砧催木叶,十年征戍忆辽阳。白狼河北音书断,丹凤城南秋夜长。谁谓含愁独不见,更教明月照流黄。(沈佺期《古意》)

天津绿柳碧遥遥,轩骑相从半下朝。行乐光辉寒食借,太平歌舞晚春饶。红妆楼下东回辇,青草洲边南渡桥。坐见司空扫西第,看君侍从落花朝。(沈佺期《和上巳连寒食有怀京洛》)

暧暧去尘昏灞岸,飞飞轻盖指河梁。云峰衣结千重叶,雪岫花开几树妆。深悲黄鹤孤舟远,独对青山别路长。却将分手沾襟泪,还用持添离席觞。(宋之问《饯中书侍郎来济》)

江雨朝飞浥细尘,阳桥花柳不胜春。金鞍白马来从赵,玉面红妆本姓秦。妒女犹怜镜中发,侍儿堪感路傍人。荡舟为乐非吾事,自叹空闺梦寐频。(宋之问《和赵员外桂阳桥遇佳人》)

这四首诗中，以沈佺期的《古意》一首最为著名，沈德潜《说诗晬语》曾评之云："沈云卿《独不见》一章，骨高气高，色泽情韵俱高。"这首诗的好处，一在开端二句以华丽反衬悲哀，写得极有神采；二在中间两联，一句闺中，一句塞外，再一句塞外，再一句闺中，写得极为开阔。然而如以内容言，则征夫思妇之情，仍不过只是诗人常写的一种极熟的题材，沈佺期也不过只是很会找题材，很会作诗而已，并没有什么发自由衷的深厚之情。至于"九月"与"十年"，及"白狼河"与"丹凤城"之对句，虽然颇有开阖之致，然而句法则仍属工整平板。而结尾两句，尤其是带着齐梁乐府诗的味道，《全唐诗说》曾云："末句是齐梁乐府语……如织官锦间一尺绣，锦则锦矣，如全幅何？"所以这首诗只能算是自乐府演变为七律的一首奠定形式的代表作，此外在诗歌之意境与句法上，并没有什么新的拓展和成就。

至于其他三首诗，沈佺期的"行乐光辉"与"太平歌舞"，及"红妆楼下"与"青草洲边"的对句，固然是庸俗平板；宋之问的"千重叶"与"几树妆"，及"金鞍白马"与"玉面红妆"的对句，也一样浅俚无足取。再看一看这三首诗的内容，则两首为唱和之作，一首为饯别之作，除了渲染一些眼前俗景之外，所写之情事，不过为"侍从花朝"，"分手沾襟"，桥上"遇佳人"而已，其空泛无聊，更复显然可见。七言律诗这一体，在一开始成立之时，就走上了这一条内容空泛、句法平俗的用于酬应赠答的路子。这一方面，当然是由于初唐的一些作者，天才本来就不甚高，他们只能作一些安排藻饰的小巧的功夫，而普遍缺乏一种开源拓地的创造精神，如王、杨、卢、骆四杰，根本无七律之作，崔日用、张九龄、杜审言、李峤诸人，偶有几篇七言律诗，亦多为奉和应制之作，其成就较之沈、宋，尤为无足称述。而另一方面，则由于七言律诗本身的体式既极为端整，而格律复极为谨严，因此限制了这些天才较为平凡的诗人，使他们的情意思想，在这种体式与格律中，都受到了严格的束缚，而感到不能有自由发抒的余地。而同时这种体式的严整，却又便于一些未能免俗的诗人利用来制造"伪诗"，因为七律之为体，只要把平仄对偶安排妥适，就很容易支撑起一个看来颇为堂皇的空架子，所以这种体式最适于作奉和应制赠答等酬应之用。甚而至于今日，一般酬应之作的颂喜祝寿等诗篇，也仍然多用七律之体，这种作俑之始，可以说由来已久了。

初唐以后，唐诗渐进于全盛之世，在此一阶段中，王维自然是其中一位重要的作者。《四部备要》本赵殿成注《王右丞集》，共收古近体诗四百七十九首，其中有七律之作二十首，此二十首中，有奉和应制等颂圣之作七首，酬赠饯行之作六首，其他杂诗七首。摩诘居士的七律，其内容固然已较沈、宋二家为扩展，词句亦更为流利通畅，然而平仄对偶之间，则仍不免予人以沾滞之感，较之其五言律之天怀无滞、妙造自然，相差乃极为悬殊。现在我们举王维的两首七律来看一看：

> 积雨空林烟火迟，蒸藜炊黍饷东菑。漠漠水田飞白鹭，阴阴夏木啭黄鹂。山中习静观朝槿，松下清斋折露葵。野老与人争席罢，海鸥何事更相疑。（《积雨辋川庄作》）

> 居延城外猎天骄，白草连天野火烧。暮云空碛时驱马，秋日平原好射雕。护羌校尉朝乘障，破虏将军夜渡辽。玉靶角弓珠勒马，汉家将赐霍嫖姚。（《出塞》）

从这两首诗来看，第一首的清新澹远，第二首的沉雄矫健，都可证明摩诘对七言律诗的意境，较之沈、宋二家，已经有了显明的扩展。然而我以为这种扩展，该只属于摩诘一人之成就，而并不代表整个七律一体之演进。因为，这两首诗中所表现之意境，乃出于摩诘之生活环境与其才情修养之自然流露，而并没有一种带着反省与尝试意味的开创精神，所以其意境虽佳，却并不能表示摩诘曾促成七律一体之运用及表现技巧之任何进益。《辋川庄作》一首，乃作于摩诘辋川隐居之时，据《旧唐书·王维传》云："晚年长斋，不衣文彩，得宋之问蓝田别墅在辋口，辋水周于舍下，别涨竹洲花坞，与道友裴迪浮舟往来，弹琴赋诗，啸咏终日。"有这样隐居闲逸的生活，所以，才有那样清新澹远的作品，这原是作者生活修养的自然流露，自无可疑。至于《出塞》一首，诗题下原有自注云："时为御史，监察塞上作。"姚鼐评此诗云："右丞尝为御史，使塞上，正其中年才气极盛之时，此作声出金石，有麾斥八极之概矣。"可见《出塞》一诗之意境，也是作者当时生活才情的自然流露。此种由作者之生活、修养、才气、性情之所至的自然流露，都该仅属于作者个人之成就，而并不能代表一种诗体之历史的演进，正如陶渊明之五言古诗，虽然妙绝千古，然而却不能代表晋宋之际五言诗之演进的任何阶段，这正是我在前面论张平子与魏文帝时所说的，必须具备有知所安排运用与知所毁建废兴的反省的理性，才能于诗体作有意之拓展与建立。而摩诘这二首诗，则仅是生活与修养所反映的自然之流露，所以，其意境虽较沈、宋二家有所扩展，而其章法与句法，则仍然是平铺直叙，并无更进一步之演进。如果将这两首诗中的"山中习静观朝槿，松下清斋折露葵"及"护羌校尉朝乘障，破虏将军夜渡辽"等对句，与摩诘五言律诗之"江流天地外，山色有无中"及"行到水穷处，坐看云起时"等对句相较，其工拙高下岂不显然可见。所以我说摩诘七律仍不免予人以沾滞之感，而与摩诘五律之超妙自然乃迥乎不可同日而语。因此七言律诗之体，在摩诘个人而言，固已较沈、宋有所扩展，而就一种诗体之演进言，则并无显著之进步。至于摩诘此二诗平仄之失粘，所谓折腰体者，则尤为七律一体未尽臻于成熟之证。

其次，我们再看一看盛唐诗坛上另外两位名家高适、岑参的七律之作。《全唐诗》共收高适诗二百四十一首，其中七律之作仅有七首；共收岑参诗三百九十七首，其中七律之作仅有十一首。高、岑二家七言古风之边塞诗，固然为一世之雄，然而两家之七言律诗，则平顺板滞，全为格律所拘，其内容亦多为酬应唱和之作，并无任何开拓扩展。现在我们将二家七律之作各举一首来看一看：

> 嗟君此别意何如，驻马衔杯问谪居。巫峡啼猿数行泪，衡阳归雁几封书。青枫江上秋天远，白帝城边古木疏。圣代即今多雨露，暂时分手莫踌躇。（高适《送李少府贬峡中王少府贬长沙》）

> 节使横行西出师，鸣弓擐甲羽林儿。台上霜风凌草木，军中杀气傍旌旗。预知汉将宣威日，正是胡尘欲灭时。为报使君多泛菊，更将弦管醉东篱。（岑参《九日使君席奉饯卫中丞赴长水》）

从这两首诗来看，高适的"巫峡啼猿"与"衡阳归雁"，及"青枫江上"与"白帝城边"的对句，岑参的"台上霜风"与"军中杀气"、"汉将宣威"与"胡尘欲灭"的对句，虽颇为工整流丽，然而其句法之平板，对偶之拘执，用意之凡近，亦可以概见一斑，清叶燮即曾讥之谓："高、岑五七律相似，遂为后人应酬活套作俑。"而高氏一首，中二联平列四地名，则尤为人所讥议。盖人之天性，各有短长，观高、岑二家之风格，近于豪纵雄放一流，而不耐束缚，故长于古而短于律，譬如形骸脱略之人，一旦使之垂衣端坐，束带整冠，便觉百种拘牵，举手投足，皆为所制，遂自然有一种窘迫局促之态。所以高、岑二家，对七律一体之演进，乃并未能有较大之贡献。

再次，我们要提到另外一位伟大的诗人李白。李白确实是一位了不起的天才，其七言古风，如《远别离》《蜀道难》《天姥吟》《鸣皋歌》诸作，真有所谓"大江无风，涛浪自涌，白云卷舒，从风变灭"之妙。若此者，原为太白之所独擅，固无论矣。至其五言古诗，如《古风》五十九首诸作，其包举之恢宏，寄意之深远，皆可见其胸中浩渺之气，亦迥然非常人之所可及。至其五言律诗，如《夜泊牛渚怀古》《听蜀僧濬弹琴》诸作，意境之苍茫高远，属对之疏放自然，亦复正自有其不同于凡近之处。

至于其五、七言绝句,一片神行,悠然意远,以夐绝一世之仙才,写为四句之小诗,其成就尤非着力者之所能及,而唯有七言律诗一体,则为太白诸体中最弱之一环。清缪曰芑本《李太白全集》,共收各体诗九百九十四首,其中七言八句,通篇押平韵之作共九首,而《送族弟绾从军安西》一首乃短歌之体,并非律诗,其较合于七言律诗之体者不过八首而已。这八首诗的题目是:

　　①《赠郭将军》②《送贺监归四明应制》③《别中都明府兄》④《寄崔侍御》⑤《登金陵凤凰台》⑥《鹦鹉洲》⑦《题雍丘崔明府丹灶》⑧《题东溪公幽居》

从这几首诗来看,太白的七言律诗有两种现象,一种是表现太白不羁之才气,全然不顾七律之格律者,如其《鹦鹉洲》一首:

　　鹦鹉来过吴江水,江上洲传鹦鹉名。鹦鹉西飞陇山去,芳洲之树何青青。烟开兰叶香风暖,岸夹桃花锦浪生。迁客此时徒极目,长洲孤月向谁明。

又一种则是为格律所拘,使太白之才气全然不得施展者,如其《题雍丘崔明府丹灶》一首:

　　美人为政本忘机,服药求仙事不违。叶县已泥丹灶毕,瀛洲当伴赤松归。先师有诀神将助,大圣无心火自飞。九转但能生羽翼,双凫忽去定何依。

从这两首诗来看,第一首颇有豪纵自然之致,而第二首之诗格,则极为平俗卑下。以太白谪仙之才,而竟有如此卑俗之作,那正因为其天才愈为不羁,格律之束缚所加之压迫感亦愈甚,譬如把一只身长不过数寸的小鸟,养在三尺高的樊笼之内,则虽在拘限之中,也还可以有回旋起舞的余地;而若囚雄鹰巨鹗于此樊笼之内,则其委顿低垂,乃真有不

17

堪拘束者矣。所以太白有时不免竟尔不顾一切地破笼飞去，所举第一首《鹦鹉洲》的前四句，就表现了太白破笼竟去的一股天才的豪气。像这两类作品，无论其为委顿笼中，或者破笼竟去，对笼来说，都是不幸的，因为委顿于笼者，固然是弥彰此樊笼之狭隘，而破笼飞去者，则竟破毁此樊笼而置之不顾。如果只就太白的七言律诗来看，则七律一种体式，乃真无丝毫可以成立之价值矣。这只因为太白之天才，与此种拘执狭隘之七律之体式，全不相合，而太白复不能如杜甫之致力用心于扩建此狭隘之樊笼使成为博大之苑囿的尝试。就太白之天才与七律之体式来说，双方都是可遗憾的，所以太白在七律一体之成就，并没有什么值得称述之处，即使以其守格律的最负盛名的一首作品《登金陵凤凰台》来说，王世贞的《艺苑卮言》及《全唐诗说》，也都曾讥之云"并非作手"，而胡仔的《苕溪渔隐丛话》、杨慎的《升庵诗话》，则皆谓其为拟崔颢《黄鹤楼》之作。现在我们就把李白的《凤凰台》及崔颢的《黄鹤楼》都抄录在后面看一看：

凤凰台上凤凰游，凤去台空江自流。吴宫花草埋幽径，晋代衣冠成古丘。三山半落青天外，二水中分白鹭洲。总为浮云能蔽日，长安不见使人愁。（李白《登金陵凤凰台》）

昔人已乘黄鹤去，此地空余黄鹤楼。黄鹤一去不复返，白云千载空悠悠。晴川历历汉阳树，芳草萋萋鹦鹉洲。日暮乡关何处是，烟波江上使人愁。（崔颢《黄鹤楼》）

从《凤凰台》诗开端之两用凤凰，及前录《鹦鹉洲》诗之两用鹦鹉来看，则太白确有模仿崔颢《黄鹤楼》诗两用黄鹤之嫌，而且《鹦鹉洲》诗次联之"芳洲之树何青青"，亦大似崔颢《黄鹤楼》诗次联之"白云千载空悠悠"，二者都是不顾平仄格律，末三字连用三平声，且有二叠字，与上一句迥然不相偶。凡此种种相似之处，都使人觉得，姑不论《苕溪渔隐丛话》及《升庵诗话》所载之故事是否可信，而太白此诗之曾受崔颢《黄鹤楼》之影响，则殆为无可置疑之事。以太白之天才超逸，而竟受崔氏一诗之影响如此之深，我想这正因崔氏以古风之句法入于律诗之作风，与太白之长于古风不耐格律束缚之天性有暗合之处，因之乃不免深受其影响。然而，即使以崔颢之《黄鹤楼》而言，虽然其兴象颇为高远，而就七律之诗体而言，则仍属未臻于完整成熟之介于乐府与律诗之间的过渡时期之作。此种作品，在天才偶一为之则可，然而究非正途常法，不能为后世树立规模，垂为典范。明胡应麟评此诗，即曾云："崔颢《黄鹤》，歌行短章耳。"清纪晓岚亦曾云："偶尔得之，自成绝调，然不可无一，不可有二，再一临摹，便成窠臼。"所以，即使是崔氏原作，也已经不能列为七律之正格，而且并未能为后世开源辟径。则纵然崔氏之作可以称为绝调，于七律一体之演进，也并不能有所裨益，而况太白此诗，有模拟之心，此以创作之精神论，便已落于第二乘之境界。至于《凤凰台》一诗中二联之对句，虽较《鹦鹉洲》一作为合律，金圣叹且曾赞美"吴宫""晋代"一联云："立地一哭一笑"，以为"我欲寻觅吴宫，乃惟有花草埋径，此岂不欲失声一哭；然吾闻伐吴，晋也，因而寻觅晋代，则亦既衣冠成丘，此岂不欲破涕一笑"。又云："此是其胸中实实看破得失成败，是非赞骂，一总只如电拂。"金氏之言，就诗之意境开合而言，颇能得太白神情气势之妙。然而《艺苑卮言》及《全唐诗说》，乃讥此二句云"并非作手"者，则以就句法格律而言，此二句仍不过承初唐之旧，平顺工整，并无可以称胜之处，尤其如果在读过杜甫的一些在句法中足以腾挪变化的七律之后，就更可以体会出此"并非作手"四个字的意味了。所以太白虽为绝世仙才，然而对七律一体之演进，也并无丝毫功绩可以资为称述之处。

最后我们再看一看此一时期的其他名家之作。此诸家在诗的内容方面，既没有摩诘与太白之广，而在诗的数量方面，也没有摩诘与太白之多,所以他们对于七律一体,也都没有留下什么可观之成绩。如孟浩然仅有七律四首,王昌龄仅有七律二首,崔曙、祖咏和储光羲都仅有七律一首,而这些作品,都没有什么特殊成就,姑且略而不谈。此外,较为可观者,应推李颀及前面所谈到的崔颢二家,李颀留有七律六首,崔颢留有七律三首,崔颢除有前所引过的《黄鹤楼》一首以外,还有《行经华阴》一首及《雁门胡人歌》一首。《行经华阴》一首,气象颇为阔大,此盖崔氏一般之风格如此;而以体式与句法言,则并无特殊之演进。至于其《雁门胡人歌》一首,则与《黄鹤楼》一诗,同样有以乐府语调用于七律之情形。现在将这一首诗录出来看一看:

> 高山代郡东接燕,雁门胡人家近边。解放胡鹰逐塞鸟,能将代马猎秋田。山头野火寒多烧,雨里孤峰湿作烟。闻道辽西无斗战,时时醉向酒家眠。

此诗后六句全为七律之格式,而首二句则为乐府古风之声调,而且标题以"歌"为名,我们从此可以看出,崔颢实在是有意地以乐府声调用于七律,与前所举之《黄鹤楼》一诗,同样不能视为七律之正格,尤其不能代表七律一体正统之演进。

至于李颀的七律之作,虽然也不过只有七首,然而值得注意的是他对于七律一体运用之纯熟。现在我们也举他的两首诗作为例证来看一看:

> 朝闻游子唱离歌,昨夜微霜初渡河。鸿雁不堪愁里听,云山况是客中过。关城树色催寒近,御苑砧声向晚多。莫见长安行乐处,空令岁月易蹉跎。(《送魏万之京》)

> 花宫仙梵远微微,月隐高城钟漏稀。夜动霜林惊落叶,晓闻天籁发清机。萧条已入寒空静,飒沓仍随秋雨飞。始觉浮生无住著,顿令心地欲归依。(《宿莹公禅房闻梵》)

从这两首诗来看,李颀的七言律诗,其对偶之工整,声律之谐畅,转折之自然,都表现了对七律一体运用之成熟,唯一可惜的是并没有什么开拓独到的境界,所以许学夷就曾批评他说:"李颀七言律声调虽纯,后人实能为之。"也就是说他声律虽熟,而失之平整,内容也缺少开拓和变化,并没有什么极为过人的成就。

从以上所举的名家七律之作来看,唐诗七律一体,虽然在初唐沈、宋的时候就已经成立了,然而在杜甫的七律没有出现之前,以内容来说,一般作品大都不过是酬应赠答之作,以技巧来说,一般作品也大都不过是直写平叙之句,所以严守矩矱者,就不免落入于卑琐庸俗,而意境略能超越者,则又往往破毁格律而不顾。因此七言律诗这一种新体式的长处,在杜甫以前,可以说一直没有得到尽量发展的机会,也一直没有得到应该得到的重视。我们看到自晚唐以来,两宋以迄明清诸家诗集中,七律一体所占的分量之重,所得的成就之大,就可以知道杜甫对于七律一体的境界之扩展,价值之提高,以及他所提供于我们的表现之技巧、句法之变化,这一切对于后世的影响,是如何深远而值得注意了。

三 杜甫七律之演进的几个阶段

中国文字之特色,是单形体单音节,无论赞成或反对,这个特色原来就适宜于讲求平仄及对偶,乃是一种必然的趋势所形成的事实。所以自魏晋南北朝以来中国的诗歌,一直都向着这一方面在发展,迄于唐代,五言律诗既已先获得优异的成绩于先,则按照理论来说,七言律诗较之五言律诗每句多了两个字,其缺点固然是增加了两个字的麻烦,而随之而来的优点,则是增加了两个字的艺术之精美性的表现的机会。所以七言律诗之可以形成为中国诗歌中最凝练精美的一种体式,原该是一种可以预期的事实,只是在杜甫以前的一些诗人,都因他们的天才功力以及识见修养的限制,而未能予这种体式以应得的重视,也未尝付出应尽的努力，直到杜甫出来，才由于他所禀赋的感性与知性并美的资质，而认识了这种体式的优点与价值，于是杜甫乃以其过人的感受力与思辨力，及其创作的精神与热诚，扩展了七律一体的境界，提高了七律一体的价值，而将他的高才健笔、深情博学都纳入了这一向被人卑视的、束缚极严的诗体之中，而得到了足以笼罩千古的成就。当然这种成就，也并不是一蹴而成的。我现在就想，试把杜甫的七言律诗，按其年代的先后，划分为几个阶段，借以窥见杜甫在这种诗体的内容与技巧上的一些演进的痕迹。当然这种划分都只是为立说方便而作的大略的区划，不然，以杜甫之博大变化，每首诗皆各有其不同之风格与境界，则又岂是此简单的几个阶段所能尽。

杜甫的诗，据清浦起龙分体编辑的《读杜心解》来计算，计共有一千四百五十八首，其中的七言律诗计有一百五十一首之多，这比起李白的九百九十四首诗中只有八首七律的情形来，真是相差悬殊了。而如果自杜甫入蜀以后的作品来计算，则七律所占之比率尤大，即以此比率之大，与比率之增加来看，已经可以见到杜甫对七律一体之重视，及其逐渐成熟演进之痕迹了。如果把这一百五十一首七言律诗详加分析，其变化之多，方面之广，自然是难以穷尽的。我现在只依其时代之先后，约略将之分为四个演进的阶段。

第一个阶段是天宝之乱以前的作品。这是杜甫七言律诗作得最少，成绩也最差的一个阶段。在这一阶段，杜甫仍然停留在模拟之中，其所作如《题张氏隐居》《郑驸马宅宴洞中》《城西陂泛舟》《赠田九判官梁丘》《赠献纳使起居田舍人澄》，其内容与一般作者一样，仍然都是以酬赠及写作为主，技巧方面也只是对偶工丽、句法平顺，丝毫没有什么开创与改进之处。现在我们举杜甫这一阶段的两首七律来看一看：

春山无伴独相求，伐木丁丁山更幽。洞道余寒历冰雪，石门斜日到林丘。不贪夜识金银气，远害朝看麋鹿游。乘兴杳然迷出处，

对君疑是泛虚舟。(《题张氏隐居》)

　　青蛾皓齿在楼船,横笛短箫悲远天。春风自信牙樯动,迟日徐看锦缆牵。鱼吹细浪摇歌扇,燕蹴飞花落舞筵。不有小舟能荡桨,百壶那送酒如泉。(《城西陂泛舟》)

第一首《题张氏隐居》,此题原有诗二首,另一首是五言律诗,所写乃相留款曲之情。此首七律,则写张氏隐居之幽寂,题中所云张氏,历代注者或以为乃隐居徂徕之张叔明,或以为乃张叔卿,或以为乃张山人彪,钱注已曾云"不必求其人以实之",总之为一隐者而已。此诗开端先从入山求访说起,次句写山之幽,三句写沿途所历之涧道冰雪,四句写到后所见之斜日林丘,五句写夜宿所见烟岚霞气之美,借以映衬张氏之高洁清廉,六句写朝游所见山中麇鹿之嬉,借以映衬张氏之闲逸恬适,七句写乘兴而游,云山杳然,出处都迷,八句写对此高隐之士,此心荡然,全无所系,有宾主俱化之感(或以为七句喻隐仕之出处不决,八句慨己身之飘摇无着,似过于深求)。观此诗所写,由"求"而"历"而"到",又由"斜日"而"夜"而"朝",层次清晰,章法分明。中二联之对偶,亦复句法平顺、对偶工整。像这种平顺工整之作,仍未脱早期七律的平俗空泛之风,其内容与句法,都大有似于李颀之《宿莹公禅房闻梵》一首,并未能超越前人而别有建树。

　　第二首开端写所见之楼船与船上青蛾皓齿之佳人,次句写遥闻箫笛之音,远传空际("悲"字但写音声之感人,不必拘定悲哀为解)。三、四一联,"春风""迟日""牙樯""锦缆",极写春光之美与楼船之丽,而句中着以"自信"与"徐看"二字,可以想见一片容与中流之乐。五、六一联,水中则鱼吹细浪,枝上则燕蹴飞花,而承以歌扇舞筵,则鱼吹细浪兼以映衬歌声之美,有沉鱼出听之意,燕蹴飞花兼以映衬舞姿之美,有燕舞花飞之致,复着以"摇"字"落"字,则扇影摇于水中,飞花落于筵上,遂尔将鱼儿、燕子、细浪、飞花,与歌扇舞筵并相结合为一片美景良辰赏心乐事。至于末二句,有荡桨之小舟,送百壶如泉之酒,正极写饮宴之乐且盛也,仇注引顾宸曰"天宝间,景物盛丽,士女游观,极尽饮燕歌舞之乐。此咏泛舟实事"是也(或以为此诗如《丽人行》之类,当有所指,似不必如此拘凿)。观此诗所写之种种景物情事,可谓极铺陈工丽之盛,而其风格则仍在初唐绮丽余风的笼罩之下,可见杜甫此一时期的作品,仍未能完全摆脱时尚,其风格仍不过是平顺工丽,不但未能度越前人,即较之摩诘、太白的一些佳作之远韵高致,亦复尚有未及。而且此一诗之"春风""迟日"一联,上下承接之际,都有平仄失粘之病。前一首之"涧道"一联与"伐木"句相承,亦有平仄失粘之病,此与宋之问《饯中书侍郎来济》一首,及王维《辋川庄作》一首与《出塞》一首,诸诗失粘之情形所谓折腰体者正复相同。这原是七律尚未完全成熟时的一种现象,杜甫尚完全在当时风气笼罩之下,所以连这种失粘的现象,也一并承袭下来。这与杜甫晚年所作的一些摆脱声律故为拗体的极为老成疏放的作品,实在不可以放在一起相提并论。这种作品是尚未入网的群鱼,而后来的拗体则是透网而出的金鲤。不过,杜甫在这一阶段的模仿与尝试,也已经为后来的种种演变与蜕化作了很好的准备的功夫,这一点也是不可忽视的。

第二个阶段,该是收京以后重返长安一个时期的作品。这一阶段,杜甫所作的七言律诗,可以分作两部分来看:一部分是至德二载冬晚及乾元元年春初,杜甫重回长安,身任拾遗,满怀欣喜之情,所作的一些颂美之作,如《腊日》《奉和贾至舍人早朝大明宫》《宣政殿退朝晚出左掖》等诗属之;又一部分则是乾元元年春晚,杜甫自伤衮职无补,寸心多违,满怀失意之心所作的一些伤感之作,如《曲江二首》《曲江对酒》《曲江陪郑八丈南史饮》等诗属之。前一种颂美之诗篇,虽然也有一些颇为人所赞赏推重的高华伟丽、博大从容的作品,然而此种颂美之诗,

24

自初唐以来，作者已多，并非杜甫之所独擅，现在姑置不论。我所认为可以代表杜甫七律第二阶段的作品，乃是属于后一种的伤感之作。从这一部分作品我们可以很明显地看到，杜甫一方面对于七律一体的运用，已经达到运转随心、极为自如的地步；而另一方面，杜甫于天宝之乱以来，所经历的陷长安、奔行在、喜授拾遗、放还鄜州、重返朝廷、再遭失意等种种忧患挫折的变化，也更为扩大而且加深了杜甫诗歌中的感情的意境。这种技巧与意境的同时演进与配合，使杜甫的七言律诗进入了第二个阶段。现在我们也举两首诗，作为例证来看一看：

> 一片花飞减却春，风飘万点正愁人。且看欲尽花经眼，莫厌伤多酒入唇。江上小堂巢翡翠，苑边高冢卧麒麟。细推物理须行乐，何用浮荣绊此身。（《曲江二首》之一）

> 朝回日日典春衣，每向江头尽醉归。酒债寻常行处有，人生七十古来稀。穿花蛱蝶深深见，点水蜻蜓款款飞。传语风光共流转，暂时相赏莫相违。（《曲江二首》之二）

关于这两首诗，很多对杜甫此一时期心情之转变未曾详加研析体会的人往往会觉得，以杜甫从前"致君尧舜""窃比稷契"的志意抱负，何以会在长安收复、天子还京、杜甫身为近侍官授拾遗的时候，竟然写出如此及时行乐之作，王嗣奭《杜臆》就曾经说过："初不满此诗，国方多事，身为谏官，岂人臣行乐之时？"然而，我们如果仔细从杜甫的诗中研求一下，就会发现他是如何地从满怀的希望振奋而转变到哀感颓伤，这种表面看来似是及时行乐之诗，其实正是杜甫一片悲哀失意之心情的流露。杜甫在初还朝时，不仅曾写了很多首欣喜颂美之作，而且更曾在诗歌中显露出他身为谏官的一份忠爱之情，我们看他的《春宿左省》一诗："花隐掖垣暮，啾啾栖鸟过。星临万户动，月傍九霄多。不寝听金钥，因风想玉珂。明朝有封事，数问夜如何。"此诗由花隐垣暮写起，而夜,而朝,在其瞻望星月、听金钥、想玉珂的种种情事之中,写出了多少忠勤为国之意,而所有的期待盼望,都只在于明朝之"有封事",其殷勤恳挚,岂不正是一份"致君尧舜""窃比稷契"的用心。可是我们再看一看他在《题省中壁》一诗中所写的"腐儒衰晚谬通籍,退食迟回违寸心。衮职曾无一字补,许身愧比双南金"的话,就可以知道杜甫当时必然有许多难于进言或进言而无补的苦衷,从其"违寸心"上面的"迟回"二字,就可看出他的无限低回怅恨之悲了。而况就在这年春天,曾与杜甫以《早朝大明宫》诗相唱和的贾至,便已经出官汝州,杜甫《送贾阁老出汝州》的诗中,就已经有"艰难归故里,去住损春心"的叹息。其后于是年五、六两月,房琯、严武与杜甫也相继出贬,由此可以想见当杜甫写《曲江二首》之时,不仅是抱着空怀忠悃、久违寸心之悲,而且更可能有着无限忧谗畏讥之心,于是才写出《曲江》这两首如此哀感颓伤的作品。明白了杜甫当时的一份心情,我们再看这两首诗,才不会误以为是"行乐"之诗而对杜甫妄加责怪,也才不会漫以一般诗人伤春之作而等闲视之。

第一首只开端"一片花飞减却春"一句,便已写出杜甫满怀之怅惘与哀伤。仅此一句,便已是杜甫历遍人生种种悲苦深加尝味后之所得,因为若不是曾经深感到人世间花落春归的悲哀的人,决不会因一片之花飞,便体会到春光之残破,而杜甫却将如此深沉的悲哀的体味,仅从一片花飞写出,我们看他"一片"两字写得如此之委婉,而"减却"二字又说得如此之哀伤,其意境之深,表现之妙,便已非以前任何一家之所能比。而复继之以第二句云"风飘万点正愁人",自花飞一片之哀伤,当下承接到风飘万点之无望。我每读此二句,总觉得第一句便已以其深沉的悲哀直破人之心扉,长驱而入,而就在此心扉乍开的不备之际,忽然又被第二句加以重重的一击,真使人有欲为之放声一恸之感。然后复接以"且看欲尽花经眼,莫厌伤多酒入唇"二句,把一片无可奈何的心情、无可挽回的悲哀,全用几个虚字的转折呼应表达出来:已是欲尽之花,然且复经眼看之,已伤过多之酒,而莫厌入唇饮之。夫花之欲尽,既已难留,则我之饮酒,何辞更醉;而且不更饮伤多之酒,又何能忍而对此欲尽之花;既对此欲尽之花,又何能忍而不更饮伤多之酒,这两句真是写得往复低回哀伤无限。我们试将此种对句,与高适之"巫峡啼猿""衡阳归雁",及李颀之"关城树色""御苑砧声"等对句相较,就可以看出杜甫已经使这种平板的律诗对句,得到了多少生命,得到了多少抒发。以后接入五、六两句"江上小堂巢翡翠,苑边高冢卧麒麟",从飞花而写到人事,彼人事之无常,亦何异乎此飞花之易尽。张性《杜律演义》云:"曲江,旧时风景佳丽,禄山乱后,无复向时之盛,是以堂巢翡翠,冢卧麒麟,盛衰不常如此。"仇注亦云:"堂空无主,任飞鸟之栖巢;冢废不修,致石麟之偃卧。"所谓翡翠者,固当是翡翠鸟,江上小堂者,则昔日歌舞繁华之地也。而今歌舞繁华,都成一梦,而空堂之上,但为飞鸟营巢之地而已。麒麟者,石麒麟也,秦汉间公卿墓往往以石麒麟镇之,而今苑边高冢之前,石麟早已倾卧欹斜,则其断裂与斑驳可想。此无生之物尚且如此,则冢中昔日之人,富贵之早为云烟,尸骸之早为尘土,更复何所存留乎!有此二句,则知前四句,杜甫所以对风飘万点之欲尽飞花之如此哀伤者,其感慨之深意,正自有无穷之痛。而以句法论,此"江上小堂"二句,又写得如此之整炼,一方面既足以使前四句为之振起,一方面更于此为一凝重之顿挫。然后接以尾联:"细推物理须行乐,何用浮荣绊此身。""细推"二字写得极有深度,极有情致。"细推"者何?自此一片惊飞,乃至风飘万点的欲尽之花,到堂巢翡翠冢卧麒麟的世事云烟贤愚黄土,于是知一切有情无情之物,其幻灭虚空短暂无常尽皆如是,更何必羁绊于此"浮荣"而徒然自苦!于是而有"须行乐"之言。然而以杜甫对国家对人类的情爱之深厚执着,又岂是真能看破虚空但求一己行乐之人?读此两句诗,当细味其"须行乐"之"须"

27

字,及"何用浮荣"之"何用"二字,其中有多少含蕴,有多少悲慨。这种要将一切都放下而无所顾恋但求行乐的声吻,正由于杜甫一切都无法放下,而又无可奈何的一份沉哀深痛。后世浅识之人,乃竟真以"行乐"目之,仇注引申涵光之言,甚至以为此句"似村学究声口",这对当时退食迟回寸心多违的杜甫真是一种可悲的误解。

再看第二首诗,第二首诗乃承接第一首而来。第一首写伤春自慨而归之于无可奈何之行乐,第二首则由伤春无奈而转为留春之辞,然而春去难留,则留春之辞乃弥复可伤矣。首联:"朝回日日典春衣,每向江头尽醉归。"一开端便写得如此之无聊赖,典春衣而云"日日",向江头而云"每向",醉归而云"尽醉归",其"日日"字、"每"字、"尽"字,都用得极好,足以写出其满腔无可奈何的抑郁哀怨之情。而尤其妙在"日日典春衣"之上,偏偏着以"朝回"二字,夫上朝是何等事,典衣尽醉又是何等事,如今杜甫乃于朝回之时,而日日典衣以求尽醉,则其在朝中之违寸心的种种情事,可以想见。次联"酒债寻常行处有,人生七十古来稀"二句,先不论其以"寻常"对"七十"之数字之借对之妙,即以其"酒债"与"人生",及"行处有"与"古来稀"之对偶的承应自然而言,便已非杜甫以前诸作者之一循格律便落平板的句法所可比。而此一联之尤可贵者,则更在其所蕴含之感慨之深。寻常行处的酒债之多,正因七十古稀的人生之短,而况"人生"一句之所慨者,实不仅七十古来稀之短促而已,其中更有杜甫对人生之多少失意哀伤。无可奈何之余,惟欲尽付之一醉而已,此所以寻常行处不辞酒债之多也。而杜甫此二句,却只落落写来,一句酒债,一句人生,其间之关合感慨,乃尽在于言外,此种技巧与意境,也不是杜甫以前的七律所曾见。至于颈联"穿花蛱蝶深深见,点水蜻蜓款款飞"二句,一般人只知欣赏其"深深"与"款款"二叠字之自然、"穿花"与"点水"二对句之工丽,若但知以此为工,则真将堕入"鱼跃练川抛玉尺,莺穿丝柳织金梭"之恶道矣(见《曲江二首》仇

28

注），故叶梦得《石林诗话》乃赞美之云："读之浑然"，"气格超胜"。叶氏之言固然不错，而其实杜甫此一联的好处，还不仅在其句法工丽之中不见琢削之迹的一种浑然超胜之致而已，而更在其中所蕴含的一份极深曲的情意。王国维《人间词话》曾分诗歌为有我之境与无我之境，而举元好问之"寒波澹澹起，白鸟悠悠下"为无我之境。若元氏之"澹澹"与"悠悠"亦为叠字，而其所表现者乃但为悠闲淡远，并不见悲喜之情，与前所举王维《辋川庄作》的"漠漠水田飞白鹭，阴阴夏木啭黄鹂"一联之"漠漠""阴阴"颇为相似，而与杜甫此联之"深深""款款"则迥不相同。盖王氏与元氏皆能泯然悲喜而为超，而杜甫此二句则乃深糅悲喜而为入。虽然此二句中亦未尝着以悲喜字样，然而其所写之"深深""款款"，却使人读起来，自然会感到杜甫对此深深见之穿花蛱蝶、款款飞之点水蜻蜓，正自有无限爱惜之意。像这种不正面抒写感情，而感情却能由其所写之事物自然透出的境界，正是胸怀博大感情深挚的杜甫之所独擅。而此二句，尤为使人感动者，则更由于自其爱惜之情中，所流露出的无限哀伤。何以知其哀伤？则自上一句之"人生七十古来稀"，及后二句之"传语风光""暂时相赏"诸语所显然可见者也。盖此穿花之蛱蝶与点水之蜻蜓，亦终必有随流转之风光以俱逝之一日，因此眼前所见之一种"深深""款款"之致，乃弥复可恋惜，亦弥复可哀伤矣。像这种情意如此转折深至，而对偶又如此工丽天然的七言律句，岂非我前面所说的意境与技巧的同时演进和配合的证明？至于尾联"传语风光共流转，暂时相赏莫相违"二句，"传语"二字已写出无限叮咛深意，而且其所欲传语者，乃是向无知之风光传语，其感情之深与痴可以想见；"共流转"之"共"字当是兼此二句之花与蝶与蜻蜓与诗人而言者，此三字写得极为亲切缠绵，而复承接于叮咛深至的"传语风光"四字以后，其感人已多；而又继之以"暂时相赏莫相违"七字，"相赏"而云"暂时"，已说得如此可哀，而"莫相违"之"莫"字，则更为说得委婉深痛，全

是一片叮咛祈望之深意,明知其不可留而留之,而如此多情以留之,杜甫伤春无奈之悲,至此而极矣。

从这两首诗看来,杜甫对七言律体之运用,可说是已经达到了纯熟完美、得心应手的地步了,所以,才能一从所欲地表达出如此曲折深厚的一份情意,而且,写得如此淋漓尽致,无一意不达,无一语不适。这岂不是杜甫之七言律诗的一大进步?而这种进步,也正代表着整个七言律体的一大进步。杜甫的成就,已经使七言律诗脱离了早期的酬应写景的浮泛的内容与束缚于格律的平板的句法,使人认识了七言律体的曲折达意、婉转抒情的新境界与新价值。仅此一阶段之成就,杜甫已经为后世写七言律诗的人开启了无数境界与法门,然而这在杜甫而言,却仍然只是他七言律诗的第二个阶段而已。

杜甫在收京以后的一个阶段所作的七律中,还有一首极好的佳作,而本文却并未选录出来作为此一阶段的代表作,这首诗就是杜甫为郑虔遭贬所作的《送郑十八虔贬台州司户伤其临老陷贼之故阙为面别情见于诗》。卢德水曾赞美此诗说:"清空一气,万转千回,纯是泪点,都无墨痕。"这确是一首极好的诗,而我并未选取此诗为此阶段之代表作的缘故,则是因为这首诗乃是一首可遇而不可求的、在多种机缘凑泊之下所形成的特殊作品,并不能代表此一阶段之常度的成就。试想郑虔这一位"有道出羲皇""有才过屈宋"的"老画师",是何等人物;而其与杜甫之间的"但觉高歌有鬼神,焉知饿死填沟壑"的"忘形到尔汝"的友情,又是何等交谊;而垂老陷贼、万里严谴的遭遇,更是何等惨事。以如此之人物,如此之交谊,而遇如此之惨事,杜甫竟而邂逅无端阙为一面之别,则更该是如何可憾恨之情意。像这种尽人间之极的作品,又何可以常度来衡量,这就是我未选取此诗为此一阶段之代表作的缘故。

第三个阶段,该是杜甫在成都定居草堂的一个时期的作品。如果我们说第二个阶段是杜甫从尝试模仿进步到纯熟完美的一个阶段,那么这第三个阶段则该是从纯熟完美转变到老健疏放的一个阶段。写到这里，我想到一件值得一提的事，那就是杜甫所作七律较多的时期，都是在他生活上较为安定的时期，而在离乱奔亡中则很少写七言律诗。像安禄山乱起以后，杜甫陷长安奔行在的一个时期，虽然也曾留下许多首不朽的诗篇，如《哀江头》《哀王孙》《喜达行在所》《述怀》《北征》等，然而却没有一首是七言律诗。其后杜甫由华州弃官，而秦州，而同谷，而间关入蜀的一段时期，杜甫在辗转旅途饥寒交迫之中，虽然也曾写了许多首好诗，如前后二十四首纪行诗，以及《同谷七歌》等，然而也没有一首是七言律诗。我以为这是颇可注意的一件事，这说明了七律一体在各种诗体中，是更富于艺术性的一种诗体，而写作七言律诗，也需要更多的艺术上的余裕。这所谓余裕乃包括现实与精神两方面的从容与安定而言，即使所写的内容是沉痛哀伤，但在创作的阶段中，七律一体却始终需要更多的安排反省的余裕，那就因为七律是所有各种诗体中最精美的一种诗体，因此所需要的艺术技巧也更多，它不像五七言古诗之不受拘执，可以随物赋形，作自由的抒写。至于以七律与五律相较，则五律虽也有平仄对偶的限制，但五律毕竟少了两个字，对于工整与精美的要求，便也相对地减少了许多，所以五言律诗的写作，可以不需要较多的余裕。而况五律之体，前人之作品已多，蹊径已熟，对一位才情兼胜，而更复以功力见长的像杜甫这样的诗人而言，写五言律诗该是费力最少而最易成功的一种诗体了。所以在杜甫所留下的一千四百多首诗中，五律一体竟然有六百三十首之多，将近所有各种诗体总和的半数，这在杜甫正是极自然的一件事。至于七言律诗，一则因此种体式在杜甫以前尚未成熟，二则因此种体式需要更多艺术上的余裕，既有此二条件，所以杜甫在天宝乱前第一阶段中，生活虽多余裕，而却因为对运用此种体式之技巧尚未臻于圆熟自然之境，因此，此一阶段中，杜甫七律之作的数量并不多。到了收京之后的第二阶段，则生活一安定下来，杜甫的七律之作的数量与技巧,便同时都有了显著的增加和进步。既然有了第二个阶段的成功,所以到了第三个阶段,杜甫在成都草堂定居以后,生活与心情一有了余裕,七律的作品立刻就增加了数量,而其表现的技巧与境界,也同时有了另一度的转变。这正是一个伟大的天才之可贵的地方。因为一个真正的天才,其创作精神必然是生生不已的,杜甫既然在第二阶段已经达到了对七律之体式运用纯熟之境地,所以在进入第三阶段中,杜甫就开始步上了另一新境地,这种新境地,乃是变工丽为脱略,虽然,仍旧遵守格律,然而却解除了格律所形成的一种束缚压迫之感,而表现出一种疏放脱略之致,可是,又并非拗折之变体,这是杜甫的七律之又一转变。当然,这一切转变,实在都只是一个天才演进发展的自然现象,并非如我所说的这样有心着迹。杜甫之自纯熟转入于脱略,也正是一种极自然的现象。而且另一方面,杜甫这时年已渐老,所经历过的生活,更可以说是历尽艰险、辛苦备尝,当年的豪气志意,既已逐渐消磨沮丧,心情也自然转入疏放颓唐。这种疏放的心情与脱略的表现,形成了杜甫第三阶段的七律的风格。现在我们也举两首作品为例来看一看:

> 为人性僻耽佳句,语不惊人死不休。老去诗篇浑漫与,春来花鸟莫深愁。新添水槛供垂钓,故着浮槎替入舟。焉得思如陶谢手,令渠述作与同游。(《江上值水如海势聊短述》)

> 幽栖地僻经过少,老病人扶再拜难。岂有文章惊海内,漫劳车马驻江干。竟日淹留佳客坐,百年粗粝腐儒餐。不嫌野外无供给,乘兴还来看药栏。(《宾至》)

第一首《江上值水如海势聊短述》一篇,在杜甫的七律之作中,并不能算是很好的作品,只是我以为这一首诗颇有特色,足以代表杜甫此一阶段的心情与风格,所以选录了这一首诗。此诗从诗题开始,就已表现了杜甫的一种脱略疏放的意致,试想江上值水如海势,乃是何等可观之事,像这种可观之事,如果在当年杜甫意气方盛之时,该如何用长篇伟制以渲染描绘之,而杜甫此题却于"江上值水如海势"之下,轻轻只用了"聊短述"三字,便尔遽然截住,这真是绝妙的一个诗题。吴见思《杜诗论文》评此诗云:"江上值水势如海,公见此奇景,偶无奇句,故不能长吟,聊为短述耳。"仇注更云:"此一时拙于诗思而作。"这些话,我以为实在是浅之乎视杜甫,"拙于诗思""偶无奇句"等语,都说得过于浅狭落实,不能深得此一首诗的疏放脱略的情致之妙。以杜甫之高才健笔,岂真不能描述此一如海势之江水乎?不过杜甫当时已非复当年之豪气,一时不欲逞才刻意于诗篇,故而乃有此作耳。观其题与诗之妙,此种情致实堪玩味。开端二句"为人性僻耽佳句,语不惊人死不休"乃写前时平生之为人,正为次联之反衬。当年性耽佳句,必求出语之惊人,此正一种少年盛气光景,而今则年已老去,意兴萧疏,乃觉平生种种争奇好胜之心俱属无谓,故继之乃有次句之"老去诗篇浑漫与,春来花鸟莫深愁"之言也。"浑漫与"一作"浑漫兴","漫兴"二字似较为习见易解,然而实不若作"漫与"之佳。"与"者,给予、交出之意,"浑漫与"者,谓随意写出全不用心着力之意也,故继云"春来花鸟莫深愁",对作诗既已非复常年之性耽佳句、语必惊人,对花鸟亦已非复当年之伤心溅泪,而致慨于其一片花飞、风飘万点,因之乃一任今日江上水势之如海,我亦复何所动心,更亦复何劳笔墨,因乃聊为短述而已。此一联将杜甫老来一片疏放之情完全写出,而遥遥与诗题之"聊短述"三字相映照,极为有致。至于颈联"新添水槛供垂钓,故着浮槎替入舟"两句,则是呼应诗题之"江上值水如海势",却全不用正写,而仅只用侧笔作淡淡之点染,故意于其如海势之种种壮观奇景,皆略去不写,而只写一水槛,写一浮槎,而此水槛与浮槎,亦不过仅只聊以供垂钓替入舟而已。看此二句,杜甫将一片如海势之水只写入如此之微物微事,真是闲淡之极,疏放之极,此正为此一诗情致佳妙之处,所以有心深求的人,反而不能领略这一首诗的好处了。至于尾联"焉得思如陶谢手,令渠述作与同游"二句,杜甫之设想,真乃如此诙谐入妙,其意盖云,我今既已老去,而又疏放如此,不复雕琢佳句以求惊人,则安得有一思如陶、谢而有如此手段之诗人,则令渠述为惊人佳句,而我但得与之同游,便可不用思索雕琢之苦,而得有欣赏惊人佳句之乐。此种妙想,千载以下之今日读之,仍然可以使人对杜甫当日一份疏狂幽默的风趣发会心之微笑。而同时此一诗在格律句法方面,也同样表现了一种脱略之致。首联,一起便不入韵,而且两句之句法,复极为疏散质拙,乍观之,几乎全然不似律诗之起句,然细味之,则平仄又全然无所不合,是脱略,而却并非拗体(杜甫亦有拗律佳作,俟下节论之),此正为杜甫此一阶段独到之境界。次联"浑漫与""莫深愁"之对句,亦极脱略,而平仄及词性又能不失其平衡对称,正唯熟于律者,方能有如此妙用。至于颈联"水槛""浮槎"之对颇为工整,而却又出之以闲淡,此乃脱略之又一种表现。结尾一联之句法,与首联同其疏散。这一首诗,可以说充分表现了杜甫此一阶段的内容与格律两方面的疏放脱略的境界。

第二首,起二句"幽栖地僻经过少,老病人扶再拜难",与前一首相同,也是起首不入韵,而与前一首相异的,则是此二句乃是对起,而且不仅字面相对,内容方面亦是宾主相对。首句"经过少"是就宾而言,次句"再拜难"则是就主而言,而且自此以下通篇皆以宾主互相对叙。三句"文章惊海内"是主,四句"车马驻江干"是宾,五句"佳客坐"是宾,六句"腐儒餐"是主,七句"无供给"是主,八句"看药栏"是宾。高步瀛先生《唐宋诗举要》评此诗云:"开合变化,极变化之能事。"通观全篇,谨严之中有脱略,疏放之中有整齐,这正是熟于格律而又能脱去束缚压迫之感的代表作品。至于就内容而言,则首句"幽栖地僻"既本无意于宾之访,次句"老病人扶"自亦无怪其礼之疏,而于此疏懒之致中,却偏偏用了"经过""再拜"等谨严的客套字样,写得狂而不率,情致极佳。次联"岂有文章惊海内,漫劳车马驻江干"二句,"文章"与"车马",及"海内"与"江干"之对句,用字颇端谨,而"岂有"与"漫劳"二字之口吻,则又极为疏放自然。"文章"一句,似谦退之语,而隐然亦可见文章之有声价;"车马"一句似推敬之言,而隐然亦见车马之无足羡。至于颈联"竟日淹留佳客坐,百年粗粝腐儒餐",以"淹留"对"粗粝",字面便极脱略,佳客自无妨为竟日之留,而腐儒则唯有粗粝之供,一片疏放真率之情,写得极自然可喜。至尾联之"不嫌野外无供给,乘兴还来看药栏"二句,"不嫌"一本作"莫嫌",我以为"不嫌"之口气是就客说,客自不嫌耳,若作"莫嫌",则似有主人愿客莫嫌之意,以杜甫此诗所表现之疏放之情来看,似以作"不嫌"为佳。"药栏"则花药之栏也,野外原无供给之物,亦不欲故求供给之物,惟"药栏"或者尚可一看,至于客之是否"不嫌",是否"还来",则一任之耳,不嫌固佳,嫌亦何妨;来固佳,不来亦何伤。此二句原不必深求,但写杜甫当时一份疏放之情而已,必如金圣叹所云"因不能款他,要他速去",则未免失之浅狭矣。

综观此二诗,以内容情意而言,都表现了杜甫久经艰苦幸得安居后的一份疏放的情致,以格律技巧言,则又都表现了臻于纯熟以后的、或散或整或工或率的一种脱略的境界。这是杜甫七言律诗的第三个阶段。在此一阶段的作品如《卜居》《狂夫》《客至》《江村》《野老》《南邻》等,都表现了相近似的境界,这是对人生的体验与对格律的运用都已经过长久的历练而逐渐摆脱出其压迫与束缚的一种境界。这是杜甫七律的又一进展,也是七言律诗一体在格律之束缚中自拘谨化为脱略的又一进境。

第四个阶段,我以为该是杜甫去蜀入夔以后一个时期的作品。这一时期,杜甫的七律可以分作正变两方面来看,像《诸将五首》《秋兴八首》《咏怀古迹五首》等,这当然属于正格方面的代表作,而像《白帝城最高楼》《黄草》《愁》《暮春》等诗,则属于变体的拗律。初看起来,正格与变体,似乎是迥然相异的两种风格,而其实这正是一种成就之两面表现。杜甫此一阶段之七律,对格律之运用,已经达到完全从心所欲的化境的地步,不过,一种从心所欲是表现于格律之内的腾挪跳跃,另一种从心所欲则是表现于格律之外的横放杰出而已。

现在我们先举一首横放杰出于格律之外的变体的拗律来看一看:

城尖径仄旌旆愁,独立缥缈之飞楼。峡坼云霾龙虎卧,江清日抱鼋鼍游。扶桑西枝对断石,弱水东影随长流。杖藜叹世者谁子,泣血迸空回白头。

——《白帝城最高楼》

杜甫的拗体七律,早在其第一阶段与第二阶段就已经出现过,如《郑驸马宅宴洞中》《题省中壁》《早秋苦热堆案相仍》等,其平仄音律便都有拗折之处。此种作品,但为杜甫多方面继承接纳之一种尝试,盖在七律一体尚未完全奠立之先,如庾信《乌夜啼》等作,其音律往往有拗折之处,此原为一种不成熟之现象。杜甫早期拗律,亦仅为一种尝试而已。而到了去蜀入夔以后,杜甫的拗律,却由尝试而真正达到了一种成熟的境地,以拗折之笔,写拗涩之情,复然有独往之致,造成了杜甫在七律一体的另一成就,而《白帝城最高楼》一首,就正可为杜甫成熟之拗律的代表作品。此诗开端"城尖径仄旌旆愁"一句,"仄"字、"旆"字都是仄声,从一开始就是拗起,写出一片险仄苦愁情景。次句"独立缥缈之飞楼","立"字与"缈"字又是两仄声字,声律既已拗折,而复于句中用一"之"字,变律诗之句法而为歌行之句法,且连用三平声,奇险中又别有潇洒飞扬之致,而独立苍茫之悲慨亦在言外。三、四两句"峡坼云霾龙虎卧,江清日抱鼋鼍游",对偶声律都颇为工整。以格律言,此二句固正是律诗之重点所在。此一联之工整,正是此诗虽为拗体,而仍不失为律诗的重要关节。然而"鼋鼍游"却又连用了三个平声字,工整中仍有拗涩之致。至于以内容言,则此二句乃写高楼所见之景,仇注引韩廷延云:"云霾坼峡,山水盘拏,有似龙虎之卧;日抱清江,滩石波荡,恍如鼋鼍之游。"这两句所形容刻画之景物实极为真切,却偏偏出之以险怪之辞、疑似之笔,于工整中力避平俗,这正是杜甫变中有正、正中有变的一种妙用。至于颈联"扶桑西枝对断石,弱水东影随长流",则写峡石之高与水流之远。扶桑为日出之地,在碧海中,有树长数千丈,见《山海经》及《十洲记》,弱水则《禹贡》《山海经》《淮南子》《史记·大宛列传》《汉书·地理志》及《后汉书·东夷列传》皆有所载,要之弱水之为发源极远,而自西东流。此二句盖言峡之断石极高,遥遥与东方扶桑之西枝相对,江之水流极远,遥遥与西方弱水之水影相接,其意不过写峡高水远,而用字遣词乃有横绝一世之概。至于此一联之声律,则上句"桑"字与"枝"字两字皆平,下句"水"字与"影"字两字皆仄,上句"对断石"连用三仄,下句"随长流"连用三平,拗折中亦有法度,且声律虽拗,对偶则工,此仍是杜甫正变相参之妙用。第七句"杖藜叹世者谁子",句中用一"者"字,大似散文之句法,较之次句效歌行体用"之"字,尤为奇崛。后之韩愈有意学杜之奇险,亦往往以文句入诗,如其《荐士》一诗"有穷者孟郊"一句,岂非与杜甫此句之句法颇为相近?然而韩愈之奇险,乃在惟以字句争奇,而不能于感情意境上取胜,其奇险乃落空而无足取。至如杜甫此句,则不仅句法之奇崛而已,而其尤可贵者,乃在以此拗涩之句,写出一种中心多舛的叹世之情。"杖藜"写人之形貌,则既衰病又艰于行矣。"叹世"写人之心境,则满怀悲慨徒托之叹息矣。然后用"者"字作一收束,顿挫极为有力,再以"谁子"二字接转,则此杖藜而叹世者,果何人哉,乃竟形貌如此之衰,心情如此之痛乎!此句悲慨极深,乃全在用"者"字之音节拗涩停顿中表现出来,这又岂是仅知于字面学杜甫之奇险的人之所能企及。至于末一句"泣血迸空回白头"，乃承上句而来，写其叹世之悲，有至于如此者。杜甫往往以"泣血"写其深沉之悲苦，如其《得舍弟消息》一诗之"啼垂旧血痕"，《遣兴》一诗之"拭泪沾襟血"，读之皆使人深为其悲苦所感动，以为杜甫所泣者，固当真是血痕而非泪点也。唯是前所举二句之泣血，尚复有垂痕可见，有衣襟可沾，今日在此高楼之上，满怀叹世之情，乃竟至泣血迸空，更无可供沾洒之地，既写出楼之高，更写出情之苦。而"回白头"三字，则使人读之尤觉可哀，何则？满头白发而望空回首，此中固有多少抑郁无奈之情在也，读者当于此深加体味，则知其一片违拗艰苦之情，皆在此一回首之中矣。通观此诗，以拗折艰涩之语，写抑郁艰苦之情，既得声情相合之妙，而复能于拗折中把握一份法度。首联，以拗句起，以拗句救。颔联把握律诗之重点，而于工整中见奇险之致。颈联复以下句之拗救上句之拗，而又于声律之拗折中，把握了对偶之工整。尾联于第七句用一"者"字，以散文之句法入诗，复接以"谁子"二字，作疑问之口气唤起末句，极得顿挫振起之妙。像这样的诗，其所把握的，乃是形式与内容相结合的一种原理与原则，虽然不遵守格律的拘板的形式，却掌握了格律的精神与重点。毛奇龄曾评杜甫拗律云："杜律拗体，较他人独合声律，即诸诗皆然，始知通人必知音也。"（见《暮归》诗仇注）所以，杜甫此种变体之拗律，虽是横放杰出于声律之外，然而实在是深入于声律的三昧之中了。因此，我以为此种变体之拗律，与另一种谨守格律，而于格律之局限中作腾挪跳跃的正格律诗，实在乃是同一种成就的两种表现。这两种表现，都说明了杜甫已经深得律诗之三昧，达到了出入变化运用自如的地步。如果单纯以欣赏而言，则无论其为正格或变体，杜甫此一阶段的七言律诗，都自有其值得赏爱之处。但如果以七言律诗之演进而言，则自然仍当以正格之作为主，至于拗律虽然易见飞跃腾挪之势，而如果以诗体演进之理论言，则拗律毕竟只是侧生旁枝。即如宋代之黄山谷，有心专致力于拗体之尝试，后人甚至为之订立了单拗、双拗、吴体种种名目，其于拗律之写作，可以说颇有成就了，而观其所作，实在只是求奇取胜。因为正格的谨守格律的七律，如果没有高才深情，便容易流于庸弱，山谷盖深明此理，所以乃以拗折为古峻，这在形貌与音律方面确实有化腐朽为神奇之用，但此与杜甫之以拗折之笔写拗折之情，把一片沉哀深痛都自然而然地表现于拗律之中的作品，当然不可同日而语。不过杜甫的拗律，确曾为后人开了一条门径，使后人得了一个避免流于平弱庸俗的写七律的法门。这一点就杜甫之七律对后世之影响而言，已是极可注意的一件事。不过，以拗折避平弱，毕竟只是别径，谨守格律而能不流于平弱的作品，才是正格的更可注意的成就。

说到杜甫此一阶段的正格的七言律诗，自然当推其《诸将五首》《秋兴八首》《咏怀古迹五首》等诗为代表作，而其中尤以《秋兴八首》之成就为最可注意。现在我们就把这八首诗抄出来看一看：

玉露凋伤枫树林，巫山巫峡气萧森。江间波浪兼天涌，塞上风云接地阴。丛菊两开他日泪，孤舟一系故园心。寒衣处处催刀尺，白帝城高急暮砧。（其一）

夔府孤城落日斜，每依北斗望京华。听猿实下三声泪，奉使虚随八月槎。画省香炉违伏枕，山楼粉堞隐悲笳。请看石上藤萝月，已映洲前芦荻花。（其二）

千家山郭静朝晖，日日江楼坐翠微。信宿渔人还泛泛，清秋燕子故飞飞。匡衡抗疏功名薄，刘向传经心事违。同学少年多不贱，五陵衣马自轻肥。（其三）

闻道长安似奕棋，百年世事不胜悲。王侯第宅皆新主，文武衣冠异昔时。直北关山金鼓振，征西车马羽书迟。鱼龙寂寞秋江冷，故国平居有所思。（其四）

蓬莱宫阙对南山，承露金茎霄汉间。西望瑶池降王母，东来紫

气满函关。云移雉尾开宫扇,日绕龙鳞识圣颜。一卧沧江惊岁晚,
几回青琐点朝班。(其五)

　　瞿唐峡口曲江头,万里风烟接素秋。花萼夹城通御气,芙蓉小
苑入边愁。珠帘绣柱围黄鹄,锦缆牙樯起白鸥。回首可怜歌舞地,
秦中自古帝王州。(其六)

　　昆明池水汉时功,武帝旌旗在眼中。织女机丝虚夜月,石鲸鳞
甲动秋风。波漂菰米沉云黑,露冷莲房坠粉红。关塞极天唯鸟道,
江湖满地一渔翁。(其七)

　　昆吾御宿自逶迤,紫阁峰阴入渼陂。香稻啄余鹦鹉粒,碧梧栖
老凤凰枝。佳人拾翠春相问,仙侣同舟晚更移。彩笔昔游干气象,
白头今望苦低垂。(其八)

这八首诗,无论以内容言,以技巧言,都显示出杜甫的七律已经进
入一种更为精醇的艺术境界。先就内容来看,杜甫在这些诗中所表现
的情意,已经不是一种单纯的现实之情意,而是一种经过艺术化了的情
意。譬如蜂之采百花,而酿成为蜜,这中间曾经过了多少飞翔采食、含
茹酝酿之苦,其原料虽得之于百花,而当其酿成之后,却已经不属于任
何一种花朵了。杜甫在这些诗中所表现的情意,亦复如此。杜甫入夔,
在大历元年,那是杜甫死前的四年。当时杜甫已经有五十五岁,既已阅
尽世间一切盛衰之变,也已历尽人生一切艰苦之情,而且其所经历的种
种世变与人情,又都已在内心中经过了长时期的涵容酝酿,在这些诗
中,杜甫所表现的,已不再是像从前的"穷年忧黎元,叹息肠内热"的质
拙真率的呼号,也不再是"朱门酒肉臭,路有冻死骨"的毫无假借的暴
露,乃是把一切事物都加以综合酝酿后的一种艺术化了的情意。这种
情意,已经不再被现实的一事一物所局限,正如同蜂之酿蜜,虽然确实
自百花采得,却已经并不受百花中任何一种花朵的局限了。如果我可
以妄拟两个名称加以区分的话,我以为拘于一事一物的感情,可以称之

为"现实的感情";而经过综合酝酿以后的一种感情之境界,则可以称之为"意象化之感情"。杜甫在这些诗中所表现的,就已经不再是"现实的感情",而是一种经过酝酿的"意象化之感情"了。

再就技巧来看,杜甫在这些诗中所表现的成就,有两点可注意之处:其一是句法的突破传统,其二是意象的超越现实。有了这两种运用的技巧,才真正挣脱了格律的约束,使格律完全成为被驱使的工具,而无须以破坏格律的形式,来求得变化与解脱了。因此七言律诗才得以真正发展臻于极致,此种诗体才真正在诗坛上奠定了其地位与价值。杜甫所尝试的这两种表现的方法,对中国旧诗的传统而言,原是一种开拓与革新,然而杜甫在这种开新的尝试中,却完全得到了成功,那就因为杜甫所辟的途径,乃是完全适合于七律一体的正确可行的途径。看到这种成就,我们不得不震惊于杜甫的天才,其所禀赋的感性与知性是如此的均衡并美,因之,乃能对于诗体的特色、词句的组织、前人已有之成就、未来必然之途径,都自然而然有一种综合的修养与认识,而复能加以正确的开拓和运用。

就七言律诗之体式而言,其长处乃在于形式之精美,而其缺点则在于束缚之严格。杜甫以前的一些作者,如沈、宋、高、岑、摩诘、太白诸人,都未能善于把握其特色来用长舍短,所以谨守格律者,则不免流于气格卑弱,而气格高远者,则又往往破坏格律而不顾。盖七律之平仄对偶,乃是一种极为拘狭、极为现实之束缚,如果完全受此格律之束缚,而且作拘狭现实之叙写,如宋之问的"金鞍白马"与"玉面红妆",高达夫的"青枫江上"与"白帝城边",甚至如王摩诘之"山中习静"与"松下清斋",都不免有拘狭平弱之感。这是在此严格之束缚中的一种必然的现象。杜甫在其第一阶段的七律之作,便亦正复如此。到了第二阶段,则杜甫对于此拘狭现实之格律,已经达到了运转自如之地步,所以,已能将深微曲折之情意纳入其中,而就格式言,则杜甫却仍然停留在工整平顺的一般性之束缚中。到了第三阶段,杜甫便表示了对格律之压迫感的一种挣脱之尝试,只是这种挣脱之尝试,仅表现于消极地以脱略代工整而已,而并未曾作积极的破坏或建树。到了第四阶段,杜甫才真正地完全脱出于此种拘狭于现实的束缚之外,而于破坏与建树两方面都做到了淋漓酣畅、尽致极工的地步。属于破坏性的拗律,我在前面已曾详细论及,杜甫之破坏,并非盲目的破坏,他所破坏的,只是外表的现实拘狭的形式,却把握了更重要的一种声律与情意结合的重点,这正是深入于声律之中,又有摆脱于声律之外的一种可贵的成就。不过这种成就,虽然避免了七律之缺点,做到了完全脱出于严格的束缚之外的地步,但另一面却也失去了七律之长处,而未能保持其形式之精美。因此,杜甫在拗律一方面之成就,终不及其在正格的七律一方面之成就的更可重视,而使杜甫在正格之七律中,能做到既保持形式之精美,又脱出严格之束缚的,两点最可注意的成就,那便是前面所提到过的——句法的突破传统与意象的超越现实。

先就句法的突破传统来看。中国古诗的句法,一向是以承转通顺近于散文的句法为主,如"行行重行行,与君生别离"(《古诗十九首》)、"步登北芒阪,遥望洛阳山"(曹植《送应氏诗》)、"西京乱无象,豺虎方遘患"(王粲《七哀诗》)诸语,皆属平顺直叙之句法。其后随声律之说的兴起,诗的句法也因拘牵于声律而又力求精美之故,而渐趋于浓缩与错综,如"鱼戏新荷动,鸟散余花落"(谢朓《游东田》)、"网虫垂户织,夕鸟傍檐飞"(沈约《直学省愁卧》)诸语,便已迥异于前所举诸诗句之舒展自然。迄于初唐以后,随律诗体式之奠定,诗句亦更趋于紧缩凝练,如"露重飞难进,风多响易沉"(骆宾王《在狱咏蝉》)、"云霞出海曙,梅柳渡江春"(杜审言《早春游望》)诸语,或省略主词,如"露重"二句,或以短语做形容词之用,如"云霞"二句。然而要之,其因果层次,则仍极为通顺明白,如前两句"露重"是因,"飞难进"是果,"风多"是

42

因,"响易沉"是果,后两句"云霞出海"是写"曙"之美,"梅柳渡江"是写"春"之来。若此等诗句,虽已化传统之平散为浓炼,然而一则其变化乃全出于诗体音律所形成的自然之趋势,而并非出于作者有意之改革或开创,再则其变化仅为自平缓舒散之化为精练浓缩,而并非因果与文法之颠倒或破坏,所以,此种句法与传统之句法,并不甚相远。而七言律诗之体,初起之时,实在连此种五言律精练浓缩的阶段亦尚未做到,而仅能以散缓的句法写平顺的对句。但我们从五律的演进,就可以推知,七律的对句之必将自散缓平顺转为精练浓缩,乃是一种极为自然的趋势,在这种趋势下,杜甫不但自然地做到了精练浓缩,而且以其过人之感性与知性,带领着七言律诗的句法进入到另一完全突破传统的新境界。那就是因果与文法之颠倒与破坏。这种颠倒与破坏对杜甫而言,是含有一种反省与自觉的意味的,而并非全出于无意之偶然。这种含有反省与自觉意味的革新,不但在当时是一种前无古人的开创,即使在五四新文学革命以后的近代,也还有些人对之不能完全承认或接受,如陆侃如与冯沅君合编之《中国诗史》,便曾讥诋《秋兴八首》及《咏怀古迹五首》的一些诗句为"直堕魔道","简直不通";胡适之的《白话文学史》,在评述杜甫的七言律诗时,也曾说:"《秋兴八首》,传诵后世,其实也都是一些难懂的诗谜。这种诗全无文学的价值,只是一些失败的诗玩意儿而已。"对于这种评语,我却不敢苟同,我们试举《秋兴八首》中最为人所讥议的"香稻啄余鹦鹉粒,碧梧栖老凤凰枝"两句来看,就逻辑与文法而论,此二句实有邻于不通之嫌,盖如将首二字视为主词,将第三字视为动词,则香稻固无喙,如何能啄? 碧梧亦无足,如何能栖? 此所以很多人讥评此二句为不通,或者又以为此二句乃是倒句。但假如竟把此二句倒转过来,成为"鹦鹉啄余香稻粒,凤凰栖老碧梧枝",则此二句乃成为正写鹦鹉啄稻与凤凰栖梧之两件极现实之情事。姑不论"凤鸟"之久矣不至,在现实中本不可能为实有之物,即使果有凤凰栖梧之事,如此平直地叙写下来,也成为极浅薄现实的一件情事了。所以杜甫此二句,其主旨原不在于写鹦鹉啄稻与凤凰栖梧二事,乃在写回忆中的渼陂风物之美,"香稻""碧梧"都只是回忆中一份烘托的影像,而更以"啄余鹦鹉粒"与"栖老凤凰枝"来当做形容短语,以状香稻之丰,有鹦鹉啄余之粒,碧梧之美,有凤凰栖老之枝,以渲染出香稻、碧梧一份丰美安适的意象,如此则不仅有一片怀乡忆恋之情激荡于此二句之中,而昔日时世之安乐治平亦复隐然可想。这是一种极为高妙的表现手法。故读此二句时,不当以"香稻""碧梧"二词与下一"啄"字及"栖"字连读,而当稍作一停顿,如此便能将下五字分别为形容短语,而不致有文法不通之言矣。所以,《而庵诗话》即曾云:"论诗者以为杜诗不成句者多,乃知子美之法失久矣,子美诗有句有读,一句中有二三读者,其不成句处,正是其极得意处也。"我以为正是这种新颖的句法,才使这两句超脱于一般以平铺直叙来写拘狭现实之情事的范畴,进入一种引人联想触发的感情的境界。这种句法,其安排组织全以感受之重点为主,而不以文法之通顺为主,因此,其所予人者乃全属意象之感受,而并非理性之说明。所以,杜甫的句法,虽然对传统而言乃是一种破坏,其实却是一种新的创建。这种创建可把握感受之重点,写为精练之对偶,而全然无须受文法之拘执,一方面既合于律诗之变平散为精练之自然的趋势,一方面又为律诗开拓了一种超乎于写实的新境界。如此,七言律诗才真做到了既保持了形式之精美,又脱出了严格之束缚的地步,才真的完全发挥了七律的长处与特色,而避免了七律的缺点。这是杜甫第一点可注意之成就。

其次,再就意象之超越现实来看。在传统的观点中,杜甫原被人目为写实派的诗人,如其《自京赴奉先县咏怀五百字》《北征》《羌村》、"三吏""三别"等一些名作,当然都是属于写实的作品,其成就之坚实卓伟,固早已为众所周知,而我以为杜甫在晚年的七律之作品中,所表现的写现实而超越现实的作品,才是更可注意的成就。因为,中国的诗歌,自《诗经》以来,可以说大多数是偏于写实之作,如《关雎》《桃夭》《苕之华》《何草不黄》诸诗,无论其所写者之为欢乐、为愁苦,要之皆不外以现实之事物写现实之情意,即使有比兴之喻托,而其所借喻与被喻者,仍然皆属于现实之范畴。这种比兴喻托之作,一直到了唐代的初期,仍然被现实的圈子局限着,如骆宾王之《咏蝉》的"露重飞难进,风多响易沉"、陈子昂之《感遇》的"微月生西海,幽阳始代升",或者以"露重、风多喻世道之艰险""难进、易沉慨己冤之不伸"(唐汝询说),或者以"阴月喻黄裳之坤仪""阳光喻九五之乾位"(陈沆说),这种作品,其所喻托之拘牵限制,自属显然可见。而杜甫《秋兴八首》所表现的一些意境,则既非平叙之写实,又非拘牵之托喻,而乃是以一些事物的意象表现一种感情的境界,完全不可拘执字面为落实的解说。这在中国诗的意境中,尤其在七言律诗的意境中,是一种极为可贵的开创。杜甫之所以能达致此种成就,其因素约有下列数端:其一,杜甫此八首诗所表现之内容,如前所言,乃是一种"意象化之感情",而非"写实之感情",故其所写之情意,乃不复为一事一物所局限,这是其所以能超越现实之一因;其二,杜甫所用以表现之句,如前所言,乃全以感受之重点为主,而并不以文法之通顺为主,因此其表现之方式,不为说明而为触发,这是其不为现实所拘之又一因;其三,如果以杜甫与李贺、义山辈的幽微渺茫之意境相较,杜甫诗中所表现的情意,仍是属于近乎现实之情意,然而其竟能突破现实之局限的缘故,则在其感情本身之质量的深厚与博大。《庄子·逍遥游》说:"水之积也不厚,则其负大舟也无力。"韩愈《答李翊书》说:"水大则物之浮者大小毕浮。"感情之质量亦复如此。所以,以孟郊、贾岛气局之狭隘,则纵使极力雕琢也依然无补于其枯窘寒瘦,令人有置杯则胶之感。若杜甫之襟怀感情,如果以水为喻,则其度量固属汪洋浩瀚,难以际其端涯,以浮物言亦复大小毕浮,难以一一遍举,故陈继儒评《秋兴八首》乃有"云霞满空,回翔万状"之言。所以,其意境既难于作具体之说明,亦难于为现实之界划,大有背负青天而莫之夭阏之势。这是杜甫之所以虽写现实却超越于现实之外的又一因。

杜甫的这种成就与表现,在前面论句法一节,举"香稻""碧梧"二句为例时,我已曾言及此二句原只是回忆中一份影像的烘托,而借以表现怀乡恋阙之种种情怀与夫盛衰今昔之种种悲慨。今再举一例,如七章"昆明池水"一首,"织女机丝虚夜月,石鲸鳞甲动秋风"二句,也是以一些事物来渲染出一种意象,借以表现一种感情之境界,而并非拘狭之写实。虽然织女与石鲸之石刻,也确为长安昆明池所实有之物(详见七章《集解》),然而杜甫此二句,则不仅写其对昆明池畔之织女像,以及水中之石鲸鱼的一份怀念而已,其所要写的乃是借织女、石鲸所表现出的一种"机丝虚夜月"与夫"鳞甲动秋风"的空幻苍茫飘摇动荡的意象。此种意象,原难于作现实之说明与勾画,而读者却又极容易自其中引起触发与联想,所以,前之注杜诗者,对于此种诗句,乃往往有极纷纭歧异的解说与猜测。即以此二句而言,"织女"句,有以为喻言"防微杜渐之思,不可不密"者,有以为写"杼柚已空"者,有以为"比相臣失其经纶"者;至于"石鲸"句,则多以为乃写"强梁好逞之徒,蠢蠢欲动",或者更以为有"万一东南江湖之间,变起不测"之意(以上诸说皆详七章《集解》)。凡此诸说,皆受中国传统的比兴喻托之说的拘执,所言皆不免过于拘狭落实,而不能纯自其意象去体会其中的一份怀恋之情。今昔之感、空幻之悲与夫动乱之慨,譬如酌蠡于海,又安能穷其端涯,尽其浮物也哉!故读杜甫《秋兴》诸诗,必须先有一份深刻而通达的感受能力,而不可拘执字义与句法,作过于现实之解说与评论。《一瓢诗话》即曾云:"杜少陵诗止可读不可解,何也? 公诗如溟渤无流不纳,如日月无幽不烛,如大圆镜无物不现,如何可解?"若欲勉强拘牵现实以立说,则真不免贻摸象揣篽之讥了。所以我说杜甫第二点可注意之成就,乃是意象之超越现实,那就因为杜甫所写的,虽也是现实的景物情意,如织女、石鲸之确为现实之物,忧时念乱之本为现实之情,可是杜甫却完全能不为现实所拘,而只是以意象渲染出一种境界,于是织女、石鲸乃不复为实物,而化成为一种感情之意象了。这在中国旧诗的传统中,乃是一种极可贵的开拓。

尾 言

从以上所举的四个阶段来看,杜甫的七言律诗一体,其因袭成长,以及蜕变与革建的种种过程已可概见。由此可以推知杜甫在《秋兴》八章中所表现的句法之突破传统与意象之超越现实的两点成就,并不是无意的偶然,而是透过其深厚的体验及功力,与其均衡的感性及知性以后的产物,在这种演进的过程中,带有浓重的反省的意味。他所指示给我们的,乃是中国旧诗欲求新发展的一条极可开拓的新途径。因为就文学艺术的发展而言,自平直地摹写现实,到错综地表现意象,由诉诸理性的知解,到唤起感性的触发,原该是一种演进的必然之趋势,这在文学艺术界都弥漫着超现实与反传统的现代风的今日,就越发可看出此种演进趋势之必然与不可遏止的力量了。而杜甫《秋兴》八诗所表现的突破传统与超越现实两点成就,也就越发值得我们重新加以研判和注意了。然而可贵亦复可惜的,则是杜甫的成就,乃全出于天才自然之发展,虽然其间也有着一种属于感性与知性均衡之天才所特有的反省之意味,但并未曾形诸显意识的有意之标举或倡导。所以,虽早在一千二百多年前的唐代,杜甫就曾以其天才及功力之凝聚,在他的作品中显示了现代风的反传统与意象化的端倪,然而真正能继承此一方向,而步上向未知延展的意象之境界的作者,却并不多见。其所以未能就此一方向发展下去的缘故,我以为乃由于以下的几点因素:其一,就文学艺术一般之发展而言,意象化的表现,虽有其必然之趋势,然而一定要等到写实之途径既穷,然后方能为一般人所尝试和接受,正如前所论七言诗之形成,虽有其必然之势,然而一定要等到五言之变既穷,然后方能普遍盛行一样,在时机尚未成熟时,一般人并无奔越及于未然的能力。所以,杜甫虽然以其博大杰出的天才与功力,成为一个意象化的先知先觉的信息的透露者,然而继起的足迹,却是寂寥而荒漠的。其二,就中国韵文之发展而言,中国的诗歌,一向都与音乐歌唱结有不解之缘。诉之于耳的作品,自然以直接现实之情事更易于为一般人所了解和接受。因此,由诗而词而曲,中国韵文中所表现的感情意境,也就始终都是偏于现实具体的叙写,而迟迟地未能步向于触引深思默想的意象化的途径上去。其三则因为旧社会儒家思想影响之深远,一般中国诗人所写的志意怀抱,乃往往都仅局限于出处仕隐穷通家国等种种现实之情意,而鲜能脱出此种士大夫观念之约束。然而,如我在前一节所言,杜甫的情意虽然也依然属于此传统现实之情意,杜甫却独能以其感情之深厚无涯,而溢出了现实事物的局限之外。他人的忠爱之心与用世之念,乃出于理性之有意,而杜甫之忠爱,则出于天性之自然。所以,一浅一深,一则可以为理性之区划,一则不可为理性之区划。譬如方池与大海,即使自一般人看来同样是水,而一者之轮廓浅狭可见,一者之广漠邈远无边,其质量之悬殊,实迥然相异。杜甫情感之深厚博大,既迥非常人所可及,所以,杜甫写现实而溢出于现实事物之外的成就,也就不是常人所可轻易学步的了。因了以上的三种原因,所以,杜甫七律的影响虽大,沾溉虽广,得其一体的作者虽多,然而真正能自其意象化的境界悟入,而能深造有得的作者,却并不多见。有之,则唯一值得称述的,便该推晚唐时的李义山了。《一瓢诗话》即曾云:"有唐一代诗人,惟李玉溪直入浣花之室。"《诗镜总论》亦云:"李商隐七言律,气韵香甘,唐季得此,所谓枇杷晚翠。"《岘佣说诗》亦云:"义山七律,得于少陵者深,故秾丽之中时带沉郁,如《重有感》《筹笔驿》等篇,气足神完,直登其堂,入其室矣。"诸家之说,自属有见之言,只是我国旧日诗话之评说,往往过于含混,但能以直觉感受其然,而未能以理性分析其所以然。自今日观之,则义山七律之所以能独入浣花之室者,其最重要的一点,实即在于其深有得于杜甫的意象化之境界。所以,胡适之在他的《白话文学史》中,即曾经把杜甫的《秋兴八首》指为"难懂的诗谜",而义山诗谜之难懂,则尤有过之,元遗山《论诗绝句》就曾经有过"只恨无人作郑笺"的叹息,王渔洋《论诗绝句》也曾经说过"一篇锦瑟解人难"的话。而杜之《秋兴》、李之《锦瑟》,却并不曾以其难懂而贬损其价值。因为一般所谓难懂,实在并非不可懂,只是难于以言语作局限之说明,而就读者之感受而言,则此种意象化之表现,实在较之现实的叙写更容易引起人的联想,更能予人以丰富的触发。杜甫与义山之所以能进入此一境界,我以为他们两人有一个共同的特色,那就是感情的过人。虽然两人的感情之性质并不尽同,杜甫是以其博大溢出于事物之外,义山则是以其深锐透入于事物之中;杜甫之情得之于生活体验者多,义山之情则得之于心灵之锐感者多,而其以过人的感情的浸没,泯灭了事物外表之局限的一点,则两人却是相同的。这是义山之所以能步入杜甫的意象化之境界的一个主要原因。其次,另一个共同的特色,就是他们两人皆长于以律句之精工富丽来标举名物,为意象之综合。然而两人所用以表现意象之名物,则又微有不同。杜甫所借以表现其意象者,多属现实本有之事物,如浣陂附近之香稻、碧梧,昆明池畔之织女、石鲸,皆为实有之景物;而义山所借以表现其意象者,则多属现实本无之事物,如庄生之晓梦、望帝之春心、明珠之有泪、暖玉之生烟,乃皆为假想之事物。自文学之演进来看,二者虽同为意象化之表现,而义山之以假想之事物,表现心灵之锐感的境界,较之杜甫之以现实之事物,表现生活中现实之情意的境界,实当为更精微、更进步之表现。关于这一点,我以

49

为义山除得之于杜甫的一部分承袭,似乎另外还有得之于李贺的一部分承袭。无疑,李贺在中国诗史上,乃是一个极可注意的特殊天才,因为在中国传统的诗歌中,一般的内容都着重于现实情意的叙写,而李贺独能以其天才之锐感,而有探触及于宇宙之渺茫神奇的一种深幽窈眇之感受。这一点特色,是极为难得而可贵的。只是就李贺而言,其成就乃全出于天生过人之锐感,且兼有些许之病态,而欠缺知与情的反省及酝酿,虽然苦吟,而功力也仍嫌不够深厚,故其所成就者,乃仅能刺激人之感觉,而并不能餍足人之心灵。至于义山,其感觉之窈眇,用字之瑰奇,自是颇受李贺之影响,然其感情与功力之深厚,则实在更近于杜甫。尤其义山之成就,特别以七律一体见长,而七律一体,则舍杜甫而外,可说是无一可资为宗法之人,如果无盛唐杜甫之七律,则必无晚唐义山之七律,这是我所可断言的。

如果中国的旧诗能从杜甫与义山的七律所开拓出的途径就此发展下去的话,那么中国的诗歌必当早已有了另一种近于现代意象化的成就,而无待于今日台湾地区斤斤以"反传统""意象化"相标榜了。然而自宋以来,中国的旧诗,却并未曾于此一途径上更有所拓进,其主要的原因,即在于杜甫与义山之成就乃同在于以感性之触发取胜,宋人所致力者,则偏重于理性之思致,即此一端,着眼立足之点便已迥然相异,而况杜甫与义山之获得此一意象化之境界又全出于其天赋之自然,未曾加以有心有力之提倡。所以,宋人之得于杜甫者虽多,却独未能于其意象化之一点上致力。即如北宋之半山、山谷、后山、简斋诸人,以及南宋之放翁、诚斋一辈,甚而至于金、元之际的北国诗人元好问,可以说都是学杜有得的作者,尤其他们的七言律诗,更可以从其中看出自杜甫深相汲取的痕迹,或者取其正体之精严,或者取其拗体之艰涩,或者得其疏放,或者得其圆熟,然后复参以各家所特具之才气性情,无论写景、言情、指事、发论,可以说都能有戛戛独造的境界;只是其中却没有一个作者,曾继承杜甫与义山所发展下来的意象化之途径而更有开拓。所以,在中国诗史中,杜甫晚年《秋兴》诸作与义山《锦瑟》诸篇,乃独令人有诗谜之目,那就因为中国传统的旧诗,对此如谜之意象化的境界并未能普遍承认与发展的缘故。至于明代的诗歌,如前后七子,唯知以拟古为事,其七言律诗虽一意学盛唐的杜甫,但只能袭其形貌,一如宋初西昆体之学义山,貌人衣冠,根本没有自我境界之创造,更遑论意象化的拓展。晚明公安、竟陵两派的作者,则一反拟古之风,颇有革旧开新之意,然其所重者,乃在浪漫自然之叙写,虽然公安之清真与竟陵之幽峭微有不同,而其未曾措意于意象化之表现则一。且其成就多在散文,而不在诗歌。以散文而论,竟陵一派之用字造句,颇有脱弃传统之意,然而于诗歌意象化之表现则亦复无可称述。至于清代的诗歌,则大别之可分为尊唐与宗宋二派之拓展。尊唐者倡神韵,尚宗法,言格调,主肌理;宗宋者主新奇,反流俗,去浮滥,用僻险。宗派虽多,作者虽众,其成就亦复斐然可观,但一般说来,则也都未曾于境界之意象化一方面致力。晚清以来,海运大开,与西洋之接触日繁,新思想、新名词之输入日众,时势所迫,旧诗已有必须开拓革新之趋势,于是新思想与新名词,乃亦纷纷为一些旧诗人所采用,其间如黄公度与王静安便都曾作过此种尝试与努力。黄氏所致力者为新名词之运用,如其《今别离》诗之"所愿君归时,快乘轻气球"、《伦敦大雾行》之"吾闻地球绕日日绕球,今之英属遍五洲"、《海行杂感》诗之"倘亦乘槎中有客,回头望我地球圆"诸句,皆可见其用新名词于古近各体诗中之能力。唯是如以意境而论,则黄氏所写之情意,实在仍不脱中国旧传统现实之情意。至于王氏则颇能以西方哲学之思想纳入于中国旧诗之中,如其《杂感》《书古书中故纸》《端居》《宿峡石》《偶成》《蚕》《平生》《来日》,从这些诗中,皆可见其所受德国叔本华悲观哲学之影响,而深慨于人生沉溺于大欲之痛苦。然其内容虽得之于西方之哲理,而其所用之词字,则仍为旧诗传统习用之词字,如"穷途""歧路""乐土""尘寰""寂寥""萧瑟"诸词,皆为旧诗所习见,经王氏之运用,其意境乃焕然一新,脱去现实之情意,别有一种哲理之境界(此在其词作中表现尤为明显)。如果以前人论诗之以瓶与酒为喻,则黄氏乃是以新瓶入旧酒,王氏则是以旧瓶入新酒。另一方面,陈弢庵的《秋草》《落花》诸诗,于抚时感事、寄托深至之余,也颇有意象化的表现。此外如陈散原,于出入六朝、唐、宋,表现为精莹奥衍之余,竟然也颇用一些新思想与新词汇,如其《读侯官严氏所译〈社会通诠〉讫聊书其后》,及其《读侯官严复氏所译英儒穆勒约翰〈群己权界论〉偶题》等诗,自诗题便已可见其对新学接受之一斑。由这种种迹象看来,中国旧诗自晚清以来,实在已有了穷极则变的一种开新的自然的要求,如果中国旧诗就此发展下去的话,也许颇有形成一种新局面的可能。而五四的白话文运动,却给这相沿了两千年左右的诗体带来了一种前所未有的剧变。当然,这对中国旧诗的发展而言,似未免稍觉可憾,而就中国整个文学的发展演进而言,则白话的兴起,确实为中国文学开拓了一个更为博大的新领域。因为白话自有其委曲达意融贯变化的种种长处,较之文言似更便于接纳西方现代之种种形式与内容,也更适于现代人表情达意的需要。因之,白话诗的成就,原该是可以预期的,但自白话诗被倡立以来,却先后产生了两点相反的阻力,始则失之于过于求白,再则失之于过于求晦。其实,文学作品之美恶,价值之高低,原不在于其浅白或深晦,而在于其所欲表达之内容与其所用以表达之文字,是否能配合得完美而适当。即以杜甫而言,有被胡适先生讥为"难懂的诗谜"的《秋兴》诸诗,也有被胡先生誉为"走上白话文学大路"的《遭田父泥饮》诸作(见《白话文学史》),而陶渊明之真淳自然,亦复与谢灵运之繁重深晦,千古并称。可见作者既不该以白与晦为自我之局限,评者亦不当以白与晦为标准之高低。然而不幸的是,我国的白话诗,始则既自陷于不成熟的白,继则又自囿于不健全的晦,如此,白与晦乃真成为白话诗发展的两大争端与两大阻力了。早期的白话诗正当五四文学激变之后，当时虽有对白话的提倡，但是对白话的运用，则实在仍在极肤浅的幼稚阶段，而并未能发挥其融贯变化之妙，所以一般作者乃仅知一味以求白为事，而一味求白的结果，作为散文而言，虽尚颇有浅明达意之效果，而作为诗歌而言，有时就不免意尽于言，略无余味了。这与渊明之"豪华落尽见真淳"的妙造自得之境界，以及杜甫从"语不惊人死不休"所转入的"老去诗篇浑漫与"的质拙真率的境界，当然不可同日而语了。而文字运用能力的幼稚，也就妨碍了意境的开新，因之有些早期的白话诗，乃不免使人读之有新瓶旧酒之感，而文字之浅白单调，有时且使人觉得滋味远不及旧瓶旧酒之芳醇。这是早期白话诗的一大缺憾。而物极则反，于是台湾地区之现代诗，乃转而走向了求晦的一条路。求晦，原是白话诗一条可行的路，因为白话之为物，其缺点原在过于浅白，而对诗歌言，则此种缺点尤为明显(此正为早期白话诗失败之主因)。如果今日之现代诗，能善为运用白话的融贯变化之长，在句法及词汇上，以适当的中西古今之杂糅来求取变化，甚至于以颠倒和拗涩来增加其含蕴曲折之美，这原都是大为可行的，何况在今日之现代，空间与时间之激变日甚，矛盾与零乱之感觉日增，理念约束之惯力日减，而西方的反传统反具象的现代风乃如狂飙之吹起，使全世界都落入于其卷扫之中，则台湾地区的现代诗之走上求晦的途径正亦自有其时代之背景在。如此说来，则现代诗之求晦，乃不但大可谅解，更且大有可为了。然而不幸的是，台湾地区的现代诗，却陷入了一个拘狭偏差的迷途，形成了极不健全的现象，其原因大别之约有以下两端：第一是对传统妄加鄙薄的幼稚无知，第二是以晦涩病态为唯一的形式与内容的褊狭差误。对传统之妄加鄙薄，是因为早期的白话诗，既未能获致理想的成功，而一些保守的旧诗人之作，则又与现代之思想日益脱节，其内容乃陈陈相因，了无进益，于是一些急于求新求进的年轻人，乃愤然将旧日所用之瓶与酒一并一脚踢开,而热衷于向异乡去采撷果实,另谋酿造之方了。于是在目迷乎异乡之奇文异彩之余,乃欲于匆促间割取其一片截面而加以移植,殊不知任何酒的酿造,都非可一蹴而就,而各需有其不可少的原料之储备与时间之酝酿,即以被现代诗人所崇仰的西方之现代大师艾略特(T. S. Eliot)而言,亦自有其极深远的传统方面的修养和继承。这一点实不容忽视,因为唯有自传统得到养料的植物,其根基才是深厚的。如果要自西方撷取,我们该先了解西方流变的传统,这才是连根的移植,而非片面的截割。如果我们要在自己的土地上栽植,用自己的语文来写作,就该先从我国传统中认取我国文字的特色,养成组织运用的能力,进而与西方相融合,然后此种新的栽植才能深入土中,新的根株才能与旧的土壤深相结合,从地下深处去吸取其培育的养料,如此方能望其有硕茂成荫之一日。如果只是片面截割,信手插植,自将不免于有"零落同草莽"的悲哀了。至于误以晦涩病态为唯一的形式与内容,则由于观念之褊狭差误。我在前面论浅白与深晦时已曾谈到,作品之美恶原不在于其为浅白或深晦,而在于内容与形式之配合得当。而今日台湾地区之现代诗人,乃有一部分人对晦涩有过分之执迷,不复顾及形式与内容之配合及句法之组织变化之是否完美适当,不惜以浅薄之生硬荒谬制造晦涩,甚至以荒谬之晦涩来自我掩饰其内容之浅陋与空乏;另一方面,则又由于此激变之时代,形成了一部分人心理上的虚无病态,时代既有如此之现象,则文学自可作如此之反映,正如西子既有心病之疾,自无妨作捧心之态,而今日台湾地区一般现代诗人所犯之错误,则是以健康为可耻,欲使天下之人,无论其是否有西子之美与西子之病,都要竞作西子捧心之态,而往往欲作此效颦之态的,偏偏又常是丑而无病的东施。由此种种观念之偏差,于是现代诗乃自囿于不健全的晦涩之中,而造成了自白话诗倡立以来,继早期之不成熟的浅白以后之又一阻力。这是极可遗憾的一件事。因此,我愿举出杜甫七律一体之继承、演进、突破与革建的种种经过,为现代诗人作一参考之借镜。而尤其是《秋兴八首》所表现的反传统与意象化的成就,我以为更值得现代诗之反对者与倡导者的双方面的注意。保守的反对者,可借此窥知现代之"反传统"与"意象化"的作风,原来也并非全然荒谬无本,而是早在一千二百多年前,我国的集大成之诗坛的圣者,就已经在其作品中昭示了这种趋向的端倪;而激进的倡导者,也可借此窥知,要想违反传统、破坏传统,却要先从传统中去汲取创作的原理与原则,正如任何新异的建筑物,无论其形式如何标新立异,都必须合乎建筑美学的原理一样,如此才不致自暴其丑拙生硬而飘摇于风雨之中。意象化之境界,亦并非仅以晦涩荒谬自炫神奇,而同样可以表现博大、正常、健全之一份情意。因此,我乃不惜小题大做、劳而少功,搜集了四十九种杜诗不同的本子(今已增至六十九种),为《秋兴八首》详细校订文字之异同,并依年代之先后,列举各家不同之注释评说,分别加以按断,写了二十余万字的《秋兴八首集说》(今已增至三十八万字左右)。其初,我亦未曾料及,区区八首律诗,竟能生出如许多之议论,引发如许多之联想,而如能借此纷纭歧异之诸说,看到杜甫的继承之深、功力之厚、含蕴之广、变化之多、开拓之正,及其意象之可确感而不可确解,以及欲以理念拘限此意象为之立说的偏颇狭隘,使保守者能自此窥见现代之曙光,使激进者能自此窥知传统之深奥,则或者尚非全属无益之徒劳。昔禅家有偈云:"到处寻春不见春,芒鞋踏破陇头云。归来笑撚梅花嗅,春在枝头已十分。"读者或亦将自杜甫之《秋兴八首》中,窥见冰雪中之一丝春意乎?是为《秋兴八首集说》序。

凡　例

一、本书所集诸说,以历代评注杜诗之专著为主,其他各选本偶有可供
　　参考之说,则于按语中及之,不一一列举。

二、集说次第,以时代先后为序,其年代不可确考者,列之最后。

三、本书首列引用书目,注明各书之年代版本,及编注者之姓名,并于
　　每书下分别注明简称,以后征引但举其简称为标目,且均不加书
　　引号。

四、本书共分编年、解题、章法及大旨、分章集说四章,前三章皆以八诗
　　为一单位,分章集说则以每一诗为一单位。集说又分校记、章旨、
　　集解三节,前二节以全诗为一单位,集解一节,则为立说方便,将一
　　诗分为四联,每一联为一单位。

五、集说所引诸说,其有前后二联之解说须互相参看者,则于按语中注
　　明参看某联,并于征引时酌加删节号,以示其须与上下文参看之
　　意。如有总论全篇,不可以四联划分者,则于首联一并录出,以后
　　但注明见某联,不再引录原文。

六、集说引书,其原书未加引号者,悉仍其旧,按语中则视需要加用
　　引号。

七、凡诸家引书相同者,皆于首见时详之,以后视各家所引详略之不
　　同,分别注明"见"或"参看"字样。其有相差较多者,则将异文录
　　出;如须辨正者,则于按语中详之。

八、诸家之说,有引证古书注释字义者,有抒发己见解说诗义者,皆归纳为引古在前,解说在后,以求其整齐一致。

九、原诗字句,诸家有不同者,皆详校记。至于集说所引,则以诸家原本字句为准,不另加考辨。

十、凡各联、各引文需加考辨者,分别加"莹按"字样,而于每联及每章之总按语,则加"嘉莹按"字样。

一、引用书目

一、杜工部集二十卷、补遗一卷十六册　宋王洙编　〔王本〕

　　续古逸丛书影印宋绍兴刊本,卷首有宋仁宗宝元二年(公元1039年)王洙序。

　　(按此书无注,然据以影印之原书,版本极佳,为今日所见杜诗最早刊本。)

二、九家集注杜诗三十六卷十八册　宋郭知达编　〔九家〕

　　甲、清文澜阁四库全书钞写本,卷首有宋孝宗淳熙八年(公元1181年)郭知达自序,又有宝庆元年(公元1225年)曾噩重刻序。

　　乙、哈佛燕京社杜诗引得本,卷首有郭序曾序,及清高宗题诗。

　　(按此书所辑为王洙、宋祁、王安石、黄庭坚、薛梦符、杜田、鲍彪、师尹、赵彦材九家之注,为今日所见杜诗最早注本,极有价值,惟四库钞本脱误之处颇多,当分别辨之。)

三、分门集注杜工部诗二十五卷十册　宋人编　〔分门〕

　　四部丛刊涵芬楼借南海潘氏宋刊影印本。

　　(按此书为宋时坊本,多删取九家注而成,偶有增益之处,亦颇可供参助,惟所分门类极为驳杂,不依时代,不分体裁,往往将同一诗题之连章数诗,分别编入数门,极不合理。)

四、集千家注分类杜工部诗二十五卷二十四册　宋徐居仁编次、黄鹤补注　〔鹤注〕

1

元至正八年戊子(公元 1348 年)积庆堂刊本。

(按此书盖以分门集注本为据,间有黄希、黄鹤父子补注,亦颇可采择,惟所分门类次第与分门集注本并不全同。)

五、杜工部草堂诗笺四十卷、外集一卷十二册、补遗十卷三册　宋鲁訔编次、蔡梦弼会笺　〔蔡笺〕

商务印书馆丛书集成影印古逸丛书本,卷首附有绍兴二十三年癸酉(公元 1153 年)鲁訔序及宋宁宗嘉泰四年甲子(公元 1204 年)蔡梦弼识语。

(按此书草堂诗笺四十卷,首卷题嘉兴鲁訔编次,建安蔡梦弼会笺。补遗十卷,首卷题临川黄鹤集注,建安蔡梦弼校正,他卷题名皆为梓人削去,而每卷卷首标题又有不同。诗笺四十卷,或题杜工部草堂诗笺,或题增修杜工部草堂诗笺,或题集诸家注杜工部草堂诗笺,或题集注杜工部草堂诗,或题集注草堂杜工部诗;而补遗十卷或题黄氏集千家注杜工部诗史补遗,或题杜工部草堂诗笺补遗,或题黄氏集千家注杜工部诗补遗,或题增修杜工部草堂诗笺补遗,或题增修杜工部草堂诗补遗,或题集注草堂杜工部诗补遗,其标题极为零乱,此盖当时坊贾之所为也。注解多采旧说,而颇留意于考异辨音,亦间有发明之处,可分别观之。)

六、集千家注杜工部诗　元高楚芳编,附刘辰翁评点　〔千家〕

甲、湖北先正遗书影印明嘉靖丙申(公元 1536 年)玉几山人校刊本诗集二十卷十二册。

乙、明嘉靖八年(公元 1529 年)靖江王府刊本诗集二十卷十册。

丙、明嘉靖刻明易山人校本诗集二十卷、文集二卷二十四册。

丁、明刻许自昌校本诗集二十卷、文集二卷六册。

(按上四种诗集同为二十卷,所据皆为元高楚芳编千家注本。观其所收各家之说,虽与分门注本偶有不同,然大体出于一源,惟较分门注本为略。至所附刘评,偶有阐发,亦未尽当,依刊印时代,四种中以靖江王府本为最早,然湖北先正遗书本较易得,为本人所据之本,故列之最前。)

七、杜律演义　元张性撰　〔演义〕

明嘉靖十六年(公元1537年)汝南王齐刊本二卷四册。

附:杜律虞注六种(按即张性所撰杜律演义,后人误为元虞集撰,题名杜律虞注)。

甲、明成化七年(公元1471年)朝鲜刊本虞注二卷二册　〔朝鲜本虞注〕

乙、明正德三年(公元1508年)罗汝声刊本虞注二卷二册　〔罗本虞注〕

丙、明嘉靖十四年(公元1535年)江阴朱氏刊本题名补本虞注杜律不分卷四册　〔朱本虞注〕

丁、明万历戊子(公元1588年)新安吴怀保杜律赵注、杜律虞注合刊本,赵注三卷,虞注四卷共六册　〔吴本虞注〕

戊、明桐花馆刊杜律虞注不分卷二册　〔桐花馆本虞注〕

己、明吴登籍校刊本虞注二卷二册　〔吴校本虞注〕

(按此书据王齐刊本杜律演义所附王齐序,及曾昂夫撰元进士张伯成先生传,与吴伯庆撰张先生诗考之,当是张性所作,后之误为虞集者或因张性之字伯成与虞集之字伯生相近,因以致误。又诸本之次第详略差别颇多,或者曾经人窜改而托之虞集,又或者因虞集曾为范梈批选杜诗作序因而致误,当另为文考之。今兹所用以明嘉靖王齐刊本杜律演义为主,他本但供参校而已。)

八、范德机批选杜工部诗六卷二册　元郑昂编、范梈批点　〔范批〕

元刊本卷首有虞集序。

(按此书以一己之意删选,去取未尽当,所批亦极略。)

3

九、读杜诗愚得十八卷十册 明单复撰 〔愚得〕

明弘治辛酉(公元 1501 年)补修,宣德九年(公元 1434 年)江阴朱氏刊本,卷首有洪武壬戌(公元 1382 年)秋单复自序。

(按此书除注解偶引旧注外,其串讲解说亦颇为可取。)

一〇、杜律颇解四卷附李律颇解一卷四册 明王维桢撰 〔颇解〕

明嘉靖戊午(公元 1558 年)江阴泰谷朱茹刊本,卷首有朱氏序文及张光孝序文。卷一题云关中槐野王维桢解、西蜀泰谷朱茹编、关中左华张光孝校。

(按此书略于旧注而但以己意解说,偶有发明,惜未尽当。)

一一、杜工部诗通十六卷附杜律本义四卷,共十二册 明张綖撰 〔诗通附本义〕

明隆庆壬申(公元 1572 年)张守中(按守中乃张綖之子)浙江刊永思堂藏板,本义卷首有嘉靖己亥(公元 1539 年)张綖自序。

(按此书采择旧注而加以删节融贯,更以己意为之阐述,颇为可取。所附杜律本义,但收律诗,而其解说与诗通大致相同。)

一二、杜律集解六卷六册 明邵傅撰 〔邵解〕

日本贞享二年(清康熙二十四年,公元 1685 年)刊本,卷首有明万历丁亥(公元 1587 年)邵傅序。

(按此书引旧注,剪裁虽颇简当,惜多不注明出处,解说则颇有可取。)

一三、杜少陵先生诗分类集注二十三卷二十四册 明邵宝集注 〔邵注〕

明万历壬辰(公元 1592 年)三吴周子文校刊本,卷首有周氏序文。

(按此书删引旧注,亦多不注明出处,串讲尚颇简明。)

一四、杜律意笺二卷二册 明颜廷榘撰 〔意笺〕〔附朱批〕

明末颜尧揆刊本,卷首有明万历癸卯(公元 1603 年)朱运昌序及

4

颜廷榘《上杜律意笺状》,书眉并附有朱氏评语。

（按此书略于注释而详于解说,颇能阐发诗义。）

一五、杜工部全集六十六卷八册　明刘世教编　〔刘本〕

明万历四十年(公元1612年)平原刘氏刊李杜合集本。

（按此书无注,惟可供参考校勘之用。）

一六、杜诗通四十卷七册　明胡震亨撰　〔胡注附奚批〕

明写本,附黄叔璥手录奚禄诒原批。

（按此书编次颇为零乱,注解亦略,惟所附奚批评解极详,颇可
采择。）

一七、杜诗胥钞十四卷、摘录一卷,共四册　明卢世㴻辑　〔胥钞〕

明崇祯七年甲戌(公元1634年)梓于尊水园之杜亭。首卷目录
之后,有卢氏自序。

（按此书无注,惟在书眉及行间有写录前人旧注,可资辑录者不
多。但书后余论说杜甫各体诗成就及特色,颇为有见。）

一八、杜臆十卷五册,附管天笔记外编一册　明王嗣奭撰　〔杜臆〕

影印王嗣奭手稿本,卷首有王嗣奭自序《杜臆原始》,云著此书始
于崇祯甲申(公元1644年)九月之望,竣于乙酉(公元1645年)
端二日。

（按此书不注字句惟阐述诗义,颇能发前人所未及。）

一九、杜诗评律不分卷,四册　清洪舫撰　〔洪评〕

卷首有顺治壬辰(公元1652年)洪舫旧题选杜序及康熙癸酉(公
元1693年)何焯序,与康熙丁丑(公元1697年)族子力行序。

（按此书评解不多,可参考者甚少。）

二〇、杜诗擔四卷二册　明唐元纮撰　〔诗擔〕

旧钞本卷首题明乌程唐孝廉杜诗擔剑舟居士校阅,无序跋。

（按此书亦不注字句,至于评述尚有可取。）

二一、批点杜工部七言律一卷二册　明郭正域撰　〔郭批〕

明崇祯乌程闵齐伋刊三色套本。卷首有郭正域自序。

（按此书除录刘辰翁评语外,并加朱笔圈点黛笔批注,惟所评极略,可供采择者甚少。）

二二、杜诗钱注　清钱谦益笺注　〔钱注〕

甲、明钞本二十卷二函六册,卷首有柳如是图记及清道光庚戌（公元1850年）陆僎重装并跋之题字。

乙、宣统三年（公元1911年）时中书局石印附辑评本二十卷八册,卷首附有辑评姓氏。

丙、世界书局铅印本二十卷二册。

（按钱注曾屡经改订,有初笺及又笺之不同,故各本详略及解说往往有异。钱氏于史事考订颇详,惟解说诗义好以讽托为言,有时不免失之穿附。石印本所附辑评共十七家,而以吴李二家之说为多,据卷首所附竹一氏之考证,吴为星叟先生农祥,李为天生先生因笃或容斋先生天馥,其他十五家为张自烈、张尔岐、俞汝为、韩子蘧、申涵光、卢德水、陈廷敬、王士禄、朱彝尊、查慎行、潘耒、卢元昌、宋荦、邵长蘅、黄生,诸说时有可供采择之处。）

二三、杜律注解四卷二册　清张笃行撰　〔张解〕

卷首有顺治己亥（公元1659年）张笃行自序,卷末有乾隆己卯（公元1759年）张氏文、孙道存跋文,知此书原刊于顺治己亥,重刊于乾隆己卯。

（按此书多用旧说,偶有自抒所见者,亦未尽当。）

二四、唱经堂杜诗解　清金圣叹撰　〔金解〕

甲、清张氏味古斋钞本四卷二册。

乙、新陆书局刊本题名《杜诗欣赏》四卷一册。

（按此书二本虽皆为四卷,然每卷所收诗之多寡次第并不全同,至其相同者,字句间亦偶有差异。金氏好逞才子之笔,虽亦有精到之见,然不免时有故为标新炫异之处。)

二五、辟疆园杜诗注解十七卷七册　清顾宸撰　〔顾注〕

康熙间刊本,卷首有署名同学弟毕忠吉志中康熙癸卯(公元1663年)序文一篇。

(按此书亦多用旧注,偶以己意评说,颇有是处。)

二六、杜工部集二十卷十册　清朱鹤龄注　〔朱注〕

康熙间刊本,卷首有钱谦益序文一篇,朱氏自序一篇,皆未署明年月。又有朱氏同里学人计东序文一篇,署曰康熙九年(公元1670年)

(按此书以注释字句之典故出处为主,与旧注大抵相同,并无评说。)

二七、杜诗论文五十六卷四册　清吴见思撰　〔论文〕

清康熙岱渊堂校定本,前有康熙壬子(公元1672年)龚鼎孳及吴兴祚等序文,凡例后题云康熙壬子(公元1672年)三月吴见思识。

(按此书不注字句,但于每诗之后以散文加以评说,惟好用骈句,往往以辞害意,不能作详尽之阐释。)

二八、纂注杜诗泽风堂批解二十六卷十四册　朝鲜李植批解　〔泽解〕

清康熙十八年(公元1679年)朝鲜李氏刊本。

(按此书多采旧注,间有泽风堂自加评注,惟所言极略。)

二九、杜诗阐三十卷十九册　清卢元昌撰　〔诗阐〕

清康熙思美庐藏版,卷首有康熙壬戌(公元1682年)卢元昌自序。

(按此书亦不注字句,但于每诗之后,以散文加以评说,与《杜诗论文》同,惟所说似较论文为精深可取。)

三〇、杜诗会粹二十四卷二十册　清张远撰　〔会粹〕

清刊本,卷首有清康熙戊辰(公元1688年)张远自序。

（按此书注释引古颇详，仇注称其搜寻故实，能补旧注所未见，至其评说虽略，然亦时有发明之处。）

三一、杜诗详注　清仇兆鳌注　〔仇注〕

甲、广文书局影印附王引之诸家批本二十五卷四册。

乙、商务印书馆重印万有文库本二十五卷四册。卷首有清康熙三十二年（公元 1693 年）仇兆鳌自序。

（按此书于历代评注及故实搜剔引证极详，惟似稍嫌驳杂。）

三二、杜诗说十二卷四册　清黄生编　〔黄说〕

清康熙丙子（公元 1696 年）刊本，卷首有黄生自序。

（按此书亦不注字句而评说颇详。又此书付刊虽较仇注自序之年为晚，而仇注已曾引用，附识于此。）

三三、读书堂杜工部诗集注解诗集二十卷、文集二卷，共十二册

清张溍撰　〔溍解〕

甲、清康熙戊寅（公元 1698 年）初刊本，卷首有康熙丁丑张溍之子榕端序文及康熙戊寅商丘宋荦序文。

乙、清道光辛丑（公元 1841 年）重刊本，卷首有道光二十一年（即辛丑年）张溍六世孙篯重刻读书堂杜诗注解序。

（按此书多引钱注，偶有以己意阐述之处，惜未尽当。重刊本行式义例悉遵原本，惟偶有一二字句校改之处耳。）

三四、杜诗言志十六卷八册　清佚名撰　〔言志〕

扬州古籍刻印社据康熙间佚名著者稿本校刊，卷首有著者自序一篇，未署姓名年月。

（按此书不注字句，全以评说为主，颇有可取之处。）

三五、杜律通解四卷六册　清李文炜笺注　〔通解〕

清雍正年间刊本，卷首有李基和序文一篇，谓是书成于康熙壬辰（公元 1712 年），而未署撰序年月；又有曹抡彬序文一篇，写于雍

正乙巳年(公元1725年)。

(按此书以评说为主,亦引旧说,时有可取之处。)

三六、杜诗提要十四卷八册　清吴瞻泰评选　〔提要〕

山雨楼藏版。

(按此书字句之注释虽略,但解说颇详,偶有用钱注之处,间亦论及句法,颇为可取。)

三七、读杜心解六卷二函十二册　清浦起龙撰　〔心解〕

静寄东轩藏版,卷首有雍正二年(公元1724年)浦起龙自序。

(按此书分体编次,而卷首附有编年诗目。每诗先注字句,后加解说,颇有发明之处。)

三八、杜工部诗直解五卷三册　清范廷谋注释　〔范解〕

静修书局藏本,卷首有雍正戊申(公元1728年)景考祥序文一篇及范氏自序一篇。

(按此书先注字句,多引旧注;后加评说,时有可取之处。)

三九、杜诗偶评　清沈德潜撰　〔偶评〕

甲、赋闲草堂本四卷二册,卷首有乾隆丁卯(公元1747年)沈氏自序。

乙、日本享和三年(公元1803年)官版书籍发行所据赋闲草堂本翻印四卷三册。眉端附录诸家评语。

丙、台湾广文书局影印日本京都文求堂版,标题为《杜诗评钞》四卷一册,实即为《杜诗偶评》,眉端亦附有评语,但与前一种所录者并不相同。

(按此书以评为主,颇简要;眉端所附诸评,亦偶有可参取者。)

四〇、杜诗直解六卷三册　清沈寅朱昆补辑　〔沈解〕

乾隆乙未年(公元1775年)新镌本,卷首题朱竹均先生鉴定,泾上沈寅朱昆补辑。

（按此书于字句之注释多用旧说，至所附评解则尚时有发明。）

四一、杜诗集说　清江孟亭辑　〔江说〕

甲、本立堂藏版二十二卷十二册，扉页原题《杜少陵集详注》，史官仇兆鳌原注，嘉兴江孟亭编辑，卷首有乾隆癸卯（公元 1783 年）张九钺序。

乙、望三益斋本，二十卷二十册，内容与前一种同。

（按此书多用仇注，而时有删节，亦偶有增入处。）

四二、杜工部诗集二十卷六册　清郑沄编　〔郑本〕

四部备要刊玉勾草堂本。

（按此书无注，但可供参校之用，原当简称为玉勾本。因欲与前王洙本及刘世教本之简称王本、刘本者取得一致，故简称曰郑本。）

四三、翁方纲手批钞本杜诗不分卷十二册　清翁方纲批　〔翁批〕

（按此书为清翁方纲手批本，每册前皆有翁氏自识之言，可以想见其用力之勤。此书不注字句，但加评说，其评语之当，考据之谨，皆极为可取。）

（又按翁氏另有手钞本《杜诗附记》一种，不分卷，二十册，卷首有翁氏自序，历述其对杜诗用力之勤，并自言其写为附记之故盖"以备自省自择焉耳"。内容与前本多同，惟在《秋兴八首》之末有总论章法一节，为前本所无。）

四四、杜诗镜铨诗集二十卷附读书堂张溍注文集二卷三册　清杨伦撰　〔镜铨〕

台湾新兴书局影印清同治成都刊本，卷首附有清乾隆辛亥（公元 1791 年）杨伦自序。

（按此书多汇集前人之评注解说剪裁编辑而成，自己发明之处不多。）

四五、杜诗注释二十四卷十二册　清许宝善撰　〔许注〕

10

光绪丁丑(公元 1877 年)吴县朱氏补刊本,卷首有嘉庆七年(公元 1802 年)许氏自序。

(按此书评注极简,可参考者甚少。)

四六、杜诗集评十五卷八册　清刘浚辑　〔集评〕

卷首有嘉庆七年(公元 1802 年)阮元序,嘉庆八年(公元 1803 年)陈鸿寿序,嘉庆九年(公元 1804 年)查初揆序。据查序评者十五家,为海宁陆辛斋,苏州钱湘灵,新城王西樵、阮亭,中州宋牧仲,秀水朱竹垞,洪洞李天生,钱塘吴庆百,永年申凫盟,吴江潘稼堂、俞犀月,长洲何义门,海宁查初白、许蒿庐,嘉兴许晦堂。

(按此书所引集评多有已见于钱注辑评者可以参看。)

四七、杜诗选读六卷二册　清何化南、朱煜同编　〔选读〕

道光壬午(公元 1822 年)新镌忠恕堂藏版,卷首有何化南序,未署年月。

(按此书多引前人评注,时或于字句间稍加改易,而又不注明出处,徒乱人意,可取者不多。)

四八、五家评本杜工部集二十卷八册　〔五家〕

道光甲午(公元 1834 年)芸叶盦藏版,卷首有涿州卢坤序,云:"五家所评,别以五色。"计为:王世贞(紫笔)、王慎中(蓝笔)、王士祯(硃笔及墨笔)、邵长蘅(绿笔)、宋荦(黄笔)。

(按本书诸家所评皆极简略,重在诗法,而不重解说,可参用者甚少。)

四九、岁寒堂读杜二十卷三册　清沈犖云辑　〔沈读〕

台湾大通书局据清道光二十六年(公元 1846 年)苏州后乐堂原刊本影印。卷首有吴廷飏序、张澍序,皆未署年月,卷末有道光丙午(公元 1846 年)邬鹤徵跋及道光二十四年甲辰(公元 1844 年)沈玉琨跋。

（按此书亦多用前人旧说，而不注明出处。）

五〇、读杜诗说二十四卷一册　清施鸿保撰　〔施说〕

据施鸿保手稿铅印本，附有清同治庚午（公元1870年）施鸿保自序。序云，其原稿本分二十四卷订为五本。

（按此书不录原诗，但录诗题，后加解说。征引旧说而以己意为之参订，主要在为仇注纠误，颇有发明。）

五一、杜诗笺十卷十二册　清汤启祚撰　〔汤笺〕

旧钞本，时代未详。

（按此书不注字句，而其解说多为四字一句，且全用骈句，既伤板滞复病拘牵，殊少可取。）

五二、杜律启蒙十二卷四册　清边连宝撰　〔启蒙〕

前有献陵戈涛序文及边氏自撰之凡例，然皆未著明年月，刊本亦不详。

（按此书亦多用旧说，然时有一己之见，可以参看。）

五三、少陵诗钞不分卷二册　清吴士鉴撰　〔诗钞〕

撰年不详，今所见为1927年会稽顾氏珍藏清郑乡先生手书影印本。

（按此书无注，所录眉批大多已见前人引录，可参考者甚少。）

二、编　　年

一、九家　"丛菊"句赵注云:盖公于夔州见菊者二年矣。

二、分门　"丛菊"句注引赵次公曰:公于夔州见菊花者二年矣。(参看九家注)

三、鹤注　鹤曰:诗云"巫山巫峡气萧森",又云"丛菊两开他日泪,孤舟一系故园心",当是大历元年夔州作。时舣舟以俟出峡,自永泰元年至云安,及今为菊两开矣。

四、蔡笺　编于大历二年秋在夔州所作诗内。

五、演义　此诗因秋而感兴,皆在夔州思长安而作,鹤云:当是大历元年秋作。

　　　又　"丛菊"句云:自叹留夔州已经两秋。

　　　莹按:此先引黄鹤注以为乃大历元年秋作,而释"丛菊"句又云"留夔州已经两秋",未免先后矛盾。

六、范批　编于大历二年秋在瀼西所作诗内。

七、愚得　编于大历元年所作诗内。

八、颇解　当是大历元年秋作。

九、诗通　编于大历二年秋夔州所作诗内。

一○、邵解　"丛菊"句注云:公去秋至夔,故"两开"。

一一、意笺　"丛菊"句笺云:言两岁客夔,归未得也。

一二、钱注　公在夔州府两见菊开。

一三、金解 "丛菊"句解云:先生寓夔已两次见菊,故曰"丛菊两开"。

一四、顾注 公自永泰元年秋至云安,及今为两秋,见菊两开矣。

一五、朱注 公至夔州已经二秋。

一六、论文 编于大历元年秋夔州所作诗内。

一七、泽解 "丛菊"句引赵云:盖公于夔州见菊花者二年矣。

一八、会粹 编于夔州所作诗内。卷首附年谱云:大历元年春,自云安至夔州,居之,秋寓西阁。

　　　莹按:此八诗编于夔州所作诗内,且在夜宿西阁、西阁口号诸诗前,而年谱云大历元年"秋寓西阁",则其意盖以此八诗为大历元年作明矣。

一九、仇注 黄鹤、单复俱编在大历元年,诗云"丛菊两开",盖自永泰元年秋至云安,大历元年秋在夔州,是两见菊开也。

二〇、潜解 "丛菊"句解云:公居夔二年,两见菊开。

二一、言志 盖我之居此夔州,见此丛菊已两开矣。

二二、心解 "丛菊"句解云:本去蜀后而言,则两见菊开也。

　　　莹按:杜甫于永泰元年五月离草堂南下,自戎州至渝州,六月至忠州,旋至云安,自秋徂冬俱在云安,是在云安一见菊开也;次年即大历元年,春自云安之夔州,居之。是本去蜀后而言,两见菊开,则当在大历元年秋也。

二三、范解 公在夔两见丛菊之开而堕泪。

二四、偶评乙 眉批引仇注(已见仇注),以为大历元年秋在夔州作。

二五、江说 公至夔州,已经二秋。

二六、镜铨 "丛菊"一联下引朱注云:公至夔州已经二秋,时舣舟以俟出峡。

二七、集评 李云:在夔二年,故曰"两开"。

二八、选读 公至夔已经二秋。

14

二九、施说 "丛菊"一联说云:此言乘舟至夔,一系以来,已经二载不
乘也。

三〇、启蒙 公已羁夔二载。

　　嘉莹按:八诗之第二章,首句有"夔府孤城落日斜"之句,则
此八诗之作于夔州之秋日,自无可疑。杜甫自大历元年春至夔
州,大历三年春去夔出峡,是在夔州曾两经秋日。然则此八诗究
为大历元年秋所作,抑大历二年秋所作,诸家之说,颇有异议。九
家、分门、蔡笺、范批、诗通、邵解、意笺、钱注、金解、朱注、泽解、潜
解、言志、范解、江说、镜铨、集评、选读、施说、启蒙,皆以为作于大
历二年秋。初观之,似以此说为长,盖就首章之"丛菊两开他日
泪"一句而言,自以两次见菊皆在夔州之说为明白完整。然而详
味诗意,则作于大历元年秋之说实更为可信。鹤注、愚得、颇解、
顾注、论文、会粹、仇注、心解诸家皆主之,盖自"孤舟一系故园
心"句观之,则心解所谓"本去蜀后而言,则两见菊开"之说,实极
有见地。原来杜甫离成都后,扁舟下峡,其心原在故园,而关塞阻
隔,羁身江上,是自永泰元年离草堂,扁舟一系之后,两见丛菊之
开,则正当为大历元年秋也。此就诗人创作之时言之,亦为极自
然之感情,极自然之说法。且大历元年秋,杜甫寓居夔府之西阁,
大历二年秋,则已自瀼西迁居夔州之东屯。西阁地势高迥,下临
江峡,杜甫《中宵》一诗有"西阁百寻余"之句,而《西阁二首》又
有"层轩俯江壁"之句,《阁夜》一首有"三峡星河影动摇"之句,
《不离西阁二首》有"江云飘素练,石壁断空青"之句,皆可为证。
东屯则地势平旷,有稻畦百顷,杜甫《自瀼西荆扉且移居东屯茅
屋四首》有"东屯复瀼西,一种住清溪。来往兼茅屋,淹留为稻
畦"之句,镜铨注引《一统志》云:"东瀼水,公孙述于东滨垦稻田,

15

号东屯。"又仇注引于桌《东屯少陵故居记》云:"峡中多高山峻谷,地少平旷,东屯距白帝五里而近,稻田水畦,延袤百顷,前带清溪,后枕崇冈,树林葱蒨,气象深秀,称高人逸士之居。"杜甫《夔州歌》亦有"东屯稻畦一百顷,北有涧水通青苗"之句。且杜甫大历二年秋居东屯时,生活较安定,心情亦较闲逸,如其《茅屋检校收稻二首》之"尝新破旅颜",及《暂往白帝复还东屯》之"复作归田去,犹残获稻功"诸句,皆可为证。而《秋兴八首》则就其"江间波浪""塞上风云""白帝城高"诸句观之,以地势言,自当为大历元年秋寓居西阁之作。又就其"孤舟一系""一卧沧江"诸句观之,其羁旅怀乡之情,均极为沉痛深切,而不似自瀼西移东屯诸作之有闲逸之致,是就其内容情调言,亦当为大历元年秋寓居西阁之作。故私意以为作于大历元年之说实较作于大历二年之说更为可信也。又,大歷之"歷"字,当作"曆",从日。清人著作及清刊本,多作"歷",不从日而从止,则因避清高宗弘曆讳,故改"曆"作"歷"也。

16

三、解　题

一、演义　此诗因秋而感兴,皆在夔州思长安而作。

二、意笺　此公寓夔,将欲东下,感秋而赋,所谓"秋兴"也。

三、杜臆　语云:"秋士悲。"秋原易悲,而公之情事,有许多可悲者,而感秋景以生情。第一首乃后来七首之发端,乃《三百篇》之所谓兴也。

四、钱注　殷仲文诗云:"独有清秋日,能使高兴尽。"

　　　　又　潘岳《秋兴赋序》云:"于时秋也,遂以名篇。"

五、张解　公时在夔,当秋有感。

六、金解　总以第一首为提纲。盖先生尔时所处,实实是夔府西阁之秋,因秋而起兴。下七篇话头,一一从此生出(参看章法及大旨一章)。

　　别批　兴之为言兴也,美女当春而思浓,志士对秋而情至,凡山川林峦,风烟云露,草色花香,目之所睇,耳之所闻,何者不与寸心相为蕴结,其勃然触发有自然矣。乃先生以忠挚之怀,当飘零之日,复以流寓之身,经此摇落之时,其为兴也,真兴尽之至,心灰意灭,更无纤毫之兴,而有此八首者也。后人拟作者,或至汗牛充栋,亦尝试于先生制题之妙一寻绎乎。题是《秋兴》,诗却是无兴,作诗者满肚皮无兴,而又偏要作秋兴,故不特诗是的的妙诗,而题亦是的的妙题;不特题是的的妙题,而先生的的妙人也。从来诗是几首,多一首不得,少一首不得,如此诗是八首,则七首不得,九首亦不得,某既言之屡

17

矣,而或未能深信。试看此诗第一首纯是写秋,第八首纯是写兴,便知其八首是一首也。

七、顾注　此公在峡江之中,舣舟欲出,因感枫树而起兴(按此亦感秋之意)。

八、论文　秋兴者,遇秋而遣兴也,故八首写"秋"字少,"兴"字多。

九、诗阐　"秋兴"二字出简文赋。赋曰:"秋何兴而不尽,兴何秋而不伤。"《秋兴八首》,尽矣,伤矣。

一〇、会粹　秋兴者,因秋而发兴,不专咏秋也。八首中,或明点"秋"字,或暗点"秋"字,总寄其兴耳。

一一、仇注　潘岳《秋兴赋》(见钱注)。

　　　　又　吴论(见论文)。

　　　　又　末章引吴渭潜斋曰:《诗》有六义,兴居其一。凡阴阳寒暑,草木鸟兽,山川风景,得于适然之感而为诗者,皆兴也。《风》《雅》多起兴,而楚骚多赋比,汉魏至唐,杰然如老杜《秋兴八首》,深诣诗人阃奥,兴之入律者宗焉。

一二、潜解　梁简文帝赋(见诗阐)。

　　　　又　殷仲文诗(见钱注)。

　　　　又　潘岳赋(见钱注)。

一三、言志　兴即漫兴之谓也。秋兴,言当秋日而漫兴以为诗也。

一四、提要　其题原于卢子谅。

　　　　莹按:卢子谅有《时兴》诗一首,见丁福保编《全晋诗》卷五,其意在感慨四时运转之无常。

一五、心解　秋为寓夔所值,兴自望京发慨。

一六、偶评　言因秋而感兴,重在兴不在秋也。每章中时见秋意。

一七、江说　引吴论(见前引论文)。

一八、镜铨　潘岳有《秋兴赋》,因以名篇。

一九、选读　秋兴者,遇秋遣兴也,故八首写秋字意少,兴字意多(按与江说所引吴论全同,但未加注明)。

二〇、施说　注(按指仇注)引吴说:秋兴者,遇秋而遣兴也。今按此是遇秋而起兴,吴说作意兴之兴,非也。

二一、启蒙　引吴论(见前江说)。

又　兴者,所思也,所思者何? 故园也,京华也,长安也,故国也,故国之蓬莱、曲江、昆明、渼陂也。故各篇之内自为标识,以作眼目。

　　嘉莹按:上诸说中,钱注、诗阐、潘解、镜铨,不过注明"秋兴"二字之出处,提要举卢子谅诗,命题虽近似,而立意并不尽同。盖卢诗但写对时节之感兴,其为义较狭,杜甫《秋兴》则写其因秋所生之多方面之感兴,其义较广。仇引吴渭潜斋之说,颇得感兴之意。至于金解,"因秋而起兴"一句,原极简当;而在别批中,则欲逞才子之笔,中间一大段专在"有兴"与"无兴"上做文章。实则"有兴""无兴"之"兴"字,当为"兴致""兴味"之意,颇近于简文赋"兴尽"之"兴",而杜甫此题之"兴"字,则当为"感兴"之意,二者并不相同也。又别批之开端论外界景物与内心"勃然触发有自然矣"数句,所言亦颇有足取。论文于"兴"字上用一"遣",盖亦以兴字作意兴解,施说已驳其不妥。至于其他诸说,则皆以"秋兴"为因秋而感兴之意。盖此八诗,原但为杜甫寓居夔州,因见秋日草木之凋伤,景象之萧森,而内心油然有所感发而作。至于其所兴感者为何,则杜甫平日所心心念念者,原只在京华长安,因此,首章虽自夔州秋景起兴,而一念及长安,则此兴一发而不可遏抑,直至末一首,虽不复明写秋景,然的的确确仍是秋兴,此原为极简单极自然之事,不必过求甚解、过为深说者也。唯是杜甫制题之际，不着怀乡、感昔、伤今之任何一字，而但云"秋兴"，含蕴深长，悠然意远，无限感伤，尽在题外矣。而尤妙者，则"兴"字又更有"兴味"之一解，是就其立意言，原为"感兴"之意，且其所感兴者，原为无限哀伤；而就其字面言，则偏偏着一"兴味"之"兴"字。金氏别批，若但以此论制题之妙，原无不可，惟不可专指《秋兴》一题之"兴"字作"兴味"解耳。

四、章法及大旨

一、诗通　按《秋兴八首》,皆雄浑富丽,沉着痛快。其有感于长安者,但极言其盛,而所感自寓于中。徐而味之,则凡怀乡恋阙之情,慨往伤今之意,与夫夷狄乱华,小人病国,风俗之非旧,盛衰之相寻,所谓不胜其悲者,固已不出乎言意之表矣。卓哉一家之言,夐然百世之上,此杜子美所以为诗人之宗仰也。

　　莹按:此不论章法,但言大旨,而大旨亦但言其托寓蕴含之意,虽简略而颇为扼要。

二、胡注　(无)

　　奚批　前四首言肃、代两朝,后四首则追天宝。

　　莹按:此说殊略,且过为拘执。

三、杜臆　《秋兴八首》,以第一首起兴,而后七首俱发中怀,或承上,或起下,或互相发,或遥相应,总是一篇文字,拆去一章不得,单选一章不得。

　　又　起来发兴数语,便影时事,见丧乱凋残景象。"故园心"三字,固是八首之纲,至第四章"故国平居有所思",读者当另着眼。故国思即"故园心",而换一"国"字,见所思非家也,国也。其意甚远,故以"平居"两字该之,而后面四章,皆包括于其中。如人主之荒淫,盛衰之倚伏,景物之繁华,人情之逸豫,皆足以召乱;而平居思之,已非一日,故当时彩笔上干,已有忧盛危明之思,欲为持盈保治

21

之计,志不得遂,而漂泊于此,人已白头,匡时无策,止有"吟望低垂"而已。此中情事,不忍明言,不能尽言,人当自得于言外也。

莹按:此论起兴,相发,遥应,以及易"故园心"为故国思其意甚远之说,皆极有见地,此中情事,固真有"不忍明言,不能尽言"者也。唯是其中以"彩笔上干"说第八章"彩笔昔曾干气象"句,其意盖谓以彩笔上干时主,暗指当年上三大礼赋之事,此说似稍拘执。"彩笔"当指游渼陂诸篇什,"气象"则指山水之气象,"干气象",盖指与山水之气象争奇之意,上赋干主之意只能谓言外容或有之,而不可径以"上干"为说也,详细辨说见八章集解。

四、诗攟 吾谓《秋兴》,取材似《赋》,抽绪似《骚》,至于法脉变化,直造《风》《雅》,且如《竹竿》发綮于百泉,《陟岵》聆音于无死,《东山》则伊威在目,《斯干》则熊罴入梦,并空中彩绘,水面云霞,荒忽杳冥,无踪可觅,斯乃词中秘藏,象外玄机。此诗三首以前,取景犹近,后之五篇,形神俱远,真已飞精辇下,厕足朝端,杂沓轮蹄,从容燕赏。每篇止一二语,或止数字,略点题面耳,使他人为之,方虞喧客夺席,主反受凌,而此独不觉,则以抶其秘藏,透其玄机故也。又五篇一律,亦虞其重复,不能变化,而此不觉,则吾所谓抽绪似《骚》,似复非复者也。嗟乎,枚叟《七发》,少陵八篇,何所因仍,兴尽而止耳。后之拟者,截鹤补凫,挖疮加炙,我有性情为他人用,欲求其工,安可得哉。

莹按:此论《秋兴》八诗之法脉变化,颇能得其神情之妙。

五、钱注 此诗旧笺影略,未悉其篇章次第,钩锁开阖,今要而言之:"玉露凋伤"一章,《秋兴》之发端也。江间塞上,状其悲壮;丛菊、孤舟,写其凄紧。末二句,结上生下,故即以"夔府孤城"次之。绝塞高城,杪秋薄暮,俄看落日,俄见北斗,炉烟熠而哀猿号,急杵断而悲笳发,萝月、芦花,凄清满眼;萧辰、遥夜,攒簇一时。"请看"二字紧

22

映"每依北斗",即连上城高暮砧当句呼应耳。夜夜如此,朝朝亦然,日日如此,信宿亦然,心抱北斗京华之思,身与渔人、燕子为侣,远则匡衡、刘向之不如,近则同学轻肥之相笑。第三章正申《秋兴》名篇之意,古人所谓文之心也。然"每依北斗望京华"一句,是三章中吃紧啮节。萧条岁晚,身事如此,长安棋局,世事如此,企望京华,平居寂寞,故曰"百年世事不胜悲"也。次下乃重章以申之。"蓬莱宫阙"一章,思全盛日之长安也。"瞿塘峡口"一章,思陷没后之长安也。"昆明池水"一章,思自古帝王之长安也。"昆吾御宿"一章,思承平昔游之长安也。由瞿塘鸟道之区,指曲江禁近之地,兵尘秋气,万里连延,首章即云"塞上风云接地阴"也。唐时游幸,莫盛于曲江,故悲陷没则先举曲江。汉朝形胜,莫壮于昆明,故追隆古则特举昆明。曰"汉时",曰"武帝",正克指自古帝王也。此章盖感叹遗迹,企想其妍丽,而自伤远不得见,乃叠申曲江,末句文势了然,今以为概指丧乱则迂矣。天宝之祸,干戈满地,营垒俱在国西,及郭令收西京,陈于香积寺北,沣水之东,皆汉上林苑地,在昆吾御宿之间,然城南故地,风景无恙,故曰"自逶迤"也。碧梧、红豆,秋色依然,拾翠、同舟、春游如昨,追彩笔于壮盛,感星象于至尊,岂非神游化人,梦回帝所,低垂吟望,至是而秋兴之能事毕矣。此诗一事叠为八章,章虽有八,重重钩摄,有无量楼阁门在,今人都理会不到,但少分理会,便恐随逐穿穴,如鼷鼠入牛角中耳。余义则更于分章下详之。

附辑评　吴云:《秋兴》正如乐府八解,首言寓蜀,感身世之飘零;次因蜀而忆京华,恸家邦之离乱;三因京华而追念献赋,悼立身之不早;四因自悼而咎政府致崩乱之由;五因政府而言明皇荒淫,已微露幸蜀之恨;六则慨叹行在,伤心故京;七则宕开,如岳云之忽断,如江潮之怒归,谓借汉武言明皇可也,谓因汉武而言明皇之不及亦可也;八则又言当日献赋名动帝王,而今则一官放逐,盖暗伤资格之

23

困人也。层层钩锁，处处回环，愿学者尽心以对之。

又　陈云：八首命意炼句之妙，自不必言；即以章法论，分之如骇鸡之犀，四面皆见；合之如常山之蛇，首尾互应。

莹按：钱注以首章为"发端"，次章"每依北斗望京华"句为前三章"吃紧啮节"，而第三章既点出"清秋"二字，复感慨功名之薄，心事之远，故以为第三章乃"正申《秋兴》名篇之意"，而自第四章长安棋局以下，乃"重章以申之"："'蓬莱宫阙'一章，思全盛日之长安"；"'瞿塘峡口'一章，思陷没后之长安"；"'昆明池水'一章，思自古帝王之长安'"；"'昆吾御宿'一章，思承平昔游之长安"。其说似颇为条理明白，然而张溍杜诗解以为钱说颇有不妥之处。其一则汉武昆明一章，钱氏以为乃杜甫"感叹遗迹，企想其妍丽"，而非以汉武为借喻；张氏以为如非借喻，则汉武"年代远隔"，"何云在眼"，"何取追忆"？再则，钱氏以为"城南故地，风景无恙"，故末章曰"昆吾御宿自逶迤"也；而张氏以为"禄山之乱，久据长安，安见昆吾御宿独无兵火"（均见后引潘解之说）？张氏之说，不为无理。盖《秋兴》八章，其感兴之自然，寄慨之深远，原不可拘执以求，正如钱氏所云"少分理会，便恐随逐穿穴"。钱氏必以"昆明池水"一章为确指自古帝王汉武时之长安，又必以"自逶迤"为指昆吾御宿风景无恙，正亦不能自免于此病也。至辑评吴氏之说，于每章皆扼要作简单之说明，大意颇是，惟第五章云"因政府而言明皇荒淫"，其说过为刻露。杜甫忠爱厚挚，于明皇、贵妃事，其感讽皆极隐约含蓄，五章"蓬莱宫阙"云云，亦不过大体写当日长安宫阙之盛。至于感讽之意，虽亦微露于言外，然若如吴氏之说明"荒淫"二字，亦恐非杜甫忠厚之本意也。又辑评陈氏之说虽极略，然颇为简要。

六、张解　前四首言秋，后四首言兴，其立格又各不同。至其用意处，脉络分明，首尾相应，八首竟一首矣。真增减一首不得，颠倒一首不得，

24

何世乃有止选一首,并选一半者,殊失此诗本色。选杜又岂容易哉!

莹按:此指明前四首言秋,后四首言兴,未免拘执。至云八首不可割裂以选,则所言极是。

七、金解　此诗八首凡十六解。才真是才,法真是法,哭真是哭,笑真是笑,道他是连,却每首断,道他是断,却每首连,倒置一首不得,增减一首不得,固已。然总以第一首为提纲。盖先生尔时所处,实实是夔府西阁之秋,因秋而起兴。下七篇话头,一一从此生出,如裘之有领,如花之有蒂,如十万师之号令出于中权也。此岂律家之能事已耶?尝读《庄子》内篇七,以三字为标题。及观题字之次第,必以《逍遥游》为首。何以故?游是圣人极则字。逍有逍之义,遥有遥之义,于游而极,《鲁论》"游于艺"是也。余尝为之说曰:人不尽心竭力一番,做不成圣人,故有"志""据"字。人不镜花水月一样,赶不及天地,故有"依""游"字。若《齐物论》至《应帝王》,皆从极则字渐次说下来,与首篇不同。如齐而后物,物而后论,至于论,则是非可否,纷然不齐矣。应帝王之"应",即《法华》"三十二应""应"字,如先师"老安少怀"是也。帝之谛当,王之归往,抑末矣。故曰:皇有气而无理,帝有理而无理(下一理字当从钞本作情),王有情而无事。其事则齐桓、晋文,此之谓糟粕而已。举此二篇,可概余四。况《南华》见道之书,极重"南""北"字,首篇从"北溟"说到南,欲(当从钞本作次)则直提"南"字,其义了然,岂得混首篇于下六篇耶?大抵圣贤立言有体,起有起法,承有承法,转合有转合之法。大篇如是,小篇亦复如是。非如后世涂抹小生,视为偶然而已。吾不信天下事,有此偶然又偶然也。分明八首诗,直可作一首诗读。盖其前一首结句,与后一首起句相通。后来董解元《西厢》,善用此法。

莹按:金氏对此八诗之章法,极为叹之美之。开端数语,颇为感人,惟稍嫌浮泛不实耳。至于先后以《南华经》及《西厢记》比附立说,则与《秋兴》八章之章法并无必然之关联。至云大作家之善于安排章法,则又何止《南华》《西厢》为然。又金氏依乐府分解之法,每章皆自四句分截,断为前后二解,殊为板滞,与作者原意亦未尽合。今兹之说八诗概不取金氏分解之说。

八、顾注　王阮亭曰:《秋兴八首》,皆雄浑富丽……固已不出乎言意之表矣。(见诗通)

　　　　莹按:此数语当以见于明张綖所撰之《杜工部诗通》为最早,顾注引作"王阮亭曰",不知何据。

九、诗阐　公身羁夔府,心在长安。前三章当以夔府为主,后五章当以长安为主。于夔府而忆长安,则托之望,故曰"望京华"。望长安而不可见,则托之思,故曰"有所思"。前三章都从望中写出心在长安不得见长安之情。以言天时,巫山玉露,何如霄汉金茎也;塞上风云,何如蓬莱云日也;以言地势,白帝城之凄,其何如秦中为帝王州也;瞿唐峡之风烟,何如曲江为胜游处也。以言人事,伴山郭之千家,何如与拾翠佳人春相问也;侣信宿之渔人,何如与同舟仙侣晚更移也;以言物理,下丛菊两开之泪,何如碧梧、香稻为可念也;看江楼燕子之飞,何如鹦鹉、凤凰为可怀也。长安之系人思如此。今日之长安不然矣。今日长安霄汉金茎犹然否?蓬莱云日犹然否?想见者夜月机丝、秋风鳞甲不胜寂寞耳。秦中为帝王州犹旧否?曲江为胜游处犹然否?想见者花萼楼边、芙蓉苑里不胜荒芜耳。拾翠佳人犹登紫阁否?同舟仙侣犹泛渼陂否?想见者王侯第宅、文武衣冠不胜变迁耳。碧梧、香稻犹然如昨否?鹦鹉、凤凰依然无恙否?想见者菰米沉云、莲房坠粉不胜凄凉耳。况孤城之落日当楼,三峡之哀猿入耳,悲笳隐而如诉,孤舟系而不开。寂寂鱼龙,秋江独卧,凄凄刀尺,旅夜偏惊,想故国之旌旗,感少年之裘马,沧江迟暮,难回青琐之班,彩笔蹉跎,空起白头之叹,真可谓秋何兴而不尽,兴何秋而不

26

伤也已。

莹按：诗阐所云"前三章以夔府为主"，"后五章以长安为主"，其说颇近于钱氏之所谓"望京华"句是前三章"吃紧啮节"，"长安棋局"以下"重章以申之"之意。此原为立说方便，故而聊作分画。其实夔府与长安之遥映，今时与昔日之兴悲，原乃八诗中一贯之主要情意。唯是若诗阐之故意摘其一二句以夔府与长安作两两之对比，则文人好弄笔墨之积习。且如鹦鹉、凤凰皆作实解，亦殊失作者原意。

一〇、仇注　首章引王嗣奭曰：《秋兴》八章，以第一起兴，而后章俱发隐衷，或起下，或承上，或互发，或遥应，总是一篇文字。又云：首章发兴四句，便影时事，见丧乱凋残景象；后四句，乃其悲秋心事。此一首便包括后七首。而"故园心"乃画龙点睛处。至四章故国思，读者当另着眼，易家为国，其意甚远。后面四章，又包括于其中。如人主之荒淫，盛衰之倚伏（原脱"之"字，据《杜臆》补），景物之繁华，人情之逸豫，皆能召乱。平居思之，已非一日，今漂泊于此，止有头白低垂而已。此中情事，不忍明言，不能尽言，人当自得于言外也（参看《杜臆》）。

又　三章引朱鹤龄曰：前三章，俱主夔州。后五章，乃及长安事。

又　三章引陈廷敬曰：前三章，详夔州而略长安。后五章，详长安而略夔州，次第秩然。

又　末章引张綖曰：《秋兴八首》皆雄浑富丽……诗人之宗仰也（见诗通）。

又　泽州陈冢宰廷敬曰：《秋兴八首》……首尾互应。前人皆云李如《史记》，杜如《汉书》，予独谓不然，杜合子长、孟坚为一手者也（参看钱注辑评引陈说）。

莹按:仇注引王嗣奭杜臆,独删去其"彩笔上干"数语(见前),知仇氏亦不谓然也。余则杜臆所言颇是。至于所引朱、陈二说,与钱注及诗阐之说相近,乃一般之通说。

一一、溍解　先引钱笺(已见前),然后评曰:钱论八诗融贯关锁处自是高见。但汉武昆明谓非借喻,则昆明年代远隔,非公目睹关情,何言在眼?何取追忆?即禄山之乱,久据长安,安见昆明御宿独无兵火,而必谓汉武遗迹如故耶?余谓首章揭明所处之地、所遇之时,而自叹乡思迫切,正是说明秋兴。第二首言虽在远多病,而自京华君国之思不懈。"每依北斗"句,是后六首要旨。第三首言孤城萧索,旅泊无依,功名已薄,心事多违,而致叹于同学贵贱顿殊,又是赋秋兴本情。第四首言长安事变今昔之异,而明指所思,与"每依北斗"句应。第五首追言开元全盛之长安,而及己之曾受拾遗也。第六首言陷没后之长安,而叹形胜之不守也。第七首借汉武叹玄宗开边劳民,而遗祸蒙尘也,亦是陷没后长安。末首言昔日渼陂景物之胜,朋友之乐,及献赋称旨之荣,以"白头吟望"结之,又缩到首篇丛菊、孤舟惨状。八诗环应,只如一旨,皆雄浑富丽,沉着痛快。凡言长安,寓意悲凉,而辞俱壮丽。凡怀乡恋阙之情,感往伤今之意,与夫戎寇交兵,小人病国,风俗之非旧,盛衰之相寻,皆在意言之表。

莹按:溍解驳钱笺之说颇是,已详前钱注按语。唯溍解直指七章乃借汉武叹玄宗开边劳民,而遗祸蒙尘,亦未免过于拘狭。盖杜甫之慨古伤今,皆极含蓄自然,如此之明言确指,求得反失,求深反浅矣。其他各章之解说,亦未尽洽(容后分章详之)。至于其结尾数语所谓怀乡恋阙,感往伤今……皆在意言之表之说,则颇为可取。

一二、言志　八首先后次第,彼此照映。如游蓬山,处处溪壑迥别;如登

28

阆苑,层层户牖相通。以言格律,则极其崇闳,议论则极其博大,性情则极其温厚,举譬则极其精当。然皆其兴会所至,一笔写来,自然妙丽天成,不待安排思索。此天地间至文也,读者详之(按语参看后之范解)。

一三、提要　昔人谓《秋兴八首》,其题原于卢子谅,其气取之刘太尉,其文词纵横,一丝不乱,法本于左太冲,此特论其熟精《文选》理也。然少陵一腔忠愤,沉郁顿挫,实得之屈子之《九歌》、宋玉之《九辩》而变化之。至其惨淡经营,安章顿句,血脉相承,蛛丝马迹,则又八章如一首,其序次不可紊焉。一章纪夔州之秋兴,为总冒。次章承急暮砧,而及夔州之晚景。三章又及夔州之朝景。四章承五陵衣马而忆长安,因有王侯第宅文武衣冠之语,遂结云"故国平居有所思",故下皆思长安游历之地:五章思蓬莱宫之朝班,六章思曲江之游,七章思昆明池之游,八章思渼陂之游。写得长安之盛衰历历如见,而乃以昔游今望为一大结,仍不脱夔州之秋兴。回环映带,首尾相应。公诗所云"美人细意熨贴平,裁缝灭尽针线迹",此其是也。苟不得少陵悲秋之故,与夫长篇之法,动拟秋兴,以为善学柳下惠,吾不敢也,吾不能也。

　　莹按:杜甫之诗,茹古涵今,号称集大成。其应用变化,存乎一心,必如提要之指明某者原于某人,似嫌拘执过甚,不过亦颇可启人联想耳。至其论各章之承转,则颇为简明有序。

一四、心解　八诗总以望京华作主,在次章点眼,钱氏所谓"截断众流句"也(见下分章集解二章所引钱注)。说者俱云,前三章主夔,后五章乃及长安,大失作者之旨,且于八章通身结构之法全未窥见。

　　莹按:此驳一般所谓前三章主夔、后五章主长安之通说,其实此乃无谓之争。钱氏以"望京华"一句为截断众流句,且又曰此句是前三章"吃紧啮节",然而钱氏固亦云"此诗一事叠为八章,

29

章虽有八,重重钩摄"也。诗阐云:"前三章当以夔府为主,后五章当以长安为主","前三章都从望中写出",然而诗阐固亦云望而不见"则托之思",更复一一将夔府与长安之遥映写出,何尝不视此八诗为有通身结构也。即以心解论,心解论此诗题,岂不亦有"秋为寓夔所值,兴自望京发慨"之说。是八诗虽不可分,然其间每章又岂无宾主重轻之异。是前三章自寓夔值秋起兴,自以夔府为主;然既曰"望京"发慨矣,则发慨之后一心系于故国之思,故后五章便以长安为主矣。前三章与后五章之分说,不过为立说方便,一作分画而已。曰主夔、主长安者,其间固原自仍各有其所谓宾者在也,并非一分之后,便尔全不相干,故曰此乃无谓之争耳。

一五、范解　　此诗八章,公身寓夔州,心忆长安,因秋遣兴而作,故以《秋兴》名篇。八章中总以首章"故园心"为枢纽,四章"故国平居有所思"为脉络,方得是诗主脑。若浑沦看去,终无端绪可寻。首章以"凋伤"二字作骨,凡峡中天地、山川、草木、人事,无不萧森,已说尽深秋景象,提出"故园心"三字,点明遣兴之由。"暮砧"句结上生下。"孤城落日"承上咏暮景,"山郭""朝晖"又承上咏朝景,虽俱就夔府而言,细玩次章曰"望京华",三章曰"五陵衣马",仍是不忘长安,正所谓"一系故园心"也。四章则直接长安,煞出"故国平居有所思",将"故园心"三字显然道破。下四章即承此句分叙,抚今追昔,盛衰之感和盘托出,却首首不脱秋意。"蓬莱"一章指盛时言,"瞿塘""昆明"二章指陷后言,"昆吾"一章追忆昔游而言,皆故国平居之所思者。末则以"白头吟望"结出作诗之意,总收全局。统观篇法次第,一首有一首之照应,八首有八首之联贯,气体浑厚,法脉周密,词意雄壮,其间抑扬顿挫,慷慨淋漓,全是浩然之气相为终始。公之心细如发,笔大于椽,已可慨见。至于忧国嫉时,怀才不偶,满腔愤闷却出以温厚和平之语,全然不露圭角。怨而不怒，哀而不伤，《三百篇》之遗响犹存，真所谓大家数也。学诗者熟读细玩，顷刻不离胸次，则思过半矣。

　　莹按：前引言志之说，所谓"处处溪壑""层层户牖"者，虽亦能得此八章之神理，然而未免病于空泛，不若范解之恳切详明。

一六、偶评　怀乡恋阙，吊古伤今，杜老生平具见于此。其才气之大，笔力之高，天风海涛，金钟大镛莫能拟其所到。

　　又　曰"巫峡"，曰"夔府"，曰"瞿唐"，曰"江楼""沧江""关塞"，皆言身之所处。曰"故国""故园"，曰"京华""长安""蓬莱""曲江""昆明""紫阁"，皆言心之所思，此八诗中线索也(参看后引镜铨俞场云)。

　　莹按：此论八诗线索，颇为简要。

一七、江说　王嗣奭曰：《秋兴》八章以第一起兴……总是一篇文字。

　　又云：首章发兴四句便影时事，见丧乱凋残景象(参看《杜臆》)。

　　又　邵长蘅曰：《秋兴》自是杜集有名大篇。八章固有八章之结构，一章亦各有一章之结构，浑浑吟讽，佳处当自得之。必云如何穿插，如何钩锁，则凿矣。作者胸中定无此见解。

　　莹按：杜甫《秋兴八首》自有结构层次，惟不可拘执以求耳。

一八、翁批　第六章评曰：论者但知"故国平居有所思"一句，领起下四首，皆忆长安旧事，此亦大概粗言之耳。其实"瞿唐峡口"一首，首尾以两地迴环，其篇幅与"蓬莱""昆明""昆吾"三首皆不同，而转若与"闻道长安"一首之提振有相类者。盖第四首以"长安""故国"特提，而"蓬莱"一首以实叙接起；第六首以"曲江""秦中"特提，而"昆明""昆吾"二首以实叙接起，则中间若相间，插入"瞿塘"一首作沉顿回翔者，此大章法之节族也。若后四首皆首首从长安旧事叙起，固伤板实，即不然而一章特提，一章实叙，又成何片段耶？今第五首实叙，而第七八首又实叙，中一首与末二

31

首层叠错落,相间出之,乃愈觉"闻道长安""瞿塘峡口"二首之凌厉顿挫,大开大合,在杜公则随手之变,虚实错综,本无起伏错综之成见耳。

又　七章评曰:自第一首正写秋景,直至此首五、六句乃再正写秋景,正提秋事也。细玩八章,虽以中间"鱼龙寂寞秋江冷"一句为筋节,然前则"夔府孤城"一首皆虚含秋意,并非实写秋景。"千家山郭"一首,全不着秋,惟"清秋"二字一点而已。后则"蓬莱"章亦全不着秋,惟"岁晚"二字一点,此较"千家山郭"一首之"清秋"字更为虚浑矣。"瞿唐"章以秋作两地联合节拍,而边愁终非赋秋也。至于"昆吾"一章,则竟脱开,通幅以虚景淡染,碧梧栖老,并非为秋而设,而彩笔干气象,转于春字系出,此则神光离合之妙也。然则江间塞上,黯淡沉寥之景,后七章岂竟全无映照之实笔乎?然又不可再于江峡之秋景着笔摹写也。惟此首夜月秋风,无意中从昆池咽到题绪,所以五、六一联,遂提笔从菰莲重写秋境,以为实,则实之至,以为虚,则又虚之至,想象中波光凉思,沉切萧寥,弥天塞地,然则此首乃已正收秋思矣。第八章乃重与一弹三叹耳。

又　手钞本杜诗附记　若乃谢惠连《秋怀》诗止于一篇而已。盖记事之理缘意而生,意尽篇中,故无假于复叠也。惟杜陵之诗,法自儒家……然后言情之作与事物错综之理交合出之而极其至焉。然若《八哀》《诸将》《咏怀古迹》之伦,所谓事讫而更申,章重而事别也。惟《秋兴》之篇至于八首,赓复则一事叠为重章……初同而末异者矣。是以古今艺林推为巨制,非其气力出于物表者殆无以胜之欤。(引文有删节处,盖以手钞本有字迹模糊处故也)

莹按:翁批所言,极有精到之处。如评第六章所云"特提"与

32

"实叙"之笔;而又能不拘指为作者有意之安排,而曰"杜公则随手之变",本无成见,若此等处,皆所谓能入能出,不失为大方之论。至于评第七章所云秋景之"实"写与"虚"写,亦颇得原诗"神光离合之妙"。而谓第八章乃"重与一弹三叹耳",其说亦良可吟味。至于杜诗附记论《秋兴八章》与其他连章之作之不同,所说亦极为有见。

一九、镜铨　俞玚云:身居巫峡,心忆京华,为八诗大旨。曰"巫峡",曰"夔府",曰"瞿塘",曰"江楼""沧江""关塞",皆言身之所处;曰"故国",曰"故园",曰"京华""长安""蓬莱""昆明""曲江""紫阁",皆言心之所思,此八诗中线索。

又　陈子端云:八诗章法绪脉相承……其命意炼句之妙,自不必言(见钱注附辑评)。

莹按:二说一自字面言,一自神情言,皆颇简要,惟不甚详尽切实耳。

二〇、集评　陆云:八诗要不可更与评论,反复读之,意气欲尽。李云:八首只就景物潆洄,而悲愤意在言外,大家之篇。春容富丽,朴老浑雄,自唐迄今,竟为绝调。感时忧国,诗之寄兴在此,而能超议论之劫,故为神品。八首篇篇映带秋意并夔地。

又　吴云:《秋兴》正如乐府八解……愿学者尽心以对之(见前引钱注附辑评)。

又　俞云:身居巫峡,心望京华,为八首之大旨。曰"巫峡",曰"夔府"……此八诗中线索(参看前引偶评)。

二一、选读　王嗣奭曰:《秋兴》八章以第一章起兴……总是一篇文字(参看《杜臆》)。

又　吴渭潜斋曰:诗有六义,兴属其一。凡阴阳寒暑,草木鸟兽,山川风景,得于适然之感,而为诗者,皆兴也。

又　张綎曰:《秋兴八首》雄浑富丽……此所以为诗人之宗仰也(参见诗通)。

莹按:选读多录前人旧说,已详前引诸说,兹不复赘。

二二、沈读　钱云:八诗篇章次第……人都理会不到(见钱注)。

又　钱论八诗融贯关锁处……皆在意言之表。

莹按:其所引前一节"钱云",固见前引钱注。至其后一节则见前引潘解。盖在潘解中亦曾先引钱注,而后加按己见。沈读盖全引潘解,而但注明"钱云",而未注明潘解,未免疏略。

二三、启蒙　王阮亭曰:《秋兴八首》……言意之表矣(参看前引顾注)。

又　陈泽州曰:《秋兴八首》,命意炼句之妙……如常山之蛇,首尾互应(参见钱注辑评)。

二四、诗钞　眉批引李天生云:八诗只就景物潆洄……大家之篇(见前引集评)。

又　吴星叟云:《秋兴》正如乐府八解……愿学者尽心以对之(见前引集评)。

又　陆辛斋云:八诗要不可更与评论……意气欲尽(见前引集评)。

又　李天生云:春容富丽……故为神品(见前引集评)。

又　俞犀月云:身居巫峡……八诗中线索(见前引集评)。

莹按:此皆引前人旧说,并无丝毫新意。

嘉莹按:杜甫七律连章之作,五章者有《将赴成都草堂途中有作先寄严郑公五首》《诸将五首》及《咏怀古迹五首》,而八章者,则惟此《秋兴八首》而已。盖唐人七律之作,至杜甫而境界始大,情意始深,而此一体之功能变化,亦始发展而臻于极致。至于七律连章之作,则更为杜甫之所独擅,而《秋兴八首》则杜甫七律连章之作中之翘楚冠冕也。此不仅以八章之数目较五章为独多而然也，即以章法次第言之，《赴草堂寄严郑公五首》，其章法之间，虽亦有首尾层次之变化，然而赴草堂只是一地，寄严公只是一人，以与《秋兴》八章相较，则《赴草堂五首》，终不免有单调繁琐之感。且杜甫彼时之七言律作，于内容与意境二面皆未能达到入夔以后之境界，则更不得与《秋兴》八章相提并论矣。至如《诸将五首》，则首章写吐蕃内侵，责诸将不能御寇；次章写回纥入境，责诸将不能分忧；三章写乱后民困，责诸将不行屯田；四章写贡赋不修，责诸将不能怀远；五章写镇蜀失人，而怀严武之将略。其感慨议论虽亦反复唱叹，殷勤笃至，然而五章分咏五事，其次第分划固厘然可见者也。《咏怀古迹五首》亦然。其所感怀之古迹，首为庾信宅，次为宋玉宅，三为昭君村，四为永安宫，五为武侯庙。其间感怀与咏古互相映发，亦极尽宾主虚实变化之妙，然而亦为五章分咏五事，其次第分划亦复厘然可见。如以上所举诸诗，其章法之层次呼应变化，虽亦颇极连章七律之妙，然而要皆不得与《秋兴》八章之自一本发为万殊，又复总万殊归于一本者相提并论。盖以《赴草堂》之作但为一本，而并不能化为万殊；《诸将》及《咏怀古迹》二作，则分为万殊，而并不总归于一本；其能自一本化为万殊，而万殊又复归于一本者，唯《秋兴》八章足以当之耳。今试一论其章法，所谓一本者，羁夔府值秋日而念长安，斯为八诗之骨干，所谓一本者也。而八诗中或以夔府为主而遥念长安，或以长安为主而映带夔府，至于念长安之所感，则小至一身之今昔，大至国家之盛衰，诚所谓百感交集，所怀万端者也。而复于此百感万端之中，或明写，或暗点，处处不忘对夔府秋日之呼应，此岂非万殊一本，一本万殊者乎？首章以夔府为主，自秋景起兴，故开端即以"玉露""枫林""巫山""巫峡"点明时地；次联"江间"

"塞上"承上联之景,亦启下联之情;故三联"丛菊""故园"即遥逗故园之思;尾联接写客子无衣之感,既呼应"秋"字,又以"暮砧"唤起下章。次章一起即承首章写夔州暮景,次句"望京华",明明点出长安,已较首章之"丛菊""故园"为激切;中二联皆以一句伤今,一句感旧,互为呼应;尾联月映芦花既以之应首联之暮景,伤光阴之迅速,复暗写夔府秋景之凄凉。三章承次章接写夔州朝景起兴;次联以眼前清秋景物写客子羁迟之感;三联感伤功名心事之违,叹息无成;尾联以"同学""不贱"为对比,而又慨其但求"衣马"之"轻肥",有无限身世家国之感,复以"五陵"唤起下章。四章承五陵而以"闻道长安"为起,已自夔府转入长安,而以"闻道"二字呼起之,遥映首章之"故园"、次章之"京华"、三章之"五陵",而此章则为正写长安之始,故中二联皆自大处落笔,总写百年世事之盛衰纷扰,而第七句复以"秋江冷"映带夔府之秋,第八句则又以"故国平居"唤起以下数章。五章承"故国平居",首思"蓬莱宫",既为当年献赋之地,又为天子之所居,故以之为所思之发端,"王母瑶池"、"函关""紫气",写当日之庭阙,初移"宫扇"、乍睹"圣颜",写当时之杜甫,而以第七句"一卧沧江"映带夔府秋日,末句则慨"朝班"之不再,迥合自然,感慨无限。六章亦承上而来,其所思以"曲江"为主,而以首二句"瞿塘"及"素秋"映带夔府之秋,"花萼楼"有通曲江之夹城,"芙蓉苑"则为曲江之池苑,"珠帘""锦缆",回首全非,而结之以自古帝王州,无穷感慨,尽在言外。七章所思以"昆明池"为主,远承四章之"故国平居",近承六章之"自古帝王",故又有"汉时功"及"武帝旌旗"之言,"织女""石鲸""菰米""莲房",皆以昆明池秋景寓盛衰之慨,而以极天鸟道、满地江湖呼应夔府。八章所用地名独多,曰"昆吾",曰"御宿",曰"紫阁",而归之于"渼陂",余韵悠然,情思无限,是所思虽以渼陂为主,然而其情意则并不为渼陂所限也;"香稻""碧梧""佳人""仙侣"四句记昔游之盛,而"佳人"句更着一"春"字,乃竟不为秋字所限,此正因此诗已为八诗末章,极写其感兴之远,故有此余波荡漾之致,翁批所云有"神光离合之妙"者也;末二句,明明着一"昔"字,着一"今"字,以"昔"字总结长安,以"今"字总结夔府,章法完足,哀伤无限。以上略述八诗之章法大旨,若更简言八诗之布置呼应,则八诗皆以地名为发端,前三章以夔州为主,自第四章以后则转入长安。首章"巫山巫峡"、次章"夔府孤城"、三章"千家山郭",皆以夔府秋日起兴,遥遥以"故园""京华""五陵"唤起长安;四章"闻道长安",为正式转入长安之始,承以上三章,启以下四章,而其感慨亦复由一身而转入朝廷;五章以后,以"蓬莱宫""曲江头""昆明池""渼陂",分咏故国平居所思之事,而以五章之"沧江"、六章之"瞿塘"、七章之"关塞""江湖"映带夔府,八章总以一"昔"字、一"今"字作长安与夔府之总结。而首章"玉露凋伤"、次章"洲前芦荻"、三章"清秋燕子"、四章"寂寞秋江"、五章"沧江岁晚"、六章"风烟素秋",皆实写夔府之秋以为感兴,至七章之"波漂露冷",而秋兴反于遥想之长安系出,八章更着一"春"字以为余韵,虚实映带,各极其妙。或有人以起承转合说八诗,而以每二章为一段落,以为一、二两章为起,三、四两章为承,五、六两章为转,七、八两章为合,其说似稍为拘板。杜甫诗中虽有起承转合之妙,然不可如此以八股之章法说之也。至于八诗感兴寓托之深,如诗通所云"怀乡恋阙之情,慨往伤今之意,与夫夷狄乱华,小人病国,风俗之非旧,盛衰之相寻,所谓不胜其悲者",则当于以后分章集解时详之。

37

五、分章集说

其　一

玉露凋伤枫树林,巫山巫峡气萧森。

江间波浪兼天涌,塞上风云接地阴。

丛菊两开他日泪,孤舟一系故园心。

寒衣处处催刀尺,白帝城高急暮砧。

【校记】

接地　演义注云:"一作匝地。"范解作"匝地"。

　　　　莹按:"匝地"但就地面而言,"接"字则有自上而下之意,此
句云"塞上风云接地阴",由上而下说来,自以作"接"字为是。

两开　王本、九家、鹤注、蔡笺、钱注、朱注、泽解、仇注、郑本、翁批,皆注
云:"一作重开。"启蒙作"重开",而注云:"一作两。"翁批云:有
"重"字一本,则益见"两"字之稳重大方。

　　　　莹按:"两"字不仅稳重大方,且音义皆更为切实有力,作
"两"字为是。

【章旨】

一、演义　此诗因见峡中之秋景而起兴,略及长安故园(朱刊本虞注

38

"故园"作"秋景"),而未极言之也。

　　莹按:此说极为简明。

二、邵解　感夔秋景。

三、邵注　时公舣舟以俟出峡,当秋感兴而作也,兴而赋也。

四、杜臆　第一首乃后来七首之发端,乃《三百篇》之所谓兴也。

五、钱注　"玉露凋伤"一章,《秋兴》之发端也(参看前章法及大旨引钱注一节)。

　　莹按:以上诸说皆但以因秋感兴而言,而未明言其所感者为何。

六、金解　前解从秋显出境来,后解从境转出人来,此所谓"秋兴"也。

　　莹按:此就所感之层次转折而言。

七、论文　第一首先从"秋"字起。

八、诗阐　首章离乡之感。

　　莹按:以上二说一就起兴而言,一就所感而言,皆极简略。

九、会粹　此首以"巫山巫峡"四字作纽。"江间""塞上",巫中之景;"丛菊"两句,巫中之情。

　　莹按:此分别为在夔之景与在夔之情言之。

一〇、仇注　首章对秋而伤羁旅也,上四因秋托兴,下四触景伤情。

　　莹按:此以就景生情为说。

一一、言志　此第一首从秋字上笼盖而起,下历举其兴之所由生。

　　　又　此第一首在夔言夔,漫兴之始也。

一二、提要　此为八章总冒,故只虚照秋兴,后乃一章紧一章;巫山、巫峡、白帝城,记地,见其为夔州之秋兴也。

　　莹按:此就八章之章法而总论之。

一三、心解　首章八诗之纲领也。明写秋景,虚含兴意;实拈夔府,暗提京华。

　　莹按:此就其明暗呼应而言。

一四、范解　此章俱写夔府秋景,惟第六句点出"故园心"三字,为八首主脑。细玩上下语意,即八句中亦总归缩此三字。方秋而木凋气萧,兼天匝地,想到在故园时必无此境,所以两见丛菊便至陨泪,一闻暮砧即忆刀尺,总是故园心团结于中,自觉触景生感,因时遣兴,故八首中独此首写秋以完题面,后七章全是遣兴,却仍不离秋意。

一五、偶评　首章乃八章发端也,故园心与四章故国思隐隐注射。

　　　丙本　眉批引杨西河曰:首章,《秋兴》之发端也……故以夔府孤城次之(见镜铨眉批)。

一六、沈解　此诗因见峡中之秋景而起兴……而未极言之也(见演义)。

　　　莹按:此盖引用演义之说,而未加注明。

一七、镜铨　眉批曰:首章,《秋兴》之发端也。江间、塞上,状其悲壮;丛菊、孤舟,写其凄紧,末二句结上生下,故以夔府孤城次之。

　　　莹按:此分别以悲壮与凄紧为说,反嫌支离,似不若会粹与仇注之以即景生情为说之完整浑成,至于论末二句之结上生下,则就章法之连缀而言,所说颇是。

一八、集评　李云:首篇时地在目,景情相涵,不旁借一语,清雄圆健,更为杰出。

一九、选读　首章,对秋而伤羁旅也(参看仇注)。

二〇、启蒙　仇注:首章对秋……触景伤情(见仇注)。

　　　莹按:此为八诗首章,自夔州秋景起兴,点明时地。而在秋景之叙写中,隐隐逗出怀乡恋阙之思,已有无数感兴在其间。"故园心"三字,自是此诗主脑所在。而以尾联之"急暮砧"唤起次章首联之"落日斜"。诸说意实相近,唯繁简不同耳。

【集解】

玉露凋伤枫树林,巫山巫峡气萧森。

一、九家　李密诗:"金风荡佳节,玉露凋晚林。"

　　又　张景阳诗:"荒楚郁萧森。"

　　又　阮籍诗:"湛湛长江水,上有枫树林。"

　　又　赵云:"巫山,以言山;巫峡,以言水。"

二、分门　王洙曰:李密诗(见九家注)。

　　又　王洙曰:张景阳诗(见九家注)。

　　又　赵次公曰:(见九家赵注)。

三、鹤注　洙曰:李密诗(见九家注)。

　　又　洙曰:张景阳诗(见九家注)。

四、蔡笺　李密诗(见九家注)。

　　又　巫山……以言水也(见九家赵注)。

五、演义　玉露,露至秋则白。

　　又　露凋枫叶至于满林,则秋深矣。故巫山巫峡之气肃杀而萧森。

　　又　巫山、巫峡并在夔州。

六、愚得　言在夔见玉露凋伤枫林,则巫山巫峡浪兼天而云接地,而秋气萧森矣。

七、诗通　萧森,清肃貌。

　　又　前四句,景中含情,乃秋兴之端。

八、邵解　枫凋玉露,秋既深矣,故巫山巫峡之气,肃杀萧森。

九、邵注　玉露,秋露;萧森,萧条也。

　　又　言露凋枫叶,则秋深而气肃。

一〇、意笺　"玉露凋伤枫树林,巫山巫峡气萧森",总是言草木变衰,悲秋之意。

一一、胡注　气概风韵,固是压卷。

　　　　奚批　以秋起兴,气象颇健。

一二、杜臆　秋景可悲,尽于萧森,而萧森起于凋伤,凋伤则巫山巫峡皆
　　　　　　萧森矣。

　　　　又　起来发兴数语,便影时事,见丧乱凋残景象。

一三、钱注　《水经注》:江水历峡东,经新崩滩,其下十余里,有大巫
　　　　　　山,非惟三峡所无,乃当抗峰岷峨,偕岭衡疑,其间首尾一百六十
　　　　　　里,谓之巫峡,盖因山为名也。自三峡七百里中,两岸连山,略无
　　　　　　阙处,重岩叠嶂,隐天蔽日,自非亭午夜分,不见曦月。

　　　　又　《招魂》曰:"湛湛江水兮上有枫,目极千里兮伤心悲。"(按
　　　　　　当作"伤春心",然钱注诸本并同,当系误引)宋玉以枫树之茂盛
　　　　　　伤心,此以枫树之凋伤起兴也。

一四、张解　玉露,白露也,《诗》:"白露为霜。"又,《吕氏》:"宰揭之
　　　　　　露,其色如玉。"

　　　　又　《楚辞》:"湛湛江水兮上有枫。"(参见钱注引《招魂》)

　　　　又　言霜零木落,高下咸肃杀矣。

　　　　　　莹按:张解所引吕氏见《吕氏春秋》卷十四第二节《本味》,为
　　　　　　以前诸家注本所未引。据高诱注:"宰揭,山名,处则未闻。"至于
　　　　　　引《楚辞·招魂》及"霜零木落"云云,则与其他诸家注本之说相
　　　　　　近,并无新意。

一五、金解　"露凋伤""气萧森"六字,写秋意满纸。秋者,挚也,言天
　　　　　　地之气,正当挚敛之时也。故怨女怀春,志士悲秋,皆因气之感而
　　　　　　然。时先生流寓夔州西阁。夔州,旧楚地,最多枫树。巫山在夔
　　　　　　州,有十二峰,巫峡为三峡之一。白帝城在夔州之东,公孙述于此
　　　　　　僭号者。先生虽心在京华,而身寓夔州,故即景起兴,不及他处。

后来无数笔墨,一起一伏,若断若连,从夔州望京华,以至京华之同学,京华之衰盛,如曲江,如昆明池,如昆吾、御宿、渼陂,凡为京华所有者,感兴非一,总不出尔日夔府之秋,故下七首诗,实以此首为提纲也。

别批　露也,而曰"玉露";树林也,而曰"枫树林",止一凋伤之境,而白便写得白之至,红便写得红之至,此秋之所以有兴也。却接手下一"巫山巫峡"字,便觉萧森之气,索然都尽。

莹按:金解起六字秋意满纸之说,读之确有此感。至于"秋者揫也"一节,则出于《礼记·乡饮酒义》,虽不可谓为无据,然颇失之迂远。其论即景起兴,下七诗以此为提纲之说,尚颇扼要。至于别批以露白、枫红为对比,所言颇是。千家注本引刘辰翁评语云:"八诗沉雄富丽,哀伤无限,小家数不可仿佛,即如此二句,写巫山巫峡之萧森气象,而露曰玉露,树曰枫林,凋伤之中仍有富丽之致,自是大方家数,别批虽标举露白、枫红,而但以'有兴''兴尽'为说,尚不免小家之见。"

一六、顾注　当此秋露既下,枫树凋伤,叶落而山与峡倍明,故气象萧条之中弥见森列。

莹按:此以"萧条之中弥见森列"说"萧森"二字,用意虽是,然未免沾滞。

一七、朱注　李密诗(见九家注)。

又　《水经注》(见钱注)。

又　张协诗(见九家注张景阳诗)。

一八、论文　玉露,八月之露,已能凋伤枫林者,以在巫山而又巫峡,山之最深,气复加肃也。

一九、泽解　洙曰:李密诗(见九家注)。

又　洙曰:张景阳诗(见九家注)。

又　梦弼曰:巫山……以言水也(见蔡笺)。

二〇、诗阐　悲哉秋也,万象摇落,乃玉露团团,凋伤之象枫先受之。况山岛竦峙,岩壑深肃,萧森之气,更何如耶?

二一、会粹　李密诗(见九家注)。

又　张景阳诗(见九家注)。

又　《水经注》(略同钱注)。

二二、仇注　李密《感秋》诗(见九家注)。

又　沈约诗:"暮节易凋伤。"

又　阮籍诗(见九家注)。

又　梁元帝诗:"巫山巫峡长。"

又　《水经注》(略同钱注)。

又　张协诗(见九家注引张景阳诗)。

莹按:仇注盖沿用李善注《文选》之例,凡词字之见于古籍者,皆为之一一录出,其所引录虽未尽妥洽,且未必即为作者诗意之所自出,然亦未始不可供读者联想之一助,且时或亦可见古人读书融会运用之妙,故本文亦不避繁琐,并皆录出。

二三、黄说　"凋伤"二字连用,以字法助句法。巫山、巫峡,分山水二项。

二四、潜解　《水经注》(略同钱注)。

二五、言志　看他开口一句将造物神奇一笔写出。大凡描绘物理,刻画者必失之尖小,博大者又易含糊,似此既极镌削又极浑沦,以玉露为追琢,以枫林为方幅。其玉露降而枫林伤,非玉露之果为确凿,然枫林之伤实由玉露之降,若或凋伤之。此真以化工之笔妙写化工之神理。读者慎勿以其熟习而遂滑口过去,不加咀味也。

莹按:此说虽似过于深求,然谓其"刻画"中有"浑沦",亦未始无见。

二六、通解　又见玉露凝寒而枫树林之丹黄者,俱为凋伤。

二七、心解　首句拈秋,次句拍夔。

二八、范解　李密诗(见九家注)。

又　枫树经霜,红艳夺目,今玉露濡时,满林凋伤。

莹按:杜诗所云"玉露",盖泛指秋日之寒霜冷露而言。范解先云"经霜",又云"玉露濡时",未免枝节破碎矣。

二九、镜铨　《水经注》(略同钱注)。

三〇、集评　首句下注云:秋字总起。

莹按:首句并无"秋"字,此盖云首句所写为秋日景象,应题目中之"秋"字也。

三一、选读　李密诗(见九家注)。

《水经注》(见钱注)。

三二、汤笺　怀因秋感兴起,目前露冷枫丹,萧森万状。

三三、启蒙　顾注:枫树凋伤……弥见森列(见前引顾注)。

嘉莹按:九家、分门、鹤注、蔡笺、钱注、张解、朱注、泽解、仇注、潘解、镜铨诸家,惟注明词字之出处及地名所在而已;演义、愚得、诗通、邵解、邵注、意笺、论文、诗阐诸家,依诗句字面演释,殊为平泛;心解之说要而失之简;金解有精到处,惟伤芜蔓耳。杜臆以为"起来发兴数语,便影时事,见丧乱凋残景象",其意致颇是,惟是定指为有影时事之意,则反不免过于拘执,不如令读者自得其言外之意为佳也。言志之说亦有可取,而微病过于深求。盖此二句为首章开端,自夔州秋景起兴,故于地则曰"巫山巫峡",于物则曰"玉露""枫林",而间以"凋伤""萧森"字样,不惟写得秋意满纸,更引起无穷萧飒衰残之感兴,而情景时地更复无一不照应周至,气象足以笼罩,而复有开拓之余地,是绝好发端。

江间波浪兼天涌,塞上风云接地阴。

一、九家　赵云:夔以白帝城为塞,故云塞上。

　　　莹按:此以塞上为指白帝城。

二、演义　峡江之间,波浪蹴天,楚塞之上,风云匝地,此皆萧森之气。江间即巫峡,塞上即巫山;菊花山中之物,孤舟江中之物,中四句交股应"巫山巫峡"四字。

三、颇解　江间即巫峡,塞上即巫山;菊花山中之物,孤舟江中之物,中四句错综应"巫山巫峡"四字。

　　　莹按:此说与演义略同。

四、诗通　江谓巫峡,塞谓巫山,兼天涌,接地阴,又举萧森之甚者言之也。

　　　莹按:此以塞上为指巫山,与演义之说同。

五、邵解　江间,巫峡;塞上,巫山。

　　　又　"江间"二句,俱言气之萧森。

　　　又　肃杀之气塞于两间。

　　　莹按:此亦以塞上为指巫山。

六、邵注　江,指巫峡言;塞,指巫山言。

　　　又　因指其所见而言,峡江之间,波浪蹴天,楚塞之上,风云匝地,将闭塞而成冬矣。

　　　莹按:此亦以塞上为指巫山,与演义、诗通、邵解并同。

七、意笺　波浪兼天,秋水盛;风云接地,秋塞晦。既言可悲,又言可惊也。

八、胡注　兼天接地之属对,及一系"一"字之无着落,小疵也。

　　　奚批　三、四写秋气中,含尽乱象。

　　　莹按:此以兼天、接地之属对为"小疵",不知杜者也。杜甫诗

46

精神气魄皆非恒流所及,固非可以字句工拙琐琐计之者也。此一
联,初观似嫌对句过于板滞,然正唯"兼天""接地"之对,方能写出
如邵解所云之"肃杀之气,塞于两间"。胡注本荒疏无足取,此说尤
妥。奚批则尚有可采。

九、杜臆　但见巫峡江间,波浪则兼天而涌;巫山塞上,风云则接地皆
阴。塞乎天地,皆萧森之气矣。

　　莹按:此亦以塞上为指巫山。

一〇、钱注　江间汹涌,则上接风云;塞上阴森,则下连波浪。此所谓悲
壮也。

　　附辑评　吴云:三、四极力形容萧森,兼天接地,不以此处示奇
也。后人以"兼天""接地"之太板,"两开""一系"之无谓,是不
知工中有拙,拙中有工者也。

　　莹按:钱笺以悲壮评此二句,颇能得其气象,而辑评吴氏所言
"工中有拙,拙中有工"之语,亦颇有见于诗人得失寸心之妙,较
胡注有见多矣。

一一、张解　"江间"句,巫峡所见;"塞上"句,巫山所见。

　　又　波浪蹴天,风云匝地,气之萧森如此。

　　又　颔联波浪本在地,乃言天;风云本在天,乃言地。其颠倒处
正见变乱,已伏后三章矣。

　　莹按:张解前二则,大抵与演义全同,可以参看。至于论此联
"颠倒处正见变乱"之说,亦可见杜诗中写景而兼寓慨之妙,而但
云"伏后三章",则所说仍似未免拘狭。私意以为此一联写景寓
慨之感兴实可以笼罩八章也。

一二、金解　"江间",承巫峡;"塞上",承巫山。"波浪兼天涌"者,自
下而上一片秋也;"风云接地阴"者,自上而下一片秋也。

　　别批　"波浪""风云"二句,则紧承"巫山巫峡"来。若谓玉树

(按当是"露"字之误)斯零,枫林叶映,虽志士之所增悲,亦幽人之所寄抱。奈何流滞巫山巫峡,而举目江间,但涌兼天之波浪;凝眸塞上,惟阴接地之风云,真为可痛可悲,使人心尽气绝。此一解总贯八首,直接"佳人拾翠"末一句,而叹"白头吟望苦低垂"也。

  莹按:金解释"江间""塞上"一句云"自上而下"与"自下而上一片秋"之说,极能得其气象神致。至于别批所云幽人寄抱之说,则是有意从反面做文章,言作者当时无复此等幽人之抱。又谓此一解(按指此诗前四句)直接"白头吟望苦低垂"句,按此四句为八诗开端,极写萧森之气,中间虽往复唱叹,极尽今昔盛衰之辉映,而总归于一结之衰飒,金解、别批之说未始无见。

一三、顾注 江间即峡,塞上即山。峡江之间……风云匝地,举萧森之甚者言之(参看前引演义)。

  又 黄仲霖曰:江涛在地,而曰"兼天";风云在天,而曰"接地",极言阴晦之状。

一四、论文 我归计未定,欲直下荆楚,而江间波浪未平,八月也。欲仍道秦州,而塞上烽烟未静,吐蕃乱也,故留滞已久。

  莹按:"江间""塞上"云者,似只在写上下一片萧森之气象,而羁旅留滞之感,尽在言外。论文必欲以江间指下荆楚,塞上指道秦州,似不免过于拘执,求深反狭。

一五、诗阐 我久欲溯江南下,奈江间波浪兼天而涌,波浪在下,势若兼天,蛟螭之纵横可知;我久欲辞塞北归,奈塞上风云接地而阴,风云在上,势若接地,烽烟之扰攘可知。首四句写巫峡秋气。

  莹按:诗阐所云"溯江南下"与"辞塞北归",与论文之意颇相近。惟论文云"塞上烽烟","吐蕃乱也",则似以"塞"字为遥指秦州关塞,而以"烽烟"释"风云"二字。诗阐云"辞塞北归"则似以"塞"字为指夔州。当以夔州为是(说详下仇引陈泽州注)。

48

又,诗阐较论文善于铺排,颇能得其气象。至于评首四句云"写巫峡秋气"之说,亦颇为简要,惟"蛟螭"句则又为文人弄笔之习,不必深求确指也。

一六、仇注　虞炎诗:"三山波浪高。"

　　又　《庄子》:"道兼于天。"

　　又　蔡琰《胡笳十八拍》:"塞上黄蒿兮,枝枯叶干。"

　　又　庾信诗:"秋气风云高。"

　　又　汉武帝《谕淮南王书》:"际天接地。"

　　又　王维桢曰(见颇解)。

　　又　顾(宸)注:波浪在地,而曰"兼天",风云在天,而曰"接地",极言阴晦萧森之状。

　　又　陈泽州(廷敬)注:塞上,即指夔州,《夔府书怀》诗"绝塞乌蛮北",《白帝城楼》诗"城高绝塞楼",可证。

　　影印本旁批　"江间"句批云:虚含第二首"望"字。

　　莹按:仇注引王、顾二家之解说,皆极简要。至于陈注断塞上为指夔州,引杜诗立说,证据确凿,他说不攻自破。影印本旁批虚含"望"字之说,因江间塞上,所见之高远,神致亦颇是。

一七、黄说　三、四句喻乾坤扰乱,上下失位之象。

　　又　三、四二句,语含比兴。

　　莹按:杜诗妙处正在写实而复有凌越现实之意。如此联,固是写眼前现实景物,而其言外乃有无限凋伤衰飒之叹,令人油然自景物而感慨及于人事,惟是一加确指,则反失之拘狭,此正诗人感兴之妙,殊不必以穿凿之说强作解人也。

一八、潘解　兼天、接地,极言阴晦之状。塞上即山。

　　莹按:此所谓山,当指巫山。

一九、言志　然后极力形容之曰此其气之萧森贯于两间,自下而上者,江间之风浪兼天掀涌,自上而下者,塞上之风云接地成阴,一上一下,尽在此秋气之中。四句写得秋字如许壮阔。

莹按:此除"萧森"之外,又以"壮阔"为说,乃旧说所未见。

二〇、通解　至于巫山巫峡,一路寒气更自萧森,秋光何阴惨也。以观江间,则波浪倒映天光而兼天涌焉;以观塞上,则风云下连地气而接地阴焉。

莹按:江间波浪之"兼天",不过写其汹涌滔天之状,此以"倒映天光"为言,并不切合,又以"下连地气"释"接地",亦嫌牵强。

二一、提要　修远云:波浪在地,而曰"兼天";风云在天,而曰"接地",极写"气萧森"三字。

莹按:此与仇引顾注略同。

二二、心解　陈泽州注(见仇注引)。

江间塞上,紧顶夔;浪涌云阴,紧顶秋。尚是纵笔。

莹按:此以"夔""秋"二字为说,颇简要。

二三、范解　波浪本在地,而曰"兼天涌",风云本在天,而曰"匝地阴",正见山峡萧森与他处迥异,引起留滞而不得归故园意。

莹按:此以"山峡萧森与他处迥异"为"引起留滞而不得归故园意"之感兴之因,颇有可取,为旧说之所未及。

二四、偶评　眉批引顾注(见前顾注)。

又　眉批引王维桢曰:江间承峡,塞上承山。

莹按:其所引王维桢曰云云,与王维桢《杜律颇解》之原文并不全同。可参看颇解之引文。

二五、沈解　峡江之间……风云匝地,此皆萧森之状(参看演义)。

二六、江说　陈廷敬云(见仇注引陈泽州之首句)。

又　王维桢云:江间……承山(参看前引偶评眉批)。

二七、镜铨　顾注(见仇注引)。

二八、集评　吴云:三四极力形容……示奇也(见钱注引辑评)。

二九、选读　江间……承山(参看偶评引王维桢曰)。

三〇、五家　蓝笔眉批:"兼天""接地"四字,终不佳。

　　　　瑩按:前引胡震亨《杜诗通》亦以此一联之属对为杜诗"小疵",可参看胡注按语。

三一、沈读　"江间"句注云:欲下荆州。"塞上"句注云:欲仍到秦中。

　　　又　兼天、接地,极言阴晦之状。塞上即山。

　　　　瑩按:此沈读所云"下荆州"及"到秦中"之言,与前引论文之说甚为相近;至于"兼天、接地"云云,则与前引之潘解全同。

三二、汤笺　峡间波浪,高可蹴天;山顶风云,下如栖地。

三三、启蒙　黄仲霖曰(见前顾注)。

　　　又　王维桢曰(见偶评眉批)。

　　嘉瑩按:此二句紧承首联,极写巫山巫峡秋气萧森之状,以眼前景物为主。"塞上"当以仇引陈泽州所云"指夔州"之说为是。论文以"塞上"为指秦州之说,不可从。或以为"塞上"指巫山,巫山固亦是夔州所见之山也。诸说虽有繁简之异,然大体相近。江间波浪,塞上风云,写景而兼寄慨,论文及诗阐发为"南下""北归"之说,黄说又以"乾坤扰乱,上下失位"为言,皆不免穿凿拘狭。杜诗之妙,正在言外,可以触发读者无限感慨,一加确指拘说,则反失其感兴自然之致矣。诸说中惟张解所云"颠倒处见变乱",与言志所谓写秋"如许壮阔",及范解所谓"山峡萧森……引起留滞而不得归故园意",有可供参想之处。至于通解所谓"倒映天光"云云,则强作解人,全失此诗本意,不可不察。

丛菊两开他日泪,孤舟一系故园心。

一、九家 "丛菊两开他日泪",此句含蓄。盖公于夔州见菊者二年矣,方丛菊之两开,皆是他日感伤之泪也。

　　莹按:在夔见菊一年之辨,说已详见前编年,此后凡有关编年之辨,并皆从略,此释"他日泪"句,所说亦嫌含混。

二、分门 赵次公曰:此句含蓄……感伤之泪(见九家注)。

三、鹤注 赵曰:此句涵蓄……伤感之泪(见九家注)。

四、蔡笺 此句含蓄……感伤之泪(见九家注)。

五、演义 公因感此,而自叹留夔州已经两秋,故云丛菊之开,我尝感此而挥泪矣。然下峡孤舟则犹滞此,一系我故园之心也。他日,言向日;一系,言始终心在故园而身滞舟中,系身即所以系心也。

　　莹按:此以"向日"释"他日"。下峡之行,其心原在故园,身系舟中,心系故园,故云"系身即所以系心"也。

六、愚得 迨丛菊开,乃授衣之月,是以公起故园之思而悲伤焉,亦草木摇落变衰之意耳,矧舟一系而菊再开乎?兴而赋也。

　　莹按:此未释"他日",至于节物兴慨起故园之思,则所说良是。

七、颜解 故园,指长安也。杜氏之先在城南杜曲,"丛菊两开他日泪,孤舟一系故园心",每句四字作一节,三字作一节读,才是。他日,言向日也;一系,谓身滞舟中,若将始终也。

　　莹按:杜甫十三世祖杜预,《晋书》云京兆杜陵人;八世祖杜叔毗,《周书》云其先京兆人,徙居襄阳;曾祖依艺,位终巩县令;祖审言,终膳部员外郎;父闲,终奉天令,具见《旧唐书·杜甫传》。故杜甫虽亦有田园在巩洛,然居止多在长安,居近城南杜曲之少陵,故每自称杜陵野老、少陵野客。此《秋兴八首》以怀长安为主,故园自当指长安而非巩洛也。又点明四字一节、三字一节之句读,似极浅薄

52

无谓,然句读之顿挫轻重,颇关系诗之神致,其说不无可取。

八、诗通　两开,谓两秋也;他日,前日也;一系,犹言纯系也。

　　又　后四句,情中寓景,乃秋兴之实。五、六,已尽其羁旅之情。

　　　莹按:此以"前日"释"他日",亦犹颇解之以"向日"为说也。至于"纯系",则当是全系之意,盖谓心所全系也。二句确已尽羁旅之情。

九、邵解　两开,公去秋至夔,故两开;孤舟,公时已舣舟欲出峡。

　　又　我此见丛菊两开,乃垂感时之泪,孤舟一系;惟切故园之心,形虽留而神则往也。

一〇、邵注　两开,谓经两秋开也。他日,指已往言。一系,谓始终系此思乡之情。故园,指襄阳洛阳。

　　又　因叹久客于此,他日见菊之开,尝两挥泪,始终心在故乡,而身系舟中,系身即所以系心也。

　　　莹按:此亦以"已往"释"他日",而以"始终系此"释"一系"。至于以襄阳、洛阳释"故园",则杜甫八世祖杜叔毗虽曾居襄阳,而杜甫并未尝居襄阳。至于洛阳则杜甫虽曾居其地,然此八诗实以长安为主,故仍当以指长安为是,说详颇解按语。

一一、意笺　"丛菊两开他日泪",言两岁客夔,归未得也。"孤舟一系故园心",言系舟于夔,乡心亦系也。

一二、胡注　(无)

　　　奚批　一系,犹独系也。

　　　莹按:此以"独系"释"一系",似不若诗通纯系之说之纯挚动人。

一三、杜臆　乃山上则丛菊两开,而他日之泪,至今不干也;江中则孤舟一系,而故园之心,结而不解也。前联言景,后联言情;而情不可极,后七首皆胞孕于两言中也。又约言之,则"故园心"三字尽之矣。

又　余谓"故园心"三字为八首之纲,诚不易之论,然与久客思归者不同。身本部郎,效忠有地,盖欲归朝宣力以救世之乱。故第四首说到弈棋、金鼓,世乱堪悲,固以同学少年酿成之,亦借他人之过,以明己之志也。故诸诗中,如画省香炉,抗疏传经,青琐朝班,彩笔干时,皆发隐衷。即萝月之惜光阴,渔翁之叹漂泊,无非此意,而人不觉也。末章"彩笔昔曾干气象",自余发明,才有着落,才有意致。

莹按:杜甫《秋兴》八章,原以值夔府之秋遥念长安为八诗之大旨,此"故园心"三字,正为发兴之端,谓为"八首之纲"自无不可。至于"欲归朝宣力以救世乱"之说,则私意以为此八诗所写但为未能为朝宣力之慨,盖杜甫羁身夔府之日,已有无限垂老衰迟之感,与其谓有"归朝宣力"之欲愿,何如谓有"不能为朝宣力"之悲慨。杜甫常以忠爱为心,系心者固不仅故园,而更兼君国,此原为其情意自然之流露。故有"弈棋""金鼓""画省香炉""青琐""朝班"之语,然而不必指为有心之用意。至于八章"彩笔"一句,虽言外亦有感慨及于当日献赋之意,然而更不可便以"干时"释"干气象"也,当于八章集解中详之。

一四、诗擔　"丛菊两开他日泪",或注云"向日",其实过去未来皆得兼之,谓后日亦可也。凡集中他日类然,句法顿挫,俯仰悲怆,百千年来,皆知学杜,有几语得若此者?

莹按:此以为"他日"二字,兼有"向日"与"后日"之意。

一五、钱注　丛菊两开,储别泪于他日;孤舟一系,傺归心于故园,此所谓凄紧也。《秋夜客舍》诗云(按各本此诗之题多但作一"夜"字)"南菊再逢人卧病",公在夔府两见菊开,故有"两开"之句,旧笺(按此指后附录之明钞本钱笺)指樊川故里之菊,非也。《九

54

日》诗云"系舟身万里",孤舟一系即已辨(世界书局本作辨,石印本作辨,从石印本为是),故园之心矣,所谓远望当归也。张璁曰:时公舣舟以俟出峡。

附辑评 李云:在夔二载,故云"两开";入舟又一年矣,故云"一系";他日,犹前日也。

明钞本 《九日》诗云:"故里樊川菊,登高素浐源。他时一笑后,今日几人存。"丛菊两开,指樊川之菊,故云"他日泪"。"系舟身万里,伏枕泪双痕",所谓"孤舟一系故园心"也。于此见丛菊两开仍是他日感时之泪,而孤舟一系惟有故园心耳。

莹按:明钞本钱氏旧笺初以为丛菊两开指"樊川之菊",而又有"于此见丛菊两开"之言,似未免前后矛盾,故钱氏又笺即云"旧笺指樊川故里之菊,非也"。而辑评李氏则云"在夔二载,故云两开",是以为两见菊开皆在夔州,其说亦不妥,当为一在云安、一在夔州为是,说已详前编年。至于以"入舟又一年"释"一系",所说亦过于拘执。

一六、张解 "丛菊"句"他日泪"下注云:见不堪回想。

"孤舟"句"故园"下注云:即下故国。

又 因自叹两年羁旅,他日之泪,与菊同开;一身漂零,故国之心,与舟共系。

莹按:此以"故园"为"即下故国",与颇解之说谓"故园""指长安"者相近,可以参看。

一七、金解 先生寓夔,已两次见菊,故曰"丛菊两开"。泪言"他日",不言今日者,目前倒也相忘,他日痛定思痛,则此丛菊亦堪下泪也。此身莫定,不系在一处,故曰"孤舟一系",身虽系此,而心不系此者,故园刻刻在念,有日兵戈休息,去此孤舟始得遂心也。鸣呼,岂易言哉!

别批:不知者,谓两开者是丛菊,岂知两开者皆他日泪乎;不知者,谓孤舟何必一系,岂知一系者惟此故园心乎!"泪"字上下一"他日"字,妙绝,惟身处其境者知之。

莹按:金解云"他日痛定思痛",是以"他日"为来日,与演义、颇解、诗通及钱注辑评之以"他日"为"向日"或"前日"者异。初观之,似以"来日"之说为是,然详味其情意,则当以"向日"及"前日"之说为是。金解谓"他日痛定思痛,则此丛菊亦堪下泪",其说迂远而不切事情,不如解作"向日",意谓自扁舟下峡之后,羁身江上,两见菊开,节物感人,伤离念故,今日之泪犹昔日之泪,今年之泪犹去年之泪,垂泪已久,故总而言之曰"他日泪"也。高步瀛《唐宋诗举要》卷五杜甫《秋兴八首》注引方植之曰:"他日,前日也。《孟子》'而赋粟倍他日'(《离娄上》),倍前日也。"可为"他日"当作"向日""前日"解之证,其说极为可取。且唐人用"他日"多作向日、往日之意,即以杜甫而言,如其《佐还山后寄三首》之二之"老人他日爱",《赠王二十四侍御契四十韵》之"粗饭依他日",《老病》一首之"药残他日里",《别苏徯》一首之"他日怜才命",诸"他日"并皆为昔日、向日之意,可知此"他日泪"之"他日"亦当解作昔日也。至于别批所云"两开者皆他日泪","一系者惟此故园心",是朵朵花开,都为斑斑泪点,扁舟一系,此心不移。所言颇深切感人。

一八、顾注　公自永泰元年秋至云安,及今为两秋,见菊两开矣。故诗云:"南菊再逢人卧病。"此丛菊两开之证也。菊虽两开,使我感之而挥泪者,今日不异。

莹按:此说对此二句解说甚详,对诗中用字与诗中情意之关系之分析,颇能得杜甫之用心,较诸说为胜。

一九、朱注　公至夔已经二秋……孤舟久系,惟怀故园之心也(参看会

56

粹引朱注)。

二〇、论文　目前丛菊,去年已开,他日又开矣,尚有一番垂泪;江上孤
　　　舟,去年已系,今日仍系者,总此乡心也。

　　　莹按:此亦以"他日"为来日之意,而所说殊含混不明,惟总
此一片乡心之语,尚颇可取。

二一、泽解　赵曰:此句涵蓄……感伤之泪(见九家注)。

二二、诗阐　所以栖迟南国,看丛菊之开还似去年,将涕泪之挥何日得
　　　免也。北望长安,叹孤舟之系,解缆无期,是故园之心终成留
滞也。

　　　莹按:此释"他日泪"三字,避重就轻,语焉不详。

二三、会粹　张协诗:"轻露栖丛菊。"

　　又　朱(鹤龄)注:公至夔已经二秋,时舣舟以俟出峡,故再见
菊开仍陨他日之泪,而孤舟乍系,辄动故园之心。

二四、仇注　张协诗:"轻露栖丛菊。"

　　又　陶潜词:"或命巾车,或棹孤舟。"

　　又　虞炎诗:"方掩故园扉。"

　　又　钱笺:"丛菊两开",即公《客舍》诗"南菊再逢人卧病";"孤
舟一系",即公《九日》诗"系舟身万里"(见前,仇引略有删节)。

　　又　朱注(见会粹)。

　　又　"他日",言往时;"故园",指樊川。

　　影印本旁批　"丛菊两开"句批云:虚含望之久也。"故园心"
句批云:引起望京华也。

　　　莹按:仇引朱注亦以"他日"为往时,与演义、颇解、诗通、钱
注辑评说同。"故园"为指樊川,樊川在长安南,与颇解所谓杜氏
之先在城南杜曲,故园指长安之说同。

二五、黄说　花如他日,泪亦如他日,非开花也,开泪而已;身在孤舟,心

存故园,非系舟也,系心而已,故云云。

莹按:此云"非开花也,开泪而已",与金解别批"两开者,皆他日泪"之说相近。花如泪点,情致颇佳。至于"他日",虽未加明白解说,而观其语意,则亦以为乃"向日"之意。

二六、潘解　公居夔二年,两见菊开,今年思乡无异去年,故曰"他日泪"。

莹按:此盖以"他日"为去年。

二七、言志　秋气如此,我将何以为怀乎?盖我之居此夔州,见此丛菊已两开矣,人以为丛菊也,而不知皆吾之泪,且非今日之泪也。以吾之含凄于内而不能自语者,已非一日,今见此丛菊,而不禁其骈流以出,是此两开者皆吾他日泪也。且我之居此峡中,泛而无着,如孤舟之系,人以为孤舟之系也,而不知吾心则在于故园,是孤舟之一系惟此故园心也。

莹按:此以"居此夔州,见此丛菊已两开"为言,是以此诗为大历二年所作,然此八诗实当作于大历元年,已详编年,兹不复赘。至其论"他日泪"及"故园心"之说,则足以委曲达意,较旧引诸说为胜。

二八、通解　回思去年他日,适至丛菊方开,即下思乡之泪,今则泪当菊之两开,而犹如他日也。因知今日故园未归,孤舟尚系,徒起还乡之心,是则心以舟而一系,而未到故园也。

又　顾修远曰:五、六言经两秋而不出峡,孤舟徒系故园之心。

又　黄白山曰:花如他日……系心而已(见黄说)。

二九、提要　白山云:花如他日……系心而已(见黄说。白山即黄生字)。

又　"一系故园心",思故园即思长安也。此句点睛。

莹按:此亦以思故园为指长安,为点睛之句,与《杜臆》之说相近。

三〇、心解　五、六则贴身起兴，"他日""故园"四字,包举无遗。言"他日",则后七首所云"香炉""抗疏""奕棋""世事""青琐""珠帘""旌旗""彩笔",无不举矣;言"故园",则后七首所云"北斗""五陵""长安""第宅""蓬莱""曲江""昆明""渼陂",无不举矣。舍蜀而往,仍然逗留。历历前尘,屡洒花间之泪;悠悠去国,暗伤客子之心,发兴之端,情见乎此。本去蜀后而言,则两见菊开。公诗云:"两京犹薄产。"此处则指西京。

　　莹按:此以"他日"泛指昔日之前尘往事,与诸说之但以"他日"为向日或竟指为去年者异。杜甫亦有田园在巩洛,故此处特举公诗"两京犹薄产"之句,而特别说明此处则指西京,以免人误为洛阳也。

三一、范解　公在夔两见丛菊之开而堕泪,只因心在故园,时思出峡,乃两见花开,一身久滞,如孤舟系于江上,一系而不可解。他日,犹言向日,今日之泪即向日之泪。一系,犹言始终;系舟,即所谓系心也。

　　莹按:此"在夔两见丛菊之开"之说,不可据。考辨已详见编年。至于释"他日泪"及"一系故园心"之说,尚有可取。

三二、偶评　"他日"旁批曰:犹往日。

三三、沈解　我胡为独留夔州已经两秋,见丛菊之开,我尝感而挥泪矣,然下峡孤舟则犹滞此,故始终一系故园心也。

三四、江说　王维桢曰(见前引颇解)。

　　又　朱鹤龄云(见前引朱注)。

　　又　仇云:他日……指樊川(见仇注)。

三五、镜铨　朱注(与仇引略同)。

三六、集评　李云:兴感在此。又云:在夔二年……犹前日也(参看钱注引辑评)。

三七、选读　再见菊开，仍陨他日之泪；而孤舟乍系，辄动故园之心。

　　莹按：此以"乍系"释"一系"，未能得杜诗之用心。可参看其他诸家之说。

三八、五家　"丛菊"句绿笔旁批：七字拙。

　　莹按：此评未允，杜诗佳处未可以外表文字之工拙计也。

三九、沈读　今年思乡无异去年，故曰"他日泪"。

四〇、施说　"孤舟一系故园心"，注引朱说公至夔二载，常系舟以待出峡，故云。今按公诗屡言系舟，《洞房》云"系舟今夜远"，《遣怀》云"系舟卧荆巫"，《九日》云"系舟身万里"，《秋野》云"系舟蛮井络"，《送长孙舍人》云"费日系舟长"，《送客》云"时闻系舟楫"，《清明》云"寂寂系舟双下泪"，皆即言停舟也。《宿花石戍》云"系舟盘藤轮"，《冬到金华山观》云"系舟接绝壑"，亦是言停舟。此言乘舟至夔，一系以来，已经二载不乘也。亦急于出峡之意，如朱说，则在夔日久，系舟相待，恐无此事。

　　莹按：此驳仇引朱注之说，谓"系舟"乃"停舟"之意，盖谓在夔府一停舟之后，便舍舟不乘已经二载，而以为非系舟相待之意。此说殊为拘执，且全不解杜甫用心，故无论"系舟"是否"相待"，杜甫所系者实维"故园心"，是"故园心"是实，而"舟"则虚也。施说以此驳仇引朱说，未免浅见。

四一、启蒙　去年见菊开而泪，今日复然，是重开他日之泪也，较"两"字为醒；自孤舟之系，而故园之心与之俱系。一者，不变之辞，"开"字、"系"字俱连下读，是死字作活字用。

　　莹按：此以"重开"较"两开"为胜，所说未允，考辨详旧说此一章之校记。

四二、汤笺　两经菊放，犹缆孤舟，故国难归，泪零沾臆。

　　莹按：此说殊略。

60

嘉莹按：此二句歧解之所在，首当辨者厥为"两开"二字，或以为在夔州两见菊开，或以为本去蜀后而言则两见菊开，其辨说已详前编年，兹不复赘。其次当辨者则在于"他日"二字，或以为"他日"乃指"来日"，金解及论文主之，其说迂远而不切事情，已于前文辨之。或以为"他日"指"向日"，演义、颇解、诗通、邵注、钱注辑评、仇注及提要皆主之；或以为总指昔日之前尘往事，心解主之；或以为但指去年，潘解主之。今自原诗句"他日泪"三字观之，"他日"下着一"泪"字，如泛指前尘往事，则方杜甫在长安青琐点朝班、彩笔干气象时，又何垂泪之有？若云杜甫因回忆前尘而堕泪，则"他日泪"三字写得如此紧凑，如此斩截，是此三字之重点原在"泪"字，而全句之意则在写见菊开而堕他日之泪，即使因忆前尘而堕泪，然而要不得言"他日泪"也。至于以"他日"为"去年"，其说颇是，盖丛菊之开既曰"两开"，则泪亦当为"两堕"，是今年堕泪一如去年也。此说虽是，然而颇病拘执，盖自孤舟一系以来，丛菊已经两开，"两开"是也，然而垂泪则已久，故"他日"二字似以释作向日为妥，向日者有去年之意，而不为去年所拘限者也。又其次当辨者，则为"一系"二字，有以为系身舟中者，演义、颇解、邵注、金解及提要主之；有以为系舟江上者，愚得、钱注、论文、诗阐及仇引朱注主之。若拘定字面立说，则杜甫此章有"白帝城高"之句，次章有"夔府孤城"之句，三章更有"千家山郭静朝晖，日日江楼坐翠微"之句，则杜甫为此八诗时，其身必不在舟中，可断言者也。然而乘舟下峡之意，其心原在故园，是则一身常望登舟，一心常系故园也。是无论系舟系身，所系者实此一片乡心耳。至于故园之指长安而非指洛阳，则已于前文辨之。盖此八诗之以忆长安为主，自无可疑，然若谓其必全然不忆洛阳，则又未免刻舟求剑,死于句下矣。

寒衣处处催刀尺,白帝城高急暮砧。

一、九家　郭泰机诗:"皎皎白素丝,织为寒女衣。良工秉刀尺,弃我忽如遗。"

二、分门　王洙曰:郭泰机诗(见九家注)。

三、鹤注　洙曰(见分门注)。

四、蔡笺　郭泰机诗(见九家注)。

五、演义　白帝城,公孙述自号白帝,筑城于夔州。

又　末言人家感此秋气萧森亦备寒衣,故白帝城中捣衣之声,天寒岁暮,愈关情矣,安得不移情形于咏叹哉!

又　白帝城有白帝楼,又有最高楼,在夔州,公孙述所筑,据蜀自称白帝。

莹按:杜甫《上白帝城》诗,仇注引《后汉书》云:"公孙述,字子阳,更始时起兵讨宗成、王岑之乱,破之,遂有蜀土,僭立为帝,都成都,色尚白,改成都郭外旧仓为白帝仓,筑城于鱼复,号白帝城。述立十二年,为光武所灭。"又引《全蜀总志》云:"白帝城在夔州府治东五里。"又《夔州歌十绝句》云"白帝夔州各异城",仇引朱注云:"古白帝城在夔州东。"按杜甫《秋兴》八章,作于大历元年秋(说详编年),其时杜甫寓居夔府之西阁。杜甫《返照》一诗有句云:"白帝城西过雨痕。"仇注引《杜臆》云:"诗作于西阁,阁临白帝城西。"证之前所举仇引《全蜀总志》及仇引朱注所谓白帝城在夔府治东之说,知为可信。而白帝旧城与夔府之城相去极近,陆游《入蜀记》卷四云:"唐故夔州与白帝城相连,杜诗云'白帝夔州各异城',盖言难辨也。"故《返照》一诗,既可见白帝城西之过雨痕,则此诗所云"白帝城高急暮砧",自亦可遥闻白帝城之砧声也。又杜甫《夔府咏怀一百韵》亦有"孤城白帝边"之句,足见夔城与白帝城相去之近,是此句当是在夔城遥闻白帝城之砧声也。

六、诗通　末二句,则无衣之怀愈至矣。

　　莹按:诗通于五、六二句云"已尽其羁旅之情",此又云"无衣之怀愈至",其意盖谓因客子无衣而弥深羁旅之情也。

七、邵解　白帝城高,夔城在山顶。

　　又　况处处寒衣,催逐刀尺,而白帝城之暮,亦急捣练之砧矣。旅客无衣,不益关情乎!

　　莹按:此以"白帝城高"与"夔城在山顶"连言,似嫌含混不明,说详演义按语。

八、邵注　况备衣御寒,处处皆急,而白帝城边有犹然者,无衣之感,又切于怀,安得不形诸咏叹哉!

九、意笺　白帝城,公孙述所筑。

　　又　寒衣刀尺而曰催,白帝砧声而曰暮,则已为授衣之候,不但丛菊再花,而又有卒岁之感矣。

一〇、胡注　(无)

　　奚批　七句,"九月授衣";八句,思归。

一一、杜臆　况秋风戒寒,衣须早备,刀尺催而砧声急,耳之所闻合于目之所见,而故园之思弥切矣。

一二、钱注　以节则杪秋,以地则高城,以时则薄暮,刀尺苦寒,急砧促别,末句标举兴会,略有五重,所谓嵯峨萧瑟真不可言。

　　又　公孙白帝城亦英雄割据之地,此地闻砧尤为凄断。《上白帝城》诗云"老去闻悲角",意亦如此。

　　莹按:钱注所云"标举兴会,略有五重",不过极言其感人之深而已,亦犹况周颐《蕙风词话》之评晏几道《阮郎归》一首"殷勤理旧狂"句云"五字三重意"也,若此等处皆不必过于拘求其所谓五重、三重者也。

一三、张解　古诗云："衣工秉刀尺。"（按此为郭泰机诗，"衣工"当作"良工"。）（见九家注）

　　　又　白帝城，公孙述自称白帝，据蜀时所筑（参看演义）。

　　　又　《荆州图记》：白帝城西临大江，东南高二百丈，西北高千丈。

　　　又　况今岁暮备寒，客子宁无无衣之感！

　　　又　通章皆言见，故末结以所闻，颔联应次句，颈尾应首句，此接项格。

　　　莹按：所引《荆州图记》，为旧说所未引，至于"接项格"云云，则未免拘执。

一四、金解　因用丛菊故园，转到寒衣上去。意谓我今客中，百事且暂放下，时方高秋，江山早寒，身上那可无衣？听此砧声，百端交集，我独何为系于此也？盖老年作客之人，衣食最为苦事，无食则橡栗尚可充饥，无衣则草叶岂能御寒哉？"催刀尺""催"字，"急暮砧""急"字，甚是不堪，乃从先生见闻中写出二字来，更觉不堪也。

　　　别批　七言处处，正是先生系心一处。白帝城在夔府之东，言近以指远也，肚里想着家中刀尺，而耳中只闻白帝砧声，远客之苦为之凄绝，砧声也而下一城高字，见得耳为遥听，目为悬望，远客之苦为之凄绝。

　　　莹按：金解及别批并无新意，不过极力渲染其凄苦耳。

一五、顾注　秋气既深，正"九月授衣"之后（按疑当作候），催刀尺，为制新衣；急暮砧，为捣旧衣，处处皆然，而白帝高城之中，砧声亦复入吾耳，则无处非砧声可知。曰"催"，曰"急"，尤见时已迫，而新衣旧衣，俱不容缓。客子无家之感，可胜凄绝。

一六、朱注　郭泰机诗（见九家注）。

又　砧,捣衣石。庾信诗(见会粹)。

一七、论文　况授衣已近,而新者裁缝,旧者浣濯,白帝城中,处处刀尺,处处砧声,我衣何处乎?

又　已逗一暮字矣。

一八、诗阐　当此杪秋苦寒,正授衣之候,家家刀尺,催制新衣。衣成,捣衣之声,急不能缓,嗟我客子,何堪薄暮砧声入耳耶?

又　四句无家之感。

莹按:诗阐于"催制新衣"一句后,特加"衣成"二字,然后始云"捣衣",硁硁琐琐,弥见牵强,不若论文所云"新者裁缝,旧者浣濯"之说为浑成自然。他说多与论文同。

一九、会粹　郭泰机诗(见九家注)。

又　庾信诗:"秋砧调急节。"

又　刀尺裁新,暮砧整旧,微别。

二〇、仇注　《子夜歌》:"寒衣尚未了。"

又　王台卿诗:"处处动春心。"

又　《古诗为焦仲卿妻作》:"左手持刀尺。"

又　庾信诗(见会粹)。

又　顾(宸)注:催刀尺,制新衣;急暮砧,捣旧衣。曰"催",曰"急",见御寒者有备,客子无衣,可胜凄绝。

莹按:仇引顾注之说与前论文相近。

二一、黄说　结处虚虚点秋兴之意,以后数章始得开展。

莹按:此所谓"点秋兴之意",盖谓刀尺、砧声为点秋,所引发之客子无衣之感,则兴也,其说亦不无可取。

二二、潘解　结句动客子无家之感,以节则杪秋……略有五层(见钱注)。

二三、言志　最可悲者,此白帝城边砧声暮急,总为寒衣刀尺之计,处处相催,将见鬖发载途,入室而处之时矣,而我何为漂泊于此耶!

莹按:此乃就情意之所感发者言之,非依字面为解说也。

二四、通解 当此萧森天气,而寒衣未备者,处处皆催刀尺;其旧衣整理者俱付砧杵,而白帝城高,惟闻急暮砧焉,盖动吾以客路之悲矣。

又 顾修远曰:七、八言制新衣、捣旧衣者众,而客子无家之感可胜凄绝(参看前引顾注及仇注)。

又 黄白山曰(参看黄说)。

莹按:此引顾宸及黄生之说皆有删节。

二五、提要 白帝城记地(详前章旨)。

二六、心解 第七仍收秋,第八仍收夔,而曰"处处催",则旅泊经寒之况,亦吞吐句中,真乃无一剩字。

莹按:心解之评颇是。

二七、范解 郭泰机诗(见九家注)。

又 "白帝城"句注云:公孙述据蜀,殿前井出白龙,因自称白帝,筑白帝城,唐改夔州。

又 一闻暮砧即忆刀尺,总是故园心团结于中,自觉触景生感,因时遣兴。

莹按:关于白帝城之所在,已详旧说演义之按语,兹不复赘。

二八、偶评 "急暮砧"句旁批云:客子无衣之感。

乙本 眉批引顾注(与顾注原文异,与仇注所引顾注同)。

二九、沈解 白帝城有最高楼……自称白帝(参看演义)。

又 况人家感此秋气……安得不咏叹哉(参看演义)。

莹按:此所说多原于演义,而小有删节。

三〇、江说 "寒衣"句旁批:应起处秋字意。

又 顾注(与仇注所引同)。

三一、集评 "寒衣"句,李云:应秋。"白帝"句,李云:应巫山。

莹按:李评极简要,但无新意。

三二、选读　催刀尺……可胜凄绝(与仇注引顾注同)。

三三、五家　"白帝城"句绿笔旁批云:"好。"

三四、沈读　结句动客子无家之感,以节则抄秋……急砧促别,句内略
　　　有五层(见潘解)。

　　　　莹按:此所说与潘解全同,盖皆为钱注之节录。

三五、汤笺　高城寒早,未制冬衣,砧杵声喧,客心欲碎。

三六、启蒙　先砧杵而后刀尺,先刀尺而后寒衣,二句是倒叙。顾注分
　　　新旧衣,谬。

　　　又　末联是当授衣之辰,而自伤游子无衣之意。言处处者,以
　　　见己之独不然也,故园是眼目,此处一提,前半属秋,而暗伏"兴"
　　　字,后半是兴,而明带"秋"字。

　　　　莹按:诸家之说多有引顾注为言者,此独能点明杜诗感兴
　　　之意,而以顾注之强分新、旧衣者为谬,甚为有见。又论"处处"
　　　二字反衬"以见己之独不然",及论"秋"字与"兴"字之感发,皆
　　　有可取。

　　　　嘉莹按:此二句各家之说多同,唯繁简异耳。寒衣,记时;白
　　　帝,记地。仍归结夔府之秋。催刀尺、急暮砧,写客子凄寒之感,
　　　而怀乡之情,尽在言外,此所以次章接言望京华也。而"暮砧"二
　　　字即逗起次章之"落日斜"。至闻砧之所在,与白帝城之所在,其
　　　辨说已详演义按语,兹不复赘。

其　　二

夔府孤城落日斜,每依北斗望京华。

听猿实下三声泪,奉使虚随八月槎。

画省香炉违伏枕,山楼粉堞隐悲笳。

67

请看石上藤萝月，已映洲前芦荻花。

【校记】

落日　各本皆作"落日"，唯九家注云："一作月。"

　　　　莹按："月"字当是误字，仍以作"落日"为是。

北斗　王本、九家、分门、鹤注、千家、范批、愚得、诗通、意笺、钱注、金
　　　解、顾注、论文、滑解、言志、提要、郑本、沈读、汤笺，皆作"南
　　　斗"。而九家、分门、钱注、顾注、言志、郑本、汤笺，皆注云："南
　　　一作北。"分门本虽作"南斗"，而引赵次公注云："旧本作南斗，
　　　非。"其他诸本皆作"北斗"。而蔡笺、刘本、朱注、翁批、仇注、心
　　　解、江说皆注云"一作南"。蔡笺、心解则注云："一作南，非。"

　　　　莹按：当以"北斗"为是，作"南斗"生硬而牵强，说详后文。

实下　意笺作"寔下"。

　　　　莹按："实"与"寔"通，《左传》桓公六年"寔来"，杜注："寔，
　　　实也。"

八月槎　王本、九家、分门、鹤注、蔡笺、钱注、泽解、郑本作"八月查"，
　　　　他本皆作"槎"，唯仇注引杨慎云"当作查"。

　　　　　莹按："查"同"槎"，见《广韵》。

山楼　金解作"山城"，朱注作"城楼"，他本皆作"山楼"。

　　　　莹按：各本皆作"山楼"，当以作"山楼"为是。金解作"山
　　　城"，误。

【章旨】

一、演义　此诗因见夔府晚景而望长安，极言其思归之切也。

二、邵解　感夔暮景。

三、意笺　此公秋夜思长安也。

四、顾注　此言夔之暮景也。

五、诗阐　此章去国之感。

六、仇注　二章言夔州暮景。

七、潜解　此言夔之暮景。

八、言志　通首重"望京华"三字,盖望京华者,乃少陵之至性所钟,生
　　平命脉皆在于此,所谓与身而俱来,寝食不忘者也。

九、通解　此承上末句,而言夔州之暮景,以寓感怀之意。

一〇、提要　此写夔州之晚景也,点出京华是主脑。

一一、心解　二章乃是八首提掇处,提望京华本旨,以申明他日泪之所
　　由,正所谓"故园心"也,如八股之有承题然。

　　　　又　此章大意言留南望北,身边无依,当此高秋,讵堪回首,正
　　为前后筋脉,旧谓夔府暮景,是隔壁话。

一二、范解　接上"暮"字写晚景。

一三、偶评　望京华,八章之旨,特于此章拈出,身羁夔府,心恋京华,望
　　而不见,不能不为之黯然也。

　　　　丙本　眉批云:此首言才看落日已复深更……故下章接言"日
　　日"(参看镜铨眉批)。

一四、沈解　此诗因见夔府晚景而望长安,极言其思慕之切也。

一五、江说　查慎行曰"望京华"句为八诗之大旨,即下所谓"闻道长
　　安"也。

一六、镜铨　眉批云:此首言才看落日已复深更,正见流光迅速,总寓不
　　归之感,故下章接言"日日"。

一七、选读　二首言夔州暮景。

一八、沈读　此言夔之暮景。

　　　　嘉莹按:此首承第一首"急暮砧"而来,故以夔州晚景起兴,

69

而点出"望京华"。"哀猿""悲笳"是夔州眼前景物,间以"奉使虚随""画省香炉"写思归感旧之情,结二语无限凄清,亦见流光之迅速。如仇注及潘解但言"夔州暮景",固失作者真意,然而如心解之指暮景为"隔壁话",亦未免过于偏颇。必也宾主衬托,有眼前之景,有心内之情,乃成其所谓"秋兴"也。

【集解】

夔府孤城落日斜,每依北斗望京华。

一、九家　赵云:南斗,师民瞻作"北斗",盖长安上直北斗。

莹按:首联依斗望京一句,歧解最多,此以"长安上直北斗"为说。辨说详后。

二、分门　赵次公曰:盖长安上直北斗,号北斗城也。旧本南斗非(参看九家注)。

三、鹤注　赵曰(同分门注引赵次公曰)。

四、蔡笺　盖长安上直北斗,号北斗城也。《春秋说题辞》:南斗为吴。《十道志》:长安故城,南似南斗形,北似北斗形。

莹按:蔡笺引二说,一引《春秋说题辞》以明南斗当吴之所在,而云北斗则当长安之所在,与九家注同;一引《十道志》之说,以为长安北似北斗形。据《三辅黄图》卷一"汉长安故城"条云城南为南斗形,北为北斗形,至今人呼汉京城为斗城,是也,其说与《十道志》之说同。

五、演义　夔城孤立,当日斜之时,公登临其上,言我每依北斗而望,〔则知长安〕(据朱刊本虞注增此四字)在其下,欲归而未得也。

又　北斗,一本作"南斗",必谓公在南望北也,不知南斗乃江湖之外,不直夔城,况长安之上值北斗也,作"北"字无疑矣。

莹按:此驳南斗之说极简明。

70

六、愚得　公自言卧病于夔,当日落月明之时,忆画省望京华而无使来,故听啼猿、悲笳而下泪也,则其恋阙之心为何如哉！赋也。

　　莹按:此说过于概略。

七、诗通　南斗,吴楚分,近夔州,公诗"挂席上南斗"是也。

　　又　此承上篇末句,而因有感夔之暮景也,以落日起兴。

　　莹按:"挂席上南斗"句,见杜甫广德元年在梓州所作《将适吴楚留别章使君留后兼幕府诸公》诗内,仇注引《春秋说题辞》云:"南斗,吴地。"又引《旧唐书·天文志》云:"南斗在云汉之流,当淮海之间,为吴分。"南斗既为吴地,而夔州并不当吴楚之分,则此处引《将适吴楚》一诗之"挂席上南斗"以为在夔州依斗望京之说,似并不可为据也。可参看演义之说。

八、邵解　以落日起,兴也。长安上直北斗,故依而望之(参看九家注)。

九、邵注　每依,瞻依之;依北斗,长安上直北斗,故曰北斗城。有谓南斗者,非是,盖夔城不与南斗相直也。

　　又　此感晚景而言,我于夔城,当日斜孤立之时,每瞻北斗,则思长安在于其下,欲归而不可得。

　　莹按:此亦驳作南斗之作,与演义之说同。

一〇、意笺　"夔府孤城落日斜",则向夜矣;依北斗而望京,曰"每",则无时不怀矣。

　　朱批　南斗一作"北斗"。依南斗,以身在蜀。依北斗,以京华在北。义皆通。

　　莹按:朱氏眉批虽以为"南斗""北斗"义皆通,而意笺则依"北斗"立说,仍以作"北斗"为是,说详后。

一一、胡注　(无)

　　奚批　首句,承上末句;次句,眼目,已点出长安了。

　　又　暮暮朝朝,千思万想。

71

一二、杜臆　望京华，正故园所在也，望而不得，奚能不悲。

一三、钱注　孤城落日，怅望京华，曰"每依南斗"，盖无夕而不然也。石上之月已映藤萝，又是依斗望京之候矣。

　　又　"每依南斗望京华"，皎然所谓截断众流句也，孤城砧断，日薄虞渊，万里孤臣，翘首京国，虽复八表昏黄，绝塞惨淡，唯此望阙寸心，与南斗共芒色耳。此句为八首之纲骨。章重文叠，不出于此。

　　莹按：钱本作"南斗"，云"望阙"之心"与南斗共芒色"，又云"依斗望京"，意者盖以南斗当夔州之地，心既与南斗争辉，此身亦与南斗相依近，而遥望京华。此说颇牵强，可参看前演义之说及诗通按语。

一四、张解　孤城，即白帝城。每依北斗，秋时斗柄西指，故依。望京华，长安上直北斗。

　　又　此承上章暮砧，言时当落日，因遥望京华落日。

　　莹按：张解以"秋时斗柄西指"为说，殊嫌泛率，盖因地球有自转与公转之运行，如在每日之同一时刻观测，则斗所指之方位，乃因地球之公转而每日不同；但如整夜观测，则斗所指之方位乃因地球之自转而每时不同。且所谓"西指，故依"者，究谓杜甫身所在之方位乎，抑谓所望之方位乎？按诗句语气依斗望京，则"依"字当指所望之方位，但长安并不在夔府之西，又何得以"斗柄西指，故依"为言乎？至于"长安上直北斗"之说，则旧说皆同，且杜诗每以长安与北斗连言，如其"秦城北斗边"及"秦城近斗杓"诸句，皆可为证。

一五、金解　第一首悲身之在客，此首方及客中度日也。前以"暮"字结，此以"落日"起。唐人诗每用"秋"字必以"暮"字对，秋乃岁之暮，暮乃日之秋也，都作伤心字用。此"落日斜"却装在"孤城"下，尤为惨极。宛然见先生独立孤城中，又在孤城夕阳中也。前首明说夔州流寓,却不出"夔府"字,此特揭"夔府"以冠之者,正明身在夔府,心在京华。从此至末,一气贯下也。长安名北斗城,夔府在南,故依南斗以望之。此云"望京华",末云(原作"名",依文意改)"白头吟望",以"望"字起,以"望"字结,乃七首自为章法。

别批:言斜日落则是已晏,言落日斜则尚早,紧接一"每"字,则知当此落日斜光,一年三百六十度,忽忽孤城,悬悬远望。"南斗"字从"望"字上用来,盖大火西流,斗行南陆,举目即见,故曰"依"也。

莹按:金解云"长安名北斗城,夔府在南,故依南斗以望之",以南斗与北斗遥对,其说较钱注尤为牵强。至于状孤城落日之凄惨,及一气贯下之说,此种阐述则金氏之所长也。

一六、顾注 《三辅黄图》曰汉初长安城狭小,惠帝更筑之。城南为南斗形,城北为北斗形。至今人呼斗城,则谓之南北斗皆可。每依,瞻依之依(参看蔡笺按语。但较旧说为详,故录之)。

又 钱牧斋曰:孤城落日……依斗望京之候矣(参看钱注)。

一七、朱注 《旧唐书》贞观十四年,夔州为都督府。督归、夔、忠、万、涪、渝、南七州。天宝元年改云安郡,乾元元年刺史唐谕请升为都督府,寻罢之。

又 按南斗不直夔城,公诗有"秦城北斗边",又云"秦城近斗杓",作北斗是。

一八、论文 接上"白帝"与"暮"字,夔州孤城落日又斜矣,每日于此,身依南斗之下,北望京华。

莹按:此说与钱注及金解相近。

一九、泽解 赵曰:长安上直北斗,号北斗城,旧本"南斗",非(参看九家注)。

二〇、诗闱　二句承前"暮"字,催刀尺,急暮砧,仰面见"夔府孤城落日斜",当此日薄虞渊,天荒地老,孤臣万里,君门九重,所灼然者北斗耳。举头见斗,不见长安,然而遥循北斗之墟,下是京华之地,当此朝廷失政,藩镇不臣,星共之义不章,辰居之象安在?我心依北斗,极目京华,兴言及此,安得挽斗杓直上哉!

　　　　莹按:此亦云"遥循北斗之墟,下是京华之地",与九家注"长安上直北斗"之说相近。而更益以"星共""辰居"之说,则诸家所未尝言。

二一、会粹　公诗"秦城北斗边",今云"北斗望京华",义同。

　　　　又　此首以"夔府"二字作纽,以下俱属夔府情景。

　　　　莹按:此说极为简明。

二二、仇注　王褒诗:"秋色照高城。"

　　　　又　梁元帝诗:"西山落日斜。"

　　　　又　郭璞诗:"京华游侠窟。"

　　　　又　陈泽州注:杜诗"白帝夔州各异城",白帝在东,夔府在西。公诗多用"北斗",如"秦城北斗边"之类。

　　　　又　钱注(详前,仇引略有删节)。

　　　　又　《杜臆》:京华即故园所在……奚能不悲(见前《杜臆》)。

　　　　又　《旧唐书》:贞观十四年,夔州为都督府,督归、夔、忠、万、涪、渝、南七州。

　　　　又　按:赵、蔡两注俱云秦城上直北斗,长安在夔州之北,故瞻依北斗而望之。或引长安城北为北斗形者,非是。

　　　　影印本旁批　"夔府"承上"白帝城"来,"落日斜",又缘上"暮"字。"望京华"三字,诗眼。

　　　　莹按:仇氏按语颇是,所引陈注与前会粹之说同,皆以为当作"北斗",盖秦城上直北斗也,其说较"南斗"近情。至所引陈注

74

"夔府在西"之说,已详首章末联演义按语。

二三、黄说　起语紧接上章末句来,次句意,杜诗中时时见之,盖本"日近长安远"意耳。

又　钱牧斋云:此句为八首之纲骨,章重文叠,不出于此(见钱注)。

又　钱牧斋云:"每依北斗望京华",盖无夕而不然也……又是依斗望京之候矣(参看钱注)。

莹按:此引钱注之说,唯易钱注之"南斗"作"北斗",又引申为"日近长安远"之说。

二四、潘解　此言夔之暮景,孤城落日……不知何日得见京华也(见钱注)。

又　此句为八首之纲骨……不出于此(见钱注)。

又　汉惠帝筑长安城,城南为南斗形,城北为北斗形。

莹按:潘解多引钱注,至于长安"城北为北斗形"之说,已见于蔡笺,仇注以为"非是"。

二五、言志　此第二章承上言,白帝城即夔府城也;暮砧之时,即落日斜之时,而我于此岂徒望乡凄感耶?以我生平君臣义切,虽居僻远,而葵倾愈挚,每依南斗而凭高以望京华,庶几得觐吾君乎?

莹按:言志之说,前半所谓"承上"云云颇有可取;后半则于过拘执,且以"南斗"为说,其牵强之处,金解按语已曾论及,兹不复赘。

二六、通解　言夔府近在万山之中,止孤城耳。而当落日西斜时动吾以"日近长安远"之思。

又　《三辅黄图》(见前引顾注)。

莹按:杜诗此二句,首句乃承上章之"暮砧"而言,故有"落日斜"之语;次句始点明依斗望京之意,不必以"日近长安远"为说也。

至于所引《三辅黄图》之说,可参看蔡笺之按语,及前引顾注之说。

二七、提要　钱注云:每依南斗……八首纲骨(见钱注)。

二八、心解　旧引长安城为北斗形者,固非。赵、蔡等云秦城上直北斗,亦非。斗身四时转运,安得专直。盖紫微垣为天帝座,以象帝京。北斗正列垣旁,又名帝车,故依北斗以望耳。首句明点"夔府",次句所谓点眼也。

　　莹按:心解"紫微垣"之说,与诗阐所谓"星共辰居"之义,相近而并不全同,诗阐引"朝廷失政,藩镇不臣",以为"星共之义不章,辰居之象安在",其说过为深求,有欠自然。心解之说,不过以方位言,以为北斗在紫微垣旁,垣象帝京,故依以望之,其说较易为人接受。

二九、范解　唐贞观及乾元时,尝升夔州为都督府(参看朱注)。

　　又　夔府孤立,落日已斜,每依北斗之下遥望京华,所谓故园心也。

　　莹按:此以"望京华"与"故园心"相并立说,与旧说引《杜臆》之说同,可以参看。

三〇、沈解　夔城孤立,当日斜之时而登临其上,每依北斗而望,则知长安在其下。

三一、江说　"每依",言无夕不然。

　　又　仇注:赵、蔡两注俱云,秦城上直北斗……故瞻依北斗而望之(见仇注)。

　　又　查慎行曰:"望京华"句为八诗之大旨,即下所谓"闻道长安"也。

三二、镜铨　秦城上直北斗,长安在夔州之北,故依北斗而望之。

　　又　《旧唐书》贞观十四年……七州(见仇注)。天宝元年改云安郡。

莹按:此亦以为长安上直北斗。

三三、许注 紫微垣为天帝座……故依此以望耳(参看心解)。

三四、集评 "孤城"句接"白帝"来。

又 吴云:起语怅然。

三五、选读 依斗望京,此句为八章之骨。重章叠文,不出于此(参看钱注)。

又 每依,言无夕不然(见前引江说)。

又 京华,即故国所在,望而不见,奚能不悲(参看杜臆)。

又 眉批:长安在夔州之北,故瞻依北斗而望。

莹按:此多引旧说而微有不同,故多未注明出处。如其"八章之骨"云云实与钱注同,惟是钱注作"南斗",此则作"北斗";又"京华即故国"云云,与杜臆同,惟杜臆作"故园",此则作"故国"耳。

三六、沈读 此言夔之暮景,孤城落日……盖无夕而不然也(参看钱注)。

又 汉惠帝筑长安城,城南为南斗形,城北为北斗形(参看前引顾注)。

三七、汤笺:身居夔府,心在京华,感想斗城,瞻从落日。

莹按:汤笺平板而概略。斗城云者,盖用分门引赵注及蔡笺长安上直北斗号北斗城之说。

三八、启蒙 樊川、洛阳皆云故园所在,而前首之故园则指樊川之在西京者,故此首顶前故园而以望京华为主(参看颇解)。

又 顾注:望京华为八章之骨……不出于此(参见钱注)。皎然所谓截断众流句也。每依,言无夕不然(皆参见钱注)。

又 夔府承上白帝,落日承上暮砧,伏本首之末联。

莹按:关于杜诗"故园心"之所指,在颇解按语中辨之已详,兹不复赘;至于所引顾注之说则大多出于钱注,顾注对钱注并未全部引录,故启蒙所引虽标为顾注,然实为顾注未曾引录者,当与钱注参看,始能知其引录之根本所出。

嘉莹按:此二句首当辨者,厥为"南斗"与"北斗"之异。各本作"南斗"者,多解作"南斗"当夔府所在,故依以望之,诗通、钱注、金解及论文主之,此说实极牵强,不近情理。一则杜甫诗多用"北斗",少用"南斗"字样,如其《咏月》三首之一云"故园当北斗,直指照西秦",又《历历》一首云"巫峡西江外,秦城北斗边",又《哭王彭州抡》一首云"巫峡长云雨,秦城近斗杓",皆可为"每依北斗望京华"一句之佐证,可见依南斗望京华之牵强不近人情。再则"南斗正直夔城"之说,亦殊为无据,前举演义及诗通按语已辨其非,故据"南斗"立说实不可从。而据"北斗"立说者,其说亦有不同,一则以为长安城"北为北斗形",见于蔡笺及潘解。此说虽不为无据(见蔡笺按语),然实极穿凿拘执,仇注、心解已驳其非是,且若依"长安城北为北斗形"之说,则是只望京华之一半矣,又安有是理乎?其说必不可从。二则以为长安"上直北斗",九家、分门、蔡笺、邵解、邵注、金解、仇注、镜铨及汤笺皆主之,此说颇是,而心解以为亦非,云"斗身四时转运安得专直",心解之说盖对"上直"二字过于苛求,故曰"安得专直",然而斗身虽有转运,而北斗七星之在北,则不变者也。每当秋夜凄清,北斗七星,灼然在北,而京华长安亦正在夔府之北,故曰"每依北斗望京华",正为人之常情,前举杜甫诗"故园当北斗","秦城北斗边"及"秦城近斗杓"诸句,皆可为此景此情之证。心解驳"长安上直北斗"之说,而云"紫微垣""象帝京""北斗正列垣旁""故依北斗以望",其说似过为深曲。诗阐云"遥循北斗之墟,下是京华之地",不明言"上直",可以避心解"安得专直"之讥,惟是诗阐又以"星共辰居"为说,则亦伤穿凿,较心解"紫微垣"之说,尤为拘腐,使

78

浅者反深,直者反曲。实则此句情景原极为自然,不过写秋夜羁
旅思乡之情,因北斗在北,长安亦在北,故循北斗而遥望长安耳。
至于念乱伤离之感,自在言外,不必如诗阐之必琐琐指明朝廷之
失政、藩镇之不臣也。

听猿实下三声泪,奉使虚随八月槎。

一、九家 赵云:《宜都山川记》:峡中猿鸣至清,诸山谷传其响,行者歌
曰:"巴中三峡猿鸣悲,猿鸣三声泪沾衣。"八月查事,载《博物志》,
世亦传为张骞奉使寻河事,而不见传记,公屡使为张骞,盖承用之熟
也。庾肩吾《奉使江州船中七夕》诗"汉使俱为客,星槎共逐流",今
公虽有理州之役若奉使然,而不到天上,为虚随矣。

　　莹按:八月查及张骞奉使事,俱详后蔡笺按语。杜甫诗屡以二
事合用,如《有感五首》云"乘槎断消息,无处觅张骞",《秋日夔府咏
怀奉寄郑监李宾客》一首云"查上似张骞",皆以二事合用者。至于
以张骞奉使一事独用者,则有《寄岳州贾司马六丈巴州严八使君两
阁老》一首之"奉使待张骞"及《哭李尚书之芳》一首之"奉使失张
骞"等句,此云"承用之熟"是也。以"不到天上"释"虚随",其意盖
谓不得还京也。

二、分门 "听猿"句,王洙曰:见《雨晴》"有猿挥泪尽"注。

　　"奉使"句,王洙曰:见"查上似(原误作以,据杜甫诗改)张
骞"注。

　　莹按:《雨晴》一首,"有猿挥泪尽"句,注引王洙曰:"《荆州记》
曰:巴东三峡长,猿声啼至三声,闻者垂泪。"又《夔府咏怀》一首"查
上似张骞"句注引王洙曰:"《因话录》云《汉书》载张骞穷河源,言
其奉使之远,实无天河之说,惟张茂先《博物志》说近世有人居海
上,每年八月见槎来,不违时,赍一年粮,乘之,到天河,见妇人织,丈

夫饮牛,遣问严君平,云某年某月日客星犯牛斗,即此人也。"

三、鹤注　"听猿"句,洙曰(见分门注)。

　　又　"奉使"句,洙曰(见分门注)。

四、蔡笺　《宜都山川记》:"巴东三峡猿鸣悲,猿鸣三声泪沾衣。"(参看
九家注)

　　又　按张骞及西域传:骞以郡应募,使西域,穷河源之远,即无乘
槎之说。惟张华《博物志》说:近世有人居海上,每年八月见槎来,不
失期,多赍粮乘之,十余日,忽至一处,有城郭、屋舍,宫中有妇人织,
一丈夫牵牛渚次饮之,惊问曰:"何由至此?"其人问:"此是何处?"答
曰:"君至蜀访问严君平。"还后,以问君平,君平曰某年月日有客星犯
牛女,即此人到天河时也。未尝指言张骞。宗懔作《荆楚岁时记》乃
引《博物志》谓:汉武令张骞乘槎而去。今余按宗懔所言既引《博物
志》,而《博物志》不言张骞,则知宗懔之谬可不攻而自破矣。前辈诗
多引张骞乘槎者,乃相袭讹谬矣,然则子美其亦承袭用之而讹欤?

　　莹按:蔡笺引《汉书》张骞及西域传,以明张骞使西域穷河源,
无乘槎之事,至八月槎则出于张华《博物志》,而谓宗懔《岁时记》始
将二者混为一谈。然考之今所见宝颜堂秘笈本《荆楚岁时记》与稗
海本《博物志》二书所载海渚有人乘槎至天河事大致均同,皆不言
张骞事。惟《苕溪渔隐丛话》卷十一云:"《缃素杂记》《学林新编》
二家辨证乘槎事,大同小异,余今采摭其有理者,共为一说。按张茂
先《博物志》曰:'旧说天河与海通,近世有人居海上(稗海本《博物
志》作"滨",宝颜堂本《荆楚岁时记》作"渚")者,每年(稗海本作
"年年")八月,见(另二本皆作"有")浮槎来(二本"来"字上皆有
"去"字),不失期,赍一年粮(二本皆作"人有奇志,立飞阁于槎上,
多赍粮"),乘之而去。十余日中,犹观星月日辰,自后茫茫(稗海本
下多"忽忽"二字),亦不觉昼夜。奄至一处(宝颜堂本《岁时记》无

80

"十余日中"以下三句,径作"十余月至一处"),有城郭(二本下皆多"状"字),屋舍甚严,遥望宫中有妇人织(稗海本作"宫中多织妇",宝颜堂本《岁时记》作"有织妇"),见一丈夫牵牛,渚次饮之,惊问曰:"何由至此(二本"惊"字上有"乃"字)?"其人说与(稗海本作"此人具说",宝颜堂本《岁时记》作"此人为说")来意,并问此是何处。答曰:"君至蜀郡(二本"至"字上皆多"还"字,宝颜堂本《岁时记》"郡"作"都")访严君平,则知之。"因还(二本因字上多"竟不上岸"四字,"还"字下多"如期"二字)后以(二本皆作"至蜀"而无"以"字)问君平,君平曰:"某年月日(宝颜堂本《岁时记》作"某年某月"),有客星犯牵牛宿。"计年月,正是(宝颜堂本《岁时记》无"是"字)此人到天河时也。'所载止此而已。而《荆楚岁时记》直曰:'张华《博物志》云(自此以下《苕溪渔隐丛话》所引与今所见宝颜堂本《荆楚岁时记》全异,故具录之):汉武帝令张骞穷河源,乘槎经月而去。至一处,见城郭如官府,室内有一女织,又见一丈夫牵牛饮河,骞问云:"此是何处?"答曰:"可问严君平。"织女取楮机石与骞而还。后至蜀,问君平,君平曰:"某年月日,客星犯牛斗。"所得楮机石,为东方朔所识,并其证焉。'按骞本传及《大宛传》,骞以郎应募使月氏,为匈奴所留,十余岁得还,骞身所至者,大宛、大月氏、大夏、康居,而传闻其旁大国五六,具为天子言其地形所有,并无乘槎至天河之说。而宗懔乃附会以为武帝、张骞之事,又益以楮机石之说,何邪?子美《夔府咏怀》诗曰:'途中非阮籍,槎上似张骞。'又《秋兴》诗曰:'奉使虚随八月槎。'如此类,前贤多用之,恐非实事。"《苕溪渔隐》所据之《缃素杂记》,今本中已佚此条,王观国《学林》此条在卷四,此外《癸辛杂识》前集亦引之,然今本《岁时记》无此文,宝颜堂秘笈本所引与《博物志》同,并无张骞事,盖后人妄改。至于杜甫之以"奉使"与"八月槎"混为一谈,不过相沿旧说、袭用故事而已,原不必辨其真伪谬误也。

五、千家　洙曰:《宜都山川记》(见蔡笺)。

　　又　梦弼曰:按张华《博物志》……承袭用之耳(见蔡笺)。

六、演义　《荆州记》:巴东三峡,猿声啼至三声,闻者垂泪(见分门注)。

　　又　张骞奉使西域,《博物志》载:每年八月见槎来,因乘之到天上。此非张骞事,公每合用之。

　　又　常闻峡中猿啼三声,客泪自堕,今我在此,则实闻之而下泪矣;尝闻张骞八月乘槎奉使,今秋我不得归,则八月乘槎之事成虚矣。

　　又　“听猿”一句,应夔府;“奉使”一句,应京华。

　　朱批　虞注:《宜都山川记》(见蔡笺)。

　　又　张骞及西域传……未尝指言张骞,子美亦承袭用之耳(参看蔡笺)。

　　莹按:演义亦以“不得归”释“虚随”。

七、愚得　洙曰:《宜都山川记》……泪沾衣(见蔡笺)。

　　又　张华《博物志》……附会以为张骞事,子美亦承用之耳(参看蔡笺)。

八、颇解　“奉使虚随八月槎”,言张骞乘槎曾到斗牛之间,今时已秋,而不得归,则八月乘槎之事成虚矣。

　　又　“听猿”一句应夔府,“奉使”一句应京华。

　　又　第二联如昆吾御宿内,倒句反语格(按指“昆吾御宿”一首内之次联)。

　　莹按:此云张骞乘槎到斗牛之间,盖亦相沿致误,前蔡笺已辨之甚详。至于释“虚随”之意,以为八月当有槎来不失期,今无槎可乘,故以“不得归”释“虚随”,至论倒句反语格,可参看后金解按语。

九、诗通　《宜都山川记》(见蔡笺)。

　　又　汉张骞奉使西域,或传其八月乘槎(参看蔡笺)。

又　听猿,应首句夔府而言;奉使,应次句京华而言。古传猿鸣三声下泪,今我则实下矣;古传奉使八月乘槎,今我则虚随矣。

莹按:此于"虚随"未加详释。

一○、邵解　听猿,应夔府;奉使,应京华也。言我尝闻峡中啼猿三声,客泪自堕,今我在此听猿,旅情惨切,三声之泪已实下矣;又闻张骞八月奉使乘槎,今秦中驿使消息阻于兵戈,而我不得归,浮槎之事,成虚随矣。

莹按:此亦以"不得归"释"虚随",颇是。而益以"驿使消息阻于兵戈"之说,似以"驿使"释"奉使",则殊有未安。

一一、邵注　古诗:"巴东三峡猿声悲,猿鸣三声泪沾衣。"昔闻其语,而今则实下泪矣。八月槎,用张骞事,谓昔人乘槎,有时而返,今我归期未卜,故曰"虚随"。

又　故听猿声实至泪下,而奉使乘槎,今为虚度。

莹按:此云"归期未卜",盖亦以"不得归"释"虚随"。

一二、意笺　《宜都山川记》(见蔡笺)。

又　张华《博物志》:海上人,每年八月见槎来……某年月日,有客星犯斗牛,即此人也。《荆楚岁时记》乃附会为张骞。

又　听猿三声而下泪,人有是言,今则实下矣,非但人言也;奉使八月而乘槎,古传是事,今八月矣,安有乘槎之使,是虚随耳。

朱批　虞注(按即演义)乘槎谓公自比于张骞(按演义以"我不得归"为言),非也,盖公见八月水盛,无乘槎之事。

莹按:意笺以"安有乘槎之使"释"虚随"一句,而朱批则但以"八月水盛"为言,皆不以公自言"不得归"为说,与前演义、颇解、邵解及邵注之说异。

一三、胡注　(无)

奚批　贯星槎是八月,却非奉使,张骞槎又非八月(参看蔡笺)。

一四、杜臆 "猿鸣三声泪沾裳",古语也,今别实矣,公亦以乘槎为张骞事,故云奉使。八月槎来不失期,今则虚矣,公虽不奉使,然朝廷授以省郎而逾期不赴,与奉使不归同也。

　　莹按:此以"朝廷授以省郎而逾期不赴"释"虚随"一句,似嫌牵强。盖杜甫虽曾于广德元年召补京兆功曹不赴,然"不赴"实不得以"奉使不归"为言也,且《杜臆》更以"不赴任"释下联"画省香炉违伏枕"一句,其牵强之处,显然可见,说详下联《杜臆》按语。

一五、诗攟 猿啼泪落,乘槎上天,皆熟烂事,"听猿实下三声泪",犹言乃今信之;"奉使虚随八月槎",犹言徒浪传耳。此用事点化法。虚随,谓实未得放舟归,此即前"丛菊"一联意也,使他人为之复矣,笔端变化,盖缘才大法熟,所谓长袖善舞也。

　　莹按:此亦以"未得放舟归"释"虚随",与演义、颇解、邵解及邵注之说同。

一六、钱注 《水经注》:每至晴初霜旦,林寒涧肃,常有高猿长啸,属引凄异,空谷传响,哀转久绝,故渔者歌曰:"巴东三峡巫峡长,猿鸣三声泪沾裳。"范注:《荆州记》彝陵县峡口山,非日中夜半,不见日月,多猿鸣,至清远。

　　附辑评 吴云:"奉使"句,蔡梦弼谓袭用张骞之谬,要是借用。

　　莹按:钱注引《水经注》释"听猿实下三声泪"句,较他注之引《宜都山川记》者更为详明真切。辑评吴氏评"八月槎"句云袭用张骞之谬,要是借用,所言亦极具通达之见。袭用之谬,固不可不辨,然借用通变之处,亦不可不知,否则若执此一端,便谓杜甫用典误谬,斯则小家之见矣。

一七、张解 因遥望京华落日,故闻猿啼而下泪。望京华,故叹奉使之无期。"虚""实"字正相应,见听猿则实,奉使则虚也。

　　莹按:此以"遥望京华落日"与"猿啼"相连立说,此中关系,殊

84

嫌含混。后引金解曾有"蜀山向晚，猿声不住"之言，则是"落日"之际，正"猿声不住"之时，固当与"猿啼"有关，然此"落日"自当是"夔府"之"落日"，何得云"遥望京华落日"乎？且下句又有"望京华，故叹奉使之无期"之语，则是两句当分承，"听猿"乃承"落日"而言，"奉使"则承"京华"而言。张解所云疑有疏失脱误之处。

一八、金解　三、四承望京华来。楚地多猿，蜀山向晚，猿声不住，猿三声，泪三下。此是身历苦境，故下一"实"字。前首泪在他日，此首泪在今日也。传称汉张骞使大夏，寻河源，八月乘槎到天河，经年而返，问严君平始知。君平蜀人，故用此入诗。乘槎尚有还期，此生杳无归日，此是心作虚想，故下一"虚"字。盖为严武再镇蜀，辟先生为参谋，而先生留蜀。一年武卒，而先生仍寓蜀也。三应云"听猿三声实下泪"，今云然者，句法倒装，与第七首三、四一样奇妙。

别批　三承一句，四承二句，犹言夔府孤城，听猿下泪是实；而南斗京华，乘槎可到是虚，真教人无可奈何，此落日斜也。

莹按：金解释"三声泪"云"猿三声，泪三下"，"泪三下"之说殊为勉强，当是猿三声而果然泪下，至于必谓之"三下"，则金氏故为造作之言。而释"实下"之"实"字云"身历苦境"则极真切。至于以"心作虚想"释"虚"字，则不若顾解所云"乘槎之事成虚"之说之明切。别批说承接，乃释"虚""实"二字俱好（"南斗"之说已详上联按语，不可从）。唯末一句"此落日斜也"五字，殊为突兀。金氏之意盖谓落日斜者，是无可奈何之景，亦是无可奈何之情也。又金氏论此二句及第七首三、四句法倒装之奇妙，此正杜甫老年于诗律精练至极之所成就，守格律而不为格律所拘，故能腾挪变化于格律之中，而免于平泛拘执之病，能于七言律诗中别开出一深厚沉至之境界。故前乎杜甫之诗人，其七律一体多无甚可观，而后于杜甫者,则往往以七律见长。杜诗成就之博大,影响之深远,尽人之所共知,其性情之诚挚,固为其诗歌所以有不朽之成就之最大原因,然若此等律诗句法运用变化之奇妙,亦不可忽焉。

一九、顾注 《水经注》(见钱注)。

又 按张骞无乘槎事,张华《博物志》载有人居海上……赍粮乘之,到天河。未尝指张骞。惟宗懔《荆楚岁时记》乃云张骞乘槎,后遂沿袭。公诗亦屡用为骞事(参看九家注及蔡笺)。

又 "实""虚"二字,承上落日难留、京华难即意。昔人所云闻猿下泪,兹为亲历实事;所云乘槎可到天河,徒作虚语耳。

莹按:杜甫所云"虚随",盖暗寓不得还京如八月槎之往来耳,非谓不能到天河为虚语也。可参看本联总按语。

二○、朱注 《水经注》:每至晴初霜旦……泪沾裳(参看钱注)。

又 峡猿感泪,向闻其语,今乃信之,故曰"实下";海上浮查,有时自还,今不得归,故曰"虚随"也。

二一、论文 夔州,南方地也。身居此地,始知听猿下泪已非虚语,今欲乘槎而返,未卜何时,奉使亦以华州之命也。

莹按:此释"奉使"句以为指出任华州司功参军事。

二二、泽解 《宜都山川记》(见蔡笺)。

又 梦弼曰:按张华《博物志》……亦承袭而用之耳(参看蔡笺)。

又 "听猿"句,语苦。

又 泽堂曰:杜为严武使佐,其所辟工部郎,犹不改以"奉使"自称,言"虚随"者,盖不能上天故。

莹按:"上天"应指还京而言,其意犹演义、颇解、邵解、邵注及诗擟之所谓不得归也,以"为严武使佐"释"奉使"之自称,颇是。

二三、诗阐 望京华而不见,因之下泪,我听猿而泪,犹之感丛菊而泪也。古云"猿鸣三峡(疑当为声字之误)泪沾裳",今在巫峡闻之,信非虚语。望京华而不见,或者乘槎,我奉命出华,何不可乘槎返国也。语云八月乘槎犯斗牛,今凭北斗思之,茫无实据。

莹按:此亦以"奉使"指出任华州事,与论文之说同。曰"奉命出华",而以"虚随"为不得"乘槎返国",又云"凭北斗思之"者,盖就"乘槎犯斗牛"之典,以之呼应次句之"每依北斗望京华"也,然则"虚随"二字岂不正当指不能返京而言乎?

二四、会粹　《水经注》(参看钱注)。

又　《博物志》(参看蔡笺)。

又　听猿挥泪,已非虚语,故曰"实下";乘槎而返,未卜何时,故曰"虚随"。

莹按:此释"实下""虚随"二句,极简,而颇切当。

二五、仇注　伏挺诗:"听猿方忖岫,闻濑始知川。"

又　萧铨诗:"别有三声泪,沾裳竟不穷。"

又　《水经注》(参看钱注)。

又　徐增注云:本是听猿三声实下泪,拘于声律故为实下三声泪。

又　李陵书:"丁年奉使,皓首而归。"

又　《博物志》(略同蔡笺)。

又　《荆楚岁时记》(略同蔡笺)。

又　听猿堕泪,身历始觉其真,故曰"实下";孤舟长系,有似乘槎不返,故曰"虚随"。

又　京华不可见,徒听猿声而怅随槎,曷胜凄楚,以故伏枕闻箛,卧不能寐,起视月色于洲前耳。

又　今按:严武为节度使,公曾入幕参谋,故有"奉使虚随"句。八月槎,用严君平在蜀事。奉使,参用张骞出使事。

影印本眉批　"奉使"句用小庾"星汉非乘槎可上"。八月槎,

87

言京华难返,犹天上不可至也。

　　莹按:仇注以奉使指在严武幕下任参谋检校工部员外郎事,
与泽解之说同,而与论文及诗阐之以奉使为出任华州司功参军者
异。至于引徐增注云"听猿句乃拘于声律而然",莹意以为不然。
盖以诗之神情气势言,若此句径作"听猿三声实下泪",则平铺直
叙,殊乏感人之力,而"听猿实下三声泪",则重在"实下"二字,是
确确实实下泪,下如何之泪,则人所传言"猿鸣三声泪沾裳"之
泪,以前是闻人传言而已,今则我闻猿三声而果然泪下,岂非实下
"闻猿三声"之泪乎?是无论以情理言,以气势言,皆当如此说,
岂但为声律所拘而然耶!眉批举庾信《哀江南赋序》之言,所说
极是,庾氏盖亦以星汉乘槎喻南朝之远如在天上,无路可通,与杜
甫怀念京华之意正同。

二六、黄说　《荆楚岁时记》以乘槎犯斗为张骞事,公承袭用之耳(参看
　　蔡笺)。

　　又　听猿下泪,奉使随槎,盖古语。今我淹留此地,听猿下泪,
盖实有之。若夫依北斗而望京华,尚不能至,则乘槎犯斗非事实
可知。用"虚""实"二字,点化古事,笔圆而诗老。三、四、五、六
承夔府、京华,两两分应。

　　莹按:此以"望京华尚不能至"释"虚随"与演义、颇解、邵解、
邵注、泽解之说相近。

二七、潘解　朱云:海上浮槎,有时自还,今不得归,故曰"虚随"。

　　莹按:此亦以"不得归"释"虚随",与演义、颇解、邵解、邵注、
泽解及黄说并同。

二八、言志　然而徒听断猿之声,不胜悲痛,而泪与之俱下矣。且我尚
　　叨朝廷之官职,而飘流剑外,无分毫策力以报君恩,与虚随张骞八
　　月之浮槎无异也。

88

　　　　莹按:张骞并无八月乘槎之事,前在顾注按语已曾辨之,言志
　　　　所说词费而无当。

二九、通解　　闻渔者听猿三声下泪以过巫峡,吾亦有泪以洒客路,果实
　　　　事也;闻张骞奉使八月随槎以上天河,吾今无槎以至京师,徒虚
　　　　语耳。

　　　　莹按:此说亦并无新意,八月槎事可参看蔡笺按语。

三〇、提要　　"听猿"句,承夔府;"奉使"句,承京华。

　　　　莹按:此说颇略。

三一、心解　　《水经注》(参看钱注)。

　　　　又　　张骞奉使乘槎事,出《荆楚岁时记》(参看蔡笺)。

　　　　又　　三、四申上望京华,起下违伏枕;奉使,向无的解,仇指严武
　　　　为节度使,其说是也;虚随者,随使节而成虚也。

　　　　莹按:此于"奉使"句,主仇注之说,盖亦以为指杜甫入武幕
　　　　为参谋而言,惟释"虚随"二字,语焉不详。

三二、范解　　《水经注》:渔者歌曰……泪沾裳(参看旧说钱注)。

　　　　又　　张华《博物志》……非指骞奉使西域也,惟宗懔《荆楚岁时
　　　　记》乃云张骞乘槎,公亦沿袭用之耳(参看前引顾注及九家注与
　　　　蔡笺。)

　　　　又　　听猿下泪,向闻其语,今实闻而下泪,故曰"实下";海上浮
　　　　槎为奉使耳,今非奉使而远出,故曰"虚随"。

　　　　莹按:关于"奉使虚随"之意,可以参看范解所说,殊失杜诗
　　　　本意。

三三、偶评　　"奉使"句旁批云:孤舟长系,有似乘槎。

　　　　乙本　　眉批:听猿堕泪,身历始觉其真,故曰"实下";孤舟长
　　　　系,有似乘槎不返,故云"虚随"。

　　　　又　　听猿悲箛,俱言暮景;八月芦荻,点还秋景。

莹按:此数语颇为简要。

三四、沈解　《宜都山川记》(参看蔡笺)。

　　又　张华《博物志》(参看蔡笺)。

　　又　尝闻峡中,猿啼三声,客泪自堕,今我在此,实闻之而下泪矣;尝闻张骞八月奉使,今秋我不得归,则八月乘槎之事虚矣。

　　莹按:此多用旧说,并无新意。

三五、江说　渔者歌曰(参看钱注引《水经注》)。

　　又　朱鹤龄云:峡猿感泪……故云"虚随"也(见前引朱注)。

三六、镜铨　《水经注》(参看钱注)。

　　又　《杜臆》:谓听猿堕泪,身历始觉其真也(按此二句不见《杜臆》,当为仇注之言,镜铨误引)。

　　又　仇注:严武为节度使……故有此句(见仇注)。虚随者,随使节而成虚,仍未能一至京阙也。

　　又　奉使乘槎,用张骞事;八月槎,又参用《博物志》有人到天河事。

　　莹按:《汉书》载张骞奉使,不云乘槎,前已辨之甚详,镜铨盖略而言之耳。至于"奉使"句亦主仇注之说,以为"随使节而成虚",则与心解同,惟末云"仍未能一至京阙",则较心解为详明,意者盖谓,严武出为节度使,原应有返京之日,杜甫既入严武幕,则亦应有随之返京之一日,而严武既卒,杜甫亦留蜀而不得返,故曰"奉使虚随"也。前举金解有"一年武卒,而先生仍寓蜀也"之言,盖亦此意也。

三七、许注　"奉使"句,指严武为节度使(参看仇注及心解)。

三八、集评　"听猿"句,李云:望京华故。

　　又　吴云:中联沉着。蔡梦弼谓"八月"句袭用张骞之谬,要自借用(参看钱注辑评及按语)。

莹按:"听猿"句李云"望京华故",其意盖谓听而下泪乃因望京华之故。此语为前引诸说所未及,而情固可以有之也。

三九、选读 《水经注》(参看钱注)。

《博物志》(参看蔡笺)。

又 京华不可见……曷胜凄楚(参看仇注)。

又 听猿坠泪……故曰"虚随"(见偶评乙本眉批)。

莹按:此全引旧说,并无新意。

四〇、沈读 朱云海上浮槎……故曰"虚随"(见前引朱注)。

四一、汤笺 闻猿坠泪,实境亲尝;虚语乘槎,天河岂到。

莹按:此释"乘槎"句,殊为概略含混。

四二、启蒙 《水经注》(参看钱注)。

又 仇注听猿下泪……故曰"虚随"(参看旧说仇注)。

又 严武奉命镇蜀,是奉使也,公虽入幕参谋,检校工部,然不得入京而即真,故曰"虚随",说本仇氏。

莹按:此盖推演仇氏之说。

嘉莹按:此二句首当辨者,厥惟"奉使"二字之所指,有以秦中驿使阻于兵戈为言者,邵解主之;有以为指出任华州司功参军者,论文及诗阐主之;有以为指在节度使严武幕下任参谋检校工部员外郎者,仇注、心解、镜铨、许注及启蒙主之。综观三说,以驿使为说者,最为不可信,盖此句当为杜甫自慨之辞,以之指驿使,则迂远而无谓,且驿使亦不可称"奉使"也。至于杜甫之出任华州司功参军,乃在乾元元年,而《秋兴八首》则为大历元年羁身夔州之所作,上距乾元元年已有八年以上之久,时地均相隔已远,且杜甫自拾遗出为华州司功,亦不得言"奉使",故以出任华州释"奉使",其说亦有未安。至于以在严武幕下任参谋检校工部员外郎释"奉使",其说实较为可据,盖参谋原为节度使之幕僚,而检校工部员外郎则为加带之虚衔(见《通典·职官》十七及《通考·职官》十八),严武之出任节度使,自可言"奉使",杜甫为严武幕僚,盖自以为严武还朝,己身亦有随严武以还京之一日,然而大历之时严武卒已二年,杜甫则久羁夔府而不得返,故曰"奉使虚随"。至于"八月槎",则以时当秋日,瞻望北斗,因忆及古有人于八月乘槎而到天河之说,而今则孤舟一系,故园竟不得返,故曰"虚随八月槎",亦犹庾信《哀江南赋序》所谓"星汉非乘槎可上",同为感慨故国之不得复返也。是其主旨原在于此,故演义、颇解、邵解、邵注、泽解及黄说皆以"不得归"为言,是也。意笺朱批以为"虚随"一句,但写"八月水盛,无乘槎之事",而认为此句非杜甫自慨其不得归,将杜甫满腔悲慨全部抹杀,其说之无足取显然可见。至于《杜臆》以"授以省郎而逾期不赴"释"虚随"亦殊迂远,不切事情,已辨之于前,兹不复赘。至于以"奉使"与"八月槎"连用,则以古有张骞奉使穷河源之事,而后人多以之与《博物志》乘槎至天河之说混为一谈,杜甫因亦相袭用之耳,故"奉使"二字实只是轻轻一带,而其主旨则在以"虚随八月槎"慨不得还京也。至于奉使乘槎句用典之为借用,不可谓之谬误,及"实下三声泪"句,句法倒装之妙,则前已分别述之矣。

画省香炉违伏枕,山楼粉堞隐悲笳。

一、九家　堞,城堞也;粉,谓饰以垩土。胡人卷芦叶吹之,为笳。

又　赵云:省署以粉画之,谓之画省,亦谓粉署。《初学记》引应劭《汉官仪》,尚书郎入直台廨中,给女侍史,执香炉烧薰,以从入台中,给使,护衣服,奏事明光殿省中。违伏枕,则违去画省香炉者,以伏枕之故也。山楼粉堞,指白帝城。

莹按：此云"违去画省香炉者，以伏枕之故"，其说殊略，当于后文详之，又，此以"粉堞"为指白帝城。

二、分门　王洙曰：见"遂阻云台宿"注。

又　赵次公曰：画省，以粉画之，谓之画省。《初学记》载应劭《汉官仪》曰：尚书郎入直台廨中，给女侍史二人，执香炉烧薰，以从入台。违伏枕，则违去画省香炉者，以伏枕之故也(参看九家注)。

又　王洙曰：堞，城堞也；粉，谓饰以垩土也。胡人卷芦叶吹之以为觱(见九家注)。

又　赵次公曰：山楼粉堞，指言白帝城也(参看九家注)。

莹按："遂阻云台宿"句，见《夔府书怀四十韵》，分门注引王洙曰："宿，直宿也。《后汉书·钟离意传》：(药崧)家贫，为郎，常独直台上，无被枕杜，食糟糠。帝夜入台，辄见崧，问其故，甚嘉之。自此，诏大官赐尚书以下朝夕食，给帏、被、皂袍，及侍史二人。"此不过亦言尚书郎直宿之给使而已，与所引赵注《汉官仪》之说可相参看。

三、鹤注　赵曰：画省……之故也(见分门引赵次公曰)。

又　洙曰：堞……以为觱(见分门引王洙曰)。

四、蔡笺　甫为尚书员外郎，而流寓于夔故也。《汉官典职》：尚书奏事于明光殿，省中画古列女，重行书赞，蔡质《汉官仪》：尚书郎女侍史执香炉烧薰从入台中。

又　堞，达协切，城上垣也，指言白帝山城，楼奏胡笳而悲也。

莹按：蔡笺所引蔡质《汉官仪》，原书名当作《汉官典职仪式选用》，为汉蔡质所撰，与前分门注所引汉应劭所撰之《汉官仪》，皆收入平津馆丛书汉官六种中，所记略同。至于杜甫在严武幕下为工部员外郎，而蔡笺云甫为尚书员外郎者，盖唐制尚书省尚书令一人其属有六尚书：一曰吏部，二曰户部，三曰礼部，四曰兵部，五曰刑部，六曰工部，所属皆有员外郎之职(详见《新唐书》卷四十六《百官志》)。工部既属尚书省,故工部员外郎亦可称尚书员外郎也,甫虽任职节度使严武幕下为参谋,而加有检校工部员外郎之衔(见次联总按),故蔡笺云尔。又:蔡笺亦以"山楼"为白帝城楼,与分门注同。

五、千家　赵曰:省中以粉画之,谓之"画省"。《汉官仪》:尚书郎入直,给女侍史二人执香炉以从。公为尚书员外郎,自叹违去省中,以多病伏枕故耳。下句"山楼粉堞",言在夔州也(见九家注)。

又　评:画省香炉,虽点缀意,然语亦大朴。

莹按:此但以"山楼粉堞"为"言在夔州",而未明指其为夔府抑白帝城之楼。至于所引评语,当系刘辰翁须溪评语,原评在"画省"句下。张溍《读书堂杜工部诗集注解》前有康熙戊寅年商丘宋荦序,云"今千家注本凡分注句下,或缀篇下,而不著姓氏者,悉属刘评",其言可以为证。"画省香炉"亦以为指在武幕为员外郎而言,与蔡笺同,而以多病释"伏枕"。

六、演义　画省,指尚书省也,尚书郎入直,给女侍二人,执香炉烧薰以从。粉堞,城上女墙,以白土涂之。

又　我虽检校工部员外郎,而与尚书省入直之香炉相违远者,以病之故,但闻此城楼上、雉堞之间,笳声隐隐为可悲也。

又　"听猿"一句应夔府,"奉府"一句应京华;"画省"一句又因随槎而言,"山楼"一句又因听猿而言,皆以夔城长安交互对言之也。

莹按:此论承接之交互对言,所说颇是。"画省"句以为指在武幕为员外郎说与蔡笺及千家注相近。"隐悲笳"之"隐"字,以为乃笳声隐隐之意,辨说俱详后。

七、愚得　《汉官仪》(见九家注)。

八、颇解　"画省"一句,又因随槎而言;"山楼"一句,又因听猿而言,皆以夔城京华交互言之也。

莹按:此论承接之处,与前演义之说同。

94

九、诗通　画省香炉,尚书郎居粉署,有侍女执香炉以从,谓己为省郎也。伏枕,卧病也。山楼,夔城楼也。粉堞,即今女墙,以粉饰者也。箛,胡人卷芦叶吹之,似觱(按当作觱)篥而无孔。

又　"画省"句,又以京华言;"山楼"句,又以夔府言,盖听猿悲箛,皆落日时景也。

莹按:此云"画省句,又以京华言",则其意盖以为此句乃指肃宗朝杜甫在长安为左拾遗之事,而非指在成都严武幕为郎之事也,与蔡笺、千家注及演义之说不同,虽亦以卧病释"伏枕",而不云卧病为伏枕之故。

一〇、邵解　画省,又应京华;山楼,又应夔府,以多病伏枕故违画省,能忘情乎?闻悲箛之声隐于山楼,又增一感矣。

莹按:此亦以"画省句,又应京华"为言,与诗通之说同,而以多病为伏枕之故,则与诗通稍异。至于"隐"字,则未加详释。

一一、邵注　画省,省中以粉画者,《汉官仪》:尚书郎入直,给女侍史二人,执香炉以从,公尝为尚书员外郎也。违,远也,伏枕,谓今抱病在夔,故与画省香炉相违远也。粉堞,城上女墙,饰以垩土,故曰粉墙。隐,痛也,箛声呜咽,闻之而悲痛。

又　遂伤多病去官,旅寓于此,但闻箛声为可悲耳。

莹按:此以"画省"句为指曾在严武幕为员外郎而言,而以"抱病"释"伏枕",以"痛也"释"隐"字,辨说俱详后。

一二、意笺　《汉官仪》:尚书郎入直,给侍女二人,执香炉以随(参看九家注)。

又　"画省",尚书省也,公为工部员外,参谋幕府,则画省香炉自违矣,今又病而伏枕,朝京未有日也,如之何而不怀思?当此之际,又闻山楼粉堞有悲箛隐痛之声,是乱犹未已也,归计益未遂矣。

朱批 "画省香炉违伏枕",虞注谓公因病而相违,非也。为工部员外参幕府,已违尚书画省矣,又伏枕也。

又 公以严武表为工部员外,虽参幕,亦得称画省,然武已卒,公已去,病而伏枕,犹曰违画省之香炉可乎?盖公心无日不在长安,必是还长安再登朝,而后画省可入也。

莹按:意笺以为公为工部员外而"参谋幕府"是"画省香炉自违"也。其意盖谓虽有为郎之名,而未尝入朝,但居幕府也。至于"伏枕"虽亦以"病"为说,而不以多病为违画省之故,而以为乃慨"朝京未有日"。至于朱批则以为"武已卒,公已去",故此句不当指在武幕为郎之事,而以为乃遥想"还长安再登朝"之意,与意笺慨"朝京未有日"之说,可互相发明。意笺以"隐痛"释"隐"字,与邵注同。

一三、胡注 (无)

奚批 《汉官仪》:尚书省以胡粉涂壁紫青界之,画古列士,尚书郎更直于建礼门内,台给青缣白绫被,或锦被帷帐茵褥通中枕,女侍史二人,选端正者,执香炉烧熏,护衣服(参看九家注)。

又 "画省"句,应京华;"山楼"句,应夔府。

莹按:胡注、奚批之说虽略,然亦以画省为指长安,而不指武幕。

一四、杜臆 公虽不奉使,然朝廷授以省郎,而逾期不赴,与奉使不归同也,公不赴任,实以病故,是画省香炉因伏枕而违也,夫然,故不但闻猿鸣而下泪,抑闻悲笳而自隐矣。隐,犹痛也。

又 "悲笳",因有兵乱,公诗"悲笳数声动"云云,可证。

莹按:杜甫曾于广德元年召补京兆功曹,不赴,见杜甫年谱。据王洙《杜工部集序》云"召补京兆府功曹,以道阻不赴",是其不赴乃"以道阻"之故,而《杜臆》乃牵附"伏枕"二字,以"病"为说,

96

然杜甫是年曾往来于梓州、阆州之间,未几又返成都入严武幕,知以病不赴任之说为不可信也。至于以"隐痛"释"隐"字,与邵注及意笺同。又引杜甫《后出塞》诗"悲笳数声动"句,以为悲笳乃指兵乱,亦与意笺"乱犹未已"之说相近。

一五、钱注 《汉官仪》:尚书省中,皆以胡粉涂壁,画古贤烈女;以丹涂地,谓之丹墀。尚书郎主作文书起草,昼夜直更于建礼门内,台给青缣白绫被,或以锦被帷帐茵褥画通中枕(按蔡质《汉官典职仪式选用》有"画"字,应劭《汉官仪》无"画"字),女侍史二人挈被服执香炉烧薰,从入台中给使护衣服(参看九家注)。

　　又 张璁曰:山楼,谓所寓西阁也。

　　莹按:此于"山楼"引张璁之说以为指"所寓西阁",与九家、分门及蔡笺之以为指白帝城者异。

一六、张解 画省,省中以粉画壁;违伏枕,多病,违去省中;粉堞,女墙以粉画之;悲笳,似觱栗,无孔,卷芦叶吹之。

　　又 "画省"二句皆以闻见分。

　　莹按:此所说甚为简明。

一七、金解 《汉官仪》(参看九家注)。

　　又 先生尝为尚书员外郎,故云画省香炉;悲笳者,笳叶卷而成声,边人以司昏晓者也。五、六转到望京华不已,月上而犹未睡,以足前解之意,言昔在省中,侍史焚香而寝,今身在西阁,则相违矣,况山城落日,笳声在粉堞之外,何其凄惨。隐者,痛也,当此之事,岂复放脚熟眠之时耶。先生只顾在那里望,绝不思睡,夫违伏枕,不欲睡也,隐悲笳,即睡亦不合眼也。

　　别批 不云违画省香炉而伏枕,乃云画省香炉违于伏枕,得诗人忠厚笃棐立言之体。山城堞隐于悲笳,尤妙,前犹日落,此则竟晚,眼看山城粉堞,渐隐不见也,乃因日暮笳作,笳动堞隐,一似隐于悲笳也者,身处客境,满肚无聊,只三字写出。

　　莹按:《诗·邶风·柏舟》"如有隐忧"句,毛传云:隐,痛也。邵注、意笺、杜臆及此金解释"隐悲笳"之"隐"字为痛,虽非无据,然殊为牵强。别批乃释隐为渐隐不见,其说似较自然,盖金氏亦自觉释隐为痛之不妥,故易为后说也。又金解亦以为"画省香炉"指为尚书员外郎而言,其意似指在武幕为员外郎之事,而语焉未详,又其释"违伏枕"三字,则既曰"身在西阁,则相违矣",又曰"违伏枕,不欲睡"也,其说亦含混不明。别批解之曰"不云违画省香炉而伏枕,乃云画省香炉违于伏枕",是我自因伏枕而违画省,不以怨尤加之朝廷,故曰得诗人忠厚立言之体,其言颇深婉可取。

一八、顾注　《汉官仪》(参看九家注)。

　　又　公为郎官,然未尝入京,故用尚书郎入直女侍捧香炉事,自伤病废与相违也。公《赠萧使君》诗"旷绝含香舍,稽留伏枕辰",又《赠苏四徯》云"为郎未为贱,其奈疾病攻",即所云"违伏枕"也。

　　又　粉堞,城上女墙饰以垩土,故曰粉堞;胡人卷芦吹之,谓之笳箫,似觱篥而无孔。"隐"字凄绝,听猿悲笳,俱指暮景而言,隐亦暮状也。

　　莹按:此于"违伏枕"一句,引杜诗《奉赠萧十二使君》及《赠苏四徯》二诗为说,甚有参考价值。

一九、朱注　《汉官仪》(参看九家注)。

　　又　山楼,白帝城楼。

　　莹按:此以"山楼"为指"白帝城楼",与九家及分门之说同。

二〇、论文　是以省郎既授,叹伏枕之已违;卧病山城,听悲笳之又起。

　　莹按:此说殊为概略。

二一、泽解　赵曰:省中以粉画之……言在夔州也(见千家注)。

　　又　洙曰:堞,城堞也;粉,谓饰以垩土也(见分门注)。

98

又　赵曰:山楼粉堞,指言白帝城也(见九家注)。

又　批曰:画省……语亦大朴(见千家注刘评)。

二二、诗阐　往者为郎虽贱,庶几画省之中,炉香亲惹,自伤病废,不能躬直承明。命蹇如此,是京华以伏枕而疏也。兹焉作客殊方,惟见山楼之外粉堞周遮,每至黄昏,边声四起,世乱如此,是京华以悲笳而隔也。

莹按:此云"往者……炉香亲惹",又云"不能躬直承明……京华以伏枕而疏",则"画省香炉"不当指在严武幕下为工部员外郎事,其意盖指在京华左省为拾遗事而言,惟"为郎"二字是否可称拾遗之官为可议耳。此当于后文辨之。至于其释"隐悲笳"句,则似以"隐"字为周遮隔绝之意,然而曰"京华以悲笳而隔",则未免稍嫌迂远。

二三、会粹　《汉官仪》(见钱注)。

又　公为尚书郎,今违去省中,唯伏枕耳。山楼,白帝城楼。

莹按:此说与蔡笺、千家注、演义、金解及泽解诸家之说相近,皆云"画省香炉"为指杜甫为尚书郎事,其意盖指在武幕为郎事也。"山楼",以为指白帝城楼,与九家、分门、朱注及蔡笺之说同。

二四、仇注　沈佺期诗:"累年同画省。"

又　《汉官仪》(见钱注)。

又　诗:"辗转伏枕。"

又　孔德绍诗:"云叶掩山楼。"

又　梁简文帝诗:"平江含粉堞。"

又　魏文帝《与吴质书》:"悲笳微吟。"

又　张璁曰(见钱注)。

又　邵(宝)注:城上女墙,饰以垩土,故曰粉堞(见邵注)。

又　顾(宸)注:胡人卷芦叶而吹之,谓之笳箫,似觱篥而无孔。

又　香炉直省,卧病远违,堞对山楼,悲笳隐动,皆写日落后情景。

影印本眉批　五、六二句言岂以病留,兵实阻之,悲笳起而粉堞隐,上承日斜,下起月映,忽晦忽明,曲折变化。

莹按:仇氏但云"香炉直省",而未加确解,意者盖指在长安为拾遗事。又云"悲笳隐动",意亦含混,其为于隐然不可见之中,闻悲笳之声动,抑或为悲笳之动,闻其声隐隐乎。眉批云"悲笳起而粉堞隐",则眉批之意以为"隐"字乃指粉堞于暮色苍茫中隐去而不见之意。至于"悲笳"二字,眉批以为有阻于兵之意,其说与意笺"乱犹未已"之说相近。

二五、黄说　五、六承夔府、京华,两两分应(参看前一联黄说)。

莹按:此以夔府与京华对举为说,则"画省"云云似当指甫在长安事而言。

二六、潘解　公为郎在武幕,未尝入京居省署,故曰"违伏枕"。隐悲笳,即"花隐掖垣暮","隐"字是暮景。

莹按:此亦以"画省香炉"为指在武幕为郎而言。未尝入京,故曰"违伏枕"。至于其释"隐"字,引杜甫《春宿左省》"花隐掖垣暮"为言,则与仇注眉批之说相近,亦以为在暮色中隐去之意。

二七、言志　画省香炉,我尝入直,而伏枕以思衮职,而今则与之睽绝矣。惟听此山楼粉堞之中,悲笳互动,相寻未已,其将何日得以奏升平之效耶?放废如此,而时不我与。

莹按:此以"伏枕以思衮职"及"何日得以奏升平之效"说"伏枕"及"悲笳"二句,殊嫌牵强。

二八、通解　《汉官仪》(参见九家注)

又　忆身在画省,侍女执香以从,而今违于伏枕。念目极山楼、戍卒守粉堞以望,而常隐夫悲笳。当此萧条之景,益觉日月易逝。

莹按:此但依字面敷衍为说,并无真解。

二九、提要 "画省"句再顶京华,"山楼"句再顶夔府。

莹按:此云"画省句再顶京华",其意盖指当年在长安左省为拾遗事而言。

三〇、心解 《汉官仪》(见钱注)。

又 朱(鹤龄)注:山楼,白帝城楼。

又 五、六长去京华,远羁夔府也。伏枕,即所云一卧沧江,不必说病。

莹按:此引朱注以为"山楼"指白帝城楼,与九家、分门、蔡笺及会粹之说同。以"一卧沧江"释"伏枕",而云"不必说病",其说似颇通达,然杜甫在夔州西阁所作《返照》一诗固明有"衰年病肺唯高枕"之句,《移居夔州作》一首,亦有"伏枕云安县,迁居白帝城"之句,又《九日五首》亦有"系舟身万里,伏枕泪双痕"之句。此外在夔所作各诗中叹息衰病之句亦甚多,谓其必不说病,似又不然也。要之,"伏枕"之意亦并非便伏于枕上病不能起之意,不过写其羁旅流落衰老多病之况而已。

三一、范解 《汉官仪》(参看九家注)。

又 粉堞……笳箫(参看顾注)。

又 公曾为省郎,应近画省香炉,自伤违远之故皆缘伏枕;惟闻城楼雉堞间悲笳之声隐然而起。

莹按:各家于"隐"字曾有多种不同解说,今但云"隐然",殊嫌含混。

三二、偶评 "画省"句旁批:以京华言。"山楼"句旁批:以夔府言。

莹按:此以"画省"句为"以京华言",则是以此句为回忆当年在左省为拾遗之事。

三三、沈解 《汉官仪》(参看九家注)。

又　我虽为工部员外郎而与画省入直之香炉违远者,以病之故。但闻此城楼之上雉堞之间,笳声隐隐为可悲也。

莹按:杜甫写此《秋兴八首》之时在大历元年。杜甫已早于前一年正月辞去幕府中工部员外郎之职务,且严武亦已于前一年四月病卒,而沈解乃以"工部员外郎"为说,似有未妥。又以"笳声隐隐"释"隐悲笳"之"隐"字,亦不可从。说详本联总按语。

三四、江说　《汉官仪》(参看九家注)。

又　梁简文帝诗(参看仇注)。

又　邵注(参看邵注)。

又　香炉直省,卧病远违,堞对山楼,悲笳隐动,皆写日落后情景。

莹按:此多用旧说,并无新意,惟是以"堞对山楼"为言,则是将"堞"与"山楼"相分隔,则此"粉堞"乃不为山楼之粉堞,然则又为何所之粉堞乎?此不过为敷衍文字之故,加一"对"字,徒乱读者之意耳。

三五、镜铨　《汉官仪》(见钱注)。

又　山楼,谓白帝城楼。

莹按:此亦以"山楼"为白帝城楼,与九家、分门、蔡笺、会粹及心解之说同。

三六、集评　"画省"句,李云京华;"山楼"句,李云夔府。

莹按:此亦以一句京华、一句夔府为言,可参看偶评按语。

三七、选读　香炉直省……情景(参看江说)。

三八、沈读　公为郎在武幕……"隐"字是暮景(见潘解)。

三九、启蒙　《汉官仪》(见九家注)。

又　山楼,白帝城楼;堞,城上短墙。

又　京华之画省,以伏枕卧病而违;粉堞之笳声以不见京华而悲。

　　莹按:此释"粉堞"句云"以不见京华而悲",盖以"悲"字释"隐"字也,可参看邵注、意笺、杜臆及金解之说。

四〇、汤笺　省衔虽系,病隔炉香,昏黑山楼,但听笳警。

　　莹按:此云省衔虽系,其意盖亦指在严武幕检校工部员外郎而言,以病释"伏枕",以昏黑释"隐"。

　　嘉莹按:此二句歧解极多,首当辨者,厥惟"画省香炉"一句之所指,各家多以为指在严武幕为工部员外郎而言,蔡笺、千家、演义、邵注、意笺、金解、会粹、潘解及汤笺皆主之,然其说又有不同。金解既云"先生尝为尚书员外郎,故云画省香炉",又云"昔在省中,侍史焚香而寝,今身在西阁,则相违矣",其意若以为甫在严武幕为员外郎时,曾有此画省香炉之事者,今既去严武幕而居西阁,则违去之矣。此说之不可信甚明。一则在严武幕不得称画省,再则此《秋兴八首》以怀念京华为主,若依金氏之说大有怀恋严武幕府之意,此大失作者之意。至于潘解所云"公为郎在武幕,未尝入京居省署,故曰违伏枕",其意则以为杜甫在严武幕中,虽有省郎之衔,然而并未尝入京,而幕府中则并无画省香炉之事也。此外其他各家,虽亦皆以画省香炉为指在武幕为工部员外郎而言,然而其为在武幕中有此画省香炉之事乎? 抑为徒具省郎之衔,而感慨未能一返京华,画省香炉皆为悬想长安之言乎? 则多含混其词,并无明言确解,然观诸家语意,则多主后一说者也。盖杜甫《秋兴八首》原以怀念京华为主,若"画省香炉"句果指在武幕为员外郎之事而言,则自当以感慨徒具省郎之衔,未能一亲京华之画省香炉之说为是。盖杜甫在武幕所任原但为参谋之职,至于工部员外郎,则不过为加带之虚衔而已(见次联总按)。然

103

而此句似又可作别一解,即诗阐一家所云:"往者为郎虽贱,庶几画省之中,炉香亲惹,自伤病废,不能躬直承明。命蹇如此,是京华以伏枕而疏也。"诗阐既云往者在画省中"炉香亲惹",又云"京华以伏枕而疏",其意大似以"画省香炉"为杜甫往者在京华左省任拾遗而言者,虽然"往者为郎"之"郎"字是否可称拾遗,颇为可议,意者诗阐盖不过以《汉官仪》有"尚书郎"之一语,故不忍舍此一"郎"字耳。其他各家之必拘拘以画省为在武幕为郎者,亦莫不拘于《汉官仪》之尚书郎入直、尚书省画壁之说也。故诗阐、仇注及前首联集解所引愚得各家之说,虽颇有以"画省香炉"为昔在京华任拾遗之意,然皆吞吐其词,不敢明言,诗通、邵解、胡注奚批,虽皆以指京华为言,然亦复语焉不详。然莹意以为,此句乃指昔在长安为拾遗而言之说实极为可信,虽然《汉官仪》所云画省为尚书省,而杜甫为拾遗之左省则为门下省。盖汉代本无门下省之称,而唐代既以尚书、门下、中书三省并称,则就其官职省署而言,奈何不可以比尚书省之称画省之例,亦称门下省为画省乎!且古人诗文往往假古之官署与今之相当者为代称,如唐李嘉祐《酬刘七侍御》一诗有"惟羡君为周柱史"之句,然则唐岂复有柱下史之称乎? 不过取侍御与古之柱下史差相当而已。是故不论唐之门下省有否胡粉涂壁为画图之事,已皆可比尚书省之例而称画省。而况唐之三省,其富丽必各不相亚,且省中亦皆有画壁,而凡在各省中直宿者,亦皆有侍史执香炉薰衣之种种供应,此在唐人诗中往往言及,如王维之《冬夜寓直麟阁》诗(一作宋之问诗),有句云:"直事披三省,重关闭七门。广庭怜雪净,深屋喜炉温。"又沈佺期《酬苏员外味道寓直省中》诗,有句云:"大官值宿膳,侍史护朝衣。"又沈氏《送韦商州弼》诗,有句云:"累年同画省。"又宋之问有诗题云:"咏省壁画鹤"。又岑参《寄左省杜拾遗》(按即杜甫)诗,有句云:"暮惹御香归。"于此诸诗观之,可知唐代既以三省并称,是三省皆可援《汉官仪》之说并称画省,而省壁之多画,与省中香炉之供应,亦皆为一般之所同然,且杜甫在左省为拾遗时,亦曾屡有值宿之事,如杜甫有《春宿左省》诗,其诗中虽未明言画省香炉,而左省之可称画省,与当时省中之有香炉,当为无可置疑之事。各家多拘于《汉官仪》"尚书郎"之一语,必以"画省香炉"为在严武幕任员外郎而言,似未免过于泥滞不通。且杜甫在严武幕中直宿亦曾有诗,而其诗题则但云"宿府",并不云"宿省"也。且"画省香炉"句若解为对昔日京华左省之怀恋,其意较为深切,若解为任职武幕,省郎之衔徒系,遥想未能一入省中,则其意殊为肤浅,而况方杜甫写此八首《秋兴》之时,并省郎之衔亦已不复存在,然则其因省郎之虚衔所发之遥想岂不全然落空。故私意以为"画省香炉"句实当指昔在京华左省任拾遗而言也。又此联次当辨者则为"违伏枕"三字,若依前所辨说,以"画省香炉"为指昔在京华左省为拾遗而言,则"违伏枕"者意当谓此日违去京华画省,一卧沧江,流离衰病,感今思昔,自有无限哀伤。若依各家说,以为在武幕为员外郎而言,则是云省郎之衔虚系,而流离衰病,未能亲至京华一亲画省香炉也。然以未能一至释"违"字,实不甚妥。盖"违"字乃违离之意,而非未至之意也,此又各家之以尚书郎立说之不可信之又一证也。"伏枕"二字自当指衰病而言,前已于引心解一条后之按语中详之。顾注引杜诗"稽留伏枕辰"之句亦有参考价值。然"违伏枕"三字更有一异说,如王尧衢氏所编《古唐诗合解》,其释此句云:"昔在省中侍史焚香而寝,今在蜀,与枕相违矣;且望京华心切,不欲睡也,故云违。"若以"不欲睡"释"违"字,则此"违"字与前"画省香炉"四字何干?若解作与昔日画省中之枕(钱注引《汉官仪》有"通中枕"之语)相违,则又不免过为钻求,杜甫为诗时恐未必便拘执于此《汉官仪》所云"通中枕"之一"枕"字也。且杜甫他诗中亦有"伏枕"字样,则又复与画省中之"枕"何干乎?故知此说绝不可信,聊复录之,供读者之一参助而已。至于杜臆一家复独以"朝廷授以省郎","以病故""不赴任"为说,其不可从,已于杜臆按语中详之,兹不复赘。此一联当再辨者,则为"山楼粉堞"之所指,有直指为夔府城楼者,诗通主之;有泛言夔州或夔府,而不明言山楼何指者,九家、千家、演义、颇解、邵解、胡注奚批、黄说及提要主之;有以为指白帝城楼者,九家、分门、蔡笺、泽解、会粹、心解及镜铨主之;有以为指夔府西阁者,钱注及仇注引张琬说主之。综观三说,私意以为夔府西阁之说最不可信。盖西阁乃杜甫在夔州所居之处,而山楼粉堞之渐隐于悲笳,自当就目所及之远处大处者言之,况此诗首联原有"夔府孤城落日斜,每依北斗望京华"之语,则其瞻望之远可知,必不拘限于所居之区区一西阁也。至于指夔府城楼抑白帝城楼二说,就首句夔府孤城言之,自当以指夔府城楼为是。然唐代之夔州城原与白帝城相近(说已详首章末联按语),二城既相距甚近,而白帝城又甚高,是以白帝高城之暮砧既足以达于耳为遥听所闻,则白帝高城之山楼亦当足以及于目为遥瞻所睹,故私意以为夔府及白帝之城楼,当时必皆在杜甫遥瞻目睹之中,若必欲琐琐为之辨说,似反不免硁硁然为小人之见矣。最后当辨者,则为"隐悲笳"之"隐"字。"隐"字大别之约有四说:一则释"隐"为"痛",邵注、意笺、杜臆及金解主之,前已于金解按语中辨其不可信。而王尧衢《古唐诗合解》亦用此说,云"隐者,痛也","痛京华如遥闻笳声凄切",其荒谬牵强,更属显而易见。二则释"隐"为周遮隔绝之意,诗阐主之。若以为粉堞周遮,笳声于周遮之粉堞后传来(邵解之说与此相近),原亦尚无不可,惟诗阐更发为

106

"京华以悲笳而隔"之说,则不免迂远不切矣。三则释"隐"为"笳声隐隐"之意,演义主之。此说看似可通,然就文法而言,则"笳声隐隐"之"隐隐"一词,是否可但省言为一"隐"字,似颇为可议。再则"隐隐"一词乃形容词,与上句"违伏枕"之"违"字一动词相对,亦不甚相称,故此说亦有未安。四则以"隐"字为昏黑隐没之意,金解别批、仇注眉批、潘解及汤笺皆主之。其说盖以为山楼粉堞于笳声中隐去之意,诚以笳声既起,暮色渐浓,山楼粉堞及渐至昏黑隐没而不可见也。此于当时情景言之,乃极自然之事,而杜甫既于落日斜时直望至月映洲前,则此种情景亦为一必然经过之阶段,故私意以为此说实最为可信也。至于"悲笳"则不过取其为暮景及凄凉之意,盖悲笳者边人吹之以司昏晓者(见金解),而其音又甚为悲切也。意笺、杜臆及仇注眉批以为有兵乱及阻于兵之意,读者或可有此一想,然不必拘拘依此立说也。

请看石上藤萝月,已映洲前芦荻花。

一、九家　《北山移文》:"秋桂遗风,春萝罢月。"

　　又　赵云:末句,想象扁舟之往如此。

　　莹按:所引《北山移文》,不过取"萝""月"二字而已,与杜之诗意并无关联;至于赵氏之说,亦不甚贴切。此二句,盖杜甫在夔府所见秋夜之景如此,而赵云"想象扁舟之往如此",如依后引泽解之说,则赵氏之意,盖谓藤萝为夏景,芦荻为秋景。此二句乃写扁舟出峡,时节屡易,所见之景物如此也。

二、分门　赵次公曰:想象扁舟之景如此(参看九家注)。

　　又　《北山移文》(见九家注)。

三、鹤注　《北山移文》(见九家注)。

　　又　赵曰(见九家注)。

四、演义　适间方见日斜，即今请看石上之月，已映荻花，而明光阴代禅，如此其速，岂不尤可悲哉！

　　又　结又应起句而为始终之辞也。

　　莹按：此云"结又应起句而为始终之辞"，颇是。盖此二句乃承"落日"及"北斗"而来，日落、星出、月上，前后呼应，极有层次，而所云"光阴代禅""尤可悲"之意亦在言外，上句"请看"及下句"已映"四字足可传其神致，而杜甫对京华怀望之殷，伫立之久，亦可想见。

五、颇解　月映荻花，明光阴代禅，如此其速，是久客之意。

　　莹按：此说与演义同。

六、诗通　结联"请看""已映"四字极有味。盖以月应落日而言，谓方日落而遽月出，才临石上而已映洲前，光阴迅速如此，人生几何，岂堪久客羁旅邪！其感深矣。

　　莹按：此与演义之说相近。

七、邵解　"请看""已映"四字当玩。盖应落日而言，日方落而月遽出，才临石上，又映洲前，光阴迅速，人生几何，不堪久旅也。

　　莹按：此意亦与前说相近。

八、邵注　月映洲前，谓适见日斜，忽看月出，感慨之久，不觉移时，且伤光阴迅速也。

　　又　又言光阴代谢，如此其速，岂不尤可悲哉！

　　莹按：此亦与前说相近。

九、意笺　于是见石上藤萝之月，忽映洲前之芦花，遂动光阴迅速之感。曰"请看"，则分阴可惜之意，又在言外。

　　莹按：此以为除"光阴迅速之感"外，更有"分阴可惜之意"。

一〇、胡注　（无）

　　奚批　"藤萝月"二句，比也，逗下首末句。

　　莹按：下首末句为"同学少年多不贱，五陵衣马自轻肥"，而奚批云"同学少年,岂非洲前芦荻耶",其意乃以"芦荻"为比"同学少年",此说颇为迂凿,杜甫为此诗时,恐未必有此穿凿迂曲之用心也。

一一、杜臆　不特此耳,顷方日斜,又见月出,才临石上,又映芦洲,岁月如流,老将至而功不建,能无悲乎!

　　　　莹按:此亦以"岁月如流"为言,以为乃慨"老将至而功不建",与"光阴迅速""不堪久旅"诸说虽异,而意实相近。

一二、诗攟　或疑首尾日月相犯,不知"请看""已映"字,正从落日来,何谓相犯?如"白露团甘子,清晨散马蹄",而末云"回鞭急鸟栖",一诗不妨竟日始成,诸家如此类,未易悉数,曾何拘于此也。

　　　　莹按:此论首句"落日"与末联"月""映"之不相犯,盖因末联原承首句而来,此不待辨而明者,诸说所谓"光阴迅速"云云,皆从此发挥而出。

一三、钱注　听猿奉使,伏枕悲笳,遥夜憯凄,莫可为喻,然石上藤萝之月,已映洲前芦荻之花矣,莫遂谓长夜漫漫何时旦也。细思"请看"二字,又更是不觉乍见,讶而叹之之词,作如是解,此二字唤起有力,此翁老不忘君,千岁而下可以相泣也。

　　　又　"请看"二字,紧映"每"字,无限凄断,见于言外,如云已又过却一日矣,不知何日得见京华也。

　　附辑评　吴云:结语不尽,极有思致。

　　李云:点缀感慨。

　　莹按:钱氏云"请看"二字乃"不觉乍见,讶而叹之之词",其说颇是。所谓"讶而叹之"者,实当如演义、颇解、诗通、邵解、意笺之说,解作讶叹光阴之速为是,故钱氏乃有"莫遂谓长夜漫漫何时旦"之言,而光阴迅速乃益增久客羁旅、还京无日之悲,故钱氏乃又有"老不忘君"之言。至于辑评吴李二氏之说亦颇可耐人寻味。

一四、张解　末二句言时方斜日而月已出,景物又何速也。

　　　　莹按:此以景物之速为言,盖谓因景物之变化见时间消逝之
　　速也。

一五、金解　俄然而落日斜,俄然又月上矣。"请看"二字妙,月上山
　　头,已穿过藤萝照此洲前久矣,我适才得见也。先生惟望京华过
　　日子,见此月色,方知又是一日了也。

　　　　别批　请看石上,是月之初出;上照藤萝,已映洲前,是月之渐
　　升;下照芦荻,自日斜底于堞隐,世人匆匆轻易忽过者何限? 若石
　　上之月,则明明上照藤萝,何至遽映洲前,已移芦荻,胸前有无数忠
　　君爱国心肠人,真是刻不能耐耳。有人解作月在石上,光映洲前,
　　乃至作画者惯图此景,真是将神龙作泥鳅弄也,可为古人长叹。

　　　　莹按:金解"又是一日了"及别批"刻不能耐"之说,实亦即光
　　阴迅速、久客羁旅之感,不过金氏好弄笔墨,故炫新意耳。至于金
　　氏所讥之"月在石上,光映洲前"之说,自属妄人之语。此二句之
　　意,盖谓原照于石上藤萝之月,已映于洲前芦荻矣,映亦照也。

一六、顾注　诸注俱云适见日斜,忽又月出,正照于石上者忽已移照于
　　洲前,光阴迅速,所以可悲。徐文长曰:藤萝夏月,芦荻秋花,伤秋
　　倍甚。此解更为有情。

　　　　又　钱牧斋曰:"请看"二字……何年得归京华也(参看钱注)。

　　　　莹按:此引徐文长之说,以藤萝及芦荻分指夏、秋,与诗意实
　　未尽合。可参看后引仇注按语。

一七、朱注　萝月映洲又是依斗望京之时,紧应次句。

　　　　莹按:此与钱注之说相近,可以参看"每依北斗望京华"一句
　　之钱注。

一八、论文　未几石上月影已映洲前,而一日已过矣。八月与藤萝、芦
　　荻,点还"秋"字。

莹按:"一日已过"之语,即前光阴代禅之意;"点还'秋'字"之说,呼应题目"秋兴"二字,简要可喜。惟藤萝有以为指夏日者,容后详之。

一九、泽解　赵曰(见九家注)。

　　又　泽堂曰:藤萝夏景,芦荻秋景,言时物变易也。

　　莹按:此既引九家赵注,又曰"藤萝夏景,芦荻秋景",则其意盖谓赵氏所云"扁舟之往如此",乃指乘舟出峡,所见夏秋景物之变易如此也。

二〇、诗阐　吾一夜所感,如此漫漫长夜,何时得旦,不见月光所照,才到石上藤萝,又映洲前芦荻,夜将晓矣,日月如流,终成留滞,亦奈之何。

　　又　结起下章。

　　莹按:下章起句乃"千家山郭静朝晖",所谓结起下章者,月移而夜将晓,以唤起下章之朝晖也。日月如流之说,则犹前演义、颇解、诗通、邵解、邵注及意笺所云光阴迅速之意。

二一、会粹　鲍博士联句:"仿佛藤萝月,缤纷筜雾阴。"

　　又　《乌夜啼》:"巴陵三江口,芦荻齐如麻。"

　　又　朱云:萝月映洲,又是依斗望京之时,紧应次句。

　　莹按:所引诗句,不过取"藤萝月"与"芦荻"二词而已,与杜甫之诗意并不相关。至于"紧应次句"之说,盖此章首句言落日,次句言北斗,中间两联完全宕开,至第七句始又言月,此即前演义所云"结又应起句而为始终之辞"者也。

二二、仇注　鲍博士联句(见会粹)。

　　又　乐府《乌夜啼》(见会粹)。

　　又　萝间之月,忽映洲花,不觉良宵又度矣。

　　又　听猿悲笛,俱言暮景,八月芦荻,点还秋景。

又　依斗在初夜之时,看月在夜深之候,此上下层次也。亦在四句分截。

又　京华不可见,徒听猿声而怅随槎,曷胜凄楚,以故伏枕闻筛,卧不能寐,起视月色于洲前耳。

又　徐渭以藤萝、芦荻分夏、秋未合。

莹按:"良宵又度"之言,犹前光阴迅速之意。"点还秋景"之说,已见前论文。"四句分截"之说过于拘执,前已于章法及大旨章论金解分解之说言及。至于评徐渭藤萝、芦荻分夏、秋之说未合,所言颇是,当于总按语中详之。惟仇氏所谓"伏枕闻筛,卧不能寐,起视月色于洲前"之说,必以伏枕为确指卧床,然后复起床而视月色,则所说颇拘执。

二三、黄说　七、八言如此情怀,又度却一日,故下章以"日日"字接之,诗中只是身在此,心在彼。心在彼恨不能去,身在此日不可度。光景催人,借长歌以代痛哭,此秋之不能已于兴,秋兴之不能已于八也。

又　钱牧斋云:"请看"二字……京华也(见钱注)。

莹按:此云"又度却一日",亦犹光阴迅速之意,而所云"如此情怀"与夫"身在此""心在彼",则仍是久客羁旅不能还京之慨也。

二四、潘解　末二句,言光阴迅速,忽已至夜,又是依斗望京之时。

又　藤萝夏月,芦荻秋花,伤秋倍甚。

莹按:"夏月""秋花"之说亦犹仇注引徐渭分夏、秋之说,仇注已言其未合,当于总按语辨之。

二五、言志　落日方斜者倏又西沉,请看石上之月已映洲前之花,则顷刻百年,如驹过隙,能不悲耶!

莹按:此以"顷刻百年"为言,似若伤人生之短暂无常者,与旧说诸家谓此二句指光阴之速、伤为客之久之说虽不尽同,而意实相通。

二六、通解　当此萧条之景,益觉日月易逝,请看此夜之月,夏时照于石上藤萝者,曾几何时,而于江洲之前,已映芦荻花间,不觉转瞬而秋矣,能不令吾兴思而浩叹乎!

　　又　徐文长曰……伤秋倍甚(见顾注)。

　　莹按:此亦用徐渭之说,与原诗意不合之处,已详仇注按语。

二七、提要　写秋景作结,笔极流动,然长歌当哭,系乎此矣。

　　又　每夕如此,则日日可知,又以起下章也。

　　莹按:"笔极流动"及"长歌当哭"之说,所评极是。往往诗歌以景语作结,不但生动真切,且能含无限之情,见于言外,此二句有之。钱注附辑评所云结语不尽,极有思致,及点缀感慨之语,亦此意也。"起下章"之说与前诗阐同。

二八、心解　乐府《乌夜啼》(见会粹)。

　　又　藤萝月映落日,芦荻花合"秋"字。

　　莹按:此亦以藤萝月为当时情景,以呼应首句之落日,不以为指夏月也。

二九、范解　石上藤萝之月,已映洲前荻花矣。藤萝夏蔓,芦荻秋花,方夏忽秋,光阴迅速,不知何日得归故园,宜其对景增感耳。"请看"字、"已"字,即上含泪对菊意。多少凄凉,得之言外。

　　莹按:此亦以为二句分言夏、秋之景;而又云"即上含泪对菊意",盖谓见秋日荻花而对景增感,亦如见秋日菊开而对景增感也,然此二句实但指一夜间光阴之转移,并非分指夏、秋而言,已见仇注按语,兹不复赘。

三〇、偶评　旁批云:近言石上,远言洲前,下句虚拟之也。

　　莹按:此二句之"请看"及"已映"诸语,指说分明,何得谓为"虚拟",偶评之言,不可信取。

三一、偶评丙　眉批:杨西河云:此首言才看落日……接言"日日"(参看镜铨眉批)。

三二、沈解　适间方见日斜……岂不尤可悲哉(见演义)。

　　莹按:此全用演义之说,已详演义按语,兹不复赘。

三三、江说　萝间之月,忽映洲花,不觉良宵又度矣。

　　莹按:此以"良宵又度"为言,明指一夜间光阴之移转,与徐渭分指夏、秋之说不同,足以破徐说之惑。

三四、翁批　郎仁宝针砭伪□(原字模糊不清,疑当为"苏"字)注,所谓齐失而楚亦未得也,惟此首末句自落日斜时"望"字生来却是。

　　莹按:此亦谓末句自"落日斜"生来,此所以日月不相犯也。可参看诗𣿨之说。

三五、镜铨　眉批云:此首言才看落日,已复深更,正见流光迅速,总寓不归之感,故下章接言"日日"。

　　莹按:流光迅速之说,与演义、颇解、诗通、邵解、邵注、意笺、诗阐之说同。"下章接言'日日'",即诗阐及提要起下章之说。

三六、选读　萝间之月……良宵又度矣。

　　莹按:此与江说全同,盖袭用之也。

三七、沈读　石上之月……何日得见京华也。无限凄断,见于言外(此与钱注之说基本相同,惟叙写次第稍有不同耳)。

　　又　末二句言光阴迅速,忽已至夜,又是依斗望京之时。

　　又　藤萝夏月……伤秋倍甚(参看顾注及仇注)。

三八、汤笺　藤萝夏茂,芦荻秋花,日往月来,望京候届。

　　莹按:此亦以藤萝指夏,前仇注已言此说之未合。而"日往月来,望京候届"之语,一若时届秋日,方为望京之候者,尤属牵强附会,不可为据。

三九、启蒙　藤萝月色,已映芦荻,是又当孤城落日以后矣。京华之望,乌能已乎！

又　藤萝在石上,芦荻在洲前,地有高卑,故月有先后。

又　顾注:石上之月……见于言外(此引顾注实用钱注之说,见顾注引钱牧斋曰云云,可以参看钱注)。

莹按:此以"落日以后"及"月有先后"为言,是以此二句为写一夜间光阴之转移,足以见有人以二句分写夏、秋之说为不可信也。

嘉莹按:此二句之当辨者,首在"藤萝月"之是否指夏月而言。如依泽解之既分夏、秋,又引九家赵注"想象扁舟之往如此",则当指乘舟去蜀以来,夏秋之节序屡更,景物之变易如此,然而此实迂执而浅薄,且与"请看""已映"之写景如在目前之口气不合;且萝月实不必指夏月,盖藤萝虽于夏初作花,然其藤蔓枝叶则秋日尚未全凋也。杜甫《秋日夔府咏怀寄郑监李宾客》一首,即有"碧萝长似带"之句,可见夔府之藤萝,其色不仅秋日犹"碧",更且其"长似带"也,则"藤萝月"何必定指夏月乎！此二句之意盖谓依斗望京,瞻望既久,不觉月上藤萝,且更复移映洲前矣,字面似但写秋夜之景,而恋阙之情、光阴之速、伫立之久,皆在言外,此所以提要有"写秋景作结"而又云"长歌当哭"者也。至于仇注所云"卧不能寐,起视月色于洲前",与汤笺"日往月来望京候届"之说,皆为一家偶然之想,或迂远拘执,或牵强附会,已分别于前各家之说下辨之,兹并从略。惟言志以"顷刻百年,如驹过隙"为言,为旧说所未及,然而其意亦有相近之处,虽不同,然而可资参考。而启蒙之说以此二句为写一夜间光阴之转移者,尤可以破除徐渭以此二句为分言夏、秋之景之误。至于偶评以下句为虚拟之说,则不足信取。前已言之,兹不复赘。

115

其　三

千家山郭静朝晖，日日江楼坐翠微。

信宿渔人还汎汎，清秋燕子故飞飞。

匡衡抗疏功名薄，刘向传经心事违。

同学少年多不贱，五陵衣马自轻肥。

【校记】

日日　王本、钱注，皆作"一日"。分门、鹤注、蔡笺皆作"日日"，而注云
　　　"一作一日"。又王本、钱注、翁批、仇注、郑本，皆注云"一作百
　　　处"，而翁批、仇注更注云："吕东莱选本作百处。"又泽解注云
　　　"一作百日"，九家注本作"百日"，而注云"一作百日"，其注文
　　　中之"百"字当为"日"字之误。又施说以为当作"每日"。又朱
　　　注作"日日"，而注云一作"日处"。

　　　　　莹按：当以"日日"为是，足以见其羁寓之久、无聊之情。作
　　　"一日"殊板滞，作"百处"则嫌琐杂，作"百日"虽与"日日"之意
　　　相近，且与首句千家相对，而颇为着迹，不若"日日"之自然。施
　　　说以为当作"每日"，似较"百日"为佳，惜无本可据。至朱注云
　　　"日处"，则当为"百处"之误。

汎汎　演义、邵解、意笺、郭批、金解、论文、诗阐、黄说、言志、通解、偶
　　　评、沈解、选读、镜铨皆作"泛泛"。

　　　　　莹按："汎"通"泛"。《玉篇》云："汎同沨，今为汎滥字通作
　　　泛。"《说文》云："泛，浮也，一曰流也，通作汎。"是作"汎"或作
　　　"泛"并同。

燕子　鹤注、千家、钱注、潭解、心解、集评、沈读皆作"鸎子"。

　　　　　莹按：《集韵》云"鸎"与"燕"同。《玉篇》云："鸎，俗燕字。"

116

是作"燕"或作"鷰"并同。

故飞飞　蔡笺、泽解皆注云："一作正飞飞。"

　　　　莹按："故"字情意较深,作"正"字者唯见于蔡笺、泽解二本之附注,仍当以"故"字为是。

心事违　愚得作"心事微"。

　　　　莹按:作"违"字义较佳,作"微"字者唯愚得一本,又并无胜解,盖音近之误。

多不贱　金解别批作"俱不贱",诗阐作"都不贱"。

　　　　莹按："多不贱"笔致较流动有致,金解亦作"多"字,唯金解别批作"俱",盖一时笔误。诗阐之"都不贱",盖亦因"都"字与"多"字音近之笔误,俱不可从。

衣马　金解及别批与通解、诗钞,皆作裘马。

　　　　莹按："衣马轻肥"出《论语·公冶长》,子路曰:"愿车马衣轻裘与朋友共,敝之而无憾。"阮元校勘记云:"《唐石经》'轻'字旁注,按《石经》初刻本无'轻'字,车马衣裘见《管子·小匡》及《齐语》,是子路本用成语,后人因《雍也》篇'衣轻裘',误加'轻'字。"又钱大昕《金石文跋尾》云:"《石经》'轻'字,宋人误加。"是"衣""裘"二字原为并举之同等字,"车马衣裘",约言"衣马",或"裘马",皆可。然各本皆作"衣马",仍当以作"衣马"为是。且"裘马"之"裘"字,与"轻肥"之"轻"字双声,"裘马自轻肥"相连读之颇为拗口,不若作"衣马"之自然流利。

轻肥　论文作"轻微"。

　　　　莹按："衣马轻肥"乃成语,论文作"轻微",而于"轻微"二字并无任何解说,盖一时之笔误,绝不可从。

【章旨】

一、演义　此诗因公坐江楼,见秋景而自伤命薄,不如长安之少年也。

二、诗通　此又及夔之朝景也。

三、邵解　感夔朝景。

四、意笺　此秋日江楼述怀也。

五、钱注　第三章正申《秋兴》名篇之意,古人所谓文之心也。

　　　　莹按:钱说可参看前章法及大旨一章按语。

六、张解　此承上章言方月出又复明朝矣。

七、顾注　此言夔之朝景也。

八、诗阐　此章失志之感。

九、仇注　钱笺:三章正申……文之心也(见钱注)。

　　又　三章言夔州朝景,上四咏景,下四感怀。

一〇、黄说　时与地,皆从上章接来,上章写晚景,此章乃写朝景。

一一、潘解　此言夔之朝景。

一二、言志　此第三首,承上言我之飘泊于孤城而怀抱难堪者,岂徒悲己志之无成哉?彼日之方落者,信宿之间,又转而为朝晖矣。固日日如是也。

一三、通解　此咏夔州朝景以自叙感慨之意也。

一四、提要　此写夔州之朝景也。

一五、心解　三章申明望京华之故,主意在五、六径出,文章家原题法也。

　　又　前二首故园京华虽已提出,尚未明言其所以,至是说出事与愿违衷曲来,是吾所谓望之故,钱氏所谓文之心也。他说概谓夔州朝景,岂不辜负作者!

　　　　莹按:此驳诸家但以"朝景"说此章之非,以为未能得其"望之故""文之心"。

一六、范解　接上写晓景。

一七、沈解　此诗因坐江楼见秋景而伤命薄,不如长安之少年也。

一八、江说　仇兆鳌曰:三章正申《秋兴》名篇之意,古人所谓文之心也。

　　　　莹按:此仇注盖出于钱笺,可参看钱注。

一九、镜铨　沈云:上章言夔州暮景,此言夔州朝景。

　　又　此首承上起下,乃文章之过渡。

二〇、选读　三章言夔州朝景。

　　又　此章正申《秋兴》……文之心也(参看江说按语)。

二一、沈读　此言夔之朝景。

二二、启蒙　此章因望京华而自伤孤贱也。

　　又　上章暮景,此章朝景。

　　又　此首正申《秋兴》……文之心也(参看江说按语)。

　　　嘉莹按:此章以夔之朝景起,承上章之月映芦荻;以五陵衣马结,起下章之长安奕棋,镜铨之说颇是,而此种承接之处,原在作者写作时感兴之自然,初非可拘拘以线索绳求者也。而此章之主旨,则于写夔秋朝景之外,不仅如前二章之寓羁旅感旧之情,而于五、六两句,更如心解所言,露出"事与愿违衷曲来",此则前二章之所未及,故钱注云"文之心",心解云"望之故"。盖此《秋兴》八诗乃因秋景起兴,娓娓写来,自首章之"故园心"至此章之"心事违",情意愈转而愈深,此亦作者创作时自然之情,其初并未尝有定此章为"文之心"之意也。至于心解所云"他说概谓夔州朝景,岂不辜负作者"之言,则亦犹次章之指夔州暮景为"隔壁话",其言似不免过为偏颇,盖此八章诗题原是《秋兴》,或写夔府秋日之景,或写怀乡感往之兴,二者互为表里,原不可但执一端为说者也。

【集解】

千家山郭静朝晖,日日江楼坐翠微。

一、九家　赵云"江楼坐翠微",楼在山间也。《尔雅》:山欲上曰翠微,以其气然也。

　　又　杜补遗:左太冲《蜀都赋》:"触石吐云,郁菶菶以翠微。"注:翠微,山气之轻缥者。陆倕《石阙铭》:"上连翠微,天边气也。"

　　莹按:《尔雅·释山》:"未及上翠微。"疏曰:"未及顶上,在旁陂陀之处名翠微。一说山气青缥色,故曰翠微也。"此引《尔雅》及左思《蜀都赋》注以山气之轻缥者释"翠微"。

二、分门　王洙曰:见熊罴守"翠微"注。

　　又　赵次公曰(见九家赵注)。

　　莹按:熊罴守"翠微"句见分门注卷六《重经昭陵》一首,注引洙曰:"古诗'陵寝暮烟青'。"盖亦但取其烟气之青,与翠微有相类者而已。

三、鹤注　洙曰(见分门)。

四、蔡笺　谓楼在翠微山气之间也。《尔雅》:山未及上曰翠微(参看九家注)。

五、演义　山郭,夔州城内郭也;翠微,山林之翠气也。

　　又　山郭朝晖之静,秋气清也。江楼翠微之中,每日来坐,亦因秋晓之气清也。

　　莹按:此以"秋气清"释"静朝晖"。而以为每日来坐乃因秋晓气清之故。

六、愚得　言我本自五陵之豪贵,今于夔府日日坐江楼,静朝晖而对翠微,见渔人之汎汎,观燕子之飞飞,则其无聊之意可想。

　　莹按:杜甫《自京赴奉先县咏怀》一首,有"杜陵有布衣"之句,杜陵虽为汉宣帝陵所在,然并不在一般人所称之五陵(高帝长陵、惠帝安陵、景帝阳陵、武帝茂陵、昭帝平陵)之内。且杜甫自称"布衣",今愚得遽目之为五陵之豪贵,殊为不妥。至于释日日坐江楼见渔人燕子四句,总云"无聊之意可想",则颇能得其情致。

七、诗通　江楼,谓西阁;翠微,山色也。

　　又　乘朝景之清,日坐江楼,因即所见而感(参见下联)。

　　莹按:此以江楼为指西阁。

八、邵解　静朝晖,秋气清也;翠微,山气青缥。

　　又　以山郭朝晖之静起兴,言江楼在翠微中,我每日来坐。

　　莹按:此亦以"秋气清"释"静朝晖",与演义同。

九、邵注　晖,日光。江楼,夔州府临江有静晖楼。翠微,山气青缥色。

　　又　此亦感秋晚而言,千家山郭皆静朝晖,我则日在江楼以坐翠微。

　　莹按:此独云"夔州府临江有静晖楼",而诸家并皆不载,不知何据,意者乃后人因杜甫诗句随意为夔府之一江楼作此题名,固不可据此而说杜诗也。

一〇、意笺　千家山郭,居繁也;朝晖犹静,气爽也;江楼,即公所居之西阁;翠微,山腰也;日日坐江楼于翠微阁(疑当为"间"字之误),以其静也。

　　莹按:此以"居繁"释"千家山郭"。至于以"气爽"释"静朝晖",则与演义及邵解"秋气清"之说相近;以"江楼"为指"西阁",则与诗通之说同;而以"山腰"释"翠微",虽与诸家"山气之青缥色者"之说异,而翠微之山气,原在山腰间,是其说虽异,而其意实相近也。《尔雅》疏固有"在旁陂陀之处"及"山气青缥色"之二说,是盖因山腰之气如此,故亦隐有指山腰之意也。

一一、胡注　（无）

奚批　首句,从上夜说至朝。次句,无时不愁。

莹按:此云"无时不愁",亦颇得"日日"一句言外之情。

一二、杜臆　公在江楼,暮亦坐,朝亦坐,前章言暮,此章言朝,承上言光阴迅速,而日坐江楼对翠微,良可叹也。

莹按:此全从承接及情意立说,所言颇是。

一三、钱注　山郭千家,朝晖冷静,写出夔府孤城也。

附辑评　李云:老极,然自新;淡极,然自壮。

莹按:钱注云首句写出夔府孤城之景象,所言颇是。辑评李氏评杜甫诗笔之佳,所言亦有可取。

一四、张解　静朝晖,秋光清也;江楼,指西阁;翠微,山青缥色。

莹按:此与诸家之说大体相近,并无新意。

一五、金解　此夜已过,又是明日。山郭,言其僻也;千家,言其小也;静朝晖,言其冷寂也;日日,言每日朝晖时也;翠微,山之浮气,当朝晖时而浮气未净,或者是江楼之偶然,乃一日坐之如是,日日坐之亦如是,虽有朝晖,不敌浮气,先生其奈之何哉! 此处"翠微"不作佳字用。

又　一本"日日江楼"作"百处江楼",而庵说之曰:百处坐,非郭中有百处楼子,一一坐遍,是一坐楼子百处坐也。心中有事人,东坐不是,西坐不是,前坐不是,后坐不是,坐一处不是,坐两处不是,坐不是,不坐不是,越坐越不是,此所以有百处坐也。妙甚。

别批　千家山郭下加一"静"字,又加一"朝晖"字,写得何等有趣,何等可爱。江楼坐翠微,亦是绝妙好致。但轻轻只用得"日日"二字,便不但使江楼、翠微生憎可厌,而山郭、朝晖俱触目恼人。

莹按:金解以"千家"为言其小,与意笺以"居繁"为说者异,

然而地小、居繁,二说实可相成,而非尽相反。至所云"朝晖不敌
浮气"之说,则颇为拘腐。又所引而庵"百处江楼"之说,故弄笔
墨,亦无可取。至于别批之说,则生动真切,颇能得其情致。

一六、顾注　秋气一至……惨淡之景(见潘解)。

　　　　又　从楼上以揽山色,一切远峰如在楼头,故曰坐翠微。

　　　　又　《尔雅》疏(见仇注)。

　　　　又　凡山远望……则翠渐微(见仇注)。

　　　　莹按:此多用旧说,惟"一切远峰如在楼头"之语为旧说之所
未见。

一七、论文　接上言,未几而又晓矣。山郭千家,朝晖又出。日出市喧
之时而静者,正写山郭之寂寥也。我则日处江楼,坐于翠微之中,
正朝晖时也。

　　　　莹按:此以"寂寥"释"静朝晖",亦犹钱注所云"山郭千家,朝
晖冷静"之意,与演义、邵解及意笺之以"气清""气爽"为说者异。

一八、泽解　梦弼曰(见蔡笺)。

一九、诗阐　萝月沉,荻花隐,起而见"千家山郭静朝晖"。千家住山郭
之旁,山郭在朝晖之内,秋光静霁,爽气凄清,乃千家尽傍山郭,江
楼独倚翠微,日日坐,殆与江楼终始矣。望京华,则每依北斗;坐
翠微,则日坐江楼,岂非舍北斗则此心无依,离江楼即此身亦谁
寄哉。

　　　　又　二句秋晓。

　　　　莹按:"舍北斗则此心无依,离江楼即此身谁寄"之说,颇为
感人。至于山郭朝晖之说,则虽弄笔墨,并无新意。

二〇、会粹　陆机诗:"扶桑升朝晖。"

　　　　又　此首以"江楼"二字作组,"信宿"二句江楼所见之景,下则
江楼之情。

莹按:此说虽概略,然颇简要。

二一、仇注 《拾遗记》:千家万户之书。

又 谢朓诗:"还望青山郭。"

又 陆机诗(见会粹)。

又 庾信诗:"石岸似江楼。"

又 《尔雅》疏:山气青缥色,曰翠微。凡山远望则翠,近之则翠渐微。

又 秋高气清,故朝晖冷静。山绕楼前,故坐对翠微。

莹按:此释"静朝晖",乃兼"气清"与"冷静"而言,是兼有演义、邵解及意笺之"气清""气爽",与钱注及论文之"冷静""寂寥"之意也。

二二、黄说 时与地,皆从上章接来,上章写晚景,此章乃写朝景,上云"每依",此云"日日",可知早夜无时暂释矣,坐翠微,对翠微而坐也。

莹按:此云"无时暂释",与诗阐"每依北斗""日坐江楼"及胡注奚批"无时不愁"之说相近,至于以"对翠微而坐"释"坐翠微"与杜臆"对翠微"及顾注"远峰如在楼头"之说相近,而与九家注"楼在山间"及邵解"江楼在翠微中"之说并不尽同。然而夔府山郭,四围山色,二者之意,亦并不相远也。

二三、潘解 此言夔之朝景,秋气一至,氛雾交退,日白光清,一"静"字,写尽夔府孤城清秋惨淡之景。

又 山气青缥色曰翠微,远望则见,近之则灭。

莹按:此释"静朝晖"亦兼"秋气"之"清"与"孤城惨淡"而言,可参看仇注按语。

二四、言志 彼日之方落者,信宿之间又转而为朝晖矣,固日日如是也。我日日如是来坐此翠微。

124

莹按:此但弄文字,并无新意,所说亦含混不明。

二五、通解　言当秋高气爽而千家之众聚处于山郭之中,第见烟收雾敛,而朝晖自静肃焉。予日日无事,独上江楼,而山色当面,如坐翠微中焉。

莹按:此以"静肃"释"静"字,与金解所谓"冷寂"之意相近。至云"山色当面",则与杜臆、顾注及黄说所谓"远峰如在楼头"及"对翠微而坐"之意相近。

二六、提要　此写夔州之朝景也。一"静"字,一"坐"字,已写得山郭凄凉,羁人兀坐,不克终日光景,况日日如此乎!

又　此与"每依南斗望京华",把柄俱在第二句,前篇炼一"望"字,此篇炼一"坐"字,全首振动。前半是坐时所见之景,后半是坐时所寓之情,把握有力。

莹按:此说亦与各家大致相同,至于"炼一望字""炼一坐字"之语,虽为有意标奇,然而未始无见也。

二七、心解　山郭、江楼,仍从夔起。静朝晖,即含秋意;日日,含留滞无聊意。

莹按:此说颇简明。

二八、范解　翠微,凡山远望……翠愈微(见仇注,惟易"渐微"为"愈微"耳)。

又　山郭朝晖,已自暮而晓矣。朝晖出而千家犹静,见山郭中寂寞也。公从江楼凭眺,眼前山色如在楼头,故曰坐翠微。

莹按:此亦并无新意,然所说极为明畅可取。

二九、偶评乙　眉批:仇注:秋高气清……坐对翠微(见仇注)。

三〇、沈解　山郭朝晖……秋晓之气清也(见演义)。

三一、江说　仇兆鳌曰:秋高气清……坐对翠微(见仇注)。

三二、镜铨　"日日江楼坐翠微"句,言山绕楼前也。

莹按:此云"山绕楼前",与黄说"对翠微而坐"之言相近。

三三、集评　李云:日复一日,带上首来。

莹按:此说足可以证此句之当作"日日"而不当作"百处"也。

三四、选读　秋高气清……坐对翠微(见仇注)。

三五、沈读　秋气一至……惨淡之景(见潘解)。

又　山气青缥色曰翠微,远望则见,近之则灭(参看仇注)。

三六、施说　补注:元本"日日",乃起下"还汎汎""故飞飞",但嫌重字太多。吕东莱选本作"百处",与"千家"对,似板。若作"每日",仍是对句,兼能启下矣。今按此说是也,诗是对起,作"日日",非但重字太多,与"千家"字亦不对,吕作"百处",虽对"千家",然贴江楼说,则不可言"百处",不贴江楼说,则又无所指,尤显然不合矣。

莹按:此以为"日日"当作"每日",即可避"重字太多",且与"千家"字相对,然杜甫《曲江二首》,其次章首句即云"朝回日日典春衣",而颈联复更有"深深见""款款飞"诸重字,可见杜甫大家,每每不拘此等小节,且"日日"二字实极为自然,"每日"既无本可据,仍当从"日日"为是。

三七、汤笺　朝坐江楼,感伤景物。

莹按:此说殊略。

三八、启蒙　山郭静于朝晖,一"静"字写出秋日凄清之状。

又　江楼坐翠微,坐江楼而望山之翠微也。下联乃坐中所见。

莹按:此以"秋日凄清"释"静"字,盖兼有演义、邵解、意笺所谓"秋气清"及钱注、论文所谓"冷静""寂寥"之意。至于"坐江楼而望山之翠微"云云,则与杜臆及黄说所谓"对翠微而坐"之意相近。

嘉莹按:此二句,各家之说小异而大同。首句"千家山郭",

或以"居繁"为说，意笺主之；或以"僻""小"为说，金解主之，盖山城虽"僻小"，而居户千家亦不可谓不"繁"。二说原不尽相反，惟以此诗之情调言之，则似当以写山城之冷僻为主也。至"静朝晖"三字，或以"秋气清"及"气爽"为说，演义、邵解、意笺、沈解、江说、选读主之；或以"冷静""寂寥"为说，钱注及论文主之；或兼二者而言，诗阐、仇注、潘解及通解、启蒙主之。盖秋之节序，固正如欧阳修《秋声赋》所云"其色惨淡""其容清明""其气栗冽""其意萧条"，"清明"与"寂寥"之情调，杜诗固兼而有之也。次句"日日江楼坐翠微"，"日日"二字，异文最多，已辨之于前。"日日"者，极写其"无时不愁""无时或释"之一份羁旅无聊之意，愚得、诗阐、胡注奚批及黄说之意皆相近。"江楼坐翠微"，或以为江楼在山间，故坐翠微间，九家注及邵解主之；或以为"对翠微而坐"，杜臆、顾注、黄说及通解主之：二说亦并不相反，已于黄说按语中详之。至"翠微"，或以为指山间云气其色青缥故曰"翠微"，或以为即指山腰而言，二说并见《尔雅疏》，已详九家注及意笺按语，兹并从略。

信宿渔人还汎汎，清秋燕子故飞飞。

一、九家　《诗》：汎汎扬舟。

　　又　梁张率《长相思》云："望云去去远，望鸟飞飞灭。"

　　又　江总《别袁昌州》："黄鹄飞飞远，青山去去愁。"

二、分门　赵次公曰：《诗》："汎汎扬舟。"（见九家注）

　　又　赵次公曰：江总《别诗》："黄鹄飞飞远。"（见九家注）

三、鹤注　赵曰（见分门注）。

　　又　赵曰（见分门注）。

四、蔡笺　《诗》（见九家注）。

　　又　陆机《壮哉行》："飞飞燕弄声。"（按此乃谢灵运拟陆机《悲

127

哉行》诗句,蔡笺引作陆机诗,误)

五、千家　汎汎,无所得也。

莹按:此以"无所得"释"汎汎",盖言渔人之所以"还汎汎"之故,以其无所得也。

六、演义　一宿曰宿,再宿曰信。

又　即江(朱刊本虞注作"此")楼每日之所见,渔舟已越再宿,犹泛泛于江中(朱刊虞注作"上"),燕子社前当去,尚飞飞于山郭,皆以清秋而自适也。贱而渔人,微而燕子,其自适且如此,宜公之有感而自叹也。

莹按:此以"自适"释"泛泛"及"飞飞",与千家以"无所得"释"汎汎"者异。

七、愚得　(说见首联)

莹按:愚得以为坐江楼见渔人燕子之汎汎、飞飞,则其无聊之意可想。

八、颇解　渔舟已越再宿,乃溺钓饵犹泛泛于江中,燕子社前当去,乃恋旧巢故飞飞于山郭。叙此二物,暗喻久客不归之义,赋而比也。

莹按:此以"恋旧巢"释"故飞飞"尚可,至于以"溺钓饵"释"还汎汎",则似嫌牵强。"喻久客不归"之说,尚不无可取。

九、诗通　再宿曰信。

又　因即所见而感渔人燕子得其适,遂叹……(参看下联)。

莹按:此亦以"适"字,释"汎汎""飞飞"之情,与演义之说相近。

一〇、邵解　再宿曰信。

又　见渔舟已越宿,犹泛泛于江上;燕子社前当去,尚飞飞于山郭,皆以清秋自适也。

莹按:此亦以"自适"为说,与演义及诗通相近。

一一、邵注　再宿曰信。泛泛,无所止也;飞飞,犹未归也。

又　于是即其所见之景因思……（参看下联之说）。

　　莹按:此以"无所止"释"泛泛",以"犹未归"释"飞飞"。

一二、意笺　渔人信宿,宜从矣,而犹汎汎,若有所求;清秋燕子,宜去矣,而犹飞飞,若有所恋,此自江楼所常见者而言,亦兴也。

　　莹按:此以"若有所求"释"还汎汎";以"若有所恋"释"故飞飞"。

一三、胡注　汎汎,无所得也;故飞飞,尚未归也,皆寓此意。

　　奚批　三、四,可知公意之不久于夔也。

　　又　信宿着渔人上,从上"日日"来。

　　莹按:胡注以"无所得"释"汎汎"与千家注同,而以"尚未归"释"故飞飞";奚批则以为二句乃"不久于夔"之意,然皆未加详说。

一四、杜臆　故渔舟之汎,燕子之飞,此人情、物情之各适,而以愁人观之,反觉可厌,曰还,曰故,厌之也。

　　莹按:此虽亦以"适"字释"汎汎"及"飞飞",与演义及诗通之说相近,而谓"还"字、"故"字有"厌之"之意,则为前二说所未及。

一五、诗攟　"渔人""燕子"一联,归思浩然,所谓"故园心"也。渔人忘机,燕子必去,曰"还",曰"故",皆羡其逍遥字法也。"局促看秋燕",正可与下句参看。

　　莹按:此以为此一联有"浩然""归思",而谓"还"字、"故"字有羡之之意,与杜臆之以"厌之"为说者异。至所引"局促看秋燕"一句,见《秋日夔府咏怀一百韵》,镜铨注云"寓不久将去意",故此云"归思浩然"也。

一六、钱注　"渔人""燕子",即所见以自伤也,亦以自况也。

　　又　"信宿渔人",不但自况,以其延缘荻苇,携家啸歌,羁栖之客,殆有弗如。"还汎汎"者,亦羡之之词也。《九辩》曰"燕翩翩其辞归兮,蝉寂寞而无声",以燕遇秋寒,徊翔而畏惧也,故以"清秋"

目之。"燕燕于飞",诗人取喻送别。已则系舟伏枕,而燕乃上下辞归,飞翔促数,搅余心焉。曰"故飞飞"者,恼乱之词,亦触迕也。

附辑评　李云:《秋兴》作于将去蜀夔之时,故三、四云然。

渔人虽信宿,而心仍泛泛,言无所系于此也;燕子当清秋,而所至飞飞,言即去而之他也。渔人之意,本自无着,虽信宿犹然,故下"还"字;燕子入秋,已自不定,而清秋为甚,因下"故"字。"信宿",再宿;"清秋",深秋也。

莹按:钱注所云"即所见以自伤""自况"之说颇是,惟各家对所伤、所况之看法不同耳。钱氏之意,盖谓若渔人者,已早惯于汎汎之生涯,杜甫之漂泊似之,然心情则殆有不如,故曰"还汎汎者亦羡之之词",与诗攟之以"羡之"为说者相近。至于燕子,则随节候而往返者也,清秋之日,飞飞将逝,而杜甫则羁栖而不得返,故曰"故飞飞者恼乱之词",则与杜臆"厌之"之说相近。钱氏盖以二联分别"羡"与"厌"二意。辑评之说,意亦相近,惟措辞不同耳。

一七、张解　《夏小正》言"陟玄鸟蛰",注言玄鸟欲蛰乃先飞也。

又　日坐江楼,见渔舟已越信宿犹泛泛于江上;燕子先陟乃蛰,故飞飞于山郭。此分人、物以比也。

莹按:此引《夏小正》以说燕子一句,然实未必为杜诗之所取义。至于"分人、物以比"之说,其意盖以为"渔人"句为"人",而"燕子"句为"物"也。

一八、金解　承以"渔人""燕子",即坐中所见,皆先生自况也。一夜曰"宿",再宿曰"信"。渔人信宿,或可以息矣。"还泛泛"者,是喻己之忧劳而无着落也。八月燕子将去,则竟去可矣。"故飞飞"是喻己羁绊而不得脱然也。

别批　三、四再承。两句,不嫌自己日日坐江楼,却嫌渔人之信宿,不怪自己日日到翠微,却怪燕子之飞飞。真为绝妙笔也。

莹按：金氏以"忧劳而无着落"释"还泛泛"，以"羁绊而不得脱然"释"故飞飞"，此又对杜甫所自伤、自况之另一看法。至于别批所谓"绝妙笔"，则在杜甫用笔之自然开宕。此二句不写日日江楼上之人所有之情，而写日日江楼上之人所见之景。遂使其情意既开宕复含蓄，此亦所以各家于其所自伤、自况者多有异说之故。

一九、顾注　渔舟已越再宿，乃溺钓饵……久客不归之义（参看颇解）。

二〇、朱注　《文昌杂录》（见会粹）。

二一、论文　楼下见汜汜渔人，在此已经信宿，正见其"日日"也；江间有飞飞燕子，不觉又是清秋，清秋便点还"秋"字也。

　　莹按：此论其用字之相呼应，颇有是处。

二二、泽解　《诗》（见九家注）。

　　又　汜汜，无所得也（见千家注）。

　　又　泽堂曰：渔人信宿泛泛，故云还泛泛；燕子逢秋将去，故云故飞飞。故者，勉强之意。

　　莹按：此以"无所得"释"汜汜"，与千家同；而云"故飞飞"之"故"字有勉强之意，此于"羡之""厌之"外，又一说也。

二三、诗阐　江楼下所见者有渔人，彼渔人有何住着，今已信宿而还汜汜，江楼中之客，宜去而久不去，是亦信宿渔人也。江楼外所飞者有燕子，彼燕子秋以为期，今已清秋，而故飞飞，江楼中之客宜归而久不归，是亦清秋燕子也。

　　又　二句江楼所感。

　　莹按：此以应去不去，应归不归，为杜甫所自况、自伤之意。

二四、会粹　《诗》（见九家注）。

　　又　《文昌杂录》：燕子至秋社乃去，仲春复来。

　　又　"信宿"二句，江楼所见之景（详首联）。

　　莹按：此说殊简。

二五、仇注 《诗》:"于汝信宿。"注:再宿曰信。

又 徐访诗:"渔人迷旧浦。"

又 《诗》:"汎汎扬舟。"(见九家注)

又 殷仲文诗:"独有清秋日,能使高兴尽。"

又 古诗:"秋去春还双燕子。"

又 《文昌杂录》(见会粹)。

又 谢灵运诗:"飞飞燕弄声。"(参看蔡笺)

又 《杜臆》:舟泛燕飞,此人情、物性之常,旅人视之,偏觉增愁,曰还,曰故,厌之也(参看杜臆)。

又 渔人燕子,即所见以况己之淹留。

又 以"故"对"还",是依旧之词,非故意之谓。或引《子规》诗"故作傍人低",未合。

影印本眉批 似渔人之萍梗,异燕子之知归也。

莹按:仇氏所谓"淹留",与颇解所谓"久客不归",诗阐所谓"宜去而久不去,宜归而久不归"之意颇为相近。至于以"故"字为"依旧之词,非故意之谓",其言亦可备一说。此二句之神情全在一"还"字、一"故"字,所含蕴之情致弥深,然而一加确解,便不免浅狭着迹。影印本眉批之说,则颇简要。

二六、黄说 集中多以物能去形己不去,此三、四又怪渔人、燕子可去偏不去,自翻自意。

莹按:此以"还泛泛""故飞飞"二句为怪其"可去偏不去"之意,亦颇简明。

二七、潘解 信宿渔人,延缘荻苇……恼乱之词也(以上见钱注),总自喻久客不归之意。

重刊本补注:汎汎,尚未泊也;飞飞,尚未归也。喻久客不归之意,妙甚。燕子至秋社乃去,仲春复来,观"故"字,公恨燕能归而

132

己不能也。

> 莹按:此以"汎汎""飞飞"为喻"久客不归"之意,与颇解、诗阐、仇注之说相近,而以为"故"字有"恨"之意。则与杜臆"厌之"之说相近。

二八、言志　而彼渔人者亦日日如是还来泛泛,即此清秋之燕子亦日日如是故来飞飞。独是渔人、燕子不改其为故常,而我则何为与之同其泛泛飞飞也乎。

> 莹按:此以渔人及燕子之"泛泛""飞飞"为故常,盖以之为反衬杜甫之漂泊失所也。

二九　通解　时渔人之网鱼者,已经信宿,可以归矣;而朝来还泛泛焉。燕子之来巢者,已及清秋,可以归矣;而傍家故飞飞焉。彼之可归而不自归,不犹予之欲归而不能归乎!

> 莹按:此以渔人燕子"可归而不自归"为说,与诗阐所云"宜去而久不去"及"宜归而久不归"之意相近。至于"傍家故飞飞"之说,则殊无着落。

三〇、提要　渔人汎汎,有自适意;秋燕飞飞,有自悲意。偏来日日与我相对,正见坐不可耐也。

> 莹按:此以为"汎汎"有"自适"之意,与演义及诗通之说相近。惟以为"飞飞"有"自悲"之意,则与前二说异。

三一、心解　渔人、燕子,日日所见,由漂泊者见之,故着"汎汎""飞飞"字,其所以触绪依违者何哉,功名其遂已矣,心事其难副矣。

> 莹按:心解所云"由漂泊者见之,故着'汎汎''飞飞'字"之说,虽未加确解,然其说颇通达可取。至于"功名""心事"云云,则兼下联而言,当于下联论之。

三二、范解　渔舟已越信宿,泛泛江中,燕子社前当归,飞飞不去,皆坐时所见,下一"还"字、"故"字,隐喻己之还在夔城,故为留滞。

莹按:此所说前半与诸家相近,而后半所云"喻己之还在夔城,故为留滞"之言,则与诸说稍异,亦可供参想。

三三、偶评　二句喻己之飘泊。

莹按:此与镜铨之说相近。

三四、偶评乙　眉批:即所见以况己之淹留(见旧说仇注)。

三五、沈解　渔舟已越再宿……其自适且如此,而我独无所感乎。

莹按:此所说与演义全同,惟末句稍异耳。

三六、江说　杜臆(见杜臆)。

又　渔人、燕子……非故意之谓(见仇注)。

三七、镜铨　渔人、燕子,即所见以况己之漂泊。故飞飞,即公诗"秋燕已如客"意。

莹按:此即钱注所谓即所见以自伤、自况之说,惟未详加确解耳。"秋燕已如客"一句见《立秋后题》一首,镜铨无注,仇注引卢元昌曰:"秋燕,公自喻,言将去华,如燕离巢,故云如客。"

三八、集评　李云:《秋兴》作于将去蜀夔之时……三、四云然。

又　渔人虽信宿……深秋也。

莹按:以上所引皆见钱注辑评。

三九、选读　舟泛、燕飞,此人情物性之常,旅人视之,偏觉增愁,曰还,曰故,厌之也。

莹按:此与杜臆之言相近,可以参看。

四〇、沈读　信宿渔人,延缘荻苇……恼乱之词也。总自喻久客不归之意(参看钱注)。

莹按:此说多用钱注,可以参看。

四一、施说　"清秋燕子故飞飞",注:以"故"对"还",是依旧之词,非故意之谓,或引《子规》诗"故作傍人飞",未合。今按上句"还"字,则依旧之词,此句"故"字,正故意之谓。言燕子将归,飞故愈频,着"故"字,则叠"飞飞"字方有意。绝句《漫兴》云"江上燕子故来频",正与此同。

　　莹按:此以为"故"字正当为"故意之谓",而驳仇注之非。

四二、汤笺　久渔恋钓,秋燕忘归,有似旅人滞踪山郭。

　　莹按:此说虽略,而颇简明。

四三、启蒙　渔人已经信宿,可以已矣,而还泛泛;燕子而遇清秋,可以归矣,而故飞飞,以喻己之淹留也。下文乃言所以淹留之故。

　　莹按:此说并无新意,而颇明畅,可以参看。

　　嘉莹按:此二句看似浅明易解,而各家反无折中一致之说。盖因此二句所写原为眼前景物,至于触景生情所引发之感触,则殊难具体加以分析解释者也。综观各家之说,大约皆以为所喻者为羁旅漂泊,久客不归之感。惟是有以为反喻者,有以为正喻者,如演义、诗通、提要及沈解之以"还泛泛""故飞飞"解为渔人、燕子之"逍遥""自适",而杜甫有感自叹;又如钱注以为渔人"携家啸歌",杜甫自叹"羁栖之客殆有弗如",皆以之为反喻者也。至于以正喻为说者,则各家又有不同,如"还泛泛"句,有以"无所得"释之者,千家、胡注、泽解主之;有以"无所止"释之者,邵注主之;有以"溺钓饵"或"恋钓"因而不去释之者,颇解、顾注及汤笺主之;有以"忧劳"释之者,金解主之;有以"渔人萍梗"释之者,仇注影印本眉批主之;有泛言"漂泊"者,镜铨主之。至于"故飞飞"句,则有以"恋旧巢"释之者,颇解主之;有以"辞归"释之者,钱注主之;有以"未归"或"羁绊不得脱"释之者,邵注、胡注及金解主之;有以"宜归而久不归"释之者,诗阐及通解主之;有以"知归"释之者,仇注影印本眉批主之。至于言外之情意则有以"厌之"为说者,杜臆及选读主之;有以"羡之"为说者,诗撷主之;有以

"怪之"为说者,黄说主之。总之,杜甫触景伤情,所感非一,大抵各家所说,皆能得其一体,譬之盲人摸象,各人虽皆有抚触之一得,然而却不可执一以立说也。要而言之,则信宿渔人汎汎、清秋燕子飞飞,不过江楼日日所见之景,而着一"还"字、一"故"字,则漂泊无聊、羁栖厌倦之情,尽在言外,其妙处正在写景之开宕自然,写情之含蓄蕴藉,拘执以求,反失作者用笔之妙。如必欲求一确解,则杜甫《天池》一诗,有"九秋惊雁序,万里狎渔翁"之句,虽易"燕"为"雁",然大可与此燕子飞飞、渔人汎汎二句相发明也。

匡衡抗疏功名薄,刘向传经心事违。

一、九家　赵云:功名薄,公自言其为左拾遗时,虽有谏诤,如匡衡,而缘此帝不加省,以此比之,则功名薄也;刘向讲论五经于石渠,公言其心事欲如刘向之传经于朝,而乃违背不偶也。心事违,出《左传》"王心不违"。又史云:"事与愿违。"

　　莹按:此以有谏诤而帝不省,欲传经而愿竟违,比之匡衡、刘向,殆有不如为说。

二、分门　王洙曰:《匡衡传》:有日食地震之变,上问以政治得失。衡数上疏,上悦其言。又,傅昭仪及子定陶王爱幸宠于皇后太子,衡复上疏。衡为少傅数年,数上疏陈便宜,言多法义,上以为任公卿,由是为御史大夫。

　　又　洙曰:《刘向传》:会初立《穀梁春秋》,征更生受《穀梁》,讲论五经于石渠。更生,后名向。

　　又　赵次公曰:汉初立《穀梁春秋》,征更生受《穀梁》,讲论五经于石渠。公其心事,欲如刘向之传经于朝,而乃违背不偶也(按所引实即九家注,惟详略微有不同)。

三、鹤注　洙曰:《匡衡传》(见分门注)。

又　洙曰:《刘向传》(见分门注)。

又　赵曰(见分门注)。

四、蔡笺　甫以直言迕旨,移华州掾,愧其不如匡衡也。《匡衡传》:衡,字稚圭,是时有日食地震之变,上问以政治得失。衡上疏,上悦其言,迁光禄大夫、太子少傅。

又　甫恨不得讲经于朝,如刘向也。《刘向传》:向,字子政,本名更生,擢谏议大夫,会初立《穀梁春秋》,征更生受《穀梁》,讲论五经于石渠。

五、千家　洙曰(见分门注)。

又　刘评:既前后不相干涉,只用二人名,亦莫知其意之所在,落落自可。

莹按:此二句,各家引《匡衡传》及《刘向传》,所为解说,并皆相近。而此引刘评云"前后不相干涉,只用二人名,亦莫知其意之所在",实则此正杜甫用笔落落大方之处,其意非不可知,而妙在不明白说出,只用不相干涉之二人名,浑然说过,但于二句结尾用一"薄"字、一"违"字,点出意旨所在。刘评云"莫知其意",而又云"落落自可",此正杜诗佳处之所在也。

六、演义　汉《匡衡传》(见分门注)。

又　汉《刘向传》(见分门注)。

又　甫论房琯忤旨,贬华州掾,此甫愧不如匡衡也。

又　甫言不得如刘向传经于朝也。

又　谓我亦能如匡衡之抗疏,如论房琯,而帝怒,则功名分薄,不及衡也。亦欲如刘向传经,然不在京受诏,则心事背违不及向矣。

莹按:此更以"论房琯""贬华州"释"抗疏"一句,以"不在京受诏"释"传经"一句,其说较前诸家之说更为切实。

七、愚得　汉匡衡(见分门注)。

又　汉刘向(见分门注)。

又　乃言同学少年,多飞腾而不贱,故自叹功名之薄,心事之微耳。即五陵豪贵反覆颠倒之意,兴而赋也。

莹按:愚得作"心事微",其意或谓心事幽微,莫得彰显,与各家之作"心事违"者异。然作"违"字似较沉着切实,且与上句"功名薄"之"薄"字对偶较工,仍当以作"违"字为是。愚得作"微"盖音近之误。至于五陵豪贵反覆颠倒之说,愚得盖以为杜甫"本自五陵豪贵"(见首联),今乃独坐江楼,而同学少年反多不贱,而居五陵也,前已于首联之解说中,驳此说之不当矣。

八、颇解　匡衡、刘向,公自比。"抗疏",指劾论房琯,坐谪贬官,功名言轻之也;受诏传经,则得托经进讽,此公之心事。今坐江楼,所谓违也。

莹按:此说与演义相近。

九、诗通　匡衡,汉元帝时上疏,言日食地震之变,上说之,迁为太子少傅;刘向,宣帝时征受《穀梁春秋》,讲论五经于石渠。

又　遂叹其亦尝如匡衡抗疏,而我之功名则薄矣;亦常如刘向传经,而我之心事则违矣。

附本义　此一联乃公出处大节,谓欲进而正君,以济当世,则有命存焉;欲退而修业以淑后人,则与时悖矣。

莹按:杜甫未尝如刘向之受诏传经,而诗通云"常如刘向传经",本义又云"欲退而修业以淑后人",是张綖之意乃以"退而修业以淑后人"释"传经",又以"与时悖"释"心事违",是谓"修业淑人"之"心事"与时相违悖也,与前诸家之以"欲如刘向传经于朝而乃违背不偶"之说相异。

一〇、邵解　匡衡上疏言日食地震,迁太子少傅;刘向授帝《春秋》,讲五经于石渠。

又　乃若我也,尝如匡衡之抗疏,论房琯而蒙帝怒,则功名分薄矣;亦欲如刘向之传经,然不在京受诏,心事违背矣。

莹按:此与前诸家之一般通说相近,而与诗通相异。

一一、邵注　匡衡,汉元帝时上疏,极言时政,上悦,迁光禄大夫。公尝论房琯,忤旨,几被戮辱,此功名不如衡也。刘向与衡同时,帝使讲论五经于石渠阁。公尝待制于集贤院,召试文章,送隶有司,此传经不如向也。

又　因思抗疏而功名不如匡衡,传经而心事相背刘向,自伤命薄如此。

莹按:此亦与演义之说相近。

一二、意笺　匡衡,元帝时上日蚀地震疏,帝问以政治,迁太子少傅。刘向,宣帝元年立《穀梁春秋》,受诏传经,讲五经石渠阁。

又　因此而念,昔曾如匡衡抗疏,而功名则薄于衡。亦欲效刘向传经,而心事则违于向。

又　盖公尝进三大礼赋,亦附于经术,而授非其任。及为拾遗,坐救房琯,外谪,所谓薄与违为是也。

莹按:此亦与前所引之一般通说相近。

一三、胡注　用匡、刘只是自寓。

莹按:此众所共知,诸说之所同然。

一四、杜臆　因自发心事,欲效忠于朝,如匡衡之抗疏,则功名分薄,谓为拾遗,而直言被斥也;承贻谋于家,如刘向之传经,而心事相违。按《刘向传》,初征向受《穀梁》,又讲论五经于石渠,后子歆亦受《穀梁》,领五经,卒传前业,而公弗克丕承厥祖也。

莹按:杜甫祖审言,《全唐诗》有小传,载其“善五言诗”,“少与李峤、崔融、苏味道为文章四友”。杜臆之意,盖以为“心事违”一句,乃谓杜甫自谦其“弗克丕承厥祖”之业,是不及刘歆能传其

139

父刘向之业也,此说与前诸家之说并异。然杜甫实颇以诗自负,如《宗武生日》一首云"诗是吾家事",又《八哀诗》赠李邕一首亦云"例及吾家诗",皆自以为能上承厥祖之诗。然则此"心事违"一句,恐亦未必便有"弗克丕承厥祖"之意。而况《秋兴八首》,于自慨身世之中皆隐有无限君国朝廷之思,故以"弗克丕承厥祖"释"心事违"一句恐有未当。

一五、诗攟　匡衡功名不薄,刘向著述竟传,远惭二人。

　　　　莹按:此说颇为简明,惟于"刘向"句不以"受诏传经"为言,而以"著述竟传"为言,与诸家之说小异。

一六、钱注　汉匡衡(见分门注)。

　　又　《九叹序》曰:向以博古敏达,典校经书,追念屈原忠信之节,故作《九叹》。叹者,伤也,息也。

　　又　公抗疏不减匡衡,而近侍移官,一斥不复,故曰功名薄;若刘向虽数奏封事,不用,而独居近侍,典校五经,公则白头幕府,深愧平生,故曰心事违也。

　　又　抗疏之功名既薄,传经之心事又违。

　　附辑评　吴云:五、六借匡衡、刘向以言所遭之困厄,与三、四意相映射。刘辰翁云,前后不相涉,用二人名亦莫知其意之所在,非也。

　　　　莹按:钱注释此二句,与一般之通说亦相近,前引刘向《九叹序》不过言向"典校经书"耳,与各家引《汉书·刘向传》为说者同。惟是所引又有"叹者,伤也"云云,反嫌乱人心意。辑评引吴农祥之说评刘辰翁评语,刘评已见前千家注。

一七、张解　谓我欲如抗疏匡衡,反论房琯而帝怒,是自薄其功名也;欲如传经刘向,然不在京受诏,是自违其心事也。

　　又　不惟己不愿同古人……即今同学少年……于我何预哉!

所以宁静坐江楼也(参见下联之说)。

　　莹按:张解盖以此一联与下一联合说,以为杜甫自己不愿同
于古人,亦无羡于今人之同学少年,故以"自薄""自违"为说。然
此实非杜甫之本意,故诸家说皆与此不同,可参看本联总按语。

一八、金解　言我若不坐江楼,而抗言政治之得失,何减匡衡,而遭际不
　　如,功名何在,故曰薄,是则出不成出矣。我若不坐江楼,而讲论
　　五经于石渠,亦何减刘向,而用世心切,伏处奚堪,故曰违,是又处
　　不成处矣。功名薄、心事违,皆先生自谓,非谓匡衡、刘向也。

　　　别批　因日日之坐,不厌其烦,因而自思。欲如匡衡之抗疏,既
　　愧功名之薄,欲如刘向之传经,又嫌心事之违。

　　　莹按:此不以"欲如刘向传经而未能"释"心事违",而以"用
　　世心切,伏处奚堪"释"心事违",是其意以为纵如刘向之传经,而
　　不能用世,亦非己之心事也,此与诸家之说又异。

一九、顾注　公尝疏救房琯,出贬司功,则功名分薄,不及衡也。又尝献
　　三赋,又上书明皇云:臣之述作,杨雄、枚皋可企及也。则欲传经
　　如向,而心与事违。此一联乃公生平出处大节,谓欲进而匡君以
　　济当世,则有命存焉;欲退而修业以淑后人,则与时悖矣。

　　　莹按:此所说与诸家之意皆相近似,惟此说叙述周至,阐发详
　　明,颇为可取。

二〇、朱注　公疏论房琯,旋贬于外,故言进欲如衡之抗疏言事,而遇已
　　不及。退欲如向之校经于朝,而又与愿违也。

二一、论文　因念昔抗疏而功名未建;欲传经而心事已违,功名学问,一
　　事无成。

　　　莹按:此亦以"欲传经"而"无成"为说,乃一般之通说。

二三、泽解　洙曰:《匡衡传》(见分门注)。

　　　又　洙曰:《刘向传》(见分门注)。

又　梦弼曰:甫以直言……不如匡衡也(见蔡笺)。

又　赵曰:公其心事……不偶也(见分门注)。

又　批曰(见千家注刘评)。

又　泽堂曰:进而抗疏,则乖于功名;退又不能著书明志。

莹按:此以"不能著书"为言,与诗攟之说相近。

二三、诗阐　亦知此逗留江楼者,几经抗疏青蒲上矣。自出贬司功以来,遂丹墀之日远,彼匡衡抗疏而迁太傅,我也抗疏而遭贬斥,功名比匡衡而薄矣。亦知此依栖江楼者,曾思传经石渠阁矣,自献赋失志以来,叹儒术之难起,彼刘向传经而征受《穀梁》,我也传经而诗书墙壁,心事拟刘向而违矣。

又　以下四句,江楼感怀。

莹按:此以抗疏遭贬及传经未能为说,亦一般之通说。

二四、会粹　《解嘲》:"独可抗疏,时道是非。"

又　陆机诗:"但恨功名薄。"

又　《刘向传》(见分门注)。

又　周弘正诗:"既伤年绪促,复嗟心事违。"

又　公疏论房琯旋贬,故言欲如匡衡之抗疏,而功名已薄。欲如刘向之传经,而心事已违。

莹按:此亦一般之通说。

二五、仇注　《匡衡传》(见分门注)。

又　《解嘲》(见会粹)。

又　陆机《长歌行》(见会粹)。

又　《刘向传》:成帝即位,诏向领校中五经秘书。河平中,子歆受诏,与父领校秘书。哀帝时,歆复领五经,卒父前业。

又　刘歆《责太常书》:考学官传经。

又　周弘正诗(见会粹)。

又　邵(宝)注:公尝论救房琯,忤旨,几被戮辱,此功名不若衡也。公尝待制集贤院试,后送隶有司,此传经不如向也(见邵注)。

又　远注:匡衡抗疏,刘向传经,上四字一读;功名薄,心事违,属公自慨。

又　黄生注:衡、向皆历事两朝,故借以自比(见后黄说)。

影印本眉批　"匡衡"二句,少而早识尾大之征,欲痛哭而无路,晚而追原外戚之咎,抱忠荩而莫奏也,时肃宗复偏听张氏,故公欲以刘向《洪范五行传论》为谏书。

莹按:仇引邵注亦一般通说。惟所引黄生注云:衡、向皆历事两朝,故借以自比之说,颇嫌拘执。杜甫盖不过取抗疏、传经二事,而言其功名心事之不遂耳,不必拘于两朝之说也。至于眉批所云,以为不仅感慨一己身世而已,兼有借指时事之处,与各家之说并异。而其"尾大之征"及"洪范五行"云云,其为牵强附会之言,实属显然可见。且如眉批所云,谓此联乃指肃宗之偏听张良娣,然此诗乃作于大历元年,时肃宗已早卒,代宗之立已久,何得复指此事,故眉批之说实不可信也。

二六、黄说　衡、向皆历事两朝者,喻己立朝亦更玄、肃两主,其始有同抗疏之匡衡,而功名远逊;其后不及传经之刘向,而心事重违。意盖不满肃宗,而其辞则可以怨矣。

又　"薄"字,即平声微字耳,抗疏虽似匡衡,功名何薄;传经仅比刘向,心事甚违。公盖不欲以文章名世,即五言所谓"名岂文章著"者,特借用刘向事耳。

又　"匡衡"二句,借古为喻。

莹按:此以"衡、向皆历事两朝者,喻己立朝亦更玄、肃两主"为言,似不免过为深求,其"不满肃宗"之言,更嫌拘凿浅露,已于仇注按语中论之。至于以"不欲以文章名世"释"心事违"一句云

"传经仅比刘向,心事甚违"则与一般通说,亦复相异。至所引"名岂文章著"句,则见于《旅夜书怀》一诗。详后总按。

二七、潜解　洙曰:汉匡衡……刘向……于石渠(见分门注)。

　　　又　公救房琯,抗疏不减匡衡……故曰心事违(参看钱注)。

二八、言志　夫我昔者亦曾如彼匡衡出而抗疏矣,而于功名之会则甚薄;今者亦且如刘向坐而传经矣,而于吾心之事则远违。夫岂我之托业有未善哉?

　　　莹按:此以"今者亦且如刘向坐而传经矣"为言,而又曰"于吾心之事则远违",是其意以为杜甫已有坐而传经之事而非其本心,与诸家之说以为杜甫未能如刘向之传经为"心事违"者,所说不同。然杜甫写《秋兴八首》之时,岂有"如刘向坐而传经"之事乎?是此说实不可从也。

二九、通解　予也欲抗疏以济当世,于以比匡衡,则业与命相左,而功名偏薄;欲传经以启后人,于以拟刘向,则志与时相悖,而心事常违。

　　　莹按:此亦与诸家说相近。

三〇、提要　钱笺云:公抗疏不减匡衡……心事违也(见钱注)。

三一、心解　(参看上联之说)

　　　莹按:心解乃以"功名未遂""心事难副"为说,亦一般之通说。

三二、范解　下截因景生感,公疏论房琯,旋遭贬黜,欲如衡之抗疏言事,功名分薄;如向之传经石渠,心事又违。

　　　莹按:此与诸家说相近,并无新意。

三三、偶评　二句慨己之不遇。

　　　莹按:此言殊略。

三四、偶评乙　眉批:功名、心事,属公自慨。

　　　莹按:此说亦略。

三五、沈解　我亦能如匡衡之抗疏矣……心事皆违,又不及向也。

莹按:此所说与演义大致相同,可以参看。

三六、江说　张远云(见仇注引远注)。

　　又　朱鹤龄云(见朱注)。

　　又　黄生云:衡、向皆历事两朝,故借以自比(此与黄说相近,但曾加删节,可以参看)。

　　又　邵注(可以参看邵注,但此曾加以删节)。

　　莹按:此多删引旧说,并无新意。

三七、翁批　"心"字,此一平声细腻沉顿。

　　莹按:翁批所云,其感受颇为细微真切。

三八、镜铨　《匡衡传》(见分门注)。

　　《刘向传》(见分门注)。

　　又　公曾疏救房琯而近侍移官……故曰"心事违"(见钱注)。

三九、集评　吴云(见钱注引辑评)。

四〇、选读　公尝论救房琯……传经不如向也(参看邵注,但此所引小有删节)。

　　又　匡衡抗疏……公自慨(见仇注引远注)。

四一、沈读　公救房琯,抗疏不减匡衡,而近侍移官,一斥不复,故曰功名薄;若刘向虽数奏封事不用,而犹居近侍典校五经,公则白头幕府,深愧平生,故曰心事违。

　　莹按:此亦与诸家说大体相近,然所言颇明畅可喜。

四二、汤笺　救房抗疏,窃比稚圭;献赋上书,欲绍子政。遇乖愿左,实命不犹。

　　莹按:此亦一般通说,惟所言颇略。

四三、启蒙　欲为抗疏之匡衡,而功名已薄;欲为传经之刘向,而心事又违。所以淹留于夔而以贫贱老耳。照应上联,已翻动下联。

　　又　五、六句是虚拟后日,邵注指救房琯为抗疏,待制集贤为传经,非是。

莹按:此云"五、六句是虚拟后日",盖以为杜甫之意乃虚拟其后日之不能如匡、刘二人之抗疏传经也。此与诸家之以指往事为言者,并皆不同。然观杜甫叙写之口吻,实自慨其平生之无所成就,仍以指往事为言之诸说较为可信。

嘉莹按:此二句,一般之通说,皆以为"匡衡"句,乃指杜甫之疏救房琯,而出贬华州,是功名不及匡衡也;而"刘向"句,则指杜甫虽曾献赋于朝,而未蒙受诏传经,是心事又复违背不偶不及刘向也。九家、分门、鹤注、蔡笺、演义、颇解、邵解、邵注、意笺、钱注、顾注、朱注、论文、诗阐、会粹、潘解、通解、提要、心解、范解、沈解、镜铨、选读、沈读、汤笺,并主此说,虽所言详略不同,而意皆相近。此外,"刘向"一句,又复有多种不同之解说。有以"欲退而修业"而"与时悖"为说者,诗通及所附本义主之;有以"弗克丕承厥祖"为说者,杜臆主之;有以刘向"著述竟传"因而自"惭"为说者,诗擷及泽解主之;有以纵如刘向之传经,而"伏处奚堪"为说者,金解主之;有以"不欲以文章名世"为说者,黄说主之;有以影指时事云"追原外戚之咎",谓"肃宗偏听张氏"为说者,仇注影印本眉批主之。综观诸说,仇注眉批谓指"肃宗偏听张氏"之说,最为穿凿附会不可置信。盖杜甫此诗作于大历元年(公元766年),而肃宗已早卒于宝应元年(公元762年),张后(即张良娣)亦早于肃宗卒后为李辅国所弑,而代宗更早于肃宗卒后即已即位为帝,则杜甫此诗何得更指肃宗、张氏而言乎?次则杜臆"弗克丕承厥祖"之说,亦不可信,盖杜甫每以家世能诗为言,于此若以"弗克丕承厥祖"为说,不仅嫌其谦伪,且与《秋兴》八篇于感叹身世之外,往往以君国朝廷为慨之情意不相类,故不可信,已于前杜臆按语中言及,兹不复赘。至于诗通之"欲退而修业"而"与时悖"之说及金解"纵如刘向传经"而"伏处奚堪"之说,二者虽相异,然于"刘向传经"四字皆作"欲如""纵如"之正面解释,私意以为此二句当作既不如匡衡,复不如刘向解,悲慨始更为深至,且以"心事与时悖"或"伏处奚堪"释"心事违"三字,亦嫌过于深曲且有自负恃之意,不若解作"心事乖违",与上句"功名不遂"一气贯下,全以失意无成致慨者,更为使人悲恻同情也。至于黄说以"不欲以文章名世"为说,且引杜甫《旅夜书怀》"名岂文章著"一句为证,私意以为二者所慨之意实不尽同,"名岂文章著"一句,与下句"官应老病休"一句,正相反衬,要在慨其欲为官以"致君尧舜"之愿之全然落空,而名岂反因文章而著乎?自慨中亦隐然有自负之意,并非全"不欲以文章名世也",黄说引之为说,似非妥恰。且此二句全为身无所成之悲慨,并非有"文章"即使"名世"亦复"不欲"之意,黄说似不可信。至于诗攟及泽解之"不能著书明志"如刘向之"著述竟传"之说,其口气虽与一般通说之既不如匡衡复不如刘向之口气相近,然杜甫之本意,则似不仅指"著述"而言也,盖就此诗尾联"同学少年多不贱"句而言,此二句似当以未能立身于朝有所建树而言。同学之立朝居官,但在求衣马轻肥,而我则虽有满腹为国为君之心,然而抗疏未成,传经未遂,此所以令人为之深慨者也。是此二句,仍当以一般通说为是,惟抗疏事虽以"论救房琯"为其大端,然亦似不必定拘指此一事也。杜甫在长安为拾遗时,《春宿左省》一诗曾有"明朝有封事"之句,又其《寄岳州贾司马巴州严使君》一诗亦有"青蒲甘受戮"之句,故知杜甫为拾遗时,"抗疏"固其夙愿也。至于张解以"自薄""自违"为说,言志以"今者亦且如刘向"为说,启蒙以"虚拟后日"为说,则并不可从;又如愚得作"心事微","微"字之为误字,及黄说"历事两朝"之拘执,皆已论之于前,兹不复赘。

同学少年多不贱,五陵衣马自轻肥。

一、九家 薛云:《文选》范彦龙《赠张徐州》诗:"田家采樵去,薄暮方来归。还闻稚子说,有客款柴扉。傅从皆珠玑,裘马悉轻肥。轩盖照墟落,传瑞生光辉。"又:"剑骑何翩翩,长安五陵间。"

又 赵云:五陵衣马,言贵公子也。《西都赋》:"北眺五陵。"言长陵、安陵、阳陵、茂陵、平陵,皆高贵豪杰之家所居。

又 《论语》:"乘肥马,衣轻裘。"

莹按:薛、赵二家之注,但注明"五陵"及"裘马轻肥"之出处,而未加解说。

二、分门 薛梦符曰(见九家注)。

又 苏轼曰:刘嵩谓儿童曰:若等不见我同学少年,皆衣锦食肉,若等不力学,复何为终身之计耶?

又 赵次公曰(见九家注)。

又 旧引严陵与光武同学,何相干邪!

莹按:旧引严陵与光武同学之说,盖光武日后贵为天子,所谓"同学少年多不贱"也,虽不甚切,然亦不可谓为全不相干。

三、鹤注 梦符曰(见分门注)。

又 苏曰(见分门注)。

又 赵曰(见分门注)。

四、蔡笺 五陵,言贵公子也。《西都赋》……高贵豪杰之家也(参见九家注)。

又 《论语》:"乘肥马,衣轻裘。"(见九家注)

又 范彦隆(按当作龙)诗(见九家注)。

五、演义 五陵谓长陵、安陵、阳陵、茂陵、平陵。勋贵豪杰之家,多居五陵之下。

又　非惟不及衡、向,但如我同学少年,亦多贵显,而乘肥衣轻,驰骋于五陵之间,我何为久淹于此,独坐江楼,甚寂寞焉(朱刊本虞注,末句作:独江头之寂寞也)。

莹按:此说似以为杜甫自伤寂寞,而对同学少年有羡之之意。

六、愚得　(见上联)

七、颇解　尾联含讥。虞注(按即演义)以公自伤命薄,而深羡少年,何蔑视杜陵老也。

莹按:此以为"尾联含讥",与演义之以为"有羡之之意"者相异。

八、诗通　彼同学少年,今多贵显,而乘肥衣轻于五陵间,我何独寂寞于此地哉!

又　一说:同学,学习之同者也。盖当时新进少年,必自为一种学习,以趋时好,而取贵显。若公之素学,与彼正自不同,殆谓之昔之人矣,然彼自贵显,吾亦安能变所学以从之乎!

又　又一说:公谓与我少年同学之人,今多不贱,彼其得志于五陵,岂复念我故人之飘泊耶!三说不一,前说较平实。

莹按:此所举三说,自以前一说最为平实,第三说以为乃谓得意之同学不念故人,所想亦尚颇近情,惟第二说"自为一种学习,以趋时好"释"同学",故为深曲,反嫌牵强穿附。

九、邵解　少年,新进;五陵,豪贵所居。

又　彼同学少年虽多贵显,彼自贵显耳,于我何有,其不如渔人之泛泛、燕子之飞飞多矣,不可慨乎!盖当时少年必自为一种学术以希世,视公为昔之人,所谓当面输心背面笑者,故公叹之。

莹按:此与诗通所举之第二说相近。

一〇、邵注　同学,同习学者。五陵,皆豪贵所居,为衣马驰骋之地。

又　因叹不惟不如衡、向,而且不如同学之少年,是故重嗟清秋之寂寞也。

　　莹按：此以"不如"为言，则似亦隐有"羡之"之意，与演义之说相近。

一一、意笺　又见同学少年，今多不贱，而衣轻策肥于五陵之间，而己独流落西南，与信宿渔人、清秋燕子同情，此兴之所由托也。

　　莹按：此与演义之说相近，惟"羡"之情少，"慨"之情多耳。

一二、胡注　结句正见同辈以曲学致通显，而己独不遇也。

　　奚批　五陵：长陵、安陵、阳陵、茂陵、平陵五处。

　　又　同学少年岂非"洲前芦荻"耶？

　　又　他自轻肥而已。

　　莹按：奚批"洲前芦荻"之说，已于前章末联按语中，驳其迂凿不可信。至于所云"自轻肥而已"，则似有轻之之意。胡注则仍为慨之之言。

一三、杜臆　且追论当初同学少年，往往有去而为尊官者，止是轻裘肥马，贪一时之光荣，而忘社稷之长计，其误国可胜道哉！故有下章。

　　又　补曰：同学而曰少年，同学少年而曰不贱，俱有深意，人皆不曾理会。同学，犹云吾辈，非同堂而学者，少年以形己衰老，不贱以形己之贱。意谓身老且贱，故欲效忠拯世而不能；今以少年富贵而徒事轻肥，置理乱于度外，于心安乎！公恨此辈切骨，而语意浑含不露，真得温柔敦厚之旨。

　　莹按：此以"吾辈"释"同学"，而曰"非同堂而学者"，此为"同学"之又一解也。至其为说，则兼有讥之与慨之之意，而云"语意浑含不露，真得温柔敦厚之旨"，所言颇是。

一四、诗擴　远惭二人（按指匡、刘，见上联），近愧同学，是以叹也。"轻肥"上着一"自"字，所谓言不尽意尽，即非诗矣。

150

莹按:此以"愧同学"为说。至于"言不尽意尽"之语,盖谓"自"字有深意,是言尽而意不尽,所以为好诗也。

一五、钱注 《七歌》云:"长安卿相多少年。"所谓同学者,盖长安卿相也。曰少年,曰轻肥,公之目当时卿相如此。

又 旋观同学少年,五陵衣马,亦渔人、燕子之俦侣耳,故以自轻肥薄之。下一"自"字,与"还汎汎""故飞飞"翻倒相应。"杜陵有布衣,老大意转拙",于长安卿相何有哉!

莹按:此亦以"自轻肥"为有"薄之"之意。至所谓"五陵衣马,亦渔人、燕子之俦侣"者,渔人不过为衣食计耳,而燕子则如杜甫《登慈恩寺塔》一诗所云"君看随阳雁,各有稻粱谋"者也,与五陵衣马之但求衣食富贵者,正复相类,故钱氏云然,且引《同谷七歌》"长安卿相"句为证。至于谓"自"字与"还汎汎""故飞飞"翻倒相应,则不过就"自"字、"还"字、"故"字之用字而言耳。

一六、张解 即今同学少年固多贵显,亦惟任彼自夸耀于长安而已,于我何预哉!所以宁静坐江楼也。

莹按:此二句之所以引人争议者,厥惟其口气之何指。此以"任彼"为言,有轻之之意,可参看此一联之总按语。

一七、金解 末转到同学富贵上去,此非轻薄少年,亦非艳羡裘马也。若谓昔在太平之时,同学少年,致身青云,无一贫贱者,终日鲜衣怒马,以为得志,孰意有今日之乱。昔日少年,今应白首。昔日富贵,今应困穷。我既如是,同学皆然,安得常如昔日轻衣肥马,在京师相驰骋哉!少壮无所建立,出处皆困,匡衡抗疏,刘向传经,总付之浩叹而已矣。

别批 辗转反侧,因而想到少年同学原俱不贱,但只五陵裘马自炫轻肥,明知我之心事,而不与我以功名,以致见笑渔人,贻讥燕子耳。

莹按:金解以为"少年""衣马"云者,不过写今昔之感而已,与他说之以为艳羡或鄙薄者皆不同,且曰"昔日少年,今应白首""昔日富贵,今应困穷""我既如是,同学皆然",此说虽新,然恐非作者本意也。其所以为此说者,盖由于必以"同学少年"为指杜甫当日之同学少年,因思我今白首,则昔之少年亦应白首,而昔日少年衣马,亦必有杜甫在其间。此说实极迂凿。至于别批则以为"自轻肥"有"自炫轻肥""而不与我以功名"之意,若然,则有怨羡之意矣。

一八、顾注　曰少年……目当时卿相如此(参看钱注)。

又　当时新进之士,必自为一种学习……殆谓之昔之人矣。故曰"晚将交契托年少,当面输心背面笑",又曰"尔曹身与名俱灭,不废江河万古流",又曰"递相祖述复先谁,别裁伪体亲风雅",总指当时同学少年而言。彼以此取功名或反易易,然彼自贵显,不过裘马翩翩而已,吾安能变所学乎?所以甘于功名薄心事违,决不自贬以趋时好也。

莹按:此盖推衍诗通之说,而枝蔓无当,可参看诗通及按语。

又　李梦沙曰,四句合看,总见公一肚皮不合时宜处。言同学少年既非抗疏之匡衡,又非传经之刘向,志趣寄托与公绝不相同,彼所谓富贵赫奕,自鸣其不贱者,不过五陵衣马自轻肥而已。极意奚落语,却只如叹羡,乃见少陵立言蕴藉之妙。

莹按:此以四句合看,以说明杜甫平生"抗疏""传经"之志趣与"五陵衣马"之相异,更可见此数句语气口吻之妙,极能得杜诗神理,为诸说之所未及。

一九、朱注　钱笺(见旧说钱注)。

二〇、论文　回望同学少年,已多不贱,惟有裘马翩翩以鸣得意而已。

莹按:此着以"翩翩""得意"字样,似亦有薄之之意。

二一、泽解　赵曰(见九家注)。

　　　又　梦弼曰(见蔡笺)。

　　　又　泽堂曰:同学之辈,不阶文学自富贵,此则不能效袭,其意深矣。

　　　莹按:此以不肯效袭同学少年为说。

二二、诗阐　"日日江楼坐翠微",所伤者渔人、燕子为群,同学少年何在也;所悲者匡衡、刘向不若,同学少年何如也。遥想五陵年少,衣马轻肥,亦念有客江楼,伴渔人,侣燕子,悼功名之不立,怅心事之多违乎。"轻肥"者,亦自轻肥耳,所谓"厚禄故人书断绝"者,正此属焉。

　　　莹按:此贯穿通首言之,颇为婉转周至,而引杜甫《狂夫》一首"厚禄故人书断绝"为说,则有慨同学少年不念故人之意,与诗通第三说相近。

二三、仇注　《列女传》:孟宗少游学,与同学共处。

　　　又　鲍照诗:"忆昔少年时。"

　　　又　《西都赋》(见九家注)。

　　　又　顾(宸)注:汉徙豪杰名家于诸陵,故五陵为豪侠所聚。

　　　又　范云诗:"傧从皆珠玳,裘马悉轻肥。"(见九家注)

　　　又　顾(宸)注:同学少年,不过志在轻肥,见无关于轻重也。

　　　又　同学少年,谓小时同学之辈。

　　　又　曰自轻肥,见非己所关心。

　　　又　末句五陵,起下长安。

　　　莹按:仇引顾注以为同学少年不过志在轻肥,又云"曰自轻肥,见非己所关心",则亦有鄙薄之意。

二四、黄说　衣马轻肥,反取与朋友共意,言长安知旧,不惟不相援引,并周急恤友之意,亦无之矣,"同学少年"者,易之之辞。

153

又　此诗气脉浑浑,首尾全不关合,及诗腹之体也。

莹按:此以慨"长安知旧""不相援引"为说,且引《论语》"与朋友共"为证。至云"同学少年者易之之辞",易之,轻之也。

二五、潜解　《七歌》云(见钱注)。

又　正见同辈以曲学致通显,而己独不遇也,极意奚落语,却口如赞叹,乃见立言蕴藉之妙。

莹按:潜解云"极意奚落",则亦以为乃薄之之意,惟又云"口如赞叹",则深得杜甫"立言蕴藉之妙"。

二六、言志　回忆少年时一班同学,今皆宦成,都已不贱,翩翩衣马轻肥于五陵之间者,比比皆是也。而奈何使志在温饱者皆得其所愿,翻令我心乎君国者,转飘零于远地耶。玩一"自"字,有志得自满意,有封殖自擅意,有尸位素餐、恬不为耻意,八面玲珑,十分足色,趣甚,毒甚。

莹按:杜诗此句之"自"字,在口吻之间有无限意蕴耐人寻味,此处言志之说亦可供参考。惟以"毒甚"为说,似颇伤杜老忠厚之意。

二七、通解　以视长安同学少年皆趋时以显名于世,而率多不贱,然惟翩翩裘马驰逐于五陵之中以矜其轻肥而已,而予又何羡哉!

又　结则极意奚落少年,却只如叹羡,乃见少陵立言蕴藉之妙。

莹按:此以为此一联意在奚落而语如叹羡,与潜解及提要之说相近,可以参看。

二八、提要　钱注云:旋观同学少年……翻倒相应(见钱注)。

又　李梦沙云:一结极意奚落语,却只如叹羡,乃知立言蕴藉之妙。

莹按:此与潜解之说同。

二九、心解　五陵同学长此谢绝矣乎!

154

莹按:此说殊略,其意不过慨同学少年之不念故人也。

三〇、范解　回首故园,同学少年多有贵显,岂肯自贬所学以趋时好。故末言五陵衣马虽则翩翩,亦彼自轻肥耳,于己何与乎。既曰少年,又曰轻肥,极奚落语,却似欣羡语,不露痕迹。

莹按:此亦以"奚落"与"欣羡"结合为言,与前举通解之说相近。

三一、偶评丙　眉批:同学少年……即起下章意(见镜铨引眉批)。

三二、沈解　非惟不及衡、向,即如我同学之少年,亦多贵显,而乘肥衣轻,驰骋于五陵之间,我何为久淹于此,而独江头之寂寞也耶!

莹按:此与演义之说相近,可以参看。

三三、江说　《七歌》……卿相如此(见钱注)。

又　顾云:同学少年不过志在轻肥,见无关于轻重也。

莹按:后录施说引顾宸说与此全同,然余所见之辟疆园本顾宸《杜诗注解》则并无此数语,不知诸家所引何据。

又　查慎行曰:回首京华,功名不遂,不得不有同学故人之望,而少年进用,徒事轻肥,可叹,可叹。

莹按:此盖以前一句为有望故人援引之意,与诗通之第三说、诗阐、黄说、心解及后举之施说诸家,有相近之处。至于谓少年进用徒事轻肥,则有轻之之意。

三四、镜铨　《西都赋》(见九家注)。

又　《汉书》:徙吏二千名高赀富人豪侠兼并之家于诸陵。

眉批　同学少年,指长安卿相言,谋国者用此等人,宜乎如奕棋之无定算矣。即起下章意,此首承上启下,乃文章之过渡。

莹按:眉批论章法之承转,其说颇有可取;云"谋国者用此等人",则亦有慨之之意。

三五、集评　李云:所以感伤。

155

莹按:此说过简,意旨不明。

三六、选读　同学少年,不过志在轻肥,见无关于心也。

莹按:此说似与前举江说所引之顾说相近,然顾所云"无关轻重"盖轻视少年之意,此云"无关于心"则殊嫌含混,不知其意乃谓杜甫对诸少年之无关于心乎,抑谓诸少年之对杜甫无关于心乎。

三七、沈读　《七歌》……卿相如此(见钱注)。

又　正见……己独不遇也(见胡注)。

又　极意奚落……蕴藉之妙(见通解及按语)。

莹按:此但摘引诸家旧说,并无新意。

三八、施说　"同学少年多不贱,五陵衣马自轻肥",注引顾宸说:同学少年不过志在轻肥,见无关轻重也。又云自轻肥,见非己所关心。今按"自"字是言其自己轻肥,不念故人流落,犹"厚禄故人书断绝"之意。《冬至》诗"江上形容吾独老,天涯风俗自相亲",即此"自"字,前二说皆非。

莹按:此驳仇引顾注以为"同学不过志在轻肥,见无关轻重"及仇氏"见非己所关心"释"自轻肥"之非,而以"自己轻肥,不念故人流落"为说,且引"厚禄故人书断绝"为证,与诗阐同。

三九、汤笺　偏有时贤,五陵年少,轻裘肥马,意欲谁矜。

莹按:此云"意欲谁矜",与金解别批所谓"自炫轻肥"者,意颇相近。而以"时贤"释"同学少年"。

四〇、启蒙　顾注:同学少年……无关轻重也(见前举江说及按语)。

嘉莹按:此一联首当辨者,厥惟"同学少年"之所指。有以为指杜甫少年之同学者,诸旧说多主之;有泛言吾辈者,杜臆主之;有以为指新进少年,而谓同学乃"自为一种学习以趋时好"者,诗通第二说及邵解主之。综观三说,仍以第一说为长,盖此一联乃承匡衡、刘向一联而来，以昔之同学少年，今日衣马轻肥，与我今日之"功名薄""心事违"相衬托，其情意乃更为深切。若谓乃指与我无关之新进少年，则其情意似较为淡薄疏远，且强以"自为一种学习"云云，以释"同学"二字，尤嫌迂凿，至于以"吾辈"释"同学"，则殊嫌浮泛，皆不若第一说之情意深切也。至于如钱注及镜铨之以"长安卿相"为言，及汤笺之以"时贤"为言，则就昔之"同学少年"今已"五陵衣马"者言之，自当是"长安卿相"之"时贤"可毋庸辨者矣。其次，则下一句"自轻肥"之"自"字，有以"自己轻肥"为言者，施说主之；有以"自炫轻肥"为言者，汤笺主之；有以为"轻视""鄙薄"之意者，胡注奚批、钱注、仇注主之。至于就二句之语气及情意言之，则有以为乃"羡之"之意者，演义及诗通第一说主之；有以为乃"讥之"之意者，颇解主之；有以为"慨己之不遇"者，意笺、胡注及潘解主之；有以为"慨同学少年之误国"者，杜臆主之；有以为慨同学少年之"不念故人"者，诗通第三说、诗阐、黄说、心解及施说主之。综观诸说，如就"自轻肥"之"自"字寻味，似有一任彼自轻肥之意，当以轻之之口气近是，惟是杜甫之用笔，含蕴深厚，故讥之而有似赞羡之意，顾注引李梦沙之言即作此说；潘解、言志及提要皆曾极赞杜甫立言之妙，是也。至其言外之意，则己身之不遇，同学少年之误国，与夫厚禄故人之断绝种种感慨，尽在其中矣。必执一说，反嫌拘狭，此正杜诗情意厚至，感发深远之处，非故为含混之说也。

其　　四

闻道长安似奕棋，百年世事不胜悲。

王侯第宅皆新主，文武衣冠异昔时。

直北关山金鼓振，征西车马羽书迟。

鱼龙寂寞秋江冷,故国平居有所思。

【校记】

奕棋　王本、范批、郭批、钞本、钱注、朱注皆作"奕棊"。

　　　九家、鹤注、分门、愚得、论文、泽解、湑解皆作"奕碁"。

　　　　莹按:"奕棋"与"弈棋"古通用,今日辞书多将"奕""弈"分别为二,不再通用,而杜诗旧本多有作"奕"者,因古可通用,未加详校。"棋"本作"棊",或作"碁",见《说文》,是作"棊"作"碁"并同。

不胜悲　九家、刘本、仇注、朱注、郑本皆注云:"胜一作堪。"翁批本注云:"胜一作堪,非。"施说用仇注而引作"堪"。

　　　　莹按:当作"不胜悲"为是,"不堪"二字生硬而无余味。

金鼓振　王本、九家、鹤注、分门、蔡笺、千家、演义、范批、愚得、颇解、诗通、邵解、意笺、胡注、刘本、郭批、钱注、金解、论文、泽解、诗阐、黄说、湑解、言志、提要、偶评、江说、集评、选读、汤笺、启蒙、诗钞皆作"金鼓震"。朱注、翁批、仇注、心解虽作"震",而注云"一作振"。

　　　　莹按:"振"与"震"二字,往往借用相通,是作"震"作"振"并同,而作"振"者多,宜从众,作"振"。

车马　钱注钞本、朱注及泽解皆注云:"马,一作骑。"

　　　　莹按:"车骑"较生涩,且声音不响,仍以作"车马"为是。

羽书驰　王本、分门、鹤注、蔡笺、千家、演义、愚得、颇解、诗通、邵解、意笺、胡注、刘本、郭批、钱注、金解、论文、泽解、诗阐、会粹、黄说、湑解、提要、心解、偶评、江说、郑本、集评、选读、汤笺、启蒙、诗钞皆作"迟"。而分门、蔡笺、刘本、钱注、心解、郑本皆注云"一作驰"。翁批、仇本作"驰",且注云:"一作迟,非。"

　　　　莹按:作"驰"与作"迟"之意迥然相异,私意以为作"迟"

字较佳,说详后。

【章旨】

一、演义　此诗专为长安之变更(朱刊本虞注无"更"字,余同),因秋有感而怀思也。

二、愚得　言我平居所思者,长安耳。及闻第宅皆新主,衣冠异昔时,金鼓振于北,羽书驰于西,而鱼龙寂寞,此非世事已如奕棋乎?若是,则不胜其悲矣。比而赋也。

　　莹按:此为全篇之概说,大意谓思长安之如奕棋而不胜悲也。

三、邵解　其四感及长安事。

　　又　"故国平居"以下四首,思蓬莱宫、曲江、昆明池、渼陂之类,皆平居也。

　　莹按:此不仅论本章章旨,兼论对后四章之呼应。

四、邵注　此诗专为长安之变,因秋有感而怀思也。

五、意笺　此因秋而伤长安之乱也。

六、杜臆　其四遂及国家之变。

　　莹按:以上三说相近,皆以此章为慨长安之变乱。

七、张解　此承上章言五陵少年,因叹长安变乱,王侯窜去,舍主皆换,文武离乱,旧人无存。盖叹轻肥几时也。况今北征西讨,尚无成功,当此秋日,宁不思故国乎!

　　莹按:此以本章为写长安之变乱,因为诸家之所同。谓其承上章"五陵少年"而言,亦有可取。不过承接之意旨何在,则诸家之说各有不同。或以为以"长安"与"五陵"相承,此显然可见者也。至于如此处所言以此章之变乱喻叹五陵少年轻肥之不能几时者,则私意以为曲折过多,恐未必为诗中原意,至于"北征西讨"云云,说亦未洽,当于后文详之。

八、顾注　前三首皆就夔州言,此以下遂及长安事,故以"闻道"发之。

九、朱注　此叹长安之洊经丧乱也,金鼓羽书,谓吐蕃频年入寇。

　　又　前三章俱主夔州言,此章以下皆及长安之事。

一〇、诗阐　此章提出长安,启下四章。

一一、会粹　前三章俱主夔州言,此下五章乃及长安事。

一二、仇注　四章,回忆长安,叹其洊经丧乱也。上四伤朝局之变迁,下是忧边境之侵逼。故国有思,又启下四章。

　　　　莹按:以上三说皆于慨长安之外兼论其对后数章之呼应。

一三、潘解　前三首,皆就夔州言,此以下遂及长安事,故着"闻道"二字。

　　　　莹按:此论慨及长安故以"闻道"二字特提,所言颇是。

一四、言志　此第四首,则悲时事之甚失也。承上章言我之生平既未得其志,而时事之可悲,又有甚焉者。

一五、通解　此公有感于长安无定、时事日非而赋也。

一六、提要　(同潘解)

一七、心解　四章正写望京华,又是总领,为前后大关键。

一八、范解　此诗前六句全不涉题,直至第七句方点"秋"字,其实所述时事皆公因秋感兴,故首以"长安"二字领起,末以鱼龙自况,即点出"故国平居有所思",上应"故园心"三字,为下四首引脉。八首中关键全在于此,读者勿草草看过。

一九、偶评　前半指朝廷之变迁,后半指边境之侵逼,北忧回纥,西患吐蕃,追维往事不胜今昔之感。

二〇、偶评丙　眉批:前首慨身,此首慨世,皆是所以依斗望京之故。

二一、沈解　此诗专为长安之变因秋而感怀也。

二二、江说　朱鹤龄曰(见前引朱注)。

　　　　又　查慎行曰:此首诗为承上起下之关键,奕棋不定,谋国者之过也。世事艰难,埶阶之祸,故追思往事不胜悲感。下四句皆以

160

所思故国者言之。

二三、镜铨　前三章,俱主夔州,此下五章,乃及长安事(参看会粹)。

　　又　前首慨身,此首慨世,皆是所以依斗望京之故。

二四、选读　四章回忆长安,叹其洊经丧乱也。

二五、沈读　肃宗收京后委任中官,中外多故。公不以移官僻远恝置君
　　国之忧,故有"闻道长安"之章。"每依南斗望京华",情见于此。
　　曰"平居有所思",殆欲以沧江遗老覆定百年奕棋之局,非徒悲伤
　　婉晚如昔人愿入帝城已也。

二六、启蒙　此章忆长安而伤国事也。

　　　嘉莹按:此章正写长安,遥与首章之"故园"、次章之"京华"、
　　三章之"五陵"相呼应。又唤起以下四章,心解所云为前后大关
　　键者,是也。因之,此章所写之长安皆自大处落墨,总写朝局之变
　　迁,边境之纷扰。以下四章再一一致其怀思之意。尾联,"鱼龙"
　　句回到自身,兼点"秋"字,"故国"句唤起以下四章。至于言志之
　　以上章慨生平,此章慨时事,及偶评之前首慨身、此首慨世之言,
　　皆可见上下之相承呼应,亦有可取。他如江说引查慎行之言,以
　　为追思往事以溯祸阶,则与沈读所云欲以沧江遗老覆定百年奕棋
　　之局之言可以参看,亦可得言外之悲慨。再如范解之谓以鱼龙自
　　况,亦可供一说。凡此种种虽或者但为读者之一想,然亦杜甫诗
　　之富于感发含蕴丰美之一证也。

【集解】

闻道长安似奕棋,百年世事不胜悲。

一、九家　"奕棋",互胜负也。《左传·襄公二十五年》:"今宁子视君

161

不如奕棋。”

　　莹按:此以“互胜负”为言,盖谓长安之屡经战乱也。

二、分门　洙曰:奕棋,互胜负也(见九家注)。

三、蔡笺　奕棋,互有胜负也。《左氏传》:宁子视君不如奕棋(见九家注)。

四、演义　长安自禄山之破(朱刊虞注作故),至于代宗(朱刊虞注下多“之世”二字),朱泚乱之(朱刊虞注作之乱),吐蕃陷之,乘舆播越,而公久客巴蜀,故云闻道,甚是。奕棋,迭相胜负,而百年之内有不胜悲者。

　　莹按:禄山陷长安在玄宗天宝十五载(公元756年),吐蕃陷长安在代宗广德元年(公元763年),以此释“似奕棋”,盖指长安之屡陷而言也。至于朱泚之乱,则在德宗建中四年(公元783年),时距杜甫之殁——大历五年(公元770年),已十四年矣,演义引朱泚之乱说此诗,与历史年代不合,盖一时误引。

五、愚得　(见前章旨)

六、颇解　王侯,指宗室言,避乱奔窜,第宅委弃,故曰皆新主;时用兵既久,府帑匮竭,朝廷悉以官爵赏功,故曰异昔时。此二事所谓奕棋,所谓不胜悲也。

　　莹按:此举所谓“似奕棋”与“不胜悲”之事实,兼领联三、四两句而言。

七、诗通　似奕棋,言变故不常也。

　　又　前三者,皆以夔州言,此以下遂及长安之事,故以“闻道长安”发之。三、四一联,即似奕棋者。

　　莹按:此亦以三、四一联释“似奕棋”,与颇解同。

八、邵解　自禄山入长安,至代宗世,吐蕃陷之,公久在蜀,闻其变故不□(原缺一字,疑当是常字)如奕棋然,百年之内,不胜悲者。

162

莹按:此亦以长安屡陷释"似奕棋",与演义之说相近。

九、邵注　奕棋,一局一势,互有胜负。百年,言自禄山之乱至于代宗时朱泚乱之,吐蕃陷之,言其久也。

又　故云长安闻似奕棋,迭相胜负,而百年之内有不胜悲者。

一○、意笺　长安如奕棋,言变故多端,皆得之所闻,而百年之内,不意其不胜悲如今日者,为之浩叹也。

莹按:此泛以"变故多端"释"似奕棋"。

一一、杜臆　长安一破于禄山,再乱于朱泚,三陷于吐蕃,如奕棋之迭为胜负,而百年世事,有不胜悲者。

莹按:此以长安屡陷释"似奕棋",而引朱泚之乱,年代未合,其误与演义同。

一二、钱注　《左传》:奕者举棋不定,不胜其偶,而况置君而不定。

又　辛有曰:不及百年,此其戎乎!

又　长安似奕棋,言谋国者似奕棋之无定算,故贻祸于百年之后,而不胜其悲也。百年世事,用辛有之言也。

又　肃宗收京后,委任中人,中外多故,公不以移官僻远,愍置君国之忧,故有"闻道长安"之章,"每依北斗望京华",情见于此。

莹按:钱注所引《左传》奕棋之说,与前九家注及蔡笺所引《左传》奕棋之说,虽详略不同,然同见于《左传·襄公二十五年》,兹录原文如下:"卫献公自夷仪,使与宁喜言,宁喜许之。太叔文子闻之曰……今宁子视君不如奕棋,其何以免乎?奕者举棋不定,不胜其耦,而况置君而弗定乎?必不免矣。"杜甫此句虽亦有奕棋之语,然并无置君不定之意,惟言长安以一国之首都,而迭经战乱,如奕棋胜负不定,为可悲耳。钱氏解作谋国者似奕棋之无定算,似尚不免失之于狭。至于钱注所引辛有之言,则见于《左传·僖公二十二年》。《传》云:"初平王之东迁也,辛有适伊

163

川，见被发而祭于野者，曰：不及百年，此其戎乎！其礼先亡矣。"钱氏以为杜甫"百年"二字用辛有之言，其说可备参想之一助，然亦不可拘于是说也。又钱氏云："公不以移官僻远，憖置君国之忧，故有'闻道长安'之章"，则是杜甫一贯忠爱之本心也。

一三、张解　奕棋，一局一势，互有胜负。百年世事，禄山陷长安城。

　　莹按："百年世事"不仅指禄山之陷长安，其所慨者极多，详见总按语，可以参看。

一四、金解　前首结五陵裘马，故此以长安起。闻道者，一则不忍言亲见，故托之耳闻；一则去国已远，不欲实说也。长安似奕棋，指明皇幸蜀以后而言。百年世事，由今大历纪年逆追至神尧有天下之初而言。不胜悲者，悲国政也。而曰世事，盖微辞也。百年世事，固不胜悲，然先生之悲，至此日长安而极。

　　别批："闻道"妙，不忍直言之也，亦不敢遽信之也，二字贯全解，世事可悲。加"百年"二字妙，正见先生满肚真才实学，非腐儒呴呴腹诽迂论。盖世事因循至于今日，非一朝一夕之故，其驯而致于此者，有渐矣。且世事既因循至于今日，亦非一朝一夕可以遂致太平，将来正费周折，故曰百年。

　　莹按：金解以为"百年世事"，乃"由大历纪年逆追至神尧有天下之初而言"。按唐高祖庙谥为神尧大圣光孝皇帝，故仇注卷二《同诸公登慈恩寺塔》一诗"回首叫虞舜"句，引《杜诗博议》云："高祖号神尧皇帝，太宗受内禅，故以虞舜方之。"是神尧盖指高祖李渊而言也。高祖武德元年当西历618年，而代宗大历元年当西历766年，前后有将近一百五十年之久，与金解百年之说并不尽合，盖诗人口中之数字，原不必且不可拘执者也。"百年世事"者，泛言世事之多变耳。别批"非一朝一夕"之说颇亦通达可采。又，金解及别批说"闻道"二字，以为有"去国已远""不忍直言"不敢遽信"之意,亦颇可玩味。

一五、顾注　似奕棋,言无定也。长安变迁,其来已久,即百年之间,世
事已不胜悲矣,言不必远追也。

　　莹按:此与后引潘解之说相近,可以参看。

一六、朱注　《左传》(见钱注所引)。

　　又　此言谋国者如奕棋之无定算(参看钱注)。

一七、论文　接上"同学"二句,言长安时局,纷如奕棋,百年之间,而天
下之事已不胜悲矣。

　　莹按:此说颇简明。

一八、泽解　洙曰(见分门注)。

一九、诗阐　羁巫峡,坐江楼,长安风景不复见矣,惟有托之于闻。长安
自古帝王都,秦汉以来,变迁不一,大势只如奕棋耳,开国者往往
得胜算,亡国者往往留残局,谁知前人胜算即为残局所基,后人残
局又为胜算所起,然则胜算未可恃,残局未可抛,善奕者,因残局
为胜算,不善奕者,变胜算为残局,得失何常之有。长安变迁,且
无远追,即百年间世事多可悲者。

　　莹按:此说将盛衰如奕棋胜负之无常,直推及秦、汉以来,所
说似未免过远。至于"残局""胜算"云云,虽颇为有理,然而究属
文人弄笔墨之说,与作者原意,并无重要之关系。杜甫"似奕棋"
云云,自有忧国伤时种种深切之悲慨,非如诗阐胜算残局之说之
通古今而泛论之也。

二〇、会粹　《左传》(见钱注)。

二一、仇注　《左传》(见钱注)。

　　又　李陵《答苏武书》:世事谬矣。

　　又　《世说》:王戎悲不自胜。

　　又　金俊明曰:自高祖开国,至大历之初,为百年。

又　杜臆　长安一破于禄山,再陷于吐蕃,如奕棋迭为胜负,即此百年中,而世事有不胜悲者。百年,谓开国至今(按据影印王嗣奭手稿本,杜臆并无"开国至今"一句,可参看前杜臆之说)。

影印本眉批　奕棋,指置君不定。此诗追述禄山陷长安之事,下二章追述天宝以后,驯至丧乱之因。

莹按:仇注金俊明之说,以"百年"为指高祖开国至大历之初,与金解同,说已详前。眉批所云奕棋指置君而言,盖用《左传》原意,然而恐非作者之意也,说详钱注按语。

二二、黄说　首句接上章五陵字来,言长安经乱,人事多有变更。

莹按　此以长安经乱、人事多变释"似奕棋"。

二三、潘解　"似奕",无定也。第二联言其实,言即百年间,而变迁正不胜其悲,不必远追也。

莹按:此亦以第二联释"似奕棋"之事。

二四、言志　不闻长安近日之变态乎？纪纲紊乱,措置纷纭,如奕者之举棋无定。

莹按:此亦与前举朱注之说相近。

二五、通解　言长安盛衰变迁不一。闻道自古以来如奕棋然,即百年之间世事经眼,有不胜其悲者。

莹按:此亦与前引说相近,惟是加"自古以来"四字反嫌蛇足。杜甫所慨者唐代之事,未曾兼慨自古以来之事也。

二六、提要　起句用《左传》(见钱注)。

二七、心解　奕棋、世事,不专指京师屡陷,观三、四,单以第宅、衣冠言可见。百年,统举开国以来,今昔风尚之感也。

莹按:心解之说颇通达。"似奕棋"固可泛指一切盛衰今昔之变,不专指京师之陷。然京师之陷仍为重点之所在,则无可置疑者也。

二八、范解　《左传》(见钱注)。

又　接上五陵衣马来,因忆长安卿相当国者,如奕棋之无定算。百年世事已不胜悲。曰闻道者,公久客巴蜀,故皆得于传闻。

莹按:此亦与前引诸说相近,以"久客巴蜀"说"闻道"二字,与演义之说同。

二九、沈解　长安自禄山之叛……有不胜悲者。

莹按:此与演义之朱刊虞注本之说相同,惟是"禄山之叛"一句,朱刊虞注作"禄山之故"。此当为辗转钞印时之误,而无害于原意也。

三〇、江说　杜臆:长安一破于禄山,再陷于吐蕃……有不胜悲者。百年,谓开国至今。

又　朱鹤龄曰:此言谋国者如奕棋之无定算。

莹按:此虽引杜臆之说,然删去朱泄之乱句,盖亦以有见于其时代之不合,已详演义及杜臆按语。至于引朱鹤龄之说,则已见前举朱注。

三一、集评　"闻道"句,李云望京华者以此。

三二、选读　长安一破于禄山……开国至今(同上江说)。

三三、沈读　前三首……故著"闻道"二字(参看诗通)。

三四、施说　"闻道长安似奕棋,百年世事不堪悲"注引杜臆:百年,谓开国至今。又金俊明说:自高祖开国至大历初,为百年。今按百年只是虚说,即第六章"秦中自古帝王州"意,若就唐开国以来说,则高祖、太宗、高宗时,未可云长安似奕棋也。

莹按:此驳仇注之非,仇引杜臆"开国至今"之说,并不见《杜臆》一书,盖仇氏妄引,已见前仇注按语。至所引金俊明之说与金解同,其不可确据已见前金解按语。施说以"百年"为"虚说",颇是。

三五、汤笺　语及五陵,因怀京国,百年未久,人地俱非,世事变迁,失由庙算,举棋不定,曷怪其然。

三六、启蒙　似奕棋,言乱而无定。惟似奕棋,故不胜悲。

莹按:此说甚为简明。

嘉莹按:此章承上章"五陵衣马"而来,以"闻道长安"上承,且呼起以下数章。"闻道"二字,以去国之久,于长安之变,不忍直言,不敢遽信,故托之于闻。演义、邵解、诗阐及金解别批,释此二字之言皆有可取。"奕棋"二字,有以为指长安之屡陷者,邵解、杜臆、仇注皆主之;有以为写"今昔风尚之感","不专指京师屡陷"者,心解主之;有以三、四一联说此联者,颇解、诗通、潘解主之;有兼三、四、五、六,两联说之者,愚得主之。如自"长安"二字观之,则五、六一联"直北关山""征西车马",似嫌距"长安"稍远。而三、四一联"王侯第宅""文武衣冠",则紧承首联而来,故"似奕棋"虽不必兼五、六一联,而实当兼三、四一联而言也。然长安变故之大者,则为迭经战乱,屡陷敌手,故诗中虽未明言屡陷之事,然杜甫所云"似奕棋"者,则必慨及此事,可断言者也。心解虽曰"不专指京师屡陷",然"不专指",并非"不指",此"似奕棋"三字,盖兼长安之陷,与今昔风尚及人事之种种变故之不常而言之者也。至于钱注、顾注、朱注、言志、范解及汤笺之以"谋国者无定算""举棋不定"为说,则过于拘执《左传》之原文,而杜甫固未必用《左传》之原意也,前已于钱注按语中辨之。又如诗阐之"残局""胜算""得失无常"之说,虽颇为通达,然而失之于泛,似不能得杜甫之深意,亦已于前诗阐按语中论之矣。至于"百年"一句,有以为指"高祖至代宗大历年间"为百年者,金解及仇注主之;有以"贻祸百年"为言者,钱注主之;金解及仇注之说,施说已驳其非;钱注之说则承其论"弈棋"一句"谋国者无定算"之说而来,亦嫌迂凿,惟施说"百年只是虚说"之言,及金氏别批"非一朝一夕"之言,尚颇通达可取,盖谓世事可悲者之多,非一朝一夕,至所悲之世事则兼国政、风尚、人事种种变故而言者也。

王侯第宅皆新主,文武衣冠异昔时。

一、九家　左太冲诗:"济济王城内,赫赫王侯居。"

　　又　古诗:"长衢罗夹巷,王侯多第宅。"

　　又　"王侯"句,以丧乱而易主也。

　　莹按:此但通以"丧乱易主"为说。

二、分门　王洙曰:以丧乱而伤(按当作"易",见九家注)主也。

　　又　左太冲诗(见九家注)。

　　又　"文武"句,言非故旧也。

三、鹤注　左太冲诗(见九家注)。

　　又　洙曰(见分门注)。

四、蔡笺　"王侯"句,言以丧乱而易主也;"文武"句,悲故旧也(参看分门注)。

五、演义　如王侯则委弃奔窜,而第宅皆为他人所有;文武又皆军功滥进,非复向时勋阀衣冠。

　　又　颔联感慨。

　　莹按:此以"军功滥进"释"文武衣冠"句。

六、愚得　(见章旨)

七、颇解　(见首联)

　　莹按:颇解以"朝廷悉以官爵赏功"释"异昔时",与演义"军功滥进"说相近。

八、诗通　(见首联)

莹按:诗通但云"三、四一联即似奕棋者",所说极略。

九、邵解　王侯第宅,俱属凡人;文武衣冠,又非旧阀。

莹按:此但泛言其易主非旧。

一〇、邵注　"王侯"二句,言其似奕棋也。

又　如王侯则委弃奔窜,而第宅皆为他人所有,文武则侥幸滥进,非复向时勋旧衣冠。

莹按:此与演义之说同。

一一、意笺　"王侯第宅皆新主",言丧败可悲也;"文武衣冠异昔时",言滥爵可悲也。

又　眉批:四还朱公题:王侯第宅,频易新主,文武衣冠,非复旧制,正见世事如奕棋,所以为可悲也。

莹按:意笺以"滥爵"释"文武"句,而眉批朱运昌氏以"非复旧制"为说,二者颇异。

一二、杜臆　王侯奔窜,第宅皆新主矣,军功滥进,衣冠异昔时矣。

莹按:此亦以"军功滥进"释"文武衣冠"句,与演义、颇解、意笺之说相近。

一三、钱注　《长安志》:奉慈寺,本虢国夫人宅,其地本中书令马周宅。《津阳门》诗曰:"八姨新起合欢堂。"右相李林甫宅,本卫国公李靖宅,林甫死后,改为道士观。天宝中,京师堂寝,已极宏丽,而第宅未甚逾制,然卫国公李靖庙已为嬖人杨氏厩矣。及安史二逆之后,大臣宿将,竞崇栋宇,人谓之木妖。

又　王侯第宅,指误国之人,如林甫、国忠辈也。玄宗宠任蕃将,而肃宗信向中官,俾居朝右,文武衣冠,皆异于昔时也,所谓百年世事者如此。

附辑评　李云:"文武"句,意不专指衣冠,乱后人才非故,感兴甚深,若在今日则伤于直率矣。其实衣冠已异唐初,然所谓异者,时俗趋新厌朴,就简弃繁耳,非指创制者言。"王侯第宅"句,乃思故也,将相云兴,而先朝勋旧之裔,不可问矣。"文武衣冠"句,乃感今也,踵事增华,而先进朴略之风不复睹矣。

又　吴云:语罪秉政,意在怀君,此正言崩离也。王侯第宅,皆安史之支党;文武衣冠,非开宝之班行。致此祸者,皆举棋不定之人也,故曰百年,故曰故国,钱笺指唐之王侯文武,予以为不然。

莹按:辑评所录吴农祥之说,以为"王侯第宅"乃指安史支党,与其他各家之说异。莹意以为,杜甫作《秋兴八首》之时,乃在大历年间,时不但距安史之陷长安已有十年之久,即距吐蕃之陷长安亦有三年之久,而长安早经收复。杜甫此诗泛言盛衰今昔之感,不应专指安史陷长安而言,更不可能称安史支党为王侯文武,故吴评之说绝不可信。至于李评所云"'文武衣冠'句,乃感今也,踵事增华,而先进朴略之风不复睹",以为"异"者乃指"时俗趋新厌朴,就简弃繁"而言,其说亦过于拘狭。杜甫所谓衣冠之异,盖伤人与政之俱非,而非仅指衣冠之制而言也。至钱注引史实颇详,惟以为"王侯"但指误国之人,如林甫、国忠辈,又以为"文武"指玄宗之宠蕃将,肃宗之信中官,虽于史有征,然似不免过于拘实,反嫌浅狭。

一四、张解　王侯窜去,舍主皆换。文武离乱,旧人无存。

莹按:此说简,而且泛。

一五、金解　承之以三、四,但言第宅,言衣冠,此所谓世事也。

别批　三、四紧承世事之堪悲,然而正不必为目前第宅之新、衣冠之异而致诧也。读先生诗,真如闻无上甚深经典,使小儒意见都尽。

莹按:金解"所谓世事"之言,乃承首联之说,以为悲国政而曰世事,然国政与世事,实不必如此截然划分也。又别批所云不必致诧之言,亦承首联之说,以为世事因循至于今日,非一朝一夕之故也,虽曰不必致诧,而其实感慨甚深也。

一六、顾注 《长安志》……人谓之木妖(见钱注)。

又 王侯,指宗室言。避乱奔窜,第宅委弃,故曰"皆新主"。用兵既久,府帑匮竭,朝廷皆以官爵赏功,故曰"衣冠异昔时"。此二事所谓奕棋,所谓不胜悲也。追叙长安,昔经禄山丧乱,故其变迁如此。

又 当年误国之臣如林甫、国忠辈,其第宅已更新主矣。自玄宗倚仗蕃将,专制节镇,而肃宗以中官居重任,文武衣冠亦异于昔时矣。

莹按:此说虽似较详,然以王侯指宗室,又以第宅之更新主指林甫、国忠辈,既与所谓指宗室者相矛盾,又各有拘限。杜甫所慨者固当不仅指宗室或林甫、国忠辈也。

一七、论文 下顶"不胜悲"句,王侯第宅,已更新主,文武衣冠亦异昔时矣。

莹按:此泛言之也。

一八、泽解 洙曰(见分门注)。

一九、诗阐 长安中第宅,万户相连也。今王侯易,而第宅已易主,一时大臣宿将,竞崇新第,甚而浮屠木妖,遍满京师,世事之可悲者也。长安中衣冠,万民所望也。今文武异,而衣冠亦异旧,如貂蝉乃侍中冠也,一变而总戎皆插,如旌旄本节钺仪也,一变而奴隶皆麾,世事之可悲者又一。

又 二句正见似奕棋。

莹按:此云"侍中冠""一变而总戎皆插",语见杜甫《诸将五首》,有"殊锡曾为大司马,总戎皆插侍中貂"之句,钱注引《旧唐书》云:"李辅国判元帅行军司马,专掌禁兵,上元二年,拜兵部尚

172

书。"又云："至德二年九节度讨安庆绪于相州,不立统帅,以鱼朝恩为观军容宣慰处置使。观军容使名,自朝恩始,广德元年,改为天下观军容宣慰处置使。"又云："程元振代辅国判元帅行军司马,专制禁兵,加镇军大将军,右监门卫大将军,充宝应军使。"又引应劭《汉书集解音义》："侍中,周官也。金蝉有貂,秦始皇破赵,得其冠,以赐侍中。"《汉官仪》："侍中左蝉右貂,本秦丞相吏,往来殿内,故谓之侍中,分掌乘舆服物,下至亵器虎子之属。"《晋书·舆服志》："天子元服,亦先加大冠,左右侍臣及诸将军武官通服之,侍中常侍,则加金珰,附蝉为饰,插以貂毛,黄金为竿,侍中插左,常侍插右。"又笺曰："此深戒朝廷不当使中官出将也。"又云："李辅国以中官拜大司马,所谓殊锡也。鱼朝恩等以中官为观军容使,所谓总戎也。"而仇注引泽州陈冢宰(廷敬)之说驳钱氏之非云："其一谓汉武帝置大司马,为武官极品。唐之兵部尚书不可称大司马,唐兵部尚书乃正三品。辅国进封司空,兼中书令,进封博陆郡王,三品之官,何足异乎？若唐之诸帅,其下各有行军司马及军司马,所谓大司马者,应指副元帅、都统、节度使、都督府、都护府等官,专征伐之柄者言。且安南设大都护以掌统诸番,此亦可证。所谓殊锡,大约非常宠锡,为朝廷亲信重臣耳。其一谓总戎之名,节度使皆可称,如杜诗'总戎处蜀',以赠高适,'闻道总戎'以赠严武,何必观军容使始云总戎耶！《唐书·百官志》：门下省,侍中二人,正二品。左散骑,常侍二人,正三品。注云：左散骑与侍中为左貂,右散骑与中书令为右貂。考马燧、浑瑊(见《新唐书》卷一百五十五《列传》第八十),皆拜侍中,初非中人也。《百官志》：中人有内侍省监,内常侍诸称,而无侍中。《宦者传》诸宦官有封为王公,进为中书令者,亦无侍中。今以鱼朝恩当之,误矣。所谓总戎皆插侍中貂,当指节度使而带宰相之衔者。"仇引陈说所驳钱氏二点，其一谓"唐之兵部尚书不可称大司马"。然考之《唐六典》卷五曰："兵部尚书一人，正三品，后周依周官置大司马卿一人，隋改为兵部尚书。"李辅国既曾为兵部尚书，相当于旧之大司马卿，然则是钱氏以为指李辅国之说为可据。至于其二，以为中人无侍中之称，而谓"总戎皆插侍中貂"一句非指鱼朝恩而言。莹意以为陈氏之说亦未免过拘。盖宦者侍奉于大内之中，故历代宦者或称中人，或为内侍，或为中常侍，皆可以宦者为之。然则杜诗所云"侍中"，盖亦泛指宦者之称而已，殊不必拘指侍中狭义之官职以考之也。故私意以为钱氏之说仍为可信，然此特就杜甫《诸将五首》"殊锡""总戎"二句而言耳。至于《秋兴》此章颔联之所谓"文武衣冠异昔时"一句，则所慨者当更为深广，有无限盛衰今昔之感与朝政日非之痛，而非仅指李辅国、鱼朝恩辈而已也。至于诗阐释此句，而以"侍中""奴隶"为言，其意盖亦指宦者而言，可备为参助之一说，而不必如此拘指也。

二〇、会粹　古诗："王侯多第宅。"

二一、仇注　古诗(同会粹)。

　　又　《后汉书·传赞》：上方欲用文武。

　　又　《郭泰传》：衣冠诸儒。

　　又　唐中宗授杨再思制……衣冠旧齿。衣冠，指缙绅望族。

　　又　邵注：王侯之家，委弃奔窜，第宅易为新主矣；文武之官，侥幸滥进，衣冠非复旧时矣。

　　又　钱笺：天宝中，京师堂寝……人谓之木妖。玄宗宠任蕃将……皆异于昔时也(见钱注)。

　　　莹按：仇引邵注之说，与杜臆相近，亦以"滥进"释"文武"一句。

二二、潘解　《长安志》(见钱注)。

又　王侯,指误国之人,如林甫、国忠辈。

又　玄宗宠任蕃将……俾居朝右(以上见钱注)。兼之用兵既久,府帑匮乏,朝廷以官爵赏功,文武衣冠皆异于昔时也,所谓百年世事者如此。

莹按:潘解之说,多与钱注同,至于"以官爵赏功"之说,则与演义、颇解、意笺、杜臆之说相近。

二三、言志　王侯第宅,各矜壮丽,而绝无矢忠报主之心;文武衣冠,各树党援,而绝无忧国奉公之士。

莹按:此盖就杜甫言外所可能有之感慨为说。虽嫌支蔓,亦不无可取。

二四、通解　试看长安之内,巍巍第宅,向为王侯所居者,俱更新主,有不可居而居者矣。济济衣冠,向为文武之所服者,悉异昔时,有不当服而服者矣。

莹按:此以今之新主及文武有不可居而居与不当服而服者,然则昔之王侯及文武又果然为可居与当服者乎?所言似未尽当。

二五、提要　中二联世事可悲处。

莹按:此说殊略。

二六、心解　三、四,即衣马轻肥而推广言之,以映己之寂寞。曰"皆新",曰"异昔",则寓甲卒身贵,冠裳倒置之慨。是时朝局如此。

又　《洗兵马》云:"攀龙附凤势莫当,天下尽化为侯王。"

又　《折槛行》云:"青衿胄子困泥涂,白马将军若雷电。"

莹按:钱注于《洗兵马》一首,此二句下注云:"是时方加封蜀郡灵武元从功臣,肃宗之意,独厚于灵武,故婉辞以讥之。攀龙附凤,郭湜谓李辅国。一承攀附之恩,致位云霄之上是也。"

又　于《折槛行》一首,此二句下注云:"永泰元年,命左仆射裴冕、右仆射郭英乂等文武之臣十三人,于集贤殿待制。独孤及上疏,以为虽容其直,不录其言,故曰'秦王学士时难羡',叹集贤待制之臣,不及秦王学士之时也。次年(按即大历元年),国子监释奠,鱼朝恩率六军诸将往听讲,子弟皆服朱紫为诸生,遂以朝恩判国子监事(据《通鉴》卷二百二十四《代宗纪》,鱼朝恩率六军诸将往听讲,在二月;判国子监,在八月),故曰'青衿胄子困泥涂,白马将军若雷电'也。"然则心解之引此二诗,不过证实其所谓"皆新""异昔""甲卒身贵""冠裳倒置之慨"之说耳。

二七、范解　《长安志》(见钱注)。

　　又　玄宗倚仗蕃将……中官居重任,皆非旧制(见顾注)。

　　又　王侯第宅已更新主,文武衣冠亦异昔时。

　　莹按:此但引钱注及顾注,并无新意。

二八、沈解　如王侯则委弃奔窜……异于勋阀之时。

　　莹按:此与演义之说全同。

二九、江说　古诗(见九家注)。

　　又　《郭泰传》(见仇注)。

　　又　邵注(见邵注)。

三〇、镜铨　公在京往还如汝阳王琎、郑驸马潜曜之类。

　　又　如诸番将封王及以鱼朝恩判国子监事之类(参看心解)。

　　莹按:此以为"王侯"句乃指汝阳王与郑驸马之类,与钱注及潘解之以为指林甫、国忠者异。至于心解之引《洗兵马》"攀龙附凤"句以为指李辅国者,则就文武衣冠之新贵言之,与钱注、潘解及镜铨之慨旧者亦异。又,此于"文武"句以为指蕃将封王而言,同于钱注。而又以为兼指鱼朝恩判国子监事,则与心解之引《折槛行》之意同。

三一、集评　李云:不胜悲处。

　　莹按:此盖以此一联所写为杜甫首联所慨之"百年世事不胜

悲"者,然杜甫所慨者实当兼指此一联及下一联而言,非仅指此联也。

三二、选读　王侯之家……衣冠非复旧时矣(参看邵注)。

　　又　眉批:第宅新主,如卫国公李靖庙为婆人杨氏厩之类;衣冠异者,如玄宗宠信蕃将,肃宗信任中官之类(参看钱注)。

　　莹按:此盖节录邵注及钱注之言,并无新意。

三三、沈读　《长安志》(见钱注)。

　　又　王侯,指误国之人……百年世事者如此。

　　莹按:此亦皆引自钱注,并无新意。

三四、施说　又云:"文武衣冠异昔时。"今按衣冠,当如《麂》诗"衣冠兼盗贼",注引《汉书》注:有仕籍者。公诗如《建都》云"衣冠空攘攘",《收京》云"衣冠却扈从",《寄岳州贾司马》云"衣冠心惨怆",《赠萧使君》云"磊落衣冠地",《太岁日》云"衣冠拜紫宸",《承闻河北诸道入朝》云"衣冠是日朝天子",《赠韦赞善》云"乡里衣冠不乏贤",《追酬高蜀州人日》诗云"衣冠南渡多崩奔",《惜别行》云"衣冠往往乘蹇驴",皆同《汉书》注解。注引邵长蘅说:文武之臣,侥幸滥进,衣冠非复昔时矣,则是讥刺当时文武。又引钱笺:玄宗宠任蕃将,肃宗信用中官,俾居朝右,是文武衣冠异于昔时也,则更讥刺朝廷,皆非诗意。诗意第谓此时文武衣冠中人,新进多而老成少,犹上句"王侯第宅皆新主"也。据《旧唐书·德宗纪》:贞元十四年七月庚辰,诏鸿胪寺,蕃客至京,各服本国之服。可见其先即蕃客使奉朝贡,亦改服中国之服,况蕃将仕中国者,岂异衣冠耶?后说玄宗宠任蕃将,尤非。

　　莹按:此驳仇引邵注及钱笺之非,而以为"衣冠"句但言"新进多而老成少"之意,其说颇通达可取。

三五、汤笺　(见上联)

莹按:汤笺但以世事变迁为说,殊泛。

三六、启蒙　邵注(见邵注)。

又　第宅皆新主,盛衰无常也;衣冠异昔时,僭逾无等也。此其可悲之小者。

莹按:此以"盛衰无常"及"僭逾无等"为言,为前引诸说所未及,颇有可取。至于以此二联为可悲之小者,则因下联之"直北关山"二句,为可悲之大者也。是其意盖以中间四句并指百年世事之不胜悲者,可与前引集评之按语参看。

嘉莹按:此二句之歧解,首在"王侯"句之所指。有以为指林甫、国忠辈者,钱注、顾注及潘解主之;有以为但指肃宗朝李辅国辈者,心解引《洗兵马》之"攀龙附凤"二句,其意如此;有以为指安史支党,而非唐之王侯文武者,钱注附辑评吴农祥氏之说如此;有以为指安史乱前汝阳王琎、郑驸马潜曜之类者,镜铨主之;有以为泛言王侯盛衰之变者,九家、分门、鹤注、蔡笺、演义、邵注、意笺、杜臆、钱注辑评李氏之说,论文、仇引邵注皆主之。按诸说之多歧异,盖以或就旧之王侯而言,或就今之新主而言,而未能作明白之分划,故不免于纷异也。要之,惟钱注辑评吴农祥氏之说最为不可信。盖无论就旧之王侯、今之新主言,杜甫意必不指安史支党为言也,说已详前钱注按语。至于他说则或指旧之王侯,或指今之新主,可谓为俱是也;然若固执其一,则亦可云俱非也。惟泛言王侯盛衰之变之说最为可取,而况钱注虽以王侯第宅为指林甫、国忠辈为言,然其所引《长安志》所云王侯第宅之变异,固不仅国忠、林甫辈而已也。盖当时历经战乱,盛衰变化极巨,昔陶渊明有诗"一世异朝市,此语真不虚",一世三十年,尚不免于如此,而况百年之世事,其盛衰变化何可胜言,又何必拘指其中之一二

178

人乎？至于"文武衣冠"一句，则有以为不专指衣冠之异，而在慨时俗之趋新厌朴，就简弃繁者，钱注辑评李氏之说主之；有以为专指衣冠非复旧制而言者，意笺、朱批及诗阐主之，诗阐且举总戎之插侍中貂、奴隶之执节钺仪为言；有以为指文武之官侥幸滥进而言者，邵注、意笺、杜臆、仇引邵注及潘解主之；有以为指玄宗宠蕃将，肃宗信中官而言者，钱注主之；有以为指甲卒身贵，冠裳倒置而言，且举杜甫《洗兵马》《折槛行》二诗诗句为证者，心解及镜铨主之；有以为但言新进多而老成少，慨世事变迁，今昔新旧之异者，施说及汤笺主之。综观诸说，或失之泛，或失之拘，大抵杜甫所慨非只一端，缙绅之非故、冠裳之倒置、官爵之滥赏、时俗之异旧，皆在其中。然若拘指某事某人，或竟指衣冠之制，皆嫌浅狭。若以讥刺为说，亦有失杜甫忠厚之意。是此二句，杜甫不过深慨今昔盛衰之种种变易，言简而意深，固不可拘求，然亦不可浅说，惟在读者于言外体味之耳。

直北关山金鼓振，征西车马羽书迟。

一、九家 "直北"句，河北尚用兵。

又 赵云"直北关山金鼓振"，言夔州之北用兵，乃陇右关辅间也，旧注便云：时河北尚用兵。考之大历二年，岂有此事乎？"征西车马羽书驰"，此所云西，专指吐蕃。征西者，将军之号。《晋书》：征西起于汉代。旧本原作"羽书迟"。师民瞻本作"羽书驰"，是。或曰，言"羽书迟"，则望其奏克捷之功也，虽有义，但费力耳。羽书者，羽檄也。汉高祖曰：吾以羽檄召天下兵。注：檄，尺有二寸之木，插羽其上，取其疾也。

莹按：此所引"直北"句有二说：一则王洙之说，以为指"河北尚用兵"；一则赵彦材之说，以为"直北"乃指"陇右关辅间"。此二说当于本联总按语中辨之。又,"征西"句,赵氏以为"专指吐蕃"。"羽书驰"三字,赵氏以为"羽书"乃用于"征召"之"羽檄","取其疾"之意,故当作"驰",而以为作"羽书迟"解作捷报不至之说为"费力"。至于引《晋书》云"征西起于汉代",则不过指明"征西"二字之出处而已。

二、分门　洙曰:时河北尚用兵也(参看九家注)。

　　又　赵曰:言夔州之北用兵……岂有此事乎(参看九家注)。

　　又　楷曰:征西兴于汉代以张辽为征西大将军也。

　　又　赵曰:此所云西,指言吐蕃之过(疑为"祸"字之误)。征西者,将军之号也(参看九家注)。

三、鹤注　洙曰:征西兴于汉代以张辽为征西大将军也(分门注引作楷曰。按分门注卷首著录集注杜工部姓氏,有建安王氏名楷者。而九家注征西一句除赵注外,并无王洙之说,况鹤注原以分门注本为据,似仍当从分门注作楷曰为是)。

　　又　赵曰:西指吐蕃。征西者,将军之号也(参看九家注)。

四、蔡笺　言夔州之北用兵,乃陇右关辅之间扰攘也。

　　又　言当时西有吐蕃,吐蕃之寇未息,羽檄交驰也。

　　　莹按:此亦以"直北"句指"夔州之北""陇右关辅间";以"征西"句指"吐蕃之寇未息,羽檄交驰",与九家赵注同。

五、千家　赵曰:直北,言夔州之北,乃陇右关辅间;征西,言当时西有吐蕃之乱。

　　　莹按:此亦用九家赵注之说。

六、演义　直北,言夔之北,乃陇右关辅间;征西,言当时西有吐蕃之乱未息。

　　又　长安正北,关山之警方急,西征吐蕃,其捷报又迟,凡此数者,皆可悲也,岂非似奕棋之故乎!

莹按:此亦以"直北"指夔之北,而又兼言长安之北,可知其意盖以夔州之北陇右关辅间,即指长安之北而言也。"征西"亦以为指吐蕃之乱。惟此以"羽书"为捷报,故释作"捷报又迟",与九家赵注及蔡笺之释作"羽檄交驰"者异。

七、愚得　金鼓振于北,羽书驰于西(详前章旨)。

莹按:愚得录诗之正文作"迟",而解说则以"驰"为言,于"直北"与"征西"亦未加确指。

八、颇解　直北金鼓,或指朱泚之乱;征西车马,指伐吐蕃。凡此四者皆可悲也。

莹按:此以"直北"为指朱泚之乱,与演义及杜臆释首联"奕棋"句引朱泚之乱立说者,其误正同,说已详前演义按语。至于"征西"句,则亦以为指吐蕃之乱,与前引诸家并同,所谓"凡此四者",则兼颔联而言也。

九、诗通　直北,谓陇右关辅之间;征西,当时西有吐蕃之乱,诸道节度使无一人救援者,朝廷遣使敦谕,竟不至。

又　五、六言西北二方兵戈不解,此长安所以似奕棋也。

附本义　吐蕃之乱未息,羽书,征兵之书也;迟,谓援兵不至也。公自注云:吐蕃之乱,诸道节度使无一人救援,朝廷遣使敦谕,竟不至。

莹按:本义引公自注云"吐蕃之乱诸道节度使无一人救援"以释"羽书迟"三字,据《资治通鉴》卷二百二十三《代宗纪》上之下载:"广德元年十月,吐蕃入寇……程元振专权自恣,人畏之,甚于李辅国。诸将有大功者,元振皆忌疾,欲害之。吐蕃入寇,元振不以时奏,致上狼狈出幸。上发诏征诸道兵,李光弼等皆忌元振居中,莫有至者。"《旧唐书》卷一百八十四《宦者传·程元振传》亦载云:"广德元年九月,吐蕃、党项入犯京畿,下诏征兵,诸道卒无至者。"

又《新唐书》卷二百七《宦者传·程元振传》亦载云："广德初,吐蕃、党项内侵,诏集天下兵,无一士奔命者。"是据史所载,以征兵诸道莫至释"羽书迟"原自可通,惟本义以"公自注"为言,然诸本并不见此句有杜甫自注之言,不知本义之说何据。

一〇、邵解　羽书,征兵之书。

　　　　又　长安正北陇右关辅之间,其警甚急,朝廷发诏征兵西征吐蕃,而诸道故迟不报羽书,此长安所以似奕棋也。

　　　　莹按:此亦以征兵不至释"羽书迟",与诗通之说同。

一一、邵注　直北,言夔之北,陇右关辅之地,防河北群盗并回纥也。振,奋也;征西,征吐蕃也;羽书,插羽于书,取疾速之意,传兵报也。

　　　　又　况直北之警方急,征西之报又迟,凡此数者,皆可悲也,岂非似奕棋乎。

　　　　莹按:此以"直北"句指陇右关辅间之用兵为防河北群盗并回纥,乃诸说之所未发。至"羽书迟"句,则以兵报之迟为说。

一二、意笺　直北,关辅也;羽书,征兵书也。

　　　　又　其大者,则吐蕃内犯,京师震惊,征兵不至,乘舆西幸,故曰"直北关山金鼓振,征西车马羽书迟"。

　　　　莹按:此亦以"征兵不至"释"羽书迟",与诗通及邵解之说同。

一三、胡注　(无)

　　　　奚批　广德元年,吐蕃入寇,征天下兵皆不至,故曰迟。

　　　　又　"直北"二句,安史未定,吐蕃又入京。

　　　　莹按:胡注奚批亦以"征兵""不至"释"羽书迟",与诗通、邵解、意笺之说并同。惟"直北"句以"安史未定"为言,似嫌牵强。盖杜甫此诗作于大历元年,安史乱已早平,不当更以之为言也。

一四、杜臆　北忧回纥,西困吐蕃,俱可悲也。

　　　　莹按:前诸家之说皆但以吐蕃之乱为说,此则更以"北忧回纥"为言,与邵注之说相近。

一五、钱注　直北,谓陇右关辅间也。

　　　莹按:此亦以"陇右关辅间"释"直北",乃一般之通说,而于"征西"句未加解说。

一六、张解　况今北征西讨尚无成功。

　　　莹按:此说简而泛。

一七、金解　直北,指陇右、关辅一路,为有河北群盗及回纥也。金鼓振,言寇警甚急。西,指吐蕃之乱。羽书,插羽于书取其速也。羽书迟,言捷报甚迟。如此寇盗旁午,师行未克,不知王侯第宅、文武衣冠,若何底止。

　　　别批　上解是传闻,尚在半信半疑,若此,直北金鼓,亲闻其振;征西羽书,目睹其迟,则为更不可解。

　　　又　"迟"字上用"羽书"字妙,羽书最急,而复迟迟,想见当时世事。

　　　莹按:金解以为"直北"句兼陇右关辅与河北而言,与诸家但指"陇右关辅之间"之说微异。至于兼河北群盗与回纥而言,则与邵注之说同。"征西"句以为指吐蕃,则诸家并同。"羽书"句虽亦依"迟"字立说,然而以为捷报又迟,则与演义同,而与诗通、邵解、意笺及胡注奚批之以为"征兵莫至"之说异。至于别批所云亲闻目睹,则文人夸大之言也。

一八、顾注　直北,谓陇右关辅之间金鼓未息,指安史余寇言。征西,谓西有吐蕃之乱,时诸节度无一人救援者,朝廷遣使敦谕竟不至,公讳言其不奉命,而但曰迟,正立言蕴藉处。

　　　莹按:此与诗通之言相近,可以参看。

一九、朱注　旧注"直北"……关辅间(见诸家说)。

　　　又　《子虚赋》:"拟金鼓。"注:金鼓,钲也。

又　按史:广德元年……故曰羽书迟(参看胡注奚批)。

又　金鼓、羽书,谓吐蕃频年入寇。

莹按:此二句盖兼回纥与吐蕃之乱言之,详见本联总按语。而此但云吐蕃未免偏失。

二〇、论文　况北望关山,金鼓方振,安史之余孽未平。征西车马,捷书尚迟,吐蕃之侵凌未已,皆世事之可悲者也。

莹按:此以"直北"为指安史余孽,与诸家之说异。"羽书"句则亦以捷报迟为说,与演义及金解之说同。

二一、泽解　洙曰(见分门注)。

又　赵曰:言夔州之北用兵……岂有此事乎(见分门注)。

又　赵又曰:西,指吐蕃。征西者,将军之号也(参看九家注)。

又　梦弼曰:言当时西有吐蕃之乱未息,羽檄交驰也(参看蔡笺)。

莹按:此引蔡梦弼之言,亦以"羽檄交驰"为说。

二二、诗阐　彼当国者,但知营第宅、饰衣冠,关山金鼓之声,车马羽书之警,诚有褒如充耳者。岂知直北关山金鼓尚振,是河朔余孽正未靖也。况乎征西车马羽书又迟,是吐蕃猖獗终无已也。然则长安棋局,依然可覆之棋局,世事如此,彼王侯第宅,雕甍翼瓦者,何异燕雀处堂,文武衣冠,争妍取怜者,不过蜉蝣掘穴,兴言及此,一盘残局,无处下子。

又　二句时事。

莹按:此以"直北"为指河朔余孽,与论文之说相近。"征西"为指吐蕃之乱,则与诸家之说并同。后半可覆残局之说,则申述慨叹之言。

二三、会粹　《封禅书》:因其直北,立五帝坛。

又　《刘琨传》:金鼓振于河曲。

又　旧注直北谓陇右关辅间也。

又　史:广德元年,吐蕃入长安,征天下兵莫至,故曰羽书迟。

莹按:此以"直北"为指陇右关辅间,乃一般之通说。"羽书"句依"迟"字为说,且引史为证,亦以为指广德元年吐蕃入寇征兵莫至而言,与诗通、邵解、意笺、胡注奚批之说同。

二四、仇注　《封禅书》(见会粹)。

又　乐府有《度关山》曲。

又　《晋书·刘琨传》(见会粹)。

又　崔亭伯诗:"戎马鸣兮金鼓震。"

又　《后汉书》:冯异拜征西大将军。

又　《韩非子》:车马不疲弊于远方。

又　《楚汉春秋》:黥布反,羽书至。

又　《前汉·息夫躬传》:军书交驰而辐凑,羽檄重迹而狎至。

又　陈泽州注:广德元年,吐蕃入寇,陷长安。二年,仆固怀恩引回纥、吐蕃入寇,又吐蕃寇醴泉、奉天,党项羌寇同州,浑奴剌寇盩厔,是时西北多事,故金鼓震而羽书驰。或谓吐蕃入长安时,征天下兵莫至,故曰羽书迟,非也。

又　陈又云:公诗"愁看直北是长安",指夔州之北。此云"直北关山金鼓震",指长安之北。

又　北忧回纥,西患吐蕃,事在广德永泰间,或指安史余孽为北寇者,非。

莹按:此以"北"指回纥,"西"指吐蕃,既驳以"北"为指安史余孽者之非。又引陈说驳以"迟"字释"羽书"句者之非,复引陈说,以为"直北"乃指长安之北,而举杜甫诗句以为与夔州之北,当分别观之,与九家、分门、蔡笺、千家、演义之通言夔州之北者异。然长安既在夔州北,则长安之北,自亦为夔州之北,不过距离之远近,范围之广狭微有不同耳。此二义实可相通,不必斤斤辩之也。

二五、黄说　乃今吐蕃内逼,祸尚未弭。

又　金鼓轰而直北之关山俱振,羽书急而征西之车马自迟,横插二字成句。

莹按:此以"羽书急"而"车马迟"为说,盖与诗通、邵解、意笺、胡注奚批及会粹之以"征兵莫至"释"羽书迟"之说相近。

二六、潘解　直北,谓安史余寇;征西,谓吐蕃之乱。时朝廷遣使敦谕诸节度无一人至,公讳言之,但曰迟,甚妙。

又　赵曰:直北……关辅间也;征西,言当时吐蕃之乱(参看九家注)。

莹按:此亦以"直北"为指"安史余寇",与论文之说同。"羽书"句依"迟"字立说,以为征兵不至,与诗通、邵解、意笺、胡注奚批及会粹之说同。

二七、言志　是以安史余孽未能尽殄于直北,至金鼓之声时动乎关山。羌胡之兵更复入寇于西陲,俾羽书之烦骚扰夫车马。世事如此,可悲已甚。

莹按:此亦不过以"直北"句为指安史余孽,以"征西"句为指西陲之寇,并无新意。唯是"羽书"一句既取"迟"字为正,乃以"骚扰"为说,反似有"驰"字之意,殊嫌未恰也。

二八、通解　直北尚有余寇,而关山一带金鼓之声振动不息。征西欲退吐蕃,而车马一路羽书之去迟滞不应。

又　顾修远曰(见顾注)。

莹按:此说大抵与顾注同,并无新意。

二九、提要　曰振,见寇乱之多;曰迟,见将士之怠。字法雅练,遂见立言蕴藉。

莹按:此释"羽书"句,亦依"迟"字为说,以为谓将士之怠,与征兵不至之说相近。

三〇、心解 上年回纥入寇;上年吐蕃入寇。

又 《暮归》诗"北归秦川多鼓鼙",即此二句意。

又 鼓震,书驰,见乱端不已,归志常违,所以滞秋江而怀故国,职此之由也。

莹按:此亦以回纥、吐蕃为说,与仇注同。"羽书"句则依"驰"字为说。

三一、范解 直北关山余鼙未平、金鼓方振。征西车马羽书虽发,诸节度裹足不至,皆属可悲之事。

莹按:此说与胡注奚批、顾注、朱注及通解之说相近。

三二、偶评 "直北"句旁批云:回纥。"征西"句旁批云:吐蕃。

莹按:此以回纥、吐蕃为言,颇为简当。

三三、沈解 直北……西有吐蕃之变(参看演义)。

又 长安……捷报又迟(参看演义)。

三四、江说 朱鹤龄云(见朱注)。

又 陈廷敬云:广德元年……故金鼓震而羽书驰(参看仇注引陈泽州注)。

三五、翁批 "驰",一作"迟",非。

莹按:此言作"羽书迟"之非。

三六、镜铨 "直北"句,谓回纥内侵。"征西"句,谓吐蕃入寇。

又 《子虚赋》:"扰金鼓。"注:金鼓,钲也(见朱注)。

莹按:此以回纥、吐蕃之内侵入寇为说,与仇注及心解同。

三七、集评 李云:时事。

三八、选读 北忧回纥、西患吐蕃,故金鼓振而羽书驰。

莹按:此云"羽书驰",盖以羽檄交驰为说,与蔡笺、愚得、泽解诸说相近。

三九、沈读　"直北"句,谓安史余寇。"征西"句,谓诸节度无救援者,公讳言其不奉命也。

　　莹按:此与诗通及顾注之说相近。

四〇、汤笺　关陇之间,尚留余孽,戎蕃之祸,竟少勤王。

　　莹按:此云"竟少勤王",盖亦依"迟"字立说,以为吐蕃之祸征天下兵莫至之意。至于关陇余孽之说,所言颇略,而其意盖亦指安史余孽也。

四一、启蒙　"直北"句,指回纥。"征西"句,指吐蕃。此其可悲之大者,所谓似奕棋者如此。

　　莹按:此联之说当与前一联之说参看。

　　嘉莹按:此二句之歧解颇多,首为"直北"所指之地。有以为指河北之地者,九家、分门及泽解引王洙之说主之;有以为指夔州之北陇右关辅间而言者,九家、分门、蔡笺、千家、邵注、顾注、朱注及泽解引赵注主之;有但以陇右关辅间为言者,诗通、意笺、钱注、金解、会粹及汤笺主之;有兼关陇与长安之北立说者,演义及沈解主之;有兼关陇与河北立说者,金解主之;有以为指长安之北,而驳夔州以北之说为非者,仇引陈泽州注主之。次为"金鼓振"之所指,有以为指河朔安史余孽者,胡注奚批、论文、诗阐、潘解、言志、通解、范解及汤笺主之;有以为指回纥寇乱者,杜臆、仇注、心解、偶评、选读及镜铨主之;有兼河北群盗与回纥言之者,邵注及金解主之;有以为指朱泚之乱者,颇解主之。按《通鉴》卷二百二十三《代宗纪》载云:"(永泰元年)秋七月,壬辰,以郑王邈为平卢淄青节度大使,以兵马使李怀玉知留后,赐名正己。时承德节度使李宝臣、魏博节度使田承嗣、相卫节度使薛嵩、卢龙节度使李怀仙,收安史余党,各拥劲卒数万,治兵完城,自署文武将吏,不供贡

188

赋,与山南东道节度使梁崇义及正己,皆结为婚姻,互相表里,朝廷专事姑息,不能复制,虽名藩臣,羁縻而已。"据《通鉴》所载,是河北一带,安史余孽为诸节度所收,虽酿为藩镇专据之形势,而并无用兵之事也,故私意以为"金鼓振"不当指此而言,纵使杜甫或亦感慨及之,然而要不得依此立说也。又《通鉴》同卷又载云:"(广德元年)冬十月,吐蕃……寇奉天武功,京师震骇……丙子,上出幸陕州,戊寅,吐蕃入长安……郭子仪率兵来至……吐蕃惶骇……庚寅,悉众遁去……十二月甲午,上返至长安。"又载云:"(广德元年冬十二月)吐蕃陷松维保三州及云山新筑二城。"又载云:"(广德二年三月)党项寇同州。"又载云:"(广德二年冬十月)仆固怀恩与回纥、吐蕃进逼奉天,京师戒严。"又载云:"(永泰元年九月)仆固怀恩诱回纥、吐蕃、吐谷浑、党项、奴剌数十万众俱入寇……甲辰……吐蕃十万众至奉天,京城震恐……十月……吐蕃退至邠州,遇回纥,复相与入寇,辛酉,至奉天。"据《通鉴》所载,知吐蕃、回纥连年入寇,陇右关辅间用兵不已,故私意以为"直北关山金鼓振"之所指,当以陇右关辅间回纥、吐蕃之乱为主。至于河北藩镇招抚安史余孽形成专据之势,则或者言外有旁及之意而已,不得据以立说也。至颇解以朱泚之乱为说,其年代之错误至为明显,已早驳之于前矣。又仇引陈泽州注以为"直北"指长安之北,而与其他诸家之谓为指夔州之北陇右关辅间者,分别言之,实则此二说原无大异,不过一广义一狭义而已。就其狭义者言之,则陇右关辅间可指为长安之北。然若就其广义者言之,则陇右关辅间,又何尝不可指为夔州之北乎?是以演义乃既言夔之北,又言长安之北,故知仇引陈氏之说,不过引杜诗聊作比较而已,可无须置辩也。至于"征西"一句,则诸家皆以为指吐蕃寇乱而言,实则北忧回纥,西患吐蕃,此二句原兼而言之,不过一句重在彼，一句重在此而已。至分门注之引王楷之说云汉代张辽为征西大将军，及仇引《后汉书》云冯异为征西大将军，不过标明"征西"二字之出处而已，与杜诗之内容情意并无重要之关系。而此一联之最当辨者，厥惟"羽书迟"三字。按"迟"字一作"驰"，有解作羽檄交驰者，蔡笺、愚得、泽解、仇引陈注、心解及江说皆主之（九家赵注之说亦与之相近）。至于作"迟"字之解说，则有解作"捷报迟"者，演义、金解及论文主之；有解作"兵报迟"者，邵注主之；有解作羽书迟而以"征兵莫至"为说者，诗通、邵解、意笺、胡注奚批、顾注、朱注、会粹、黄说、潘解、通解、提要、范解及汤笺皆主之。按"羽书"之意，原指征兵之书而言。《汉书·高帝纪》云："吾以羽檄征天下兵。"注曰："檄者，以木简为书，长尺二寸，用征召也，其有急事，则加以鸟羽插之，示速疾也。"又《文选》虞羲《咏霍将军北伐》诗云"羽书时断绝"，善注："羽书，即羽檄也。"铣注："羽书，征兵檄也。"据此，则羽檄乃用于征兵之檄，而演义、金解及论文之以"捷报"释"羽书"及邵注之以"兵报"释"羽书"者，其说自不可从。至于作"迟"字解作"征兵莫至"，与作"驰"字解作"羽檄交驰"二说，作"驰"字，似较为坦率自然，且连年西北多事，用兵不已，作"羽书驰"亦颇切合史实，故翁批及仇引陈注皆以为当作"驰"，而以作"迟"字为非。然而试观广德元年冬杜甫在梓州所作之诗，如《冬狩行》云"草中狐兔尽何益，天子不在咸阳宫。朝廷虽无幽王祸，得不哀痛尘再蒙，鸣呼，得不哀痛尘再蒙"，九家注引王洙曰："是时诏征天下兵，程元振用事，无一人应者，故章末感激言之。"又如《桃竹杖引赠章留后》云"尔之生也甚正直，慎勿见水踊跃学变化为龙"，及《将适吴楚留别章使君留后》诗云"所忧盗贼多，重见衣冠走。中原消息断，黄屋今安否"诸句，皆深以梓州刺史东川留后章彝之不能赴

190

诏勤王为憾。仇注《山寺》一诗亦引朱鹤龄云:"大抵彝之为人,将略似优,乃心不在王室。是冬天子在陕,彝从容校猎,未必无拥兵观望、坐制一方之意。公窥其微,而不敢诵言,因游寺以讽谕之。"可知杜甫于广德元年吐蕃陷京师,征兵莫至,天子蒙尘之事,固曾深心痛之。迄大历元年,为《秋兴八首》之时,虽上距广德元年已有二年之久,然杜甫此八诗,既曾上慨及于天宝之乱,则又如何不可慨及广德元年征兵莫至之事乎?而况此章开端即言"长安似奕棋",吐蕃陷长安,正其"似奕棋"之一端也。且作"羽书驰",则与上一句"金鼓振"之意颇为相复,故私意以为作"迟"字较佳,以其感慨似更为深至也。

鱼龙寂寞秋江冷,故国平居有所思。

一、九家　秦有鱼龙川。

又　杜云:《草阁》《秋兴》诗乃夔州所作,岂可言秦之鱼龙川也。

又　赵云:"有所思"字,古乐府诗题也。末句言鱼龙,直以夔峡积水之府,有鱼龙焉。

莹按:杜注驳"秦有鱼龙川"之说之非,而赵注则径以"夔峡积水之府有鱼龙焉"为说,则其意亦以为不指秦之鱼龙川也。至《有所思》之为古乐府诗题,则与杜诗此句并不相干。

二、分门　洙曰:秦有鱼龙川(参看九家注)。

又　修可曰:《草阁》《秋兴》诗,乃夔州所作,岂可言秦之鱼龙川乎(按此乃九家注杜时可之说)。

又　郦道元《水经注》曰:鱼龙以秋日为夜,秋分而降蛰,寝于渊,故以秋日为夜也。此二诗皆秋日,是以子美言"鱼龙回夜水"(按此乃《草阁》诗句)、"鱼龙寂寞秋江冷"也。

又　赵曰:言故国平时之事今有所思也(按此句不见九家引赵注)。

莹按：此除引九家注外，更引郦道元《水经注》"鱼龙以秋日为夜"之说，以释"鱼龙寂寞"云云，盖指鱼龙之蛰伏而言也。

三、鹤注　洙曰(见分门)。

又　修可曰(见分门)。

又　赵曰(见分门)。

四、蔡笺　郦道元《水经》(莹按经下当有"注"字)(见分门注)。

又　按集又有"鱼龙回夜水"之句，盖皆秋时作也。

又　言故国平时之事，今有所思也(参看分门引赵注)。

又　古乐府《铙歌词》："有所思，乃在大海南。何用问遗君，双珠玳瑁簪。"(参看赵注)

莹按：此多引九家及分门注之说。

五、千家　鱼龙川在秦州，因起故国平时之思也。

莹按：此直依秦州之鱼龙川立说。

六、演义　郦道元《水经注》(见分门注)。

又　甫有诗云："鱼龙回夜水。"(见分门注)

又　况在秋江之上，鱼龙降蛰之时(朱刊虞注作际)，岂非(朱刊虞注作不)重思故国平时之事乎！思故国之平居，则今日之不胜悲者，愈不胜悲(朱刊虞注无此悲字)矣。

莹按：此亦依《水经注》"鱼龙以秋日为夜"立说。

七、愚得　(见前章旨)

莹按：愚得于此二句未加详释。

八、颇解　……凡此四者，皆可悲也。故国平居，是言长安太平无事之时，回首追思，益重其悲。

莹按：此于"鱼龙"句末加解说，"故国平居"句与各家之说略同。

九、诗通　郦道元《水经注》："鱼龙以秋日为夜。"(参看分门注及蔡笺)

又　故国，即指长安。

一〇、邵解　鱼龙以秋为夜,故曰寂寞;故国,长安。

　　　　又　我今在秋山,当鱼龙潜蛰之候,能不思故国平居时事乎!

一一、邵注　鱼龙以秋日为夜,秋分龙蛰,寝于渊也。

　　　　又　今秋江之上,鱼龙亦已藏蛰,我乃反不得归,曾物之不如
也,因重思故国平居之事,愈不胜其悲矣。

　　　　莹按:此亦以鱼龙藏蛰释"鱼龙寂寞",而以为有自伤不得归
之意,与邵解之说相近。

一二、意笺　《水经》(参看蔡笺)。

　　　　又　鱼龙川,在秦州,公之故国也。其时方秋,公因以"鱼龙寂
寞秋江冷"为君臣失所、朝野变迁之喻,而又因起故国平居之思,
盖比而又兴也。

　　　　又　四还朱公题:平居即是闲居。

　　　　又　詹言:鱼龙寂寞,亦有龙驭蒙尘之意。

　　　　莹按:此虽引《水经注》"鱼龙以秋日为夜"之言,而不依之立
说,乃以"鱼龙"为指秦之鱼龙川,又发为"君臣失所,朝野变迁"
之说,且引詹言以为有龙驭蒙尘之意,似不免过于穿凿深求矣。

一三、胡注　鱼龙以秋冬为夜,故用之。旧注引秦州鱼龙川误。

　　　奚批　鱼龙寂寞,比君之蒙尘。

　　　　又　末句为八章之枢轴。

　　　　莹按:胡注引《水经注》而驳秦州鱼龙川之说之非。而奚批
则以"鱼龙寂寞"为比君之蒙尘,其说与意笺引詹言之说相近。
"枢轴"之说则合后四章而言者也。

一四、杜臆　今鱼龙寂,秋江冷,皆足增悲,而不能不思故国之平居也,
盖思平居,而致乱之故,可得而言矣。

　　　　又　"故国平居有所思",读者当另着眼……见所思非家也,国
也,其意甚远(参看前章法及大旨一节)。

莹按:此云思平居而致乱之由可得而言,深得诗人之用心。鱼龙寂,虽未加详释,然既加一"今"字,且以之与秋江相连立说,则不指秦州之鱼龙川明矣。

一五、诗攟 "鱼龙寂寞秋江冷",语本易晓,何得谓是川名?如鹦鹉洲,单称鹦鹉否?独坐江楼,叹飞腾之无日,犹之一卧沧江惊岁晚耳,自有解者。

又 或云《秦州》诗"水落鱼龙夜,山空鸟鼠秋",何必复赘山川字?曰:本句中现有山水字,但倒出耳,子不觉耶。且鱼龙与鸟鼠对举,则单用亦可。何也?鸟鼠字,舍山名别无泛用也,如"白狗斜临北,黄牛更在东",若非峡名,必不如是泛用,故可省耳。然其下即接云"峡云常照夜",是不独《秦州》诗山水字倒出在上,此诗"峡"字亦补在下。公诗严于法如此,何不细观之。况一句中既言川寂,又言江冷,安得此法。

莹按:此驳以秦州之鱼龙川释鱼龙句之非,所言极是。

一六、钱注 郦道元曰(见前分门注)。

又 白帝城高,目以(仇引作瞻)故国,兼天波浪,叹彼(仇引作身近)鱼龙,曰平居有所思,殆欲以沧江遗老,奋袖屈指,覆定百年举棋之局,非徒悲伤晼晚,如昔人愿得入帝城而已。

附辑评 陈云"故国平居有所思",结本章以起下数章。

莹按:此于"鱼龙"句,亦依《水经注》"鱼龙以秋日为夜"立说。至于"故国"句以为有所思者,不仅悲伤思念而已,更有欲覆定百年棋局之意,则引申推言之耳。辑评引陈氏之说,以为此句引起下数章,则就章法言之也。

一七、张解 平居,平日所居。故国,即长安。所思,即下文。

又 八章皆赋秋景,惟此章独无,故以鱼龙以秋为夜点明原题。旧注谓秦中有鱼龙川,非是。

莹按:此所言颇为简要,然并无新意。

一八、金解　正志士枕戈泣血,灭此朝食之时,而乃去故国,窜他乡,对此秋江,曷胜寂寞,曷胜怅恨,此所以寄兴鱼龙,而曰有所思者,正思此身为朝廷用也。郦道元《水经注》:鱼龙以秋日为夜。鱼龙极动之物,却如此寂寞者,盖处非其时也。故国,犹言故乡。平居,是在故国之平日。见朝廷北讨西征,便思戮力效忠久矣,不待今日也。此一首望京华而叹其衰。

　　别批:因而自审,为鱼为龙,虽不能自决,然目前惟有寂寞秋江而已,冷既彻骨,意望何为,惟有故国平居实不能自已其思云尔。

　　又　"故国"字下用"平居"字妙。我思我之平居尔,岂敢于故国有怨讪哉。

　　莹按:金解以为鱼龙所以寄兴,以致慨于处非其时,其说颇有可取。至别批为鱼为龙之言,则穿凿附会,逞辞立说而已。至于释"故国"一句,则别批"不能自已其思"及"岂敢于故国有所怨讪"之说,皆极蕴藉可喜,全解戮力效忠之言,反嫌着迹。

一九、顾注　鱼龙以秋日为夜。寂寞,指鱼龙言,言吾之飘泊秋江,正犹鱼龙值秋而潜蛰。以鱼龙喻己寂寞,甚奇。故国平居,是言长安太平无事之时,回首追思,益重其悲。

　　又　按前六句全不涉题,末二句方点出秋江。前六句所谓兴也,有所思从寂寞来。故国平时之事到秋江寂寞历历堪思,子美胸中如奕布阵。

　　莹按:此论鱼龙之喻己寂寞以及前句与后句之呼应,甚为有见。

二〇、朱注　钱笺:《水经注》(见钱注)。

二一、论文　方今鱼龙既蛰,秋江已寒,点还"秋"字,对秋江思世事,平居故国,事事经怀矣。即末句生出下四首,皆所思故国平居之事也。

莹按:此于"鱼龙"句亦依《水经注》"鱼龙以秋日为夜"立说,故云"既蛰";末句生出下四首之说,则兼章法言之。

二二、泽解　郦元(按元字上当脱一"道"字)《水经》(按当作《水经注》见分门注)。

又　赵曰:鱼龙川在秦州,因起故国平时之思也(按此说见千家注,而千家注未标明赵曰,九家赵注之说亦与此相异,当系误引)。

又　泽堂曰:"鱼龙"句,秋兴在是。

莹按:此引《水经注》又以"秋兴"释"鱼龙"句,则自当为秋日鱼龙降蛰之意,而又引秦州鱼龙川之说,颇为自相矛盾。

二三、诗阐　……所为对秋江之凄清,感鱼龙之蛰伏,顿觉开、宝年间,故国平居之事,历历系怀也已。

又　"有所思"三字,包下四章。

莹按:鱼龙蛰伏之言,亦依《水经注》"鱼龙以秋日为夜"立说。包下四章之言,则就章法而论也。

二四、会粹　朱云:前三章,俱主夔州言。此下五章,乃及长安事。

莹按:此说已见章旨。

二五、仇注　《水经注》(见分门注)。

又　《楚辞》:"野寂寞其无人。"

又　吴筠诗:"风起秋江上。"

又　桑弘羊《请田轮台奏》:皆故国地。

又　阮籍诗:"念我平居时。"

又　阮籍诗:"登高有所思。"(按阮籍《咏怀》诗有"登高望所思",又有"登高眺所思"之句,仇氏引作"有"不知何据,恐系误引。)

又　顾(宸)注:有所思,从寂寞来。故国平居之事,当秋江寂寞,而历历堪思也。"秋江"二字,点秋兴意。

196

又　杜臆:思故国平居,并思其致乱之由。易故国心为故国思者,是孤舟所系之心,为国非为家也,其意加切矣(见前章法及大旨一节,及本章所引杜臆之说。惟仇氏所引与杜臆原文颇有出入,当以前所引杜臆原文为正)。

又　泽州陈廷敬曰"故国平居有所思",犹云"历历开元事,分明在目(按当作眼)前"。此章末句,结本章以起下数章。

又　黄生曰:下四章……岂情也哉(见后黄说)。

莹按:此于前"鱼龙"句,亦引《水经注》"鱼龙以秋日为夜"为注。至于"故国平居"句,引杜臆之说,已见前。陈廷敬之说,则就章法言之也。

二六、黄说　天涯羁旅,回思故国平居之事,不胜瘝瘝永叹耳。

又　七句陡然接入,得此一振。全篇俱为警策,言外实含比兴意,谓时事纷纭,志士正宜乘时展布,奈何龙蟠鱼伏,息影秋江?回思昔日,亦尝厕足朝班矣,乃今一跌不振,谁实为之。下章"一卧沧江""几回青琐"之句,分明表白此意。

又　八句结本章而起下四章之义。下四章不过长言之,以舒其悲耳。或谓寓讥明皇神仙游宴武功之事,是犹其人方痛哭流涕而诬其嬉笑怒骂,岂情也哉。

又　旁批:"鱼龙"句,振起,语含比兴。

莹按:此以比兴释"鱼龙"句,与金解寄兴鱼龙之说相近。至于论下四章之言,以为不过长言以舒其悲,不可以讥刺为说,亦颇得忠厚之旨。

二七、潘解　鱼龙川,在秦州,因起故国平居之思也。

又　至末,方点出秋江。前六句,皆所思也。

又　肃宗收京后……入帝城而已(见首联及本联钱注)。

莹按:此既云鱼龙川在秦州,而又云至末点出秋江,其说殊为含混。秋江在夔,鱼龙在秦而合并立说,或者与后引提要之意相近也。

二八、言志　而怀康济之略者,徒使之稳睡于鱼龙寂寞之间,抑何谓耶?夫既不能一借前筹,又不能恝然膜置,则平居故国,属有所思,夫焉能起不知我者而告之也。

　　莹按:此所说亦能得杜甫言外之意。

二九、通解　当国家多事之际,正需老成练达之士出奇制胜,以攘外靖内,乃使士如鱼龙伏于秋江耐冷而不起,此吾所以念及故国,而于平居之事历历思之,而有所不能已焉。

　　又　末二句以鱼龙喻己寂寞。追思故国,益重其悲。

　　又　按前六句全不涉题,所谓兴也;结联方点出秋江,拍合本题,是章法一变。

　　莹按:此所说与前诸说之意相近,可以参看。

三〇、提要　向来聚讼"鱼龙"二字,按《水经注》"秦州天水县有鱼龙水"。《秦州》诗云"水落鱼龙寂",盖秦州地名也。鱼龙在秦,江在蜀,一彼一此,与"瞿唐峡口曲江头"同一句法,身系夔州,心思故国也,故紧接末句,并上"长安""直北""征西"六句一齐挽住,笔力千钧。

　　莹按:此亦以为鱼龙指秦地水名,且举《秋兴》第六章"瞿唐峡口曲江头"句为证,以为鱼龙在秦,江在蜀,是秦之鱼龙川既寂寞,蜀之秋江亦冷,因赞之曰:"紧接末句","笔力千钧"。其说似有理,然而实不可从,说详后。

三一、心解　……所以滞秋江而怀故国,职此之由也。带定夔秋,不脱题面。故国思,缴本首之长安,应前首之望京,起后诸首之分写,通身锁钥。

　　又　通观八首,带言国事处,总是慨身事也。人知每饭不忘,不知立言宗主,征引国故,文庞义杂。记曰:夫文岂一端而已,夫各有所当也。

又　《水经注》(见分门注)。

莹按:此释"鱼龙"句,亦引《水经注》"鱼龙以秋日为夜"之说,既云"滞秋江",又曰"带定夔秋",知鱼龙不作秦州之鱼龙川解也。此外论承接之章法及立言之宗主,其说亦皆通达可取。

三二、范解　公方漂泊夔州,寂寞秋江如鱼龙值秋而蛰,不觉故国平居之事,一一追思,不堪回首矣。

莹按:此亦与诸说相近,并无新意。

三三、偶评　"鱼龙"句旁批:点秋意。

"故国"句旁批:结本章以起下四章。

三四、沈解　鱼龙以秋日为夜,龙秋风而降,蛰寝于渊,故以秋日为夜也(按"秋风"之"风"字,当为"分"字之误)。

又　鱼龙川亦在秦州。

又　况在秋江之上,鱼龙潜蛰之际,岂不重思故国平居之事哉。思故国平居,而今日之不胜悲者,愈不胜悲矣。

三五、江说　杜臆:思故国平居,并思其致乱之由。易故园心为故国思者,见孤舟所系之心,为国非为家也。其意加切矣(此盖由仇注转引,与杜臆原文并不尽合)。

又　顾云:有所思……历历堪思也(见顾注)。

又　黄生云:下四章皆故国事,特详言之以舒其悲感耳(按此所引与黄说亦不尽合)。

又　陈廷敬云:故国平居……起下数章(见仇注引文)。

三六、翁批　第七句沉顿而出。

莹按:翁批颇能得此句之情致。

三七、镜铨　三、四言朝局之变更,五、六言边境之多事,当此时而穷老荒江,了无所施其变化飞腾之术,此所以回忆故国,追念平居,而不胜慨然也。

　　莹按：此于鱼龙句未作明白之解释，然观其穷老荒江之言，此句当不指秦州之鱼龙川。至于无所施其变化飞腾之术之说，则慨叹推论之言，与钱注奋袖屈指，金解思为世用，及黄说龙蟠鱼伏之说颇相近。盖皆以此句为有比兴之意，自慨其蛰伏不用也。至于故国平居句，各家之说多同。

三八、集评　"鱼龙"句，李云：秋。"故国"句，李云：故园心。

三九、选读　鱼龙以秋日为夜，秋分而降蛰寝于渊。

　　又　有所思，从寂寞来……历历堪思也（见顾注）。

　　又　"秋江"二字，点秋兴意。

　　又　思故国……为国非为家也（见仇注引杜臆）。

四〇、沈读　至末方点出秋江，前六句皆所思也。

四一、施说　《水经注》（见仇注引）。

　　又　今按注，则"冷"字本作"夜"，或句下有"一作夜字"。然作"夜"不如作"冷"，谓秋日江寒鱼龙俱落，故寂寞也。作"夜"字，反不明显，且于秋江"江"字无着矣。

　　莹按：施说专以驳仇注为事，此举仇引之《水经注》而以为依仇注则"冷"字当作"夜"，而反驳作"夜"字之非，其说迂执而无足取。观各家引《水经注》"鱼龙以秋为夜，蛰寝于渊"之言，不过释"寂寞"二字，乃由鱼龙蛰伏之故耳，与下文之作"秋江冷"抑"秋江夜"原不相干。施氏之说，吹求而无当。

四二、汤笺　旧日长安，已成往事；隐沦穷老，回忆增悲。

　　莹按：此说大意颇是，而所言殊略。

四三、启蒙　当此秋江寂寞之时，忆彼平居无事之日，又乌能已于思耶！平居与似奕棋，遥为反对。

　　又　带定夔秋，不脱题面。故国思，缴本首之长安，应前首之

"望"京,起后诸首之分写。

又　按故国眼目又提,以下四首,皆跟此句。

又　前三首,皆己身上事,故曰故园;以下五首皆朝廷事,故易故园为故国,说本杜臆。

又　全首皆兴,惟于第七句带定"秋"字。

莹按:此论"平居"与"似奕棋"之以一治一乱为反对,及"故园"与"故国"之章法,皆可供参考。

嘉莹按:此二句首当辨者,厥为"鱼龙"二字之所指。有以为指秦州之鱼龙川者,九家、分门、洙注、鹤注、千家、意笺、潘解及提要皆主之;泽解虽亦引秦之鱼龙川而未依之立说;有以为"鱼龙寂寞"指秋日羁旅沧江,不胜寂寞而言者,引《水经注》"鱼龙以秋日为夜"立说,九家及分门引杜时可注、蔡笺、演义、诗通、邵解、邵注、胡注、张解、顾注、选读皆主之;又颇解、杜臆、诗擥、论文、黄说、通解、范解,虽未引《水经注》"秋日为夜"之言,然亦皆以"鱼龙寂寞"为指秋日之夔江,而非指秦之鱼龙川。初观之,"鱼龙"指秦州之鱼龙川之说,似颇明白易解,提要更据之而发为"鱼龙在秦,江在蜀,一彼一此,与'瞿塘峡口曲江头'同一句法,身系夔州,心思故国"之说。然此说实不可据。盖"瞿塘"一首,以地名为主,自瞿塘呼起到曲江,而继之以花萼楼、芙蓉苑,结之以"秦中自古帝王州"。此首则以慨长安之事为主,自首句"闻道长安似奕棋"以下,皆慨长安之事。至"鱼龙寂寞秋江冷"句,始回至夔州,正如翁批所言,第七句沉顿而出,慨今日羁旅沧江之寂寞,无限哀感,尽在言外,而复结之以"故国平居有所思",则正如心解所言,缴本首之"长安",应前首之"望京",起后诸首之分写,通身锁钥者也。若将"鱼龙"二字解为秦州之鱼龙川,则突插入此

201

一地名,生硬牵强,更复成何章法。且仅以"秋江冷"三字写夔秋,其分量亦嫌过轻,必加"鱼龙寂寞"四字,然后秋江之凄冷始见,然后羁旅之哀感始深,然后对故国平居之思乃弥复可悲也。诗攟驳以秦州鱼龙川为说之非,其言极剀切可取。金解、黄说及镜铨以比兴为说,以为有慨其蛰伏不用之意,则言外之意未始不可有此一想,然而不必执此立说也。若夫意笺及胡注奚批之以君臣失所,龙驭蒙尘为言者则过于穿凿牵强矣。"故国"一句,诸家之说多同。论起结章法之言亦多相近,兹不具辨。

其　　五

蓬莱宫阙对南山,承露金茎霄汉间。

西望瑶池降王母,东来紫气满函关。

云移雉尾开宫扇,日绕龙鳞识圣颜。

一卧沧江惊岁晚,几回青琐点朝班。

【校记】

宫阙　杜臆以为当作"仙阙",云:家有丰考功《秋兴帖》,写蓬莱宫阙诗,尾自注:"仙阙",误作"宫"。公家数世积书,有万卷楼,岂有善本可据耶?盖下有"宫扇"字复,宜作"仙"。仇注本作"高阙",注云:"旧作宫,别作仙。"又引丰存礼云:"宫阙",旧本作"仙阙"为是,与下文"宫扇"不犯重。杜臆从之。今按"宫"当作"高",盖字近而讹耳。陆机《洛记》(按当是《入洛记》):"高阙十二间。"选读亦作"高阙"。施说驳仇注云:蓬莱,唐宫名,见注引《会要》。阙,亦引《古今注》云:观也。古者每门树两观,诗言"蓬莱宫阙",是言蓬莱宫之阙,意本明显,作"高"作"仙"皆似不承"蓬莱"字矣。公律诗中复字亦多,此两"宫"字,"宫阙"字实,"宫扇"字虚,且本不

202

复也。他本皆作"宫"。心解云:仇刊作"高",不必。

　　莹按:今所见诸本皆作"宫阙",唯杜臆引丰考功说作"仙阙"及仇注与选读作"高阙"。然二者皆无确据。盖因后有"宫扇"字样,避其重复,以意改易者。施说云杜之律诗中复字亦多,其言颇是,如《吹笛》一首,既云"吹笛秋山风月清",又云"月傍关山几处明","山"字与"月"字皆重出;《十二月一日三首》既云"即看燕子入山扉",又云"重嗟筋力故山违",亦于一首中两用"山"字。其他类此者尚多,知杜甫固未尝以字害意,于律诗之复字斤斤避之也。且"宫阙"二字极为浑成自然,作"仙"或作"高",反不免生硬着迹,音调亦不响。私意仍以作"宫"字为是。如无确据,而妄加改易,诚如心解所云,大可不必也。

对南山　诸本皆作"对",唯蔡笺及泽风解注云:"一作望。"

　　莹按:"对"字自然,仍当以作"对"字为是,"望"字不可从。

沧江　蔡笺及范批作"苍江"。

　　莹按:"沧"通"苍",如沧浪亦作苍浪,并通。作"沧"字较习见。

几回　王本作"几迥"。

　　莹按:"回"字苟作回转解,虽可与"迥"字相通,然而若作几次几回解,则仍以作回字为是。"迥"字不宜从,详见尾联总案。

点朝班　蔡笺、钱注、郑本,皆作"照朝班",而皆注:一作"点"。他本皆作"点",唯心解及泽解注云:"一作照。"翁批及仇本则注云:"一作照,非。"

　　莹按:当以作"点"字为是。如作"照"字,则青琐门与朝班相照,乃毫无主观之情意可言。着一"点"字,然后杜甫身入朝班之中,而其情意始深也。详后尾联总案。且"照"字与"朝"字音韵相近,读之拗口,杜甫决不如此。

【章旨】

一、演义　此诗用长安事以起兴,末乃自叹而怀旧也。

二、邵解　感思故国宫阙。

三、邵注　此感长安二宫殿而言。

四、意笺　此公因秋而追思明皇。

五、钱注　公诗曰"忆献三赋蓬莱宫",此记其事也。

　　又　此诗追思长安全盛,叙述其宫阙崇丽,朝省庄严,而感伤则见于末句。

六、张解　此思故国之宫阙也。

　　又　旧注谓此盖讥其好神仙事,与结句不合。

七、顾注　前四句总追忆上皇于蓬莱宫求仙,而金茎承露,遂致青鸟紫气,谈符瑞者纷纷。其实霓裳羽衣,荒淫失政。公虽献赋蓬莱,仅蒙圣颜一顾而已。

　　又　通首总是瞻望长安,卧病峡中不得归之叹。

　　莹按:此以通首为瞻望长安兴不得归之叹,而又以前四句有指玄宗好神仙而暗讽其荒淫失政之意。

八、朱注　钱笺(见钱注)。

九、论文　此首思长安宫阙也。

一○、诗阐　一思蓬莱殿。

一一、会粹　此首思宫阙也。

一二、仇注　五章思长安宫阙,叹朝廷之久违也。

一三、黄说　此思己立朝得觐天颜之作也。

一四、言志　此第五首则追忆太平宫阙之盛,为孤忠之所爱慕不忘也。

　　又　通首博大昌明,铿𬭶绮丽,举初盛早朝应制诸篇,一齐尽出其下,真杰作也。

　　莹按:此以通首为追忆太平宫阙之盛,并无讽意。

204

一五、通解　此公承上末句而言长安旧事,以伤己之不复立朝也。

　　又　黄白山曰:此思立朝得觐天颜之作也。

　　又　顾修远曰:前四句引以喻明皇之好仙也。

　　莹按:通解所说及引黄白山之言皆未及神仙之意,而又引顾注之言,则是以为言外亦可以有讽玄宗求仙之意也。

一六、提要　此思在长安献赋蓬莱宫及拾遗赴阙之时也。

一七、心解　五章以后分写望京华,此溯宫阙朝仪之盛,首帝居也,而意却重在曾列朝班,是为所思之一。

一八、范解　此因秋而思长安宫阙也。

一九、偶评　追思长安全盛时宫阙壮丽,朝有尊严,而末叹己之久违朝廷也。

二〇、沈解　此诗咏长安故事以起兴,而有怀旧之思也。

二一、江说　查慎行曰:此言玄宗颇有神仙之惑,王母、函关,寓意显然。老卧沧江感怀曩昔而不复见承平之盛也。

二二、集评　李云:前六句追想盛时,极其铺写。第七句忽一转,结句仍缴上。前半总是极言其盛,谓有讥刺者,浅夫耳。

　　又　吴云:极刺时事,而雄浑不觉。徐士新曰:蓬莱宫阙言明皇之事神仙,不若指贵妃为当。

　　莹按:此所引李、吴二家之说截然不同,一以为无讥刺之意,而一则以为极刺时事,且以为所刺在贵妃而并不在明皇之事神仙。凡此种种异说,皆当于最后总按语中详之。

二三、选读　五章思长安宫阙,叹朝廷之久违也。上四记殿前之景,下四溯入朝之事。

　　又　仇兆鳌曰(见仇注)。

二四、沈读　公诗曰"忆献三赋蓬莱宫",此记其事也。

　　又　此诗追思长安全盛,叙述其宫阙崇丽,朝省尊严,而伤感则

205

见于末句。

又　"西望瑶池"以下,开、宝之长安也;"王侯第宅"以下,肃宗之长安也,徘徊感叹,亦所谓重章而共述也。

莹按:此前二则之说盖引申钱注,而未注明出处。至于第三则则以为此诗之"西望瑶池"以下指开、宝之长安,而四章之"王侯第宅"以下则指肃宗之长安,以阐明杜甫此八诗之重章共述之意,颇为可取。

二五、启蒙　此章思故国之蓬莱宫也。

莹按:此章承上章结句而来,写"所思"中"故国平居"之事,以"蓬莱宫阙"为"所思"之始者。一则蓬莱宫既为杜甫当年献赋之地,再则蓬莱宫又为天子之所居,是无论就感发之先后言之,或就理性之次第言之,首思蓬莱宫皆为极自然之情事。前六句用笔宏伟壮丽,既可见当年朝省仪仗之盛,亦隐见杜甫当年意气之盛。而尾联结以"一卧沧江"慨"朝班"之不再,无限家国身世之慨,尽在言外,岂仅思宫阙、忆明皇而已哉!

【集解】

蓬莱宫阙对南山,承露金茎霄汉间。

一、九家　汉武帝置承露盘。

又　《西都赋》:"抗仙掌以承露,擢双立之金茎。轶埃堨之混浊,鲜颢气之清英。"

又　赵云:蓬莱,殿名,在东内大明宫,正对南山;金茎,孝武帝作柏梁、铜柱、承露、仙人掌之属。所谓金茎,即铜柱也。

莹按:此但说明蓬莱宫之位置,并注释"承露""金茎"诸词。

二、分门　洙曰:汉武帝置金露盘(参看九家注)。

又　《西都赋》(见九家注)。

三、鹤注　洙曰(同分门注)。

又　希曰:按《地理志》云:高宗以风痹厌西内湫湿,龙朔三年,始大兴葺,曰蓬莱宫。南山即志所谓宁民今颜昶入南山水入京(此句疑有脱误),大历元年尹黎干自南山开漕渠抵景风延喜门以入苑,盖京城前值此山也。

莹按:此叙蓬莱宫之兴葺及南山所在之位置。

四、蔡笺　《三辅故事》:承露盘,高二十丈,大七围,以铜为之,上有仙人掌,承露,和玉屑饮之。

又　《西都赋》(见分门)。

莹按:此亦但释露盘金茎。

五、千家　希曰:南山,终南山也。

又　洙曰(见分门注)。

六、演义　蓬莱,唐宫名,即隋大明宫,唐高宗龙朔三年改蓬莱宫。

又　南山,终南山也。

又　金茎,汉武帝作承露盘,高二十丈,大七围,以铜为之,上有仙人掌,承露,和玉屑饮之,号金茎露。茎,柱也。

又　唐自明皇尊玄元圣祖,朝献太清,颇以神仙为事。然高宗龙朔三年,改大明宫为蓬莱宫,已有慕仙之意,故此篇借周汉神仙事起兴,言唐天子坐蓬莱宫,正对终南山,而承露铜盘,竦立空中。

莹按:此除注明蓬莱宫、南山、承露金茎之出处、故实以外,兼言及二句之用意,以为乃用周汉神仙事起兴,以言玄宗之好神仙也。

七、愚得　希曰(见千家注)。

八、颇解　(见章旨)

莹按:颇解亦以此章为借周汉神仙事为言,以喻玄宗之好神仙。

九、诗通　蓬莱,宫名,即大明宫。承露金茎,即通天台,汉武帝作承露盘,高二十丈,以铜为之,上有仙人掌,承露,和玉屑饮之。

又　言蓬莱宫对南山而起,有承露之盘,高在霄汉。

莹按:诗通之意,盖以为此诗但写宫阙之盛,恍然仙居。旧注谓讥其慕仙者,误。说详下联。

一〇、邵解　蓬莱宫阙:唐受外朝。

又　南山:终南。

又　承露金茎,即通台迎候仙神。

又　蓬莱宫,面对终南山;露盘,高在霄汉。

又　首联寓言宫阙之胜,或谓讥慕神仙,与结意矛盾。

莹按:此以为此诗多用有关神仙之字样,不过借言宫阙之胜,俨然上帝之居,并无讥慕神仙之意,与诗通之说相近。

一一、邵注　蓬莱,唐时宫名,即大明,受外朝者。南山,终南山。承露金茎,汉武帝作承露铜盘,柱高二十丈,上有仙人掌,取露与玉屑饮之,号金茎露。茎,柱也,即通天台,招仙人候神人者。

又　赋也,此感长安之宫殿而言,故首言唐天子坐蓬莱宫正对南山,而承露铜柱竦立空中。

莹按:此但释"蓬莱宫"与"承露金茎",并就字面为解说。

一二、意笺　高宗以隋大明宫改曰蓬莱宫。

又　汉武帝立金茎承露盘,至魏明帝拆置邺都,唐亦有之。

又　曰"蓬莱宫阙对南山",以居挹终南之幽,即神仙之事也。

附眉批　前四句追言明皇慕神仙事。

莹按:此以为有讥明皇慕神仙之意。

一三、胡注　（无）

奚批　高宗以隋蓬莱宫为西内,新建蓬莱宫为东内,颇侈丽。

莹按:此但言高宗之重建蓬莱宫,据《雍录》卷三:"大明宫地本太极宫之后苑东北面射殿,地在龙首山上……龙朔二年高宗染风痹,恶太极宫卑下,故就修大明宫改名蓬莱宫,取殿后蓬莱池为名也。"

一四、杜臆　极言玄宗当丰亨豫大之时,享安富尊荣之盛,不言致乱而乱萌于此,语若赞颂而刺在言外。

　　莹按:此以为语若赞颂而刺在言外。

一五、钱注　《剧谈录》:含元殿,国初建造,凿龙首冈以为基址,彤墀钿砌,高五十余丈,左右立栖凤、翔鸾二阙,龙尾道出于阙前,倚栏瞰前山,如在诸掌。殿去五门二里,每元朔朝会,禁军御仗,宿于殿庭,金甲葆戈,杂以绮绣,文武缨佩序立,蕃胡夷长,仰观玉座,如在霄汉,识者以为自姬汉迄于隋,未有如此之盛。

　　又　《雍录》:东内大明宫含元殿基,高于平地四丈。含元之北为宣政,宣政之北为紫宸。地每退北,辄又加高,至紫宸则极矣。其北遂为蓬莱殿,自丹凤门北,则有含元殿,又北则为宣政殿,又北则有紫宸殿。三殿南北相沓,皆在山上,至紫宸又北,而为蓬莱,则山势尽矣。

　　又　公诗曰"忆献三赋蓬莱宫",此记其事也。

　　附辑评　李云:前六句追想盛时,极其铺写;第七句忽一转,结句仍缴上。前半总是极言其盛,谓有讽托者,浅夫耳。

　　又　吴云:极刺时事,而雄浑不觉。徐士彰曰:蓬莱宫阙,言明皇之事神仙,不若指贵妃为当。

　　莹按:钱注引《剧谈录》及《雍录》,叙蓬莱宫形势极详。又云此记献赋蓬莱之事,所言亦极是。盖杜甫于故国平居之时,最可思者厥惟此事也。至于辑评李氏此言,以为"谓有讽托者,浅夫耳";而吴氏引徐士彰之言,则以为有讽托,惟所讽者非明皇之事神仙,而为贵妃耳。其说与演义、颇解及意笺之以为讽玄宗好神仙者异,吴氏盖兼三、四二句言之也,容后详论。

209

一六、张解　宫对南山,露承霄汉,帝居何壮也。

一七、金解　长安宫阙甚多,独言蓬莱者,先生曾于蓬莱宫献《三大礼赋》,明皇奇之,故即用以起兴也。蓬莱宫,贞观经营,前对终南山。每天晴日朗,望终南如指掌。承露金茎,汉武之所设。汉武好神仙,造通天台,以金盘承云表之露,和玉屑服之,以求长生。此诗起句,以蓬莱宫阙起,蓬莱,仙山;终南,仙窟;承露金茎,乃求仙之物。致景设色,都在神仙一边。三、四遂承以瑶池、紫气云云,写来极是凑手。亦见当日天子太平在御,不但宫阙壮丽,亦颇留意神仙之事,有如汉武也。

　　别批　因故国之思,而想至百年之事。盖当日亦不可谓非全盛也。对南山,言宫阙之壮丽;霄汉间,言金茎之高峻,用"蓬莱""承露"字,见晏安日久,惟愿长生,唐明、汉武,有同一辙。

　　莹按:此亦以明皇之好神仙为言,与演义、颇解及意笺同。至于论献赋蓬莱,故以蓬莱起兴之言,则与钱注相近。贞观间经营蓬莱宫之事,据《唐会要》卷三十《大明宫》条载云:"贞观八年十月营永安宫,至九年正月改名大明宫,以备太上皇清暑。至龙朔二年高宗染风痹,以宫内潮湿,乃修葺大明宫,改名蓬莱宫。"是大明宫乃蓬莱宫之前身,为贞观间所经营者也。

一八、顾注　《雍录》:东内……山势尽矣(见钱注)。

　　又　《三辅故事》:建章宫承露盘金茎高二十丈,引以喻明皇之好仙也。

　　又　对南山,盖京城前直此山也。

　　莹按:此除引故实之出处以外,并指次句之承露金茎有喻明皇好仙之意。

一九、朱注　《唐会要》:大明宫,龙朔三年号曰蓬莱宫,北据高原,南望爽垲,每天晴日朗,南望终南山如指掌,京城坊市街陌,如在槛内。

二〇、论文　蓬莱宫阙,远对南山,一句大势,下细写宫阙之内,则承露金茎,直凌霄汉。

莹按:此但泛依字面为说。

二一、泽解　希曰(见千家注)。

又　梦弼曰:《三辅故事》……以玉屑饮之(见蔡笺)。

又　《西都赋》(见九家注)。

二二、诗阐　长安宫阙,自紫宸北为蓬莱,山势已尽,独对南山,况承露金茎。所云仙人掌者,又耸然霄汉,当年明皇,诚勤政勤民,则蓬莱宫阙,岂非向明出治之所。

又　六句追赋玄宗事(按"句"字原误作"母",据文意改)。

又　金茎承露,如当年宫中筑坛炼药事。

莹按:此云六句追赋玄宗时事。前四句为玄宗时事,自无可疑。至于五、六两句,私意以为实兼玄、肃两朝言之,前已于章旨一节言及,容后再为详论。至于筑坛炼药之言,则亦以为讥玄宗好神仙之事。据《通鉴》卷二百十五《玄宗纪》:"天宝四载春正月庚午,谓宰相曰:朕比以甲子日于宫中为坛为百姓祈福,朕自草黄素自案上俄飞升天,闻空中语云:圣寿延长。又朕于嵩山炼药成,亦置坛上。及夜,左右欲收之,又闻空中语云:药未须收,此自守护。达曙乃收之,诸王宰相皆上表贺。"是筑坛炼药确有其事,杜甫写玄宗之盛,用字用事皆极切当,惟不必定指此诗有讥讽之意也。

二三、会粹　《唐会要》:大明宫……如在槛内(见朱注)。

又　金茎,宫阙中所有。

莹按:此但释"蓬莱宫"及"承露金茎"。

二四、仇注　《唐会要》(见会粹)。

又　《雍录》(见钱注)。

211

又　丰存礼云(见校记)。

又　陆机《入洛记》(见校记)。

又　班婕妤赋:"登薄躯于宫阙兮。"

又　班固《西都赋》(见九家注)。注:金茎,铜柱也。

又　陈泽州注汉武承露铜柱,在建章宫西,建章宫在长安城外西北隅。唐东内在京城东北,不闻有承露盘事。此盖言唐开宝宫阙之盛,又以明皇好道,故以蓬莱、承露、瑶池、紫气连类言之,不必实有金茎。

又　《剧谈录》(略同钱注)。

又　宫在龙首冈,前对南山,西眺瑶池,东瞰函关,极言气象之巍峨轩敞。而当时崇奉神仙之意,则见于言外。

影印本眉批　方云:因提故国平居,想到长安全盛之日。此言天宝政衰,外惑于神仙,内蛊于女谒,虽知其将有土崩瓦解之祸,然方在下位,又未久而去,不能有所匡救也。

影印本旁批　此故国平居之盛。

莹按:仇本引丰存礼之言,以为首句"宫"字当作"高"字,乃字近之讹,其说未可尽从,说已详前校记。又引陈泽州注,以为金茎不必实有,其说亦通达可取。至于仇注及眉批所云崇奉神仙之意,则与演义、颇解、意笺及金解之说同。

二五、黄说　初以蓬莱宫阙起兴,次句承南山而言。金茎虽入霄汉,实因南山之高以为高耳。

莹按:此言金茎因南山而高,所说殊略。

二六、潜解　"承露"句,用汉武讥玄宗也。

又　希曰(见千家)。

又　《雍录》(见钱注)。

又　公诗曰"忆献三赋蓬莱宫",此记其事也(见钱注)。

莹按:此亦以为"承露"句乃借汉武讥玄宗之好神仙也。

二七、通解　言思予居故国时入朝至蓬莱殿中,凡宫阙之连络者则遥对南山;尚有承露之金茎立于山上,直在霄汉之间。

莹按:此不过就原诗句铺陈立说而已,不必拘执以求。

二八、提要　(见前章旨)

莹按:提要之意,以为首句思献赋蓬莱之事,及写宫廷之壮丽。

二九、心解　《唐会要》(见会粹)。

又　《西京赋》(按"京"字当为"都"字之误,见九家注)。

又　一、二点宫阙,三、四表形胜,其金茎、瑶池、紫气等,总为帝京设色,盖以上帝高居,群仙拱向为比。

莹按:此不以玄宗好神仙为说,而谓帝居如仙居之盛。

三〇、范解　《唐会要》(参看朱注)。

又　《三辅故事》(参看蔡笺)。

又　唐自明皇册贵妃为太真宫女道士,又以田同秀见玄元皇帝降于永昌街,发使求灵宝符于函谷关尹喜宅傍,颇以神仙为事。故上截言蓬莱宫阙直对南山,承露金茎上冲霄汉(参看下联)。

莹按:此引玄宗时故事以本联为有讽喻玄宗好神仙之意。

三一、偶评　前对南山。西眺瑶池,东接函关,极言宫阙气象之盛。无讥刺意。

莹按:此兼次联言之,以为无讥刺意。

三二、沈解　唐自明皇尊玄元圣祖,朝献太清,颇以神仙为事。然高宗龙朔三年改其宫名为蓬莱宫,已有慕仙之意。故此篇借周汉神仙事以起兴。言天子坐蓬莱宫正对终南山,而承露铜盘,竦立空中。

莹按:此亦以为首联已有喻明皇好神仙之意,更指出蓬莱宫之命名,以为高宗已有慕神仙之意。

三三、江说 《唐会要》(见朱注)。

又 仇云(见仇注)。

三四、镜铨 《唐会要》(见会粹)。

又 《西京赋》(按此"京"字亦为"都"字之误,见九家注)。

三五、集评 李云:有所思也。

莹按:此盖以为此诗承前一章"故国平居有所思"而来。次一则全用仇注,而未注明。

三六、选读 眉批云:蓬莱,宫名。北据高原,南望终南如指掌。

又 宫在龙首冈……见于言外(见仇注)。

又 《西都赋》(见九家注)。

又 金茎铜柱本汉武事,以明皇好神仙,故及之。

莹按:此亦以为有指明皇好神仙之意。

三七、施说 又云"承露金茎霄汉间",注引陈廷敬说:唐东内不闻有金茎,此第言明皇好道,故以蓬莱、瑶池等连类及之,不必实有也。今按下"西望瑶池"二句,可作虚设之词,此承上"蓬莱宫阙"句,蓬莱既实有其宫,不应此句虚言金茎。玩"霄汉间"字,亦似非虚言者,明皇好道,安见不亦效汉武为之。且《洛城北谒玄元庙》诗"金茎一气旁",朱说引曹子建集谓洛城有金城(莹按:"城"字乃"茎"字之误),则巡幸之地,尚沿有之,岂长安居不特置耶?诸书失载,故无考耳。

莹按:此以为蓬莱宫实有金茎,虽无确据,然其说不无可取。

三八、汤笺 开元昔盛,荒色求仙,莱殿露茎,穷高极丽。

莹按:此亦以神仙为说。

三九、启蒙 《唐会要》(见朱注)。

又 《西京赋》(按"京"字为"都"字之误,见九家注)。

又 宫阙直对终南,金茎上插霄汉,西接王母之瑶池,东挹函关

214

之紫气,总是极言其形胜,以见帝居之壮丽,并无讽刺之意。

莹按:此亦兼次联言之,以为但写形胜,无讽刺之意,与偶评之说相近。

嘉莹按:此二句首当辨者,厥惟有无托讽之意。有以为此诗但写宫阙之盛,恍然仙居,并无讥玄宗好神仙之意者,诗通、邵解、钱注附辑评李氏之说、会粹、心解、张解、朱注、偶评、启蒙皆主之;有以为有讥玄宗好神仙之意者,演义、颇解、意笺、金解、诗阐、仇注引陈泽州注、仇注影印本眉批、湑解、顾注、沈解、选读、汤笺皆主之;又或以为虽有讽托之意,然非指玄宗好仙,而为指贵妃而言者,钱注附辑评吴氏之说主之;有以为刺其安富尊荣以致乱者,杜臆主之。综观诸说,钱注辑评吴氏之言,盖因"蓬莱"二字,遂以为有指贵妃曾为女道士之意,其说最为乏据。至于前二说,则各有所偏。谓讥指玄宗好神仙者,其说固失之浅露;而谓必不指玄宗好神仙者,其说亦失之拘狭。私意以为杜甫有"忆献三赋蓬莱宫"(《莫相疑行》)之句,此"蓬莱宫阙对南山"句虽不必即指当年献赋之事,而当年献赋蓬莱,对此宏丽之宫阙曾留有极深之印象,则必无可疑者也。故杜甫于思故国平居盛事之时,开端即言蓬莱,此在写诗之章法及诗人之感情言之,皆为极自然之事,固不必有心于讥讽也。然玄宗之好道慕仙,亦确有其事。故写玄宗盛世,于宫阙之宏伟,则以承露金茎及瑶池紫气为言,此以诗人写诗用字炼句言之,原为极切当传神之笔。是虽不必明有所讥,而玄宗好神仙之事,则已自然见于言外矣。诸家之以讥讽为言,及杜臆以为有刺其致乱之意,皆有失杜甫忠厚之用心,不可据以为说。至于各家引证诸书以言蓬莱宫之形势,则所言皆相近,可毋庸置辩。

西望瑶池降王母,东来紫气满函关。

一、九家 《汉武帝内传》:七月七日西王母降,汉武帝夜忽见天西南如
有白云起,俄顷王母至。

又 《老子传》注:《列仙传》曰:关令尹喜,周大夫也。老子西游,
喜见其气,知其人当过,物色而迹之,果得老子,亦知其奇,为著书,
与老子俱之流沙之西,服巨胜实,莫知其所终。

又 赵云:瑶池,则《神仙传》载,王母所居宫阙,在昆仑之圃阆风
之苑,玉楼十二,琼华之阙,左带瑶池,右环翠水。

又 周穆王觞王母于瑶池之上,望瑶池,则望其自瑶池而降也。

又 有载尹喜所占见紫气满于关上。

又 瑶池在西极,故云西望;老子自洛阳而入函谷,故云东来。

莹按:此但注释"瑶池降王母"与"紫气满函关"之出处。

二、分门 洙曰:《汉武帝内传》(见九家注)。

又 赵曰:周穆王觞王母……而降也(见九家注)。

又 洙曰:《老子传》注:《列仙传》曰:关令尹喜者,周大夫也,善
学星宿,服精华,隐德行仁,时人莫知。老子西游,喜先见其气,知
其人当过,候物色而迹之,果得老子,亦知其奇,为著书,与老子俱
之流沙之西,服巨胜实,莫知其所终,亦著书九篇,名《关令子》
(参看九家注)。

三、鹤注 洙曰(同分门)。

又 赵曰(同分门)。

又 洙曰……名关尹子(分门作关令子,余同)。

四、蔡笺 "西望"句,此言西王母宴穆王于瑶池,喻言明皇之幸蜀也。

又 《列子·穆王篇》:周穆王命驾远游,升昆仑之丘,遂宾于西
王母,觞于瑶池之上。

又　"东来"句,此言肃宗收复长安也。

又　《列仙传》:老子西游,关令尹喜望见有紫气浮关,老子果乘青牛而过。

又　《关尹内传》:"关令尹,周大夫也,善于天文,登楼四望,见东极有紫色,喜曰:应有圣人经过。果见老子。"

莹按:《丛书集成》本《列仙传》载:"关令尹喜者,周大夫也,喜内学,常服精华,隐德修行,时人莫知。老子西游,喜先见其气,知有其人当过,物色而遮之,果得老子,老子亦知其奇,为著书,授之。后与老子俱游流沙化胡服巨胜实,莫知其所终。尹喜亦自著书九篇,号曰《关令子》。"分门引王洙注则见于《史记·老子列传》。集解、九家注所引略同,而蔡笺所引《列仙传》则为《列异传》之误,见《史记·老子列传》索引,原文云:"老子西游,关令尹喜望见其有紫气浮关,而老子果乘青牛而过。"又蔡笺以为"西望"句喻言明皇之幸蜀,"东来"句则言肃宗之收复长安也。

五、千家　洙曰:七月七日西王母尝降汉武帝殿(参看分门)。

又　《列仙传》,老子西游,紫气浮函谷关(参看蔡笺,《列仙传》当亦为《列异传》之误)。

又　刘评:律句有此,自觉雄浑。

六、愚得　七月七日,西王母降汉武帝殿(见千家)。

又　《列仙传》(见蔡笺,亦为《列异传》之误)。

七、演义　《列子·穆王篇》(同蔡笺)。

又　汉武帝时,王母降于承华殿,见《早朝大明宫》诗注。

又　《关尹喜内传》:关令尹周大夫也……见东来有紫气浮关,喜曰:应有圣人过。果遇老子,著《道德经》(略同蔡笺)。

又　西则望王母自瑶池而降,东则望老子入函关而来。

莹按:杜甫《早朝大明宫》诗"九重春色醉仙桃"句,演义注云:

217

"汉武时有青鸟集于承华殿前,以问东方朔,朔曰:西王母必降。是
夕,王母至,以桃七枚,母自啖其二枚,以五枚与帝。"

八、颇解 (见前章旨)

九、诗通 瑶池在昆仑之丘,西王母所居,汉武帝时,王母来降;函关在
灵宝县,老子西游,紫气浮函谷关。

又 ……是以东西瞻望,为仙人往来之地,天子端拱于云日间,以
受群臣之朝,恍然上帝之居也(参看首联之说)。

又 三、四一联,乃《楚辞》寓言之意,以见宫阙之地,真为仙居
耳。盖因蓬莱露盘起兴,旧注谓讥其慕仙者,误。

莹按:此以王母紫气为寓言,但言宫阙之地,真为仙居,旧注谓
讥其慕仙者,误。

一〇、邵解 瑶池:古昆仑丘。

又 王母:汉时曾降。

又 紫气:老子出关,紫气。

又 西则有瑶池王母之降,东则有函关紫气之浮,盖神仙往来
地也。

莹按:邵解之意,盖以为乃借神仙为寓言以写宫阙之盛,恍然
上帝之居,并非真指神仙之事也,可参看首联之说。

一一、邵注 王母,《列子》:周穆王升昆仑丘,宾西王母,觞于瑶池。又
汉武时,王母降承华殿。紫气,函关令尹喜,周大夫,善天文,望见
东来有紫气,曰:应有圣人过。果遇老子。明皇晚好神仙,故公借
汉为喻。

又 西则望王母自瑶池而降,东则望老子入函关而来。

莹按:此以为二句乃借汉事为喻,言明皇之好神仙。

一二、意笺 瑶池在西,曰"西望瑶池降王母",若真降也。函关在东,
曰"东来紫气满函关",若真来也。言明皇慕神仙之事如此。

又　王母,见《列子》及《史记》《武帝内传》。函关、紫气,并见《列子》诸书。

又　《唐书》:明皇朝献老君于玄元殿,田同秀言玄元降于丹凤门。

又　《艳异篇》载,真妃死,玄宗思之不置,令巫遍求之,竟于昆仑见妃云云。

莹按:意笺以为前四句有讽明皇慕仙之意(见首联),尚可。至若引《艳异篇》云云,乃贵妃死后之事,与此诗回忆开、天盛事之意不合。

一三、诗攟　瑶池、紫气、王母、函关,公诗时有此。王母对函关,亦如严仆射对望乡台,殊不害其格力也。珠帘、锦缆、菰米、莲房,工整极矣,乃微嫌合掌,必不得已,吾宁取拙;"丛菊两开他日泪,孤舟一系故园心"所以为妙也。

莹按:此但就对仗字法而言。

一四、郭批　律句……浑雄(见千家引刘评)。

一五、钱注　《乐史·杨贵妃外传》:开元二十八年十月,玄宗幸温泉宫,使高力士取杨氏女于寿邸,度为女道士,号太真,住内太真宫。天宝四载七月,于凤凰园册太真宫女道士杨氏为贵妃,进见之日,奏《霓裳羽衣曲》。唐人诗多以王母比贵妃,刘禹锡诗"仙心从此在瑶池,三清八景相追随",公诗云"惜哉瑶池饮",又曰"落日留王母"也。

又　天宝元年,田同秀见玄元皇帝降于永昌街,云有灵宝符在函谷关尹喜宅旁,上发使求得之(按此见《唐会要》卷五十)。

又　《高力士外传》:开元之末,天宝之初,陈希烈上玄元之尊,田同秀献宝符之瑞,贵妃受宠,外戚承恩。

又　王母、函关,记天宝承平盛事,而荒淫失政,亦略见矣。

莹按:钱注列举史实,以见玄宗之失政,而结语则但云:王母
函关,记天宝承平盛事,于玄宗之荒淫失政亦略见矣。引证翔实,
而立言微婉,其说颇为得体。

一六、张解　西则有王母之临,东则浮老子之气,乃神仙往来地也,岂常
人所可至哉!

一七、金解　见上联。

别批　乃日望王母之降瑶池,岂知皇舆之幸巴蜀;日望紫气之
满函关,岂知两京之化灰烬,真有所谓不胜悲者,思之可为流涕
也。止因沓用"瑶池""紫气"等字,遂将后人瞒过多少。

莹按:金解别批之意,盖谓"瑶池"句以反笔慨皇舆之幸巴
蜀。巴蜀在西也,无王母之降而有西幸之变。"紫气"句以反笔
叹两京之化灰烬。东京,在东也,无紫气之来而有两京之陷。其
不胜悲之情尽在言外,而出之以"瑶池""紫气"字样,悲慨使人不
觉也。至于金解之意则以为讥玄宗之好神仙,说已见上联。

一八、顾注　唐人诗多以王母比贵妃,以贵妃曾为太真宫女道士也。公
诗亦曰"惜哉瑶池饮",又曰"落日留王母",是也。天宝元年田同
秀见玄元皇帝降于永昌街,云有灵宝符在函谷关尹喜宅傍,上发
使求得之。《高力士外传》:开元之末,天宝之初,陈希烈上玄元
之尊,田同秀献宝符之瑞,贵妃受宠,外戚承恩。公盖以瑶池王母
之饮,隐喻贵妃之册为太真;紫气函关之临,显讥玄元之降于永
昌也。

莹按:此详引开、天时故事以说此联,以为有讥刺玄宗宠贵妃
及好神仙之意。与钱注之意同,不及钱注立言之婉。

一九、朱注　瑶池王母,暗指册立贵妃。唐人诗以王母喻贵妃不一而
足,以贵妃尝为女道士也。天宝元年玄元皇帝降形云……故曰"东
来紫气满函关"也。虽记天宝……失政亦略见矣(参看钱注)。

220

二〇、论文　宫阙之西,则远望瑶池,思王母之或降;宫阙之东,则映带幽谷,见紫气之时来。

　　　莹按:此但就字面为说,未加详释。

二一、泽解　洙曰:《汉武帝内传》(见分门)。

　　又　梦弼曰……明皇之幸蜀也(见蔡笺)。

　　又　刘评(见千家)。

　　又　梦弼曰……肃宗之收复长安也(见蔡笺)。

　　又　《列仙传》……果乘青牛而过(见蔡笺)。

　　又　泽风堂曰:上句言天宝游宴之胜,下句言肃宗收复之美,皆蓬莱宫阙所见光景也。

　　　莹按:此以上句为言天宝游宴之盛,下句为言肃宗收复之美。

二二、诗阐　……而乃由宫阙而西望,思下王母于瑶池;由宫阙而东来,空候函关之紫气。

　　又　明皇度贵妃为女道士,是瑶池王母也;降玄元于永昌街,是函关紫气也。

　　　莹按:诗阐于"瑶池""紫气"二句,直指为贵妃及玄元,其说浅狭而拘执。

二三、会粹　《列子》:周穆王肆意远游……觞于瑶池之上(见蔡笺)。

　　又　《汉武内传》:七月七日,上斋居承华殿,忽青鸟从西来,集殿前,上问东方朔,朔曰:此西王母欲来也。有顷王母至。

　　又　《关尹内传》:关令尹喜常登楼,见东极有紫气西迈,曰:应有圣人经过京邑,乃斋戒。其日,果见老君乘青牛车来过(参看蔡笺)。

　　又　自宫阙而西,则瑶池可望;自宫阙而东,则函关在目。王母降,紫气来,不过承瑶池函关言之,他作玄宗好仙及太真为女道士,俱无谓。

221

莹按:此所引《汉武内传》与演义所引《早朝大明宫诗》注略同,而与九家注不同。据墨海金壶本《汉武帝内传》云:"元封元年……四月戊辰帝闲居承华殿,东方朔、董仲舒在侧。忽见一女子着青衣,美丽非常,帝愕然问之,女对曰:我墉宫玉女王子登也,乃为王母所使,从昆仑山来……从今日清斋,不闲人事。至七月七日王母暂来也……言讫,玉女忽然不知所在。帝问东方朔:此何人?朔曰:是西王母紫兰宫玉女。到七月七日……夜二更之后,忽见西南如白云起,郁然直来,径趋宫庭,须臾转近,闻云中箫鼓之声,人马之响,半食顷,王母至也,县投殿前,有似鸟集……王母上殿……又命侍女更索桃果,须臾以玉盘盛仙桃七颗,大如鸭卵,形圆,青色,以呈王母,以四颗与帝,三颗自食……至明旦,王母与上元夫人同乘而去。"则是诸家所引皆以此为据,惟繁简字句略有不同耳。又此虽举瑶池王母之出处,而驳讥玄宗好神仙之说为无谓。

二四、仇注 张衡《四愁诗》:"侧身西望涕沾裳。"

又 《列子》(见蔡笺)。

又 《汉武内传》(见会粹)。

又 《关尹内传》(见蔡笺)。

又 钱笺:天宝元年田同秀见玄元皇帝降于永昌街……上发使求得之(见钱注)。

又 陈(泽州)注:唐公主如金仙、玉真之类,多为道士,筑观京师,西望瑶池,盖言道观之盛。

又 《唐会要》:太清宫荐享圣祖玄元皇帝,奏混成紫极之乐。东来紫气,盖言太清之尊,与上宫阙一类,或以瑶池、王母喻贵妃之册为太真,紫气、函关讥玄元之降于永昌,如此说,是追数先皇之失,非回忆前朝之盛矣。

又　瑶池本对函关，以声律不谐，故句中参用变通之法。

莹按：仇注驳诸家之以瑶池、王母为讥贵妃之册为太真，以紫气为讥玄元之降于永昌之说，以为如此说，是追数先皇之失，非回忆前朝之盛矣，其言甚为可取。又论对句变通之法，此正杜甫正变相参之妙。

二五、黄说　山高则望远，故又以三、四承之，四亦蒙上"望"字。瑶池、王母，函关、紫气不过与承露金茎作一副当说话，前半只了得"对南山"三字。

又　赋长安景事自当以宫阙为首，不睹皇居壮，安知天子尊，正是此诗立局之意。西望、东来，不过铺张皇居门户之广大耳，以为讥明皇之好仙，真小儿强作解事。

莹按：此以为二句不过写皇居之壮，瞻望之远，并无与于神仙之事。

二六、潘解　王母、函关，隐讽贵妃，显讥老子。记天宝承平盛事，而荒淫失政亦略见矣。

莹按：潘解多引钱注，而增"隐讽贵妃，显讥老子"二句，不若钱说之含蓄委婉。

二七、言志　玄宗最好神仙，当太平无事，惟以升仙为望。西降王母，东来紫气，何懿铄也。

莹按：此亦以此一联有指玄宗好神仙之意，而不以讥刺为说，反以为此乃写当日太平之事象。

二八、通解　昔闻汉武好神仙，而瑶池王母降而共饮。忆从阙外西望，如见王母之降焉；又闻尹喜好道术，而函关紫气满而不散，忆看阙外东来，尚见紫气之满焉。

莹按：此亦以此一联为指玄宗好神仙之事，而不以讥刺为言。

二九、提要　（见章旨）

莹按:提要以为写宫廷壮丽,朝会森严,而未尝指其有讥讽之意。

三〇、心解　《汉武内传》:上斋居承华殿,忽青鸟从西来集殿前,东方朔曰:此西王母欲来也(参看会粹)。

　　又　《关尹内传》:关令尹喜,望见东极有紫气西迈,曰:应有圣人经过。果见老君乘青牛车来(参看蔡笺)。

　　又　旧云讥册贵妃、祀玄元,泽州既非之矣。而说者以此四句专指天宝之盛,亦非通论也。看五、六即入身预朝班,系肃宗朝事,则上四便不得坐煞天宝,打成两撅。大段言帝居壮丽,显显然在心目间,而扇影威颜,朝班曾点,不可复得于沧江一卧时矣,如此乃一片。

　　莹按:心解以为前四句既非专讥册贵妃、祀玄元事,抑且更非专写天宝之盛,不过大段写长安帝居壮丽显在心目,而不胜今昔之感耳,其说颇通达可取。

三一、范解　《汉武内传》(参见九家注及会粹按语)。

　　又　瑶池,周穆王与王母宴处,事载《列子》(参见蔡笺)。

　　又　西则望王母降自瑶池,东则见老子来从函谷。王母喻贵妃,函关指求灵宝符也。虽记天宝承平盛事,其荒淫失政之渐,已见于此(参看钱注)。

三二、偶评　(参看前一联之说)

三三、沈解　瑶池,周穆王命驾远游,升昆仑……瑶池之上(见蔡笺引《列子·穆王篇》)。

　　又　王母,汉武七月七日……王母降于承华殿(参看九家注及会粹按语)。

　　又　紫气,老子西游……著《道德经》(参看九家注引《老子传》注)。

又　西则望王母,自瑶池而降;东则望老子,入函关而来。

　　莹按:此多用旧注,并无新意。

三四、江说　《列子》(见蔡笺)。

又　《关尹内传》(见蔡笺)。

三五、镜铨　《汉武内传》(同仇注)。

又　《关尹内传》(参看蔡笺)。

又　顾(宸)注:天宝四年,田同秀见老君降于永昌街,云有灵宝符在函谷关尹喜宅旁,上发使求得之(见钱注)。

又　旧注以"王母"句比贵妃之册为太真,"紫气"句指玄元之降于永昌,虽记天宝承平盛事,而荒淫失政亦略见矣。今按西眺瑶池,东瞰函关,只是极言宫阙气象之宏敞,而讽意自见言外,公诗每有此双管齐下之笔。

　　莹按:此引顾注,言老君降于永昌街在天宝四年,与钱注之作天宝元年者异。据《唐会要》卷五十载:"天宝元年正月七日,陈王府参军田同秀上言,玄元皇帝降于丹凤门之通衢,告赐灵符,在尹喜之故宅,上遣使就函谷故令尹喜台西得之,于是置玄元皇帝庙于大宁坊西南角。"是钱注作天宝元年者是,顾注作天宝四载者误。又此所云言"宫阙气象之宏敞,而讽意自见言外"之说,颇通达可喜。至其所引之旧注,则指钱注而言也。

三六、选读　眉批:汉武(见九家注),关尹喜(见蔡笺)。

三七、沈读　瑶池王母,隐喻贵妃之册为太真;紫气函关,显指玄元之降于永昌。

三八、汤笺　瑶池西降,暗讽太真;紫气东来,显讥灵宝。

　　莹按:此亦用钱注,然既不能引史为证,又显为讥讽之说,则不免失之简率拘狭矣。

三九、启蒙　《汉武内传》(见九家注及会粹按语)。

又　《关尹内传》(见蔡笺)。

又　以瑶池降母,比玄宗之宠妃子;紫气来函,比玄宗之好神仙,其说倡于顾氏,后人从而和之。陈泽州、黄生、浦二田辈,未尝不驳之,而其旨未畅。试为置辨,略有三端:夫讥讽亦诗人所不废,讥讽者,忠厚之所激也。"落日留王母,微风倚少儿",公亦何尝不讥讽。然言非一端而已,固各有所当也。盖讥其事而或系之以地者必非无故,如"解释春风无限恨,沉香亭北倚阑干""七月七日长生殿,夜半无人私语时",诚以沉香亭、长生殿固宠妃子之地也。如"竹宫时望拜,桂馆或求仙",以竹宫、桂馆亦求神仙之地也。今此诗以蓬莱宫为主,蓬莱与含元、紫宸、宣政等殿相埒,为唐家视朝出治之所,非如沉香亭、长生殿、竹宫、桂馆者比。即谓玄宗宠妃子好神仙,不知与蓬莱有何交涉,而必系之以蓬莱,且从而切指之曰西望、曰东来,即其辨一也。且此联既讥玄宗,则下文不得忽及肃宗,而下文所谓识圣颜者,固识肃宗之圣颜也。点朝班者,点肃宗之朝班也。乃顾氏欲圆其说,以为公于献赋待制时,曾被玄宗召见,而以公诗"往时文采动人主"证之。然考新、旧《唐书》本传内,并无玄宗召见之事,而所谓"文采动人主"者,特其三赋之文采,非其状貌之文采也。且即谓识玄宗之圣颜,而识圣颜者,不过召见而已,不得谓之"点朝班"。召见者不过一次而已,不得谓之几回。说者亦知其难通,而以识圣颜属玄宗,指公之待制时,点朝班属肃宗,指公之拾遗时,则愈割裂而支离矣。即五、六之识圣颜为确属肃宗,则知三、四为泛言蓬莱形胜,而非专指玄宗以讥其宠妃子好神仙也,彰彰明矣,其辨二也。且如顾氏之说,既讥其荒淫矣,则下文当继言死亡危辱之事,以为炯戒。如《斗鸡》诗,于上四句叙其荒淫之下,即继以"仙游终一阕,女乐久无香",是其例也。而此诗之五、六但言当日朝仪之盛而已,七、八但言今日羁旅之衰而已。于三、四讥荒淫之意绝无照顾,于事为不属,于文为不贯,于章法为散乱而无归,老杜曾有是乎?其辨三也。以江河日月之文,而遭其薄蚀,受其壅遏,余欲为之刮垢磨光,决塞去滞,故不惜其文之繁而辞之费也。后之君子,尚其鉴诸!

莹按:此驳斥前人以此一联为讽玄宗之旧说。

嘉莹按:诸家引书说此二句,或就所用之典而言,或就所写之事而言,当分别观之。就用典言,则瑶池见《列子·穆王篇》,降王母见《汉武内传》,紫气函关见《列仙传》、《老子传》注引《列异传》及《关尹内传》。就所写之事而言,则有以"西望"句为指明皇之幸蜀,"东来"句为指肃宗之收京者,蔡笺主之;又有以为下句虽写肃宗收京,而上句则写天宝游宴之盛者,泽解主之;有以为此联乃写宫阙之地真为仙居,而并无讥讽之意者,诗通、邵解、张解及通解主之;又会粹、黄说及提要亦以为此联但写地势之高远、宫廷之壮丽,而未有讥讽之意,其说与诗通相近;有以为记天宝之盛,而荒淫失政亦略见者,钱注主之,且引《乐史·杨贵妃外传》《高力士外传》及《唐会要》诸书为证,以为"西望"句指太真之度为女道士,"东来"句指玄元之降于永昌街,顾注、朱注、潘解、诗阐、范解、沈读及汤笺皆用钱说,惟诗阐及汤笺之说较钱氏为浅率拘狭。镜铨亦引钱说,而较钱说更为通达,以为此二句只是极言气象之宏敞,而讽意不过见于言外耳;有以为此联承首联而言,以见玄宗之留意神仙之事者,邵注及金解主之;有以为"西望"句慨皇舆之幸巴蜀,"东来"句伤两京之化灰烬,而不胜盛衰今昔之悲者,金解别批主之;心解亦以为此诗大段言帝居壮丽,不可复得见于沧江一卧时矣,其说盖亦以为此二句写昔日之盛而不胜盛衰今昔之感，与金解别批之说相近，而不拘拘为西望、东来之对比，其说更为通达，且指旧说以为二句写册贵妃祀玄元者为非；有以为"西望"句言道观之盛，"东来"句言太清之尊者，仇引陈泽州注主之。综观诸说，似颇为纷纭歧异，然其大要可得而言也。盖此章之诗意承上章"故国平居有所思"而来，其大旨在写故国平居之盛事，故此联之主旨似只在写宫阙之宏敞壮丽。然玄宗之好神仙、册太真、祀玄元，则又确有史事可征，故杜甫于写宫廷之宏敞壮丽之时，乃沓用"瑶池""王母""紫气""函关"诸字样，此正镜铨所云"诗每有此双管齐下之笔"者也。至于其是否有讥讽之意，则但可意会，既不必明言确指其为有，亦不必极言力辩其为无也。要之，此诗前六句仍当以颂意为主，如此方显末二句之空际转身，鲸鱼掉尾，而使前六句之种种繁华盛美都成幻梦，然后以己自蓬莱献赋以来之种种身世及国事之盛衰之变之感托意兴悲，乃真有不可胜言者矣。若以讥讽为言，固有失杜甫忠厚之心，且但执一说，亦如以枓蠡之测江海，又乌能得杜甫含蕴之深妙。故诸家之说，皆但可视为昔日读者联想之一得，抑或可资为后日读者联想之一助，而不必拘执之也。至于意笺引《艳异篇》之说之妄诞不足信，已驳之于前，兹不复赘。

云移雉尾开宫扇，日绕龙鳞识圣颜。

一、九家　赵云：言君王御朝，而诸公入朝也。

又　崔豹《古今注》：商高宗有雊雉之祥，服章多用翟羽，故有雉尾扇。

又　韩非云：夫龙之为虫也柔，可狎而骑也，然其喉下有逆鳞径尺，若人有婴之，则必杀之，人主亦有逆鳞，说者能无婴人主之逆鳞则几矣。

又　"云移雉羽"，则皇帝御朝初以扇障之，而开扇则如云之移。《帝尧本纪》：望之如云，就之如日，天子之相曰云日之表，云移则见日，故云识圣颜。

　　莹按：此雉尾扇之所出，又以龙为天子之喻，并说明扇影移得见君颜之意，以云移释扇之开。

二、分门　洙曰：见"云横雉尾高"注。

　　又　赵曰：崔豹《古今注》云：商高宗有雊雉之祥，服章多用翟羽，故有雉尾扇。今公言天子雉扇，则天子御朝用（参看九家注）。

　　莹按："云横雉尾高"句见分门注卷十五"时事门"。《喜闻官军已临贼境》注引洙曰："豹《古今注》：高宗有雉雊（莹按下当有"之祥"二字），服章多用翟羽，故有雉尾扇。"又引赵曰："天子所在，云横其上，如黄帝战于涿鹿之野，上常有云气。"

三、鹤注　洙曰（同分门）。

　　赵曰（同分门）。

四、蔡笺　崔豹《古今注》：殷高宗……翟羽。即缉雉羽为扇翣以障翳风尘也（参看九家注）。

　　又　唐太宗有龙凤之姿，天日之表。

五、千家　赵曰：崔豹《古今注》：殷高宗……翟羽。故雉尾扇（见九家注）。

六、愚得　《古今注》：殷高宗……翟羽。故有雉尾扇（见九家注）。

　　又　自言卧病夔府，自惊衰老，不与朝班，而忆宫阙君臣朝仪（按当作"觐"）之气象仪仗焉。比兼赋也。

　　莹按：此但言忆宫阙朝觐之盛，而未分别其为玄宗朝抑肃宗朝之事。

七、演义　雉尾：殷高宗……翟羽。即缉雉羽为扇翣以障尘也（见蔡笺）。

　　又　当此之时，云气随雉尾扇而开，但见日光旋绕龙颜，群臣咸观,俨若神人之见也。

  莹按:此以"云气随雉尾扇而开"释"云移雉尾"句。云气,见分门注按语所引"云横雉尾高"句赵注。

八、颇解　(见前章旨)

  莹按:颇解之意,盖以前六句为总言帝坐蓬莱宫,神人来降,群臣咸睹之意。其说全以神仙为言,颇为拘执。

九、诗通　雉尾,以雉尾为扇也。

  又　天子端拱于云日间,以受群臣之朝,恍然上帝之居也(参看前一联之说)。

  莹按:此但言天子端拱于云日间,恍然上帝之居,而不以神仙为言。

一〇、邵解　当天子受朝,雉扇影开,望之如云,龙颜光动,就之如日,俨然上帝之高居。

  莹按:此以扇影如云释"云移"句,而未明言为玄宗朝抑肃宗朝事。

一一、邵注　雉尾,殷高宗有雏雉之祥,章服多用翟羽。唐缉雉尾为扇,未朝,两两相合,帝出便开。

  又　龙鳞,衮衣上有龙章。

  又　言宫中受朝,俨若神人之见。

  莹按:此亦以为写宫中受朝情事,而未分别玄、肃两朝。

一二、意笺　宫扇以雉尾为之,云,扇影也;"云移雉尾开宫扇",望而见之也。龙鳞,衮龙之鳞;日,君象也。"日绕龙鳞识圣颜",就而睹之也,言为拾遗而侍从之时如此。

  莹按:此亦以云为指扇影而言,又以为此一联乃指肃宗朝为拾遗时事。

一三、胡注　(无)

奚批　二句,往事。

　　　　莹按:此言殊略。

一四、杜臆　然识圣颜不必自谓,盖玄宗时公未立朝也。

　　　　莹按:此以"日绕龙鳞识圣颜"为写玄宗朝之事,而杜甫当时
　　未立朝,故曰"不必自谓"。然杜甫当时虽未立朝,而自其《莫相
　　疑行》"忆献三赋蓬莱宫"句观之,则杜甫固尝于蓬莱宫见玄宗
　　也,何可云"不必自谓"?且云移日照,情事如见,非自谓岂能真
　　切如是。

一五、钱注　《仪卫志》:唐制,人君举动必以扇,大驾卤簿仪物则有曲
　　直华盖、六宝香蹬、大伞、雉尾障扇、雉尾扇、方雉尾扇、花盖、小雉
　　尾扇、朱画团扇、俾睨之属。

　　　　又　《会要》:开元中,萧嵩奏每月朔望皇帝受朝于宣政殿,先
　　列仗卫,及文武四品以下于庭,侍中进外办,上乃步自西序门出,
　　升御座,起(按《唐会要》卷二十四作"朝罢,又自御座起"),步入
　　东序门,然后放仗散,臣以为宸仪肃穆,升降俯仰,众人不合得而
　　见之,乃请备羽扇于殿两厢,上将出,所司承旨索扇,扇合,上座
　　定,乃去扇,给事中奏无事,将退,又索扇如初,今以为常(《唐会
　　要》卷二十四作"令以常式")。

　　　　又　"云移"二句,记朝仪之盛,曰识圣颜者,公以布衣朝见,所
　　谓往时文彩动人主也,落句方及拾遗移官之事。

　　　　莹按:此引《唐会要》释"云移雉尾"句,极为详切。又以此二
　　句为但指布衣朝玄宗时事。

一六、张解　故天子居此,受朝贺,望之如云,就之如日。

　　　　莹按:此承上一联而言,居此,谓居蓬莱宫也。至于望之如
　　云、就之如日之说,则盖用《帝尧本纪》之说。可参看九家注。

一七、金解　读结句"青琐朝班"字,乃知五、六蓬莱献赋转到拜左拾

遗，笔墨无痕。先生先自蓬莱献赋时，方识得宫殿亲切。后自拜左拾遗时，方识得圣颜亲切也。天子临朝，御座左右，雉翣双开，若云之移。天子衮衣，上绣龙鳞，早旭照之，前光耀日。此乃亲觐天子而后见之，亦不必拟定在蓬莱宫。先生尔时身列侍从之班，固于处处得见也。

别批　当此之时，先生目击时艰，何以略无谏议，而坐视其败？呜呼！兴言及此，为之浩叹。盖先生虽为右卫参军，而其层级而上则有等矣。皇皇殿陛，可以次其列，不得升其阶，况雉扇环遮，亲臣密侍，岂得一望天颜者耶？只因云移雉尾，而暂开宫扇，稍露日色，光耀龙衮，因而一识圣颜耳。

莹按：金氏前后二说相反，金解既云五、六二句已自蓬莱献赋转到拜左拾遗，则此二句所写当为肃宗时事。而别批又云，乃为右卫参军时事，则是此二句乃写玄宗时事，而又与钱注之以为以布衣朝见玄宗，"所谓往时文彩动人主"之说略异。究以何者为是，当于后文辨之。至于金解之释"云移"句云，雉翣双开，若云之移，与九家注及邵解之说同，较演义之释作"云气随雉尾扇而开"之说更为浅明。

一八、顾注　《会要》(见钱注)。

又　按萧嵩奏宸仪肃穆不合使人见，故必俟云移日绕，始得望见圣颜也。想见威仪之严，宫殿之邃，圣颜不易觐有如此，此忆献赋时事。

莹按：此以此二句为指玄宗时献赋之事而言。

一九、朱注　《唐会要》(见钱注引会要)。

又　《南齐书》：高帝龙颡钟声，鳞文遍体。

又　《汉书》：高祖隆准而龙颜。注：颜，额颡也。

又　"云移"二句，记朝仪之盛。曰识圣颜者，公以布衣召见，所谓"往时文采动人主"也。

    莹按:此亦以此二句为指玄宗时事而言。

二〇、论文　宫阙之中,则云开宫扇,而雉尾初移,日绕赭袍而龙颜时识,为拾遗也。

    莹按:此亦以此二句为写肃宗朝为左拾遗时事。

二一、泽解　洙曰:(同分门)。

    又　梦弼曰:唐太宗……天日之表(见蔡笺)。

    又　泽堂曰:此句言以拾遗侍从时所见也。鳞字可讶,岂指衮龙耶?

    莹按:此亦以为此联为指肃宗朝为拾遗时事。"鳞"字当指衮龙之衣,见意笺。

二二、诗闱　我亦曾献赋于蓬莱宫阙,当凤历轩辕之代,正龙飞四十之春。此时明皇御蓬莱宫阙,红云捧而雉尾移,皇帝宸仪,如在天上;朝暾射而龙鳞绕,小臣望见,只此一时。

    又　"云移"二句,若解作拾遗时事,青琐朝班,语为重复,且以下四章,皆思玄宗年间故国平居之事,一字不及肃、代,青琐朝班,亦为沧江放逐之故,追言之耳。

    莹按:此亦以此二句为写玄宗朝献赋蓬莱时之事,而驳其不当为肃宗朝为拾遗时事。

二三、会粹　《唐会要》:开元中,萧嵩奏,朔望受朝宣政殿,请备羽扇,于殿两厢,上将出,所司承旨索扇,扇合,上坐定,乃去扇,将退,乃索扇如初(参看钱注)。

    又　《南齐书》(见朱注)。

    又　曹植诗:"迟奉圣颜,如渴如饥。"

    又　"云移"二句,亦宫阙中所见。

    莹按:此所引《唐会要》较钱注所引为略。至"云移"二句但云宫阙中所见,而未明指为玄宗朝抑肃宗朝事。

二四、仇注　阴铿诗:"云移莲势出。"

又　《仪卫志》:周制有雉尾障扇(影印本作"唐制","唐"字是,参看钱注)。

又　崔豹《古今注》:雉尾扇起于殷世,高宗时……以障翳风尘(见蔡笺)。

又　朱注云:《唐会要》:开元中……扇合,坐定,乃去扇(以上略同钱注)。唯宸仪不欲令人见,故必俟扇开日绕,始得望见圣颜。

又　《子虚赋》:"照烂龙鳞。"

又　《世说》:诸葛靓曰:今日复睹圣颜。

又　钱笺:仪卫森严之地,公以布衣召见,所谓"往时文采动人主"也,末句朝班,方及拾遗移官之事(按所引与钱注略异)。

又　赵大纲曰:雉扇数开,望之如云。龙颜日映,就之如日也。

又　陈注:史称明皇仪范伟丽,有非常之表。

又　云移,状障扇之两开;龙鳞,谓衮衣之龙章。

莹按:此引赵大纲之说以"云移"为指扇开,又引钱笺以为此二句乃指玄宗朝以布衣召见之事。

二五、黄说　雉尾,即宫扇。开,言驾坐而扇撤也。曰云移,则宫扇之多可知。龙鳞,指衮衣,识之云者,前此尚未辨色,至日出而后睹穆穆之容耳。

又　五、六方贴蓬莱宫叙及早朝,结故以"点朝班"三字挽之。

莹按:此未明言为玄宗朝抑肃宗朝事。

二六、潘解　《古今注》(见分门)。

又　献赋事用在瑶池、函关后,正见霓裳羽衣失政已甚。公虽献赋蓬莱,仅蒙圣颜一顾而已。落句方及拾遗移官之事。

234

莹按:此以为此联指玄宗朝献赋蓬莱之事。至曰此联"用在瑶池、函关后,正见霓裳羽衣失政已甚",其说过为深求曲解,恐非杜公忠厚之旨。

二七、言志　至于开宫扇、识圣颜,一庭喜起,大可想见。

莹按:此所说甚为空泛无意味。

二八、通解　至于天子御殿,雉尾簇拥,出若云移。至日出而始开宫扇,龙鳞内烁上见日绕,因云开而才识圣颜。

又　五、六想见威仪之盛,宫殿之邃也。

又　五、六方贴蓬莱宫叙。

二九、提要　(见章旨)

莹按:提要曾引陈泽州注,以为此诗前六句皆指明皇时事。

三〇、心解　《古今注》:雉尾扇起于殷世高宗……多用翟羽(见九家注)。

又　(见次联)

莹按:心解以为五、六两句系肃宗,而前四句亦非专指天宝之事而言,说已见次联。

三一、范解　《六典》:舆辇伞扇旧用翟羽。

又　《唐会要》(参看钱注)。

又　《汉书》(见朱注)。

又　颈联写朝仪之盛,云气随雉扇而开,日光旋绕龙颜,群臣咸睹。是时公献赋得召见,故曰识圣颜也。

莹按:此亦以此联指玄宗时之事而言。至于云气及龙颜之说,则就文字铺衍,与原诗并不尽合。

三二、偶评　指献《三大礼赋》时事。

三三、沈解　当此之时,云气随雉尾扇而开,但见日光旋绕龙颜,群臣咸识,俨若神人之见也。

莹按:此盖用范解之说,而未指明其为献赋时事。

三四、江说 《唐会要》(见钱注)。

又 赵大纲云(见仇注)。

又 仇云:云移……衮衣之龙章(见仇注)。

三五、镜铨 《仪卫志》:唐制有雉尾障扇(见仇注)。

又 《唐会要》:开元中……乃去扇(见钱注)。

又 仇注:龙鳞,谓衮衣之龙章(见仇注)。

又 此忆献《三大礼赋》事。

莹按:镜铨以为此二句指玄宗朝献赋之事。

三六、集评 李云:忆往事。

莹按:此但云忆往事,而未指明为玄宗时之事或肃宗时之事。

三七、选读 雉扇数开,望之如云也。龙颜日映,就之如日也。

又 眉批:雉尾扇,缉雉尾为之。上将出,扇合;坐定,乃去。故必俟扇开日绕始得望见圣颜。

又 云移……衮衣之龙章(见仇注)。

三八、汤笺 既怀乎国,又慨其身,待制集贤,龙颜曾侍。

莹按:汤笺以为此二句乃指玄宗朝待制集贤之事。

三九、启蒙 赵大纲曰(见仇注)。

又 仇注:云移……衮衣之龙章(见仇注)。

嘉莹按:此二句首当辨明者,厥惟其所指之时代。有以为指玄宗朝献赋蓬莱之事者,钱注、顾注、朱注、诗阐、仇注、潘解、范解、沈读及镜铨主之;有以为指玄宗朝为右卫参军时事者,金解之别批主之;有以为指玄宗朝待制集贤之事者,汤笺主之;有以为指肃宗朝为拾遗之事者,金解、意笺、论文、泽解及心解主之;有以为但言宫阙气象仪仗之盛,而不分别玄、肃两朝者,愚得、邵解、会粹、言志、通解、沈解、选读主之;有以为指玄宗之朝而不必杜甫自谓者,杜臆主之。按此二句,如就开端"蓬莱宫阙"观之,似当指玄宗朝献赋蓬莱之事而言,然若就结句"青琐朝班"观之,则似当指肃宗朝拾遗近侍之事而言。其各执一说,皆以为二说不能相容并立,私意以为不然。盖人之感情与回忆,其息息之相关,脉脉之相续,大有似水流波逐,固不必截然为之断裂。不过此二句之重点,要在以玄宗朝献赋蓬莱之事为主,则可信者也。何则?诗阐不云乎,杜甫《秋兴八首》自"故国平居有所思"一句后,其所思皆为玄宗年间故国平居之事,其说颇有足取。且此二句承蓬莱宫阙、承露金茎、瑶池王母、函关紫气而言,景物情事皆切合开、天时事,自当指玄宗朝,殆无可疑。而玄宗朝杜公所足资追忆者,厥惟蓬莱献赋、待制集贤之事也。至如金解之别批以为指玄宗朝为右卫参军之事而言者,观诸杜甫《官定后戏赠》一首所言"耽酒须微禄,狂歌托圣朝。故山归兴尽,回首向风飙"数句,其为右卫参军时之落拓不偶之心情显然可见,而与此诗"云移"二句所表现之瞻望欣喜之情,则固迥然不同者也。然则是此二句当以指玄宗朝献赋蓬莱之事为主而不指玄宗朝为右卫参军之事也。至于是否兼指肃宗朝为拾遗之事,则私意反以为不可必其无。何则?观诸杜甫还朝为拾遗时所作之诗,如《奉和贾至舍人早朝大明宫》(按即蓬莱宫,见首联诸家注)诸诗,其瞻望欣喜之情,乃颇与此二句相近,且也,结句又有"青琐朝班"之语,故私意以为杜甫回忆玄宗朝瞻望圣颜欣喜之情时,未始不可一联想及肃宗朝瞻望圣颜之欣喜也。故结句乃及"青琐朝班",正惟此一联想之作用也。此即前所云回忆之情有如水流波逐,殊难截然断裂者也,故此一联实当兼指玄、肃两朝而言。惟是自上联观之,则此联似当承上而言,以玄宗朝为主,而兼及肃宗朝之事,以呼起下联"青琐朝班",其情意之妙,正在此回环映带之间。至于他说,如"云移"当指扇影之移望之如云，"龙鳞"则当指衮衣所绣之龙章，虽间有异说，然而不辨可知其误，并皆从略。

一卧沧江惊岁晚，几回青琐点朝班。

一、九家　一卧沧江者，公自谓也。"几回青琐点朝班"，则想望省中诸公之朝也。青琐者，汉未央宫中门名，应劭曰黄门郎每日暮向青琐门拜，谓之夕郎。散骑常侍范云与王中书诗摄官青琐闼，遥望凤凰池，大抵皆禁中事。

　　又　《左传》：朝以正班爵之序。

　　莹按：此释青琐及朝班，而以"一卧沧江"为公自谓，以"青琐点朝班"为想望省中诸公之朝。

二、分门　赵曰："沧江"句，公自谓也（参看九家注）。

　　又　洙曰：青琐，见"通籍逾青琐"注。

　　又　赵曰：想望省中诸公之朝也。青琐者，汉未央宫中门名（参看九家注）。

　　莹按："通籍逾青琐"句见分门注卷十七"投赠"门。《奉赠太常张卿垍二十韵》一首，注引洙曰："汉给事日暮入对青琐门拜，谓之夕郎。青琐，以清（按当作青，下脱画字，见后所引《汉书》注）户边镂中，天子制也。刻为青琐文，青涂之也。"又引赵曰："青琐也，中有青琐门，刻为连琐，而青涂之。"按《汉书·元后传》："曲阳侯根骄奢僭上，赤墀青琐。"注："孟康曰：'以青画户边镂中，天子制也。'师古曰：'青琐者，刻为连环文，而青涂之也。'王先谦补注：'官本连环作连琐，而下有以字。'"据此，则青琐之制，显然可知，是禁省之门以青琐为饰也。至于青琐朝班，赵注以为乃想望省中诸公之朝。

三、鹤注　赵曰（同分门）。

　　又　洙曰（同分门）。

又　赵曰(同分门)。

又　希曰:几回,犹言几时归也。《原涉传》:至官无几。师古曰:无几,言无多时也。《五行志》:其几何。师古曰:言当几时也。若如旧注以为数,则与上句不相属。

莹按:黄希之意盖以为"几回"乃"几时回"之意,"回"字为动词,旧注以为"几回"乃"几番""几度"之意,则与上一句动词之"卧"字不相呼应,故曰"与上句不相属"也。

四、蔡笺　"沧江"句,甫自谓也。

又　青琐,省中门也。

又　甫追思前为左拾遗时,随班列而朝谒也,或曰想望省中诸公之朝也。

莹按:蔡笺以为乃回忆前为左拾遗时随班朝谒之事,而所引或曰与分门赵注之说同,以为乃想望省中诸公之朝,是疑而未敢定之也。

五、千家　青琐,省中门也。

六、演义　青琐,见前《晚出左掖》注。

又　末乃自叹我独卧病峡江,忽惊秋至,亦几度立于青琐门外以厕朝班者,而今不复睹矣,可胜情哉。

莹按:《晚出左掖》一首"侍臣缓步归青琐"句演义注云:"青琐谓省门也,以青画省门户边镂中。是禁省中门如此也。""几回"句,亦以为乃回忆之词。

七、愚得　(见上联)

莹按:愚得但云自言卧病夔府,自惊衰老,不与朝班,而未明言"几回"两字之意。

八、颇解　末自叹也。

莹按:此说殊略。

九、诗通　青琐,谓青琐闼也。点朝班,谓为拾遗时也。

又　斯地也,我昔尝几回厕于朝矣,今一卧沧江,徒惊岁晚,安能复到耶!所以深致其恋阙之怀也。

莹按:青琐闼,犹言青琐门。"几回"句,以为乃回忆昔为拾遗几度厕身朝班之事。

一〇、邵解　沧江,峡中;青琐,闼名;点,厕也。

又　我昔几回厕侍朝班,今卧沧江,徒惊秋至而岁晚矣,可复得邪!此依依恋阙之情也。

莹按:此亦以"几回"句为忆昔之辞,说与诗通相近。

一一、邵注　几回,犹云几度。青琐,宫中门名。点,犹厕也,谓昔为拾遗时也。

又　末乃自叹我今独卧峡江,忽惊秋至,因思在昔几度于朝班,而今不复睹矣,可胜情哉!

莹按:此亦以为乃忆昔之辞。"几回"乃"几度"之意。

一二、意笺　及出为司功,避乱入蜀,其时公已衰矣,故有沧江惊岁晚,青琐点朝班之感。沧江,即锦江;点,缀也。

眉批　后四句,言拜拾遗于肃宗时,及避乱入蜀,回思在朝之情,有讽有感。

莹按:此亦以"几回"句为回思在朝之情。至于五、六两句,以为指肃宗朝为拾遗事,其不必确指,则已于前一联辨之矣。

一三、胡注　(无)

奚批　末二句,言已流落,不在青琐,然不能无望于在朝之人。

莹按:此说虽不甚详,然云"在朝之人",则观其语意,亦似以"几回"句为指省中诸公之朝,说与九家注、分门引赵注及蔡笺或曰之说相近。

一四、杜臆　所思于平居者如此,而今安在哉?因自叹一卧沧江而惊年岁之衰晚,虽幸入青琐,而点朝班者能有几回哉。旧注作追往事固无意味,且于惊岁晚无涉。

　　莹按:此盖以"几回青琐"句为写未来而非追往事,其意谓即使他年得点朝班而年已衰晚,能有几回,所说似过于迂远。

一五、钱注　落句方及拾遗移官之事(参看章旨引钱注)。

　　莹按:钱注亦以"几回青琐"为追忆肃宗朝身列朝班之辞,而以时日无几释"几回"二字,则亦犹言几度几番而叹其无几也。

一六、张解　独我隐居沧江不能与其列耳,安得不思。

　　又　"承露""岁晚"句,正题中秋字。

一七、金解　沧江,巫峡也。公始寓夔,故云一卧也。秋,岁晚也。惊,公献赋时年四十,为左拾遗年四十六;是岁代宗大历元年在夔,年五十有五,年老岁晚,故心惊也。班在青琐之下,先生刻刻系心朝廷,虽卧沧江,恍然若点朝班者。几回,是每每如此,不止一回也。

　　别批　从此遂卧沧江,失惊岁晚,朝班预点,曾有几回,用是忧劳,莫能自慰,长歌当哭,神伤心怆矣。

　　莹按:金解于"岁晚"二字,所释颇详。然必言始寓夔,以释"一卧"之"一"字,似有未安。"一"字有一自之意,言其久,不言其始。至于"点朝班"句,金解释作"恍然若点朝班",与他说之解回忆当年及想望省中之说均有不同。至于别批"朝班预点,曾有几回",则仍为回忆之辞。可知金氏于"恍然若点朝班"之说亦无确切之自信也。

一八、顾注　一卧沧江,言一卧遂不复起也。惊岁晚,追溯身历三朝,皆成往事。今一卧不起,不知几时再列朝班,故又因秋而感兴也。盖公自玄宗天宝十载献《三大礼赋》,上奇之,命待制集贤院,时年四十,以布衣一识圣颜。至肃宗至德二载拜左拾遗,明年扈从还长安,时年四十六,始点朝班。至代宗大历元年,自云安至夔,秋寓夔之西阁,时年五十五矣。思及此那得不惊岁晚,旧注不考年月混作一时,则青琐点朝班亦可移作玄宗时事乎!

又　几回,忆昔几番侍朝也。公身虽在夔,心犹不能绝望于朝班。点与玷同。公诗"凡才污省郎",即此意也。

莹按:此以此诗追忆三朝之事为言,不拘指玄肃任何一朝拘执立说,颇为有见。

一九、朱注　楼钥曰:点与玷通,古诗多用之。束皙《补亡诗》:"鲜侔晨葩,莫之点辱。"陆厥《答内兄诗》:"复点铜龙门。"杜诗"几回青琐点朝班",正承用此也。

又　钱笺(见钱注)。

二〇、论文　乃至今日,一卧沧江,忽惊岁晚,回忆昔时,几回青琐曾列朝班耶。岁晚,照秋字。

莹按:此亦以为"几回青琐"乃回忆之辞。

二一、泽解　希曰:几回,指言几时归也(见鹤注)。

又　梦弼曰:青琐者,中门也,甫追思前为左拾遗时随班列而朝谒也(见蔡笺)。

又　赵曰:想望省中诸公之朝也(见九家注)。

莹按:此列举三说,而未加按断。

二二、诗阐　当年以杜陵布衣得瞻云日,以二毛老叟能感至尊,亦谁知有今日沧江之卧与! 曾不知自何年一卧,荏苒迟暮,遂至于此,盖犹忆灵武回銮之日,身与琐闱,谁料华州贬斥以来,沧江便卧,回首蓬莱,只肠断耳。

又　二句放逐之感。

莹按:此云"不知自何年一卧",又云"华州贬斥以来,沧江便卧",皆言其为时之久远,与金解之以始寓夔释"一卧"者异。至于"几回青琐"句,亦以为乃回忆之辞。惟云灵武回銮,则似有未妥。考之《旧唐书·肃宗本纪》天宝十五载七月甲子,上即皇帝位于灵武,改元至德。九月壬辰,上南幸彭原,至德二载二月戊子幸凤翔,九月癸卯,广平王收西京,甲辰,捷书至行在,十月癸亥,上自凤翔还京。今诗阐云灵武回銮,盖以肃宗初即位时在灵武,故泛言之耳。

二三、会粹　点,与玷通。

又　陆厥诗:"复点铜龙署。"(按此与后仇注所引不同,据丁福保编《全齐诗》此二句当作:"属叩金马署,又点铜龙门。")

又　玷朝班,指为拾遗耳。

莹按:此以"玷"字释"点"。《说文》:"点,小黑也,从黑占声。"段注:"今俗所谓点涴是也,或作玷。"是其说未为无据。《文选》司马迁《报任少卿书》:"适足以见笑而自点耳。"善注:"辱也。"翰注:"自取点污。"皆以点为玷辱之意。

二四、仇注　任昉诗:"沧江路穷此。"

又　鲍照诗:"沉吟芳岁晚。"

又　范云诗:"几回明月夜。"

又　束晳《补亡诗》:"鲜侔晨葩,莫之点辱。"

又　左思《二唐兄弟赞》:"二唐洁己,乃点乃污。"

又　陆阙《答内兄希叔》诗:"既叩金马署,复点铜龙门。"(见会粹引)

又　沈约《奏弹王源》:"点世家声,将被比屋。"

又　楼钥曰:点与玷同,古诗多用之,子美正承诸贤用字例也(参看朱注)。

又　焦竑云:王建诗"殿前传点各依班,召对西来入诏銮",盖唐人屡用之,亦可证杜诗之不音玷矣。

又　沈约《奏孔稚珪文》:"正臣稚珪,历奉朝班。"

又　卧沧江,病夔州;惊岁晚,感秋深;几回青琐,言立朝止几度也。

又　此章用对结,末两章亦然。

又　一卧沧江,本谢安高卧东山。

影印本旁批　"一卧"句,顾夔府。

莹按:仇氏既引楼钥说并举各家诗,以为"点"字乃玷辱之意;又引焦竑说及王建诗,以为"点"字乃传点之意。并举二说,而未加按断。至于"几回青琐"句,则以为乃回忆之辞。以几度释"几回"。至于以谢安之高卧东山释杜甫之一卧沧江,其情意似不尽同。

二五、黄说　"几回"字,见立朝之不久;一"点"字,更觉官卑之可怜。立朝曾几何时,而一卧沧江,遂惊岁晚矣,自伤不得再睹天颜也。

又　七句倒收,八句对结。

莹按:此亦以"几回青琐"为回忆之辞,而以立朝不久释几回,颇近于几度之意。至于以官卑说"点"字,则似与玷辱之意颇为相近也。

二六、潘解　几回青琐,追数其近侍奉引,时日无几也(参看章旨潘解及钱注)。

又　正指肃宗朝受拾遗事,点与玷同。

莹按:此亦以"几回青琐"为追忆之辞,而以"玷"字释"点"。

二七、言志　奈何乱离之后,放逐之余,遂晚卧沧江、不得再点朝班,良可悲矣。

二八、通解　奈何一卧沧江,不觉自惊岁晚未能出峡,回思曾点朝班,自上皇至今上亦经几回焉,而今已不可复得矣。

又　顾修远曰(见顾注)。

二九、提要　(见前章旨)

又　如此对结,力大于身。

莹按:提要亦以"几回青琐"为追思之辞,见章旨。

三〇、心解　沧江带夔,岁晚,本言身老,亦带映秋(参看次联)。

莹按:次联心解云"扇影威颜,朝班曾点,不可复得于沧江一卧时矣",是亦以"几回青琐"句为追忆之辞。

三一、范解　末言卧病峡江忽惊岁晚,追忆昔时青琐门外曾几回点辱朝班。此指为拾遗时而言。公身虽在夔,无刻曾忘朝班,故一望长安即不胜瞻恋宫阙之意。

又　点与玷通(参看朱注)。

三二、偶评　"一卧沧江"句,指夔府言;"几回青琐"句,言立朝无几日。

莹按:此以"无几日"释"几回"二字。

三三、沈解　今我一卧沧江,忽惊秋至,亦几度立于青琐门外以厕朝班者,而今不复睹矣。可胜情哉!

莹按:此亦以"几度"释"几回"二字,乃忆昔之辞。

三四、江说　楼钥云(参看朱注)。

又　焦竑云(见仇注)。

又　仇云:卧沧江……几度也(见仇注)。

又　查慎行曰:老卧沧江,感怀曩昔,而不复见承平之盛也。

三五、翁批　点一作照,非(见校记)。

又　有谓点是点辱者,非也。

莹按:此驳作点辱为说之非。

三六、镜铨　岁晚本言年老,亦带指秋深。

又　旧注:楼钥曰……束晳《补亡诗》……陆阙《答内兄诗》……(均见仇注)。

又　焦竑曰:王建诗……(亦见仇注)。

又　不作玷字解,尤胜。

又　句言立朝不久也。

又　吴瞻泰云：此处拾遗移官事，只用虚括，他人当用几许繁絮矣。

莹按：镜铨于"点"字举玷染及传点二说，而以为不作"玷"字解为胜。"几回青琐"句，亦以为乃回忆之辞。

三七、集评　沧江，李云夔府；惊岁晚，李云秋；"几回"句，吴云对结雄宕。

三八、选读　卧沧江，病夔州；惊岁晚，感秋深；几回青琐，言立朝止几度也。

三九、沈读　惊岁晚，照"秋"字。

又　伤感则见于末句。盖自堂武回銮，放逐蜀郡旧臣，自此中官窃柄，开元、天宝之盛事不可复见。而公坐此移官，沧江岁晚，能无三叹于今昔乎！几回青琐，追数其近侍奉引时日无几也，正指肃宗朝受左拾遗事。点与玷同。

莹按：此以"几回"二字有慨叹其为近侍奉引时日无几之意，可发言外之慨。

四〇、施说　又云"几回青琐点朝班"，注引楼钥说，点与玷同，古人多用之，如束皙《补亡诗》、左思《二唐兄弟赞》、陆阙《答内兄诗》、沈约《弹王源》文皆是。又引焦竑说，王建诗"殿前传点各依班"，可证杜诗之不同玷矣。今按王建诗，"点"是实字，犹漏点也，此诗如作实字，不可解矣。仍从楼说为是，即《绝句漫兴》"衔泥点污琴书内"之点。惟其字则已见太史公《报任安书》："适足以见笑而自点耳。"楼说尚遗之。

莹按：此以为作"玷"字解为是，而举"漏点"驳作"点"字解之非，则似有不妥。盖"漏点"固是实字，而"传点"则并非实字也。

246

四一、汤笺　拾遗匭跸,遂点朝班,岁晚身闲,沧江竟卧。

　　　莹按:此亦以"几回青琐"为回忆为拾遗时事,而于"点"字未加解说。

四二、启蒙　以下乃言向为拾遗曾于蓬莱朝班之内几回得觐天颜,今者卧病沧江,又值岁暮,不禁忆之而生悲耳。

　　嘉莹按:此二句中前一句可辩证者少,如沧江之指夔,岁晚之言身老带指秋深,皆无须辩证者也。一卧之"卧"字,盖言衰老多病、放废无成之意。至一卧之"一"字则慨时之久,言自拾遗移官一卧迄今也。金解以公始寓夔释"一卧",未免拘狭。次句"几回青琐点朝班"句,可辩证者多。大别之,此句约有五说:其一以为此句乃追思前为拾遗时曾几度随班而朝,忆昔而慨今也,蔡笺、诗通、邵解、邵注、钱注、金解别批、论文、诗阐、仇注、黄说、潘解、提要、沈读、启蒙皆主之;其二则以为此句乃想望省中诸公之朝也,九家、分门引赵注及胡注奚批皆主之;其三则以为"几回"乃"几时回"之意,谓几时得重回青琐再点朝班意也,鹤注引黄希之说主之,泽解亦引其说,惟但与他说并举,而未加论断;其四则以为杜甫虽卧沧江,然而系心朝廷,每每恍然若点朝班也,金解主之;其五则以为乃指未来而言,意云年已衰晚,他年即使幸入青琐而得点朝班,亦复能有几回,杜臆主之。综观五说,鹤注之以"几时回"释"几回"及金解之以"恍然若"三字加于点朝班之上,皆不免添字注经之嫌,其说牵强不可从。杜臆之以想望未来为说,亦嫌过于迂远,与八诗慨昔伤今之情意未尽切合。三说皆为一家之私见,或可供人联想之一助,然而不可确执以立说也。至于第二说之以想望省中诸公之朝为言者,其情意似颇为可取。盖杜甫于乾元元年冬出官华州之时,其《至日遣兴寄北省旧阁老两院故人二

247

首》,固已早有"正想氤氲满眼香"与"朱衣只在殿中间"等想望省中诸公朝觐之句矣。惟是如详味诗意,则知杜甫此二句之所以想望省中诸公之朝者,正以在此二句之前尚有"去岁兹辰捧御床,五更三点入鹓行"及"忆昨逍遥供奉班,去年今日待龙颜"等自慨之句,然后想望此日省中诸公之朝。其互相映衬之情意,始更为深切。若此章果为想望省中诸公之意,则于其承转之间似不当如此简率突兀,不能尽其悲慨淋漓之致也。故私意以为此五说中,仍当以第一说回忆前为拾遗时几度随班而朝之慨今思昔之说,最为亲切可信,故主之者亦最多。如此,则今日之一卧沧江,与昔时之几回青琐,遥遥相对,一气承转,劲健有力,固真有不胜今昔之慨者矣。再者,此句仍有当辨者,则为"点"字之解释,有作"厕也"解者,邵解及邵注主之;有作"缀也"解者,意笺主之;有以为乃言"官卑"之意者,黄说主之;有以为乃言"玷辱"之意者,会粹、潘解、朱注、仇引楼钥说、范解施说主之。诸说中,以作"玷辱"解者引证最丰,然而似不免于说经之法说诗,转觉牵强穿凿,有伤自然。盖杜甫此诗,乃以回忆当年之盛事为主,似并无所用于以玷辱自谦抑也。故翁批即以作"点辱"解为非,镜铨亦云不作"玷"字尤胜。至于他说,如仇注引焦竑说且举王建诗"殿前传点各依班"为证,以"点"字乃"传点"之意,其说近之矣,然而犹未能得杜甫之全意。私意以为此句当综合"厕也""缀也"诸说观之,意谓以微躯列身朝班而闻传点也。或者有以为此说过于含混者,然而诗人之情,意之所至,一字固可有无数情思尽包举于其中也。其以"玷"字为言者,以知解说诗,深求而反失之;以"厕也""缀也"为言者,则但凭读诗时一份简单直接之感受,而不能加以辨析说明,故又嫌其疏略而不详,要当以知解及感受合而观之,庶几可近得作者之原意也。

248

其　六

瞿唐峡口曲江头，万里风烟接素秋。

花萼夹城通御气，芙蓉小苑入边愁。

珠帘绣柱围黄鹄，锦缆牙樯起白鸥。

回首可怜歌舞地，秦中自古帝王州。

【校记】

瞿唐　演义、范批、愚得、邵解、张解、会粹、泽解、言志、通解、心解、沈解、镜铨、集评、诗钞作"瞿塘"。余本作"瞿唐"。

　　莹按：作"瞿唐"是，详见首联金解之说。

花萼　颇解作"华萼"。余本皆作"花萼"。"萼"字亦有作"蕚"者。

　　莹按："华"乃"花"之本字，古经典多作"华"。"蕚"同"萼"，见《篇海》。

珠帘　王本、郑本诗钞作"朱帘"。

　　莹按：当作"珠帘"，故各本皆引《西京杂记》织珠为帘立说。

绣柱　演义、诗通、邵注、张解、顾注、沈解皆作"绣柱"。

　　莹按："绣"乃"繡"之俗字。

黄鹄　王本、九家、分门、鹤注、千家、愚得、钱注、泽解、郑本皆作"黄鹤"，而钱注本又别注云："通作鹄。他本皆作鹄。"惟刘本、朱注、仇注、心解、翁批、汤笺别注云："一作鹤。"

　　莹按：鹄鸟与鹤鸟之形相似，音亦相近，故"鹄""鹤"二字往往相通假。如"鹄立"亦作"鹤立"、"鹤发"亦作"鹄发"，然鹄与鹤固是二鸟也。杜诗此句似仍以作"黄鹄"为是。盖"黄鹤"二字连文，除黄鹤楼外殊不多见，若"黄鹄"二字则往往连文也，而况黄鹤楼乃在湖北武昌县西黄鹄矶上。又《玉篇》云：黄鹄，仙人所乘,然则是并黄鹤楼之鹤亦当作鹄也。余详第三联总按语。

回首　王本、分门、鹤注、蔡笺、千家、范批、胡注、钱注、金解别批、论文、心解、偶评、集评、诗钞皆作"迥首"。

　　　莹按:"迥"同"回"。

自古　王本、分门作"自出"。

　　　莹按:"出"字当系误字。

【章旨】

一、蔡笺　甫寓夔峡,感秋而思曲江地之游会也。

二、演义　此诗思曲江而作也。

三、愚得　言在夔府而忆曲江。

四、颇解　此思曲江而作也。

五、诗通　此思故国之曲江也。

六、邵解　感思故国曲江。

七、意笺　此公因秋思曲江也。

八、胡注奚批　故国之游观也。

九、钱注　此记长安失陷之事也。

　　　附辑评　陈云(见后仇注引陈廷敬之说)。

一〇、张解　此思故国之曲江也,承上章"朝班"字。

一一、朱注　此叹曲江歌舞之盛不可复睹也。

一二、论文　此首思曲江也。

一三、泽解　梦弼曰(按见蔡笺,惟游会作游赏)。

一四、诗阐　一思曲池(按当为江字之误)头。

一五、会粹　此首思曲江之作,"花萼"以下俱承曲江言。

一六、仇注　六章思长安曲江,叹当时之游幸也。上四叙致乱之由,下四伤盛时难再。

又 泽州陈廷敬曰:此承上章,先宫殿而后池苑也。下继"昆明"二章,先内苑而及城外也。上下四章,皆前六句长安,后二句夔州,此章在中间,首句从瞿唐引端,下六则专言长安事,俱见章法变化。

一七、黄说 此思曲江之游也。

一八、潘解 此记长安失陷之事也(见钱注)。

一九、言志 此第六首则叙次及于巡幸之地,而兼伤其变乱之所由生。

又 此首言胜地,则带言其衰,此自互文,而亦见立言有体,且得杼轴,饶有变化也。

二〇、通解 此公忆曲江之游,盖由今思昔,由盛悲衰之意也。

二一、提要 此思长安曲江之游而伤乱也。

二二、心解 六章就曲江头写望京华,次池苑也,为所思之二。

二三、范解 此乘秋而思曲江也。

二四、偶评 此追叙长安失陷之由。城通御气,指敦伦勤政时;苑入边愁,即所云"渔阳鼙鼓动地来"。上言治,下言乱也。下追叙游幸之时,见盛衰无常自古为然,言外有无穷猛省。

二五、偶评丙 眉批:此思长安之曲江而伤乱也。

二六、沈解 此诗思玄宗之游乐曲江而作也。

二七、江说 朱鹤龄曰(见朱注)。

又 查慎行曰:此言朝廷颇多声色之娱。前首由昔感今,此首由今溯昔。秦中歌舞,自昔为然。物盛而衰,不无有感于晏安之毒也。

二八、镜铨 此思长安之曲江而伤乱也。

二九、集评 吴云:本言黍离麦秀之悲,乃反拟秦中富盛,立意最有含蓄。徐士新言讥明皇之事远游,误矣。

三〇、选读 六章思长安曲江,叹当时之游幸也。

又　陈泽州曰(见仇注泽州陈廷敬曰)。

三一、沈读　钱笺(见钱注)。

三二、启蒙　此章思故国之曲江也。

　　　　莹按:此诗首句标举"曲江"二字,其思长安之曲江自无可疑,至若钱注及潘解所云记长安失陷之事,则因思曲江之盛衰今昔,而感慨及之耳。若但言思曲江之游,未免过于浅薄,而但言记长安之陷,又不免过于深曲,二者表里相映,互相发明,正不可偏执一说。提要与镜铨所谓思曲江而伤乱之说,近之矣。仇注引陈泽州论章法之言,谓此承上章,先宫殿而后池苑,下继二章,先内苑而及城外,其次第颇是。此八诗自"故国平居有所思"一首之后,每章皆就所思之一地以起兴,而其意蕴则不可以所思之一地限之者也。

【集解】

瞿唐峡口曲江头,万里风烟接素秋。

一、九家　赵云:瞿唐峡口,则公今所在之处;曲江头,则公故乡长安之景。

　　又　梁元帝《纂要》:秋亦曰素秋。

　　又　曲江,在升道坊,有流水屈曲,谓之曲江。司马相如赋"临曲江之隑洲",盖其所也。

　　又　瞿唐、曲江,虽南北万里相远,而秋止一色也。

　　　　莹按:此所引各注皆极简明,至于曲江所在之地,当为敦化坊,惟自兴庆宫至曲江,须经升道坊耳。徐松《两京城坊考》云:"《长安志》以曲江在升道坊,考《太平寰宇记》曲江与芙蓉园相连,则其中不容隔立政、敦化二坊。"

二、分门　洙曰:瞿唐、曲江,虽南北万里相远,而秋止一色也(参看九家注)。

三、鹤注　洙曰(见分门)。

四、蔡笺　甫寓夔峡,感秋而思曲江地之游会也(见章旨)。

五、千家　瞿唐在夔,曲江在长安。

　　又　刘评,起便是。

　　　莹按:刘评言起句笔法神致之佳。至论瞿唐、曲江之所在,诸家并同,惟详略微异耳。

六、演义　瞿塘在峡口夔州,曲江在长安。

　　又　《方舆胜览》云:瞿塘峡在州东一里,旧名西陵峡,瞿峡乃三峡之门。

　　又　言瞿塘、曲江相去万里,而风烟相接,同一萧索矣。

　　　莹按:此以风烟指秋之萧索,与九家注秋止一色之说相近。

七、愚得　言在夔府而忆曲江(见章旨),曲江与夔,相去万里,向者曲江乃帝王州之歌舞地,有珠帘绣柱、锦缆牙樯之绮丽,而通御气。今也,惟风烟之接素秋而入边愁。今非昔比,故回首实惟可怜矣。赋也。

　　　莹按:此兼全首言之,若就首联言,则曲江与夔相去万里,惟风烟之接素秋,与前诸家之说并同。

八、颇解　(见前章旨)

　　　莹按:颇解之说,亦谓在夔而思曲江也。

九、诗通　瞿塘峡在夔州,曲江在长安。

　　又　言峡口之地,远连曲江,同一秋色矣。

一〇、邵解　瞿塘峡在夔州,曲江在长安。

　　又　言峡口去曲江万里,当此秋深,风烟相接,同一萧索。

　　又　西方色白,故曰素秋。

　　　莹按:此以"西方色白"释素秋。

253

一一、邵注　赋也。瞿塘峡,在夔州;曲江,在长安;素秋,秋属金,金水号素,瞿唐、曲江虽远万里而秋气萧索,止一色也。

　　又　此感曲江之废而言,瞿唐曲江,相去万里,风烟相接,同一萧索。

　　莹按:此以"秋属金,金水号素"释素秋,他说与诸家皆相近。

一二、意笺　瞿塘峡口,去曲江头万里,"风烟接素秋",言乱未定也。

　　莹按:"风烟接素秋",就字句言之,自当指秋之一色,同此风烟萧索,而时之不靖,感慨乃在言外,此以乱未定为言,殊不必如此明言确指之也。

一三、杜臆　此章直承首章以来,乃结上生下,而仍归宿于故园之心也。始但见巫峡萧森耳,不知自峡口到曲江,相去万里,而风烟相接,同一萧森也。

　　又　按曲江,在今咸宁县南十里,周六七里,亦名芙蓉池,汉武帝穿以为宜春苑,其水曲折有似广陵之江,故名。

　　莹按:此盖以瞿唐峡口为与首章之巫峡相呼应,而结云"秦中",则所谓"故园心"也。至于"风烟"二字,亦以为写秋气之萧森。

一四、诗擷　"瞿唐峡口曲江头",只如此对举,意已跃露,不待尽读始知。

　　莹按:此就对举笔法之浑雄有力言之,故国之思可见,说亦良是。

一五、郭批　引刘评,起便是(见千家注)。

一六、钱注　玄宗自秦幸蜀,故有瞿唐曲江,万物风烟之感,盖玄宗幸蜀,正八月也(按:钞本"万物风烟"作"万里风烟";"八月",钞本脱"八"字)。

　　附辑评　李云:风烟,轻点一句,讽刺亦浑然不露,可以为法。

254

莹按:钱注全以玄宗幸蜀为言,似未免过于深求,且失之拘狭。辑评引李氏之说,亦以为"风烟,轻点一句",有讽刺之意。私意则以为杜甫即使未必无此感,然不必如此拘执立说也。可参看意笺此联按语。

一七、张解　瞿塘,在夔;曲江,在长安。头,言峡之口即曲江之头。西方色白,故曰素。见万里气相通也。

又　言曲江与夔州虽隔万里,而秋气实相连也。

一八、金解　前者结云"一卧沧江""几回青琐",固未隔也。明皇自秦幸蜀,中原板荡,故有"瞿唐""曲江""万里风烟"之句。瞿唐为三峡门户,最险。人到此者,但睁开两目,心数都绝,故从二目,从佳。佳者,短后鸟,喻后必(新陆书局本误作"心"字)不行也。唐者,唐丧,《内典》云:福不唐捐。睁眼(新陆书局本作"目")看去,几乎丧身失命也。以是峡极险,故名。曲江池,唐开元中疏凿,号为胜境。都人游赏,盛于中和、上巳节。万里,不必指定瞿唐、曲江遥遥万里。前者幅帧(按:"帧"字当作"陨",见《诗经·商颂·长发》。郑笺云:"陨当作圆,圆谓周也。"校勘记云:"郑以陨为圆,是其本作圆也。《释文》云:作圜,音还,又音圆。考圜即圆之正字。《考工记》注云:故书圜,或作员。"今多写作"幅员"二字,指国之疆域而言)全盛之日,控制何啻万里;今者寇盗纵横之日,一片都是风烟,故曰"万里风烟",而瞿唐口、曲江头正接于素秋风烟中矣。

别批　身处万里之外,心注万里之间,便定然有此等想头。瞿唐之与曲江则有间矣。然其相去万里,里里风烟相接,则素秋之相接可知,乃同此秋光,而秦蜀风景迥异,则岂非以其以渐递故,当之者溺玩而弗辨乎!此不特地界相接有然,即世运递更亦无不然。

莹按:金解论瞿唐峡之得名,其说虽未尽当,然而亦不无可

255

取。按《说文》:"瞿,鹰隼之视也。"又《礼记·檀弓》:"瞿瞿如有求而弗得。"《疏》:"瞿瞿,眼目速瞻之貌。"又《礼记·檀弓》:"曾子闻之,瞿然。"孔《疏》云:"闻童子之言乃便惊骇,是瞿字有闻而惊心之意也。"又"唐"字,《说文》:"大言也。"又《法华经·普门品》:"福不唐捐。"《玄应音义》:"唐,徒也。徒,空也。"《庄子·田子方》:"求马于唐肆。"《庄子·天下》:"荒唐之言。"诸"唐"字皆有空之意,亦引申有大之意。是"瞿唐"者,言是峡之险峻高大,望之足可惊心也,故名。至于俗作"瞿塘"者,盖二字音近,往往互假通用也。如钱唐又作钱塘可证。至金解以幅员全盛之日,控制何啻万里,释"万里"二字,未免稍嫌拘执。万里,极言其今日相去之远耳,何必有昔日盛时控制之意?至于以寇盗纵横释风烟,其说与意笺及钱注辑评李氏之说相近,私意以为似不必如此明言确指,说已详前。又别批以地界相接之渐递释为世运之递更,亦嫌过于穿附。

一九、顾注　旧注云:瞿唐峡在夔州,曲江在长安,虽相去万里,而秋色萧条如一色,故曰接素秋。愚谓此亦公思归之切也。风烟相接正描写乱离光景,万里之遥,尘烟满目,声息遥阻,一望黄苇白草有如素秋,故又因秋而感兴也。

　　莹按:"黄苇白草"自是素秋光景,何得云"有如素秋"。"风烟"写"素秋"光景,言外可以有乱离之慨,而不可谓其即写乱离也。

二○、朱注　薛道衡诗:"鸟道风烟接。"

　　又　梁元帝《纂要》(见九家注)。

二一、论文　此地瞿塘峡口耳,而曲江万里之远,总在此秋色之中也。点秋字。

　　莹按:此亦以秋色为言,而不以"风烟"指寇乱。

二二、泽解　批曰:起便是(见千家注引刘评)。

又　洙曰:瞿塘曲江……而秋止一色也(见分门注)。

又　梦弼曰:甫寓夔峡……游会也(见蔡笺)。

莹按:所引各说皆已详前。

二三、诗阐　我由瞿唐望曲江,有万里之势矣。然瞿唐此秋,曲江亦此秋,瞿唐之秋,摇落堪怜;曲江之秋,萧条似此。

莹按:此以秋色之摇落萧条释"万里风烟",两地之萧条相似也。

二四、会粹　韦鼎诗:"万里风烟异。"

又　薛道衡诗:"鸟道风烟接。"

又　梁元帝《纂要》:"秋曰白藏,亦曰素秋。"(参看九家注)

又　起句言此是瞿唐峡口耳,而回望曲江,不下万里,故接以万里云云。

莹按:此说颇略。

二五、仇注　《方舆胜览》:瞿唐峡在夔(演义脱"夔"字)州东一里……三峡之门(见演义)。

又　陆机《辩亡论》:谨守峡江口。

又　《剧谈录》:曲江池,唐开元中疏凿胜境,花卉环周,烟水明媚,都人游赏,盛于中和、上巳节。

又　韦鼎诗(见会粹)。

又　刘琨诗:"繁英落素秋",注:西方白色,故曰素秋。(按《文选》刘越石《重赠卢谌》诗六臣注引济曰:陨,落也。秋,西方,白色,故曰素秋)

又　钱笺:万里风烟,即所谓"塞上风云接地阴"也。(按前章法及大旨一节,钱注云:"兵尘秋气,万里连延,首章即云'塞上风云接地阴'也。"仇注所引略异)

257

又　瞿峡曲江,地悬万里,而风烟遥接,同一萧森矣。

影印本眉批　倒起,变化,言我凝望之久,虽万里而遥,不啻与京华风烟相接,亦从一卧沧江来。瞿唐峡口,即上所谓"夔府孤城",盖公自言所处之地也,明皇幸蜀,未至成都,与瞿唐无与。

莹按:影印本仇注眉批,谓明皇幸蜀,未至成都,考之新旧《唐书·玄宗纪》皆云"天宝十五载七月庚辰次蜀郡",而清陈芳绩《历代地理沿革表》卷十五"郡表"十二云"唐成都府亦曰蜀郡",又《通鉴》卷二百十八《唐纪》三十四《肃宗皇帝纪》上之下亦云:"至德元载(按即天宝十五载,肃宗即位后改元至德),秋七月,庚辰,上皇至成都,从官及六军至者千三百人而已。"又宋程大昌《雍录》卷五"明皇幸蜀"条亦云:"至德元载,七月庚辰,至成都。"又唐杜荀鹤《松窗杂记》及李濬《摭异记》并载:"玄宗西狩,初至成都,前望大桥,上举鞭向左右曰:'是何桥也?'崔圆跃马前进曰:'万里桥也。'"然则,是玄宗曾幸成都也。影印本仇注眉批之言不可据,然其用意则尚不无可取。其意盖在驳钱注之以玄宗幸蜀释"万里风烟"之说,谓瞿唐峡口乃杜甫自言所处之地,与玄宗之幸蜀无涉也。夫玄宗幸蜀在天宝十五载,杜甫为此诗在大历元年,前后相去已十年之久,杜甫此二句必不斤斤咏此事也。即使三、四两句感慨及于天宝之乱,而要之首二句仍就眼前之秋色与一身之羁栖起兴,又何必举玄宗未尝幸蜀为立说之据乎!

二六、黄说　首句接上"沧江"字来,一、二分明言在此地思彼地耳,却只写景。杜诗至化处,景即是情也。

莹按:黄生"景即是情"之说颇是。

二七、潘解　洙曰:瞿唐在夔,曲江在长安(按此与分门注所引洙曰不同,而与千家注相同)。

又　评曰:风烟,正乱离惨景。

又　开句即说素秋,法又变。

又　玄宗自秦幸蜀……正八月也(见钱注)。

莹按:此云"风烟正乱离惨景",又引钱注以玄宗幸蜀为言,盖亦以"风烟"为指禄山之乱,其说失之狭,说已详钱注。至于"开句即说素秋,法又变"之言,盖以四章第七句始言"鱼龙寂寞秋江冷",而五章亦至第七句始言"一卧沧江惊岁晚",而此章开口便点明瞿峡素秋,是与前二章之法不同也。

二八、言志　承上言宫阙之盛,既如彼其不可复睹矣,而一时名胜之地,如曲江、花萼诸处皆非寻常所有。乃曾几何时,而素秋之间,接入一派万里风烟。

莹按:此以"万里风烟"接曲江并及次联之花萼诸处,殊失杜诗本意。

二九、通解　言吾在瞿塘,去曲江头几及万里,乃迟留峡口,时当素秋,而黄茅白苇,风烟一片与之相接。

三〇、提要　首句两地名,中间不着一字,以次句七字入夹缝中,觉瞿唐、曲江,相隔万里,真是一片风烟相接耳,此两句串一句法也。

莹按:此但论杜诗句法。

三一、心解　此诗开口即带夔州,法变。

又　瞿峡、曲江,相悬万里,次句钩锁有力,趁便嵌入秋字,何等筋节。

莹按:此所云"开口即带夔州,法变",即潘解所云"法又变"者也。"次句钩锁有力"之说,则与提要之说相近。盖此章首二句之章法、句法,确有提挈开阖之力,即此二句已可见杜甫于七律一体之开拓与成就矣。

三二、范解　《方舆胜览》(见演义)。

又　梁元帝《纂要》(见九家)。

又　瞿唐、曲江,相去万里,天气萧森,同一素秋景色,故风烟相接也。

三三、偶评　瞿唐,夔府;曲江,京华。

三四、沈解　瞿塘峡口,在夔州;曲江,在长安。

又　言瞿塘曲江相去万里,而风烟相接,同一萧索矣。

三五、江说　梁元帝《纂要》(见九家)。

又　仇云:瞿峡曲江……同一萧森矣(见仇注)。

又　瞿唐,夔府。曲江,京华。风烟,秋。

三六、翁批　(见前章法及大旨一节)

莹按:翁批以为此章首尾以两地回环,乃特提之章法,凌厉顿挫,大开大合,如此则后四首始不伤板滞,其说就章法立论,颇为可取。

三七、镜铨　梁元帝《纂要》:秋曰……素秋(见九家注及会粹)。

莹按:邵解及仇注引刘琨诗注,皆云西方白色,故曰“素秋”;与会粹及镜铨所引秋曰白藏,亦曰素秋之说,正相符合。

三八、集评　瞿塘,李云:夔府。曲江,李云:江头。风烟,李云:风烟轻点一句,讽刺亦浑然不露。

莹按:此所谓“风烟”一句之“讽刺”,盖亦以为有暗伤乱离之意也(参看钱注)。

三九、选读　瞿塘曲江……同一萧森矣(见仇注)。

又　长安之乱,起自明皇,故追叙昔年游幸始末。

又　万里风烟……接地阴也(见钱注之章法及大旨与本联仇注引钱笺)。

又　眉批:瞿塘(按原书“瞿塘”“瞿唐”不统一)峡在夔州东一里,乃三峡之门;曲江池,开元间疏凿为胜境。都人游赏,盛于中和、上巳节。秋,西方白色,故曰素秋。

四〇、沈读　玄宗自秦幸蜀……正八月也(见钱注)。

四一、汤笺　身居瞿峡,心想曲江,万里素秋,风烟相接。

　　　　莹按:此说颇简要。

四二、启蒙　《剧谈录》(见仇注)。

　　又　瞿唐处南,曲江在北,相隔万里,而素秋之风烟可接,故身
　　滞瞿唐而神游曲江耳。

　　　　嘉莹按:首句瞿唐在峡口,曲江在长安,此尽人皆知之事也,
　　诸说并同,可毋庸赘述。二地之相远,与杜甫之感夔秋而思曲江,
　　此亦尽人皆知之事。然则此二句之当辨者,惟在次句"万里风
　　烟"之所指耳。有以为谓秋之一色,同此萧索者,九家注、分门、
　　演义、诗通、邵解、邵注、杜臆、论文、泽解及诗阐皆主之;有以为伤
　　寇盗纵横、乱离未定者,意笺及金解主之;有以为玄宗幸蜀在八
　　月,故有万里风烟之感者,钱注及潘解主之。综观三说,钱氏之说
　　过于深曲拘狭(潘解用钱说),而但言秋之萧索一色,亦未免微嫌
　　浅率。要之,风烟素秋,写秋景之萧索,而伤时念乱怀乡恋阙之
　　悲,自在言外,不必拘指之也。至于金解"控制何啻万里"及金氏
　　别批"地界相接""世运递更"之说,其为勉强穿附,则已驳之于前
　　矣。他若潘解、提要、心解及翁批,论章法句法之言,颇为有见,正
　　可见杜甫七律一体之开拓与成就,其笔力自有不同于人者。已详
　　各家之说,兹不具论。

花萼夹城通御气,芙蓉小苑入边愁。

一、九家　花萼夹城,见"白日雷霆夹城仗"注。

　　又　芙蓉小苑,见"青春波浪芙蓉园"注。

　　又　花萼楼、芙蓉园,皆长安宫禁故事。

又　赵云:花萼楼,在南内兴庆宫。夹城在修德坊。芙蓉苑在敦化坊,与立政坊相接。本隋氏离宫,大抵兴庆宫、夹城、芙蓉苑,皆接曲江,通御气,则以南内为主耳。本游幸之地,今乃有边愁入于其间,以纪吐蕃之乱尝陷京师故也。

莹按:前所引"白日雷霆夹城仗"及"青春波浪芙蓉园"二句俱见杜甫《乐游园歌》。"夹城仗"句,九家注本误作"甲城仗",注云"甲当作夹。赵云夹城当作甲,非"。芙蓉园、夹城,于曲江地皆相近。按《长安志》载:"乐游与芙蓉园、曲江并出京城东延兴门。"又"芙蓉园"句注云:"在城南曲池坊临水亭进芳门外,即乐游园也。《玄宗纪》:'开元二十年广花萼楼,筑夹城至芙蓉园。'"至于所云宫禁故事,按《旧唐书》卷九十五《睿宗诸子传》:"初,玄宗兄弟圣历初出阁,列第于东都积善坊,五人分院同居,号五王宅。大足元年,从幸西京,赐宅于兴庆坊,亦号五王宅。及先天之后,兴庆是龙潜旧邸,因以为宫,宪(按即让皇帝)于胜业东南角赐宅,申王扐、岐王范于安兴坊东南赐宅,薛王业于胜业西北角赐宅,邸第相望,环于宫侧。玄宗于兴庆宫西南置楼,西面题曰花萼相辉之楼,南面题曰勤政务本之楼。"(《新唐书》略同)又《旧唐书》卷八《玄宗本纪》云:"开元二十年六月,遣范安及于长安广花萼楼,筑夹城至芙蓉园。"至于花萼楼、夹城及芙蓉园所在之位置,则有清徐松所撰《唐两京城坊考》所附之《西京外郭城图》,可供参证。自兴庆宫有夹城经立政、敦化诸坊至芙蓉园,与《旧唐书》所载相合。至于所引赵彦材之说云"夹城在修德坊"者则当为另一段夹城,在皇城西北掖庭宫与禁苑之间者,亦见徐氏《唐两京城坊考》所附之《西京外郭城图》。至赵氏所云南内即指兴庆宫,据宋程大昌《雍录》卷三《唐宫总说》:"太极在西,故名西内;大明在东,故名东内。别有兴庆宫者在都城东南角,人主亦于此出政,故又号南内。"又赵氏以为入边愁乃纪吐

262

蕃之乱陷京师(亦有以为指安禄山之乱者,说详后)。

二、分门　洙曰:夹城,见"白日雷霆夹城仗"注。

　　又　赵曰:花萼,明皇楼名。

　　又　洙曰:芙蓉苑,见"青春波浪芙蓉园"注。

　　又　洙曰:花萼楼,芙蓉园,皆长安宫禁故事。

　　又　赵曰:芙蓉苑,在敦化坊,本天子游幸地,而今乃有边愁入于其间,以纪吐蕃之乱尝陷京师故也(见九家注)。

　　　莹按:所引俱见九家注,可参看前九家注按语。

三、鹤注　洙曰:花萼楼……宫禁故事(见分门)。

　　又　赵曰:花萼……楼名(见分门)。

　　又　赵曰:芙蓉苑……京师故也(见分门)。

　　又　鹤曰:旧史云:南内曰兴庆宫,在东内之南,隆庆坊。(按隆庆即兴庆也。《新唐书》卷八十一《睿宗诸子传》云以隆庆旧邸为兴庆宫,而《旧唐书》云"兴庆是龙潜旧邸",可知隆庆即兴庆也,隆庆乃旧名。宋程大昌《雍录》卷四"兴庆宫"条云:"大兴京城东南角有坊名隆庆,中有明皇为诸王时故宅……明皇开元二年七月以宅为宫,既取隆庆坊名以为宫名,而帝之二名其一为隆,故改隆为兴,是为兴庆宫也。")自东内达南内,有夹城复道,西南隅有花萼相辉、勤政务本之楼。又,开元二十年筑夹城入芙蓉园。

　　　莹按:自东内(大明宫)至南内(兴庆宫),原有夹城复道相通,至开元二十年广花萼楼,又筑夹城至芙蓉苑。详见前九家注及后演义所附按语。

四、蔡笺　花萼,明皇楼名。夹城,在修德坊,与升道坊相接。

　　又　"芙蓉小苑"句,谓吐蕃陷京师也,芙蓉苑,在敦化坊,与立政坊相接。

　　　莹按:此云"夹城在修德坊"者,其误与九家注所引赵注同,说已详前。又此亦以"入边愁"指吐蕃陷京师而言,与九家注分门注及黄鹤注同,诸坊名可参看九家注按语。

五、千家　洙曰:玄宗开元间广花萼楼,筑夹城入芙蓉园。

又　刘评:两句写幸蜀之怨怀,故京之思,不分远近,如将见焉。

莹按:所引刘评之说颇晦,其意盖以为此二句伤玄宗之幸蜀。而花萼楼、芙蓉园,今虽与杜甫羁身之夔府相去颇远,而每一念至,如在目前也。

六、演义　玄宗开元间广花萼楼,筑夹城入芙蓉苑。入边愁,言吐蕃陷京师也。

又　因言昔明皇友爱五王,尝自宫内穿夹城,至花萼相辉楼同寝,故云通御气也。

又　芙蓉苑,又近曲江,乃天子游幸地,而关中数乱,故云入边愁也。

莹按:此亦以为"入边愁"指吐蕃之陷京师,关中数乱,与前引诸家之说同。而以"通御气"为指玄宗自宫内至花萼楼与五王同寝。据程大昌《雍录》卷三《唐宫总说》云:"兴庆宫虽有夹城可以潜达大明宫,要之隔越衢路,亦当名为离宫而已。"盖兴庆宫乃在宫外兴庆坊,欲至大明宫则隔越衢路往来不便,故有夹城相通。而花萼楼即在兴庆宫侧。可参阅九家注按语所引《旧唐书》。莹意以为两夹城当相连,沿入苑经长乐坊以达大明宫,故《雍录》卷四《兴庆宫》说云:"开元二十年筑夹城通芙蓉园,自大明宫夹东罗城复道,由通化安兴门次经春明门、延喜门,可以达曲江芙蓉园。"是由兴庆宫通芙蓉园之夹城,原亦可通大明宫也。演义以为"夹城通御气",但指明皇之友爱,至花萼相辉楼与诸王同寝,而不及至芙蓉园之游幸,似未免失之褊狭。且演义亦引有开元间广花萼楼至芙蓉苑之言,则夹城之御气所通,岂仅自大明宫至花萼楼而已哉!

264

七、愚得　洙曰：按玄宗开元间……筑夹城入芙蓉苑(参看千家注)。

又　向者，曲江乃帝王州之歌舞地……而通御气(见首联)。

莹按：此云曲江通御气，则通御气自指玄宗曲江之游赏。

八、颇解　昔明皇广花萼楼，筑夹城入芙蓉苑，故曰通御气。公在夔，为
西南边徼，故曰入边愁。

莹按：此以"筑夹城入芙蓉苑"释"通御气"，其说与演义之以为
指自宫中至花萼楼与五王同寝之说异。而以"公在夔，为西南边
徼"释"入边愁"，其说则未免牵强不通。如谓"入边愁"指杜甫在西
南边徼之地而愁，则前四字"芙蓉小苑"当着落何所乎？

九、诗通　玄宗广花萼楼，筑夹城入芙蓉园，故谓之通御气也。入边愁，
谓吐蕃之陷也。

又　然此曲江之地，通于禁御，今乃为裔夷所陷。

莹按：此亦以"筑夹城入芙蓉园"为"通御气"，以"吐蕃之陷"
为"入边愁"。因伤曲江乃通于禁御之地，今乃为裔夷所陷也。

一〇、邵解　玄宗广花萼楼，筑夹城入南内之芙蓉园(按芙蓉园在曲江，
南内乃兴庆宫，南内虽通芙蓉园，然不得谓南内之芙蓉园也)。

又　芙蓉苑，别连曲江，驾游幸，有别殿。

又　如曲江，有花萼夹城也，玄宗因乱去此幸蜀，使御气通于
外。近曲江，有芙蓉苑，吐蕃入长安，遂陷之，使边愁入其中。

又　玄宗去蜀，本避乱，曰通御气，微辞也，如天子狩于河阳者。

莹按：此以吐蕃陷长安为"入边愁"，然而以"御气通于外"释
"通御气"，且谓为指玄宗之幸蜀，则不免添字解经，失之穿附矣。
杜甫明明于"通御气"三字上着"花萼夹城"四字，何得遽谓之外
通于蜀也！

一一、邵注　花萼，楼名，明皇友爱兄弟故建此楼。芙蓉苑，近曲江。通
御气，天子行于夹城中，故云"通御气"也。"入边愁"谓吐蕃陷京

265

师也。

又　遂述其初,极富贵游赏之盛。

　　莹按:此以"入边愁"为指吐蕃陷京师,又以游赏为言,则"通御气"当指曲江游赏。

一二、意笺　明皇自开元间,花萼楼筑夹道至芙蓉苑,与诸王宴游。禄山始陷,吐蕃复入,而苑荒矣,故曰"花萼夹城通御气,芙蓉小苑入边愁"。

　　莹按:此亦以筑夹城通芙蓉苑释"通御气"。而"入边愁"句,则以为兼指禄山之陷与吐蕃之入。

一三、胡注　刘云:两句……如将见焉(见千家注刘评)。

　　奚批　"花萼"句,承曲江;"芙蓉"句,此句转下,下正入边愁也。

　　莹按:奚批但论句法承转,虽未加诠释,然自"'花萼'句,承曲江"之说观之,则似以"通御气"指曲江之游幸也。

一四、杜臆　按《名胜志》:"花萼楼与勤政务本楼同建于开元间,勤政楼在南,花萼在西,俱隶兴庆宫。"又云:"夹城为兴庆宫附外郭,为复道,自大明宫潜通此宫及曲江芙蓉园。"故公谓当其盛时,花萼夹城时通御气,敦天伦,勤国政,海内乂安,未几而芙蓉小苑遂入边愁,一人之身,而治乱顿异,何也?

　　莹按:此以为夹城之通御气,乃兼指花萼楼与曲江芙蓉园而言。盛时敦伦勤政,衰时遂入边愁。

一五、诗撷　"御气"二字,未知所出,稍觉欠典。

　　莹按:此但言"御气"二字之欠典,然杜诗中屡用之,盖指天子之气耳。参看后金解及镜铨之说。

一六、郭批　次联写幸蜀之怨……如将见焉(见千家注刘评)。

一七、钱注　《旧唐书》:开元二十年,遣范安及于长安广花萼楼,筑夹城至芙蓉园。

266

又　《长安志》：开元二十年，筑夹城入芙蓉园，自大明宫夹东罗城复道，经通化门观以达南内兴庆宫，次经春明、延喜门，至曲江芙蓉园，而外人不之知也。

又　入边愁，并指吐蕃陷长安也（钞本无此二句）。

又　开元中，广花萼楼，筑夹城复道，自南内径达曲江芙蓉园，故曰通御气。乱后御道崩溃，宸游绝迹，可悲也。

又　禄山反报至，上欲迁幸，登兴庆宫花萼楼置酒，四顾凄怆，此所谓入边愁也。旧笺谓并指吐蕃陷长安，非也。

莹按：钱氏初以为"入边愁"并指吐蕃之陷长安，而后乃改正前说以为此句但指禄山之乱，而曰旧笺非也，其说亦颇有可采者。盖花萼夹城芙蓉小苑，原为玄宗游幸之所，是杜甫之意原以慨玄宗时禄山之乱为主，则谓为不并指代宗时吐蕃之陷长安，其说亦不为无见。至所引花萼楼置酒凄怆之事，则见于唐李德裕所编之《明皇十七事》。按《学海类编》收有唐李德裕编次《明皇十七事》一卷，前有李德裕自序云："太和八年秋八月乙酉，上于紫宸殿听政，宰臣涯以下奉职奏事，上顾谓宰臣曰：'故内臣力士终始事迹，试为我言。'臣涯即奏云：'上元史臣柳芳得臣窜黔中时力士亦从巫州，因相与周旋，力士以芳尝司史，为芳言时禁中事，皆芳所不能知，而芳亦有所质疑者，芳默识之。及还编次其事，号曰问高力士。'上曰：'令访史氏取其书。'臣涯等奉诏，乃召芳孙度支员外郎璟询事，璟曰：'某祖芳，前从力士问觇缕，未尝复著唐历，采摭义类尤相近者，以传之，其余或秘不敢宣，或奇怪非编录所宜及者不以传，今按求其书，已失不获。'臣德裕亡父先臣与芳子吏部郎史冕，贞元初俱为尚书郎，后谪官亦俱东出，道相与语，遂及高力士之说，且曰：'彼皆目睹，非出传闻，信而有征，可为实录。'先臣每为臣言之，臣伏念所忆授，凡有十七事，岁祀久，遗稿

267

不传,臣德裕非黄琼之(按此处当有脱字)达练习故事,愧史迁之该博,唯次旧闻,惧失其传,不足以对大君之问,谨录如左,以备史之阙云。"然则李氏此书所载之事虽得之传闻,而所传告者既为其父,所呈对者又为其君,其言或不无可信也,其中第十二事所载即为花萼楼置酒凄怆之事,云:"兴庆宫,上潜龙之地,圣历初五王宅也。上性友爱,及即位,立楼于宫之西南垣,署曰'花萼相辉楼'。朝退亟与诸王游,或置酒为乐。时天下无事,号太平者垂五十年。及羯胡犯阙,乘传遽以告,上欲迁幸,复登楼,置酒,四顾凄怆……上将去,复留眷眷,因使视楼下有工歌而善《水调歌头》者乎。一少年心悟上意,自言颇工歌,亦《水调》,使之登楼且歌,歌曰:'山川满目泪沾衣,富贵荣华能几时,不见只今汾水上,惟有年年秋雁飞。'上闻之潸然出涕,顾侍者曰:'谁为此词?'或对曰:'宰相李峤。'上曰:'李峤真才子也。'不待曲终而去。"钱氏所引,盖出于此,确有所据,是钱氏以为指禄山之乱当较指吐蕃之乱之说更为可信也。

一八、张解　明皇友爱兄弟,故建花萼楼;筑夹城,入芙蓉苑;通御气,指幸蜀言。

又　苑本曲江,文帝恶其名曲,改名芙蓉。禄山陷京师,是边愁入苑中。

又　当日明皇虽自曲江幸蜀,其御气未尝不通。然止有夹城之外,芙蓉小苑乃入边愁耳。

又　旧注"通御气",有改通禦气者,有改虚御气者,有言御气即御风者,止缘未就上下文思耳。盖万里气既相接,可见虽幸蜀其御气自通,当日止小苑入边愁耳,此盖不忍斥者,故加一小字,见原非大内也。实为尊者讳,而不然小字作何解?亦正见无害其全盛。

莹按:此欲以"幸蜀"说"通御气",其言实不可从,当于本联总按语中详之。

一九、金解　三、四总承曲江来。花萼夹城者,明皇性极友爱,即位后,以隆庆旧邸为兴庆宫,五王赐第宫侧。又于宫西置楼,署曰花萼相辉之楼。开元二十年,广花萼楼,筑夹城,至芙蓉园。园与曲江相接。名芙蓉者,以其水盛而芙蓉富也(按此说出刘𫗧《小说》,亦见《雍录》卷六"曲江"条,仇注亦引之)。天子时幸芙蓉园,必从花萼楼夹城通去,故曰通御气。御气,天子之气也。御气无处不通,而花萼夹城毕竟是明皇友爱之所,故时幸曲江游乐,未为大过。芙蓉小苑,毕竟是明皇游幸之地,故同此曲江游乐,已入边愁。边愁不从花萼夹城入,偏从芙蓉小苑入,先生立言之旨,盖不苟也。又,边愁,不但禄山陷京,即就明皇幸蜀,而先生因此徙倚素秋,怅望于瞿唐峡口,岂非边愁乎?故知"入边愁"三字,隐已承瞿唐峡口,益见先生律法之细。

别批　三、四紧承,明皇当日敦尚友悌,御气与花萼交辉,晚岁偶渔声色,边愁与芙蓉共惨,当一王之朝,而前后异政,国步遂移,倘辨之早,辨几何而至如此之剧也(按后一"辨"字疑为"变"字之误)。御气用一"通"字,何等融和。边愁用一"入"字,出人意外。先生字法不尚纤巧,而耀人心目如此。

莹按:金解以为花萼楼为友爱之所,故但曰"通御气"。芙蓉苑为游幸之地,乃曰边愁自此而入,可见杜甫立言之旨。夫花萼、芙蓉,不过借曲江之游幸来往,发今昔盛衰之慨耳。昔日之通御气者一旦而入边愁,朝政之异,盛衰之感,尽在其中。虽不必如金解之分别立说,然杜甫之立言确为得体。

别批　论"通"字与"入"字,亦极警切。可见杜甫炼句用字之妙,又以御气为指天子之气,说亦颇是。

二〇、顾注　《长安志》(见钱注)。

又　通御气,言明皇游幸复道,其气无不通也。禄山警报日至,芙蓉小苑遂入边塞之愁,此亦就当时而言,非日后京城沦陷始云入边愁也。如此万户千门,层累覆压,天日隔离,而御气可通,以见其制度之奇丽,物力之殷繁。如此深沉杳隔而边愁得入,所云"渔阳鼙鼓动地来"也。若将入边愁作既陷长安语,下二句便接不去。

二一、朱注　《旧唐书》:南内曰兴庆宫,宫西南隅有花萼相辉、勤政务本之楼。开元二十年六月,遣范安及于长安广花萼楼,筑夹城,至芙蓉苑。(参看九家注按语)

又　《汉书》:萧望之署小苑东门候。小苑,宜春苑也。宜春苑,即曲江。

又　入边愁,见御苑已废。

二二、论文　曲江之上,有花萼夹城,直通御座。孰意芙蓉小苑,竟入边愁乎! 边愁者,禄山陷长安也。

莹按:此以御座释"御气",拘而不切。至于"边愁"句,则亦以为指禄山陷长安而言,与钱注同。

二三、泽解　赵曰:花萼,明皇楼名。芙蓉苑在敦化坊……尝陷京师故也(见分门注)。

又　《旧史》云:自东内达南内……勤政务本之楼。开元二十年筑夹城入芙蓉苑(见黄鹤注)。

又　批云:御气即御风。两句写幸蜀之怨怀,故京之思,不分远近,如将见焉(两句以下,见千家注引刘评)。

又　泽堂曰:旧通御气,今入边愁也,谓芙蓉苑入于边愁中,文理不通。"御气云楼敞",同此意,御风,非是。

莹按:以御风释"御气",自属非是。至于"芙蓉小苑入边愁",泽堂所谓文理不通者,则正为杜公句法之妙。其意盖谓芙蓉小苑乃竟有边愁入于其中也,此乃加重语气,深慨乎言之。试思倘易为"边愁竟入芙蓉苑",文法虽通,而淡薄浅俗,更复有何诗意乎?"御气云楼敞"见《千秋节有感二首》之二,盖亦指天子之气也。

二四、诗阐　二句写曲江往事。

又　明皇往日亦曾游幸其处,游曲江,必从花萼楼而来,入芙蓉园而止,乃御辇则自夹城而达。盖夹城之中为复道,从南内竟达曲江,其中深沉杳隔,往来者,但通御气。夫以夹城御道之深邃,君王游幸,但闻御气之通,庶几芙蓉小苑之流连,别殿征歌,永绝边愁之入,乃当年边愁之入,又安得禁也。青海之烽烟频传,南诏之丧乱见告,谁料平安之火,不报潼关,渔阳之箭,忽吟细柳,此日边愁一入,而花萼、芙蓉便为灰烬,曲江往事如此,今由瞿唐一望,惟有苍茫素秋而已。

莹按:《通鉴》卷二百十四至二百十七《玄宗纪》云:"(开元廿五年)河西节度使崔希逸袭吐蕃,破之于东海西。""(天宝五载)以王忠嗣为河西、陇右节度使兼知朔方、河东节度事……天下劲兵重镇皆在掌握,与吐蕃战于青海积石,皆大捷。""(天宝七载)哥舒翰筑神威军于青海上,吐蕃至,翰击破之,又筑城于青海中龙驹岛。""(八载)以谪卒二千戍龙驹岛,冬冰合,吐蕃大集,戍者尽没。"此所谓"青海之烽烟频传"也。《通鉴·玄宗纪》又载:"(天宝九载十二月)剑南节度使鲜于仲通性褊急,失蛮夷心。故事,南诏常与妻子俱谒都督,过云南,云南太守张虔陀皆私之,又多所征求。南诏王阁罗凤不应。虔陀遣人詈辱之,仍密奏其罪。阁罗凤忿怨,是岁,发兵反,攻陷云南,杀虔陀,取夷州三十二。""(天宝十载)南诏王阁罗凤谢罪,请还所俘掠,城云南而去。……鲜于仲通不许,囚其使,进军至西洱河,与阁罗凤战,军大败,士卒死者六万人。……阁罗凤敛战尸筑为京观,遂北臣于吐蕃。……制大募两京及河南北兵以击南诏。人闻云南多瘴疠,未战,士卒死者什八九,莫肯应募。杨国忠遣御史分道捕人,连枷送诣军所。""(天宝十一载)六月甲子,杨国忠奏吐蕃兵六十万救南诏,剑南兵击破之于云南……十月南诏数寇边。""(天宝十二载夏五月)以左武卫大将军何复光将岭南五府击南诏。""(十三载六月)侍御史剑南留后李宓将兵七万击南诏,阁罗凤诱之深入至太和城(阁罗凤所居也),闭壁不战,宓粮尽,士卒罹瘴疫及饿死什七八,乃引还。蛮追击之,宓被擒,全军皆没。"此所谓"南诏之丧乱见告"也。诗阐所言,虽于史有征,然而杜甫此诗作于大历年间,相去时间已远,必不斤斤以此为言。如曰推原当日边愁之入,则自当仍以安禄山渔阳之变为主也。至于"通御气"亦以为指君王之游幸往来,与颇解之说同,此二句自系承上素秋而伤往事之言。

二五、会粹　《旧唐书》:南内曰兴庆宫,宫西南隅,有花萼相辉、勤政务本之楼。开元二十年六月,遣范安及于长安广花萼楼,筑夹城至芙蓉苑(参看九家注按语)。

　　又　张正见诗:"御气响钧天。"

　　又　小苑,宜春苑也,即曲江。曰"入边愁",见御苑已废。

　　莹按:此以"入边愁"为指御苑之已废,而不明指边愁之战役,与前诸家之说有异。

二六、仇注　杜臆:城通御气,前则敦伦勤政;苑入边愁,后则耽乐召忧,见一人之身,而理乱顿殊也。

　　又　刘𫗧《小说》:园本古曲江,文帝恶其名曲,改名芙蓉,为其水盛而芙蓉富也(参看金解)。

　　又　《旧唐书》:南内曰兴庆宫……开元二十六年……筑夹城至芙蓉苑(见会粹,唯仇注误引为开元二十六年,据《旧唐书》当是二十年,见九家注按语)。

又 《长安志》:开元二十年筑夹城入芙蓉园,自大明宫夹罗城复道,经通化门以达南内兴庆宫,次经明春(按当是春明)、延喜门至曲江芙蓉园,而外人不之知也(参看演义及钱注)。

又 张正见诗(见会粹)。

又 钱笺:禄山反报至……四顾凄怆(见钱注)。

又 《一统志》:芙蓉苑即秦宜春苑地。

又 《萧望之传》(见朱注)。

又 庾信诗:"停车小苑外。"

又 陈苏子卿诗:"故乡梦中近,边愁酒上宽。"

又 小苑,指宜春苑。

又 长安之乱,起自明皇,故追叙昔年游幸始末。

影印本旁批 "花萼"句,天宝以后,明皇移仗于南内听政,故曰"通御气"也。

莹按:仇注既云"追叙昔年游幸始末",又引钱注"禄山反报至"云云,则边愁自当指禄山之乱,是此二句,盖谓明皇游幸招致祸乱。然"花萼"句,似亦以为有勤政之意。如所引杜臆,以指敦伦勤政,影印本旁批亦以听政为言,盖明皇由开元之勤政,转为天宝之游幸,其事虽可分别言之,然杜甫之感慨,则浑然不可断裂分指者也。

二七、黄说 《旧书》:开元廿年广花萼楼,筑夹城至芙蓉园(参看九家注)。

又 "芙蓉小苑"句,叙禄山陷长安事,浑雅之极,稍粗率,即为全诗之累。

又 三、四两句首藏初时后来四字。

莹按:此既云三、四两句藏有"初时后来"之意,则似亦以为三句为指初时之勤政,后来则以游幸致入边愁也。至于评"芙蓉

273

小苑"句之浑雅,所言颇是。

二八、潜解　入边愁,并指吐蕃陷长安也(见钱注)。

又　开元中,广花萼楼,筑夹城复道,自南内径达曲江芙蓉园外,人不知也,故曰"通御气"。乱后御道崩溃,宸游绝迹,可悲也(按此引用钱注,而稍加颠倒)。

又　禄山反报至……旧笺谓并指吐蕃陷长安,非也(见钱注)。

莹按:潜解多用钱注,说已详前。

二九、言志　使边塞戎马之愁,竟入于芙蓉小苑之中也。

三〇、通解　忆初时花萼夹城,路径曲折,而惟通御气;及后来芙蓉小苑,门户幽深,而竟入边愁。

三一、提要　三、四交互句,言盛时花萼城、芙蓉苑皆通御气,衰时芙蓉苑、花萼城皆入边愁。

又　若苟将次联解作一盛一衰,三联解作全盛,则浓艳痴肥,无异嚼蜡,而上下文俱成两橛矣。

莹按:此以三、四两句为交互句,其说较他说之以一句指盛一句指衰者,为通达可取。

三二、心解　《旧书》:开元二十六年(按六字衍,说详仇注),广花萼楼,筑夹城至芙蓉苑。

又　钱注:禄山反报至……四顾凄惨(见钱注,凄惨当作凄怆)。

又　中四,乃申写曲江之事变景象。

莹按:此引钱注,亦以"入边愁"为指禄山之乱。至于曲江事变景象之言,其说颇是,惟稍略耳。

三三、范解　《旧唐书》(见朱注)。

又　张礼《游城南记》:芙蓉园在曲江西南,秦宜春小苑地。园内有池为芙蓉池。

又　曲江之上,明皇尝穿夹城,由花萼楼至芙蓉苑以通御气。

自禄山陷后,常入边愁。

三四、偶评　城通御气……动地来(参看章旨)。

三五、沈解　言昔玄宗友爱五王,尝自南内穿夹城,至花萼相辉楼同寝,故云通御气也。芙蓉苑又近曲江,乃天子游幸之地,而关中数乱,故云入边愁也。

三六、江说　《旧唐书》(见朱注)。

　　　又　入边愁……已废(见朱注)。

三七、镜铨　《旧唐书》:南内曰兴庆宫,宫西南隅有花萼相辉之楼。开元二十年六月,遣范安及广花萼楼,筑夹城至芙蓉园(参看会粹)。

　　　又　《隋书·天文志》:天子气内赤外黄,天子欲有游往处,其地先发此气。

　　　又　《汉书》:萧望之署小苑东门候(见仇注)。

　　　又　《一统志》:芙蓉苑即秦宜春苑地(见仇注)。

　　　又　旧注:禄山反报至……四顾凄怆(见钱注)。

　　　又　小苑,宜春苑也。

　　　又　通御气,言自南内至曲江,俱为翠华行幸处耳,与敦伦勤政意无涉。

　　　又　二句,言以御气所通,即为边愁所入,正见奢靡为亡国之阶,耽乐乃危身之本,下文又反复唱叹言之。

　　　　莹按:此引《隋书·天文志》,以为御气乃天子之气。此二句但言游幸御气所通,即为边愁所入,而不以前句指勤政分别盛衰为言,与提要之说相近。

三八、集评　李云:长安所思。

三九、选读　《旧唐书》(见朱注)。

　　　又　开元间废花萼楼……通御气也(见诗通,此"废"字当为"广"字之误)。

275

又 禄山反报至……入边愁也(见仇注)。

又 城通御气,前则敦伦勤政;苑入边愁,后则耽乐召忧,见一人之身,而理乱顿殊。

四〇、沈读 钱笺:开元中……可悲也(见钱注)。

又 禄山反报至……非也(见钱注)。

四一、施说 "花萼"句,注引《唐书》《长安志》,皆言范安及广花萼楼,筑夹城至芙蓉苑,复道相通。又引张正见诗"御气响钧天"。今按此句,诸本皆作"御气",然在可解不可解之间,即张正见诗,亦第可证字面,诗意终不明晰。或说"御气"当作"御仗",复道往来,御仗常通也,据诗意,此说当是。

莹按:此驳仇注"御气"之非,而欲以意改"御气"为"御仗",其说殊妄,不可从。

四二、汤笺 旁邻蓉苑,遥际夹城,复道气通,边愁曾入。

莹按:此说极略。

四三、启蒙 刘𫗧《小说》(见仇注)。

又 《旧唐书》(见仇注)。

又 因忆曲江之上有芙蓉小苑,与花萼楼内外相隔。自筑夹城以来,花萼之御气自夹城而通于芙蓉。然芙蓉已不移时而入边愁矣,可胜慨哉。考夹城之筑在开元二十六年,而禄山之叛在天宝十四载,其间相隔尚有十余年。而诗若云于此时而通,即于此时而入者,盖以明敦伦勤政之地,而为耽乐召忧之所,敬肆治乱之几,间不容发,而刻不稍缓,其为垂戒也大矣。

嘉莹按:此二句所涉及之花萼夹城及芙蓉小苑之位置,已详见前九家注及演义之按语。诸家引证有误者,亦已分别考订于前,兹不复赘。至于"花萼"句之歧解,有以为指明皇盛时友爱诸王,敦伦勤政而言者,演义、金解及仇引杜臆之说主之;有以为指自花萼楼至曲江芙蓉苑游幸而言者,九家注、分门注、千家注、颇解、诗通、钱注、诗阐、提要、心解、镜铨主之,提要更明指其不当分别以此句指盛时,下句指衰时,镜铨亦以为此句与敦伦勤政无涉。夫此二句,承首句"曲江头"而来,盖藉明皇之游幸,慨盛衰之变也。故提要以为乃交互句,盛时皆通御气,衰时皆入边愁,其说颇是。唯是杜甫以"通御气"承花萼楼,以"入边愁"承芙蓉苑,则前句偏在盛,次句偏在衰,其感慨既浑涵渊厚,而立言亦为得体,必欲确指友爱诸王、敦伦勤政,反不免为小家之见矣。至于"通御气",御气自当指天子之气,金解及镜铨引《隋书·天文志》之说是也。又或以御座、御风为说,其拘与妄,不待辨而明。又邵解以为"通御气"谓御气通于外,指幸蜀而言,未免过于旁附,其说更不可信。"通御气"但指天子之游幸往来而已。至"芙蓉小苑"一句,所当辨者,厥惟"入边愁"之所指。有以为指吐蕃之乱者,九家、分门、鹤注、蔡笺、演义、诗通、邵解、邵注皆主之;有以为指禄山之乱,而不并指吐蕃者,钱注、金解、论文皆主之,而仇注、潘解、心解、镜铨皆用钱注之说;有以为指禄山始陷,吐蕃复入者,意笺主之;有以为兼青海烽烟、南诏丧乱与渔阳之变而言者,诗阐主之;有以为言御苑之已废者,会粹主之;有以为杜甫自伤在西南边徼者,颇解主之。综观诸说,自以指禄山陷乱之说最为切当。盖此二句,原在慨明皇游幸曲江盛衰之变,吐蕃虽亦尝陷京师,或者杜甫之感慨亦有余波荡漾及之,然而固绝非此二句主旨之所在也。至于青海、南诏,相去益远,与芙蓉小苑有何相干乎?至于御苑已废,则边愁入后之景而非所入之边愁也。而杜甫在西南边徼之说,则边愁入后杜公所受之影响,亦非所入之边愁也。且边愁上既着以芙蓉小苑,自以指明皇之游幸与禄山之叛乱为是。然而天子之耽于游嬉,与京师之屡遭陷乱,又岂可明言易言之乎? 而杜甫此二句呼应转变之神妙,感慨托兴之深微,用字立言之恰切,回环吟讽之余,乃愈知其自有不可及者矣。

珠帘绣柱围黄鹄,锦缆牙樯起白鸥。

一、九家　昭阳殿织珠为帘,风至则鸣,如珩珮之声。

　　又　赵云:上句盖言绣窠(按疑有误字)作双鹤圆(按据分门注引当是"图"字之误)状,而用黄线绣为鹤也,乃所谓鞠豹盘凤之类。旧注引黄鹤楼在汉阳军,非是。下句则芙蓉苑中有水可以泛舟故也,公尝曰:"青春波浪芙蓉园。"

　　莹按:此以黄鹄为所绣之花纹,"锦缆"句为芙蓉园之景。至于"青春波浪"句,已详前一联九家注按语。"昭阳殿织珠为帘",则见《西京杂记》。

二、分门　洙曰:昭阳殿……如珩珮之声(见九家注)。

　　又　赵曰:言绣窠作双鹤图,而用黄线绣为鹤也。旧解惑于"黄鹤"二字,遂便以为黄鹤楼,非(参看九家注)。

　　莹按:此所引多出于九家注。

三、鹤注　洙曰(见分门注)。

　　又　赵曰(见分门注。惟"双鹤图"作"双鹤圆",同于九家注,而缺"状"字)。

　　莹按:此所引亦出于九家注,与分门注同。

四、蔡笺　《西京杂记》:昭阳殿织珠为帘……如珩珮之声(见九家注)。

　　又　江总《应诏诗》:"采椽珠帘金刻凤,雕梁绣柱玉蟠螭。"

　　又　"珠帘"句,谓曲江宫殿之帘帷,绣为黄鹄之文也。

　　又　"锦缆"句,谓天子泛龙舟于曲江池,而惊起其白鸥也。

　　莹按:此以黄鹄为曲江宫殿帘帷所绣之文,白鸥则为龙舟惊起者也。

五、千家　梦弼曰:珠帘绣柱,言曲江宫殿。锦缆牙樯,言天子泛龙舟宴赏也(参看蔡笺)。

又　刘评:对句耳,不足为丽。

莹按:此亦以"珠帘"句为指曲江宫殿,以"锦缆"句为指龙舟宴赏,与蔡笺同。至于刘评,则但就字面评论,未尝仔细研味此二句言外感慨之深。

六、演义　《西京杂记》:昭阳殿织珠为帘。

又　绣柱:柱帷绣作黄鹄文。

又　言花萼楼中之帘柱,皆盘黄鹄宛转之形,珠则织,绣则画也。苑外江中,御舟常惊白鸥飞起,以锦缆牙樯之华彩也。

莹按:此以珠帘绣柱为指花萼楼中之帘柱,与蔡笺及千家注之以为指曲江宫殿者不同。谓帘则织珠为黄鹄之形,柱帷亦画为黄鹄之形,至于白鸥为御舟惊起之说,则与蔡笺及千家注之说相同。

七、愚得　梦弼曰:珠帘绣柱……言天子龙舟也(参看千家注引蔡梦弼之说)。

又　向者曲江……有珠帘绣柱、锦缆牙樯之绮丽(见首联)。

莹按:此亦以为"珠帘绣柱"为指曲江之盛,与蔡笺及千家注之说同,而与演义之以为指花萼楼者异。

八、颇解　珠帘绣柱,言芙蓉苑中宫殿。锦缆牙樯,言天子泛舟之象。

莹按:此亦以珠帘绣柱为指曲江芙蓉苑,与演义之以为指花萼楼者异。至于锦缆牙樯之指天子泛舟,则诸家之说同。

九、诗通　黄鹄,珠绣作黄鹄文。

又　因忆盛时游幸,其舟则有珠帘绣柱以围黄鹄,锦缆牙樯,惊飞白鸥。

莹按:此以黄鹄为珠绣,是并珠帘绣柱混为一谈。又以为其舟则有珠帘绣柱,与蔡笺、千家注、愚得、颇解之以为指曲江芙蓉苑宫殿,及演义之以为指花萼楼者并异。然下句既有"锦缆牙樯"诸字样以写舟矣,上句不当更写舟。所说不可从。

一〇、邵解　楼中以珠织帘,以绣画柱,皆作黄鹄盘旋文,故曰"围黄鹄"。江中以锦绒为缆,以象牙饰樯,鸥鸟见彩绚惊飞,故曰"起白鸥"。

又　回想升平,有珠帘绣柱、锦缆牙樯之丽,实宸游歌舞之地,若此萧索,不可惜哉?

莹按:此云楼中以珠织帘,以绣画柱,与演义之说同,皆以为指花萼楼而言。"起白鸥"之说则与诸家之说相近,皆言天子御舟华绚,惊起白鸥也,如此,则二句自是写回想升平之景象。

一一、邵注　珠帘,昭阳殿,织珠为帘,风至则鸣,如珩珮之声。绣柱,绣帷为黄鹄之形以围柱,此指楼言。牙樯,以象牙饰帆樯,此指曲江言。起,惊起也。

莹按:此亦以"珠帘"句为花萼楼之珠帘绣帷,而非指曲江宫殿。次句始写曲江。

一二、意笺　当时楼殿舟舵皆极侈丽,故曰"珠帘绣柱围黄鹄,锦缆牙樯起白鸥"。鹄是绣成鹄文,鸥起,以船移也。

莹按:此泛言楼殿,未分别其为指花萼楼抑曲江宫殿。至鸥起之说,则与各家同。

一三、胡注　对句耳,不足为丽(见千家注引刘评)。

奚批　故国之游观也。

又　从盛满说出衰残,下联可接。

莹按:此云"故国之游观",又云"从盛满说出衰残",是以此二句前半句为写昔日游观之盛满,后半句则写今日之衰残之意也,可参看后论文、诗阐、潘解、提要之说。

一四、杜臆　当边愁未入之先,江上离宫,珠帘围鹄,江间画舰,锦缆惊

280

鸥,曲江诚歌舞之地也(参看下联)。

莹按:此以为二句皆写曲江之盛。

一五、诗擭　"珠帘""锦缆"一联,安得非丽,但效之不难耳。

莹按:此语盖针对刘评不足为丽之说而言,可参看千家注所
引刘评。

一六、郭批　对句耳,不足为丽。

莹按:郭批所云,即用千家注刘评之言。

一七、钱注　珠帘绣柱,指陆地帷幕之妍华。锦缆牙樯,指水嬉棹枻之
炫耀。《哀江头》云"江头宫殿锁千门",此则痛定而追思也。

钞本钱注　黄鹄,此暗指公主和亲之事也。《留花门》云:"公
主歌黄鹄"(按此条世界书局本及石印本并皆不载)。

石印本眉批　吴云:本言黍离麦秀之悲,乃反拟秦中富盛,立意
最有含蓄。徐士彰言讥明皇之事远游,误矣。

莹按:钱注以陆地与水嬉对比,是亦以为"珠帘绣柱"乃指曲
江宫殿,而非指花萼楼,与蔡笺、千家、愚得、颇解、杜臆,诸家之说
同,而与演义、邵解及邵注之说异。至于以此二句为指痛定追思
盛时而不明指衰盛,则与诸家之说并同,唯与胡注奚批异。眉批
引吴氏之说云"本言黍离麦秀之悲,乃反拟秦中富盛"者,是也。
至于钞本引《留花门》"公主歌黄鹄"句,以为指公主和亲之事,据
《旧唐书·回纥传》载:乾元元年秋七月"甲午,肃宗送宁国公主
至咸阳磁门驿,公主泣而言曰:'国家事重,死且无恨。'上流涕而
还"。又《汉书·西域传》载:"乌孙于是恐……愿得尚汉公主为
昆弟。……汉元封中,遣江都王建女细君为公主以妻焉……乌孙
昆莫以为右夫人……昆莫年老,言语不通,公主悲愁,自为作歌曰:
'吾家嫁我兮天一方,远托异国兮乌孙王。穹庐为室兮旃为墙,以
肉为食兮酪为浆。居常土思兮心内伤,愿为黄鹄兮归故乡。'天子

闻而怜之,间岁遣使者持帷帐锦绣给遗焉。"按《汉书》乌孙公主虽有《黄鹄歌》,唐乾元元年亦有公主和亲之事,然而此诗原在慨玄宗游幸曲江之盛衰,与公主和亲之事无关,且黄鹄之歌在伤远别,与珠帘绣柱之围又何关乎?钞本钱注之说望文生义,牵强不可从,窥诸他本,并不载此条,盖钱氏亦以此说为不妥而删之矣。

一八、张解　楼中以珠织帘,以绣画柱,皆作黄鹄盘旋文。

　　又　锦缆,锦绒为缆。牙樯,象牙为樯。起白鸥,惊起白鸥(前二则参看邵解)。

　　又　昔时朱楼彩船,其盛如此。

一九、金解　《西京杂记》:昭阳殿织珠为帘(参看蔡笺)。

　　又　绣帷为柱,通绣作黄鹄文。

　　又　锦缆牙樯,江中御舟,极其华丽,故能惊起白鸥也。

　　又　当日曲江之游,天子方以为通御气,而不觉已入边愁,岂非歌舞极盛之所致耶!五、六二语,只为转出"歌舞"字来。

　　别批　珠帘绣柱,锦缆牙樯,总极豪华,黄鹄即珠绣所织之文,用以衬起"白鸥"字。白鸥者,野鸟也,锦缆牙樯之下,胡为乎起哉?则岂非以其全盛之日,但知珠围绣绕,以致绝汉南巡,黄鹄难寻,白鸥群起,真为可叹也。"白鸥"上用"锦缆牙樯"字,一图映照反射作色,一见明皇虽遭颠沛,尚不知自检也。

　　莹按:金解云"五、六二语只为转出'歌舞'字来",则二句自当指当时歌舞胜地而言,当是追想全盛之景。然金氏别批则既云白鸥野鸟,"锦缆牙樯之下,胡为乎起",又云"黄鹄难寻,白鸥群起,真为可叹",则"起白鸥"又似指以后衰景,至"围黄鹄"则仍为追思盛景之言,以对"起白鸥"者也。金氏盖亦不能自决其说,故先后矛盾如此。

二○、顾注　旧注:柱帷绣作黄鹄文,非也。愚考汉元帝时黄鹄下太液池,上歌曰:"黄鹄飞兮下建章,金为衣兮菊为裳。"(按"元帝"当作"昭帝",见后之按语。)

又　珠帘绣柱,乃池旁之宫殿,围黄鹄者也。借用此事以侈内苑之壮丽耳。

又　黄维章曰:珠帘绣柱,指曲江宫殿。锦缆牙樯,泛指龙舟。宫殿密而黄鹄之举若受围,舟楫多而白鸥之游为惊起。写出荒佚景象,却不见痕迹。

莹按:《汉书》卷七《昭帝纪》载云:"始元元年春二月,黄鹄下建章宫太液池中。"又《全汉诗》卷一载有昭帝之《黄鹄歌》云:"黄鹄飞兮下建章,羽肃肃兮行跄跄,金为衣兮菊为裳。"注引《西京杂记》云"始元元年黄鹄下太液池,帝为此歌",知"黄鹄下建章宫太液池"当为汉昭帝时之事,顾注作"元帝时",当系误引。至于杜甫之用"黄鹄",则不过借用古事以写宫苑之盛丽而已。

二一、朱注　《西京杂记》:昭帝始元元年,黄鹄下建章太液池中,帝作《黄鹄歌》。围黄鹄,盖用此事。梦弼云柱帷绣作黄鹄文,非。

又　锦绣牙樯,言泛舟曲江,《乐游园》诗"青春波浪芙蓉园"是也。

二二、论文　下顶"边愁"句,珠帘绣柱,室已无人,空围黄鹄而已。锦绣牙樯,舟已沉波,徒起白鸥而已。

莹按:此全从衰残一面立说,言昔盛而今衰,与胡注奚批之说可相参证,而与他家之但以为追思昔日之盛者有别。

二三、泽解　洙曰:昭阳殿织珠为帘,风至如珮声(参看分门注)。

又　赵曰:言绣橐……以为黄鹤楼,非也(见分门注)。

又　梦弼曰:曲江帘帷,绣为黄鹄之文也(见蔡笺)。

又　梦弼曰:谓天子泛龙舟……惊起白鸥也(见蔡笺)。

又　批曰:对句耳……为丽(见千家注刘评)。

又　泽堂曰:用汉时黄鹄下太液池事,池园之盛也(参看顾注)。

莹按:《汉书·昭帝纪》:"始元元年春二月,黄鹄下建章宫太液池中。"注引王赞曰:"时汉用土德,服色尚黄,鹄色皆白,而今更黄,以为土德之瑞,故纪之也。"然则黄鹄之下太液池,仅为纪瑞而已,与池园之盛,本不相干。惟是杜甫之用"黄鹄"二字,或者亦有用此典兼写天子之园池与当时盛世之意。至所引各家注,皆已详前。

二四、诗阐　曲江宫殿,千门万户,向曾珠帘绣柱矣,今日素秋中,黄鹄空围耳。曲江龙舟,横流溯波,向曾锦缆牙樯矣,今日素秋中,白鸥时起耳。

莹按:此以"珠帘绣柱""锦缆牙樯",为指昔日之盛,而"围黄鹄""起白鸥",则写今日之凄凉,与论文之说相近。

二五、会粹　《西京杂记》:昭阳殿,织珠为帘(参看蔡笺)。

又　裴子野诗:"流云飘绣柱。"

又　《西京杂记》:昭帝始元元年,黄鹄下建章太液池中,帝作歌(参看顾注及朱注)。

又　王台卿诗:"锦缆回沙碛。"

又　古诗:"象牙作帆樯。"

又　围黄鹄,言黄鹄在于池中,而池傍宫殿若围。

莹按:此以"围黄鹄"为黄鹄在池中,而池傍宫殿若围。其说与前九家、分门、鹤注、蔡笺、演义、诗通、邵解、邵注、意笺、金解诸家之以为绣帷作黄鹤之形者异。

二六、仇注　《西京杂记》:昭阳……为帘(见会粹)。

又　裴子野诗(见会粹)。

又　《西京杂记》:昭帝……帝作歌(见会粹)。

又　庾信诗:"锦缆回沙碛。"(按此诗题为《奉和泛江》,《艺文类聚》作王台卿诗,《初学记》及《文苑英华》并作庾信诗,参看会粹引王台卿诗。)

又　《哀江南赋》:"铁轴牙樯。"

又　古诗(同会粹)。

又　《埤苍》:"樯尾锐如牙也。"

又　何逊诗:"可怜双白鸥,朝夕水上游。"

又　顾注:宫殿密而黄鹄之举若围,舟楫多而白鸥之游忽起,此皆实景。旧云柱帷绣作黄鹄文者,非。

又　杜臆:因想边愁未入之先……锦缆惊鸥。

莹按:仇注既引古诗"象牙作帆樯",又引《埤苍》"樯尾锐如牙",二说互异。私意以为当以象牙之说为是,邵解亦云"以象牙饰樯",盖此二句乃形容当时游览之盛,故帘则曰珠,柱则曰绣,缆则曰锦,樯则曰牙也。至于所引顾宸"黄鹄之举若围"之说,按举,鸟飞也,《文选》张衡《西京赋》云"鸟不暇举",是亦以黄鹄为指池中之鸟,言宫殿密,黄鹄之飞若在围中也,与会粹之说相近。又引杜臆之说,以为此二句,皆指边愁未入前之事,而不以"围黄鹄""起白鸥"为指今日之衰,与胡注奚批、论文及诗阐之说异。

二七、黄说　当边愁之未入也,宫殿舟楫,备极繁华。

又　珠帘绣柱,苑内之宫殿。锦缆牙樯,江中之舟楫。围黄鹄者,水穿其内也。起白鸥者,舟满其间也。鹄可驯,故曰围;鸥易惊,故曰起,极形繁华之景,秾丽而不痴笨。紧要在句眼二字(按指"围""起"),后人学盛唐易入痴笨者,由不能炼句眼故也。

又　五、六应三句。

莹按:此亦以此二句为指边愁未入前之盛景,可参看仇注及杜臆之说,以"珠帘绣柱"为指苑内宫殿,而云"围黄鹄"者,水穿其内也,其意盖谓苑内有水,其中有黄鹄,而宫殿在其四周也,与

285

会粹之说相近。至于锦缆牙樯之惊起白鸥,则与旧说同。

二八、潜解　珠帘绣柱,指陆地帝幕之妍华……此则痛定而追思也(见钱注)。

　　又　黄鹄、白鸥,言昔时宫殿龙舟之盛,今日止为鹄、鸥所有耳,下接可怜,甚顺。

　　　莹按:钱注云"痛定而追思",原谓追思其盛。然则钱注之意,原以为二句指当时宫殿舟楫之盛,今潜解既引钱注,又曰"今日止为鹄、鸥所有耳",是以二句之前半句指盛时,而下半句"围黄鹄""起白鸥"为指衰时也,与论文及诗阐之说同。

二九、言志　至于今则宫苑中犹珠帘绣柱也,而所围者黄鹄耳。曲江头犹是锦缆牙樯也,而所起者白鸥耳。岂复有当年歌舞之盛哉!

三〇、通解　当其盛也,珠帘绣柱之密,至黄鹄飞来,围绕而不能去。锦缆牙樯之多,至白鸥游泳,惊起而不敢下。

三一、提要　五、六两截句,上四字记其盛,下三字起其衰,谓昔日之珠帘绣柱,今但围黄鹄而已;昔日之锦缆牙樯,今但起白鸥而已。

　　又　黄鹄聚群以居,故曰围。白鸥飞翔而出,故曰起。语极凄凉,旧注非是。

　　又　公诗句法,开有唐一代之门,宋元以来,其法遂绝,如此一诗,不会其句法,如何解得?此所以有黄鹄围刺绣文之误也。

　　　莹按:此以二句之上四字为纪其盛,下三字为起其衰,与论文及诗阐之说同。至于以"黄鹄聚群以居"释"围黄鹄",则既异于旧注之刺绣黄鹄纹围于绣柱之说,亦不全同于会粹及黄说之池傍宫殿围黄鹄于池中之说也。

三二、心解　(参看前一联及后一联心解之说)

　　　莹按:心解以为中四句乃申写曲江之事变景象,不必如俗解说盛说衰之纷纷也。

三三、范解　《西京杂记》:昭帝时……黄鹄歌(参看顾注按语)。

又　今日苑中宫殿,珠帘绣柱,阒其无人,空围黄鹄;曲江锦缆牙樯之盛,无人游泛,徒起白鸥而已。此承上边愁来,起下可怜意。黄鹄,疾鸟,见人即翔;白鸥,静鸟,遇喧则避。苑囿繁华,游人杂遝,二鸟皆所罕到。故借此以写荒寂,非侈张语也。

三四、沈解　珠帘,昭阳殿织珠为帘。绣柱,柱帷绣作黄鹄文也。锦缆牙樯,谓天子所泛之龙舟也。

又　言花萼楼中之帘柱,皆盘黄鹄宛转之形。珠则织,绣则画也。苑外御舟,常惊白鸥飞起,以锦缆牙樯之华彩也。

三五、江说　《西京杂记》(参看蔡笺)。

又　裴子野诗(见会粹)。

又　庾信诗(见仇注)。

又　《哀江南赋》(见仇注)。

又　古诗(见会粹)。

又　朱鹤龄:锦缆牙樯……是也(见朱注)。

又　顾云:宫殿密……白鸥之游忽起(参看顾注)。

三六、镜铨　《西京杂记》:昭帝始元元年……帝作歌(见会粹及仇注)。

又　回忆当日珠帘绣柱,曲江殿宇之繁华,锦缆牙樯,曲江水嬉之炫耀,宫室密而黄鹄之举若围,舟楫多而白鸥之游惊起(参看钱注及仇引顾注)。

莹按:此以二句为指盛景。

三七、集评　李云:旧事。

三八、选读　因思边愁未入之先,江上离宫,朱帘围鹄;江间画舫,锦缆惊鸥。

又　宫殿密……忽起(参看江说引顾云)。

又　皆是实景。

287

三九、沈读　"围黄鹄"句,室已无人;"起白鸥"句,舟已沉没。

又　珠帘绣柱,指陆地帘幕之妍华;锦缆牙樯,指水嬉棹楸之炫耀。《哀江头》云:"江头宫殿锁千门。"此则痛定而追思也。黄鹄白鸥,言昔时宫殿龙舟之胜,今日止为鹄鸥所有耳。

四〇、施说　"珠帘"二句,注:江上离宫,珠帘围鹄,江间画舫,锦缆惊鸥,曲江歌舞之场,回首失之,岂不可怜。今按上句"芙蓉小苑入边愁"已说到由盛而衰,不应此二句复说盛时。诗意即承上句,说衰时景象,珠帘绣柱之间但围黄鹄,锦缆牙樯之处,亦起白鸥也,意在衰飒,而语特浓丽,犹下章"织女""石鲸"等句。

莹按:此驳仇注之说,以为二句非写盛时景象乃写衰时景象,兼论其造语之妙。

四一、汤笺　珠帘绣柱,锦缆牙樯,围鹄起鸥,繁华歌舞。

莹按:此亦以二句为全指盛景,然其说殊略。

四二、启蒙　因思边愁未入之先……樯缆惊鸥(参看杜臆)。

又　其歌舞之盛如此。

又　顾注:宫殿密……白鸥之游忽起(参看顾注)。

又　此皆实景。旧谓柱帏绣作黄鹄文者,非。

嘉莹按:此二句歧解颇多,兹依字句先后,分别缕述如下:前一句"珠帘",自当依各家所引《西京杂记》之说,乃指珠织之帘。至于演义、诗通、邵解及金解,以为珠织为黄鹄之形,则是并后三字"围黄鹄"串讲,似嫌过于牵附,不可从。"绣柱"二字,则各家之说,多含混不清。有以绣为画者,如演义及邵解之说;有以绣为刺绣之绣者,如九家、分门、蔡笺、意笺、金解诸家之说,又并下"围黄鹄"三字串讲为画成或绣成黄鹄之文。然柱虽可画,而固不可绣者也,故又添字为之说。或以"柱帏"释"柱"字,如演义之说;或与上二字珠帘并言帘帷,如蔡笺及泽解之说;或泛言帘幕,如钱注及潘解之说;或强解云绣帷为柱,如金解之说。以上诸说,私意以为并皆不妥。按"绣"字,《说文》云:"五彩备也。"段注引《考工记》云:"画绘之事杂五彩,五彩备,谓之绣。"是"绣柱"之"绣"但言雕饰彩绘之华美耳。如蔡笺引江总诗"雕梁绣柱玉蟠螭"及会粹引裴子野诗"流云飘绣柱"之绣柱,皆但言其柱之华美耳。至"珠帘绣柱"之所指,或以为指曲江宫殿而言,蔡笺、千家、愚得、颇解、杜臆、黄说、镜铨皆主之;或以为指花萼楼而言,演义、邵解及邵注主之。私意以为当指曲江宫殿为是,盖此诗首句即言"瞿唐峡口曲江头",是杜甫所怀者原以曲江为主,即次联"花萼夹城通御气"句,亦以其通曲江而及花萼楼耳,故"珠帘绣柱"自以指曲江宫殿为是。至诗通之以为指曲江之舟有珠帘绣柱之说,其为狭隘牵强,已辨之于前。至"围黄鹄"三字,有以为乃指帘帷所织绣之黄鹄文者,九家、分门、鹤注、蔡笺、演义、诗通、邵解、邵注、意笺及金解皆主之;有以为黄鹄乃池中之鸟,而其傍宫殿若围者,会粹、仇引顾注、黄说及镜铨主之;有以为黄鹄乃池中之鸟,而黄鹄聚群以居,故曰围者,提要主之。综观三说,帘帷织绣为黄鹄文之说,主之者虽多,然而实不可从,盖帘既不必织珠为黄鹄文,而绣柱之绣亦非刺绣之意也。"珠帘绣柱"四字当连读一顿,总写池旁宫殿之富丽华美。至于"黄鹄",则仍当以指池中之鸟为是,而池旁宫殿若围与黄鹄群居二说实可合为一解,盖四围有珠帘绣柱之宫殿,而池中则有群居之黄鹄也。他如钞本钱注之以黄鹄为指公主和亲事,前已辨其不妥矣。至泽解之引汉昭帝时黄鹄下太液池事,以释"围黄鹄"为池园之盛,其说虽似过于拘执,然杜甫或亦有借用黄鹄下太液池之"黄鹄"二字,以指天子之园池且兼用纪瑞之典暗写当年盛世之意,此亦正为前校记以为本句当作"黄鹄",而不作"黄鹤"之又一因也。至"锦缆牙樯起白鸥"一句,"锦缆"二字最无异义,盖指船缆之华美为锦制者而已。"牙樯"二字则有二说:仇注引《埤苍》以"樯尾锐如牙"释"牙樯",而邵解则云"以象牙饰樯"释"牙樯",二说似以邵解为长,盖"锦缆牙樯"四字乃极言曲江舟楫之华美,缆则为锦制,樯则为牙饰也。且会粹及仇注皆引有古诗"象牙作帆樯"之语,"牙"字自当指帆樯所饰之象牙,而非指樯尾之锐如牙也。至于"起白鸥"三字,则有以为指当时曲江泛舟游赏之盛,白鸥为龙舟惊起者,九家、蔡笺、千家、演义、颇解、诗通、邵解、金解、仇引顾注、黄说及镜铨皆主之,如此则全句皆指当时盛景,上句"珠帘绣柱围黄鹄"亦然。亦有以此句"起白鸥"及上句"围黄鹄"为皆指今日曲江之衰败凄凉者,胡注奚批、论文、诗阐、湑解、提要及施说主之;又或以此句"起白鸥"为写今日衰景,而上句"围黄鹄"则仍为指当年盛景者,金解别批主之。夫此二句如但就字面一口读来,颇似全写盛时景象,然细味之,则次联已有"入边愁"字样,且次联所引提要曾云"三联解作全盛,则浓艳痴肥,无异嚼蜡",其言亦不为无见。盖杜甫之诗浑涵汪茫,感慨渊深,殊难直言浅释之也。若以二句皆解作全盛,固属直截浅率,然若将二句皆解作前半句写盛,后半句写衰,或前一句写全盛,次一句之前半句写盛,后半句写衰,亦不免拘执狭隘过于割裂。盖杜甫此二句,看似一气写下,而其盛衰之感,咏叹之情,乃尽在于言外,正与次联之呼应转变,有异曲同工之妙。心解于此诗末联,即曾云:"末以嗟叹束之,总是一片身亲意想之神,亦不必如俗解说衰说盛之纷纷也。"其说良为有见。盖昔盛今衰之感,即在此一片身亲意想之精神意象中矣。

回首可怜歌舞地,秦中自古帝王州。

一、九家　谢玄晖《鼓吹曲》:"江南佳丽地,金陵帝王州。"

　　莹按:此但引"帝王州"三字之见于古诗而已。

二、分门　洙曰:谢玄晖《鼓吹曲》……帝王州(见九家注)。

三、鹤注　洙曰(见分门注)。

四、蔡笺　谢玄晖《鼓吹曲》……帝王州(见九家注)。

　　又　甫哀怜曲江苑囿游幸之地,而为兵革之伤残也。

　　莹按:此但以哀伤为言。

五、演义　若此皆歌舞之地,今则焚荡残毁,令人回首,良可怜惜也。然神京帝里,只在秦中,终非天下所能及也,我安得而不思归邪!

　　莹按:此以为哀伤残毁之外,更有思归之意。

六、愚得　(见首联)

　　莹按:愚得之意,亦但以为"今非昔比,故回首实惟可怜"而已。

七、颇解　末二句思归长安,意在词外,所谓不露脉骨者也。

　　莹按:此亦以为言外有思归之意,与演义之说同。

八、诗通　秦中,古雍州之城,周、秦、汉、隋皆都焉。

　　又　歌舞地,指曲江也,公《乐游原》诗:"近水低回舞袖翻,缘云清切歌声上。"

　　又　回望此歌舞之地,真为可惜,盖此地乃古帝王之都,所以纷华盛丽,甲于天下也。

　　莹按:此注明秦中之为自古帝王州,及歌舞地之指曲江,而以"可惜"释"可怜",有嗟叹哀伤之意。

九、邵解　可怜,惜也;秦中,古雍州城,周、秦、汉、隋皆都焉,曲江其属也。

　　又　盖秦中,自古帝王之都,所以南面听天下者,惟歌舞盛则兢业衰,宴安崇则祸乱起,故萧索可惜耳,此见有天下者不可荒于歌舞,非惜其歌舞之废也。

　　莹按:此更申言可惜者,惜其废于歌舞,而非惜歌舞之废,至"雍州"云云,乃点明古帝王州也,"曲江其属"云者,言曲江亦在其地也。

一〇、邵注　歌舞地,即曲江之所;秦中,即长安,周、秦、汉、隋皆都焉。

　　又　而今乃若是,令人回首良可惜矣。然秦中自古为帝王所都,必非篡窃所能依据,我安得而不思归哉。

　　莹按:此亦以为哀伤可惜之外有思归之意,并注明"秦中"指长安,"歌舞地"指曲江。

一一、意笺　公言昔时曲江为歌舞地,而今不存,故回首而怜伤之。又叹秦中为古帝王州,而守之在德,为子孙者所宜念,此言外意也。

　　莹按:此以为可怜者乃伤曲江歌舞之不存,而守之在德之意在于言外。

一二、胡注　(无)

　　奚批　末句有龙回凤绕之势。

　　莹按:此言句法回环呼应之妙。

一三、杜臆　一回首而失之,殊为可怜,然秦中自古帝王建都之地,盛衰倚伏,安知今之乱不转为他日之治,而安能已于故园之思也(参看上联)。

　　莹按:杜臆上联亦云曲江为歌舞地,此则云可怜其回首失之,故园思则亦诸家所云思归之意。

一四、诗擷　小时读此诗结句,颇以为嫌,谓歌舞语既稍轻,又天子现在长安,何意只言自古。其后读史,始知尔时有并建五都之说,又读公《建都诗》云"建都分魏阙,下诏辟荆门。恐失东人望,其如西极存。时危当雪耻,计大岂轻论"之句,盖虑乘舆既数蒙尘,万一朝议迁就,复蹈平王故事,失计非小,故有斯语耳,今人亦多草草看过。

　　莹按:《通鉴·肃宗纪》:"至德二载以蜀郡为南京,凤翔为西京,西京为中京。上元元年九月甲午,置南都于荆州,以荆州为江陵府。(据《新唐书·吕𬤇传》载:"时吕𬤇为荆州刺史,始建请荆州置南都,诏可,于是更号江陵府,以𬤇为尹。")上元二年九月罢凤翔西京及江陵南都之号。宝应元年,建卯月复以京兆府为上都,河南为东都,凤翔府为西都,江陵府为南都,太原府为北都。"(新旧《唐书·肃宗纪》所载与《通鉴》略同)诗攟所云并建五都之说,即指此事。然此事乃在宝应元年夏,杜甫《秋兴八首》则作于大历元年秋,前后相去已有五年之久。且诗攟所举杜甫《建都十二韵》一诗,观其"下诏辟荆门"之句,盖作于上元元年,吕𬤇请建荆州为南都,肃宗诏可之时,而其后于宝应元年,则既已并建五都矣,杜甫又何必于五年之后写《秋兴八首》之时,更复论及此事,且有"万一朝议迁就"之忧乎? 诗攟之说,盖于时代先后未加详考,故有此误也。至于"自古"云云者,不过深慨今日秦中之地之屡遭残毁而已。云"自古",正所以伤今也。

一五、钱注　歌舞乐游之地,一切残毁,则宗庙宫阙,不言而可知矣。

　　又　长安天府三成帝畿,故曰周以龙兴,秦以虎视,至有唐而胡虏长驱,天子下殿,不亦伤乎。

　　又　落句之意,以为乐游歌舞之地,逸豫不戒,驯至于都邑风烟,九庙灰烬,而自古帝王都会,遂有百年为戒之叹也。王仲宣《七哀》云:"南登灞陵岸,回首望长安。"回首之言,良可深省。

　　石印本眉批　李云:用"回首"字,则身在蜀中,足抱起联矣。

　　莹按:钱注以为云"歌舞地"者,有二层意:一则歌舞之地既已残毁,则宗庙宫阙不言可知;二则有逸豫不戒之叹。至石印本眉批,论"回首"二字"足抱起联"之说,与胡注奚批之说相近。

293

一六、张解　正以此盖前日可歌可舞之地,且又古帝王之州,岂人所得窃据哉!所以思也。

一七、金解　形容歌舞地如此(按此承上联言,见前),则歌舞不言可知矣。然才说可怜歌舞,忽转出自古帝王,言秦中毕竟是帝王州,煌煌天朝,岂盗贼所得而觊觎者哉。

　　　别批　同一秦中也,而谓之歌舞地,又谓之帝王州,使人毛发跼蹐,遍身不怿,当此而不斩然思奋者,殆非人君矣。"回首"字,合"起白鸥"句,"可怜歌舞地",合"珠帘绣柱"句。"秦中自古帝王州",则总合上六首下二首为八首。

　　　莹按:金解所谓"煌煌天朝,岂盗贼所得而觊觎"之言,其口气似有自哀伤转为寄望之意,与蔡笺、演义、愚得、意笺及钱注之但以为哀伤嗟叹者异。至别批"毛发跼蹐""斩然思奋"之言,写读此一联之感,虽不免有夸大之处,然而此二句之令人嗟伤奋叹,固自有其极为感人者在也。

一八、顾注　秦中自古帝王州,旧注云必非篡窃久据,殊无意味。愚谓自古帝王勤俭者必兴,荒佚者必亡。秦中自古到今,不知几帝几王矣,言外感慨危甚,竦甚。

　　　又　紧接回首可怜,凄其无限。

　　　又　张绂曰:此地乃自古帝王之都……甲于天下也(以上参看诗通)。到底思其盛,亦是。

　　　莹按:此既以为有感慨荒佚之意,又引张绂诗通之说,以为"到底思其盛"。

一九、论文　因回首而怜此皆昔时歌舞之地也,盖秦中自古为帝王之都者何以致此耶?

　　　莹按:此云帝王之都何以致此,盖亦有嗟叹逸豫不戒之意。

二○、泽解　谢玄晖《鼓吹曲》……帝王州(见九家注)。

又　梦弼曰:甫哀怜曲江……伤残也(见蔡笺)。

二一、诗阐　曲江,本歌舞地,何以至此?自有长安以来,不知几人帝,几人王,大略勤俭者必兴,逸豫者必亡,明皇一日不戒,罹百年为戎之祸,有国家者,当回首知戒也。

　　莹按:此亦以"知戒"为言,与邵解、意笺及钱注之说相近。

二二、仇注　王粲《七哀》诗:"南登灞陵岸,回首望长安。"

　　又　庾信诗:"正自古来歌舞地。"

　　又　《史记·刘敬传》:轻骑一日一夜可至秦中。

　　又　谢朓诗(按朓即玄晖)……帝王州(见九家注)。

　　又　《秦纪》:卫鞅说孝公曰:秦据河山之固,东向以制诸侯,此帝王之业也。

　　又　陈泽州注:曲江与乐游园、杏园、慈恩寺等相近,地本秦汉遗迹,唐开元中疏凿更为胜境,故有末二句。

　　又　帝王州又起下汉武帝。

　　又　曲江歌舞之场,回首失之,岂不可怜。然秦中自古建都之地,王气犹存,安知今日之乱,不转为他日之治乎。

　　影印本旁批　"回首"句,承上"珠帘"二句来,所以示戒也。

　　莹按:仇氏所谓"自古建都之地,王气犹存"云云,有寄望于他日之意,颇近于金解"岂盗贼所得觊觎"之说。至所引陈泽州注,则以为曲江名胜,歌舞之地,原为自古帝王遗迹,叙其所以云"自古帝王州"之故。至"帝王州又起下汉武帝"之说,就章法而言甚是。影印本旁批"示戒"之说,则与邵解、意笺、钱注、诗阐之说相近。

二三、黄说　可怜藏歌贮舞之地,一朝化为戎马之场,因思秦中历代所都,胜迹非一处,益令人不堪回首耳。下二章遂复以池苑之属起兴。

又　七、八,应四句,又总挽首句。

莹按:此亦以历代胜迹为言,与仇引陈泽州之说相近。至其论章法之言,谓曲江为历代胜迹,故下二章以池苑起兴,其说重在"池苑",与仇注所云"帝王州又起下汉武帝"之重在"自古帝王"之说不同,杜甫于此二说,盖兼有之。

二四、潜解　长安天府……不亦伤乎(见钱注)。

又　落句之意……百年为戎之嗟也(见钱注)。

又　曰自古帝王,见形胜之地,不可不亟图恢复。

莹按:以"不可不亟图恢复"为言,嗟叹之余,而复寄望于他日也,盖兼有演义、愚得、意笺及钱注哀伤嗟叹之情与金解及仇注寄望于他日之意。

二五、言志　回首此中一片锦绣乾坤,非帝王州不能佳丽若是,今何以一旦破坏至此极耶?

莹按:此以为有感慨盛衰之意。

二六、通解　此皆歌舞之地,何意贼陷长安之后,衰谢荒凉,令人不堪回首也。思秦中关河险阻,为帝王建都之州,盖自古已然矣。其兴废之由,何可不三致意乎?

又　顾修远曰:紧接……无限(见顾注)。

二七、提要　平时歌舞之地,化为戎马之场,故曰回首,故曰可怜,一句回抱上文,十分警策。八,又作用力语,因此日之衰,而复思自古之盛,见忠君爱国之怀,而诗境亦不寂寞。

莹按:此论第七句有"回抱上文"之笔力,第八句"见忠君爱国之怀",所言颇是。

二八、心解　末以嗟叹束之,总是一片身亲意想之神,亦不必如俗解,说衰、说盛之纷纷也。

又　若黏定玄宗,则为追咎先朝,若泛说君王游幸今昔改观,则将使子孙尤效而后可乎,俱非著述之体。

莹按:心解之说乍看似颇为空泛渺茫,一字不肯落实,然细味之,方知其所言"身亲意想之神",及其不黏定不泛说之语,乃真能得杜甫精神之所在者也。

二九、范解　昔时歌舞之地,回首可怜。秦中自古到今,不知几帝几王建都于此,兴废之感,其何能已。言外本叹曲江之衰,却以自古为词,并含不尽意,令人思而自得。

莹按:此说杜诗此二句之兴废之感及不尽之意,颇有是处。

三〇、偶评　旁批:见有德易以兴,无德易以亡意。

莹按:此全以教训为说,则不免拘板矣。

三一、沈解　昔皆歌舞之地,今则焚荡残毁,令人回首良可怜惜也。然神京帝里自古只在秦中,终非天下所能及,而我安得不思归耶!

莹按:此论杜甫感慨盛衰及思归之意,亦有可取。

三二、江说　曲江歌舞之场,回首失之,岂不可怜。然秦中自古建都之地,王气犹存,安知今日之乱不转为他日之治乎!

又　查慎行曰:今溯昔秦中歌舞,自昔为然。物盛而衰,不无有感于晏安之毒也。

莹按:江说所云"安知今日之乱不转为他日之治"之说,殊嫌迂阔。

三三、镜铨　班固《西都赋》:"汉之长安,三成帝畿,周以龙兴,秦以虎视。"(按"汉之长安"四字,非赋文原句)

又　公《乐游原歌》"曲江翠幕排银榜,拂水低回舞袖翻,缘云清切歌声上"诗所言,当即指此。

又　言秦中本古帝王崛兴之地,今以歌舞之故,而致遭陷没,亦甚可怜也已。

莹按:此引《乐游原歌》,以证曲江为歌舞之地,已见前诗通。

297

至于伤其以歌舞故,致使古帝王之都竟遭陷没,则与演义、意笺及钱注之说相近。

三四、集评　"回首"句,李云:望京华。"秦中"句,李云:用"回首"字,则身在蜀中,足抱起联矣。

莹按:次一则亦当属"回首"句,不当录于"秦中"一句之下。

三五、选读　曲江……他日之治乎(参看江说)。

又　帝王州又起下汉武帝。

三六、沈读　长安王府……不亦伤乎(见钱注)。

又　落句……百年为戒之叹也(见钱注)。

又　曰自古帝王,见形胜之地不可不亟图恢复。

三七、汤笺　秦中之盛,几帝几王,今且何如,不堪回首。

莹按:此说颇略。

三八、启蒙　夫秦州本自古帝王州也,帝业王猷,皆肇于此。今乃以歌舞之故,回首失之,岂不可怜。然亡国者于斯,兴国者亦于斯,转乱为治,易祸为福,是所望于后来者矣。

嘉莹按:此二句之歧解并不多,惟所说有深浅广狭之异耳。有但以哀伤曲江为兵革伤残为言者,蔡笺、愚得、诗通及泽解主之;有以为哀伤残毁之外,更有思归之意者,演义、颇解、邵注及杜臆主之;有以为惜其荒于歌舞,有逸豫不戒,守之在德之意者,邵解、意笺、钱注、论文、诗阐、仇注影印本旁批及镜铨诸家之说皆相近;有以为嗟叹之余,更有寄望于他日之意者,金解及仇注主之;故潘解即合嗟叹与寄望为说。综观诸说,恰如盲人之扪象,各得其一体,而杜甫之满腔忠爱兴慨深微,乃足以兼诸说而有之,殊难于琐琐辨析者也。夫"可怜"二字已有无限哀伤,"自古"二字更有无穷慨叹,提要所云"见忠君爱国之怀",心解所云"一片身亲意想之神"，虽不为明确之立说，而反若能探其根本，得其神致也。至于诗攟所云"时有并建五都之说"，其时代不合，牵强穿凿，已辨之于前，兹不复赘。他若诸家论篇章呼应之妙，各有所见。回首歌舞，既足以回抱上文，自古帝王，又起下章汉武，至末二章之咏池苑，亦复以类及之。陈泽州论《秋兴八首》章法之妙云"分之如骇鸡之犀，四面皆见，合之则常山之阵，首尾互应"，其信然矣。王尧衢《古唐诗合解》以为"回首"一句，指"禄山陷京，京都残破，凝碧池头，贼恣为管弦歌舞之地矣。回首遥望，实属可怜，此非讥讽明皇，乃是怨讽逆贼耳"。其说不过因《明皇杂录》载有禄山获梨园弟子数百人，大会于凝碧池之事，王维又有"秋槐叶落空宫里，凝碧池头奏管弦"之诗，遂以为"回首"句之"可怜歌舞"为"怨讽逆贼"，其说颇为拘强。其他诸家，又岂不知禄山于凝碧池头奏管弦之事乎，特如此解说，则与上二联不相呼应耳。录之，聊备一说。

其　　七

昆明池水汉时功，武帝旌旗在眼中。

织女机丝虚夜月，石鲸鳞甲动秋风。

波漂菰米沉云黑，露冷莲房坠粉红。

关塞极天唯鸟道，江湖满地一渔翁。

【校记】

夜月　九家、分门、千家、范批、钱注、潘解康熙戊寅刊本、郑本及沈读作"月夜"，而钱注及郑本皆注云"一作夜月"，潘解道光辛丑重刊本亦改作"夜月"。他本亦皆作"夜月"，唯仇注、镜铨注云"一作月夜"，翁批及汤笺则注云："一作月夜，非。"

莹按:当作"夜月"为是。以"夜"对"秋","月"对"风",较工;且"虚夜月"者,虚对此夜中月明,意境亦较"虚月夜"为佳,翁批及汤笺云"作月夜,非",良是。

波漂　诸本皆作"漂",唯金解别批作"飘"。

莹按:"波漂"者,随波浮荡之意,自当作"漂",唯"漂"与"飘"二字,往往以形音相近而通假。

【章旨】

一、蔡笺　甫寓夔峡,感秋而思昆明池之景物也。

莹按:此但云思昆明池之景物。

二、演义　此诗因昆明池之景而叹其不得见也。

莹按:此云思而叹其不得见。

三、愚得　王氏曰:公在夔,伤昆明之废,因其废又思其兴,是也。

莹按:此言伤昆明之废而思其兴盛之时。

四、颇解　此诗,前六句咏池上寂凉之景,末二句言已阻绝而不得见也。

莹按:此亦以不得见为言,与演义同。

五、诗通　此思故国之昆明池也。

莹按:此说殊泛。

六、邵解　感思故国昆明池。

莹按:邵解于首联有"时昆池荒废,不修习战远谋","故述汉武……之功"之言,此所谓感思之感,盖伤今思昔之意也。

七、意笺　此公因秋思长安之昆明池也。

莹按:此亦泛说,与蔡笺同。

八、胡注　(无)

奚批　故国之穷兵也。

又　比而赋也,武帝比玄宗。

300

莹按：此以为以武帝比玄宗，言故国之穷兵。

九、杜臆　与后章俱言秦中形胜。

莹按：此以为言秦中形胜，其说亦泛。

一〇、钱注　此借武帝以喻玄宗也。《兵车行》云："武皇开边意未已。"
韦应物诗云："少事武皇帝。"唐人皆然。

又　旧笺谓借汉武以喻玄宗，指武皇开边为证，玄宗虽兴兵南
诏，未尝如武帝穿昆明以习战，安得有"旌旗在眼"之语？《兵车
行》、前后《出塞》，讽谏穷兵者多矣，安用于此中廋辞致讥，岂主
文谲谏之义乎？今谓"昆明"一章，紧承上章"秦中自古帝王州"
一句而申言之。时则曰汉时，帝则曰武帝，织女、石鲸、莲房、菰
米，金隄灵沼之遗迹，与戈船楼橹并在眼中，而自伤其僻远而不得
见也，于上章末句克指其来脉，则此中叙致，褾叠环琐，了然分明。

石印本眉批　李云：此篇追悼先帝以好武致乱，遂致杼柚其空，
风雨不时。

莹按：钱氏旧笺以为借武帝以喻玄宗，指开边之事，而隐以穷
兵为说，其说诚不免拘执穿凿。然若如又笺所云，但承"自古帝
王"而言，谓"金隄灵沼之遗迹，与戈船楼橹并在眼中"，则章法及
大旨一章，已引有潘解驳钱氏之言，云"谓非借喻，则昆明年代远
隔，非公目睹关情，何言在眼，何取追忆"，又潘解本章章旨亦云
"若谓公舍近代，而追思汉武陈迹，殊觉无谓"，其批驳之说，亦不
为无理。然潘解直指此章为借汉武讽玄宗之"喜事开边，丧师劳
民"，则其拘执穿凿既与钱氏旧笺之说同，而浅露之弊更有过之。
二说皆有未妥，可参看后引潘解之说。

一一、张解　此思故国之昆明池也。

一二、金解　此因曲江而更及昆明池也，最为奇作。前诸作皆乱后追
想，此作特于事预虑。千年来，人只当平常读去，辜负先生苦心久

矣,可叹也。

莹按:金解释此诗首联:"夫穷兵非美事,乃极颂之曰汉时功,盖谓有此池水,在今日尚可习水师,以防御东南之变,岂非功乎?"故其说以事前预虑为言,盖指防御东南以图立功之意也。所言与八诗慨今思昔之情调不相联贯,且与本诗"虚夜月""动秋风""波漂菰米""露冷莲房"之一片衰飒之情调不相调合,其说不可从。

一三、顾注　钱牧斋曰:此借武帝……唐人皆然(见钱注)。

一四、朱注　此叹昆明荒凉,玄宗穷兵南诏,旋致祸乱,故借汉武事以发叹也。"织女"以下,极状昆明清秋景物,故国旧君之感,言外凄然。

莹按:此以为借汉武发端,有叹息玄宗穷兵南诏,以致祸乱之意。

一五、论文　此首思昆明池也。

一六、泽解　梦弼曰:甫感秋而思昆明池之景物也(见蔡笺)。

一七、诗阐　一思昆明池。

一八、会粹　此首思昆明池而作。

一九、仇注　七章思长安昆明池,而叹景物之远离也。

又　钱笺此紧承"秦中自古帝王州"……了然分明矣(见钱注)。

影印本眉批　此因上秦中自古,而因及其景物之盛。后半又自伤不得复见也。

莹按:此亦以为伤远离不得复见之意。

二〇、黄说　此思昆明之游也,诗皆赋秋景,亦承上章"万里风烟"之句而来。

莹按:此以为思昆明之游。

二一、潘解　此首借汉武以喻玄宗也。《兵车行》……。韦应物诗……。唐人皆以汉武称玄宗(参看钱注)。

又　公以明皇喜事开边,丧师劳民,罢敝中国,故借汉武构兵西域致讽……借古传今,不过大意,岂必如汉武凿池习战方合耶!

又　若谓公舍近代而追思汉武陈迹,殊觉无谓(道光辛丑重刊本,无此二句)。

莹按:潘解乃用钱注旧笺之说,以为此章乃"借武帝以喻玄宗",而批驳钱氏又笺以为此章乃承上章直咏"自古帝王"之说为非。可参看前引钱注,并将于本节后总按语论之。

二二、言志　此第七首,因上文"自古帝王"之语,遂引汉武以为明皇之比。盖明皇好大喜功,穷兵黩武,使中国萧然烦费者,亦略与汉武等,以致酿成安史之祸。

又　此一首追咎明皇喜事开边而宠任贼臣之过也。

莹按:此亦以为此诗有指明皇黩武之意,但用"追咎"二字,则未免有失杜甫忠厚之意矣。

二三、通解　此思昆明之游,而因古迹之荒凉,以悲客居之无定也。

二四、提要　此思长安昆明之游,而借汉武以起兴也。

莹按:此以为思昆明之游,"汉武"云云,不过借之起兴而已。

二五、心解　七章就昆明池写京华,次武事也,为所思之三。

莹按:心解以为五章以后分写"望京华",首帝居,次池苑,次武事。其说颇是。至于杜甫诗所有之盛衰今昔之感,怀乡望阙之情,则浑涵汪茫,殊难截然分划者也。此章以汉武昆明池起兴,自不免有感伤及于武事之慨,故心解亦以武事为言,然较之潘解之明言确指,为含蓄得体。

二六、范解　此乘秋而思昆明池也。玄宗穷兵南诏,旋致祸乱,故借汉武征夷事以喻之。

二七、偶评　借汉喻唐,极写苍凉景象。结意身阻鸟道,迹比渔翁,见还京无期也。中间故实点化《西京赋》及《西京杂记》中语意。

二八、沈解　此诗叹昆明池之景,今不得见,而因伤己之漂泊也。

二九、江说　朱鹤龄曰(见朱注)。

　　又　查慎行曰:此言朝廷颇事边功之失,昆明习战,胜迹犹存,而池水秋风,不堪零落,所以抚时而自叹耳。

三〇、镜铨　此思长安之昆明池,而借汉以言唐也。

　　又　昆明在唐屡为临幸之地,与曲江相类,故次及之。

　　　莹按:此云"借汉以言唐",其说亦较潘解为含蓄。至于所言"与曲江相类,故次及之"之说,就诗人写诗时之感情及联想而言,此说似较为自然。然而杜甫此八诗,一本万殊,分合变化,每章之重点,各有所在。此章以汉武之功起兴以致慨,自与《曲江》一章以游赏致慨者异,故前引心解乃分别有池苑、武事云云,盖就其所偏重之点言之也。

三一、集评　李云:此篇追忆先帝以好武致乱,遂使杼柚其空、风雨不时。五、六因言宫女不复如前拾菰采莲,而漂米之多,坠粉之久。末联自述其播迁绝域,寄慨深而措词雅。无妙不臻,殆难为怀。

　　又　吴云:此篇杨用修批为确。世人懵懵去取,各逞偏说以驰骋,伯敬指为深寂,孝辕目之俚俗,皆劣见耳(参看钱注及按语)。

三二、选读　七章思长安昆明池,而叹景物之远离也。

三三、沈读　此借汉武以喻玄宗也。《兵车行》云:"武皇开边意未已。"韦应物诗:"少事武皇帝。"唐人皆以汉武称玄宗。公以明皇喜事开边,丧师劳民,罢敝中国,故借汉武构兵西域致讽……借古传今,不过大意。若谓公舍近代而追思汉武陈迹,殊觉无谓(按其间删节者,分见各联集解)。

　　　莹按:此以讽玄宗构兵西域为言。

三四、启蒙　通首皆属兴,而月夜秋风、菰米莲房、波漂露冷等,即于彼处带出秋字。盖他首多言夔峡之秋,而此下二首独言长安之秋也。亦变化法。

莹按:此所说兼及章法而言。

嘉莹按:此章开端即云"昆明池水",故各家多以思长安昆明池之游为说,而尾联又有"关塞极天"之言,故演义及仇注又有"叹远离""伤今不得见"之说。若此诸说,皆可一望而知,毋庸置辩者也。唯是此章又有"汉时功"及"旌旗在眼"之言,诸家或就此二语而深求之,有但以"穷兵"或"武事"为言者,胡注奚批及心解主之;有直指为借汉武以讽玄宗之"穷兵""好武""喜事开边"者,钱注旧笺、朱注、潘解及范解主之;有以为乃"事前预虑"谓今日"可习水战以御东南之变"者,金解主之。综观诸说,金解之说过为深求,伤于穿附,杜甫即使于慨今伤昔之余,隐然有寄望于习战以图复兴之意,然而殊不必如金解之确指,以"预虑"为说也。邵解释此诗首联亦有习战之言,而仍以伤昆明之荒废为主,其说较金解为佳(可参看首联引邵解之说)。钱注旧笺及潘解之说,以为此章有讥讽玄宗之意,过于拘狭,故钱注又笺即已自以为不妥,胡注奚批"穷兵"之说虽简约,然意亦近于讽,皆不若心解所言"武事"之含蓄浑厚。莹意此章盖承上一章"自古帝王"而来,故开端即以汉武起兴。而昆明池则又系因上一章曲江而连类及之,其章法承转既极为自然,而于国家武事之前则穷兵黩武,今则沦陷衰残,言外亦自有无穷感慨,若如钱注又笺之以为但咏自古帝王遗迹,自不免索然无味,然必如潘解总论八诗章法之说,以为全与自古帝王无关,谓"昆明年代远隔,非公目睹关情,何言在眼,何取追忆",其言亦不免拘狭已甚。夫诗人之联想,岂因时地而有所限制。然则杜甫自曲江而思及昆明池,复自昆明池而思及汉时功,则武帝之旌旗,想象如在眼前矣。非仅此也,杜甫乃又自

305

汉时旌旗武功之盛,而慨及今日之衰,其情思联想,正如水流珠贯,何必硁硁琐琐辩其为汉为唐哉!然则此章章旨,杜甫盖自昆明池之兴废,而感慨古今之盛衰,既伤今日昆池景物之衰残,更慨己身之流落不返也。至于明皇之"喜事开边","罢敝中国",则殊不必明言确指之也,而以讥讽为言,则更有失杜甫忠厚之用心矣。

【集解】

昆明池水汉时功,武帝旌旗在眼中。

一、九家　初,武帝欲征昆明夷,为有滇河(按当作池),乃作池以习水战,因而得名。

又　赵云:汉武元狩三年凿昆明池,臣瓒曰:《西南夷传》:越巂昆明国有滇池,方三百里,汉时求身毒国,而为昆明所闭。今欲伐之,故作昆明池象之,以习水战,在长安西南,周回四十里。则所谓"昆明池水汉时功"也。《食货志》又曰:时粤欲与汉用船战,遂乃大修昆明池,治楼船,高十余丈,旗帜加其上。下句则泛言池中之景物矣(参看后引蔡笺)。

莹按:此叙昆明池之开凿及得名,而以次句为泛言池中景物,然未分别其为汉为唐。

二、分门　洙曰:初,武帝欲征昆明夷,为有滇池,乃作池以习水战,因而得名(见九家注)。

三、鹤注　洙曰(见分门)。

又　希曰:高宗问许敬宗,汉武开昆明池,实何年?对曰:元狩三年,将伐昆明,实为此池,以隶战。

又　《寰宇记》云:宋元嘉二十三年,筑堤以堰水为池。《舆地志》:齐武帝理水军于此池中,号曰昆明池。故沈约《登覆舟山》诗云:"南瞻储胥馆,北眺昆明池。"

四、蔡笺　《武帝本纪》:元狩三年,发吏穿昆明池(按《汉书·武帝纪》
吏上有"谪"字)。注引《西南夷传》有越巂昆明国有滇池,方三百
里……在长安西南,周回四十里(见九家注引赵彦材之说)。

又　《西京杂记》:昆明池中,有戈船楼船,各数百艘,楼船上建楼
橹,戈船上建戈矛,四角悉垂幡眊(按正觉楼丛书本作"眊",津逮秘
书本作"旄",当从"旄"字为正),旍葆麾盖,照灼涯涘。

莹按:此引《西京杂记》以证汉时昆明池中楼橹旌旗之盛。

五、千家　洙曰:《汉纪注》:武帝欲征昆明夷,为其地有滇池,乃作池象
之,以习水战,因名曰昆明池,在长安西南(参看九家注及蔡笺)。

六、演义　汉武帝元狩二年(按据《汉书》当是三年)……昆明夷国
(《汉书》无"夷"字)有滇池……周回四十里(参看蔡笺)。

又　此池乃汉时开凿之功,至今武帝旌旗犹若在人眼中。

莹按:此亦以旌旗为指武帝时事,不过想象之犹如在眼中耳。

七、愚得　洙曰:《汉纪》……乃作池象之(见千家注)。

又　言昆明池在长安,乃汉武所作,以习水战,则旌旗如在眼中。

莹按:此盖谓思汉武之功,旌旗如在眼中也。

八、颇解　昆明池,汉武帝所凿,以习水战。公追想往事,不可得见,在
反看,言不在眼中也。

莹按:读者读此二句,自可知"在眼中"乃想象中之言,不在而
曰在,正是杜公用字之妙。

九、诗通　昆明池在长安西南,周回四十里,汉武帝欲往昆明,为其地有
滇池,乃作池象之,以习水战。

又　言昆明池作于汉武,以习水战,其旌旗如在眼中。

莹按:此与演义"旌旗犹如在人眼中"之说相近。

一〇、邵解　昆明池,长安东南。汉时功,武帝习水战。在眼中,思其功

若见其旌旗。

又　言昆明之作乃汉武之功,其旌旗若在眼中。

又　时昆池荒废,不修习战远谋,致胡羌内入,长安屡陷,故述汉武制服蛮夷之功,而想见其旌旗也。

莹按:此亦以想见旌旗若在眼中为言,而云乃因今日昆池之废而思汉武之功,所说更深一层。

一一、邵注　赋也。昆明池在长安西南。昆明国有滇池,方三百里,汉使通身毒国,为昆明所蔽,武帝欲伐之,作昆明池以习水战,诸国俱在今云南交趾界。

又　此感昆明池之废而言,武帝欲征昆明,而为池以习水战,则其旌旗尚可想见者。

莹按:此亦以为感昆池之废,因思武帝之功,旌旗犹如在眼也。

一二、意笺　汉武欲征越巂,求通身毒国,为昆明所闭,故凿池象之,习水战。

又　昆明池乃汉武所凿,而英武之风,千载如见,故曰"昆明池水汉时功,武帝旌旗在眼中"也。

又　张文忠公云(按据颜廷榘《上杜律意笺状》云张文忠公乃永嘉人,嘉靖初为相。据《明史》卷一百九十六,列传第八十四,张璁,字秉用,永嘉人。《明史》卷一百九《宰辅表》云,嘉靖六年为相,卒谥文忠。此云张文忠公,当是张璁氏):武帝欲征昆明,为池以习武备,而今荒废如此,反致胡羌内入,长安屡陷,于是托意蜀道难归,远适江湖之兴。

又　武帝开边,明皇蹙地,昆明池虽在,而宫阙再遭吐蕃,可怜焦土矣。公诗中含此意,但不明言耳,此又公之忠厚处,然武帝之英雄,今亦安在哉。

莹按:此所云"武帝开边,明皇蹙地",虽亦以为借汉武指明皇,然不以讥讽为说,而曰"公诗中含此意"为"公之忠厚处",其说颇深婉可取。

一三、胡注　（无）

奚批　武帝比玄宗。

莹按:此直以武帝为比玄宗。

一四、杜臆　昆明池在长安西南三十里,周回四十里。汉武将征昆明夷而穿此池以习水战,亦前代帝王之雄略也,故首及之,而谓旌旗犹在眼中。

莹按:此盖谓因昆明池思前代武帝雄略。

一五、钱注　《西京杂记》:昆明池中,有戈船楼船,各数百艘,楼船上建楼橹,戈船上建戈矛,四角悉垂幡旄,旍葆麾盖,照灼涯涘。余少时犹忆见之(略同蔡笺,惟蔡笺少引最后一句)。

一六、张解　武帝欲征昆明夷……以习水战。名昆名池(按后一"名"字当作"明",参看九家注)。

又　"武帝"句,犹如亲见。

又　承上章自古帝王州,故言池自汉造。

一七、金解　昆明池在长安城西南,周回四十里,汉武元狩年间,凿之以习水战者。东西岸立石刻织女、牵牛以象天河。又刻石为鲸鱼,长三丈。武帝治楼船,加旌旗其上,往来习战,将以伐昆明也。因昆明有滇池,故凿池以象之。夫穷兵非美事,乃极颂之曰汉时功,盖谓有此池水在,今日尚可习水师,以防御东南之变,岂非功乎?次句正言其习水师也。

别批　汉武穷奢极欲,贻讥后史,然而武威远震,炳焕千秋,不得已而思其次,则德盛唐虞,所不可望,而功高汉代,犹可比隆。奈何池水徒深,旌旗空耀,歌舞为欢,有同飞燕,旍常著绩,竟乏骠姚也耶。在眼中,妙,汉武武功,故粲然耳目,百代一日者也。

309

莹按:金解以习水师御东南之变为言,说已详前章旨。至别批虽亦有"功高汉代,犹可比隆"之言,然"池水徒深""竟乏骠姚"诸语,则伤感之意较寄望之意为多,与中二联衰飒之情调,更为相近。

一八、顾注 《汉书·武帝纪》:元狩三年……以习水战(以上参见蔡笺及千家注)。列馆环之,内有楼船高十余丈,旗帜加其上,甚壮。

　又 此诗首说一"功"字,便见武帝扫荡昆明,其功犹如在眼中。

一九、朱注 《汉书》:元狩三年……方三百里……周回四十里(见九家注赵云)。

　又 《长安志》:昆明池在长安县西二十里,今为民田。

　又 《西京杂记》(见蔡笺)。

二〇、论文 昆明为汉武所凿,当日旌旗习战,若在眼中,乃伤其事去时移,杳不可见也。

　莹按:此谓"若在眼中,乃伤其事去时移,杳不可见也"。

二一、泽解 梦弼曰:《武帝本纪》:元狩三年……周回四十里(见蔡笺)。

　又 梦弼曰:《西京杂记》:昆明池中……照灼涯涘(见蔡笺)。

二二、诗阐 《平准书》:汉修昆明池,治楼船,旗帜加其上,甚壮。

　又 汉武穿池习战,以象昆明,为征昆明夷也。明皇连击南诏,事同汉武,公往在长安,目击其事,有《兵车行》诗,故曰在眼中。

　又 昆明池水,乃汉时穿凿之功也。当年武帝习战于此,至今旌旗犹在眼中,乃昆明池水犹昨,武帝旌旗安在哉。

　又 "旌旗"二字亦非漫下。

　莹按:明皇击南诏事,见第六章"花萼"一联诗阐条所附按语。虽有此史实,杜甫抑或有感兴及之意,然而必以"目击其事","故曰在眼中"为说,则失之拘矣。此二句承上章"自古帝王"而来,自仍以咏汉武之功为主。在眼中者,言武帝之功,旌旗

310

之盛,仿佛犹在眼中,既以衬今日之衰,更借以慨唐代之武事,若一加确指,则反伤浅露矣。

二三、会粹 《汉书》:元狩三年,发谪吏,穿昆明池。臣瓒曰:《西南夷传》……周回四十里(参看蔡笺)。

又 虞茂诗:"昆明池水秋色明。"

又 《西京杂记》:昆明池中……照灼涯涘(见蔡笺)。

二四、仇注 《汉书》:元狩三年,发谪吏,穿昆明池。臣瓒曰:《西南夷传》……周回四十里(参看蔡笺)。

又 《长安志》:昆明池,在长安县西二十里。

又 虞茂诗(见会粹)。

又 《史记·平准书》:武帝大修昆明池,治楼船,高十余丈,旗帜加其上,甚壮。(按较诗阐所引多"高十余丈"四字,据《史记·平准书》当有此四字。)

又 《西京杂记》:昆明池中……照灼涯涘(见蔡笺)。

又 《家语》:旌旗缤纷。

又 徐陵诗:"密意眼中来。"

又 穿昆明以习水战,其迹始于武帝。此云旌旗在眼,是借汉言唐,若远谈汉事,岂可云在眼中乎? 公《寄岳州贾司马》诗:"无复云台仗,虚修水战船",则知明皇曾置船于此矣。

影印本旁批 "昆明池"句,接上歌舞地。

嘉莹按:史不载明皇于昆明池修战船之事,杜甫《寄岳州贾司马》诗虽有"虚修水战船"之语,又何可谓其必指明皇修战船于昆明池乎? 诗阐释此二句即云"行宫草创,云台之仗萧然,济河未能,水战之船焉用",则是以此二句为指肃宗时讨贼之事矣。心解之释此诗亦云"忆昨"(按乃"忆昨趋行殿"句,指在凤翔谒肃宗事)以下二十句为"述帝在凤翔时事",是此二句原指肃宗时事

311

也。又本章章旨引钱注又笺亦云：玄宗虽兴兵南诏，未尝如武帝穿昆明以习战，然则修战船句既不指玄宗时事，更不可谓必指昆明池矣，仇注明皇曾置船于此之说不可据。

二五、黄说　武帝凿昆明，本以习水战，故用"旌旗"二字。在眼中，想像之意也。谢康乐诗"想见山中人，薜萝若在眼"，三字出此。

　　又　说者多以汉武指明皇，然自蓬莱宫阙以后，并叙己平居游历之地，以伸故国之思耳，何必首首牵入人主。况昆明以下诸处，皆前代之迹，诗已明言"自古帝王州"矣，后人都不细绎，故其知者，则以为思明皇，其不知者，遂以为讥明皇荒淫失国，肤见小生，强作解事，竟使杜公冤沉地下，"文章千古事，得失寸心知"，公盖已预料后人不能窥其潭奥矣，噫。

　　又　或曰五言《宿昔》《能画》《斗鸡》诸作，固皆指切明皇。子何所见而谓《秋兴》必无讥乎，曰凡说诗当审其命意所在，而后不以文害辞，不以辞害志，如望京华，思故国乃《秋兴》之本意也。以此意逆之，自然丝丝入笺，叶叶归根，若云讥及明皇，支离已甚，其害辞害志岂细乎？而谓《宿昔》诸诗，可同日而语乎？

　　莹按：此说以为《秋兴》八诗自"蓬莱"一首以后，大抵叙平居游历之地以申故国之思，而不必首首牵入人主。又论及说诗当审其命意所在，不可概指为有讥切之意，所言颇为有见。《秋兴》八诗自以故国之思为主，不得与《宿昔》《能画》《斗鸡》诸篇专咏明皇之事者等视齐观，更何得以讥讽为说。惟若以为但思故国平居昔游之地则又不然。杜甫此八诗自"蓬莱"一首以下虽皆以故国平居之景事起兴，然亦自有无穷盛衰之感在于言外。必其有所指，固失之拘；必其无所指，又失之浅，此正杜甫之所以成其为浑涵汪洋也。

二六、潘解　《汉纪》：武帝欲征昆明夷，为其地有滇池，乃作池象之，以习水战,因名曰昆明池(参看九家注及蔡笺)。

又　明皇喜事开边……故借汉武构兵西域致讽(见前章旨)。

莹按:潜解全以讥讽明皇为说,其拘执穿凿已详见前章旨按语。

二七、言志　即今追忆昆明池水,而汉武之故辙犹在眼中,彼其开拓西南,凿池习战,好大而夸。

二八、通解　《汉书》:武帝欲征昆明夷……以习水战。内有楼船、旌旗加其上(参看顾注)。

又　言忆予在长安,得游昆明,而见夫池水漾洄,此由汉时穿凿之功。盖武帝欲伐昆明以习水战,至今其旌旗之飞扬如在眼中。

又　顾修远曰:此诗首说……犹在眼中(见顾注)。

二九、提要　汉武凿昆明池有何功,而曰汉时功者,浚池原以习战也,而池中有戈船楼船,船上建戈矛,四角悉垂幡旄旂葆麾盖之类,所谓旌旗在眼中也(参看蔡笺)。

又　首练一“功”字,无功也;次练一“在”字,不在也。

莹按:提要之意盖以为此章乃思长安昆明之游,而借汉武起兴,以写昔盛今衰情景,可参看前章旨及后二联之说。“功”字、“在”字,不仅炼字工也,言外亦有无穷感慨。

三〇、心解　《汉书注》:越隽昆明国有滇池……以习水战(参看九家注及蔡笺)。

又　《平准书》:武帝大修昆明池……甚壮(见诗阐)。

又　仇注云:公《寄贾司马》诗:虚修水战船,知明皇曾置船于此。

又　前诗尾云“回首”,此诗起云“在眼”,可知皆就身亲见之设想。

莹按:心解所引仇注之说不可据,说已详前仇注按语。

三一、范解　《汉书》……加其上(参看顾注)。

又　昆明池水,汉武所凿,当旌旗习战时,其功犹在眼中。

三二、偶评丙　眉批:此思长安之昆明池,而借汉以言唐也。

又　昆明在唐屡为临幸之地,与曲江相类,故次及之。

三三、沈解　昆明池,汉武帝……以习水战(参看九家注及蔡笺)。

又　言昆明池乃汉时开凿之功,而武帝旌旗至今犹若在人目中。

三四、江说　《汉书》:元狩三年……周回四十里(见九家注)。

又　"昆明"句旁批:长安。"武帝"句旁批:有所思。

三五、翁批　(已见前章法及大旨一章)

三六、镜铨　《汉书注》(参看九家注及蔡笺)。

又　《长安志》(见仇注)。

又　《平准书》(见仇注)。

又　仇注云:公《寄贾严两阁老》诗"无复云台仗,虚修水战船",则知明皇曾置船于此(见仇注)。

莹按:镜铨亦引仇注,其不可信,说已详前。

三七、集解　"昆明"句,李云:长安。"武帝"句,李云:有所思。

三八、选读　《西南夷传》:越隽昆明国……在长安西南(见九家注引赵云)。

又　昆明池有戈船楼船,立旌旗其上(参看顾注)。

三九、沈读　"昆明"句,紧承"秦中"句。

四〇、汤笺　汉代昆明,凿池习战。

莹按:此说殊略。

四一、启蒙　《汉书注》:越隽昆明国……以习水战(参看九家注引赵云)。

又　《平准书》:武帝大修昆明池,治楼船……甚壮(见诗阐)。

314

又　仇注又云:旌旗在眼……置船于此矣(见仇注)。

　　嘉莹按:此联"汉时功"究为借汉言唐,抑或但咏自古帝王,前于本章章旨一节,已曾加以辨说。今更有言者,则本联所引黄说批驳诸家以讥明皇立说之言,极惬人意,可补本章章旨辨说之不足。意笺虽以"明皇蹙地"为说,然而但云"含此意"并不明言,且以忠厚为说,亦较以为有讥讽之意者为委婉得体。至于诗阐以为指"明皇击南诏,事同汉武",且云"目击其事","故曰在眼中",则未免拘凿矣。又仇注以"明皇曾置船于此"为说,既于史无征,自不可据为确指其事,且即使有此史实,杜甫所感怀之盛衰今昔之情,亦不可以此一事尽之,反不若邵解"昆池荒废","故述汉武之功,而想见其旌旗"之言,但自伤今思古立说之为愈也。盖此二句乃承上章"自古帝王州"而来,"在眼中"自当指汉武之"旌旗"。想象如在眼中,伤今之意,自在言外,不必如胡注奚批之直指武帝为玄宗,更不可以讥讽为说也。可参看本章章旨按语。

织女机丝虚夜月,石鲸鳞甲动秋风。

一、九家　《西京杂记》:昆明池刻玉石为鲸(正觉楼丛书本作"鱼"),每至雷雨,鲸常鸣吼,鬐尾皆动,汉世祭之以祈雨,往往有验。

　　又　《西都赋》:"集乎豫章之宇,临乎昆明之池,左牵牛而右织女,似云汉之无涯。"

　　又　杜田云:《西都赋》注:武帝凿昆明池,于左右作牵牛、织女,以象天河。

　　莹按:此但注明织女、石鲸之出处。

二、分门　洙曰《西京杂记》(见九家注)。

　　又　西都赋(见九家注)。

315

又　修可曰:《西都赋》注……(见九家注引杜田之说)。

三、鹤注　洙曰:《西京杂记》……(见九家注)。

又　《西都赋》……(见九家注)。

又　修可曰:《西都赋》注……(见分门注)。

四、蔡笺　《汉宫阙记》:昆明池有二石人,东西相望,以象牵牛、织女。

又　《西都赋》(见九家注)。

又　《西京赋》:豫章珍馆,揭焉中峙,牵牛立其左,织女立(按《西京赋》作"处")其右。

又　《西京杂记》:昆明池刻石为鱼……汉世祭之以祈雨,有验(略同九家注,当以九家注所引为正)。

五、千家　《西京杂记》:昆明池刻玉石为鲸……汉世祭之以祈雨(见九家注)。

又　洙曰:《西都赋》注:昆明池左右,作牵牛、织女,以象天河(见九家注,唯九家注引作杜云,分门注引作修可云,此又引作洙曰,当以九家注为正)。

六、演义　《汉宫阙记》:昆明池左右,有二石人相望,以象牵牛、织女(见蔡笺)。

又　《西京杂记》(见九家注)。

又　池边象形之织女,不能机杼,故云虚夜月。池中刻石之鲸鱼,相传有灵,故云动秋风也。

莹按:此释"虚夜月""动秋风"二句,颇简明,然未能阐发。

七、愚得　昆明池有织女、石鲸等物。

莹按:此说颇略。

八、颇解　织女、石鲸,皆池边象形之物,织女有形无实,空立于明月中,故曰虚夜月,石鲸动秋风(此句疑有脱字)。

莹按:此释"虚夜月"之说与演义相近。

九、诗通　昆明池左右有二石人,作牵牛、织女,以象天河。又刻石为鲸,相传每至雷雨,鲸常鸣吼,鬐(《西京杂记》作"鬐",《三辅黄图》引《三辅故事》作"鬣")尾皆动。

又　织女、石鲸之象,宛然犹在。

本义　(同前)

一〇、邵解　池左右,石作牛女二人,象天河,刻石鲸,每雷雨鸣吼,鬣尾皆动。

又　夜月犹虚织女之丝,秋风犹动石鲸之甲,宛然当时遗象也。

莹按:此释"虚夜月"与"动秋风",但就字面为说,所言亦略。

一一、邵注　织女,池左右有二石人,作牵牛、织女,以象天河。又刻石为鲸,每至雷雨,鲸尝鸣吼,鬐尾皆动。虚夜月、动秋风,极荒落之状。

又　今织女无复天河之象,石鲸无复雷雨之异……(参看下联)。

莹按:此云极荒落之状,所言颇是。至于"无复天河之象"云云,则但依字面敷衍,并无确见。

一二、意笺　池左右有二石人,象牛女,又刻石为鱼,每雷雨,鱼常鸣吼,鬣尾皆动。

又　织女,石所象者,机丝具而不织,故曰虚夜月。石鲸,亦石所刻者,鳞甲备而自奋,故曰动秋风,言巧而神如此。

莹按:此以为"虚夜月"及"动秋风"乃言刻石之巧而神。

一三、胡注　(无)

奚批　中四句,是池中原有的,但今非盛时,惟虚夜月动秋风而已。

莹按:此释"虚夜月"及"动秋风"二句,以非盛时为言,则二句为写今日之荒凉矣。

一四、杜臆　且织女、鲸鱼,铺张伟丽壮千载之观(参看仇注引杜臆之说)。

莹按:此盖以二句为写景物之伟丽,并无衰残之意。

一五、诗撷 "石鲸鳞甲动秋风"与"日色才临仙掌动",二"动"字并奇妙,石鲸尤不可测。

莹按:此论"动秋风"句用字之妙。

一六、钱注 《汉宫阙疏》:昆明池有二石人,牵牛、织女象(参看蔡笺)。

又 《西都赋》:左牵牛而右织女,似云汉之无涯(见九家注)。

又 《西京杂记》(见九家注)。

又 今人论唐七言长句,推老杜"昆明池水"为冠,实不解此诗所以佳。杨用修曰:观《西京杂记》《三辅黄图》所载,则知盛世殷富之景;观"织女机丝"四句,则知兵火凋残之状。此亦强作解事耳,叙昆明之盛者,莫如孟坚、平子。一则曰:"集乎豫章之馆,临乎昆明之池,左牵牛而右织女,若云汉之无涯。"一则曰:"豫章珍馆,揭焉中峙,牵牛立其左,织女处其右,日月于是乎出入,象扶桑与濛汜。"此用修所夸盛世之文也。予谓班、张以汉人叙汉事,铺陈名胜,故有云汉、日月之言。公以唐人叙汉事,摩挲陈迹,故有机丝、夜月之词,此立言之体也。何谓彼颂繁华,而此伤丧乱乎?菰米、莲房,补班、张铺叙所未见,沉云、坠粉,描画素秋景物,居然金碧粉本,昆明水黑,故赋言黑水玄址,菰米沉沉,象池水之玄黑,极言其繁殖也,用修言兵火残破,菰米漂沉不收,不已信乎?

又 旧解谓借汉武以喻玄宗……环锁了然分明(见本章章旨引),如是而曰七言长句果以此诗为首,知此老亦为点头矣(钞本无此一节)。

石印本眉批 吴云:此篇杨用修批为确,世人惘惘去取,各骋伪说以驰骋。伯敬指为深寂(见钟惺《唐诗归》),孝辕目之俚俗(见胡震亨《唐音癸签》),皆劣见耳。

钞本　"织女"以下模写昆明清秋景物,而天宝丧乱之余,金粟仙游之后,凄凉黯淡如在目前(另二本无此数句)。

莹按:钱氏所引用修之说,见杨慎《丹铅总录》卷廿"诗话·波漂菰米"条,原文云:"客有见予拈'波漂菰米'之句,而问曰:杜诗此首中四句亦有所本乎? 予曰:有本,但变化之极其妙耳。隋任希《古昆明池应制》诗曰'回眺牵牛渚,激赏镂鲸川',便见太平宴乐气象;今一变云'织女机丝虚夜月,石鲸鳞甲动秋风',读之则荒烟野草之悲见于言外矣。《西京杂记》云:太液池中雕菰、紫箨、绿节、凫雏、雁子、唼集其间。《三辅黄图》云:宫人泛舟采莲为已(当为'巴'字之误)人棹歌,便见人物游嬉,宫沼富贵;今一变云'波漂菰米沉云黑,露冷莲房坠粉红',读之则菰米不收而任其沉,莲房不采而任其坠,兵戈乱离之状具见矣。杜诗之妙,在翻古语,千家注无有引此者,虽万家注何用哉? 因悟杜诗之妙如此,四句直上与《三百篇》'牂羊坟首,三星在罶'同,比之晚唐'乱杀平人不怕天,抽旗乱插死人堆',岂但天壤之隔。"杨氏之意盖以为此四句乃写"荒烟野草之悲""兵戈乱离之状",而钱氏则以为此章乃承上章"自古帝王州"句而申言之,因及"织女、石鲸、莲房、菰米、金堤、灵沼之遗迹",然则此四句乃追念当时之盛,故有"补班、张铺叙","居然金碧粉本"之言,而以杨氏之说为非。然此四句自"虚夜月""动秋风""露冷""波漂""沉云""坠粉"之种种用字观之,自有一片衰飒气象,而沉云及坠粉之黑与红之对照,尤见凄厉之景。杨氏云"菰米不收""莲房不采",或不免过甚其词,然其意要不过状其衰残而已。然钱氏以为此四句乃但铺叙昆明池之景,而全无衰飒哀伤之意,与全诗情调似有未合,则所失更甚矣。故石印本眉批引吴农祥之言,仍以杨用修之说为可信也。至于钞本与另二本之不同,盖钱氏初笺,原亦以中二联为丧乱凄

319

凉之状,又笺则与初笺之说相反,故而有所删改也。

一七、张解　池左右作牵牛、织女,以象天河。

　　　又　池刻玉为鲸鱼,每至雷雨,鲸常鸣吼,鬣尾皆动。

　　　又　承上章自古帝王州,故言池自汉造。

一八、金解　织女、石鲸,承昆明池。机丝、鳞甲,承旌旗。织女机丝,喻
　　　言防微杜渐之思,不可不密。石鲸鳞甲,喻言强梁好逞之徒,蠢蠢
　　　欲动。今日西北或可支吾,万一东南江湖之间,变起不测,则天下
　　　事不可为矣。故先生豫设此一着,以讽执政也。言若不早为之
　　　图,是犹织女停梭,虚此夜月,则石鲸乘势,已动秋风,可奈何?今
　　　昆明池在眼中,何武帝旌旗无有为之仿佛者耶?

　　　　别批　三、四即承上昆明池景,而寓言所以不能比汉之意。织
　　　女机丝既虚,则杼柚已空。石鲸鳞甲方动,则强梁日炽,觉夜月空
　　　悬,秋风可畏,真是画影描风好手,不肯作唐突语,硼磕时事也。

　　　　莹按:金解能于此二句看出写景之外别有寓托之意,其所感
　　　受者良是。盖凡感情深笃之诗人,其所写之景,多不仅但出于肉
　　　眼之观察,而更出于心灵之感受。而况杜甫此二句,原非眼前实
　　　景,而为想象之言,则此二句所表现之意象情调,更不可以实景限
　　　之,惟是诗人所表现之意象情调,又往往不可确指。故金解能体
　　　会得此二句于所写昆明池景物以外,更有托喻之意。其所感虽不
　　　可谓不锐,然而其"防微杜渐""不可不密"、"东南江湖""变起不
　　　测"之说,则支离牵强,全不可从。至别批赞杜甫为"画影描风好
　　　手,不肯作唐突语,硼磕时事"之言,则颇能得杜甫诗中之妙,非
　　　虚誉也。

一九、顾注　《三辅黄图》:昆明池中,立二石人……鬣尾皆动(参看九
　　　家注引《西京杂记》及诗通)。

　　　又　杨升庵曰:隋任希《古昆明池应制》诗…见于言外矣(见钱

320

注按语)。

　　又　今水战不修,兵戈满地,秋风夜月,沉米坠莲,总是萧条之象。

　　又　钱牧斋曰:"织女"以下……如在目前(见钱注)。

二〇、朱注　曹毗《志怪》:昆明池作二石人,东西相望,象牵牛、织女。

　　又　《西都赋》注(见九家注引杜田云)。

　　又　《西京杂记》(见九家注)。

　　又　"织女"以下,极状昆明清秋景物,故国旧君之感,言外凄然。

二一、论文　池边织女,机虚夜月之中;池内石鲸,风动秋波之内而已。

　　莹按:此但就字面演释,所言颇略。

二二、泽解　《汉宫阙记》(见蔡笺)。

　　又　《西都赋》:左牵牛……无涯(见九家注)。

　　又　洙曰(见分门注)。

二三、诗阐　昆明以象天河,立于池上者,旧有织女,其机丝更次,久虚夜月之往来,武帝旌旗不见矣。昆明时兴雷雨,置于池上者,旧有石鲸,其鳞甲动摇,犹助秋风之萧瑟,武帝旌旗不见矣。

　　莹按:此释此二句,皆以"武帝旌旗不见"为言,颇有盛衰今昔之感。

二四、会粹　曹毗《志怪》:昆明池作二石人,东西相望,象牵牛织女。

　　又　《西京杂记》:昆明池刻玉石为鲸鱼……鬐尾皆动(见九家注)。

　　又　刘孝威诗:"雷奔石鲸动,水阔牵牛遥。"

二五、仇注　曹毗《志怪》(见会粹)。

　　又　《西京杂记》(见会粹)。

　　又　蔡邕《汉律赋》:"鳞甲育其万物。"

又　《晋夏歌》:"昼夜理机丝。"

又　"虚夜""动秋",静与动对。

又　杨慎曰:隋任希《古昆明池应制》诗……因悟杜诗之妙如此(见钱注按语)。

又　钱笺:今人论唐七律……不已倍乎(见钱注)。

又　按王嗣奭云:织女鲸鱼,铺张伟丽,壮千载之观,菰米莲房,物产丰饶,溥万民之利,此本追溯盛事也。说同钱笺(见杜臆)。

又　"织女"二句,记池景之壮丽,承上"眼中"来,"波漂"二句,想池景之苍凉,转下"关塞"去,于四句分截,方见曲折生动。旧说将中四句作伤感其衰,杜臆作追溯其盛。此独分出一盛一衰何也?曰:织女鲸鱼,亘古不移,而菰米莲房,逢秋零落,故以兴己之漂流衰谢耳。

影印本旁批　遥想昆明之秋色也。

莹按:此以"织女"二句为记池景之盛,"波漂"二句始为感其衰,与钱注之以为二联全为铺叙池景,及钱注按语引杨慎《丹铅总录》之以为二联全写衰残者并异。

二六、黄说　三、四与"画省香炉违伏枕,山楼粉堞隐悲笳",并倒押句,顺之,则夜月虚织女机丝,秋风动石鲸鳞甲也,句法既奇,字法亦复工极。

莹按:此论字法句法,可见杜甫于七律一体开拓变化之功。

二七、潘解　《西都赋》注(见千家注引洙曰)。

又　《西京杂记》:昆明池……祭之以祈雨(见九家注)。

又　月夜、秋风、沉云、坠粉,总写禁苑荒凉,以见其勤远功而贻近祸。

又　"石鲸"句评曰:妙在说荒凉处反壮丽。

莹按:此亦以四句为全写荒凉之状,与钱注引杨慎之说相近。

惟杨氏但云"兵戈乱离之状具见",此则更以"勤远功而贻近祸"为言。

二八、言志　至取天上星文,立于河岸;海中异兽,鼓鬣波涛,究竟夜月徒虚,秋风自动,有何益哉!

　　　　莹按:此盖承上联而言,以为所写乃汉武之好大而夸,徒然无益。

二九、通解　《三辅黄图》(见顾注)。

　　　又　顾修远曰:今水战不修……萧条之象(见顾注)。

　　　又　池有织女,而机丝不理,徒自虚度此夜月;池有石鲸,而鳞甲犹存,竟欲鼓动于秋风。

　　　又　黄白山曰:三、四倒押句……鳞甲也(见黄说)。

三〇、提要　又有织女、石鲸、菰米、莲房,点缀池上,并在眼中,月上如见织女之机丝,风来若有石鲸之鳞甲,波中菰米则如云之黑,露下莲房则若粉之红,铺张浓艳,盛已极矣,而全以练字取胜。

　　　又　三、四、五、六练"虚"字、"动"字、"漂"字、"沉"字、"冷"字、"坠"字,则荒烟蔓草,一片荒凉,可见昆明旧迹,与今何异。

　　　又　白山(按白山乃黄生之字)云:三、四,倒押句,顺之……鳞甲也(见黄说)。

　　　　莹按:此先云四句"铺张浓艳,盛已极矣",又云练"虚""动""漂""沉""冷""坠"诸字,"则荒烟蔓草,一片荒凉",其说能调和盛衰诸歧说,而折中立论,颇为有见。盖四句虽为铺叙之句,而铺叙中其用字自有凄凉之致也。

三一、心解　曹毗《志怪》(见会粹)。

　　　又　《西京杂记》(见九家注)。

　　　又　三、四切昆明傅彩;五、六从池水抽思,一景分作两层写。其曰:夜月、秋风、波漂、露冷,就所值之时,染所思之色,盖此章秋意,既借彼处映出,故结到夔府不复带秋也。

又　钱云:自伤僻远而不得见(见本章章旨),此得情之论,必欲定盛象衰象之是非,则诗如孔翠夺目,色色变现,不可得而捉摸矣。

莹按:此所云“傅彩”但为铺叙之意,与盛衰无关,引钱注云“自伤僻远”,是于池景致怀想之思而已。至于论秋字之映带,可与翁批之说参看。

三二、范解　《三辅黄图》(见顾注)。

又　今武备不修,织女之机丝徒虚夜月,石鲸之鳞甲自动秋风。

三三、沈解　池边象形之织女,不能机杼,故云“虚夜月”;池中刻石之鲸鱼,相传有灵,故云“动秋风”也。

三四、江说　曹毗《志怪》(见朱注)。

又　织女以下……言外凄然(见朱注)。

三五、翁批　此首夜月秋风,无意中从昆池咽到题绪。所以五、六一联遂提笔从菰莲重写秋景,以为实,则实之至,以为虚,则又虚之至,想象中,波光凉思,沉切萧寥,弥天塞地。……(参看前章法及大旨一章所引翁批)

莹按:翁批原论《秋兴》八章之章法,因及八诗中虚实明暗种种映带秋字之处,织女、石鲸、菰米、莲房,固是昆池实景,然一切又均属想象中之虚象,要不过表现其一份沉切萧寥之意绪耳。而此一份沉切萧寥之意绪,又复有多少哀伤感慨在其中,此所以翁批乃有“以为实则实之至,以为虚又虚之至”之言也。然翁氏不过于论及秋字之映带时,偶然以虚实为说,虽颇可引人寻索,而并未指言其实景中有喻托之意也。

三六、镜铨　曹毗《志怪》(同会粹)。

又　《西都赋》注:作牵牛、织女于左右,以象天河(参看九家注)。

又　《西京杂记》:昆明池刻玉石为鲸鱼……鬐尾皆动(见九家注)。

三七、集评　"织女"句,李云:承。

三八、选读　昆明池有二石人,东西相望,象牵牛织女。

又　昆明池有石鲸鱼,每雷雨,常鸣吼,鬐尾皆动。

又　"织女"二句,记池景之壮丽,承上眼中来(见仇注)。

莹按:此以二句为写池景之壮丽。

三九、沈读　妙在说荒凉处,反壮丽。

又　月夜秋风,沉云坠粉,总写禁苑荒凉,以见其勤远功而贻近祸(此兼下联而言)。

莹按:此二句虽似壮丽,而实写荒凉。

四○、汤笺　旁立刻石,牛女鲸鱼,夜月秋风,今非昔盛,机丝绝响,鳞甲如张。

莹按:此云"今非昔盛",盖亦以二句所写为今日荒凉之状。

四一、启蒙　曹毗《志怪》(见朱注)。

又　《西京杂记》(见九家注)。

又　仇注又云:"织女"二句……衰谢耳(见仇注)。

又　织女之机丝,当月夜而虚;石鲸之鳞甲,遇秋风而动,是以动静作对。

嘉莹按:此二句就表面观之,盖承首二句"昆明池水",铺写汉武遗迹。而"机丝""鳞甲"云云,叙写亦极真切生动,故邵解则云"宛然当时遗象",意笺则云"巧而神如此"。然此一联,除此表面之诠释以外,尚有当辨者二:一则为此一联有无盛衰之感,再则为此一联有无喻托之意。有以为此诗中二联但为铺叙昆明遗迹,并无衰残之感者,钱注及杜臆主之;有以为此一联为写其盛,下联

325

始转入衰景者,仇注主之;有以为有荒烟野草之悲慨,禁苑荒凉,今非昔盛者,钱注引杨慎之说、顾注及胡注奚批、潘解、通解、汤笺皆主之。夫此诗中二联铺叙虽盛,然观此联所用"虚夜月""动秋风",及下联"漂""沉""冷""坠"诸字,自仍以写衰景为是,故潘解即云"妙在说荒凉处反壮丽",提要亦云"铺张浓艳,盛已极矣"、"练'虚'字、'动'字……则荒烟蔓草一片荒凉"。沈读亦云"妙在说荒凉处反壮丽",此种自铺叙见荒凉之笔法,正为杜甫诗之妙处,而纷纷以盛衰为辨者,反伤浅薄。至于有无喻托之意,则金解以为"织女"句"喻言防微杜渐之思不可不密";"石鲸"句"喻言强梁好逞之徒蠢蠢欲动"。金解别批则以为"织女"句"则杼柚已空","石鲸"句"则强梁日炽",且更以"万一东南江湖之间,变起不测"为言。细味之,杜甫此联,"织女"句自有一片摇荡凄凉机丝徒具之悲,"石鲸"句自有一片摇荡不安鳞甲欲动之感,非唯状昆明之景生动真切,更复有无限伤时念乱之感,而于政之无望,时之不靖,种种感慨,皆借此意象传出,写实而超乎现实之外,此正为杜甫在七律中之一大成就。唯是若如金解之确指为有所喻托,则反伤拘浅矣。王尧衢《古唐诗合解》云:"一云石鲸鳞动,比强梁之人动而欲逞,织女机虚,比相臣失其经纶,犹织女停梭,虚此夜月,亦是深一层看法。"既不全作肯定之说,亦不全作否定之辩,立言颇为得体,盖读者未尝不可有此想,作者亦未尝不可有此意,唯若固执此说,则反而拘执浅薄,情味全失矣。

波漂菰米沉云黑,露冷莲房坠粉红。

一、九家 赵云:上句言菰之多,其望之长远,黯黯如云之黑也。菰米,事在《周礼》,曰:鱼宜菰。(按见《周礼·天官·食医》,菰字作苽)郑玄云:苽,雕胡也。贾公彦云:今南方见有菰米。宋玉讽楚王曰:

主人之女,为臣炊雕胡之饭,烹露葵之羹。宋玉,楚人也,盖以雕胡为珍,则菰米本南方之物,而移种于是池矣。"沉云黑"字,杜田引唐《本草图经》:菰,又谓之茭白。岁久者,中心生白台,如小儿臂,谓之菰手。其台中有黑者,谓之茭郁。至后结实,乃雕胡米也。沉云黑,其茭郁乎?故子美《行宫张望补稻畦水归》诗,有"秋菰成黑米"之句(按以上自沉云黑以下乃杜田说)。穿凿非是。盖台中有黑,则黑在实之中间,岂望而可见乎?若秋菰成黑米;自是已为米则可见其黑也。"莲房坠粉红",正谬谓莲实上花叶坠也。《尔雅》:荷,芙蕖,其华菡萏,其实莲,其中的。郭璞注:莲,谓房也。的,房中子也。

莹按:赵彦材以为"沉云黑"乃指菰米,而驳杜田之以为"沉云黑"乃指茭郁者为非。花叶,当指花瓣,故云"坠粉红"也。

二、分门　洙曰:《西京杂记》:太液池边,皆是雕胡、紫箨、绿节之类。菰之有米者,长安人谓之雕胡。菰之有首者,谓之绿节(按此条不见九家注)。

又　赵曰:言菰之多,其望之长远,黯黯如云之黑也(见九家注)。

又　洙曰:莲房,莲花也(按此条不见九家注)。

又　修可曰:莲房坠粉红,谓莲实上花叶坠也。《尔雅》:荷,芙蕖,其华菡萏,其实莲,其中的。郭璞注云:莲谓房也。的,房中子也。以此考之,则莲房非花矣。唐《本草图经》云:菰又谓之茭白。岁久者,中心生白台,如小儿臂,谓之菰手。其台中有黑者,谓之茭郁。至后结实,乃雕胡米也。沉云黑,其茭郁乎?

又　赵曰:言莲花一朵而诸相,是花房中已自有一莲蓬。其房中有的,其的有薏,皆分明也(按此数句不见九家注)。

又　见"滑忆雕胡饭"注(按此句见《江阁卧病走笔寄呈崔卢两侍御》诗,注引《西京杂记》:太液池边皆是雕胡。菰之有米者,长安人谓雕胡。又引沈休文诗:雕胡方自炊)。

莹按:分门多引九家注,而此联所引洙曰、赵曰,多有未见者,疑今本九家注有脱误之处。至所引修可之说以"沉云黑"为指菱郁,前九家注引赵曰,已驳此说之非。至于引《尔雅》郭注,以为莲房乃莲实,而谓莲房非花,亦不免过于拘执。盖莲房即在莲花中。故赵氏有"花房中已自有一莲蓬"之说,是。露冷深入花中之莲房,而"坠粉红"者正此花也。如所引洙曰直谓莲房为莲花,固属非是,然必谓莲房非花,则又复与"坠粉红"何干乎?不曰"露冷莲花",而曰"露冷莲房"者,正见露冷之凄寒深切直入于花之深处耳。

三、鹤注　洙曰:《西京杂记》(见分门注)。

　　又　赵曰:言菰之多……如云之黑也(见分门注)。

　　又　洙曰:莲房,莲花也(见分门注)。

　　又　修可曰(见分门注)。

四、蔡笺　《西京杂记》(见分门注洙曰)。

　　又　唐《本草图经》:菰又谓之菱白……至后结实乃雕胡米也(见九家注赵曰)。

　　又　《尔雅·释草》:荷,芙蕖……其实莲。郭璞注:别名芙蓉,江东呼荷。莲谓房也(参看九家注引《尔雅》)。

　　又　"波漂"句,谓池中之雕胡茂盛也。"露冷"句,谓池中之荷花凋谢也。

　　莹按:此以"雕胡茂盛""荷花凋谢"为说,颇简明。

五、千家　梦弼曰:菰米莲房,皆言池中所有(参看蔡笺)。

六、演义　菰,又曰蒋,又曰菱白。中心生白台,如小儿臂,谓之菰手。台中有黑者为乌郁,一名菱郁。苗硬者曰菰蒋。秋结实,乃雕菰米也。

　　又　菰沉、莲坠二句,即秋景言。

　　莹按:此以秋景为说。

七、愚得　今也惟菰米、莲房耳,言其废也。

又　菰米、莲房,池中所有。

八、颇解　此诗前六句咏池上寂凉之景。

莹按:此云寂凉之景,与愚得伤其废之意颇相近。

九、诗通　菰一名蒋,秋实乃凋黑米(凋黑米疑为雕胡米之误)。

又　斯时也,菰沉云黑,莲坠粉红,想见其秋晚之景又如此。

一〇、邵解　皆晚秋景。

又　值此秋晚,菰米沉黑而谁收?莲房红坠而谁采?

莹按:此云秋景,而其语意皆有寂凉荒废之意。

一一、邵注　菰即茭白,其中乌者为乌郁,秋结实为菰米。坠粉红,莲初结实,花蒂褪落,故坠粉红。

又　唯有菰、莲杂生其中,当秋凋谢而已。叹池水之荒废,为武备之不修,至胡羌内入而长安屡陷也。

莹按:此直以叹池水之荒废,叹武备不修、胡羌内入为言。

一二、意笺　菰米波漂而沉云,言无收之者。莲房露冷而坠粉,言无采之者。虽晚秋凄凉,亦以胡羌内侵之故,此公所以有汉武之思。

又　张文忠公云……而今荒废如此(参看首联)。

莹按:此于晚秋凄凉之外,亦以胡羌内侵为说。

一三、胡注　(无)

奚批　菰米、莲房,空沉空落,则人民逃亡矣。

莹按:此云人民逃亡,其意盖亦以为二句写菰米、莲房无人收采也。

一四、杜臆　菰米、莲房,物产丰饶,溥生民之利,予安能不思。

莹按:此其意盖谓思当年盛景如此。

一五、诗撷　菰米、莲房一联,语异而意同。未如黄鹤、白鸥以真对假,鹦鹉、凤凰以实对虚也。

莹按:其意盖谓此一联二句用字虽异,而用意则同,故不如他二联之工妙也。

一六、钱注　《西京杂记》(见分门注洙曰)。

又　《西京赋》:"昆明灵沼,黑水玄址。"善曰:水色黑,故曰玄址也。

又　赵注曰:言菰米之多,黯黯如云之黑也(参看九家注。钱注钞本无此数句)。

又　昌黎《曲江荷花行》云:"问言何处芙蓉多,撑舟昆明渡云锦。"注云:昆明池周回四十里,芙蓉之盛如云锦也。

钞本　杨慎曰:菰米不收,而听其漂沉,见长安兵火之惨矣(另二本无此数句)。

石印本眉批　李云:五、六言因宫女不复如前拾菰采莲,而漂米之多、坠粉之久。

莹按:此既引赵注"菰米之多,黯黯如云之黑"以释"沉云黑",又引《西京赋》"黑水玄址"李善注"水色黑"以释"沉云黑"。自下句观之,"坠粉红"既指"莲",则此"沉云黑"自当以指"菰米"为是。即使菰米望之如云之黑与水色之黑有关,亦不可以"沉云黑"为指水也。至于钞本所引杨慎之说,则自前一联钱氏批驳杨慎之说观之,盖钱氏初笺曾引杨说,又笺则删之矣。

一七、张解　菰米,一名雕胡,生池中,至秋,实如米。沉云黑,其势如云。

又　中四联正言秋景,谓古迹之奇既可以观,且地之广阔。秋来菰米已熟,莲子已实,复可以食。

又　杨升庵云:《西京杂记》……兵戈乱离之状具见矣(见前一联钱注按语)。

又　此(指杨说)自是一段佳话,但与全诗大旨不合。

一八、金解　上解已毕,忽换笔作转。五、六二句,不从昆明池来,盖为下解"江湖满地一渔翁"作转也。若谓昆明且置,吾今身在峡中,日与水相习,当此秋深之际,菰米波漂,莲房粉坠,一时衰飒如此,则江湖之上,实切隐忧。

　　别批　五、六转到黎民阻饥,马嵬亦败,亦以不忍斥言,故为隐语,犹言菰米为波所飘,而遂沉云之黑,固所料也,亦所甘也。讵意莲房红粉亦遽坠于冷露,岂所料哉! 尚忍言哉!

　　莹按:金解唐人律诗每章皆以前后四句分为二解,其分截颇为牵强。颇解及后引提要之说,皆以前六句为写池上之景,是前六句原联为一气,不可从四句断开。盖杜诗此八章之分合变化,首尾呼应,固所谓变化万端者也。金解全以每四句分解,诚令人有一棒打成两橛之感。故金解之以为此二句与尾联二句皆指今日峡中之说,不可从。至于别批,以黎民阻饥、马嵬亦败释此二句,则不免伤于穿凿。杜甫此一联固有无限丧乱之感,此正杜诗妙处所在,以意象唤起人之联想触发,然不可明言确指之也。

一九、顾注　《本草图经》:菰即茭白,其台中有黑者,谓之茭郁。至后结实,乃雕胡米也。沉云黑,"黑"字非漫下。露至秋则渐冷,莲房经冷露始坠。上句"云"字借用,言其一片皆黑,此句"露"字则实用也。

　　又　杨升庵曰:《西京杂记》……嗫喋其间。《三辅黄图》……巴人棹歌,便见人物游嬉,宫沼富贵,今一变云波漂菰米……坠粉红,读之则兵戈乱离之状具见矣。杜诗之妙,在能翻古语(参看前一联钱注按语)。

二〇、朱注　《西京赋》(见钱注)。

　　又　赵曰(参看九家注)。

　　又　《尔雅》(参看九家注)。

331

又 《杜诗博议》:《北史》:李顺兴言昆明池中有大荷叶,可取盛饼食。其居去池十数里,日不移影,顺兴负荷叶而归,脚犹泥,可证。昆明莲花自古有之,注家都失引。

又 杨慎曰:菰米……兵戈乱离之状具见矣(参看钱注按语)。

二一、论文 况池之左右,惟余菰米沉没,莲房坠露,一望荒芜矣。

又 中二联带咏秋景。

莹按:此亦以此二句为咏昆明池秋景之荒芜。

二二、泽解 洙曰:《西京杂记》(见分门注)。

又 赵曰:言菰之多……如云之黑也(参看九家注)。

又 洙曰:莲房,莲花也(见分门注)。

又 修可曰:"莲房坠粉红"……以此考之,则莲房非花矣(见分门注)。

又 叶梦得《石林诗话》曰:禅宗谓云门有三种语,其一谓随波逐浪句,谓随物应机,不主故常;其二为截断众流句,谓超出言外,非情识所到;其三为函盖乾坤句,谓泯然皆契,无间可伺,其深浅以是为序。余尝戏为学子言,老杜诗亦有此三种语,但先后不同,以"波漂菰米沉云黑,露冷莲房坠粉红"为函盖乾坤句,以"落花游丝白日静,鸣鸠乳燕青春深"为随波逐浪句,以"百年地僻柴门迥,五月江深草阁寒"为截断众流句,若有解此,当与渠同参。

又 泽堂曰:禾稼如云也。

莹按:泽风解引旧注,皆已见前。至所引《叶梦得诗话》,乃论其句意之妙,有涵盖乾坤之势,至泽堂所云"禾稼如云",则不过引此一成语以证"如云"二字为盛多之意耳。

二三、诗阐 池中有菰米,经波漂而黯澹难寻,料已沉云俱黑也。旌旗之影,尚有波底否?池中有莲房,经露冷而凄其欲绝,可怜坠粉犹红也。旌旗之影,还拂露中否?眼中之旌旗不见,池上之物色空留,当年目击心伤,今日想象神怆。

　　莹按:此有意以池上之物色,与武帝之旌旗,相对立说,虽牵强然亦颇得诗中感慨之意。

二四、会粹　庾肩吾诗:"黑米生菰葑,青花出稻苗。"

　　又　鲍照诗:"沉云日夕昏。"

　　又　陶潜诗:"昔为三春渠,今作秋莲房。"

　　又　庾肩吾诗:"秋树翻红叶,寒池坠黑莲。"

　　又　《北史》:李顺兴言:昆明池中有大荷叶,可取盛饼食。其居去池十余里,日不移影,顺兴负荷叶而归,脚犹泥。

　　莹按:此但就字面引证,且证昆明池之多荷花耳。

二五、仇注　陈琳檄:"随波漂流。"

　　又　《本草图经》:菰即茭白,其台中有黑者,谓之茭郁。后结实,雕菰米也(参看九家注)。

　　又　庾肩吾诗(见会粹)。

　　又　赵次公曰:沉云黑,言菰米之多,一望黯黯如云之黑也(参看九家注)。

　　又　鲍照诗(见会粹)。

　　又　蔡邕《月令章句》:阴者,密云也;沉者,云之重也。沉云意本此。

　　又　王褒诗:"塞近边云黑。"

　　又　陶潜诗(见会粹)。

　　又　庾肩吾诗:秋树……黑莲(见会粹)。

　　又　徐孝伯诗:"讵识铅粉红。"

　　又　邵注:莲初结子……故坠粉红(见邵注)。

　　又　"波漂"二句,想池景之苍凉(参看前一联仇注)。

　　影印本旁批　铺张菰莲,寂寞可悲。

333

莹按:此以二句为写衰景。

二六、黄说　五、六,比赋句。菰米莲房,赋也;云粉,比也。

又　双眼句,以句中"漂"字、"沉"字、"冷"字、"坠"字皆眼也。

莹按:此但论比赋字法,并无深意。

二七、潘解　沉云黑,言菰米之多,黯黯如云之黑也(参看九家注)。

又　坠粉红,昆明池周四十里,芙蓉之盛,如云锦也(参看钱注)。

又　梦弼曰:菰米莲房,皆言池中所有(参看蔡笺)。

二八、言志　惟令城社丘墟,人民涂炭,如波漂菰米,黑烂沉云。宫庭丧乱,骨肉抛离,如露冷莲房,残红坠粉。二语便暗指陈陶、马嵬诸变。

二九、通解　《本草图经》(见顾注)。

又　当此秋景萧条,而波飘(按当作漂)露冷,满眼凄凉。菰米已实,因波漂荡而沉,竟如云黑也。莲房已残,因露冷落而坠,恍如粉红也。日来昆明之风景大抵然也。

莹按:此但就字面敷衍为说,殊无意味。

三〇、提要　(参看前一联)

又　五、六,比赋句。……比也(见黄说)。

又　六句皆写昆明池古迹。

莹按:前一联引提要说,以为此联铺张浓艳,而自"漂""沉""冷""坠"诸字,见一片荒凉。

三一、心解　《本草图经》:菰即茭白,后结雕菰也(参看九家注)。

又　……波漂露冷,就所值之时,染所思之色(参看前一联)。

莹按:此以为借所思昆明景色映带今日夔府之秋。

三二、范解　菰米即茭白之实。沉云黑,言菰米之多,望之如沉云之黑也。

又　《尔雅》(参看九家注)。

又　菰米不收,听其沉波;莲房不采,任其坠露。池中黯然凄凉之景,如在目前。

三三、沈解　菰米,一名凋胡,生池中,至秋,实如米。

又　菰沉莲坠,即秋景而言。

三四、江说　《本草图经》(见顾注)。

又　蔡邕《月令章句》(见仇注)。

又　鲍照诗(见会粹)。

又　赵云:沉云黑……如云之黑也。

又　杨慎云(见钱注按语)。

三五、江说　"波漂"句,李云:有感。"露冷"句,李云:秋。

三六、翁批　……五、六一联遂提笔从菰莲重写秋景(参看前一联)。

莹按:翁批以此二句为写昆明池秋景。

三七、镜铨　《本草图经》:菰即茭白,其台中有黑者,谓之茭郁,后结实,雕胡米也(参看九家注)。

又　庾肩吾诗(见会粹)。

又　《释文》:葑,方用切,菰根也。

又　《西京杂记》(见分门注洙曰)。

又　赵注:沉云黑……如云之黑也(参看九家注)。

又　《尔雅》:荷,芙蕖,其实莲,其根藕,其中的。注:莲,谓房也(参看九家注)。

又　昌黎《曲江荷花行》……如云锦也(见钱注)。昆明莲花,自昔当已有之。

又　邵注……(见邵注)。

又　按中四句,特就昆明所有清秋节物,极写苍凉之景,以致其怀念故国旧君之感,言外凄然,纷纷言盛言衰,聚讼总觉无谓。

莹按:此云写苍凉之景,以致故国旧居之感,而无取于盛衰之聚讼,所言颇通达可取。

三八、选读　沉云黑,言菰米之多。坠粉红,言花蒂之退。

又　"波漂"二句,想池景之荒凉,转下关塞去。

又　中四句,或作感伤其衰,或作追溯其盛,此独分一盛一衰,何也?曰:织女、鲸鱼亘古不移,而菰米莲房逢秋零落。以兴己之漂流衰谢耳。

莹按:此以中四句分一盛一衰为言。

三九、沈读　沉云黑……如云之黑也(参看九家注赵云)。

又　坠粉红,昆明池周……如云锦也(参看钱注引昌黎《曲江荷花行》注)。

四〇、施说　"波漂"句,注引蔡邕《月令章句》:阴者,密云也;沉者,云之重也。沉云本此。今按诗意,谓停云映水,菰米漂波,沉入停云影中。"沉云"字,不当连读,犹下句"坠粉"字也。注引蔡邕说,殊不合,即证字面,亦非。

莹按:此驳仇注引蔡邕《月令》以释"沉云"之说,所言颇是。唯是此以"云"字为指水中停云之影,而非指菰米之多,则似有未妥。

四一、汤笺　池内菰莲,米沉粉坠。

莹按:此说颇略。

四二、启蒙　菰米如云之黑,当秋而沉,云黑,即指菰米,是一物;莲花如粉之红,逢秋而坠,粉红不指莲房,是二物。盖莲花粉坠,而后莲房露冷耳。

嘉莹按:此二句先就字面之歧解辨之。"沉云黑",自当如九家注赵彦材之说,指"菰之多,望之长远,如云之黑",故分门、鹤注、朱注、泽解、仇注、江说、镜铨皆引赵说,泽解更举"禾稼如云"

336

以证"云"字为盛多之意。而九家注引杜田说及分门注引修可说,以为指菱郁乃菰之台中有黑者,其说不可从。盖"沉云黑"者,不过状菰米之深沉盛多而已,固不必拘指台中有黑色立说也。至钱注更引《西京赋》李善注"水色黑"之说,亦不可据此为解,说已详钱注按语。又施说以为指水中云影,更嫌牵强,并不可从。至"莲房"句,分门、鹤注、泽解并引洙曰,以为"莲房、莲花也",而又并引修可说,以为"莲房,非花也"。夫就训诂言,莲房自指莲实而非莲花,然就诗人之观感言之,则莲房即在花中,亦不必定然截分为二也,辨说已详分门注按语,故邵注即云"莲初结子,花蒂褪落",乃兼莲实、莲花为言。就字面为说,则此二句为写想象中昆明池秋晚之景,菰米波漂,莲房粉坠,一片荒凉。诸家之说,小异而大同。惟《杜臆》以为写盛景,就字面之"波漂""露冷"观之,自以写衰寂荒凉为是,可毋庸置辩。惟金解以为此二句乃写今在峡中,衰飒如此,乃以为二句写峡中之景,其说之不可信从,已详金解按语。至于二句言外之意,则邵注及意笺皆以为有伤武备不修、胡羌内侵之意;胡注、奚批则以为"菰米、莲房,空沉空落,则人民逃亡矣";钱注旧钞本引杨慎说则以为"菰米不收,而听其漂沉,见长安兵火之惨矣";金解别批则以为"五、六,转到黎民阻饥,马嵬亦败,亦以不忍斥言,故为隐语";镜铨则以为"就昆明所有清秋节物,极写苍凉之景,以致其怀念故国旧君之感"。综观诸说,立言虽异,然而大旨皆就离乱荒凉之感为说,意实相近也,而以镜铨之言,最为含蓄得体,他说抑或可得其一体,惟但可作读者联想之一得,若过为确指,则反嫌拘狭浅露。

关塞极天唯鸟道,江湖满地一渔翁。

一、九家　赵云:关塞,指白帝城之塞。鸟道,则一带皆高山,故得称鸟

337

道。一渔翁,公自谓也。

二、分门　洙曰:言道路多狭,所通者鸟道而已。

　　又　赵曰:言白帝城之塞,鸟道则一带皆高山也(参看九家注)。

　　又　沈括曰:《南中地志》:交趾郡治龙偏县自兴古鸟道四百里。

　　又　"江湖"句,赵曰:公自谓也(参看九家注)。

　　莹按:此所举沈括引《南中地志》鸟道云云,不过引"鸟道"二字之所见所出而已,非谓杜诗所云鸟道在交趾也。

三、鹤注　洙曰(见分门注)。

　　又　沈曰(见分门注)。

　　又　"江湖"句,赵曰(见分门注)。

　　莹按:此所引多同于分门注。

四、蔡笺　"关塞"句,言白帝城之塞。鸟道,则一带皆高山也(参看九家注)。

五、千家　梦弼曰:关塞,言白帝城;鸟道,言峡中高山(参看蔡笺)。

　　又　赵曰:渔翁,公自谓也(见九家注)。

六、演义　关塞,言白帝城;鸟道,言峡中高山(参看九家注)。

　　又　乃谓剑阁秦塞,造天之高,唯一鸟道,所以不易还。以见此池之景,唯顺流下峡,则江湖满地,任我渔翁之漂泊,亦岂不令人感叹乎。

　　莹按:此言"关塞"句写昆明池景之不易见,"江湖"句则叹己今日之漂泊也。

七、愚得　结言昆明若江湖,而不容我者,以在夔故尔。

　　莹按:此说殊为费解,其意盖云昆明池水之废,有若江湖,而我乃在江湖,不在昆池者,以羁身夔府故尔。

八、颇解　末二句,言已阻绝而不得见也。关塞,指出蜀入秦之路,江湖,指所寓之地。

338

莹按:此以"出蜀入秦之路"释"关塞",与演义"剑阁秦塞"之说相近,而不同于九家赵注之仅以"白帝城之塞"为说;"江湖"则指夔峡。

九、诗通　鸟道者,惟鸟可过也(按本义鸟道上多一"惟"字)。

又　江湖,谓潇湘洞庭。渔翁,公自谓也。

又　因叹流落天涯,道路辽阻,但随江湖之处,作一渔翁耳,岂能归见此地哉?

莹按:此以潇湘洞庭释江湖,盖谓杜甫顺江下峡,就其漂泊将往之地言之也。

一〇、邵解　"鸟道",阻绝惟鸟可过。

又　我流落天涯,关塞阻隔,不得如鸟飞去而一见,惟随到处江湖,作一渔翁焉耳。

莹按:此云"到处江湖",虽未明言潇湘洞庭,然而其不仅指夔府一地明矣。

一一、邵注　鸟道,言山高径窄,唯鸟可过。江湖,谓潇湘洞庭。渔翁,公自谓也。

又　故卒乃托于蜀道险阻不可以归,如江湖满地风波;我但一渔翁漂泊其间,曷胜悲哉。

莹按:此以为"鸟道"乃言道途险阻不得归,"江湖"则指潇湘洞庭,与诗通之说相近。

一二、意笺　又念蜀道之难,北归无日,惟思东下,自分为渔翁而已。曰满地,则有随寓皆安之意。关塞,即剑阁。鸟道,即栈道。

又　眉批:虞注(按:即演义)以关塞为巫峡,鸟道为峡中道,非是。

莹按:此以"关塞"为指剑阁,以"鸟道"为指栈道,似嫌稍为拘狭。

一三、胡注　此诗妙处，尤在一结，人多以其俪句少之。《秋兴》作于夔府，前六句，皆想像昆明池景色，于夔府全无根着。不着此二句，做出许大怅望悲感意来，安能收向本题？笔头上真挽得千万斤力者。昔余友俞羡长，于八篇中极推服此诗此结，其言不诬。

　　奚批　末二句，叹己之流落，不得归长安也。

　　又　末二句，极天、满地，终然汗漫无何矣。

　　莹按：此论二句结束收挽之笔力，所评颇是。奚批以"叹己之流落"为说，亦颇简当。

一四、杜臆　乃剑阁危关才通鸟道，欲归不得，而留滞峡中。江湖满地，而漂泊如渔翁，与前所见之信宿泛泛者何异？与其渔于江湖，何如渔于昆明池耶？

　　莹按：此以"剑阁危关"释"鸟道"。"渔翁"二字，杜甫不过自伤漂泊之意。"渔于昆明池"之说，则有意牵附，欲将夔峡、昆池合为一谈，而"渔"字之解，似嫌落实。

一五、钱注　末二句，正写所思之况。关塞极天，岂非风烟万里；满地一渔翁，即信宿泛泛之渔人耳。上下俯仰，亦在眼中。谓公自描一渔翁，则陋。

　　钞本　鸟道、渔翁，俯仰上下，故国旧臣之感在焉。

　　石印本眉批　李云：末联自述其播迁绝域，寄慨深而措词雅，无妙不臻，殆难为怀。

　　莹按：钱氏释"信宿渔人"一句，以为乃杜甫以所见自况，如三章信宿渔人"延缘荻苇，携家啸歌，羁栖之客殆有弗如"之意，此句亦然，盖借眼中所见以寄慨，非自描一渔翁也，与诸家引赵注以为渔翁公自谓者不同。旧钞本"故国旧臣之感"之说及石印本眉批李氏所云"寄慨深而措词雅"之言，皆能发言外之意，所言颇是。

一六、张解　关,剑关。塞,秦塞。鸟道,言其险绝,止鸟可度。

又　奈今剑阁秦塞,极天之险,更不易通。所以满地皆江湖,止我一渔翁之漂泊耳。

一七、金解　况时方战伐,蜀山鸟道,为关塞之至险,乃自上皇回銮以后,僭乱相仍,极天之险,竟无足恃。顾此江湖,滔滔皆是,将何底止邪? 然而抱江湖之忧者,只一个渔翁,虽忧亦安所用之? 其必在当事虑患于未然哉! 渔翁,盖先生自谓也。

别批　目今关塞极天,往来闭塞,可通惟有鸟道。江湖满地,涣然瓦解,系心止一渔翁。纵有嘉谋,又将焉展也哉。

莹按:金氏所谓"僭乱相仍""滔滔皆是",全自言外之感慨立说,亦颇得杜甫忧伤之意,惟不可拘指耳。

一八、顾注　关塞,即白帝城。鸟道,峡中高山也,以其险绝,兽犹无蹊,特上有飞鸟之道耳。渔人,公自谓也。

又　而公居于蜀,隔以极天之鸟道,江湖虽广,无计可归,竟若渔翁之飘泊,良可叹也。一渔翁,"一"字,杜老胸中一肚皮不合时宜,大有目空四海之意。

又　鸟道、渔翁……故国旧臣之感在焉(见钱注)。

又　胡孝辕曰:此诗妙处,尤在一结。《秋兴》作于夔府,前六句皆想像昆池景色,于夔府全无根着,不着此二句说出许大怅望悲感意来,安能收向本题? 笔头上真挽得千万斤力者。

一九、论文　而此地则关塞也,山高极天,而惟通鸟道,亦不必昆明也。江湖满地,何处不容渔翁耶!

莹按:此乃作自为慰解之说。

二〇、泽解　洙曰(见分门注)。

又　梦弼曰(见千家注)。

又　"渔翁"句,赵曰:公自谓也(见九家注)。

341

二一、诗阐　身违故国,仰见关塞极天;梦断长安,俯见江湖满地。迢迢鸟道,无限烽烟;泛泛渔翁,堪悲身世。能勿兴哀于昔年之穷兵黩武哉!

　　莹按:此所云"关塞极天,梦断长安","泛泛渔翁,堪悲身世"之说,阐述颇是。至于以"兴哀于昔年之穷兵黩武"为说,则由于诗阐释此诗"昆明池水汉时功"一句,即以明皇连击南诏为说,其拘凿已于首联总按语辨之矣。

二二、会粹　渔翁,公自谓。

二三、仇注　庾肩吾诗:"辇道同关塞。"

　　又　《孔丛子》:"世人言高者,必以极天为称。"

　　又　《南中八志》:鸟道四百里,以其险绝,兽犹无蹊,特上有飞鸟之道耳(参看分门注)。

　　又　《列子》:身在江湖之中。

　　又　隋《望江南曲》:"游子不归生满地。"

　　又　傅玄诗:"渭滨渔钓翁,乃为周所咨。"

　　又　陈泽州注:关塞,即塞上风云。江,即江间波浪。带言湖者,地势接近,将赴荆南也。公诗"天入沧浪一钓舟,独把钓竿终远去",皆以渔翁自比。

　　又　身阻鸟道,而迹比渔翁,以见还京无期,不复睹王居之盛也。

　　影印本旁批　"关塞"一联,顾夔府。

　　莹按:仇引陈注,分别解说"江湖"二字,以为"江"字指夔府之"江间波浪",湖则指"将赴荆南"之地,其用心颇细。然在杜甫写此句时,恐未尝如此琐琐辨析,而但浑然一气写下,非惟夔府荆南,无限漂泊之感,尽在其中。而钱注所云"故国旧臣之感",金解所云"滔滔皆是"之忧,亦尽在言外矣。

二四、黄说　七言道阻难归,八言旅泊无定,公思归不得,多以道远为辞。盖本张衡《四愁》之旨。江湖满地,即"陆沉"二字变化出之。

莹按:此所云"陆沉",与金解所云"滔滔皆是"之意颇相近。

二五、潘解　梦弼曰(见千家注)。

又　末二句,指玄宗幸蜀事,关塞极天,江湖满地,隔绝飘零,为可悲也。一渔翁,即信宿泛泛之渔人耳。上下俯仰,亦在眼中。谓公自指则陋。

又　鸟道、渔翁,正写西幸险远冷落,以见其初放侈而后衰飒。

又　此结最妙,前六句俱写昆明景色,于夔府全无着落,用对语收到本题,笔有千钧之力。

莹按:潘解释此诗,全以"借汉武讽玄宗",讥其"喜事开边","勤远功而贻近祸"为说(见本章章旨及首联之说),故以"指玄宗幸蜀"说此二句,其拘执穿凿,已于前文辨之矣。至于渔翁,以为乃"眼中"所见,而非公自指,说与钱注同。而论二句收挽全诗之妙。则与胡注之说同,皆已详前。

二六、言志　是向之欲立功异域者,今且秦关百二,不能自保。举目天涯,处处皆成险阻,与鸟道无异。鸟睹此谓太平之世,王道荡荡者耶?徒使江湖之间,有一渔翁,投竿而泣。满地兵戈,谁为抱杞人之忧者?末二语言天下大势,坏乱已极,忧之者惟己一人也。

莹按:此以"险阻"释"鸟道",以"满地兵戈"释"江湖满地",以"渔翁"为杜甫之自喻。

二七、通解　而公客居于蜀,隔以极天之鸟道,而飘泊江湖,无计可归,竟若一渔翁然,良为可叹。"一"字有旁若无人意。

又　黄白山曰:七云……飘泊无定也(参看黄说)。

二八、提要　一结及自己,所以伤之也。练"极天"字、"满地"字、"唯"字、"一"字,俨然天地甚窄,无处可容身也。回抱上六句,一线穿成,其用意沉郁,良由练字响亮也,唯其练字响亮,故用意愈沉郁。

又　对结有力,二句伤今。

莹按:此论炼字及对结之有力,所言颇是。

二九、心解　极天鸟道,夔多高山也;江湖满地,犹云漂流处处也。

莹按:此以"漂流处处"释"江湖满地",而不作夔府与荆南之辨说。

三〇、范解　徒叹关塞之遥,隔以极天鸟道。江湖虽广,无计可归,若渔翁之漂泊无所,良可悲也。

又　《秋兴》作于夔府,惟第六首点"瞿唐"二字,此前六句皆想像昆明池景物,于夔府全无根着,不着此"关塞"二句,安能收到本题? 第四首"秋江冷",第五首"卧沧江",皆用此法。盖八首中咏夔州总不脱长安,咏长安必仍顾夔州,故园之心,寓居之地,处处环映,章法最细。

莹按:此亦以"渔翁"为杜甫自喻。后一则自此一联论本章之章法,而兼及他章之章法。

三一、偶评　结意身阻鸟道,迹比渔翁,见还京无期也。

又　旁批:对结。

三二、沈解　乃谓剑关秦塞,极天之高,唯一鸟道而已,所以不易还也,可见此地之景。唯顺流下峡,则江湖满地,我若一渔翁,任其飘泊耳。安得不令人感叹乎。

三三、江说　关塞,巫山、巫峡。

又　《南中八志》(见仇注)。

三四、镜铨　"关塞"句。谓夔多高山。

又　极天、满地,乃俯仰兴怀之意。言江湖虽广,无地可归,徒若渔翁之飘泊,昆明盛事,何日而能再睹也哉。

莹按:此以"俯仰兴怀"说"极天""满地",虽似含混,而情意

344

颇是。"若渔翁之飘泊"者,盖亦以渔翁为杜甫自况。

三五、集评 "关塞"句,李云:巫山、巫峡。

又 末联自述其播迁绝域,寄慨深而措词雅,无妙不臻,殆难为怀。

三六、选读 鸟道,谓险绝无兽迹,止有飞鸟之道。

又 身阻鸟道……王居之盛也(见仇注)。

又 关塞……荆南也(见仇注引陈泽州注)。

三七、沈读 此结最妙,前六句俱写昆明景色,于夔府全无着落,用对语收到本题,笔有千钧之力。

又 末二句……自指则陋(见潘解)。

三八、汤笺 山城关塞,一望极天,鸟道才通,险危旷绝,波流渔父,俯仰皆愁。

莹按:此云"俯仰皆愁",盖亦镜铨俯仰兴怀之意。

三九、启蒙 仇注:身阻鸟道……不复睹昆明之胜也(参见仇注)。

嘉莹按:此二句首当辨者,为"关塞"之所指。有以为指白帝城之塞者,九家赵注、分门注、蔡笺、千家注、顾注、泽解及潘解主之;有以为指剑阁者,意笺及杜臆主之;有兼剑阁、秦塞而言者,张解及沈解主之。演义虽亦引九家赵注以为关塞言白帝城,然而立说乃兼剑阁秦塞而言;有以为指出蜀入秦之路者,颇解主之。综观诸说,以为但指白帝城或剑阁,似皆稍嫌拘狭,而以为指出蜀入秦之路,则又嫌稍泛,然各说亦皆有可取之处。盖就眼前所见者言之,则有白帝高城焉;就蜀地之具有代表性者言之,则有剑阁危关焉;而就诗人之所感慨者言之,则正慨秦蜀道路之隔绝遥远焉。诗人情意感慨之所及,原可兼此三说而有之。与其确指某一关塞以实之,不如以之为泛指秦蜀间之高城险塞之为愈也。夫如此则虽未标举白帝城、剑阁,而白帝城、剑阁皆在其中矣。又其次当辨者,则"鸟道"之所指。有泛言一带高山者,九家赵注、分门注、蔡笺、千家注、演义、泽解、潘解皆作此说;有以为指夔多高山者,心解及镜铨主之;有以为指栈道而言者,意笺主之;有以道路多狭,通者鸟道为说者,分门注引洙曰及邵注主之;有但以险绝为说者,张解、顾注主之。综观诸说,立言虽异,而意颇相近。盖鸟道原不过写山路之险绝难通,高山、栈道、狭路,皆此意也。次句当辨者,则首为"江湖"二字之所指。有以为指所寓之地者,颇解主之;有以为谓潇湘洞庭者,诗通及邵注主之;有以为指顺流下峡者,演义及沈解主之;有以为江即江间波浪,湖者将赴荆南也,仇引陈泽州注主之;有以为江湖有滔滔皆是之意者,金解主之;有以为乃陆沉二字变化出之者,黄说主之;有以为乃漂流处处之意者,张解、顾注及心解主之;有以昆明若江湖为说者,愚得主之。综观诸说,愚得所云昆明若江湖之说,最为牵强不可通,已辨之于前。至于其他各说,约可做如下之归纳:私意以为"江湖"二字实兼指所寓之地与将往之地而言,故演义乃以顺流下峡为说,心解乃以漂流处处为说。至于仇引陈注分别以江为指江间波浪,湖则指将赴荆南为说,其意虽亦相通,然如此分划反嫌拘执,诗通及邵注潇湘洞庭之说,亦失之狭。至金解"滔滔皆是"与黄说"陆沉"及言志"满地干戈"之说,即使杜甫言外有此感,然不必如此解也。又次当辨者,则为"渔翁"二字之所指。有以为公自谓者,九家赵注、分门注、千家注、演义、诗通、邵注、金解、泽解、会粹、仇引陈泽州注皆主之,杜臆云漂泊如渔翁,提要云结及自己,顾注、通解、范解、沈解及镜铨皆云若渔翁漂泊,亦皆以渔翁为杜甫自谓;有以为乃就眼中所见以寄慨者,钱注、潘解及沈读主之。观此诗"江湖满地一渔翁"之句,"渔翁"二字仍以杜甫自谓为是,不得与三章之"信宿渔人还泛泛"同观也,钱注及潽解之说不可从。至此二句之言外之意,则有以为乃鸟道、渔翁兴哀于昔年之穷兵黩武者,诗阐主之;有以为乃指玄宗幸蜀,写西幸险远者,潽解主之。观此一联不过慨昆明之阻绝,己身之流落,颇解、诗通、邵解、邵注、胡注、黄说皆但作此说,虽自首联"汉时功"二句观之,今日之阻绝流落,不可谓无慨及昔年武事之意,然必如诗阐之以穷兵黩武为言,则反伤浅露,至潽解以为鸟道、渔翁乃慨西幸险远,则迂远穿凿,更无可取矣。

<h2 style="text-align:center">其　　八</h2>

昆吾御宿自逶迤,紫阁峰阴入渼陂。

香稻啄余鹦鹉粒,碧梧栖老凤凰枝。

佳人拾翠春相问,仙侣同舟晚更移。

彩笔昔游干气象,白头今望苦低垂。

【校记】

昆吾句　分门、钱注、翁批、仇注、郑本皆注云:一本作"紫阁峰阴入渼陂,昆吾御宿自逶迤"。

　　　莹按:无论以平仄格律及情致次第言之,皆以"昆吾"句在前为佳。当以"昆吾"句作首句为是。

渼陂　王本作"漢陂"。分门引郑句:"今本作漾,非是。"钱注及郑本皆注云:"晋作漾。"

　　　莹按:渼陂,地名,为长安附近胜游之地,作"漢"作"漾"者,皆为形近之误。

香稻　蔡笺、范批、金解、黄说、通解、心解、集评、诗钞皆作"红豆",惟心解注云:"一作香稻。"他本皆作"香稻",惟分门及鹤注引《古今诗话》注云"一作红饭";朱注云"一作红豆",一作"红稻";又钱注、翁批及郑本皆注云:"草堂本作红豆,一作红稻,一作红饭。"镜铨则但注云:"一作红豆。"

　　莹按:私意以为作"香稻"为是,注云一作"红稻"者,则因俗士或易"香"字为"红"字,以与下句"碧"字相对。至于"红豆"则"红稻"二字音近之讹,"红饭"则"红稻"之引申也,说详此联集解按语。

啄余　朱注、诗阐、仇注、翁批及选读作"啄残",而仇注及翁批皆注云:"一作余。"他本皆作"啄余",惟蔡笺、钱注、郑本及镜铨注云:"一作残。"

　　莹按:此句盖回忆当年渼陂景物之富饶丰美,似以作"余"字意味较佳。

仙侣　或作"僊侣"。

　　莹按:"仙"与"僊"二字相通,可毋庸辨。

晚更移　诸本皆同,惟邵注一本作"晚更携"。

　　莹按:此诗叶支韵,"携"字在齐韵,不可从,仍以作"移"字为是。

昔游　王本、九家、钱注、朱注、通解、翁批、江说、黄说、郑本皆作"昔游",而钱注、翁批、郑本皆注云:"一作曾。"他本皆作"昔曾",惟仇注云:"一作游。"

　　莹按:虽各本作"昔曾"者为多,然此句似当从较早之王洙本作"昔游"为是。"彩笔昔游"者,以"彩笔"记"昔游"也,且"彩笔昔游"正与下一句"白头今望"相呼应。夫尾联虽不必对偶工整,然呼应对比亦自有其神情气势之妙,如第七章尾联,岂不亦以相呼应之对句取胜。故此句似当作"昔游",与下句"今望"相对,言昔日游赏之地,今但遥思远望而已,正可为八章结句,收煞极为得体。

今望　王本、九家、分门、鹤注、蔡笺、千家、演义、愚得、颇解、诗通、邵
　　　解、邵注、意笺、胡注、刘本、郭批、钱注、金解、翁批、论文、泽解、
　　　诗阐、潘解、心解、郑本、镜铨、汤笺诸本,并皆作"吟望"。惟会
　　　粹、仇注、黄说、通解、提要及选读作"今望"。

　　　　　莹按:自上一句"彩笔昔游"观之,此句自当以作"白头今望"
　　　为是,而较早之诸本并作"吟望",盖因"今""吟"二字形体相近,
　　　各本相沿致误,会粹、仇注及黄说辨之颇详,可参看末联集解。

【章旨】

一、九家　赵云:此篇纪其旧游渼陂之事。

二、演义　此诗专为渼陂之景而作。

三、诗通　此思故国之渼陂也。

四、邵解　感思故国渼陂。

五、意笺　此公因秋思昔日渼陂之游也。

　　又　朱批:张文忠公云:游渼陂,感时物之变,以比小人厚禄,君子
　　位衰。看得深,但与"佳人""仙侣"语意不合,细玩,总是追言昔盛
　　时年谷丰登,贤臣遇主,以及士女宴游之乐,而叹今之不然耳。

　　　　莹按:意笺朱批驳张文忠公之说,以为此诗乃写盛时治平宴游
　　之乐,不必作为小人君子过为深求之解也。

六、杜臆　所思不专渼陂。

　　又　此诗止"仙侣同舟"一语涉渼陂,而演义云专为渼陂而作,
　　误甚。

　　　　莹按:此以为不专思渼陂,与诸说异。

七、钱注　此记游宴渼陂之事也(按钞本句末无"也"字而多"叹
　　焉"二字)。

　　　　又笺　以为思昔游之长安是矣,今更指昔游之地,谓亦连蹑上章

而来。盖武帝建元中,微行数出,广开上林,东南至宜春、鼎湖、昆吾、御宿,北绕黄山,周袤数百里。元狩三年,始穿昆明池以象滇河。今诗"昆吾御宿"二句,正指武帝所开城南故地,言自逶迤者,蹑昆明池水言之,谓不独穿凿昆明为武帝之功,凡上林黄山之间,更衣禁御,建置历然,亦皆如昆明旗帜,常在眼中也。"秦中自古帝王州"一句,亦总结于此,盖事讫而重申,亦章重而事别矣。公诗如骇鸡之犀,四面皆见,故错综牙举,以告知者。

　　莹按:钱氏初笺但以为此章为记游宴长安渼陂之事,而又笺则以为此章连蹑上章而来,接言汉武之功,而远承六章之"自古帝王"一句。夫杜公此八诗,若细加按求,则其间往复交织,章章莫不有相承相应之处,钱氏又笺之说,固不为无见,然若以分章章旨言之,则殊不必如此葛藤牵附以为之说也。

八、张解　此思故国之渼陂也,承上章渔翁,故思及泛舟事。

九、金解　末一首,乃其眷恋京华之至也。

　　莹按:金解不以渼陂为言,而云"眷恋京华之至",盖就其所含之情意为说,惟稍嫌含混耳。

一〇、顾注　前所思蓬莱、曲江、昆明,皆属朝廷之事。此思渼陂,则追溯昔游而自叹也。公与岑参辈泛舟渼陂,赋诗相乐,公诗所谓"半陂以南纯浸山"者是也。

一一、朱注　钱笺:此记游渼陂之事也(参看钱注)。

一二、论文　此首思渼陂也。

一三、诗阐　一思渼陂。

一四、会粹　此首追忆渼陂而作。

一五、仇注　八章思长安胜境,溯旧游而叹衰老也。

一六、黄说　此思昆吾以下诸游也。

一七、潘解　此记游宴渼陂之事也。

一八、言志　此第八首承上文昆明池,而次及于昆吾、御宿、紫阁、渼陂诸胜,以追忆昔游之不可复得也。

又　前数首皆慷慨君国,以极其怨慕之意;此一首则悼惜己身之盛衰,亦先公后私之义也。

一九、通解　此公忆游渼陂,而叙其游时之物、游时之人,而总收八首作结也。

二○、提要　此思长安渼陂之游,为八章总结。昆吾、御宿、紫阁峰三地名,皆近渼陂。

二一、心解　卒章之在京华无专指,于前三章外,别为一例。此则明收入自身游赏诸处,所谓向之所欣,已为陈迹,情随事迁,感慨系之,此《秋兴》之所为作也,为八诗大结局。

二二、范解　前思蓬莱、曲江、昆明,皆指宫苑而言,故国有所思也;此思渼陂,则追溯昔游而自叹,是平居有所思。

二三、偶评　此章追叙交游,一结并收拾八章。所谓故园心、望京华者,一付之苦吟怅望而已。

二四、沈解　此诗专咏渼陂之景,而因伤今之不如昔也。

二五、江说　查慎行曰:后四首接有所思来,末首追溯交游,兴感摇落,为八首之总结。追思故国,回首长安,皆昔所不能忘者,故以"昔"字收之。所谓故园心、望京华者,一付之苦吟,以见悲秋之意也。

二六、镜铨　此思长安之渼陂也,上三首皆言国事,归到自己忆旧游作结。

二七、选读　八章思长安胜境,溯旧而叹衰老也。

二八、沈读　此记游宴渼陂之事也。

二九、启蒙　此章思故国之渼陂也。

嘉莹按:此章为八诗总结,有无限怀思唱叹之余音,就字句之

351

表观之,自以渼陂为主,故九家、诗通、邵解、意笺、钱注初笺、张解、顾注、朱注、论文、诗阐、会粹、通解、潽解、提要、范解、沈读、启蒙诸说,皆以思渼陂为言。然若就其所蕴含之情意观之,则此诗所感叹怀思者,实不仅渼陂而已,不过借渼陂以发之耳。故此诗更于第五句着一"春"字,以为秋兴之余韵,第七、八两句着一"昔"字,与"今"字相映带,以为八诗之总结。杜臆云所思不专渼陂,金解云乃眷恋京华之至,心解云卒章之在京华无专指,此三说皆为有见有得之言,不可以其为浮泛而悠忽视之也。至意笺朱批引张文忠公小人君子之说,则不免过于深求。朱批引"佳人""仙侣"之句以为张说与原诗语意不合,其说极是。至于演义之以为专为渼陂之景而作,其为拘狭浅薄,一望可知,杜臆已早驳之于前矣。又钱注又笺以为此章乃承前二章之"汉时功"及"自古帝王"而来,似嫌牵强,亦已于前引钱注时辨之矣。又偶评及江说以为追叙交游,则自可联想及之。

【集解】

昆吾御宿自逶迤,紫阁峰阴入渼陂。

一、九家 《杜补遗》:扬雄《羽猎赋序》:"武帝广开上林,南至宜春、鼎湖、御宿、昆吾。"晋灼曰:昆吾,地名,有亭。师古曰:御宿在樊川西。

又 赵云:此篇记其旧游渼陂之事。师古曰:御宿在樊川西。以今《长安志》考之,在万年县西南四十里。孟康注《汉书》曰:为离宫别观,禁御不得使人往来,游观止宿其中,故曰御宿。自逶迤,想今尚如此,而引下句渼陂,大率皆终南山一带之下耳。紫阁峰,终南山之峰名,终南山以鄠县言之在东南二十里,渼陂在县西五里。

莹按:此释诸地名,《汉书》卷八十七《扬雄传·羽猎赋序》云:

武帝广开上林,南至宜春、鼎湖、御宿、昆吾。注引晋灼曰:鼎湖,宫也,《黄图》以为在蓝田。昆吾,地名也,有亭。师古曰:宜春近下杜,御宿,在樊圃西也。

二、分门　郑曰:晋灼曰:昆吾,地名,有亭。

　　又　颜师古曰:御宿苑,在长安城南。

　　又　孟东(按当是"康"字之误)曰:诸(按当是"离"字之误)宫别观,不许人往来,上宿其中,故曰御宿。

　　又　赵曰:此篇纪其旧游渼陂之事也,昆吾、御宿,皆地名,以《长安志》考之,在万年县西。紫阁峰,终南山之峰名(见九家注)。

三、鹤注　郑曰(见分门注)。

　　又　孟东曰(见分门注)。

　　又　赵曰:昆吾、御宿,皆地名……在万年县西(见分门注)。

　　又　鹤曰:《子虚赋》:"琳珉昆吾。"张揖曰:昆吾,山名也,出善金。按《史记·司马相如传》引《子虚赋》作"琨珸"。集解云:琨珸,山名也。索隐引《河图》云:流洲多积石,名琨珸石,炼之成铁。《十洲记》云:流洲在西海中,多积石,名为昆吾,冶其石,成为铁。据此知《子虚赋》之"昆吾",非杜甫诗"昆吾御宿"所云在长安附近之昆吾。唯是长安附近之昆吾或即因西海中之昆吾山得名耳。《通鉴》云:郭子仪引三千骑,自御宿洲(按当作"川")循山而东,谓王延昌曰:六军将士逃溃者,多在商州,今速往收之,并发武关防兵,数日间,出蓝田以向长安,吐蕃必溃。则御宿川在京兆府之境甚明。

四、蔡笺　逶迤,通作委蛇,委曲自得貌。《左氏传》:卫颛帝之墟。杜预曰:帝丘昆吾,因之故曰昆吾之墟。《后汉志》:东郡治濮阳,古昆吾国。杜预曰:古卫地。

　　又　《扬雄传》:武帝广开上林,南至宜春、鼎湖、御宿、昆吾。晋灼曰:昆吾,地名也,有亭。孟康曰:诸宫别观,不许人往来,上宿其中,

353

故曰御宿(按所引见《汉书·扬雄传·羽猎赋序》可参看九家注)。

又 《三秦记》：汉武帝果园,一名樊川,一名御宿,有大梨如升,落地则破,名含清梨。

又 渼陂,在长安鄠县。紫阁峰,乃终南山连属之峰也。

五、千家 赵曰:昆吾、御宿,乃地名。《汉书》:武帝广开上林,南至宜春、鼎湖、御宿、昆吾是也(参看九家注)。

又 紫阁峰,乃终南山之别峰,与渼陂皆在长安。

六、演义 "昆吾""御宿",地名。《汉书》:武帝广开上林,南至宜春、鼎湖、御宿、昆吾(见千家注)。

又 按《通鉴》:郭子仪引三千骑,自御宿川循山而东,北出蓝田,以向长安。公《渼陂》诗云:"水面月出蓝田关。"又:"下归无极终南黑。"可以见昆吾、御宿,乃渼陂相近之地。紫阁又南山之峰名,临乎陂上者也。盖公自长安而远游渼陂,必道经昆吾山、御宿川而行,及至则见峰阴入陂,所谓"半陂以南纯浸山"是也。

莹按:此引杜甫诗为证,以释昆吾、御宿、紫阁峰、渼陂诸地,而以"半陂以南纯浸山"释"入渼陂",似以为此三字乃山影入于陂中之意。

七、愚得 言长安胜游之地,若昆吾、御宿、紫阁、渼陂,则佳人拾翠,仙侣同舟,昔我彩笔,曾干气象。今在夔府,白头吟望,而苦低垂者,感伤之至,不能自已耳。赋也。

莹按:此就通篇立说,以为昆吾、御宿、紫阁、渼陂,皆指昔日长安胜游之地。

八、颇解 公自长安往游渼陂,必道经昆吾山、御宿川。曰逶迤,叹己不得至也。首四句,言渼陂之景。

莹按:"逶迤"二字有委曲长远之意。盖写经昆吾、御宿、紫阁而入渼陂之路也。曰"自逶迤",则想象当年路径依然如故,而人老

354

沧江,羁身夔府,言外自有无穷感慨怀思之意。惟若径以"叹己不得至"释"逶迤",则似过于简率。

九、诗通　昆吾,地名。御宿,川名。乃长安至渼陂所经之地。逶迤,回远貌;紫阁,终南山之别峰,所谓"半陂以南纯浸山"者也。

又　此思故国之渼陂也,言适渼陂之路,浸渼陂之山,今自皆在,而我乃不得复游其地也。

莹按:此以"今自皆在"释"自逶迤"之"自"字,颇得原诗情意。

一〇、邵解　昆吾,地名。御宿,川名。逶迤,回远。紫阁峰,终南别峰。

又　长安至渼陂,道必经昆吾、御宿,然昆吾、御宿但自逶迤耳。惟紫阁峰阴则入于渼陂,即公所谓"半陂以南纯浸山"是也。

莹按:此盖亦以山影入于陂中释"入渼陂"三字。

一一、邵注　赋也。昆吾,地名。御宿,川名。紫阁峰,终南山之别峰。渼陂,水名。皆在长安。昔公自长安而游渼陂,必道经昆吾、御宿,及至,则见峰阴入陂,所谓"半陂以南纯浸山"者是也。

又　此感渼陂不得返旧游也,言由昆吾、御宿逶迤而至于渼陂,惟见紫阁峰阴倒浸陂间。

莹按:此亦以峰影倒浸释"入渼陂"。

一二、意笺　昆吾、御宿,所经之地。逶迤,回远也。紫阁峰阴入渼陂,所谓"半陂以南纯青(按当是"浸"字)山"是也。

一三、胡注　紫阁峰,秦地。

奚批　此己在故国时也。

又　首句,仍从故国起。

一四、杜臆　按《名胜志》:御宿、昆吾,傍南山而西,皆武帝所开上林苑也,方三百里。按其故基,跨今盩厔、鄠、蓝田、咸宁、长安五县之境,而渼陂在鄠,则知昆吾、御宿,逶迤皆在故时上林苑中。

莹按:此但云诸地之位置。

355

一五、诗攟　"昆吾御宿自逶迤,紫阁峰阴入渼陂",二句中有四地名,与青莲《峨眉山月歌》四句中有五地名,皆大手笔,偶然流出,不自觉知,使有意炉锤,岂易到此。

　　莹按:此就所用地名之多评笔力气魄之大,而未加解说。

一六、钱注　《羽猎赋序》:武帝广开上林,东南至宜春、鼎湖、御宿、昆吾。晋灼曰:昆吾,地名,上有亭。师古曰:御宿,则今长安城南御宿川也。羞、宿声相近,故或云御羞,或云御宿。《三辅黄图》曰:御宿川,在长安城南,武帝离宫别馆,禁御人不得往来,上宿其中,故曰御宿(参看九家注)。

　　又　《游城南记》:东上朱坡,憩华严寺,下瞰终南之胜,雾岩玉案,圭峰紫阁,粲在目前。注曰:圭峰紫阁,在终南山祠之西,圭峰下有草堂寺,紫阁之阴,即渼陂,杜诗"紫阁峰阴入渼陂"是也。

　　又　盖武帝建元中微行数出,广开上林,东南至宜春、鼎湖、昆吾、御宿……故错综牙举以告知之(参看章旨钱注)。

　　石印本眉批　李云:起联山水之盛。

　　莹按:钱注亦但注诸地之位置,眉批以为写山水之盛。

一七、张解　昆吾,山名。御宿,川名,因上宿于此驿故。紫阁,终南山之别峰。

　　又　言自长安而远游渼陂,必道经昆吾、御宿,及至,则见峰阴入陂,所谓"半陂以南纯浸山"也。

一八、金解　前解(按指前四句)极言长安风土之乐。昆吾,地名,有亭。御宿,川名,有苑,汉武尝宿于此,故曰御宿。渼陂,鱼甚美,因以为名,在紫阁峰之阴。游渼陂者,必从昆吾、御宿经过,紫阁峰阴,因渼陂而及之也。先生年老,浪迹夔州,意在归隐。因昔尝同岑参兄弟游渼陂,经昆吾、御宿,喜其风土之良,故切切念之,特挂笔端耳。

莹按:杜甫久羁夔府,思昔游,念渼陂,是也。必加归隐为说,
则不免添字解经矣。

一九、顾注　《汉书·扬雄传》:武帝……有亭。师古曰:长安城南有御
宿川,武帝游观宿其中,人不得入(参看蔡笺)。

又　《通志》:紫阁峰,在圭峰东,旭日射之,烂然而紫。其形上
耸若楼阁。公自长安而游渼陂,必道经昆吾山、御宿川而行,及
至,则见峰阴入陂,故曰逶迤,曰入。

又　张礼《游城南记》曰:圭峰紫阁……入渼陂是也(参看钱注
引《游城南记》注曰)。

二〇、朱注　《羽猎赋序》(参看九家注)。

又　师古曰(参看分门注)

又　《长安志》:昆吾亭在蓝田县境。御宿川在万年县西南四
十里。

又　《三秦记》(参看蔡笺)。

又　张礼《游城南记》(参看钱注及顾注)。

又　《长安志》:终南有紫阁峰。

又　《一统志》:在鄠县东南三十里。

二一、论文　自昆吾苑、御宿苑逶迤而来,则紫阁峰阴而渼陂至矣。

莹按:此以为入渼陂,乃至渼陂之意,而非山影入于水中也。

二二、泽解　郑曰:晋灼曰:昆吾,地名,有亭。颜师古曰:御宿苑在长安
城南。孟东野(按此盖由分门注误引孟康为孟东又辗转讹为孟
东野也)曰:诸宫别观,不许人往来,上宿,皆宿于此,故名御宿
(参看九家注)。

又　赵曰:昆吾、御宿,皆地名,以《长安志》考之,在万年县西
(参看九家注)。

又　鹤曰:《子虚赋》:“琳珉昆吾。”张揖曰:昆吾,山名也,出善

357

金(见鹤注)。

  又 梦弼曰:逶迤……委曲自得貌(见蔡笺)。

  又 赵曰:紫阁峰,终南山之峰名(见九家注)。

二三、诗阐 昔年汉武广开上林,南至昆吾御宿。我天宝末年在长安待
  诏时,尝循昆吾御宿而行,到紫阁峰阴遂入渼陂也。

   莹按:此亦以到紫阁峰入渼陂为说,非山影入于水中也。

二四、会粹 《羽猎赋序》:武帝广开上林,东南至宜春、鼎湖、御宿、
  昆吾。

  又 《长安志》:(见朱注)。

  又 《四皓歌》:"漠漠高山,深谷逶迤。"

  又 《长安志》:终南有紫阁峰。

  又 《一统志》:在鄠县东南三十里(按此指终南峰,参见后之
  仇注)。

二五、仇注 《羽猎赋序》:武帝广开上林,东南至宜春、鼎湖、御宿、昆
  吾。金注:御宿,次武帝宿此得名(参看九家注)。

  又 《长安志》:昆吾亭……四十里(见朱注)。

  又 《四皓歌》(见会粹)。逶迤,回远貌。

  又 《通志》:紫阁峰,在圭峰东,旭日射之,烂然而紫,其形上
  耸,若楼阁然。(按仇注《渼陂西南台》诗"颠倒白阁影"句引《通
  志》云:紫阁、白阁、黄阁三峰,俱在圭峰东。紫阁,旭日射之,烂
  然而紫。白阁阴森,积雪不融。黄阁,不知所谓。三峰不甚远。)

  又 张礼《游城南记》:圭峰紫阁,在终南山寺之西(参看钱注)。

  又 《一统志》:紫阁峰,在鄠县东南三十里。

  又 演义:公自长安游渼陂……所谓"半陂以南纯浸山"者是
  也(见演义)。

  又 杜臆:按《名胜志》……昆吾,御宿,皆在上林苑中。曰逶

迤,则延袤广矣(参看杜臆)。

二六、黄说　逶迤,兼下句而言。

　　　莹按:此云逶迤兼下句而言,其意盖谓路经昆吾、御宿逶迤傍紫阁峰阴而至渼陂。

二七、潘解　赵曰:昆吾、御宿,乃地名。《汉书》:武帝广开上林,东南至宜春、鼎湖、御宿、昆吾。紫阁峰乃终南山之别峰,与渼陂皆在长安(参看九家注)。

　　　又　此记游宴渼陂之事也。首句言山川之胜。

　　　又　公自长安游渼陂,必道经昆吾山御宿川而行,故曰逶迤。

　　　又　前《渼陂行》"岑参兄弟皆好奇",正其事。

　　　莹按:此以为二句记当年游宴山川之胜。

二八、通解　言忆前与岑参兄弟游渼陂,从昆吾而始,复经御宿川,一路逶迤,及至渼陂,则紫阁峰高,阴入水中,地偏而境何幽也。

　　　又　《汉书》:昆吾,山名。御宿川,通紫阁峰,在圭峰东(参看千家注)。

　　　又　顾修远曰:此思渼陂,追溯其游,而自叹也。首联,纪山川之胜(参看顾注之章旨及次联之说)。

二九、提要　一、二,昔游所历之山川。

三〇、心解　一、二,罗列长安诸胜,皆身所历者。

　　　莹按:以上二说皆与仇注相近。

三一、范解　昆吾,地名;御宿,川名。《羽猎赋序》(见九家注)。

　　　又　《通志》(见顾注)。

　　　又　言自昆吾、御宿逶迤而来,至紫阁峰之阴,已入渼陂,固昔时熟游地也。

三二、沈解　昆吾,山名。御宿,川名,亦汉武帝所开也。紫阁峰,乃终南之别峰,与渼陂并在长安。

又　言我自长安而远游渼陂,道经昆吾御宿而行,及至,则见南山紫阁之峰,临乎陂上,而阴入其地也。

三三、江说　《长安志》(见朱注)。

又　《三秦记》(参看蔡笺)。

又　《一统志》(见朱注)。

又　演义:公自长安……纯浸山是也(见演义)。

三四、镜铨　昆吾、御宿,乃适渼陂所经。

又　《羽猎赋序》:武帝广开上林……昆吾。晋灼曰:昆吾,地名也,有亭。师古曰:御宿苑,在长安城南,今之御宿川也(参看九家注)。

又　《三秦记》:樊川,一名御宿川(参看蔡笺)。

又　《长安志》:昆吾亭……四十里(见朱注)。

又　《长安志》:终南有紫阁峰。

又　《通志》:其形上耸(按指紫阁峰,参看仇注)。

莹按:此亦但云诸地之位置。

三五、集评　李云:起联,山水之盛。

三六、选读　御宿、昆吾,傍南山西,皆汉武所开。御宿,以武帝宿此得名。

又　逶迤,延衣貌(按此说不及蔡笺解作委曲自得貌为胜)。

又　《长安志》(见朱注)。

又　《通志》(见顾注)。

又　自长安游渼陂,必道经昆吾、御宿,及至,则见紫阁峰阴入于渼陂焉(参看张解)。

三七、沈读　公自长安游渼陂,必道经昆吾山、御宿川而行,故曰逶迤。

三八、汤笺　更想昔游,渼陂为最,昆吾、御宿,道经紫峰。

三九、启蒙　浦注:昆吾、御宿,皆在汉武所开上林苑中,方三百里,跨今鄠屋、鄠、蓝田、咸宁、长安五县之境。紫阁峰在圭峰东,渼陂即在圭峰之旁。

又 昆吾、御宿,为自长安入渼陂所经,而紫阁峰则与渼陂相连。峰阴入陂,所谓"半陂以南纯浸山"者也。

嘉莹按:此一联诸家之说,所注诸地名之位置,虽引书有详略之异,而大体皆相近。要之,诸地皆在长安城南,昆吾、御宿,乃适渼陂所经,逶迤而行,遂沿紫阁峰阴至于渼陂矣。"自逶迤"三字,情致极佳,想象当年游历所经,依稀如在目前。叠用诸地名,正可见怀旧之情之深切缠绵。此联所当辨者,惟"入渼陂"三字,演义、邵解、邵注、张解皆引杜甫《渼陂行》"半陂以南纯浸山"一句,以山影入于陂中,释"入渼陂"三字,所说似未免拘执。盖"入渼陂"句,乃承上一句"逶迤"而来,论文、诗阐、黄说、范解皆以为逶迤而至于渼陂之意。如此,二句之情意始相呼应连贯,"半陂以南纯浸山"句,但可证明陂水正在紫阁峰阴之畔,而不可以山影浸入陂中释"入"字也。

香稻啄余鹦鹉粒,碧梧栖老凤凰枝。

一、九家 赵云:言其昔日所见如此。《秦纪》:初长安谣曰:"凤凰上阿房。"苻坚遂于阿房城植桐数万株。可见种桐之事。贴以凤凰枝,则庄子凤凰非梧桐不栖也,因言梧桐而非凤事饰之(按此句疑有脱误)。沈存中:"红稻啄余鹦鹉粒,碧梧栖老凤凰枝",此盖语反而意宽。韩退之《雪》诗"舞镜鸾窥沼,行天马度桥",亦效此体,然稍牵强,不若前人之语浑也。沈之说如此,盖以杜公诗句本是"鹦鹉啄余红稻粒,凤凰栖老碧梧枝",而语反焉。韩公诗句本是"窥沼鸾舞镜,渡桥马行天",而语反焉。韩公诗,从其不反之语,义虽分明,而不可诵矣,却是何声律也? 若杜公诗则不然,特纪其旧游渼陂之所见,尚余红稻在地,乃宫中所供鹦鹉之余粒,又观所种之梧,年深即老,却凤凰所栖之枝,既以红稻、碧梧为主,则句法不得不然也。

莹按:九家注此联上句作"香稻",然赵注引沈括(存中)《梦溪笔谈》则作"红稻",仍当以作"香稻"为是。至于论此二句之特纪渼陂之所见,故以香稻、碧梧为主,则其说甚是。据杜甫《与鄠县源大少府宴渼陂》诗有"饭抄云子白"之句,足见渼陂稻米之美。又赵注引《秦纪》:"苻坚遂于阿房城植桐数万株。"据《史记·秦始皇本纪》:"三十五年,乃营作朝宫渭南上苑中。"正义云:"秦阿房宫亦曰阿城,在雍州长安县西北一十四里。"而渼陂正在长安城西,杜诗屡云"城西陂",则自昆吾、御宿、紫阁逶迤而入渼陂,其沿途所见之多碧梧亦可知。杜甫回忆当年景物盛丽,故首云香稻、碧梧。至于啄余鹦鹉、栖老凤凰,不过极写香稻、碧梧之美而寄其今昔之悲慨耳,与韩诗之故作反语者,固不可同日而语也。

二、分门　余(按此字当为"洙"字之误,黄鹤注本引作"洙曰"可证)曰:《古今诗话》云:"红饭啄余鹦鹉粒,碧梧栖老凤凰枝",此语反而意奇。退之诗云"舞鉴鸾窥沼,行天马度桥",亦效此里(按黄鹤本作"理"字,千家本作"体"字,当从千家本为是)。

莹按:"香稻"之误为"红稻",盖由"红"字与下一句之"碧"字相对,字面较工,因而致误。其后复由"红稻"误为"红饭",则既卑俗且竟邻于不通矣。至于论杜、韩二公之用反语,则已详前九家注。

三、鹤注　洙曰:《古今诗话》云……亦效此理(见分门注)。

四、蔡笺　《说文》:鹦鹉,能言鸟也。

　　又　郭璞《赞》:"鹦鹉惠鸟,栖林啄蕊。"

　　又　《韩诗外传》:黄帝时,凤凰止帝东园,集帝梧桐,食帝竹实。

五、千家　《古今诗话》……亦效此体(见分门注)。

又　刘评:语有悲慨可念。

明易山人本眉批:沈存中评《离骚》引杜诗二句"香稻"作"红豆"。

莹按:此二句以"香稻""碧梧"为主,旨在极写渼陂当日景物之
盛丽,而怀乡念昔之情,自在言外,故刘云"悲慨可念",与韩公之于
字句间故为反语者,其情致深浅,正自不同。可参看九家注按语。

六、演义　颔联言陂上物色之景丽如此。

七、颇解　首四句,言渼陂之景(参看首联)。

八、诗通　因忆其景物之丽(参看首联及颈联)。

九、邵解　二句语倒竞奇。

又　物色之盛,则有鹦鹉啄余之香稻,凤凰栖老之梧枝。

莹按:此以物色之盛释"香稻"二句,所言甚是。

一〇、邵注　香稻、碧梧、鹦鹉、凤凰,倒用文法。

又　遂赋时物之变(参看下联)。

莹按:此亦以二句为写渼陂四时之景物,且论其文法之颠倒。

一一、意笺　鹦鹉,陇西所产,曰"香稻啄余鹦鹉粒",侈言见丰年之象
也。凤凰非时不至,曰"碧梧栖老凤凰枝",托言见有道之时也。

朱批　张文忠公言(参看章旨)。

又　刘须溪所谓悲慨可念者,正在"啄余""栖老"四字(参看千
家注)。

莹按:意笺以"香稻"句写丰年之象,"碧梧"句见有道之时,
盖因所写景物之盛丽,因忆及当时之盛世,此在杜甫言外之意,固
令人有此想。至朱批引张公之言,更以贤臣遇主释"碧梧"一句,
则嫌穿附矣。其评"啄余""栖老"四字,则颇能发刘评之义。

一二、胡注　(无)

奚批　三、四,言昆吾御宿中,鹦鹉啄余香稻,岂非禽兽食人之
食乎?紫阁峰上,凤凰栖老碧梧,岂非贤人隐退乎?

又　紫阁峰,秦地。

　　莹按:杜甫此诗原在写当年景物游赏之盛,至其所慨虽不仅渼陂,然要在借盛言衰,以寄其无限今昔之感。若如胡注奚批"禽兽食人之食"及"贤人隐退"之说,则不免穿附凿求之讥矣。且"啄余"之"余"字,原在写当时之富盛,何必以"禽兽食人食"之恶劣刻薄之讥讽为说乎?

一三、杜臆　地产香稻,鹦鹉食之有余;林茂碧梧,凤凰栖之至老。

又　"香稻"二句,所重不在鹦鹉、凤凰,非故颠倒其语,文势自应如此,而《诗话》乃以"舞鉴鸾窥沼"拟之,真同说梦。

　　莹按:此以"地产香稻""林茂碧梧"为说,则"香稻""碧梧"自为渼陂之景物,故又云"所重不在鹦鹉、凤凰",其说极是。

一四、诗擂　稻为鹦鹉粒,纪实也。梧实凤凰枝,不以凡鸟栖故,没其本色也。五谷养人,乃以饲鸟;凤凰不至,梧亦虚名。世称公诗史,此等句法,颇类史笔,言外各有含蓄,泛作悲慨语看,便嫌合掌。又谓之倒句,此直顿挫耳,不可言倒。何以故? 如鹦鹉啄余香稻粒,可耳;凤凰栖老碧梧枝,难通矣。本应如是,非谓倒也。

　　莹按:此云其不可谓为倒句,可参看九家注及千家注按语;至"五谷养人,乃以饲鸟"之言,则颇近于胡注奚批"禽兽食人之食"之说,其荒谬已于胡注按语中驳之矣。又以"凤凰不至,梧亦虚名"为言,虽与胡注奚批"贤人隐退"之说不同,然其穿附则一也,并不可从。

一五、郭批　次联,语有悲慨可念。

　　莹按:此引用刘辰翁评语,可参看千家注。

一六、钱注　沈括《笔谈》及洪兴祖《楚辞补注》并作"红豆啄余鹦鹉粒",当以草堂本为正(按草堂本指蔡笺,蔡笺作"红豆")。

又　《云溪友议》:李龟年曾于湘中采访使筵上歌:"红豆生南

国,春来发几枝。"

眉批　李云:三、四,国用之丰。

又　吴云:三、四,浓艳。

　　莹按:李龟年所唱乃王维诗,夫红豆既云生南国,而杜诗乃咏长安渼陂景物,此其不可据一。又且不闻鹦鹉以红豆为食,此其不可据二。且考之杜诗各本,仍以作"香稻"者为多,钱笺轻信草堂本以为当作"红豆",殊不可从。

一七、张解　二句见生物之美贵。

　　又　陂之景物,则有秋时香稻,曾为鹦鹉所啄;秋时梧枝,曾为凤凰所栖,其美贵如此。

一八、金解　三、四,句法奇甚。畜鹦鹉者,必以红豆饲之,先生自喻不苟食也。啄之而有余,此真丰衣足食之所矣。黄帝即位,凤集东囿,栖梧树,终身不去。先生自喻不苟栖也。栖之而至老,此又安居乐业之乡矣。可见长安盛时,且不必说天子公侯,极意游玩,乃至布衣穷居,尽足自适,有如此也。

　　别批　况鹦鹉啄余,当此衣食丰盈之盛。凤凰栖老,又承奠安可久之基。其足之蹈、手之舞,又宁有涯量哉!

　　莹按:金解所云"畜鹦鹉者,必以红豆饲之",其说不过望文生义,全无所据。至于"先生自喻不苟食""先生自喻不苟栖"之说,更为穿凿附会之言,全无足取。惟所云"长安盛时……尽足自适,有如此"之说,尚属可取。至于别批所云"衣食丰盈之盛""奠安可久之基",尚颇能得二句意兴所在,"足之蹈""手之舞",亦不过极言当日"自适"之乐耳,与金解"极意游玩""尽足自适"之说正复相近。

一九、顾注　旧注以"香稻"一联为倒装句法,今观诗意,本谓香稻乃鹦鹉啄余之粒,碧梧则凤凰栖老之枝。盖举鹦鹉、凤凰以形容二物之美,非实事也。重在稻与梧,不重鹦鹉、凤凰。若云鹦鹉啄余香稻粒,凤凰栖老碧梧枝,则实有鹦鹉、凤凰矣。少陵倒装句固不少,惟此一联,不宜牵合。首联纪山川之胜,此联纪物产之美,下联则写士女游观之盛。

二〇、朱注　赵曰:红稻,宫中以供鹦鹉者(参看九家注)。

　　　又　香稻、碧梧,渼陂景物。鹦鹉、凤凰,形容其美耳。《笔谈》目为倒句,非是。

二一、论文　陂之上,则有香稻也,乃鹦鹉啄余之粒;碧梧也,乃凤凰栖老之枝。谁知碧梧尚在,而鹦鹉、凤凰去已久矣。

　　　又　篇中香稻、碧梧,暗点秋字。

　　　莹按:此云"陂之上"有"香稻""碧梧",其说颇是。然而又以"鹦鹉、凤凰去已久矣"为言,一若确有鹦鹉与凤凰二物者,则过于执着矣。至于"香稻、碧梧,暗点秋字"之说,则颇为可取。

二二、泽解　梦弼曰:《韩诗外传》……竹实(见蔡笺)。

　　　又　梦弼曰:《说文》……能言鸟也。郭璞《赞》……啄蕊(见蔡笺)。

　　　又　批云:语有悲慨可念(见千家注刘评)。

　　　又　洙曰:《古今诗话》……亦效此体(参看分门注)。

　　　又　《冷斋》(按指《冷斋夜话》):老杜云"红稻啄残鹦鹉粒,碧梧栖老凤凰枝",舒王(按乃舒国公王安石)云"缲成白雪桑重绿,割尽黄云稻正青",郑谷云"林下听经秋苑鹿,江边扫叶夕阳僧",以事不错综,则不成文章。若平直叙之,则曰:鹦鹉啄残红稻粒,凤凰栖老碧梧枝。以红稻于上,以凤凰于下者,错综之也。言缲成,则知白雪为丝;言割尽,则知黄云为麦也。

　　　又　泽堂曰:若云碧梧枝、红稻粒,则便是小儿对,故互换作句,此是倒插法也。

莹按:泽解所征引之诸倒句与错综句,皆不可与杜甫此二句相提并论。盖杜甫此二句原以"香稻""碧梧"为主,若将"鹦鹉""凤凰"移前,则有失杜甫原意,而坐实"鹦鹉""凤凰"二物。夫"鹦鹉"犹可说也,至于"凤凰"岂复真有其物乎? 故知杜甫此二句之以香稻、碧梧置之句首,正乃情理所趋。盖如此方见此二句之以香稻、碧梧为主,非如他人之故为错综颠倒也。

二三、诗阐　陂上有香稻,往时鹦鹉所啄者,叹一饱之无时,啄应残矣。陂上有碧梧,往时凤凰所栖者,忾千仞之无自,栖应老矣。

莹按:此望文生义,徒弄笔墨,而于诗中原意,并未能了悟阐发。

二四、会粹　《南都赋》:"香稻鲜鱼。"

又　郑玄《诗笺》:凤凰之性,非梧桐不栖。

又　香稻、碧梧,皆渼陂间景物。鹦鹉、凤凰,形容其美耳。旧作倒装句,误。

莹按:此引《南都赋》"香稻鲜鱼",又可为此句当作"香稻"而不作"红稻"之一证。至于以"香稻""碧梧"为渼陂景物,而云"鹦鹉""凤凰""形容其美耳",其说极为简当可取。

二五、仇注　《南都赋》(见会粹)。

又　钱笺:沈括《笔谈》……当以草堂本为正(见钱注)。

又　《云溪友议》……春来发几枝(见钱注)。

又　徐彦伯诗:"巢君碧梧树。"

又　《山海经》:黄山有鸟,其状如鸮,人舌能言,名曰鹦鹉。

又　郑玄《诗笺》(见会粹)。

又　《说苑》:黄帝即位,凤集东囿,栖帝梧树,终身不去。

又　陈泽州注:香稻、碧梧,属昆吾、御宿。拾翠、同舟,属渼陂。

又　陈注:公《与鄠县源大少府宴渼陂》诗,有"饭抄云子白"

句,说者谓云子,碎云母,以拟饭之白。

又 唐解(按唐为唐汝询):赵注以香稻一联为倒装法,诗意本谓香稻则鹦鹉啄余之粒,碧梧乃凤凰栖老之枝,盖举鹦、凤以形容二物之美,非实事也。若云"鹦鹉啄余香稻粒,凤凰栖老碧梧枝",则实有凤凰、鹦鹉矣。

又 "香稻"二句,记秋时之景,连属上文。"佳人"二句,忆寻春之兴,引起下意。

影印本眉批 安溪云:稻余鹦粒,而梧无凤栖,佳人拾翠,仙侣移棹,皆因当年景物起兴隐寓宠禄之多而贤士远去,佞幸之盛而高人遁迹也。末联入己事,宛与此意凑泊。

莹按:仇注本此联上句原作"香稻",虽引钱笺"红豆"之言,不过备一家之说耳。至所引《南都赋》、陈注、唐解诸说,则仍依"香稻"立说。陈注引杜甫《宴渼陂》诗"饭抄云子白",足证渼陂稻米之美。唐解以为此联所云鹦鹉、凤凰皆非实有,不过借以形容稻、梧之美,而稻、梧正为渼陂秋景,故仇氏云香稻二句记秋时之景,至于鹦鹉则既非实有,则鹦鹉啄红豆之说自不可从,而况并不闻鹦鹉以红豆为食之说,故此联上句仍当作"香稻"为是。所引唐解之说,辨此联非倒装句,其言极为简明切当。至影印本眉批之言,虽亦嫌过于深求,然其联想尚颇为近情,较意笺、胡注奚批、诗攟、金解之说稍为周至。

二六、黄说 "红豆",一作"香稻",非。钱注引草堂本及沈存中《笔谈》正之,是也。

又 三、四,旧谓之倒装法,余易名倒剔,盖倒装则韵脚俱动,倒剔不动韵脚也。设云鹦鹉啄余红豆粒,凤凰栖老碧梧枝,亦自稳顺,第本赋红豆、碧梧,换转即似赋凤凰、鹦鹉矣。杜之精意,固不苟也。

又 三、四咏景中之物。

　　莹按:此论倒剩句及意不在鹦鹉、凤凰,所说皆是,惟以"红豆"为正,则囿于钱注之说也。"红豆"之不可从,已辨之于前。

二七、潘解 次联,纪物产之美。

又 "香稻"二句,本谓香稻乃鹦鹉啄余之粒,碧梧乃凤凰栖老之枝,盖举鹦鹉、凤凰,以形容二物之美,非实事也,深看便非。

又 《古今诗话》(见分门注)。

　　莹按:此云次联纪物产之美,其说甚为简明。又云鹦鹉、凤凰,"非实事也,深看便非",一语将贤人隐遁及君子小人诸说,一齐驳倒。

二八、言志 言此昔游诸胜,其饮啄之佳,栖迟之善,皆各极其美。

二九、通解 其地物产之美,有红豆焉,是鹦鹉之所啄者,而若余其粒焉。有碧梧焉,是凤凰之所栖者,而竟老其枝焉(按此谓"若余其粒""竟老其枝"云云,实强做解人)。

又 顾修远曰:次联纪物产之美(见顾注)。

　　莹按:此以"红豆"为说,然所谓"若余其粒"云云,不过牵强附会之言,于此一联之佳处全无所知。

三〇、提要 言鹦鹉啄余之粒,香稻也;凤凰栖老之枝,碧梧也。以兴盛时食饮栖息之不同,如此。

又 三、四,昔游所遭之食息。

又 倒剩句。

　　莹按:"倒剩句"之说,已见黄说。至于"食饮栖息之不同"之说,似嫌过于落实。二句写盛时之景物,而今昔不同之慨,乃在言外,确指饮食栖息以实之,则求深反浅矣。

三一、心解 王右丞有《红豆》诗。

又 李绅《新楼琪树诗序》:琪树条如弱柳,子如碧珠,一年绿,

369

二年碧,三年者红,缀于条上,璀错相间。红豆或其类耶?

又　鹦鹉粒即是红豆,凤凰枝即是碧梧,犹饲鹤则云鹤料,巢燕则云燕泥耳。二句铺排精丽,要亦借影京室才贤之盛,如《诗》咏荇菜,赋而比也。不着秋景说,旧解俱谬。

莹按:心解此联前一句首二字亦作"红豆",而引李绅《诗序》,尚不能确知红豆之为物,而云"或其类耶",则何所据而以为上句首二字当系"红豆"耶?又以"鹤料""燕泥"释"鹦鹉粒""凤凰枝",自以为发前人所未发,实则会粹、仇引、唐解、潘解固已早云鹦鹉、凤凰不过为形容稻、梧二物之词矣。如心解之以"鹤料""燕泥"为说,反嫌庸俗呆滞,又云"二句铺排精丽",其言颇是,而以为"借影京室才贤之盛",则不免拘执穿凿矣。

三二、范解　渼陂之上,香稻余粒可为鹦鹉所啄;碧梧老枝可为凤凰所栖。二语写陂上秋时物产,特借鹦鹉凤凰以形容之,重在稻、梧,不重在鹦鹉、凤凰,非倒句也。

三三、偶评　旁批:二语倒装句法。

三四、沈解　鹦鹉啄稻,凤凰栖梧,陂上物色之丽如此矣。

莹按:此以"陂上物色"为言,是以鹦鹉、凤凰为实有矣。殊非杜诗本意。

三五、江说　朱鹤龄云(见朱注)。

又　赵注以"香稻"一联为倒装法,诗意本谓香稻则鹦鹉啄余之粒,碧梧乃凤凰栖老之枝,盖举鹦、凤以形容二物之美,非实事也。若云"鹦鹉啄余香稻粒,凤凰栖老碧梧枝",则实有凤凰、鹦鹉矣(参看仇注)。

莹按:此说甚简明可喜。

三六、镜铨　公《与源少府宴渼陂》诗:"饭抄云子白。"(参看仇引陈注)

又　二句言陂中物产之美。

莹按:此说颇简明,引"饭抄云子白"句,是镜铨亦以为上联首二字当作"香稻"也。

三七、集评 李云:错综句法,亦带秋意。

又 李云:三、四,国用之丰。

又 吴云:三、四,浓艳。

三八、选读 《山海经》(见仇注)。

又 凤凰之性,非梧桐不栖。

又 香稻则鹦鹉啄余之粒,碧梧乃凤凰栖老之枝。盖举鹦、凤以形容二物之美,非实事也。有谓作倒装云云者,非是。

又 香稻、碧梧,承昆吾、御宿。

又 "香稻"二句,记秋时之景,连属上文。

三九、沈读 物产之盛。

四〇、施说 仇注本:"香稻啄余鹦鹉粒。"注:草堂本"香稻"作"红豆"。钱笺引沈括《笔谈》、洪兴祖《楚辞补注》,亦皆作"红豆"。今按此注,则诗当作"红豆",注"一作香稻",方合。

莹按:此但据仇引钱笺,便以为仇本应作"红豆",注"一作香稻",而以为不当径作"香稻",注"一作红豆",此实一偏之见。夫仇注岂不亦引《南都赋》之"香稻"及陈泽州注"香稻"及"饭抄云子白"之说乎?盖仇氏实以香稻为正,至于引钱笺不过备一家之说而已,何可据彼而易此?

四一、汤笺 稻粒殊香,啄曾鹦鹉,梧枝最碧,栖过凤凰。

莹按:此亦以"香稻"为正,惟所说过简,且观其语意似以鹦鹉、凤凰作实解,殊为拘执。

四二、启蒙 以言其物产之丰饶,则有鹦鹉之香稻、凤凰之碧梧。

又 香稻为鹦鹉所啄,则香稻竟为鹦鹉之粒矣;碧梧为凤凰所栖,则碧梧竟成凤凰之枝矣。一似被他占定者然。然不过极言物产之盛耳,不但凤凰无有,即鹦鹉亦生陇西,不生长安。

嘉莹按:此联首当辨者,厥惟上联首二字"香稻"与"红豆"之异,莹意以为当作"香稻"为是。盖鹦鹉乃禽鸟之类,其饲原以稻谷之类为主,初不闻以"红豆"饲之之说。且稻之美者有"香稻"之类,会粹及仇注皆引《南都赋》"香稻鲜鱼"之句,可以为证。而况渼陂稻米之美,又有杜甫《与鄠县源大少府宴渼陂》诗"饭抄云子白"之句可证,仇引陈注及镜铨皆曾引之为说矣。更且作"红豆"者仅有蔡笺、范批、金解、黄说、通解、心解六本,他本皆作"香稻"。钱注虽以为当依草堂本作"红豆",然其言既无确实可据之说,何能以寡易众,而况钱注虽作此说,而钱本正文固亦作"香稻"也,且金解、黄说、心解皆不过依钱氏不可据之一说,惑于钱氏声望之重,遂遽从之耳。故此联上句仍当以作"香稻"为是。至其误作"红豆",与各本或注云"一作红稻""一作红饭"者,其致误之由已于校记中论之矣,兹不复赘。此联次当辨者,则为二句义之所指,有以为但写旧游渼陂所见景物之美盛者,九家、演义、颇解、诗通、邵解、杜臆、张解、顾注、朱注、论文、会粹、仇注、潘解、通解、江说、镜铨诸说皆相近。有以为此联别有托意者,则又可别为以下数说:或以为二句写昔之衣食丰盛,奠安有道者,意笺与金解之说相近;或以为影京室才贤之盛者,心解主之;或以为写兴盛时食饮栖息之不同者,提要主之。以上三说虽不尽同,然要皆以为二句写昔日之美盛。至于胡注奚批及诗擿之以为乃写鸟兽食人之食及贤臣隐退,则全从反面讥讽立说。又或以为乃写一己之不苟食,不苟栖,而致慨乎一饱无时,千仞无目,金解及诗阐主之。综观诸说,以为写鸟兽食人之食从反面讥讽立说者,最不可从,其为恶劣刻薄,已论之于前。至于以为为一己致慨者,其说亦复拘执狭隘。就写昔日之美盛立说者，虽然贤臣贤才之说亦不免过于深求，然而其盛衰之慨，今昔之悲，尚颇能得杜诗言外之意。要之，此联固当以写昔游渼陂景物之美盛为主，其感慨自多，然而殊不必指明某事以实之也。至于或以为"香稻"句指昆吾、御宿，碧梧在紫阁峰(见胡注奚批)，或以为此联皆属昆吾、御宿，次联始属渼陂(见仇引陈注)，私意以为昆吾、御宿正为适渼陂之所经，此联要在写适渼陂一路所见景物，殊不必如此琐琐分之也。又次当辨者，则此联是否为倒句之说。盖此联之句法，以表面之文法观之，实不免似倒装之句。盖香稻无喙，本不能啄，啄者自当是鹦鹉；碧梧无足，又何能栖，栖者自当是凤凰。故分门、鹤注、千家注，皆引《古今诗话》以此联为倒装句，而邵解、泽解、黄说、潘解，则名之为倒插句或倒剔句，名虽不同，其意则一，盖皆以为此联之文法不顺也。然而若就义法言之，则此联原以写渼陂附近之香稻、碧梧为主，而鹦鹉之啄余、凤凰之栖老，不过以之形容稻、梧之美盛耳，并非实有之物也。如此，则香稻、碧梧，自当置之句首，而"啄余鹦鹉""栖老凤凰"，不过为稻、梧之形容子句耳，此与韩退之诸人之诗之故为倒句者，自然有所不同。盖杜甫情意功力所及，行乎其所当行，自然如此，而非有意炫奇立异。盖诗歌原以所表现之情感意象为主，情感意象既得之矣，则文法、句法之为我所用，自可左右逢源，何必拘拘辨其为顺为倒？若杜甫此等句法，为后世开无数法门，下而至于今日之现代诗，似亦可自其中寻绎得一线渊源也。

佳人拾翠春相问，仙侣同舟晚更移。

一、九家　赵云：言其昔日之实事。拾翠，起于曹子建《洛神赋》。而用"拾翠"字，则《玉台》前集载费昶《春郊望美人》诗"芳郊拾翠人，回

373

袖掩芳春"，后集载虞茂《衡阳王斋阁奏妓》诗"拾翠天津上，回鸾鸟路中"也。春相问，方春时游赏，佳人更相问劳也。仙侣同舟，用郭、李事。

莹按：此注明"拾翠"二字之出处，又引古诗说明其意则指佳人游春之情事也。

二、分门　洙曰：《洛神赋》："或拾翠羽。"

又　赵曰：费昶《春郊望美人》诗（见九家注）。

又　洙曰：李膺、郭林宗同舟而济，人望之为仙舟（按《后汉书·郭泰传》"仙舟"作"神仙"）。

三、鹤注　赵曰（见分门注）。

又　洙曰：《洛神赋》："或拾翠羽。"

又　洙曰：李膺……仙舟（见分门注）。

四、蔡笺　问，乃诗人杂佩以问之之问也。

又　费昶《春郊望美人》诗（见九家注）。

莹按："杂佩以问之"，见《诗·郑风·女曰鸡鸣》篇。《毛传》：问，遗也。

五、千家　赵曰：费昶诗……（见九家注）。

又　梦弼曰：问，乃诗人……之问也（见蔡笺）。

又　洙曰：李膺、郭林宗……人望之，以为神仙。（参看分门注。按《后汉书·郭泰传》：林宗唯与李膺同舟而济，众宾望之，以为神仙。分门注引作"仙舟"，误。）

又　刘评：甚有风韵，"春"字又胜。

六、演义　仙侣，李膺、郭林宗……以为神仙（见千家注）。

又　颈联言陂上游人之盛如此。春相问，游者众也；晚更移，忘归时也。按：公与岑参兄弟游渼陂有二诗，又与源少府宴渼陂亦有诗，又有《城西陂泛舟》之诗。其时公未授官，所作之诗，皆以文采干动

374

时贵,求见知也,故此言思渼陂之游。

　　莹按:此云"思渼陂之游",又云"陂上游人之盛",是也。其所举与岑参兄弟游渼陂及与源少府宴渼陂诸诗,皆为当日游宴渼陂之作。至于"干动时贵"之说,当于下一联"干气象"一句辨之。

七、愚得　洙曰:李膺……以为神仙(见千家注)。

　　又　言长安胜游之地,若昆吾御宿、紫阁、渼陂,则佳人拾翠,仙侣同舟。

八、颇解　第三联,追言渼陂之事。

九、诗通　晚更移,言忘归也。

　　又　及游人之盛如此(参看前二联)。

一〇、邵解　相问之"问",以物相赠也。

　　又　游人之盛,则有佳人春物之相赠,仙客晚棹之忘归。

一一、邵注　问,遗也。仙侣同舟,用李郭仙舟故事。晚更携,忘时归也。

　　又　遂赋时物之变……游人之多如此(参看上联)。

一二、意笺　李膺、郭泰……神仙(见千家注)。

　　又　佳人拾翠,如采苤苢之类。春相问,彼此问遗同也。仙侣同舟,用李、郭事,谓名士。晚更移,留连未归也。盛时之游如此。

　　莹按:他注但引曹子建《洛神赋》及费昶诗云"拾翠羽"及"拾翠"诸句,而未加诠释。此云"如采苤苢之类",不必拘诗序"乐有子"之说,不过如邵解所云"春物"之意,盖谓妇女游春斗草折花以问遗也。实则亦不必确指某事,不过言妇女春日嬉游之盛而已。

一三、胡注　(无)

　　奚批　五句,乃与岑游渼陂之事。

　　莹按:杜甫曾与岑参兄弟游渼陂,斯固然矣,然而似不必确指

375

此事为说以限之也。

一四、杜臆　佳人春问，游者众也。仙舟晚移，乐忘归也。非帝王之都，何以有此。向尝熟游。

一五、郭批　"佳人"句，甚有风骨，"春"字又胜(参看千家注刘评)。

一六、钱注　《洛神赋》："或采明珠，或拾翠羽。"

　　又　仙侣同舟，指岑参兄弟也。

　　石印本眉批　李云：五、六，因忆身遭承平，高朋嘉会。春相问，妙。晚更移，谓游赏不足，晚且转而之他也。

　　又　吴云：五、六，流逸。

　　莹按：钱氏指定岑参兄弟为说，似嫌过拘，反不如眉批李氏之泛说为通达可取。

一七、张解　《洛神赋》(参看钱注)。

　　又　郭林宗与李膺同舟，人羡为神仙(参看千家注)。

　　又　因思昔与岑参诸人携妓邀游，饮酒赋诗，几欲仙去。

一八、金解　后解从上转下，转到今日(按新陆书局本作"秋日"，据味古斋钞本当作"今日")，大历元年丙午秋，作此《秋兴》诗，以结出吟望之苦也。言当日昆吾、御宿、渼陂之间，陆有为陆，水有为水，佳人拾翠则于陆，仙侣同舟则于水，亦既穷(按新陆书局本作"无穷极"，据味古斋本当作"既穷")水陆之兴矣。佳人与美人、丽人不同，从上至下，从下至上，节节看去，无有不佳，曰佳人。巧笑美目，胡天胡帝，曰美人。彼此争妍，相去不远，曰丽人。仙侣，如李、郭同载，望若神仙是也。春相问、晚更移，着一"春"字"晚"字，乃反击"秋"字。相问、更移，乃暗提"兴"字。五、六二句，正欲转到今日作(按味古斋本无"作"字)《秋兴》诗也。

　　别批　五言佳人，则拾翠寻芳，女子尚有同情。六言晚移，则仙侣相从，入夜还须秉烛。

莹按:金解所云佳人、美人、丽人之说,徒弄笔墨,殊为无味。"春"字"反击秋字"之说,尚颇有见,"晚"字则并不相干。至于"相问、更移,乃暗提兴字"之说,盖由于金氏误以兴味之"兴"释秋兴之"兴",故有此言,其说已于章法及大旨一章驳之于前矣。至于别批之说,亦不过就字面渲染引发而已,殊无足取。

一九、顾注　费昶诗(见九家注)。

　　又　虞茂诗(见九家注)。

　　又　问,蔡梦弼云(见蔡笺)。

　　又　郭林宗……神仙(参看千家注)。

　　又　公与岑参兄弟同舟泛陂,借以相况。晚更移,言舟屡移而忘归也。

二〇、朱注　《洛神赋》(参看钱注)。

　　又　《后汉书》:李膺……神仙(参看千家注)。

　　又　钱笺:仙侣……兄弟也(见钱注)。

二一、论文　犹记当时拾翠之佳人,相逢春日,同舟之仙侣,移棹晚风,如岑参辈也。

　　莹按:此云如岑参辈,较胡注奚批之指定岑参为说者,通达可取。

二二、泽解　赵曰:费昶……诗……拾翠人(见九家注)。

　　又　梦弼曰:问……之问也(见蔡笺)。

　　又　洙曰:李膺……仙舟(参看千家注)。

　　又　批曰:甚有……尤胜(见千家注刘评)。

　　又　泽堂曰:问,遗也。

二三、诗阐　渼陂之游何如,犹忆春泛,有青蛾皓齿之歌舞,是佳人拾翠也。"春风自信牙樯动,斜日徐看锦缆牵",此其时乎。犹忆夜游有岑参兄弟之好奇,是仙侣同舟也。"船舷暝戛云际寺,水面月出蓝田关",此其时乎。

又　六句,渼陂。

莹按:"青蛾皓齿"及"春风""斜日"二句,俱见杜甫《城西陂泛舟》诗,而"岑参兄弟皆好奇"及"船舷""水面"二句,俱见杜甫《渼陂行》诗。青蛾皓齿与佳人拾翠,不过言士女游赏之盛,水面月出,则写泛舟之久,似相关联,然不必拘指也。

二四、会粹　费昶诗……卷芳春(九家注作掩芳春,按宋本《玉台》作掩,一作卷)。

又　问……之问也(见蔡笺)。

又　《后汉书》,李膺与郭泰同舟而济,众宾望之,以为神仙(参看千家注)。

又　仙侣同舟,如岑参兄弟辈。

二五、仇注　《楚辞》:"唯佳人之独怀。"

又　曹植《洛神赋》……翠羽(参看钱注)。

又　费昶诗……卷芳春(见九家注)。

又　梦弼注:相问,乃……之问也(见蔡笺)。

又　《汉书·娄敬传》:数问遗。颜注:问遗,谓饷馈之也。遗,去声。

又　周王褒诗:"仙侣自招携。"

又　《后汉书》:李膺……神仙(见千家注)。

又　陈泽州注:拾翠、同舟,属渼陂。公《城西陂泛舟》诗:"青蛾皓齿在楼船,横笛短箫悲远天",所谓"佳人拾翠春相问"也。又《与岑参兄弟游渼陂行》"船舷暝戛云际寺,水面月出蓝田关",所谓"仙侣同舟晚更移"也(参看诗阐)。

又　"佳人"二句忆寻春之兴(见上联)。

又　春相问,彼此问遗也。晚更移,移棹忘归也。

二六、黄说 《诗》:"杂佩以问之。""拾翠"字出《洛神赋》,而意则暗用汉皋解佩事,此熔古入化处。

    又 五、六,咏景中之人,要形容士女游宴之盛,非必有所指。乃仙侣同舟,解者辄以岑参兄弟当之,然则佳人拾翠,又将以何诗为证耶? 其陋极矣。

    莹按:此以为二句不必确指,"仙侣同舟"不必指岑参兄弟。至云"暗用汉皋解佩事",则当指"相问"二字言也。

二七、潘解 仙侣同舟,指岑参兄弟也。

    又 费昶诗……拾翠人(见九家注)。

    又 梦弼曰:春相问……之问也(参看蔡笺)。

    又 李膺……神仙(参看千家注洙曰)。

    莹按:此直以仙侣为指岑参兄弟,可参看胡注奚批按语。

二八、言志 佳人仙侣相与唱酬,亦何其都雅也。

二九、通解 费昶诗(见九家注)。

    又 郭林宗……神仙(参看千家注)。

    又 至于游人之众,但拾翠者,尽属佳人,及春相问而结伴同行也;同舟者亦得仙侣,当晚更移,而流连忘返也。

    又 顾修远曰:三联……之盛(见次联顾注)。

三〇、提要 五、六,昔游所与之伴侣。

    莹按:此云"所与之伴侣",虽不拘指岑参,然要之仍以为指杜甫之伴侣,以之说"仙侣同舟晚更移"尚无不可,以之说"佳人拾翠春相问"则过于拘执落实,杜甫岂曾与佳人相问乎?

三一、心解 《洛神赋》(见钱注)。

    又 拾翠、同舟,则当时身历实事,泽州以《城西陂泛舟》及《与岑参兄弟游渼陂》证之,最合(参看仇引陈注)。

    莹按:此二句确为杜甫当年所见情事,惟不必指身历,尤不必指定某人以实之耳。

三二、范解　费昶诗(见九家注)。

　　　　又　虞茂诗(见九家注)。

　　　　又　《后汉书》(参看千家注及会粹)。

　　　　又　拾翠佳人,逢春相问,同舟仙侣,至晚更移。二句写陂上游观。又借佳人陪起泛陂之事,总写昔游之乐。

三三、偶评　旁批:"佳人"句,城西泛舟事。"仙侣"句,与岑参兄弟游渼陂事。

三四、沈解　拾翠,费昶诗(见九家注)。

　　　　又　仙侣,李膺……神仙(参看千家注)。

　　　　又　至拾翠之佳人相问,游者众也。同舟之仙侣更移,时忘归也。

三五、江说　《洛神赋》(见钱注)。

　　　　又　《前汉书·娄敬传》:数问遗。颜云:问遗,谓饷馈之也(参看仇注)。

　　　　又　《后汉书》(参看千家注及会粹)。

　　　　又　蔡梦弼曰(参看蔡笺及顾注)。

　　　　又　陈廷敬云(见仇注引陈泽州注)。

　　　　又　仇云:晚更移……忘归也(见仇注)。

三六、翁批　(参看章法及大旨一章)

　　　　莹按:章法及大旨一章曾引翁批之言云"彩笔干气象,转于春字系出,此则神光离合之妙也",又"第八章,乃重与一弹三叹耳",其说颇能得此章之神致,当细味之。

三七、镜铨　《洛神赋》(见钱注)。

　　　　又　费昶诗……拾翠人(参看九家注)。

　　　　又　问,即《毛诗》"杂佩以问之"意。句言士女嬉游之盛。

又　《后汉书》:李膺……神仙(见会粹)。

又　陈廷敬注:公城西陂泛舟诗……晚更移也(参看仇注引陈泽州注)。

三八、集评　李云:思旧事。

又　李云:五、六,因忆身遭承平,高朋嘉会。

又　吴云:五、六,流逸。

三九、选读　《后汉书》李膺……如神仙(参看千家注及会粹)。

又　春相问,彼此问道也。晚更移,移棹忘归也。

莹按:"问"字自当为"问遗"之意,此以"问道"为言,殊非诗之本意。

四〇、沈读　二语又闲适。

又　仙侣同舟,指岑参兄弟也。

四一、汤笺　拾翠佳人,冶游仕女;同舟仙侣,岑氏季昆。

莹按:此亦以同舟仙侣指岑氏兄弟。

四二、启蒙　《洛神赋》(见钱注)。

又　按:此云拾翠如踏青之类。

又　仙侣同舟,用郭泰、李膺事,暗喻公与岑参兄弟游渼陂也。

又　以言其士女之都美,则有拾翠之佳人、同舟之仙侣,何其盛也。

又　仇注:春相问……忘归也(见仇注)。

嘉莹按:此一联自是写当年渼陂士女游宴之盛。仇引陈泽州注举杜甫《城西陂泛舟》诗"青蛾皓齿""春风""斜日"诸句及《渼陂行》"船舷""水面"诸句为证。夫此二诗虽为杜甫自记其游渼陂之事,然而实不必拘定杜甫一身立说,若杜甫与岑参兄弟游渼陂之"船舷暝戛""水面月出",固属"仙侣同舟晚更移"矣。然而

381

杜甫《渼陂行》诗,更有"群龙趋"之句。彼群龙者,则杜甫所见陂上之群舟也,而彼群舟之上又岂无其他同乘之仙侣乎?又《渼陂行》诗更有"湘妃汉女"与"金支翠旗"之句,则所见群舟上歌舞之众女也。然则此联所云"佳人拾翠""仙侣同舟"云者,是杜甫之所历,亦杜甫之所见也。仇引陈注举杜甫诗句,以证其所历与所见渼陂游赏之盛有如此者,固极是也。然而胡注奚批、钱注、张解、顾注、潘解、偶评、沈读、启蒙皆据此便指定岑参兄弟立说,则太过拘狭矣。故黄说乃评之云:"其陋极矣。"又云"佳人拾翠又将以何诗为证耶",盖"青蛾皓齿""湘妃汉女",固是杜甫之所见,然而至于"拾翠相问"之事,则就杜甫诗考之并无此身历之事也。是此句不过见他人士女游赏之盛,想当然有如此者而已。故此一联,仍以不确指立说为是。至于"拾翠春相问",亦不必拘定《洛神赋》之"拾翠羽"为说,不过写斗草寻芳之游,折花解佩之赠而已。"问"字,固当是"问遗"之意,故诸说多引《毛诗》"杂佩以问之"为证,是也。至于千家注引刘评佳人句云"甚有风韵,春字又胜",所评颇是。翁批于此阐发极详。"晚更移",自是写乐而忘归情事,故演义、诗通、邵解、意笺、杜臆皆如此说,若钱注石印本李氏眉批之以"转而之他"为说,反嫌拘实。

彩笔昔游干气象,白头今望苦低垂。

一、九家　赵云:末句,公盖言其昔日曾携彩笔题诗,而干其气象,今则老矣,正白头中吟咏而望之,其头苦于低垂。公有《渼陂行》,又有《渼陂西南台》诗,又《与源大少府宴渼陂》诗云"饭抄云子白,瓜嚼水精寒",则为彩笔昔游矣。

又　卓文君有《白头吟》。

莹按:此云"彩笔题诗",又云"彩笔昔游",则是彩笔题诗曾记其昔日之游,如所举诸诗者也。而于"干气象"未加详释,又举卓文君《白头吟》,实则与此"白头吟望"句并不相干,不过字面偶然相合而已,且作"吟望"实不若作"今望"于义为长,说详后。

二、分门　泏曰:卓文君有《白头吟》(参看九家注)。

　　又　赵曰:公自言昔日曾携彩笔题诗,干历其气象,老矣,正白头中吟咏而望之,其头苦于低垂(参看九家注)。

　　　莹按:此云"干历其气象","历"有游历之意,则"气象"当指渼陂山水景物之气象而言。

三、鹤注　泏曰(见分门注)。

　　又　赵曰:公自言其(按分门无"其"字)……今(按分门无"今"字)老矣……低垂(见分门注)。

四、蔡笺　庾信诗:"彩笔既操,香残(按当系"戋"字之误)遂满。"

　　又　甫思昔壮游渼陂,携彩笔以干览其物象以留题。按集有《渼陂行》,是也。今老矣,周(按当系"因"字之误)赋是诗以望之,故头苦于低垂也。

　　　莹按:此云"干览其物象",盖亦以气象为指山水景物之气象也,而以"赋是诗以望之"释"吟望",则颇为拘狭。

五、千家　梦弼曰:子美昔游渼陂,曾留篇咏,集中有《渼陂行》,故今相望,有白头低垂之叹(参看蔡笺)。

六、演义　彩笔:江淹梦人授五色笔,自是文藻日进。

　　又　其时公未授官,所作之诗,皆以文采干动时贵,求见知也(参看前一联)。

　　又　结联乃云,我彼时弄笔以干气象,实拟飞腾也;而今白首矣,乃在峡中吟望渼陂,何其低垂不能奋飞若此乎! 自"闻道长安"以后,五首皆以前六句始终长安之事,而末乃叹其在异乡而不得归也。

　　　莹按:此以"干动时贵"释"干气象",故云"弄笔以干气象,实拟

383

飞腾"。然而"气象"何指乎？若以为指朝廷时贵之气势,亦颇牵强。

七、愚得　昔我彩笔曾干气象,今在夔府,白头吟望而苦低垂者,感伤之
　　　至,不能自已耳,赋也。

　　　　莹按:此说颇概略。

八、颇解　彩笔,言赋诗也。公昔游陂上,每有篇咏。气象,即赋诗之气
　　　象,公他诗亦云"赋诗分气象",虞注(按即演义)舛甚。"干"字诸
　　　解非,一有曰阑干盛貌,则此"干"字作"盛"字才通。苦低垂,正与
　　　干气象相照应。吟望,言望渼陂。

　　　　莹按:此以"气象"为诗之气象,且引杜甫《秋日寄题郑监湖上
　　　亭》诗"赋诗分气象"为证。然"分气象",似不指诗之气象,而当指
　　　所咏事物之气象。仇注此句即引朱注云"分气象,分咏湖亭之气
　　　象",可以为证。至于以"盛"字释"干"字,以为乃"阑干盛貌",尤
　　　为牵强无据之说。

九、诗通　气象,指山水之气象。干者,言其彩笔之作,气凌山水也。公
　　　昔有《渼陂行》及《城西陂泛舟》等篇。

　　　又　我昔彩笔之作,曾干其气象,以与山水争奇。今白头吟望,苦
　　　为低垂而不能忘也。

　　　　莹按:此亦以"气象"为指"山水之气象",惟以"凌"驾,"与山
　　　水争奇"释"干"字,则较前分门注之"干历"、蔡笺之"干览"诸说为
　　　长,而与演义之干动时贵及颇解之以气象为指"诗之气象"而以
　　　"盛"字释"干"字之说相异。

一〇、邵解　"彩笔"句,公泛西陂有诗,与岑参兄弟游,有《渼陂行》。

　　　又　我尝于此彩笔题诗,举首昂藏,直与山水争奇,而凌其气
　　　象。今老矣,峡中吟望彼处,深觉白头有低垂之苦,彼何时,而此
　　　何时也。

　　　　莹按:此亦以"与山水争奇","凌其气象"为说,与诗通之说

相同。

一一、邵注　彩笔,江淹梦人授五色笔,自是文藻日进,公自况也。干气象,干历渼陂之气象。

　　又　因思己彼时弄笔以干历气象,尚拟飞腾,而今乃白首在峡,吟望于渼陂,何其低垂不能奋飞耶!

　　莹按:此亦以干历渼陂之气象为说,与分门赵注之说同。

一二、意笺　又言昔时所作,足干气象,而今在峡中老矣。回思其地,惟吟望低垂而已。盖禄山乱后少丰年,安有啄余之粒!公在朝不见容,安有栖老之枝!而佳人拾翠,仙侣同舟,付之梦想耳。

　　又　虞注(按即演义)以干气象谓干时贵。非。正言昔游渼陂时,笔方豪壮,足干气象,如冲牛云(按当作"斗"字,涉下"云"字而误)云。

　　莹按:此驳演义"干时贵"之说为非,颇是。而曰"笔方豪壮,足干气象,如冲牛斗云",是以为"干气象"乃"气冲牛斗"之意,亦似未妥。"气象"仍当以指山水之气象为是,说详翁批。

一三、胡注　(无)

　　奚批　末句有五层,可结完八首。

　　又　以第七句缴完上六句。

　　又　七句乃追献赋事。

　　莹按:奚批末句"五层"之说,亦犹况周颐评晏几道《阮郎归》词之"殷勤理旧狂"云"五字三层意",皆不免故为夸大之说。要之杜甫此一联,"彩笔"一句写昔游之盛,层层高起,"白头"一句写今望之悲,节节折下,然不必故为钻求也。若奚批之以"彩笔"句为但指昔之献赋,则似嫌过狭。且既云七句缴完上六句,而上六句乃写渼陂景物,则"彩笔"句仍当指昔日游渼陂之诸诗作为是。

一四、杜臆　尔时国家全盛,天子好文,尝以彩笔干之,所云献赋蓬莱宫

385

是也。今时事已非，身亦白首，且吟且望，望而不得，垂首自悲而已。

补　末章，"彩笔昔曾干气象"，自余发明，才有着落，才有意致（参看首章"故园心"一联）。

又　故当时彩笔上干，已有忧盛危明之思，欲为持盈保治之计，志不得遂，而漂泊于此，人已白头，匡时无策，止有吟望低垂而已。此中情事，不忍明言，不能尽言，人当自得于言外也。此八章总结。公有诗云"自谓颇挺出，立登要路津。致君尧舜上，再使风俗淳"，此正彩笔干主之诗，而可以知其微意之所在（参看章法及大旨一节）。

莹按：此亦以"彩笔"句为指蓬莱献赋之事，且举"致君尧舜上"诸诗句为证，夫杜甫之系心君国，忠爱缠绵，固其一贯之感情志意。若谓杜甫此诗，因忆昔游渼陂之盛，而念及游渼陂之诗，更因当时作诗意气之盛，仿佛如彩笔在握，因而感慨及于献赋之事，则言外之意仿佛有之。然若但以蓬莱献赋释"彩笔"一句，则似未免失之拘狭矣，至于所云"此中情事"，"人当自得于言外"之说，尚颇可取。

一五、钱注　公诗云"气冲星象表，诗感帝王尊"，所谓"彩笔昔游干气象"也。公与岑参辈宴游，在天宝献赋之后，穷老追思，故有白头吟望之叹焉。

石印本眉批　李云：第七句总收，第八句仍转到蜀夔旅泊，无一意不圆足，且不止结此篇，并八诗皆缴住，真大手笔。

又　吴云：结本"吟望"，作"今望"是对结体，当从。

莹按：钱注引杜甫《奉留赠集贤院崔于二学士》诗"气冲星象表"句以释"干气象"三字，亦嫌牵强，可参看后引翁批之说。至于所云"公与岑参辈宴游，在天宝献赋之后"，则所言颇有见，此所以杜甫因思渼陂游宴赋诗之盛，而言外似有感慨及于献赋之意也。又眉批吴云"'吟望'作'今望'是对结体，当从"，所言极是。

一六、张解　彩笔，江淹梦人授五色笔(参看演义)。

又　故一时彩笔，举首昂藏，直与山水争奇而凌其气象。今老矣，峡中吟望，惟有垂首丧气而已。

又　"白头"字妙，正与首篇"玉"字应，言亦若玉露凋伤也(按此说过于牵强)。

一七、金解　"彩笔昔曾干气象"，先生曾于蓬莱宫献《三赋》，干动龙颜，虽实有此事，然此处提出，非自夸张，不过借作转语，以反衬出"白头吟望"七字来。言此天涯穷老，望京华如在天上，既不见有拾翠之人，亦复无有同舟之侣，白头沦落，侘傺无聊，徒屈从前干气象之笔，以作此苦杀皇天之诗，即何能禁泪之淫淫下哉。吟，吟《秋兴》；望，望京华。一头吟，一头望；一头望，又一头吟。于是头低到膝，泪垂至颐，其苦有不可胜言者。而庵诗曰："好个好丞相，清霜两鬓寒。头垂扶不起，老眼泪难干。"犫斋云：余曾于同学案头，见唱经批《秋兴》诗数语，与此少异，然意实相发，附识于此。

别批　挥毫落纸，笔走云烟，矢口成章，上干气象，所固宜也。却悄悄下一"昔"字，便令两解七句都成鬼哭，直逼出"白头吟望苦低垂"七字来，总结如上八首十六解六十三句四百四十一字。手舞足蹈了半日，却是瓦解冰消，烟尽灰烬，更无处可出鼻孔息也。白头已是伤心，白头而低垂，更伤心。以白头而吟、而望、而苦、而到底低垂，此伤心之所以彻骨也。八首十六解诗，皆从"吟望苦"三字中吟出来、望出来、苦出来。若其低垂，则未作此诗之前，固如此低垂，既作此诗之后，到底亦只如此低垂也。试看八首诗，是一首还是八首？增得一首否？减得一首否？增得一句、减得一句否？试看八首诗，是分解的，还是不分的？是圣叹勉强穿凿否？锦心绣口才子,当共证之。

莹按:金解亦以蓬莱献赋释"彩笔"句,此说之为拘狭,已见胡注及杜臆之按语。至于"吟望"二字,实当作"今望",钱注石印本吴氏眉批云"对结体,当从",甚是。盖"吟望"二字相连成辞,实不甚妥。金圣叹氏盖亦感此一辞之不妥,因而反就此二字大作其文章,而曰"一头吟,一头望;又一头望,又一头吟"云云,徒逞其才子之笔,实极俗恶。至于"天涯穷老","白头沦落"之悲及别批所云"悄悄下一'昔'字,便令两解七句都成鬼哭"之说,则情意极是。总之,"彩笔昔游""白头今望",此二句足可为八诗之总结收尾,沉痛苍凉。若别批之以"吟望苦"三字相连立说,云八首"皆从'吟望苦'三字中吟出来、望出来、苦出来",则又有不然,盖苦字原属于"苦低垂",杜甫当时纵有满腹苦情,然而要不得与"吟""望"二字相连为说也。金氏所说之情意纵然不差,而设辞则殊不甚妥也。

一八、顾注　天宝末,公献《三大礼赋》于蓬莱宫。干气象,干明主也。公诗云:"气冲星象表,词感帝王尊。"此公最得意之游,亦最得意之诗。今白首乃在峡中,吟望渼陂,何其低垂而不能奋飞也。吟望,为仰首;低垂,为俯首。忽而吟望,忽而低垂,心在长安,身在峡中,惨郁之怀欲绝。

莹按:此以"干明主"释"干气象",其说实不可从,说详后之总按语。

一九、朱注　彩笔,指集中《渼陂行》诸诗。干气象,即赋诗分气象意也。

又　钱笺:公诗云……吟望之叹焉(见钱注)。

又　张性曰:自闻道长安以后……末乃叹其不得归也(参看演义)。

二〇、论文　献赋明堂,曾干人主。今则白头吟望,何以为情乎。

388

又　八首至"彩笔""白头"二句,黯然神伤,遂尔止矣。

　　莹按:此亦以"献赋"释彩笔,以"曾干人主"释干气象,其不可从,可参看前引演义、钱注诸说及后翁批按语。至评此二字之"黯然神伤",则此二句原为八诗总结,无限今昔之感,自有令人黯然神伤者也。

二一、泽解　赵曰(同分门注)。

　　又　梦弼曰(同千家注)。

二二、诗阐　我待诏长安,日游渼陂,宦情亦淡矣。先是献赋已感宸聪,继而蹉跎,一官不就,回首彩笔昔年曾干气象者安在?今日白头吟望,止有低垂,更欲仰首伸眉,一吐生平之气,何可复得哉?

　　又　吟望,即前望京华之望,望蓬莱、望曲江、望昆明、望渼陂,望之不见而思,思之不见而仍望,屈子被放,行吟泽畔,眷顾不忘,正"吟望"二字意。

　　又　二句自伤。

　　莹按:此亦以"献赋已感宸聪"释"干气象",其不可从,可参看后翁批按语。此一联总结八诗,"望"字,自有兼括前望京华及蓬莱、曲江、昆明、渼陂之意。

二三、会粹　"彩笔昔曾干气象",即"往时文采动人主","赋诗分气象"意。

　　又　"望",回望渼陂也,言我已白头矣,今望之,与前比事事相违,意气能不低垂乎,此二句对结,旧作白头吟望,误。

　　　　莹按:此既引"往时文采动人主",又引"赋诗分气象",而二句之意,并不相侔,今并引之,则是会粹于此"彩笔"一句,并未确得其解也。至于论"吟望"之误,以为当作"今望",则所言极是。

二四、仇注　《南史》:江淹尝宿冶亭,梦郭璞谓曰:吾有彩笔,在卿处多年,可以见还。乃探怀中,得五色笔以授之。嗣后有诗,绝无美

389

句,时人谓之才尽。

　　又　江淹《丽色赋》:"非气象之可譬。"

　　又　汉古诗:"令我白头。"

　　又　司马相如《美人赋》:"黼帐低垂。"

　　又　张綖注:气象……气凌山水也。即指《渼陂行》……等篇言(参看诗通)。

　　又　朱注:此句当与《题郑监湖亭》"赋诗分气象"参看。钱笺引"气冲星象表,词感帝王尊",解作赋诗干主,非也。

　　又　张远注:此诗末联与上章末联,皆属对结体。"昔曾"对"今望",意本明白,旧作"吟望",乃字讹耳(参看张远会粹,此所引与会粹原文略有出入)。

　　又　陈注又云:此"望"字与"望京华"相应,既望而又低垂,并不能望矣。笔干气象,昔何其壮,头白低垂,今何其惫。诗至此,声泪俱尽,故遂终焉。

　　莹按:此引张綖注及朱注,盖亦以为"气象"乃指"山水之气象",而驳钱注之非,又引张远注,以为末句当作"今望",颇知辨择。至于引陈注,以为"望字与望京华相应",与诗阐之说相近,可参看。

二五、黄说　予尝疑其似对结,而以中二字不侔为恨,又疑"吟"字当作"今"字。后阅钱牧斋本,乃作"昔游",而注云"一作曾",予始大悦。上句当以"游"字为正,下句则"今"字无疑也。"昔游","今望",对结既不可易,而二字又皆横插成句,且一"游"字,不但收尽一篇之意,兼收尽曲江以下数篇之意,而"望"字则又遥应第二首"望"字,因叹公诗经营密致,殆同织锦,不幸为误本所汨没,安得人人而梦告之!

　　莹按:此论"昔曾"当作"昔游","吟望"当作"今望","彩笔昔游"一句总收,"白头今望"一句遥应,如此,乃弥觉其章法完足,感慨无限,所言极是。

二六、潛解　梦弼曰……《渼陂行》(见千家诗)。

又　公诗云……之叹(见钱注)。

又　吟望低垂,忽仰忽俯,无聊之状。

又　朱云:自"闻道长安"以下五诗,皆以前六句咏长安之事,末乃叹其不得归也。

莹按:此用钱注之说以释"彩笔"一句,钱注之不足信,已辨之于前,兹不复赘。

二七、言志　且其时以彩笔上干御览,而一时之卿相,莫不折节逢迎,气象峥嵘,颇称豪俊。而今胡为流落江关,回首顾望,不啻云泥之隔。白头遭际若此,宁有不颓然自丧者耶?

莹按:此既以"彩笔上干御览"说"彩笔昔曾干气象"之句,而又曰"气象峥嵘",则"气象"之意究竟何指,殊嫌含混。

二八、通解　兼记当时曾挟彩笔以献赋,得邀人主之一顾,而上干气象,此昔游事也。何期今日落拓白头,长望当年,苦自低垂,有不堪回首者。此《秋兴》之所以为作也。

又　天宝末,公献《三大礼赋》于蓬莱宫。干气象,干明主也(参看顾注)。

又　顾修远曰:末联,公思昔再(按此或"日"字之误)得意之游。今白首乃在峡中,吟望渼陂,何其低垂而不能奋飞也。

莹按:此多引顾注之说,然余所见之顾撰《杜诗注解》辟疆园本,则但于首联、次联、三联有简短说明,而并无此处所云"末联"云云者,不知通解所据何本。

又　黄白山曰:七、八,他本"昔曾""吟望"四字,阅钱牧斋本,作"昔游""今望"四字,是对结,确不可易。而二字又皆横插成

391

句……殆同织锦(参看黄说)。

莹按:此多引旧说,而往往加以增删变易,即如其所引"顾修远曰"云云,余所见之顾撰《杜诗注解》辟疆园本即无此数句。又如其所引"黄白山曰"云云,亦与余所见之黄生撰《杜诗说》并不尽合,不知通解所据何本。

二九、提要　以七句总之,具见盛时气象,故常笔之于诗赋也,而今安在哉! 头白低垂,徒付之一望而已。八句收得严密,一丝不漏,且"昔游""今望"四字,不唯收尽一篇之意,而八篇之大旨,无不统摄于斯矣。若俗本"今"作"吟",一字谬以千里。

莹按:此亦论二句当作"昔游""今望",与黄说同。

三○、心解　公诗云"词感帝王尊",又云"赋诗分气象",兼此两意。

又　"彩笔"句七字承转,通体灵动。末句以今日穷老哀吟结本章,即结八首,再着一"望"字,使八首京华之想眼光一亮,而又曰"低垂",则嗒焉自丧之状如见。

莹按:此云"彩笔"句兼"词感帝王"及"诗分气象"而言,其说自较拘指献赋一事立说者,为通达可取,可参看杜臆及钱注按语。至于论"白头今望"之说,亦颇能得其神致。

三一、范解　江淹梦……文藻日进(参看演义)。

又　干气象,干明主也(参看顾注)。

又　末二句,则总八章而统结之,公前献三赋时,明皇奇之,召试文章,公有"气冲星象表,词感帝王尊"之句,所谓彩笔干气象也。今留滞夔州,已成白首,徒然长吟远望,欲归无日,何其低垂而不能奋飞乎! 盛衰不常,今昔异感,即一人之身,亦不能以自主。故国平居,感慨系之矣。

又　一说末二句"昔曾"系"昔游","吟望"系"今望",作对收看。"曾""吟"二字系刻本之讹,愚意如此说则"干气象"三字无着落,且止结得本首,如何结得八首住?聊附辨之。

　　莹按:此盖以为若作"昔游",则仅能结本首所写对渼陂旧游之追忆,谓"干气象"三字无着落者,盖其意亦以为"干气象"有干动人主之意,若仅为追忆旧游之辞,则此三字无着落矣。然其所说实不可从,详见本联后之总按语。

三二、沈解　因思我昔日所作之诗,皆以文彩干动时贵,实拟飞腾也。而今白首矣,乃在峡中,吟望渼陂,何其低垂不能奋飞若此乎!自"闻道长安"以下五首,皆以前六句始终长安之事,而末乃叹其在异乡而不得归也。

　　莹按:此以"干动时贵"说"干气象"三字。

三三、江说　朱鹤龄云:彩笔……意也(见朱注)。

　　又　张綖云:气象……气凌山水也(见诗通)。

　　又　陈云:此"望"字……故遂终焉(见仇注引陈注)。

　　又　张远云:此诗末联与上章末联皆属对结体,"昔曾"对"今望",意本明白。旧作"吟望",乃字讹耳(参看会粹)。

三四、翁批　谢道韫《登山》诗:"气象尔何物,遂令我屡迁。"方纲按:《诗·大雅》郑笺云:天为之生配于气势之处。《正义》曰:气象之处,谓洽阳渭涘。此"气势"二字,可作谢诗"气象"二字之证。杜诗"昔游干气象",又云"赋诗分气象",即此义也。"昆吾御宿"以下六句,皆括入"气象"二字内。或遂以"气冲星象表,词感帝王尊"之句例之,则非矣。惓恋主知意,自在"蓬莱"一首内耳。"干"字,犹"吹皱一池春水,干卿何事"之"干",俗解则类于干求、干犯之干,误也。东风入吕,青云干吕,正是杜诗此句"干"字之义。解此,方知此首第七句反照凋伤,卷回八首,缀系于秋,尤为奇特矣。

　　眉批又云:公有《秋日寄题郑监湖亭》五律,亦云"赋诗分气象",可相证。

莹按:翁氏引《诗·大雅·大明》郑笺及正义以证"气象"为指山水之气象,其说颇是。孔疏更云"名山大川,皆有灵气",则山川固自有其气象也。至于引"干卿何事"及"青云干吕"以释"干气象"之"干",意味颇是,近于前诗通之以"气凌山水"及"与山水争奇"之说,而更为含蓄有致。至于演义"干动时贵"及钱注"气冲星象"之说,正所谓"俗解则类于干求、干犯之干,误也"。论七句"反照凋伤",立说亦能得杜甫诗神致。

三五、镜铨　公诗"赋诗分气象",即指集中《渼陂行》诸篇,谓山水之气象,笔足凌之也。

又　陈注:此"望"字……故遂终焉(见仇注)。

莹按:此以"山水之气象,笔足凌之"为说,与诗通之说同。

三六、集评　李云:第七句总收,第八句仍转到蜀夔旅泊,无一意不圆足,且不止结此篇,并八诗皆缴住,真大手笔。

又　吴云:结本"今望",非"吟望",是对结体,当从。

三七、选读　气象……气凌山水也(参看诗通)。

又　"望"字……故遂终焉(参看仇注引陈注)。

莹按:此全引旧注,与江说同,而未加注明。

三八、沈读　干气象,即"赋诗分气象"意。又即"气冲星象表,词感帝王尊"意。公与岑参辈宴游……之叹(参看钱注)。

三九、汤笺　彩笔干君,昔恩难再,于今吟望,苦恨白头。

莹按:此云"彩笔干君",盖亦以"彩笔"句为指献赋之事也。此说之拘执,已见杜臆、钱注按语及翁批之说。

四〇、启蒙　张综注:气象……气凌山水也(见诗通)。

又　朱注:此句当与《题郑监湖亭》"赋诗分气象"参看。顾氏引"气冲星象表,词感帝王尊",非是(参看朱注及顾注)。

莹按:此虽注明引自朱注,但与朱注原文并不尽相同。

嘉莹按:此一联首当辨者,厥惟"昔游"之"游"字与"今望"之"今"字。通行各本,多作"昔曾"与"吟望"。初观之,似以作"昔曾"之意味较宽较远,且有怀旧抚今之意,作"吟望"亦似较为活泼有神致。然时代较早之各本,如王洙本及九家注皆作"昔游",恐非无据,盖第七句乃总收之笔,作"昔游"似更为切实有力,如此则不仅收渼陂之意,言外更兼收以上蓬莱、曲江、昆明诸地,真所谓笔力万钧者也。若作"昔曾",则反嫌浮泛,且一"昔"字已隐有"昔曾"之意,故私意以为当作"昔游"为是。至于第八句,则为与第七句相呼应之对句。"昔游""今望",遥遥相对,昔日亲身游历,今则望断神伤,今昔盛衰,感慨无限。诸说之依"吟望"立说者,如杜臆之"且吟且望"、金解之"一头吟,一头望"、潘解之"吟望低垂,忽仰忽俯",皆不免支离牵强,琐杂纷纭,盖并由于强依"吟"字立说之失也。至于诸本多作"吟"字者,不过为形近之误耳。黄说及提要论此二句当作"昔游""今望",其说极为可取。次当辨者,则为彩笔之所指,有以为指昔游渼陂之篇什者,九家、千家、颇解、诗通、邵解、泽解、潘解及镜铨皆主之。有以为指蓬莱献赋之事者,胡注奚批、杜臆、会粹、论文及诗阐主之。观此诗前六句所写皆为渼陂景物,则七句"彩笔",自当指游渼陂篇什为是。翁批云"惓恋主知意,自在'蓬莱'一首内耳",其意盖谓在第五章内,已曾有惓恋主知之意,此章不必更及之。所言极是。惟是游渼陂正当献赋之后,若谓杜甫因忆昔游意气之盛,仿佛如握彩笔,言外或有感慨及于献赋之意,隐隐呼应"蓬莱"一首,尚无不可,惟不可拘指献赋而言耳。再次当辨者,则为"干气象"三字之意。有以"文采干动时贵"为说者,演义及沈解主之。有引"文采动人主",或"气冲星象表,词感帝王尊"为说者,钱注、会粹、顾注、通解、潽解、范解及沈读主之；汤笺亦用此说，且直指为"干君"，意笺则更以"冲牛斗"为言。有以为"干气象"之"干"乃"盛"之意，而"气象"则指"赋诗之气象"者，颇解主之。有以"气象"为指"山水之气象"者，诗通、邵解、朱注、翁批、仇注、镜铨及启蒙皆用此说；分门及蔡笺，虽未明作此说，而意颇相近。至于"干"字，则或解作"干历"，分门及邵注主之。或解作"干览"，蔡笺主之。或解作"干凌"，以为乃"气凌山水"，"与山水争奇"，诗通、邵解、张解、仇注、镜铨，皆主之。翁批则引"干卿何事"及"青云干吕"为说，而不加确解。综观诸说，"干动时贵"及"词感帝王"之说之不可从，颇解、意笺、翁批、仇引朱注已早驳之于前矣；而颇解以"干"为盛，亦殊无据；意笺"冲牛斗"之说，亦不切当。要之，"气象"仍以指"山水之气象"为是，翁批引谢道韫《登山》诗及《诗·大雅》郑笺可以为证，如更引申其意，则此所云"气象"，当兼指帝京城内城外种种故国平居时景物之气象而言，总括后四章，而遥遥与"故国平居有所思"一句相应。"干"字则与"傍素波干青云"之"干"字义颇相近，虽可解释为"凌驾""争奇"，惟说破反觉无味，翁批虽含蓄，而又惜不甚明确，"干历""干览"，亦复语焉不详。盖此句总结上文，感慨含蕴，神致之佳、意味之厚，但可于言外求之，而不可拘定字句为解也。若强为之说，则大抵谓昔游之彩笔与山水之气象正复相得相映耳。又当辨者，则"白头今望"句所望之地。有以为但指渼陂者，颇解主之。有泛言彼处者，邵解主之。有以为与"望京华"相应者，金解、仇引陈注、镜铨引陈注皆主之。或以为兼望京华、望蓬莱、望曲江、望昆明、望渼陂而言者，诗阐主之。意者，就此一章诗而言，则所望自当是渼陂，而就八章言之，则此章确与次章"望京华"遥遥相应，而蓬莱、曲江、昆明、渼陂，皆在其中，此正杜诗神光离合之妙。

396

至于"苦低垂",实不必定指白头必然下垂,如金解之说为"头低到膝"也。"望"字实亦不必定指为仰望,于是乃有如潘解"忽仰忽俯"之说,遂尔令此句有俯仰失据,支离零乱之感。大抵"望"字只是写其心系故园,一心想望之情,已自"每依北斗望京华"所写之眼之实望,转为心之虚望矣。而"苦低垂"亦不必定指其头之必如此下垂,而只是写其今日穷老衰病颓然委顿之状而已。如此方能欣赏杜诗情致之妙,而不致死于句下也。

《杜甫秋兴八首集说》增辑再版后记

  《杜甫秋兴八首集说》原是多年前我在台湾大学担任杜甫诗课程时所撰写的一册研读杜诗的参考书籍。当时共搜辑了自宋迄清的杜诗注本三十五家，计共得不同之版本四十九种，曾分别为之考订异同，对诸家之说各依时代先后加以整理校评，共写成了二十余万字的《集说》。初稿完成于1964年，其后于1966年由台湾中华丛书编审委员会印行出版。及至1981年4月，我应邀至四川成都参加在草堂举行的杜甫学会首次年会，与会友人听说我曾写有此书，遂劝我将大陆所流传之历代杜诗注本一并收入，再加整理，予以重印。恰好近年来我曾多次应聘至国内各地讲课及合作研究，遂利用此机会加以搜辑，先后见到各种不同版本的杜甫诗集在数十种以上。因虑及字数过多，内容亦多有重复，遂决定但以增入前在台湾所未见之各家注本为主。至于注本相同而仅为版本之不同者，则并皆从略。经过删择之后，又增入历代杜诗不同之注本十八种，与前在台湾所搜辑者，按时代先后重新加以编排改写，计共得不同之注本五十三家，不同之版本七十种。自1981年开始在国内搜辑资料，至今日重新写定，又已将近三载，而距离此书在台湾完成初稿之时间，则已有二十年之久矣。

  关于撰写此书之动机，我在旧版《集说》之《代序》中，已曾约略述及。盖当日正值台湾之所谓"现代诗"风行一时之际，一般读者对于此种以句法之颠倒错综及意象之晦涩新异为美的作品颇有争议。那时我正在台湾大学讲授杜甫诗,因此乃注意到杜甫《秋兴》八诗中,其句法之突破传统及意象之超越现实诸特色,与当日台湾所流行的现代诗风,颇有某些相近之处。而由此种特色所引起的历代杜诗评注对此八诗之纷纭歧异的解说,也与当日伴随现代诗而在台湾风行一时的欧美新批评所提倡的诗歌多义之说,颇有不谋而合之处。不过杜甫之根基深厚,其晚年七律如《秋兴》诸诗,所表现的突破传统与超越现实之特色,原来却正是他深于传统之修养,也深于现实之体验,然后达到的一种变化超越之表现。而当日台湾之现代诗,则颇有一些对文学之传统及现实之生活都并无深厚之修养体验,而却想要以艰深晦涩来文饰其浮浅幼稚的作品,因此乃引起了不少争议。于是我遂动念欲撰写此文,希望能使当日反对现代诗的人们,借此而能理会到如现代诗之"反传统"与"意象化"之作风,原来也并非全然荒谬无本;而当日之耽溺于晦涩以自鸣现代化的人们,也借此可以窥知传统之深奥,要想违反传统、破坏传统,却要先从传统中去汲取创作的原理与原则。所以我当初之本意,原想在搜辑各家评注编为《集说》以后,再写一篇详细的《综论》,为杜甫此八诗之意象与结构之错综变化的妙用归纳出一些重要的原则与方法,使耽溺于现代之晦涩的青年人,可以自其中见出一些诗歌创作的基本之要理,而并不是任意造作为艰深晦涩之辞,便可以欺人自欺以文饰其浮薄和浅陋的。当我开始着手搜辑整理以后,才发现历代评注杜诗的人们,对此八诗之纷纭歧异的解说,竟有如许之多。而当日的台湾各图书馆中还并没有复印机之设备,而且我所搜辑的杜诗又是以清代以前的评注为主,很多都是被图书馆列为珍藏的善本书籍,不能外借出去从容参考,只能一字一句亲手抄录。当时我除去在台湾大学任教外,还在淡江及辅仁两所大学兼课,并在教育电台与教育电视台播讲大学国文及古典诗歌。平日工作极为忙碌,只有利用周末及寒暑假日,挤乘公共汽车到各图书馆去查阅和抄录资料。仅以这一项工作而论,便已经耗时甚久,何况还要将这数十种书的资料,重新排比整理,更分别加以按断评说,然后再缮为清稿。其间所花费的时间精力都是不可计数的。而当时我又已接受了美国哈佛大学及密歇根州立大学两校的邀聘,虽然将《集说》部分于百忙中勉力完成,但却已无暇更写为详细之《综论》。遂以一篇较早时写成的《论杜甫七律之演进及其承先启后之成就》的长文作为《代序》,对杜甫七律之不同时期的多种成就,及其在意象与结构方面的各种组合与变化,略加论述,便于仓促间离开台湾去了美国。原意以为以后有暇可以补写此一篇《综论》,却始终没有完成。那是因为我抵达美国后便认识了两位友人,一位是在普林斯顿大学任教的高友工教授,另一位则是当日正在哈佛大学任教而现在已转去康奈尔大学任教的梅祖麟教授。我当时曾把台湾新出版的这一册《杜甫秋兴八首集说》送给他们请求指正。不久以后他们就写出了一篇极具功力的论文《分析杜甫的〈秋兴〉——试从语言结构入手作文学批评》("TuFu's Autumn Meditation: An Exercise in Linguistic Criticism")。原文发表于 1968 年出版的《哈佛亚洲研究学报》(*Havard Journal of Asiatic Studies*)第二十八期,其后曾由黄宣范先生译为中文,发表于 1972 年 11 月在台湾出版的《中外文学》第一卷第六期。此一论文对杜甫《秋兴》八诗在语言质素方面的变化妙用,作了极为细致的分析,在当时曾引起不少重视。既已有此论文,则我计划中之《综论》,自可不必再为续貂之举。昔杜甫曾有诗句云:"安得思如陶谢手,令渠述作与同游。"我对于高、梅二位教授的此一论文,便亦正有类似的钦佩之感。不过国内很多读者,可能尚无机会读到此一论文,因此我现在便将借此机会对之略加介绍。

高、梅二教授之论文,一方面既参考了《杜甫秋兴八首集说》中所引用的中国传统诸家之旧说,一方面更参考了西方批评理论中的李查兹(I. A. Richards)、恩普逊(William Empson)、弗莱(Norfhrop Frye)及乔姆斯基（Chomsky）诸家的理论与方法，从语音之模式（phonic patterns）、节奏之变化（variation in rhythm）、语法之类似（syntactic）、文法之模棱（grammatical ambiguity）、形象之繁复（complex imagery）及语汇之不谐调（dissonance in diction）各方面，对杜甫之《秋兴》八诗作了细致的分析。本文在此不能详加引述，兹仅就其中所举之数则例证，略作简单之说明。首先就语音之模式而言，高、梅二教授以为，如"闻道长安"一首，其第三句之"王侯"与第四句之"文武"，既彼此互相对偶，而在本句中之"王"与"侯"及"文"与"武"也各自对偶，而且"文""武"二字又为双声。此外首句末三字之"似奕棋"与第四句末三字之"异昔时"，其平仄及韵部亦复全同，更且第一句之"闻"字及"安"字，也与第四句之"文"字及"冠"字声韵全同。这些语音上的互相呼应，对于外在的音声与内在之情意所显示的如棋局之盛衰变化的沧桑之感，有更为加强之效果。而第五句之"金鼓"二字亦为双声，同时第五句末一字之"震"与第六句第一字之"征"亦为双声。而此种连续的双声字之出现，则正好烘托出金鼓震耳及车马奔驰的快速的步伐。到了第七句的"鱼龙寂寞"，则使得前面的"金鼓"和"车马"顿时无声，以寂寞取代了喧哗，以忧思取代了奔驰。可见语音的形式在诗歌中实在占有很重要的地位（按高、梅二教授在分析语音之声韵时，所根据者乃声韵学家董同龢先生所拟定之中古音值）。其次就节奏之变化而言，高、梅二教授以为，本来七言诗句的一般节奏在诵读时多为四、三之顿挫，而在《秋兴》八诗中，则凡一句之节奏表现为五、二或二、五之顿挫时，则表示出一种惊愕或紧张之效果。例如"夔府孤城"一首，其第一句、第三句、第六句，所写者是杜甫身在夔府的见闻，而其第二句、第四句、第五句，所写者则是杜甫心在长安的遥想。这几句的错综变化，可以使人想到自日落到月出之际，杜甫的冥想在夔府与长安两地之间，已经有过很多次的往复。而后面的第七句"请看石上藤萝月"，则表现了最后面对现实的觉醒,所以其节奏乃为二、五之顿挫,而且用"请看"二字直称的句法,也表现了杜甫自冥想中醒悟以后的慨叹。可见节奏的变化在诗歌中也具有重要的作用。其三就语法之类似与文法之模棱而言,高、梅二教授以为,如第一首中的"丛菊两开他日泪,孤舟一系故园心"一联,每一句既可视为独立之一句,又可视为两个不相干之短句的结合。也就是说"丛菊两开"四个字及"他日泪"三个字,既可视为分别写丛菊花开的景物与作者对此景物之落泪的反应,也可以将此七字视为连续的一句,把"他日泪"视为"两开"的受词,作为描述菊花之花瓣或花瓣上之露滴之犹如泪点。下一句的"孤舟一系"四个字及"故园心"三个字,也是既可视为两个短句,将泊岸的孤舟与怀念故园的归心相对照,亦可以将七字视为连续之一句,表示一种因果之关系,意谓孤舟一系则故园之心也便与之长系而不能成归。再如"夔府孤城"一首,其第二联"听猿实下三声泪,奉使虚随八月槎"两句,其表面上之词语虽然互相对称,然而内在之意义则并不对称。盖此联之上句按文法之顺序本当作"听猿三声实下泪",杜甫将文法之次序颠倒,以"三声"置于"泪"字之上,以与下句之"八月槎"相对偶,是表面之语法结构虽然相同,而深一层之情意结构则并不相同。这种情形可以说是一种"伪联"(Pseudo Parallel)。"伪联"常可以有多种意义的解释,所以用在诗中往往可以造成预想不到的新意象和新效果。这种"伪联"的情形,在近体律诗中颇为常见,因为律诗既要求对偶,而中国语文之文法又比较自由,所以诗人往往可以将一句之文法颠倒以求对偶,因而可以造成一种强烈之效果。例如"瞿唐峡口"一首,其第二联"花萼夹城通御气,芙蓉小苑入边愁"两句,上一句之语法次序正常,而下一句则可以有三种不同的意思:其一可以解释为"边愁入芙蓉小苑",将"入"字视为及物动词;其二可以解释为"芙蓉小苑边愁入",将"入"字视为不及物动词;其三可以解释为"芙蓉小苑使边愁入",将"入"字视为使动词。如此多种解释的可能性,就使得此一联有了极丰富的含意,既表现了诗人的盛衰之感,同时对玄宗当日之耽于享乐而招致变乱,也暗示了讽刺之意。这都是因诗句的语法之相似与文法之模棱所造成的特殊效果。其四再就形象之繁复与语汇之不协调而言,高、梅二教授以为,如"昆明池水"一首,其第三联"波漂菰米沉云黑,露冷莲房坠粉红"两句,"红"与"黑"是两种强烈的颜色,表示了一种过分成熟的感觉而有接近腐烂的一种趋向。而在此强烈之色彩下,则杂用了四个表现荒凉之感的动词,如"漂"字,不仅写出了菰米在水中之漂浮,也暗示了诗人与之相似的飘零蓬转的生涯。"冷"字也不仅表现了莲房之露冷,还暗示了诗人内心的凄寒之感。至于"沉"字与"坠"字,则当然是明白表现了衰落的字样。像这种由性质不相同之词语来传达诗人复杂之情意的手法,是杜甫晚年诗中常见的风格。如果将"露冷莲房坠粉红"一句与第一首的"玉露凋伤枫树林"一句合看,则两句中的"露"字都表现了一种透明的感觉,而"莲"与"枫"则是鲜明的红色,透明的露衬托在红色背景之下,表现出一幅晶莹美丽的画面。而另一方面则"露"原是寒冷的,而"枫"之"凋伤"与"莲"之"坠"落,则也表现了残败和凋零。于是在此种鲜明的对比之下,秋日的美丽遂包含了阴沉的对衰亡的暗示。可见繁复的意象与性质不谐调的语汇,也是在诗歌中造成特殊效果的重要因素。以上是我对于高、梅二教授此一论文之极为简单的介绍。高、梅二教授在完成此一论文以后,还曾由此引发了对于唐诗之更为广泛的研究。不久就又发表了另外的两篇论文:其一是《唐诗的语法、用字与意象》("Syntax, Diction, and Imagery in Tang Poetry"),原文发表于 1971 年出版之《哈佛亚洲研究学报》第卅一期,其后曾由黄宣范先生译为中文,发表于 1973 年 3 月至 5 月在台湾出版之《中外文学》第一卷之第十至十二期;其二是《唐诗的语意、隐喻及用典》("Meaning, Metaphor, and Allusion in Tang Poetry"),中文译文也由黄宣范先生译出,于 1975 年 12 月至 1976 年 2 月先后发表于《中外文学》第四卷之第七至第九期,原文则迟至 1978 年 12 月始发表于《哈佛亚洲研究学报》之第三十八卷第二期。在此二文中,高、梅二教授对唐诗在语言学方面所能见到的各种特色,作了细致深入的分析。其所牵涉之范围极广,当然已不限于杜甫之《秋兴》八诗,而且此二文之篇幅甚长,即使加以简化,也非本文之所能介绍。近年来我曾将海外有关中国古典文学之英文论文的抽印本多种,分别寄给国内各中文系作为参考。也许不久之后便可以看到中文之译文在国内发表,我在此就不再多加介绍了。

除去高、梅二教授曾由杜甫《秋兴》八诗而引发了很多篇极精彩的论文以外,另有在威斯康辛大学任教的周策纵教授,在读了《杜甫秋兴八首集说》以后,也曾给我写了一封长函,对《集说》中的一些论述和按断,提出了很多宝贵的意见。惟是因为引证之资料甚多,与原书之按语的简述之体例不合,所以此次重印未能将周教授之说法增入,现在谨在此略加引述说明:第一,周教授谓:"尊著《代序》对七言律诗之发展及杜甫七律诗艺进益完成之过程,分析详审,发人未发。纵尝疑律诗之形成,恐系大半由宫体而起,或至少由宫廷作者兼采民间诗艺与乐曲之长而逐渐形成。……即如尊著所引隋、唐以前及唐初诸律诗或其雏制,亦多词臣与帝王之宫词、春词及应制之作,犹存遗迹。……旧作《卷阿考》一文,载《清华学报》,曾略发此意。……此论当否尚待研定。"第二,周教授谓:"《秋兴八首》各本文字,往往有异。尊著校订周审,论断尤极平允。现不妨加举一二理由,以赞尊说。如第一首'丛菊两开他日泪'……虽诸家皆以'两开'为优,然鲜言'重开'不妥之故。……尊意更进一层谓'音义皆更为切实有力',此理自较胜。实则'丛'字与'重'字皆在'通'摄,韵部相近。'丛'字在从纽,为舌尖前音;'重'字即令读上或去声,仍当在澄纽,为舌面前音。又皆送气。二字连读不顺。'丛菊重开',佶屈矫舌。以杜律音韵之谐和,应不出此。"第三,周教授谓："第八首末二句,则颇多疑义。……'干'字在诗文中之用法,前于杜甫者,往往与天象云霄相连。如张衡《西京赋》云:'干云雾而上达。'……何晏《景福殿赋》称'飞阁干云'。……左思《蜀都赋》'干青霄而秀出'……凡此皆用于上干云霄之意。《说文》训'干,犯也。从反入,从一'。……按干之初意为枝干之干,又为盾。从枝干之义引申乃为侵犯干触,从盾之义引申则为防阻捍卫。……气、象之观念,源于古人对自然现象之了解。古代天文、星占、望气、阴阳、律历及道家往往有中、应、干、逆气象与否之论……即音乐、书文,亦与天地时气相感应。……此本与《诗·大序》'正得失、动天地、感鬼神,莫近于诗'之说相关。杜甫受《诗序》之影响自深……此所干之气象,似指天地、日月、星辰、山水、帝王等气象,与'动天地'相类。……此诗前六句多指风景游览,则若云气象乃天地、山水、时气,自极合理。惟'昆吾、御宿'等地旧皆在上林苑中,且八首虽云感秋,实是悲时,则此所云'干气象',恐亦不必无干动时君或正得失之含义。……纵意'干气象'一语,当以采广义之解释为是,此与尊说'于言外求之',尚不相背也。"第四,周教授谓:"惟尊著于末句'白头吟望苦低垂'采清人黄生、吴瞻泰及吴农祥之说,以为'吟'应作'今',且二句乃'对结体'。纵案如尊著所举,早期各本……皆作'吟'……就尊著采用'昔游'依早期各本之例而言,此似难取信。杜甫诗中用'白头吟'一语者,除《秋兴》外尚八见……杜诗中更可注意者如'惆怅白头吟,萧条游侠窟。临轩望山阁,缥缈安可越'(《七月三日呈元曹长》),于'白头吟'后用'望'字。……他如'吟诗坐回首,随意葛巾低'(《课小竖锄斫果林三首》之二),亦'吟'诗与'低'字并列,'回首'恐亦隐含顾望之意。……且'吟望'一词,亦见于杜诗他处,而'今望'则无。……《秋兴》第二首'每依北斗望京华',钱谦益注云'此句为八首之纲骨。章重文叠,不出于此'。实则此'望'字正是全诗主眼。……是八首主题本是'吟望'长安,故结句点出之。至于

'对结体'之说，实不尽然。'干气象'与'苦低垂'本不全相对，且以'今望'对'昔游'亦殊板滞多余，转不若'吟望'之错落有致。以上论'吟望'，固亦多系就杜诗他句比照为说，证其可能性之多少，自不可必。……尊著《集说》详审如彼，当代及后来读者，必多采信。拜读之余，偶有未安之见，匆促草此奉商，而屡为俗务所累，搁笔者再三，疏陋之处，尚乞裁正。"以上是周策纵教授对拙著《集说》所提出的几点宝贵的意见。前三点对拙著中之按语，补充了更多可贵的例证。至于最后一点对于"吟望"与"今望"之孰是，其取舍之意见，则微有不同。私意盖以为杜甫诗中虽不乏既写"吟"又写"望"之例证，然而却并无以"吟望"二字连言之例证。而且此八诗之骨干，原在身居今日之夔府，而遥忆昔日之长安，结尾如以"今"字与"昔"字对举，似乎更可增加全诗中一种张力之效果。而且以此一联而论，则"彩笔"与"白头"原是明显之对偶，至于此二句后三字"干气象"与"苦低垂"之不完全相对，则是对于前二字所形成之对偶的一种破坏，所以私意以为下一句反而更要以"今"字与上句之"昔"字相对，如此则可以将后三字之破坏加以平衡，使此一联在总结八诗所表现的时间及空间之多重对比的叙写以后，在收尾之时更造成一种强烈的对比的效果。当然，这也只不过是我个人读诗时，但凭感受之直觉的一点私见。至于"吟"字与"今"字究以何者为是，则亦殊未敢自必也。周教授惠赐之长函，资料丰富，论述详明，个人对之甚为感佩。周教授原函，其后曾于 1975 年 6 月发表于台湾出版之《大陆杂志》第五十卷第六期，读者可以参看。再者，自近年西方之结构主义学说流行以来，更有在美国圣地亚哥加州大学比较文学系任教的郑树森教授，在其《结构主义与中国文学研究》一文中，也曾从结构主义的观点，指出拙著《杜甫秋兴八首集说》一书之《代序》对于杜甫七律之演进及其承先启后之成就的探讨，与西方结构主义重视文学中之文类研究的观点有暗合之处。他说："例如在讨论杜甫《秋兴八首》

时,叶嘉莹便仔细追溯七律的历史构成,透过与其他同类型作品的关系,比照出杜甫作品的成就。这种做法基本上已具备了'文类批评'的特色。"郑教授此文是为台湾东大图书公司于 1983 年所刊印的一套《比较文学丛书》中之《结构主义与中国文学》一册书所写的序文,文中对于七十年代后期中文知识界引用结构主义对中国文学所做的一些研究及其长处与局限之所在,都作了扼要的叙述。不过,我写作《论杜甫七律之演进及其承先启后之成就》一文之时间甚早,原稿完成于 1964 年,其后发表于台湾《大陆杂志》1965 年之一至四期。当时中文知识界对西方之结构主义还没有普遍的认识和介绍,我对杜甫七律的"承先启后"之探讨,其与西方结构主义的文类研究有暗合之处,也不过是因为古今中外对文学发展的探讨方式,原有其根本相同之处而已。因此郑教授在其《结构主义与中国文学研究》一文中之提及我的论杜甫七律一文,也不过仅是偶然点到而已,并不属于郑教授所要介绍的中文知识界引用结构主义研究中国文学的正式范畴之内,这一点是我必须在此加以说明的。

以上所述,可以说是此一册《杜甫秋兴八首集说》自撰写之前到刊行之后,在中国台湾及海外之一些有关的因缘和反响。至于近年来,则因为我经常回国讲课,这一本《集说》虽然尚未在国内出版,却已经为我带来了不少幸运的机遇。原来我于 1979 年回国教学时,曾有幸认识了南京大学的程千帆教授及南京师范学院的金启华教授,其后又认识了北京大学的陈贻焮教授。在 1981 年春,程千帆教授拟推介此《集说》前之长文《代序》交《南京大学学报》发表,适值杜甫学会将在成都草堂召开首次年会,金启华教授遂来函相邀赴会,于是我便有幸参加了 1981 年在成都草堂举行的杜甫学会首次年会。在会议中得识四川大学之缪钺教授,又蒙其相邀合作研究并至川大讲授唐宋词,我遂于 1982 年再来成都,又有幸参加了杜甫学会在草堂举行的第二次年会。

其后于 1984 年春,又因得陈贻焮教授之推介,蒙山东大学萧涤非教授所主持的《杜甫全集》校注组相邀,在当年 5 月参加了在杜甫故乡河南巩县所召开的《杜甫全集校注》讨论会。我一生因为教书的关系,在国内外各地参加过不少次学术性的会议,而给我印象最深且使我最为感动的,则是在成都草堂及河南巩县所参加的这三次有关杜甫的会议。如果说我在海外所参加过的一些学术会议,是属于纯知性的会议,那么我在成都草堂及河南巩县所参加的这三次有关杜甫的会议,则可以说是在知性以外兼具强烈之感性的会议。先就我个人而言,我在海外讲授中国古典诗多年,一般说来,我的研读范围和研读兴趣原是相当广泛的,对于不同时代不同风格的作者也都可以取客观公正的态度来评赏。但当我去国日久思乡日切而一直还乡无计的一段年月中,我却逐渐发现最能引起我怀乡去国之思的,实在是杜甫的诗篇。那时每当我在海外为学生们讲授杜甫《秋兴八首》诗,读到“每依北斗望京华”一句时,便总不免会引起内心中强烈的家国之思。所以后来在 1977 年还乡到西安旅游时,就不禁写了“天涯常感少陵诗,北斗京华有梦思。今日我来真自喜,还乡值此中兴时”的诗句。及至 1981 年接到邀请函将要赴成都的杜甫草堂去参加杜甫学会的首次年会时,心中更感到异常兴奋。那时正值温哥华繁花如锦的春天,而我却一心向往着草堂的春天,所以在回国的飞机上我又写了一首诗,说“平生佳句总相亲,杜老诗篇动鬼神。作别天涯花万树,归来为看草堂春”。这两首小诗,都是我在旅途中随口吟成的,当然绝非什么好诗,但它们却确实真诚地表现了杜甫的诗所引起我的家国之思的感动。而当我在成都草堂及河南巩县参加有关杜甫的会议时,我更从缪钺教授和萧涤非教授几位前辈学人的讲话中,深切地感受到了他们对于杜甫的一片尊仰爱慕的深挚之情。而当开会以后大家一同到有关杜甫的一些故地去参观游览时,杜甫诗中所写过的景物情事,就会同时涌现在每个与会人士的心中脑中,随便任何一个人吟诵或提起杜甫的一二诗句,都可以引起其他同游者的共鸣,仿佛当年写诗的杜甫,也就正行走在大家的身边。而这种感受,自然是我在海外所参加过的任何会议中所完全未曾有过的。我论诗一向主张中国诗歌之传统,实在以其中所蕴含的兴发感动之生命为主要之质素。而这种感发之生命的质素,则与诗人的心性、品格、学养、经历都有着密切的关系。但是如果仅具有这些能感之的要素,而不能将之完美地叙写表达在诗篇之中,当然就决不能成为一个伟大的诗人。所以除了这些能感之的要素以外,诗人便还须要具备有能写之的能力。本文在前面所介绍的高、梅二教授的论文,就正是对于此种"能写之"的因素的细致的分析。所以在那篇论文的收尾之处,高、梅二教授就曾提出了一段结论,大意是说,杜甫一向被称为中国最伟大的诗人,本文并无丝毫想改变此种传统评价之意,不过传统的批评常以为杜甫之伟大是由于他广博的学识(encyclopedic erudition),由于他对时事真切的描述(vivid depiction of events of his time),由于他对君国的缠绵忠爱(steadfast loyalty to the emperor and fervent patriotism),还由于他对疾苦大众的同情(moving compassion for the suffering masses),我们并无意对这些评说加以指摘,我们只是想郑重说明,所有以上的各种说法,都是属于诗歌以外的评论,而诗歌本身则是一种精美的语言的加工品(excellent verbal artifacts),在此种衡量的标准下,则就语言之精美的创造而言,杜甫确实是一位难与伦比的大诗人。希望本文以语言学来评诗的尝试,可以为杜甫之所以为伟大的诗人,提供一些评论的基础。以上高、梅二教授的这一段话,对于中国之一向重视文以载道及作品中之思想意识,而忽视纯文学之艺术价值的批评传统而言,自然是一种极值得重视的箴言。不过,如果就诗歌之以感发之生命为其主要之质素而言,则高、梅二教授所提出的评诗标准,实在只是就诗歌之"能写之"一方面的因素所作的衡量而已。可是"能写之"实在只是一种传达诗歌的感发之生命的手段,至于借此手段所传达出的感发生命之本质,则其质量之大小、深浅、厚薄、广狭之差异,却必然与诗人之"能感之"的因素,结合有极为密切之关系,如此则诗人之性情、学养、襟抱,便自然仍在诗歌之感发生命中占有极重要的地位。以前,我在《〈人间词话〉境界说与中国传统诗说之关系》一文中,便曾经提出说"能感之"与"能写之","这两类因素,在诗歌中当然都占有极重要之地位,只是这些因素之所以重要,却仍然有赖于诗歌中先须具有一种兴发感动之生命力始可为功"(见《迦陵论词丛稿》)。即如明代的前后七子中的李梦阳、何景明诸人,他们都曾极力提倡复古,主张诗必盛唐,对于唐诗之声调、语汇及意象等,也都曾极力模仿,然而令人读之却往往终有形似而神非之感。这便因为他们诗中的感发生命有所不足,所以纵然有某些诗句可以模仿得与唐人非常相似,如何景明《昭烈庙》一首五律,其"峡路元通楚,岷江不向秦。空山一祠宇,寂寞翠华春"诸句,便可以说几乎都是模仿杜甫的《谒先主庙》一首五言排律中的"锦江元过楚,剑阁复通秦。旧俗存祠庙,空山泣鬼神"诸句而来,但如果就全诗所传达之感发生命言之,则杜甫诗中所充满的"怀古感时、溯洄不尽"之意,便绝不是何氏之空疏模仿的诗篇所能比拟的了。所以作为一个伟大的诗人,杜甫所具有的一些"能写之"的功力,当然是使得他成为伟大之诗人的重要条件。但杜甫之诗篇之所以能引起千百年以后的中国读者对之都有一种共同的感动和仰慕,便也仍由于他借着"能写之"的功力所传达出来的"能感之"的感发生命之本质,果然有足以使读者兴发感动之处的缘故。海外学人对杜诗"能写之"的因素的论述和分析,既是值得重视的,国内学人对杜诗"能感之"的因素的体认和景仰,也是极值得宝贵的。而我竟然因为这一本《集说》的因缘,而从两方面先后获得了如许多的教益和启发,当然更是极值得庆幸的事了。至于如果就《集说》一书体例之拟定及编写之甘苦而言,则在河南巩县所召开的《杜甫全集校注》讨论会,尤其使我个人更有戚戚之共感。因为要想搜辑几十种不同的杜诗注本而加以综合的编排整理,原来并非易事。此次《杜甫全集校注》讨论会曾编有《征求意见稿》一册,计共辑录有历代杜甫诗集六十八种,均各别标以简称。其编写体例则分为题解、注释、集评、备考、校记等共五项。会议中所曾讨论者,如各家评注若有重复当如何删择去取之问题,前人之注本往往注释与评语夹杂当如何加以区分之问题,校记中是否应详列各版本之问题,注释时当以一句为单位或一联为单位之问题,凡此种种,也都是当年使我极为困扰之问题。虽然我当年编写《集说》重在求全,主要目的是想在全备中比较各家之异同,以见杜诗之变化超越之妙,与《杜甫全集校注》之重在求综合之归纳者不同,然而所面临的使人困扰之问题,却实在仍是有许多相似之处的。再有就是中国的复印机也仍不够普遍,图书馆借书的手续也仍不够方便,更没有电脑的设备来协助整理资料,而这些不便之处,也正是我当年在台湾与近年在大陆为编写此一册《集说》所经历过的共同的困难。虽然近年国外的学者也曾提出过,过分依靠复印机和电脑的研究,也有使思想性日趋浅薄的危机,但对于要依据九十种以上的注本来编校杜甫全集而言,则适当的科学技术方法的使用,实在也是有其必要的。因此在戚戚的共感中,就不禁使我想到在学术研究方面,如何使中国之长处与西方之长处相结合,使文学的研究与科学的技术相结合,实在都是极值得我们注意的问题。除此以外,更因为我这一本《集说》的初稿,原是在台湾编写的,而现在增辑的资料,则主要是在大陆编写的,这便使我感到大陆与台湾的学术研究,实在也有交流结合的需要。台湾于1974 年曾出版了一套第一至第四辑的《杜诗丛刊》,共收录了历代杜甫诗集三十五种。较之我 1966 年出版的《集说》中所收的杜诗版本尚少十四种,但增入了我未曾收入之注本三种,其一是明汪瑗之《杜律五言补注》,其二是清王澍之《杜诗五古选录》,其三为日人津阪孝绰之《杜

411

律评解》。前二种因所选录者并无杜甫之七言律诗,后一种因系日人编注,且多截取诸家之旧说并无新意,所以我当日都未曾收入《集说》之中。至于我近年在大陆所增辑之各种杜诗注本,则多为我当年在台湾之所未见。我曾想,如果大陆能根据台湾已出版的《杜诗丛刊》,再增入大陆现存的各种杜诗注本,合编为一部更完备的《杜诗丛刊》,以便对历代杜集加以完整的保存和流传,那一定是一件极有意义的事,而如果有了这样一部完整的《杜诗丛刊》,则《杜甫全集校注》的编写,便果然可以存精去芜,加以更切实的归纳整理,而不必如现在之在存精与求全之间作困难的选择和决定了。

最后,还有一点我愿在此一提的,就是二十年前当我撰写此一册《杜甫秋兴八首集说》时,原意本是想要将杜甫此八诗中的一些超越变化的妙用之理,提供给当日台湾之写作现代诗的年轻人,作为参考之用。如今事隔二十年以后,台湾的现代诗风已早趋没落,而另由质朴简净的新诗风所取代。可是近年大陆兴起来的朦胧诗,其文法之突破传统及意象之超越现实的作风,却似乎形成了一种风尚。然则此一册《集说》在今日之大陆增辑再版,对于大陆写诗的年轻人,便或者也仍可以有一些用资参考之价值。不过,旧体诗之写作与新体诗之写作,在写作艺术方面虽然也有相似之处,然而却也有很多相异之点。一般而言,如诗歌中所讲求的音声之效果、句法之结构及意象之安排等,这些基本的原则自然是无论写作新旧体诗都应该重视的。至于其相异之点,则除去文言与白话之差别及古今语法和语汇之不同以外,另外一点极显著的差别,则是旧体诗特别是像《秋兴八首》一类近体律诗,都具有极整齐的声律格式,而新体诗的形式则是完全自由的。对于不熟悉旧诗声律的人而言,那种严格的格律自然是一种死板的约束,可是对于习惯于这种声律格式的作者而言,则这种严格的声律,却不仅不是死板的约束,而且还可以成为一种呼唤起感发之力量的媒介。所以旧传统的诗人一般都注重吟诵。就以杜甫而言,他的诗中就有不少提及作诗时常与吟咏相结合的例证。即如其《解闷十二首》之七中的"新诗改罢自长吟"、《题郑十八著作丈故居》中的"诗罢能吟不复听"、《至后》中的"诗成吟咏转凄凉"诸句,就都表现了杜甫写诗时是注重吟诵的。而这种吟诵的习惯对于写作声律严格的近体诗,实在极为重要。因为写作旧体诗的诗人,他们一般并不是逐字逐句去核对平仄和声韵来写诗的,他们的诗句是在形成时就已经与声律之感发结合在一起了。然后在修改时,也不是检查着字书、韵书去修改,而是在边写边吟的情况中,同样伴随着吟诵的声律去修改的。无论在诗句的形成中,或在诗句的修改中,声律所呼唤起的一种感发,在旧体诗的写作中,都是极值得重视的。而我以为这也就正是中国诗歌传统一向都以感发为其主要质素的许多原因之一。前文所引高、梅二教授对杜甫此八诗的"语音之模式"之分析,正可以作为杜甫写诗时,其音声之感发与情意之感发密切结合的最好证明。我们后人说诗,可以自其形成后之结果作出细密的理论之分析。但杜甫当日写诗时,却并没有理论的思索,而是仅凭吟诵时之声律所呼唤起的一种直觉而写成的。至于就新体诗而言,则情形就完全不同了。新体诗歌虽然也重视音声之效果,可是却并没有一定的格式可以依循,在这种情形下,新体诗之写作,一方面虽在形式上获得了极大的自由,但另一方面却也同时失去了经由声律而呼唤起感发,和经由声律而加强字句之锻炼的一种辅助的条件。因此资质和才能优秀的诗人,虽可以在自己对形式的自由安排设计中,创作出内容与形式密切结合的精美的作品,而资质才能有所不足的诗人,则在此绝对的自由中,便不免会或者故求艰涩或者掉以轻心,而写出一些迷乱粗糙的失败的作品了。要想避免此种流弊,则对于中国古典诗歌中的一些典范作品,如杜甫《秋兴》八诗一类功力深醇艺术精美的诗篇,若能加以仔细的研读和体会,则对于写新体诗的年轻人要想养成更精切的掌握和运用中国文字的能力,也定能有所助益。这是我二十年前编写此书时,对台湾年轻诗人的期望,也是我今日重新增辑此书再次出版时,对大陆年轻诗人的期望。而在前面所曾提出的东方与西方理论之结合、文学研究与科学技术之结合、台湾与大陆学术之结合以外,如能再加以古典与现代之结合,则我们的学术研究与诗歌创作,都必将收到更为丰美的果实,和开拓出更为广阔的道路。在此增辑版出版的前夕,谨拉杂书写与此一册《集说》有关的情事和想法如上,希望能得到广大读者的批评和指正。

叶嘉莹 1985 年 3 月 16 日写毕于温哥华